词是中国文学宝库中一颗宝贵的明珠，一千多年来，一直高悬于历史的长空，闪耀着夺目光彩。

宋词三百首

（清）朱孝臧 编选

思履 主编

中国华侨出版社

图书在版编目(CIP)数据

宋词三百首/（清）朱孝臧编选；思履主编.—北京:中国华侨出版社，2013.5

ISBN 978-7-5113-3615-6

Ⅰ.①宋… Ⅱ.①朱… ②思… Ⅲ.①宋词—选集 Ⅳ.①I222.844

中国版本图书馆CIP数据核字（2013）第103969号

宋词三百首

作　　者：（清）朱孝臧 编选

主　　编：思　履

责任编辑：良　臣

封面设计：王明贵

文字编辑：李　鹏

美术编辑：李　蕊

经　　销：新华书店

开　　本：720mm×1020mm　1/16　印张：27.5　字数：689千字

印　　刷：鑫海达（天津）印务有限公司

版　　次：2013年8月第1版　2020年9月第11次印刷

书　　号：ISBN 978-7-5113-3615-6

定　　价：29.80元

中国华侨出版社　北京市朝阳区西坝河东里77号楼底商5号　邮编：100028

法律顾问：陈鹰律师事务所

发 行 部：（010）58815874　　传　　真：（010）58815857

网　　址：www.oveaschin.com　　E－m a i l：oveaschin@sina.com

如果发现印装质量问题，影响阅读，请与印刷厂联系调换。

前 言

　　词是中国文学宝库中一颗宝贵的明珠，一千多年来，一直高悬于历史的长空，闪耀着夺目光彩。经过这许久的历史沉淀，在今天的社会里，它仍旧扮演着一个不可或缺的角色。在现代社会，物质生活日益繁荣，生活步调日益加快，人渐渐变成了一只飞速旋转的陀螺。在人们感到疲惫不堪之时，如果能捧起一本宋词，轻轻浅浅读上几首，焦灼的心灵便会渐趋平静，如久旱的大地遇上一场潇潇春雨。

　　每一个历史时期，都有一种代表文体，汉有赋，唐有诗，宋有词。在宋代，词的作者最多，词作最为丰富，艺术成就也最高。词形成于唐代，经过长期的不断发展，到了宋代进入全盛时期。

　　词是比诗的构句更为自由的韵文体式，它来源于配乐的歌词。词最先是起源于民间，大都是反映相思爱情之类的题材，被视为诗余小令。盛唐文人所写的曲子词基本上都是整齐的五言、七言形式，个别为长短句。到中唐，文人开始认真地倚声填词。元和年间，文人填词逐渐增多，词正式成为一体。

　　中唐时期词的主要代表是白居易、刘禹锡，他们非常注重汲取民歌艺术长处，词风朴素自然，洋溢着浓厚的生活气息。其后在词史上扮演重要角色的是温庭筠和五代"花间派"，花间词以脂粉气浓烈、崇尚浓辞艳句而驰名。而南唐李后主被俘虏之后的词作则开拓一个新的深沉的艺术境界，对后世影响深远。

　　词入宋，发展到鼎盛状态，成为一种完全独立并与诗体相抗衡的文学形式。北宋初期词的主流依然是沿袭晚唐五代，注重词的抒情性与音乐性。杰出的政治家和文学家范仲淹以一首笔墨酣畅的《渔家傲》揭开了以苏轼、辛弃疾为代表的豪放派词作的序幕。之后，苏轼"以诗入词"，把诗的创作手法融入到词中，大大拓宽了词的创作领域。南渡后的词作者，在各自不同的创作道路上，以各自不同的态度与方法进行创作，为宋词的继续发展发挥了各自不同的作用。其中以李清照和辛弃疾的创作成就最高，清朝王士祯就曾说"婉约以易安为宗，豪放惟幼安称首"，他们是婉约派与豪放派的双璧。

　　《宋词三百首》在参考前人成果、顾及宋词发展脉络以及现代人的审美需求等要素的基础上选编而成。书中所选词作既有出自大家之手、流传千古的名篇，亦有不见录于一般选本的遗珠，是目前宋词选本中最为全面的作品之一。因词萌芽于隋唐之际，成型于晚唐五代时期，所以本书酌情收录了唐、五代时的佳篇名作，以示其源流变化。书中所选词作或写景抒怀、表达人生感悟，或赠别怀人、叙写情爱相思，或咏史怀古、抒发爱国豪情，或咏物寄兴、表现壮志难酬……较为全面地展现了宋词的总体风貌。

　　为了帮助读者更加深入、全面地理解宋词，本书增设了作者简介、注释、赏析等栏目，并对难解字句进行注音和解释，为读者扫除阅读障碍。同时，我们对每篇作品的写作背景、艺术特色、创作技巧等进行了细腻生动的解析，还为部分意境优美、蕴意深远的词作配画，做到词中有画，画中有词。彩图、全解、详注，给你带来身临其境的阅读体验。

　　本书图文互助的编排与新颖独特的版式设计有机结合，为读者打造一个多彩的阅读空间，引领读者跨越时空的距离，进入辉煌的文学殿堂，让读者在轻松阅读的同时，获得丰富的想象空间和高雅的艺术享受。一卷在手，含英咀华，领略宋词无穷的艺术魅力，进而启迪心智、陶冶情操，提升个人的文学素养和人生品位。本书不仅是阅读、欣赏宋词的理想读本，更是馈赠亲朋的佳品。

目 录

菩萨蛮

◎李白

平林漠漠烟如织^①，寒山一带伤心碧。

暝色入高楼^②，有人楼上愁。

玉阶空伫立^③，宿鸟归飞急。

何处是归程？长亭更短亭^④。

【注释】

① 平林：远望时，树林呈现齐平的样子。② 暝（míng）色：暮色。
③ 伫（zhù）立：长时间地站着。④ 更：连续，连接。

【译文】

　　平展的树林迷迷蒙蒙，飞烟缭绕如织，寒山留下一片惹人伤心的深碧色。暮色映入高楼，有人在楼上独自发愁。

　　徒劳地久立在玉阶上，归巢栖息的鸟儿正急匆匆地往回飞。归途在何处？只看见长亭连着短亭。

【赏析】

　　这首词写游子思归之情。作者登高望远，看到苍茫的日暮景色，触景生情，想到自己远离故乡，征途漫漫，归乡之日却遥遥无期，心情愁苦悲凉。也有说表达了作者仕途失意的怅惘。

　　整首词写景层次井然，镜头感极强：上片自远而近，首先描写远眺的平林含烟、寒山凝碧，紧接着笔锋一转，视野定格在暮色苍茫之中独倚高楼凭栏远眺的游子；下片由近及远，由上至下：从远处天空归林的飞鸟，到古道上的长亭短亭。作者巧妙利用视觉的位移和空间的交错，表达出人生的漂泊感，"苍茫高古，一气回旋"（《唐词选释》）。尤其是最后两句，以"长亭更短亭"的画面回答"何处是归程"的提问，由情及景，甚是巧妙。

　　此外，整首词用字新巧，比如"寒山一带伤心碧"中的"碧"，将山间寒意与人的伤感渲染到极致；"玉阶空伫立"中的"空"字，则表达出游子心中难以言明的失落心境。

⊙作者简介⊙

　　李白（701—762），字太白，号青莲居士。祖籍陇西成纪（今甘肃省静宁西南），一说为绵州昌隆（今四川江油）人。二十五岁离蜀漫游各地。天宝初供奉翰林，不久遭谗毁，被赐金放还。安史之乱时，入肃宗弟永王李璘幕。李璘与肃宗争权事败被杀，李白受牵连入狱，后被流放夜郎（今贵州桐梓县），途中遇赦东还。后投奔族叔当涂（今属安徽）县令李阳冰，不久病逝。其词《菩萨蛮》、《忆秦娥》二首，南宋黄升收入《唐宋诸贤绝妙词选》，被誉为"百代词曲之祖"。有《李太白集》。

忆秦娥

◎李白

箫声咽①，秦娥梦断秦楼月。
秦楼月，年年柳色，灞陵伤别②。
乐游原上清秋节③，咸阳古道音尘绝④。
音尘绝，西风残照，汉家陵阙。

【注释】

① 箫声咽：《列仙传》："箫史者，秦穆公时人也。善吹箫，能致孔雀、白鹤于庭。穆公有女字弄玉，好之，公遂以女妻焉。日教弄玉作凤鸣，居数年，吹似凤声，凤凰来止其屋。公为作凤台，夫妇止其上，不下数年，一旦皆随凤凰飞去。"② 灞陵：即"霸陵"，因汉文帝葬于此而得名，为唐人送别之处。③ 乐游原：在今陕西西安市南，唐代的观游胜地。④ 咸阳古道：唐时从长安西去，咸阳为必经之地。音尘绝：音信断绝。

【译文】

箫声鸣咽，打断了秦娥的梦，秦家楼上正悬着一轮明月。秦楼上的明月，每年青青的柳色，都见证了灞陵的伤感离别。

乐游原上正是清秋佳节，咸阳古道上（爱人的）音信断绝。音信断绝，萧瑟的西风中，一抹残阳洒落在汉朝皇帝的陵墓上。

【赏析】

这是一首写伤别的词，抒发了闺中女子长夜难眠的悲怆寂寞与相思之苦。

上片开首两句，未见其人，先闻其声：箫声如泣如诉，正如思妇牵念之绵长凄凉；后两句今昔对比：秦楼月亏盈如常，杨柳枯荣依旧，心上人却离去多年，杳无音讯。

下片连写数景："古道"、"西风"、"残照"、"陵阙"，无一不烘托出秦娥的凄凉孤寂。

整首词行文极富节奏感："咽"、"断"等用字精简老辣，而"秦楼月"、"音尘绝"采用顶真手法重复叙述，寥寥数语完美呈现出女子连绵不绝的愁思、悲痛欲绝的心境。

全篇无一句直接抒情，却处处是情，情景交融至如此境界，难怪《唐宋诸贤绝妙词选》评："《菩萨蛮》《忆秦娥》二词，为百代词曲之祖。"

词的品赏知识

词的起源和发展

词是唐代兴起的一种新的文学形式，实际上就是为乐曲所配的歌词。隋唐时代从西域传入的各民族音乐与中原旧乐渐次融合产生了燕乐，原来整齐的五、七言诗已不适应，于是产生了字句不等、形式更为活泼的"词"。每首词都有一个调名，叫作"词牌"，依调填词叫"依声"。因为音乐上的要求，词的句子有长有短，所以又称"长短句"。由盛唐到中唐，词在民间逐步流行，一些爱好民歌的文人于是开始模仿民间的曲子词进行创作。简短而富于民间气息，便是这一时期文人词的特征。但当时词被认为是一种粗俗的民间艺术，不登大雅之堂，以至于宋朝晏殊在当上宰相之后，对于他以前所填的词都不承认是自己写的。

秋风清

◎李白

秋风清，秋月明。
落叶聚还散，寒鸦栖复惊。
相思相见知何日，此时此夜难为情！

【译文】

秋风清冷，秋月明亮。落叶聚集起来又散去，寒鸦刚刚歇下又被惊起。我思念着你，但不知何日才能相见，这样的时候，这样的夜里，叫我感情上如何受得了。

【赏析】

《秋风清》一名《秋风辞》，字数与《江南春》同，为汉武帝刘彻作，是根据楚地民歌体制作而成。此类体式的词最初称为三五七言诗。而三五七言诗具有明显的音乐特性，故后来被归入词类。南宋邓深曾依此调式填写词作，名为"秋风清"。

这首词既写欢乐的幽会，又充满着离别情绪。整首词由风清月明下短暂的幽会之喜，转为离别后漫长的思念之悲，悲喜交融。

"秋风清，秋月明"，这两句以白描的手法勾画出两人幽会时的景色。秋风凉爽，秋月皎皎，洁白的月光笼罩着一对喁喁私语的恋人，这景象是多么美好呀！

"落叶聚还散，寒鸦栖复惊"两句，词的氛围突然一变，由静而化动，且含义深远。这两句将情侣幽会时复杂的心理状态刻画得细腻动人。"落叶"、"寒鸦"都使用了比喻，"聚还散"、"栖复惊"又写出恋人相爱却难以相守、相聚又怕人发觉的凄凉与不安。

"相思相见知何日，此时此夜难为情"，最后两句，一问一答，直诉衷情，明白地说出人物的忧虑，对"惊"做了注解，他们不知何日才能相见，担心情无再续之日，大有"人有悲欢离合，月有阴晴圆缺"的哲思蕴含其中。

几行如话的文字，透着一丝沁心的清寒，让人黯然神伤，同叹这万古惆怅。

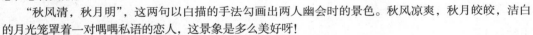

词的品赏知识

词的分类（一）

按长短规模分，词大致可分小令（五十八字以内）、中调（五十九至九十字以内）和长调（九十一字以上）。

一首词，有的只有一段，称为单调；有的分两段，称双调；有的分三段或四段，称三叠或四叠。

按音乐性质分，词可分为令、引、慢、三台、序子、法曲、大曲、缠令、诸宫调九种。

按拍节分，常见有四种：令，也称小令，拍节较短；引，以小令微而引长之；近，以音调相近，从而引长；慢，引而愈长。

渔歌子

◎张志和

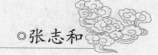

西塞山前白鹭飞①，桃花流水鳜鱼肥②。
青箬笠③，绿蓑衣，斜风细雨不须归。

【注释】

① 西塞山：即道士矶，在湖北大冶长江边。② 鳜（guì）鱼：俗名花鲫鱼，亦称"桂鱼"。③ 箬（ruò）笠：用竹叶或竹篾编的斗笠。

【译文】

西塞山前有白鹭在飞翔，桃花盛开，春水初涨，鳜鱼正肥美。

戴着青色的斗笠，披着绿色的蓑衣，在微风细雨中垂钓，用不着回家。

【赏析】

这首小令是渔歌，写的是渔隐之乐，表达了作者对自然山水的无限向往与恬和淡雅的情怀。

整首词描绘出一幅和谐的垂钓画面，色彩鲜艳亮丽，描写细腻生动。

南方每年二三月间，气候回暖，桃花盛开，几场春雨过后，河水会上涨，逆水而上的鱼群也多了起来，这就是桃花水。词人没有直说春汛到来，而是用"桃花流水鳜鱼肥"来勾起读者的想象：红艳艳的桃花灼灼盛放，肥大的鳜鱼不时跃出水面。

在自然景观的描写上，粉色的桃花与白鹭，以及银色的流水呈现出鲜艳的色彩对比，肥美的鳜鱼则给整幅画面带来动感和生机，天地万物，交相辉映；对人物的刻画上，不直接写渔翁，而以青绿的箬笠与蓑衣指代，渔翁的背影宛然可见，仿佛画中另外一抹风景。

这首词以动衬静，白鹭、斜风、落花动态十足，垂钓的渔翁恬静置身其中，更显一派悠然自得，颇有"蝉噪林逾静，鸟鸣山更幽"的意境，可谓词中有画，词中有情，词中有禅。

词的品赏知识

词的分类（二）

按创作风格来分，大致可以分为婉约派和豪放派。

按词牌来源分，根据词牌的来源，大约有下面的三种情况：一、本来是乐曲的名称。例如《菩萨蛮》，据说是由于唐代大中初年，女蛮国进贡，她们梳着高髻，戴着金冠，满身璎珞（璎珞是身上佩挂的珠宝），像菩萨。当时教坊因此谱成《菩萨蛮曲》。又如《西江月》《风入松》《蝶恋花》等，都是属于这一类的。这些都是来自民间的曲调。二、摘取一首词中的几个字作为词牌。例如《忆秦娥》《忆江南》。三、本来就是词的题目。如《踏歌词》咏的是舞蹈，《舞马词》咏的是舞马。

◎作者简介◎

张志和（？—744），本名龟龄，字子同，婺州金华（今属浙江）人。肃宗时明经及第，后授左金吾卫录事参军。因事贬官，遇赦而归，遂徜徉山水，自号"烟波钓徒"。博学能文，擅长音乐和书画。今存《渔歌子》词五首。有《玄真子》。

调笑令

◎戴叔伦

　　边草，边草，边草尽来兵老。山南山北雪晴，千里万里月明。明月，明月，胡笳一声愁绝①。

【注释】

① 胡笳：古代北方民族的一种吹奏乐器，似笛。

【译文】

　　边塞的野草啊，边塞的野草，边塞的野草凋尽时，士兵也老了。山南山北白雪明净，千里万里明月照耀。明亮的月儿，明亮的月儿，听到一声胡笳，使我愁思难绝。

【赏析】

　　唐代西北边境邻吐蕃、回纥，边事频繁，故唐人诗词多有言征戍之苦的篇目。这首词正是这样一首边塞词，描绘一个老兵在雪晴月明之夜，因思乡而悲极愁绝的情景。

　　"调笑令"本是欢乐的曲调，作者却以旧瓶装新酒，赋之以悲凉的感慨。词开首一唱三叹，以边草起兴，令人感慨唏嘘。边草是边塞的白草，秋天变白，冬天枯干。归期渺茫的老兵以边草自喻，思乡之切与怨怅之深交织在字里行间。

　　后两句写晴雪、明月，本是寂寥、旷远之景，愈发衬托出老兵的孤苦无依，可谓"以幽景写哀情"。

　　最后三句，胡笳之音哽咽不息，直诉愁肠满怀的心情，旷远疏淡中，字字血泪。古来征战，多有"醉别故里空戍边"的千古长叹。

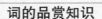

词的品赏知识

边塞词概述

　　边塞词是以边疆地区军民生活和自然风光为题材的词，兴起于唐代。这类词思想性深刻，想象力丰富，艺术性强。

　　词本是言情之作，而边塞词更是饱含了当时世人爱恨恩怨的血泪。究其丰富的情感内蕴，主要可以分为以下四种情感类型：平戎之志、异域之感、忧思之怨、亡国之痛。这首《调笑令》当归为忧思之怨，深刻反映了边疆战士的征戍之苦、思乡之苦，感情基调十分悲凉。

◎作者简介◎

　　戴叔伦（732—789），字幼公，一作次公，润州金坛（今江苏金坛）人。历任抚州刺史、容州刺史兼容管经略使，后人称之为"戴容州"。在任期间，政绩卓著，以清明仁恕见称。诗风朗练。贞元五年（789）四月，上表辞官归隐，在返乡途中客死于清远峡（今四川成都北）。今存《调笑令》词一首，开宋代边塞词的先声。有《戴叔伦集》。

调笑令

◎王建

团扇①，团扇，美人病来遮面。
玉颜憔悴三年，谁复商量管弦？
弦管，弦管，春草昭阳路断②。

【注释】

① 团扇：圆形的扇子。② 昭阳：昭阳殿。汉成帝与宠妃歌舞行乐的地方。

【译文】

圆扇啊圆扇，美人抱病时用它遮住脸面。玉容憔悴已三年，再同谁去商量调弦弄管之事？弦管啊弦管，春草遮断了通往昭阳宫的道路。

【赏析】

这首词通过描摹宫人的外部动态及内心活动，塑造了一位曾经风光无限却因病失宠的宫人形象，表达了宫怨的主题。

词以咏扇起兴，团扇夏用冬捐，是最容易被抛弃的物品，汉代班婕妤被汉成帝冷落之后，曾咏《团扇诗》："弃捐箧笥中，恩情中道绝。"而在这首词中，美人以团扇遮掩病容的姿态，尤为凄惨。

"玉颜憔悴三年，谁复商量管弦"的诘问，从描写人的外部动作，转而写人物的命运和内心活动，暗示美人曾经夜夜笙歌、日日管弦的繁华生活，抚今追昔，更令人肝肠寸断，语意中透露出一种独自黯然神伤的情态。

"昭阳宫"是汉成帝为宠妃赵飞燕而建的宫殿，后来赵飞燕成为皇后，昭阳宫成为后宫正宫。最后一句"昭阳路断"，暗示美人再也没有希望蒙受君王的宠幸，注定在冷宫中了此残生。

◎作者简介◎

王建（768—827），字仲初，颍川（今河南许昌）人。大历十年进士。授渭南尉，调昭应县丞，长期沉沦下僚，文宗时官终陕州司马，世称"王司马"。后归居咸阳原。诗工乐府，与张籍齐名。所作《宫词》百首别具一格，在传统宫怨题材之外，又广泛地描绘宫中风物。今存《调笑令》词四首，情韵凄怨悠长。有《王司马集》。

竹枝词

◎刘禹锡

山桃红花满上头，蜀江春水拍山流。
花红易衰似郎意，水流无限似侬愁^①。

【注释】

① 侬（nóng）：我。

【译文】

　　红艳艳的山桃花开满山野，蜀江的春水拍山而流。花儿的红颜容易衰败，就像郎君的情意，水流绵绵无尽，恰似我的哀愁。

【赏析】

　　《竹枝词》是巴蜀民间歌谣的一种，又名《巴渝词》，主要是歌咏地方风俗和男女恋情。当地民间唱《竹枝》歌时，常吹短笛伴奏，并伴以舞蹈，节奏鲜明欢快，歌声激越清脆。

　　刘禹锡于唐穆宗长庆二年（822）正月至长庆四年（824）夏在夔州任刺史。在任期内，他依调填词，写了十来首，这首词是其中之一。

　　本词描写一个女子在爱情上遭遇不幸，由眼前的美景联想到自身的境遇，生发出对爱情的失望之情。整首词充满了民歌情调，真挚朴素，感人肺腑。

　　词开首两句描绘了一幅山水相依的风景：高山之上，桃花盛放，是那么娇艳；山脚之下，滔滔江水拍打着山崖。一个"满"字，形象地描摹了桃花漫山怒放的景象，但这样的美景却勾起了女子的痛苦回忆。

　　最后两句借景抒情，连用两个比喻：将红花比作郎情，将流水比作愁绪。花红易衰，与爱情的脆弱如出一辙；而流水滔滔不绝，恰似"剪不断、理还乱"的忧愁。这两句比喻形象、贴切地描绘出了失恋女子内心的痛苦。南唐后主李煜写有《虞美人》，以流水喻亡国之愁："问君能有几多愁，恰似一江春水向东流。"这千古名句正是脱胎于"水流无限似侬愁"一句。

词的品赏知识

小令概述（一）

　　小令起源于唐朝，盛行于五代。词是配"燕乐"的，在燕乐中，"令"是"曲破"中的节奏明快的一截，而尤为明快精练的就是"小令"。清代毛先舒认为："五十八字以内为小令，五十九至九十字为中调，九十一字以外为长调。"（《填词名解》）王力在《汉语诗律学》中则认为：六十二字以下的为小令，以上的为慢词。这首《枝竹词》为二十八字，属于小令。

⊙作者简介⊙

　　刘禹锡（772—842），字梦得，洛阳人。德宗贞元九年（793）登进士第，又登宏词科。曾参与"永贞革新"，失败后被贬为朗州（今湖南常德）司马，迁连州刺史。后以裴度力荐，任太子宾客。武宗初，加检校礼部尚书衔。世称"刘宾客"、"刘尚书"。诗文兼擅，有"诗豪"之称，早年与柳宗元并称"刘柳"，晚年与白居易并称"刘白"。今存《竹枝词》、《潇湘神》等词，以淳朴婉转见长。有《刘宾客文集》。

潇湘神

◎刘禹锡

斑竹枝，斑竹枝，泪痕点点寄相思。楚客欲听瑶瑟怨，潇湘深夜月明时。

【译文】

斑竹枝啊斑竹枝，泪痕点点寄送的是相思情意。羁旅楚地之人打算听一曲《瑶瑟怨》，就在那潇湘深夜月明之时。

【赏析】

《潇湘神》，又名《潇湘曲》，词牌名。原为唐代潇湘间祭祀湘妃的神曲。《潇湘神》共两首，是作者被贬朗州（今湖南常德）司马期间所作，抒写的是他对舜帝二妃——娥皇、女英的追怀之情，此处收录的是第二首。

潇湘神即湘妃。传说舜南巡去世，葬于苍梧，娥皇、女英追至此，望苍梧而泣，泪洒竹上，留下痕迹斑斑，旋即溺于湘水，为湘水之神。作者贬谪楚地，对竹凭吊，心中满是哀怨。

整首词化用湘妃泣竹的历史传说，以空灵之笔，抒哀怨之情。历史传说与现实生活在词中合为一体，作者的主观之情与客观之景也水乳交融，颇有"象外之致"、"味外之味"。

"斑竹枝，斑竹枝，泪痕点点寄相思"，首三句道出潇湘二妃的典故：斑竹上泪痕点点，是娥皇、女英因思念舜帝而落的泪。泪痕虽是二妃留下的，但我们读来似乎觉是词人落下的。

"楚客欲听瑶瑟怨，潇湘深夜月明时"，这两句与前面的"相思"相呼应，借二妃的典故来写自己对故乡的思念。远谪江南的词人十分思念故乡，在那月明之夜，他多想听一首契合他心情的《瑶瑟怨》呀！

这首词风格清新，读起来朗朗上口，富有民歌情调。

词的品赏知识

小令概述（二）

小令或单片，或双片，或多片。单片如这首《潇湘神》。多片的如《九张机》，但较为少见。小令有齐句，有长短句。《尊前集》里长短句只占二分之一，而《花间集》里占到了五分之四。

宋人依声作词，宋以后就未必，因此唐宋词常有词牌固定而字句不同的情况，那是因为音乐之下，歌词可以有所增减的缘故。

忆江南（其一）

◎白居易

江南好，风景旧曾谙①。日出江花红胜火，春来江水绿如蓝②。能不忆江南？

【注释】

①谙（ān）：熟悉。②蓝：蓝草，其叶可制青绿染料。

【译文】

江南多么美好，那里的风景很早就已熟悉。太阳升起时，江畔的鲜花红得胜过火焰；春天到来时，澄澈的江水碧绿如蓝草。叫人怎能不追忆江南？

【赏析】

白居易早年曾游江南，后因目疾回到洛阳，因而写下两首《忆江南》。晚年的白居易已经厌倦仕宦生涯，因此对秀丽的江南怀有特殊好感。

这首词首句以一个既浅显又圆活的"好"字总括江南的种种佳处，作者的赞赏之意与向往之情已尽皆寓于其中。

整首词以词藻明艳的色彩取胜，作者别出心裁地以"江"为中心下笔，不遗余力地以浓墨重彩渲染江南风景："日出江花红胜火"一句表现出春天花卉的生机勃勃之态，使人感到江南春色浓艳、热烈之美；"春来江水绿如蓝"则描绘出春水荡漾，碧波千里的景象。作者敷彩设色，采用异色相衬的手法，使"红胜火"、"绿如蓝"形成强烈的视觉冲击，区区十几个字，完美勾勒出一幅绚丽耀眼、层次丰富的江南春景。这种高度的艺术提炼，千百年来让人们永忆这胜似画图的江南春。

整组词受民歌的影响，既具有回环复沓的美，又富有清新活泼的情调。

⊙作者简介⊙

白居易（772—846），字乐天，晚年号香山居士。贞元十六年（800）进士。元和年间任左拾遗及左赞善大夫。后因上表请求缉拿刺死宰相武元衡的凶手，得罪权贵，被贬为江州司马。后官至刑部尚书。在文学上，主张"文章合为时而著，歌诗合为事而作"，是新乐府运动的倡导者。其诗通俗易懂，相传其诗作要老妪听懂为止。与元稹并称"元白"。与刘禹锡首开中唐文人倚声填词之风，今存《忆江南》、《长相思》等词尤有盛名。有《白氏长庆集》。

忆江南（其二）

○白居易

江南忆，最忆是杭州。山寺月中寻桂子，郡亭枕上看潮头①，何日更重游？

【注释】

① 郡亭：官署中的亭子。潮头：指中秋前后的钱塘潮。

【译文】

回忆江南，最让我魂牵梦萦的是杭州。明月之下，在山寺之中寻找桂子；躺在郡衙的亭子里观看潮水，什么时候我才能故地重游呢？

【赏析】

第一首词是对江南春色的总体描绘，这首词则以"人间天堂"杭州为着眼点，进一步突出"江南好"，并抒发自己对江南的深沉怀念。

"江南忆，最忆是杭州。"词的一、二句不事雕琢，用最直接、最质朴的语言抒发了最强烈、最真挚的感情。

"山寺月中寻桂子，郡亭枕上看潮头"，紧承上句，具体写"忆"的内容，重温往日的美好生活。

古代神话中有月中桂树的传说，作者运用这一传说，意在强调杭州的非同反响。其实词人"寻"的又何止是"桂子"呢，其中还包含了对美好事物的追求和对美好生活的向往。

"郡亭枕上看潮头"描绘了钱塘江入海的奇观。在钱塘江入海处，有两山南北对峙，形成了喇叭口，水势被夹束，遂形成汹涌的浪涛。海潮来时，声如雷鸣，排山倒海，犹如万马奔腾，蔚为壮观，潮头可高达数米，成为天下著名景观。

词人选取"山寺寻桂"和"钱塘观潮"两个富有代表性的生活画面进行描写，生动地表现出居住在杭州时生活的惬意与安闲，并在结尾处表达出对重游之日的热切盼望，对其地的一片由衷喜爱之情溢出纸面，隐隐中又含有人生的遗憾与感慨。

这首词使人一读之下便可以想见杭州的多彩多姿，直欲奔向江南实地观览一番。风格清新，感情真挚，极富感染力。

长相思

◎白居易

汴水流①，泗水流②，流到瓜洲古渡头③。吴山点点愁。

思悠悠，恨悠悠，恨到归时方始休。月明人倚楼。

【注释】

①汴水：源于河南，与泗水合流后入淮河。②泗水：源于山东曲阜，至徐州与汴水合流入淮河。③瓜洲：在今江苏省扬州市南面，因形状似瓜而得名。

【译文】

汴水奔流，泗水奔流，都流到瓜洲古渡头。点点吴山好似含着愁怨。

思情深长，恨意深长，恨到（郎君）归来之时才肯罢休。明月之下，人倚着楼头栏杆。

【赏析】

此词表达了一位女子对于远行的爱人的思念。

上片寓情于景，"汴水流，泗水流，流到瓜洲古渡头"，这三句写流水，也是写思妇送别丈夫的行程。此三句连用三个"流"字。"吴山点点愁"，丈夫远去了，思妇只能对着那吴山发愁，"愁"为全词词眼。

下片直接抒情。"思悠悠，恨悠悠"，这两句连用两个"悠悠"，更增添了愁思的绵长。"恨到归时方始休"，这一发自内心的呼喊足以表达女子的用情之深。最后一句"月明人倚楼"，美人之愁与一派流泻的月光融为一体，更能烘托出哀怨忧伤的气氛，增强了艺术感染力，显示了这首词言简意赅的特点。

词的品赏知识

闺怨词概述

闺怨词专门用来表现妇女的生活和情感，所抒写的是古代弃妇和思妇（包括征妇、商妇、游子妇等）的忧伤，或者少女怀春、思念情人的感情。闺怨词按题材分，可分为三种类型，第一种是描写别离相思的，《长相思》是其中的代表，以简练活泼的语言抒写了闺中人对爱人的思念；第二种是借描写美人迟暮来感慨身世命运的，贺铸的《青玉案》是其中的代表作；第三种是表现闺中人的寂寞、冷清的，比如欧阳修的《蝶恋花》。

花非花

◎白居易

花非花，雾非雾。夜半来，天明去。来如春梦不多时，去似朝云无觅处①。

【注释】

① 朝云：此借用楚襄王梦巫山神女之典故。宋玉《高唐赋》序：妾在巫山之阳，高丘之阻，且为朝云，暮为行雨，朝朝暮暮，阳台之下。

【译文】

似花而不是花，似雾而不是雾。半夜前来，天明离去。来的时候犹如美好的春梦，停留不久，去的时候好像朝云流散，无处寻觅。

【赏析】

这首词应是写于白居易出任杭州刺史以后、卸任苏州刺史以前，时间大约在唐穆宗长庆二年（822）至唐敬宗宝历二年（826）之间。此时白居易已是年过半百，被贬谪的忧惧创伤已经愈合。在苏州和杭州时，他经常与歌伎交往，生活安定而悠闲，心情也极为舒畅。

这首词写的是歌伎的容貌和生活，语言平白如话，词意含蓄蕴藉。

"花非花，雾非雾"，首二句描写歌伎的容貌。这里用了两个精巧的比喻，说歌伎容貌美丽似花，体态轻盈如雾。

"夜半来，天明去"，这是写歌伎的生活。唐代时，妓女常常是夜半时分才出来侍酒陪客，而天明即离去，行踪飘忽。

接着，词人又以两个巧妙的比喻来写歌伎行踪："来如春梦不多时，去似朝云无觅处。""春梦"用来表现风光旖旎之欢会的转眼即逝；"朝云"用楚怀王与巫山神女幽会的典故，喻其去后芳踪难觅。

这首词结构短小，体式活泼，词人运用一系列比喻，将歌伎形象刻画得惟妙惟肖，而词人对她们的爱慕之意也表现得淋漓尽致。

浪淘沙

◎白居易

借问江潮与海水，何似君情与妾心？
相恨不如潮有信，相思始觉海非深。

【译文】

问问江潮与海水：什么像郎
君的心意，什么又像我的心意？恨
（郎君的情意）不能像潮水一样来
去有定时，思念他的时候才发现海
水不够深。

【赏析】

《浪淘沙》本来是白居易的自度
曲，形式与七言绝句相同，宋代后逐
渐发展为长短句。

这首词通过自问自答的形式来写
闺情。词人通过对一位闺中女子复杂
微妙的内心矛盾的刻画，真实地表现
出她对爱情的忠贞和被人抛弃的悲惨
境遇。

"借问江潮与海水，何似君情与
妾心？"首二句劈空发问，以水寓情。"江潮"常汹涌而来，倏忽而去，与薄幸人起初热烈却又转瞬
即逝的爱情极为相似。大海既深且广，有如思妇对情人的思念。但词中思妇却并不这么看，她认为江
潮和海水不能与自己的情意相比。

"相恨不如潮有信，相思始觉海非深"，上二句设问，这两句予以回答。"江潮"纵然倏忽而逝，
但它有日日夜夜有来有往，而那负心郎呢？他走后却再没有音信。海水纵然很深，却不及自己对"君"
的情意深厚。真是"君心不如潮，妾心深过海"！词以"君心"比"江潮"，以"妾心"比"海水"，
十分贴切自然，读之叫人拍手称妙。

这首词虽写闺情，却是以欢情来显现，这种形式出自于民歌，清新活泼。

词的品赏知识

词牌溯源（一）

词牌，就是词的格式的名称。词共有两千多种格式，这些格式称为词谱。词牌的来源，大概有下面三种情况：

本来就是词的题目。《更漏子》咏夜，《抛球乐》咏抛球，《浪淘沙》咏的是浪淘沙。凡是词牌下面注明
"本意"的，就是说词牌同时是词题。但绝大多数的词都没用"本意"，因此，词牌之外还有词题，词题和词
牌之间可能没有任何联系。一首《浪淘沙》可以完全不提到浪和沙，比如这首词，题为《浪淘沙》，却写闺情。
这样，词牌只不过是词谱的代号罢了。

采莲子

◎皇甫松

　　菡萏香连十顷陂（举棹）①，小姑贪戏采莲迟（年少）。晚来弄水船头湿（举棹），更脱红裙裹鸭儿（年少）。

【注释】

① 菡（hàn）萏（dàn）：荷花。陂（bēi）：池塘。

【译文】

　　荷花的清香飘满广阔的池塘，小姑娘贪玩迟迟才去采莲。傍晚时她戏弄塘水，将船头溅湿，她还脱下红裙将鸭儿裹抱。

【赏析】

　　这是一首描写江南采莲女生活的词，词人通过对一位少女采莲情景的描述，展现出一幅有声有色、情趣盎然的动人图画。

　　"菡萏香连十顷陂"，这一句总写秋日荷塘之景。秋日的荷塘，叶浓花繁，香飘万里。

　　接着词人收拢笔端，由对荷塘这一整体环境的描写聚拢到采莲少女身上。"小姑贪戏采莲迟"，由于年纪尚轻，采莲少女还留有一颗贪玩的心，她不像其他人一样全身心投入采莲工作中，而是边采莲边玩耍。

　　且看看她在玩些什么："晚来弄水船头湿，更脱红裙裹鸭儿。"她脱下鞋，将一双玲珑的小脚伸向水塘里，打起水来。由于玩得饶有兴致，水花将船头都溅湿了，这场面多么生动活泼。她的可爱之状还不止于此，她竟脱下红裙去裹抱小鸭。

　　词中句末原有小字"举棹"和"年少"，均为传唱时的和声，以加强词的音乐效果。

词的品赏知识

词牌溯源（二）

　　本来是乐曲的名称。如《采莲子》《西江月》《蝶恋花》等。这些有的来自于民间，有的来自于宫廷或官方。

　　摘取一首词中的几个字作为词牌。例如《忆秦娥》，因为依照这个格式写出的最早一首词的开头两句是"箫声咽，秦娥梦断秦楼月"，所以词牌叫《忆秦娥》，又叫《秦楼月》。《忆江南》本名《望江南》，因为白居易的一首咏"江南好"的词，最后一句是"能不忆江南"，所以又叫《忆江南》。

　　但这些都是最普遍的情况，还有一些较特殊的，比如《潇湘神》，它原为唐代潇湘间祭祀湘妃的神曲。

◎作者简介◎

　　皇甫松，生卒年不详。一名嵩，字子奇，自号檀栾子，睦州新安（今浙江建德）人，是工部侍郎皇甫湜之子、宰相牛僧孺的外甥。诗与温庭筠、韦庄、司空图齐名，词今传二十余首，以措辞闲雅著称，见录于《花间集》、《唐五代词》。《新唐书·艺文志》著录其《醉乡日月》三卷。今有王国维所辑《檀栾子词》一卷。

采莲子

◎皇甫松

船动湖光滟滟秋（举棹）①，贪看年少信船流（年少）②。

无端隔水抛莲子（举棹）③，遥被人知半日羞（年少）。

【注释】

① 滟滟：水光摇曳晃动。② 信船流：任船随波逐流。③ 无端：无故。

【译文】

小船轻移，湖光摇曳晃动映现出一派秋色，（船上的）姑娘因贪看岸上的美少年而忘了划桨，小船随水波而行。（她）没来由地抓起一把莲子隔水朝少年抛去，远远地被人看到，（令她）害羞了半天。

【赏析】

这首词写的是少女对纯洁爱情的大胆追求。

"滟滟秋"指湖光荡漾中映出的一派秋色。湖水都能映出秋色，其清澈透明不难想见。"秋"字不仅体现了湖水之色，也点明了季节。首句描写秋日荷塘之景，景中寓情。秋水涨满，波光浮动，清澈透明。那盈盈水波正如采莲少女的眼波，清澈含情；那涨满的秋水好像少女心中涌动的情愫，于是有了后面的情节——"贪看年少信船流"，一位英俊的少年将采莲女吸引住了，她凝视着他，不觉动了情，任凭船儿随水飘流。"贪看"

写出了少女的天真无邪；"信船流"则写出了她的痴态。

"无端隔水抛莲子"，姑娘突然抓起一把莲子，向那岸上的少年抛掷过去。少女向少年掷莲子的举动，进一步表现出她对少年热切的爱慕之情以及江南水乡姑娘大胆热情的性格。"莲"与"怜"谐音，有爱恋之意。姑娘向少年抛掷莲子，是含蓄地向他表露自己的心意。

那么莲子到底是否抛中了少年呢？词人却没有明说，而是将笔锋转至另一个场景："遥被人知半日羞"，留给读者无尽想象。少女抛莲的举动被人看到了，惹得她害羞了好一阵。"半日羞"三个字将少女的羞态刻画得惟妙惟肖。

这首小令虽然简短通俗，却将少女清纯可爱、活泼顽皮的形象刻画得惟妙惟肖，充满着生活的情趣。

梦江南

◎皇甫松

兰烬落①，屏上暗红蕉。闲梦江南梅熟日，夜船吹笛雨潇潇。人语驿边桥②。

【注释】

① 兰烬：香烛的余烬。
② 驿：驿亭，古时公差或行人休息的地方。

【译文】

兰烛的余烬自顾自地燃落，画屏上的美人蕉暗淡下去。我悠然梦见江南的梅熟日，那夜她在船上吹笛为我送行，船舱外夏雨潇潇。我们在驿站桥头话别。

【赏析】

这首词写得非常含蓄，词意朦胧，讲的是词人于一个寂寞无聊的夜晚回忆与心上人告别的情景。

"兰烬落，屏上暗红蕉"，这两句写词人所处的环境：香灯燃尽，烛花剥落了，屏风上艳红的美人蕉花，也随之变得暗淡。

这两句说明时间已至深夜，而且屋内的环境一片朦胧。在这样一个朦胧的深夜里，词人在做什么呢？

"闲梦江南梅熟日"，"梦"实为"忆"，他回忆江南的一个雨天场景。"梦"字之前有一个"闲"字，这个"闲"字并非指悠闲，而是指一种寂寞无聊的心境。宋寇准有诗"梅子黄时雨如雾"，梅熟日指的是江南雨季。梅熟日里到底发生了什么呢？

"夜船吹笛雨潇潇"，在那个夏雨潇潇的夜晚，有人在船上吹笛。但词人没有点明吹笛者何人；多半是为词人饯别的歌伎。"人语驿边桥"，两人于驿站码头说话，至于说些什么，任由读者去遐想。此词意境朦胧，但语句并不晦涩，令人一读之下便可以联想到江南雨季的缠绵情景。

这首词可谓充满诗情画意，俞陛云在《唐五代两宋词选释》中评曰："调寄《梦江南》，皆其本体。江头暮雨，画船闻歌，语语带六朝烟水气也。"

梦江南

◎温庭筠

千万恨，恨极在天涯。山月不知心里事，水风空落眼前花。摇曳碧云斜。

【译文】

千万般恨意，全由于爱人远在天涯。山月不知（闺中思妇的）心事，水面上的清风空自将眼前的春花吹落。碧云摇曳，横斜在天边。

【赏析】

这首词以深山夜月为背景，写思妇怀远。

开首"千万恨"三字，直抒胸臆，将思妇内心深处那重重幽怨一字字道出，甚为悲苦。那么这恨从何而来呢？"恨极在天涯"。她的恨源于丈夫远游未归。她的恨是千重万重，一个"极"字将这种"恨"写尽了：一定是丈夫出游甚久，她的恨才经年累月积下了这么多重。

"山月"三句融情入景，以自然之物的无情衬托出思妇的深情，突出她的满腔哀伤。山月不通人的情感，本是极为自然之事，可思妇心中的愁怨实在太深，因而才责怪起它来。"水风空落眼前花"，花儿飘落引起的是韶华易逝的悲伤，今春眼看着又要过去了，所思之人却仍未归来。这一句写出了思妇那种万念俱灰的心情。"摇曳碧云斜"，末一句纯粹写景，意味隽永。天空一碧，白云悠悠，似对她那千万恨无知无觉。

⊙作者简介⊙

温庭筠（801/798—866），本名岐，字飞卿，山西太原人。少负才华，长于诗赋。晚唐律赋考试，八韵为一篇。据说温庭筠叉手一吟便成一韵，八叉八韵即告完稿，时人称为"温八叉"。诗与李商隐齐名，并称"温李"；词与韦庄齐名，并称"温韦"。所作多写闺情，镂金错采，在当时和后代影响极大，被奉为"花间派"的鼻祖。作为唐代大力填词的第一人，存词六十六首，王国维据《花间》、《金奁》两集，辑有《金荃词》一卷。有《温飞卿诗集笺注》。

望江南

◎温庭筠

梳洗罢，独倚望江楼。过尽千帆皆不是，斜晖脉脉水悠悠^①。肠断白蘋洲^②。

【注释】

① 斜晖：偏西的阳光。脉（mò）脉：含情凝视、情意绵绵的样子。这里形容阳光微弱。 ② 白蘋（pín）洲：开满白色蘋花的水中小块陆地。古代诗词中常用以代指分别的地方。白蘋，一种水中浮草。

【译文】

梳洗完毕，独自倚着望江楼（的栏杆）。千帆过尽都不见爱人的归舟，夕阳的余晖脉脉无语，江水悠悠流淌。一片愁肠绕断在那片白蘋洲上。

【赏析】

这首词写的是思妇登楼盼望夫君归来，而希望却落空了。

常言道"女为悦己者容"，本词中的女主人公梳洗完毕，登上高楼，一心盼望着远游的丈夫归来。一个"罢"字，足见其心情之迫切：刚梳洗完毕，便迫不及待地登上江楼翘首盼望，可见是从早晨就开始眺望

了。"独倚"二字写出了倚楼人孤寂的心态。她满怀希望而来，引颈盼望了一天，可结果呢？

"过尽千帆皆不是，斜晖脉脉水悠悠"，这两句写出了她由盼望到失望的心理变化过程。"过尽千帆"是眼前实景，同时也包含着女主人公的情感活动：她久久凭栏，打量着每一艘过往的船只，这艘不是，那艘也不是，在一次次的盼望中，她一次次地失望，心情低落到极点。成百上千的船只过去了，日色也暗了下来，眼前终于只剩下脉脉无语的斜阳，以及滚滚东去的江水了。"斜晖脉脉"四字，表面上看是写景，然而与上文联系起来，就会发现其中暗示了一个讯息：主人公直到黄昏还在望，就这样望了整整一天。

末句"肠断白蘋洲"更有含蓄不尽之意。"白蘋"往往是表达男女思慕之情的象征。这一句将人物感受和盘托出，直接有力。

菩萨蛮

◎温庭筠

水精帘里颇黎枕①,暖香惹梦鸳鸯锦②。江上柳如烟,雁飞残月天。
藕丝秋色浅③,人胜参差剪④。双鬓隔香红⑤,玉钗头上风⑥。

【注释】

① 水精:即水晶。颇黎:即玻璃,古代一种玉名,又名水玉。② 鸳鸯锦:绣有鸳鸯的被子。③ 藕丝:借指藕白色的衣裙。秋色浅:指衣服的颜色如淡淡的秋色。④ 人胜:古代人七日(正月初七)那天戴在头上的饰物(剪纸、绢、箔等物为之)。参差剪:参差是形容人胜之形的,剪则指剪出人胜。⑤ 香红:难知确切所指,大概指红润的面颊、红唇等。⑥ 玉钗:指步摇簪一类的簪钗,即在簪钗一头垂悬着吊坠似的饰品,行走时或风吹时可以摆动。

【译文】

水晶帘中有玻璃枕,鸳鸯锦被中暖香融融,惹起(玉人)春梦。(她梦到)江岸上杨柳如烟,大雁飞入挂着一钩残月的天空。

她穿着浅色的藕荷色丝绸秋衫,戴着参差不齐的纸箔裁剪的饰物。双鬓间隔着那姣好的面容,头上玉钗在春风中轻轻摇曳摆动。

【赏析】

这首词写的是一个闺中女子的春梦,反映出她的淡淡哀愁。

上片写闺中女子的居住环境以及她的梦境。"水精帘里颇黎枕,暖香惹梦鸳鸯锦",首二句描写环境。水晶帘、玻璃枕、鸳鸯被,室内的陈设十分精巧讲究,由此可见该女子为一贵族仕女,且雍容华贵。"暖香惹梦"四字又使卧室充满生机。这后一句还引起人无限遐想:于这绣有鸳鸯图案的锦被之中,女主人公正做着一个怎样的梦呢?"江上柳如烟,雁飞残月天",这十个字虽是写景,而其中情味正在景外。若将这两句与温庭筠《望江南》(梳洗罢)联系起来,我们便不难看出画中所表现出的情怀。词中女主人公大抵也如《望江南》中的思妇一般,日日登楼,眺望着远方之人。而冬去春来,大雁已从南方飞回家乡,而她的意中人却仍不见踪影。这是梦,还是实境?只觉得绵邈无际,叫人无从分辨。

下片描写女主人公的穿着打扮。"藕丝秋色浅"写衣着。藕,淡紫近白,成熟于秋季,故将藕色称作"秋色",又转而用这种色彩来代指藕色丝绸做成的衣裳。"人胜参差剪"写头上的饰物。"双鬓隔香红",两鬓簪花中有距离,所以说"隔";"香红",此处与"藕丝秋色浅"所用的手法一样,以气味和颜色代指姣好的面容。"玉钗头上风",承上双鬓连写女主人公的头饰。最后一"风"字用得尤妙,是名词作动词用,生动地写出了女主人公走路时玉钗微微颤动的样子。下片无一句正面描写女子的容貌,却通过对她衣着、头饰的描写,来衬托出她的美丽可爱。

这首词借助对景物的描写,来表现女主人公的形貌及心理活动,词境十分朦胧。

菩萨蛮

◎温庭筠

小山重叠金明灭①，鬓云欲度香腮雪②。懒起画蛾眉，弄妆梳洗迟③。照花前后镜，花面交相映。新帖绣罗襦④，双双金鹧鸪⑤。

【注释】

① 小山：指美人发髻。金：即额黄，又称鹅黄、贴黄，是唐代妇女的眉际妆，因为以黄色颜料染画于额间，故得名。② 鬓云：形容鬓发蓬松，像云朵一样。度：覆盖、掩过，形容鬓角延伸向脸颊，逐渐变得轻淡，像云影轻度。香腮雪：即香雪腮，指雪白的面颊。③ 弄妆：梳妆打扮。④ 罗襦（rú）：丝绸短袄。⑤ 金鹧（zhè）鸪（gū）：指用金线绣上去的鹧鸪鸟。

【译文】

　　小山重重叠叠，金光明灭，如云的鬓发想要度过洁白似雪的香腮。她慵懒地起床画眉，迟迟才弄妆梳洗。

　　拿起两面镜子一前一后照着头上的花饰，镜子里红花与脸面交相辉映。新穿上的丝绸裙袄上，绣着一双金鹧鸪。

【赏析】

　　这首词描绘了一幅美女梳妆图。在这幅浓墨重彩的图画中，流露出闺中贵妇的苦闷与落寞。

　　"小山重叠金明灭，鬓云欲度香腮雪"，这两句描绘了一幅睡美人的图画。在古诗词中，常以女子的发髻来写山，如刘禹锡《望洞庭》"遥望洞庭山水翠，白银盘里一青螺"；"金"指首饰；"明灭"则指首饰在晨光的照射下时明时暗。"雪"，形容床头美女肤色之白皙。"懒起画蛾眉，弄妆梳洗迟"，这两句才开始写她起床梳妆。一"懒"一"迟"写出了闺中女子的慵懒状，颇见其百无聊赖之心情。

　　"照花前后镜，花面交相映"，这两句写"弄妆"后之情形。她梳洗和打扮完毕后，拿起两面镜子一前一后照着，看头上的花饰是否插好了。镜子里映着她的面容和花饰，相互辉映，显得格外好看。"新帖绣罗襦，双双金鹧鸪"，末两句写她的衣裳，余味无穷。她簇新的丝绸小褂上，刚刚用金线绣上了成双成对的鹧鸪。一个"双"字，凸显出她的孤独与落寞，使这首词的词境得到升华。

词的品赏知识

阕与片

　　阕：一首词称为一阕。词的分段也称为阕，上段称为上阕，下段称为下阕。

　　片：词的分段称为分片，第二段的开头称为"过片"。词多由上下两段组成，慢词有多至三片、四片者。

　　以这首《菩萨蛮》为例，"小山重叠"四句为上片；"照花前后镜"四句为下片。

菩萨蛮

◎温庭筠

玉楼明月长相忆，柳丝袅娜春无力。门外草萋萋①，送君闻马嘶。画罗金翡翠②，香烛销成泪③。花落子规啼，绿窗残梦迷。

【注释】

① 萋萋：形容草长得茂盛的样子。② 画罗：有画饰的丝织罗帐。③ 销：燃烧熔化。

【译文】

明月映照玉楼，（思妇）久久地思忆着远方的恋人，柳条儿在春风中无力飘摆。门外青草茂盛，送别郎君听到马的嘶鸣声。

罗帐上绣着一双金色的翡翠鸟，香烛燃烧，熔化成眼泪。花儿飘落，杜鹃啼鸣，绿窗内（思妇）残梦迷离。

【赏析】

这首词写闺情，十分精妙。

"玉楼明月长相忆"，首句点明思情涌动的时间、地点，明月之夜，思妇独自登楼，愁绪倍增，万千思绪一齐涌上心头，她不禁陷入了对过往的深深回忆之中。

接下来写思妇所回忆的离别场景："柳丝袅娜春无力。门

外草萋萋，送君闻马嘶"，"柳丝袅娜春无力"，说明此时正值暮春时节；"柳丝袅娜"，柳条依依如同在诉说着她的不舍之情；"无力"二字暗示出思妇别后的娇慵神态与依恋情怀。三、四句写分别那一刹那的情景，写得有声有色，具体生动。

"画罗金翡翠，香烛销成泪"，思妇由回忆转至现实：眼前罗帐上绣着一对金翡翠，红烛正一滴一滴垂泪。词人善于选取富有特征的景物来抒写女主人公的情感，金翡翠成对更反衬出思妇的孤独；而写蜡烛垂泪实是说思妇掉泪，将一腔幽怨尽数寓于对景物的描绘中。

"花落子规啼，绿窗残梦迷"，夜已深，窗外杜鹃声声，唤离人归去，倍增思妇伤情；她神思恍惚，残梦迷离。一个"迷"字，写出了思妇那种情不能已、神思恍惚的情状。

更漏子

◎温庭筠

柳丝长，春雨细，花外漏声迢递①。惊塞雁，起城乌，画屏金鹧鸪。

香雾薄，透重幕，惆怅谢家池阁②。红烛背，绣帘垂，梦长君不知。

【注释】

① 漏声：更漏的滴水声。迢（tiáo）递：遥远。② 谢家：此处指代闺中。

【译文】

柳丝长长，春雨细细，花丛外，远远传来更漏声。（那声音）惊起塞上的大雁，惊起城上的乌鸦，画屏上有双金鹧鸪。

香雾很薄，透过重重的帘幕，惆怅包围着谢娘家的楼阁。红烛燃尽，绣帘低垂，相思梦长，而你却不知道。

【赏析】

这首词写的是闺中女子的相思之情。

词的上片写夜景，以景寓情。"柳丝长，春雨细，花外漏声迢递"，这三句以柳丝之长、春雨之细烘托漏声之悠长，营造一种令人不堪之氛围。柔长的

柳丝亦如女主人公之情丝，而迷蒙细雨正如她的心情，更漏之声点点滴滴更加重她的愁怨。"惊塞雁，起城乌，画屏金鹧鸪"，"惊"、"起"互文，"雁"、"乌"被惊起，这是女主人公由更漏声而产生的联想，也许雁、乌并非为更漏声所惊起，只是夜阑人静，那更漏声显得很响亮，所以女主人公很自然地产生这般联想。室外雁、乌被惊起，而室内金鹧鸪依然呆立在画屏上，这一动一静的对比，形成强烈的反差，正是远人和思妇不同处境的形象反映。

下片重在抒情。"香雾薄，透重幕，惆怅谢家池阁"，这三句是对闺阁及闺中人的描写，以闺中人的心境来写环境。"谢家池阁"指自己的居处，她的居处怎样呢？香雾袅袅，透入重重的帘幕。这香雾不正如她那惆怅的相思之情吗？这种情感挥之不去，驱之还来。"红烛背，绣帘垂，梦长君不知"，女主人公惆怅许久后终于入睡，可是在梦中，她仍然忘不掉那远去的爱人。"君不知"三字，既写出"君"的无情与冷漠，又写出女子对爱情的执着：纵使对方不知道自己的心意，她仍对他念念不忘。

女冠子

◎韦庄

昨夜夜半，枕上分明梦见。语多时。依旧桃花面，频低柳叶眉。半羞还半喜，欲去又依依①。觉来知是梦，不胜悲。

【注释】

① 依依：恋恋不舍的样子。

【译文】

　　昨天半夜，在我枕边清楚地见到了你，我们说了很久的话。你依旧面若桃花，频频低垂着弯弯的柳叶眉。

　　一半羞涩一半欢喜，想走却又依依不舍。一觉醒来才惊觉只是一场梦，叫我不胜悲伤。

【赏析】

　　这是一首记梦词，记述了一对恋人离别之后在梦中相见的情景。

　　"昨夜夜半，枕上分明梦见。语多时"，词开篇便点明了记梦的主题。"昨夜"点明时间；"分明"二字说明梦的真切；而"语多时"明写千言万语述说不尽，暗写二人相距遥远，可见二人用情之深，相思之切。

　　"依旧桃花面"，男子把女主人公细

细端详，她依旧面若桃花，美丽动人。接着词人由女主人公的外貌，转到她的神态："频低柳叶眉"，她频频低眉，可见其娇羞的神态。

　　"半羞还半喜"，这一句承上片而来，直接刻画女子心理，将她乍见情人后那种又羞又喜的心情传达得恰到好处。"欲去又依依"，这一句写出了女主人公欲去还留、依依不舍的情态。"觉来知是梦，不胜悲"，然而，是梦终究要醒，这两句写由梦回到现实后男主人公的心情。梦醒之后，他只觉悲从中来，绵绵不绝。

　　这首词一反花间词之浓艳风格，语言朴素自然，不事雕饰，但在清淡中蕴有深意，耐人咀嚼。

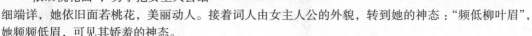

⊙作者简介⊙

　　韦庄（836？—910），字端己，长安杜陵（今陕西西安）人，韦应物四代孙。天祐三年（906）任西蜀安抚副使，劝王建称帝，以功拜相。晚唐西蜀重要词人与诗人。其词多以白描手法传写真情实感，风格自然流丽，与温庭筠齐名，世称"温韦"，是花间派代表词人。现存词分见《花间》、《尊前》和《金奁》三集，王国维辑有《浣花词》一卷，共五十余首。另有《浣花集》诗。

菩萨蛮

◎韦庄

人人尽说江南好，游人只合江南老。春水碧于天，画船听雨眠。
垆边人似月^①，皓腕凝霜雪。未老莫还乡，还乡须断肠。

【注释】

① 垆边人：卖酒的姑娘。垆，放酒坛子的土墩。

【译文】

人人都说江南好，游人只宜在江南老去。春天的江水清澈碧绿更胜天空的碧蓝，（人在）彩绘的船上听着雨声入眠。

土墩边卖酒的女子美丽如月，白皙的手腕好像凝结而成的霜雪。还没有老去就先不要还乡，回到家乡后定叫人悲伤不已。

【赏析】

这是歌咏江南的一首词，词人采用白描的手法，抒写其客游江南的所见所思，韵味悠长。

"人人尽说江南好"，这一句总述人对江南的看法，而词人自己的看法呢？他没明说。"游人只合江南老"，这也是别人的劝说之辞，说远游的人就应该在江南终老。

首二句盛赞江南美景，但都是借用他人的话，词人自己并未表态。韦庄为长安杜陵（今西安）人，后为了躲避战乱，逃到南方。王粲在《登楼赋》中曾说："虽信美而非吾土兮，曾何足以少留。"远游在外的游子始终都惦念着自己的故乡呀。这两句词，蕴藏着词人怀念故乡而不得归的感情。

接着，词人开始具体描写江南的美："春水碧于天"是江南水乡的典型之景，江水的碧绿，比天色的碧蓝更美；"画船听雨眠"写江南生活之美，在碧绿的江水之上，卧在画船之中听那潇潇雨声，这种生活多么悠闲自在呀！

"垆边人似月，皓腕凝霜雪"，垆，是酒店放置酒器的地方。江南不仅景美，生活自得，人也很美。这两句赞的是江南卖酒的酒家女，她们如花似月，腕白如霜雪。可是既然江南如此好，所以词人不但不急于归乡，反而还说"未老莫还乡"。

其实，词人说"莫还乡"正是想到了还乡，他没有用"不"字，用的是有叮嘱口吻的"莫"字，这个"莫"字道出的是一片欲归不得的无可奈何之情。最后词人点出不要还乡缘由，即"还乡须断肠"。故乡已是硝烟弥漫，在战乱中毁于一旦，回去只会有断肠的哀伤之感。

陈廷焯在《白雨斋词话》里评价韦庄的词道："似直而纡，似达而郁。"这一特色在这首词中得到了充分体现。

菩萨蛮

◎韦庄

劝君今夜须沈醉，尊前莫话明朝事①。珍重主人心，酒深情亦深。须愁春漏短②，莫诉金杯满。遇酒且呵呵，人生能几何。

【注释】

①尊：酒杯。②漏：漏壶，古时滴水计时的仪器。

【译文】

劝你今夜一定要喝个大醉，酒杯前不要聊明天的事。珍重主人的心意，酒深情意也深。

你只须愁那春夜太短，不要抱怨酒杯太满。遇到酒且呵呵笑，人生能有几何！

【赏析】

这是一首对酒抒怀的词作，表面上看似旷放，实则是骚人故作旷达语，其中蕴含着流寓他乡的词人强作欢笑、无可奈何的痛苦。

"劝君今夜须沈醉，尊前莫话明朝事"，这是词人的劝酒之语，"沈"通"沉"。意思十分明白，与唐诗人罗隐《自遣》中"今朝有酒今朝醉，明日愁来明日愁"如出一辙。

"珍重主人心，酒深情亦深"，词人继续以酒客的身份替主人劝酒，说主人盛情相邀，我们怎可辜负了他的一片情谊？大家能饮则饮，何辞一醉。

韦庄处在一个乱离时代，他流落异乡多年，如今遇上一个热情好客的主人，心里感到十分激动。这"珍重"两句写尽他沉郁、潦倒的心绪。

"须愁春漏短，莫诉金杯满"，"漏"，古代以滴水计时的仪器；"诉"，意指推辞。上片末二句说不要辜负了主人盛情，这两句则意在劝人不要辜负良辰好景，既然时光短暂，众人正应该趁着这大好春光，开怀纵饮，一醉方休。

"遇酒且呵呵，人生能几何"，这末两句最为沉痛。唐朝灭亡，韦庄已年近七十，历尽人世艰辛，所剩时日亦不多，因而他说今天有酒而不及时行乐，明天想行乐，还不知有没有呢！"呵呵"二字最为传神，这实是强颜欢笑，其中蕴含着一种无可奈何的心绪。

女冠子

◎韦庄

四月十七，正是去年今日，别君时①。忍泪佯低面②，含羞半敛眉。不知魂已断，空有梦相随。除却天边月，无人知。

【注释】

① 君："君"可以指男也可以指女，此处当是指韦庄的旧恋人。② 佯：假装，有意掩饰。

【译文】

四月十七日，正好是去年的今天，我与你作别。你强忍着泪水，佯装低头，脉脉含羞，眉头紧锁。

不知魂魄已因思念而断，只有梦空自相随。除了天边的月亮，没有人知道。

【赏析】

这首词写的是一女子回忆去年与情人告别及别后相思的情形，语言清新流畅，感情真挚动人。

上片回忆与心上人告别。"四月十七，正是去年今日，别君时"，这三句，点明时间。女主人公将分别的日子记得如此清楚，恰恰说明其用情之深。

"忍泪佯低面，含羞半敛眉"，这两句写别离时女子的情态。"忍泪佯低面"，她强忍着泪水，低下头去，她为何要这么做呢？为了掩饰。她害怕郎君看到自己满脸泪水而心中有所牵挂。"含羞半敛眉"，千言万语，欲说还休，尽在含羞敛眉中。这两句通过白描手法，生动地再现了送别时女子玲珑剔透的面部表情以及细腻真实的心理活动。

如果只看上片，会觉得此词只是一般性的回忆。然而下片陡转，"不知魂已断，空有梦相随"，方知上片竟然是一场梦，将别后思念抒发得异常沉痛。"魂断"即"魂销"，江淹《别赋》云："黯然消魂者，唯别而已。""不知"故作糊涂，实指知，但比知更深更悲。君去人不随，也不能随，只好梦相随。一个"空"字，蕴含着相见无期的惆怅。

"除却天边月，无人知"，古人常对月抒怀，凭月寄托相思之情，因而月成了女子唯一的知己，这是多么无奈的选择啊，更见其孤独、寂寞。

菩萨蛮

◎韦庄

　　红楼别夜堪惆怅①，香灯半卷流苏帐②。残月出门时，美人和泪辞。

　　琵琶金翠羽③，弦上黄莺语④。劝我早归家，绿窗人似花。

【注释】

①红楼：歌馆妓院。②流苏：绒线制成的穗子。③金翠羽：指琵琶上用黄金和翠色羽毛装点的饰物。④黄莺语：形容弦音婉转如黄莺啼鸣。

【译文】

　　红楼别离的那个夜晚真令人惆怅，香灯映照着半卷的流苏帐。残月将落，我离开家门时，美人和着泪水同我道别。

　　他乡歌女弹奏着插有金色羽毛的琵琶，弦上黄莺私语。出门时她嘱咐我早早归家，绿窗中人如同花般娇艳。

【赏析】

　　唐朝末年，黄巢发动起义，攻破长安后，词人逃往南方，因思念爱人而作下此词。这首词从整体来看只是写离情，然而写得特别曲折深隐。

　　词的上片写离别情景。"红楼别夜堪惆怅，香灯半卷流苏帐"，这两句点明是分别，着重描写分别时的环境。红楼中，香灯下，罗帐半卷，这景象是多么富丽、温馨，正是这怡人的景象更加衬托出别离的惆怅，此之谓"以乐景衬哀情"。

　　"残月出门时，美人和泪辞"，这两句写送别时两人难分难舍的情景，着意描写女子的情态。他们实在不忍分别，一宿未眠，直到残月将落时，爱人才带着泪水，送词人离开。

　　词的下片追忆离别前的一个片段。"琵琶金翠羽，弦上黄莺语"，词人在他乡听到歌女弹奏琵琶，而那婉转如黄莺啼啭的琵琶声更勾起词人对爱人的怀念来，他也曾如今天一般听她拨弄琵琶。"劝我早归家，绿窗人似花"，这两句写词人由"黄莺语"联想起爱人临别时的叮嘱。她要他早日还家，绿窗前的她如同花儿一般美丽，也如花儿一般容易凋谢。

思帝乡

◎韦庄

春日游，杏花吹满头。陌上谁家年少、足风流①。

妾拟将身嫁与、一生休②。纵被无情弃，不能羞③。

【注释】

① 足风流：那么风流倜傥。足，那么。② 拟：打算。③ 羞：羞愧。

【译文】

春日出游，吹得满头都是杏花。道路上谁家的少年生得如此俊秀？

我打算嫁与他，伴他一生才罢。纵使被无情地拒绝，也不能使我感到羞愧。

【赏析】

这是一首抒写女子大胆追求婚姻自由的情歌。

整首词以女子的口吻写成，语言质朴而多情韵。从内容上看，歌者是一位天真烂漫、性格大胆、敢于热烈追求爱情的少女。

"春日游，杏花吹满头"，点明时间是春日，并勾勒出一幅美好的春日图画：一位妙龄少女去郊外游春，杏花纷纷扬扬，落了满头。春意已浓，少女的春心也在悄然萌动。

"陌上谁家年少、足风流"，少女正沉醉于明媚的春光中时，忽见陌上站着一少年，他是那么倜傥风流，少女不由得春心

荡漾，深深爱上了他。这一见钟情的情感是多么美好。

"妾拟将身嫁与、一生休"，初次相逢，少女便倾心相许，可见其情之深浓、热烈。她爱上了他，愿意嫁给他，但这不过是她的一厢情愿，对方是否有意她还不知道呢。但她不在乎，决绝地喊出："纵被无情弃，不能羞"。纵使他拒绝她的热情，她也不觉得丢脸，这在世风保守的古代社会是骇人听闻的。由此可见，我们的女主人公对于爱情是多么的专注与执着。

荷叶杯

◎韦庄

　　记得那年花下，深夜，初识谢娘时。水堂西面画帘垂，携手暗相期①。

　　惆怅晓莺残月，相别，从此隔音尘②。如今俱是异乡人，相见更无因③。

【注释】

① 暗相期：偷偷约会。暗，暗地里。② 音尘：音讯。③ 无因：没有机会。因，机会。

【译文】

　　记得那年花下，深夜，初与谢娘相识的情景。临水的堂屋西面画帘低垂，我们携手偷偷相约。

　　清晨的黄莺，将落的月儿都令人惆怅，相分别，从此隔断音信。如今都是流落异乡之人，相见更没有机会了。

【赏析】

　　这是一首相思怀人之作。

　　上片回忆与心上人初识、定情的情景。"记得那年花下，深夜，初识谢娘时"，开篇便点明是追忆往事，并将时间、地点、人物、事件一一罗列出来，言语简练。"谢娘"在古代一般是对心爱女子的代称。

　　"水堂西面画帘垂，携手暗相期"，他们相逢于花下，两人一见钟情，遂暗相密约。水堂西畔，画帘低垂，两人相许终身。

　　下片诉说离别后的相思之情。"惆怅晓莺残月，相别，从此隔音尘"，怎奈好景不长，两人不久便相别离。离别时分，词人是多么惆怅，莺声本是婉转动听的，可此时听来却变得恼人了；连那平日里看起来温柔多情的月色，现在也变得冷清了。

晓莺催人起，残月伴我行，怎不令人感伤？两人分别后，从此天各一方，杳无音讯。

　　"如今俱是异乡人，相见更无因"，由于唐末战乱频仍，两人被迫分离，这两句写出词人那种四处漂泊、相见无期的深沉感喟。

浣溪沙

◎薛昭蕴

红蓼渡头秋正雨^①，印沙鸥迹自成行。整鬟飘袖野风香^②。
不语含颦深浦里^③，几回愁煞棹船郎。燕归帆尽水茫茫。

【注释】

① 蓼（liǎo）：水蓼。生于水边，花白色或浅
红色。② 整鬟：梳理头发。③ 含颦（pín）：
愁眉不展。浦：水滨。

【译文】

　　开着红色蓼花的渡头正下着秋雨，
印着沙鸥的足迹自成行列。整理着发
髻，两袖飘摆，风吹来一阵野花清香。

　　她脉脉无语，双眉微敛，凝望着远
远的水滨，几次愁极了那棹船郎。飞燕
归巢，千帆过尽，只剩一片茫茫秋水。

【赏析】

　　这首词写的是一位女子野渡盼人的场景。

　　"红蓼渡头秋正雨，印沙鸥迹自成行"，这
两句写景，点明送别地点、节令以及天气。这
两句通过对景物的描写渲染出一片凄清之境。

　　"整鬟飘袖野风香"，第三句人物出场。
"整鬟飘袖"暗示这是一个风姿优雅的女子。
"野风香"，野风飘香，不知是花香还是衣香，
这三字将人融进自然，隐约描绘出女主人
公清新脱尘的神韵。

　　"不语含颦深浦里"，正面描写女子神态：她默默无语，双眉微敛，似怀着满腔心事。

　　词人没有接着叙写女子怀揣着何种心事，而是将笔锋转至棹船郎上来："几回愁煞棹船郎。"那女
子的"含颦"如何会"愁煞棹船郎"呢？其实这是一幅野渡盼人图，只有站在棹船郎的角度才能看得
明白。所以这棹船郎指的是词人自己，而"愁煞"前冠以"几回"说明该女子不止一次于这渡头盼望
夫君归来了。可是她直盼到"燕归帆尽水茫茫"，也没有盼回丈夫。"燕归帆尽"乃是黄昏之景，说明
女子整整盼望了一天。"水茫茫"，她眼前帆船已尽，只剩秋水茫茫，今天的希望又落空了。

⊙作者简介⊙

　　薛昭蕴，河东（治所在今山西永济蒲州镇）人。王衍时，官至侍郎。唐薛存诚的后代，孙光宪
《北梦琐言》作薛昭纬，并说其恃才傲物，有父风。每入朝，弄笏而行，旁若无人。又好唱《浣溪
沙》词。《花间集》录存其词十九首。

忆江南

○牛峤

衔泥燕，飞到画堂前。占得杏梁安稳处①，体轻唯有主人怜。堪羡好因缘②。

【注释】

① 杏梁：文杏木做成的屋梁，泛指华丽的屋宇。② 堪：非常，十分。

【译文】

衔着泥土的燕子，飞到装饰华丽的大堂前，占据着梁间安稳的地方，体态轻盈只有主人怜爱，好姻缘可堪羡慕。

【赏析】

这是一首咏燕词，词人借咏燕以抒发闺中女子的怨情。

暮春三月，繁花盛开，草木葱茏，一双燕子飞去飞回，匆匆忙忙地衔泥筑巢。它们将巢安安稳稳地筑在房屋的杏梁之上，终成就了美好的姻缘。而独处于闺中的女子呢？她看到了筑巢的燕子，它们双宿双飞的恩爱情态多么令她羡慕。

"衔泥燕，飞到画堂前。占得杏梁安稳处"，这三句写双燕筑巢，以动态咏物。"衔"、"飞"、"占"三个动作，便将燕子筑巢的全过程完整地写了出来，一气呵成。"体轻唯有主人怜。堪羡好因缘"，这两句写闺中思妇的感叹。这首咏物词并非止于对燕子的描写，而是借物喻情，由燕及人。女主人公看到结伴而飞的燕子不禁感物伤神，她哀叹自己形单影只，无人怜爱，羡慕梁间燕子的美好姻缘。

这首小令仅仅二十七个字，却写得形神兼备，深隐含蓄，极富情致。语言通俗，感情真挚，带有浓郁的民间风味。

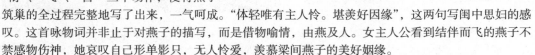

○作者简介○

牛峤，生卒年不详。字松卿，一字延峰，陇西狄道（今甘肃临洮）人。唐宰相牛僧孺的孙子。乾符五年（878）进士及第。词人生逢乱世，中进士才两年黄巢起义军就攻破长安，在动荡中历任拾遗、补阙、尚书郎，后人又称他为"牛给事"。以词著名，词格类温庭筠。《花间集》录其词三十二首。

江城子

◎牛峤

鹁鹒飞起郡城东①。碧江空，半滩风。越王宫殿，萍叶藕花中②。帘卷水楼鱼浪起③，千片雪，雨蒙蒙④。

【注释】

① 鹁（jiāo）鹒（jīng）：鸟名，俗称"池鹭"。郡城：此指古会稽（今浙江绍兴）。② 藕花：荷花。③ 鱼浪：秋水鱼肥，逐浪出没。④ 蒙蒙：细雨迷蒙。

【译文】

池鹭飞起于郡城之东，江天一碧，半滩清风。越王的宫殿，淹没在萍叶藕花中。水楼帘幕高卷，鱼儿逐浪而起，（浪花似）千片飞雪，秋雨蒙蒙。

【赏析】

这首词咏江城风物古迹，在写景状物中寓含人世沧桑之慨。

"鹁鹒飞起郡城东。碧江空，半滩风"，首三句写江郊远景。池鹭飞起于郡城之东，江天一碧，水波东流，沙滩风正起。这是一派多么壮阔的景象。

然后词人抚今追昔："越王宫殿，萍叶藕花中。""越王宫殿"为想象中的景象，展示以往之显赫。江城为越王勾践卧薪尝胆之地，而如今繁华事歇，极目所见，只一片萍叶藕花，一切又复归寻常。词人将怀古与写景融合得如此含蓄，实在难见。最后三句是登楼远眺："帘卷水楼鱼浪起，千片雪，雨蒙蒙。"意象清新迷蒙。词人那思古之幽情与眼前那迷离空蒙之景暗合得十分完美。

这首词不着一字议论，寄情于景，写得细腻含蓄，耐人寻味。

词的品赏知识

咏史怀古词概述

咏史怀古词指的是以历史题材为咏写对象的词作。这里所说的历史题材涵盖面十分广，可以指历史上的某个人物，某个事件，某个古迹，也可以指某个历史时间段，这一首《江城子》歌咏的即是古迹。词人通过对古城江城景物风光的描写，抒发怀古伤今之情。

生查子

◎牛希济

新月曲如眉，未有团圞意。红豆不堪看①，满眼相思泪。

终日劈桃穰②，人在心儿里③。两朵隔墙花，早晚成连理④。

【注释】

① 红豆：又名相思子。② 桃穰（ráng）：桃核。③ 人：与"仁"同音。④ 连理：指不同根却生长在一起的草木。

【译文】

初生的月亮弯曲如眉，没有团圆的意思。不忍看红豆，满眼都是相思之泪。

整日劈着桃核，核仁在核心里。两朵隔墙而生的花，早晚会结成连理。

【赏析】

这是一首抒写爱情的小令，写一对恋人为相思所苦，盼望早日团圆。

"新月曲如眉，未有团圞意"，男主人公对月怀人。那弯弯的月儿勾起了他无尽遐想：月儿弯弯正如女子的秀眉，因而看到这月亮他不禁想到了自己的心上人；月缺未圆这不正预示着人的分离吗？"红豆不堪看，满眼相思泪"，红豆喻指相思，王维有《红豆》诗："红豆生南国，春来发几枝。愿君多采撷，此物最相思。"这两句极写男主人公对心上人的思念。

"终日劈桃穰，人在心儿里"，这两句词人巧用"劈桃穰"的比喻。"桃穰"即桃核，桃核中有仁，而仁与"人"谐音。采用这种比喻，将相思之情写得更为形象，抒发得含蓄而有韵味。"两朵隔墙花，早晚成连理"，接着词人再用比喻，将相恋而不能相见的两人比作迟早将结为连理的隔墙花。这两句一反之前的悲切情绪，表达了恋人希望永结同好的美好心愿。

这首小令通篇运用比喻、联想、移情的写作手法，将恋人间的情感表现得非常深刻。

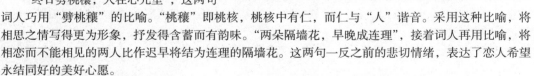

⊙作者简介⊙

牛希济，生卒年不详。陇西（在今甘肃东部）人，词人牛峤的侄子。前蜀王衍时官至翰林学士、御史中丞。降后唐，拜雍州节度副使。为花间派词人之一，风格接近韦庄，又兼取飞卿，善用白描以写心事。有王国维辑《牛中丞词》一卷。

生查子

◎牛希济

春山烟欲收①，天淡星稀小。残月脸边明②，别泪临清晓。

语已多，情未了③，回首犹重道：记得绿罗裙，处处怜芳草④。

【注释】

① 烟：此指春晨弥漫于山前的薄雾。
② 残月：将落的月亮。③ 了：完结。
④ 芳草：代指女子。

【译文】

　　春山上的烟雾即将散去，淡色的天空上，星星稀疏且小。将落的月儿照在我们脸上，流着离别的泪水，天已经接近黎明。

　　话已经说了很多，情意却没有尽头。回过头来仍说道：记得绿罗裙，无论走到何处都要怜惜芳草。

【赏析】

　　这首词写情人伤别，缠绵悱恻而又朴素自然。

　　"春山烟欲收，天淡星稀小"，这两句写景，点明分别的时间，以及分别之地的环境。天将破晓，笼罩在山间的晨雾还没有完全散尽，由于晨曦的映照，天上的星星变得越来越小。读罢这两句，我们不得不惊叹于词人对自然界细致入微的观察。

　　接着，词笔从天色落到人物身上："残月脸边明，别泪临清晓。"前一句对女主人公的脸部来了一个特写，将人物也摄进了春晓画面。"别泪"二字，点明题旨。"残"字运用得极为恰当，一则进一步点明此时是黎明时分；一则以残缺不完整之月渲染出别情之苦。

　　"语已多，情未了，回首犹重道"，这几句写送行者与远行之人别时情态。他们互相叮咛，说了千言万语，却仍难尽心中情意。"回首犹重道"，揭示了远行者内心的眷恋与不舍。

　　"记得绿罗裙，处处怜芳草"，这两句是全词的妙笔："芳草"与"罗裙"同色，此处以"罗裙"指代女主人公。此二句到底是女子对男子的叮咛，还是男子对女子的誓言，词人并未说明，但是里头包含着情人之间的深情与美好愿望。

巫山一段云

◎李珣

古庙依青嶂①，行宫枕碧流②。水声山色锁妆楼③，往事思悠悠。云雨朝还暮④，烟花春复秋。啼猿何必近孤舟，行客自多愁。

【注释】

① 青嶂：青翠的山峰。② 行宫：当指高唐宫观。宋玉随楚襄王游云梦台馆，望高唐宫观，言先王（怀王）梦与巫山神女相会于此。③ 妆楼：指女子梳妆起居之所。④ "云雨"句：宋玉《高唐赋》言楚怀王曾与巫山神女幽会，神女辞别时说自己"且为朝云，暮为行雨"。

【译文】

古庙依傍着青翠如嶂的山峰，行宫枕着清澈的水流。水声与山色深锁妆楼，回想往事，令我思绪悠悠。

云雨早上有晚上还有，美景春天有秋天也有。猿的哀鸣声何必在孤舟之旁，行旅之人本身就多愁。

【赏析】

这首词是词人凭吊巫山神女祠、楚宫遗迹的纪行之作。

"古庙依青嶂，行宫枕碧流"，这两句为词人舟行所见。古庙，指巫山下供奉神女的祠庙。行宫，指楚灵王所筑细腰宫遗址。宋玉《高唐赋序》中说楚王曾梦游高唐，与巫山神女有过一夕欢会。词人看见此番景致定会引起自己对心上人的重重思念。"水声山色锁妆楼"，这里词人即景写事，眼前细腰宫里宫妃的寝殿深锁在青山碧水间，正如他不见他爱人的居处。妆楼，本指细腰宫里宫妃的寝殿，这里指词人心上人的居处，而着一"锁"字，说明词人与心上人相隔遥远。"往事思悠悠"，词人回忆与心上人相悦相欢的往事，幽思连绵不断。

"云雨朝还暮，烟花春复秋"，这两句就昔日楚王的风流韵事抒发感慨。宋玉《高唐赋序》谓楚王梦游高唐，神女自荐枕席，临别前辞曰："妾居巫山之阳，高丘之阻，且为朝云，暮为行雨，朝朝暮暮，阳台之下。""云雨"指男女交好。这两句是说情爱不论时间如何流逝都不会消退。"啼猿何必近孤舟，行客自多愁"，与心上人遥遥相隔，词人心中已经堆满愁怨，又何况闻见催人泪下的猿啼呢。最后两句以景结情，语浅情深，耐人咀嚼。

⊙作者简介⊙

李珣（855—930?），字德润，其祖先为波斯人，后移家至梓州（今四川三台），时有"李波斯"之称。有《琼瑶集》，多感慨之音，后佚。为"花间派"重要作家，《花间》、《尊前》录其词五十余首，由王国维辑成《琼瑶集》一卷。

临江仙

◎毛文锡

暮蝉声尽落斜阳，银蟾影挂潇湘①。黄陵庙侧水茫茫。楚江红树②，烟雨隔高唐。

岸泊渔灯风飐碎③，白萍远散浓香。灵娥鼓瑟韵清商④。朱弦凄切⑤，云散碧天长。

【注释】

① 银蟾：月亮。② 楚江：流经楚地的长江。③ 飐：风吹物使其颤动。
④ 清商：古代民乐简称，声调哀婉悲切。⑤ 朱弦：瑟弦的美称。

【译文】

秋蝉声音消歇，夕阳西落，月影倒映在湘江上。黄陵庙旁江水茫茫。楚江红树，在烟雨迷蒙中隔断了高唐。

停泊在岸边渔船上的灯笼被风吹得颤动不已，水中的萍草远远地散着馥郁的芳香。仙女用古琴弹奏着哀婉的曲子，朱弦声凄切，白云散去，碧空湛湛万里。

【赏析】

这首词是咏古迹的。词人夜访黄陵遗庙，扬舟楚江，追寻心上人，却求之不得，心生无限惆怅。

"暮蝉声尽落斜阳，银蟾影挂潇湘。黄陵庙侧水茫茫"，这四句描绘夜景。暮蝉声尽，夕阳西下，一派凄凉之景；"银蟾"意思是月，在古时引用入诗内，有怀人的心绪。潇湘即湘江，相传舜帝二妃娥皇、女英曾居于此。

黄陵庙，传说为娥皇、女英之庙，又称二妃庙。那黄陵庙中祭奠的两位妃子日夜含泪盼望夫君归来，这正如词人对心上人之绵长不绝的思念。"楚江红树，烟雨隔高唐"，高唐，战国时楚国台观名。传说楚襄王曾梦游高唐，遇见巫山神女，幸之。此句写南方红树在烟雨迷蒙里盛开着如丹的花朵，隔断了高唐。这象征着词人与心上人遥遥相隔，不得相见。

"岸泊渔灯风飐碎，白萍远散浓香"，这两句写停船所见。一个"飐"字和一个"散"字为画面增添了几抹动态的色彩，使得画面饱满而生动。"灵娥鼓瑟韵清商。朱弦凄切，云散碧天长"，恍惚间，词人仿佛听到仙女在弹奏着古琴，弦声凄切。云朵飘散，天空一碧，眼前那迷蒙的境界消散了，心上人的身影也消散了，还有词人的希望也跟着消散。全词所写之景皆凄楚迷蒙，充满着追寻心上人而不得的忧伤，尤其是最后一句，韵味悠长。

⊙**作者简介**⊙

毛文锡，唐末五代时人，字平珪，高阳（今属河北人），一作南阳（今属河南）人。十四岁进士及第。后入蜀，从王建，官翰林学士承旨，进文思殿大学士，拜司徒，蜀亡后，随王衍降后唐。不久又侍奉孟氏，与欧阳炯等五人以小词为蜀后主孟昶所赏。《花间集》称毛司徒，著有《前蜀纪事》、《茶谱》，词存三十二首，今有王国维辑《毛司徒词》一卷。

临江仙

◎鹿虔扆

　　金锁重门荒苑静，绮窗愁对秋空。翠华一去寂无踪。玉楼歌吹，声断已随风。

　　烟月不知人事改①，夜阑还照深宫②。藕花相向野塘中，暗伤亡国，清露泣香红。

【注释】

① 烟月：明月，当月色极好时，清光似雾，所以称"烟月"。② 夜阑：夜将近，夜深人静的时候。

【译文】

　　铁锁锁住重门，荒凉的宫苑中静寂无声；雕花的窗子愁对秋空。王室仪仗队离去后就寂静无踪。（往日）楼阁中的歌吹之声，早已随风消散。

　　烟月不知道人事已改，残夜将尽时还临照深宫。莲花在野塘中面面相对，暗自为亡国而悲伤，清澈的露珠就如同荷花泣下的眼泪。

【赏析】

　　这首词为词人在蜀亡后重游故苑所作，抒写的是亡国之思。

　　词人重游故苑，眼前一片荒寂，不由得悲从中来，愁绪满腹。而今日的破败全是由于"翠华一去寂无踪"。"翠华"，皇帝的仪仗，此处代指皇帝。宋乾德三年（965），后蜀皇帝孟昶降宋，被封为秦国公，不久死去。旧主不在，苑中楼阁中的歌吹之声也跟着消散了。上片每句都运用今昔对比的手法，写出后蜀亡国前后两种完全不同的情形。

　　烟月无情，它不知人事已改，原来歌舞升平之故苑如今已随着蜀国灭亡后变成了寂静荒墟，仍旧如先前那般，照临故苑上空。此处以月的无情衬托出词人的有情，暗伤亡国。那挂着滴滴清泪的"藕花"不正如词人这个正为亡国而悲泣的故国遗老吗？下片词人续举月与花这两种代表性景物进一步渲染了凄清欲绝的环境气氛，将那亡国之悲、今昔之慨抒发得异常深沉。

⊙作者简介⊙

　　鹿虔扆（yǐ），生卒年、籍贯、字号均不详。后蜀进士，累官学士。广政间出为永泰军节度使，进检校太尉，加太保，人称"鹿太保"。与欧阳炯等人以小词为后主孟昶所赏识，忌之者号为"五鬼"。国亡不仕。词多感慨之音。《花间集》收词六首。

诉衷情

◎顾夐

永夜抛人何处去^①？绝来音。香阁掩，眉敛，月将沉。
争忍不相寻^②？怨孤衾^③。换我心，为你心，始知相忆深。

【注释】

① 永夜：长夜。② 争忍：怎忍。③ 衾：被子。

【译文】

无尽的黑夜里（负心人）抛下我去了哪里？断了音讯。闺门轻掩，双眉紧皱，月将西落。

怎么忍心不去寻找？怨恨独自盖一床被子。换我的心，作为你的心，你才知道我思念之深。

【赏析】

这是一首闺怨词，写的是一个被抛弃的痴情女子的内心独白，其中满含她对恋人的思念与怨恨。

"永夜抛人何处去？绝来音"，首二句写恋人的行踪。"永夜"即长夜，一方面说明心上人久等不至；另一方面，"永夜"是女主人公的内心感受，夜之所以显得那么漫长，正是因为情浓的缘故，正所谓"一日不见，如隔三秋"。没有等回心上人，女主人公便意识到自己已被抛弃，故言"抛人"。"绝来音"是责备，是怨恨。一个"绝"字，点出恋人之薄情寡信。

"香阁掩，眉敛，月将沉"，这三句就闺中人自己处着笔，从环境、表情、时间的推移三方面刻画出女主人公的痴情与哀怨。"香阁掩"，既然久等不至，她只好掩起房门。"眉敛"，此时的她是多么忧烦，双眉紧皱。"月将沉"，说明她等了他一夜。

"争忍不相寻？怨孤衾"，尽管恋人薄情，但她仍旧不能放弃对已经变心的恋人的追寻。这两句写出了她对爱情的执着追求和对恋人的痴情。

"换我心，为你心，始知相忆深"，情到深处便成痴，她多么希望负心郎能够理解自己那一腔浓浓的相思之意，以换回他的爱情呀！这几句痴语历来受词论家赞赏，清初王士祯说它"自是透骨情语"；后代词学家刘永济也说，此"乃人意中语，却能说出，所以可贵"。足见评价之高。

⊙作者简介⊙

顾夐（xiòng），生卒年、籍贯、字号均不详。前蜀通正初以小臣给事内廷。因作诗刺时，几遭不测。后擢茂州（今属四川）刺史。入后蜀，官至太尉。其艳词多质朴语，尤擅小令，以《诉衷情》曲最为人称道。《花间集》收其词五十五首，由王国维辑为《顾太尉词》一卷。

南乡子

◎欧阳炯

画舸停桡①，槿花篱外竹横桥。水上游人沙上女，回顾，笑指芭蕉林里住。

【注释】

① 画舸：彩色的小船。桡：划船的桨。

【译文】

彩饰的小船停下船桨，槿花篱笆外，横着一座小竹桥。水上的游人问沙岸上的姑娘家住何处，（姑娘）回过头来，笑着指向芭蕉林深处。

【赏析】

欧阳炯作《南乡子》八首，全写云南、广东一带风土民情，用笔简洁，词风清新。这是其中第二首词，词人用简笔勾勒出一幅清幽的江岸风光图，并采用侧面烘托、正面描写两种手法来描写一位少女，将少女的真率、羞涩、质朴的情状活脱脱显于纸上。

"画舸停桡，槿花篱外竹横桥"，首二句写景，词人为我们描绘了一幅画船静泊图。船行靠岸，停在了一个清幽处，近旁是以木槿花为篱（木槿夏秋间开花，红白相间，当地人常以为篱）的茅舍，远处是依稀可见的横江竹桥。其中"横"字用得妙，将溪桥横斜、倚卧水上的姿态生动地描绘了下来。

"水上游人沙上女"，"水上游人"是指从画船中走下来的游人，"沙上女"则指沙岸上的姑娘。"回顾，笑指芭蕉林里住"，那沙上的姑娘是如此美丽，水上游人忍不住频频回头观望。游人问姑娘是不是住在槿花篱笆中的茅舍里，姑娘摇头，笑指向远处的芭蕉林。这短短九个字中，有表情，有动作，有对话，可见词人用笔之妙。"回顾"是通过侧面描写，烘托少女的美丽；而"笑指芭蕉林里住"，则生动地将农家少女热情好客、坦率真诚以及略显羞涩的神情描绘了出来。

⊙作者简介⊙

欧阳炯（896—971），益州华阳（今四川成都）人。前蜀时为中书舍人，后降唐。后蜀时累迁门下侍郎，兼户部尚书同平章事。复从孟昶归宋，官散骑常侍。曾为赵崇祚所编《花间集》作序，称"愁苦之音易好，欢愉之语难工"。《花间》、《尊前》共收其词四十八首，由王国维辑成《欧阳平章词》一卷。

浣溪沙

◎孙光宪

蓼岸风多橘柚香，江边一望楚天长。片帆烟际闪孤光。
目送征鸿飞杳杳①，思随流水去茫茫。兰红波碧忆潇湘。

【注释】

① 征鸿：远飞的大雁。杳杳：深远貌。

【译文】

　　长满蓼花的江岸凉风习习，送来橘柚的清香，站在江边极目远望，天空辽远空阔，一片船帆在迷蒙的烟霭中孤独地闪着白光。

　　目送着大雁远远飞去，思绪随着流水茫茫远去，每年兰草变红，江水澄碧之时，我们还要忆起潇湘。

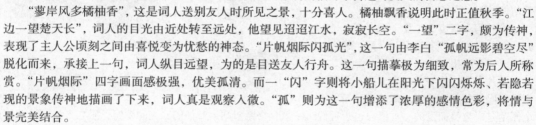

【赏析】

　　这是一首送别之作。这首词的写作颇有特点，它并非直接抒发惜别之情，而是通过对景物的描写来传递对友人的留恋之意。

　　"蓼岸风多橘柚香"，这是词人送别友人时所见之景，十分喜人。橘柚飘香说明此时正值秋季。"江边一望楚天长"，词人的目光由近处转至远处，他望见迢迢江水，寂寂长空。"一望"二字，颇为传神，表现了主人公顷刻之间由喜悦变为忧愁的神态。"片帆烟际闪孤光"，这一句由李白"孤帆远影碧空尽"脱化而来，承接上一句，词人纵目远望，为的是目送友人行舟。这一句描摹极为细致，常为后人所称赏。"片帆烟际"四字画面感极强，优美孤清。而一"闪"字则将小船儿在阳光下闪闪烁烁、若隐若现的景象传神地描画了下来，词人真是观察入微。"孤"则为这一句增添了浓厚的感情色彩，将情与景完美结合。

　　"目送征鸿飞杳杳，思随流水去茫茫"，这两句即景赋情，写词人对友人的依依不舍之情。征鸿，表面指远飞的鸿雁，暗喻远去的友人。"杳杳"对应上片的"烟际"，指友人已经远去。词人不仅目光随着友人的"片帆"远去，他的心也随着流水同友人远去了。"兰红波碧忆潇湘"，"兰红波碧"，写秋景之美。"潇湘"，原本指湖南潇、湘二水。此时词人仕荆南，这里指两人的分别之地。那么这两句是说来年这个时候，我们还要互相思念。

⊙作者简介⊙

　　孙光宪（900—968），字孟文，自号葆光子，陵州贵平（在今四川仁寿东北）人。唐时为陵州判官，有政声。后唐时历事三世，累官荆南节度副使、检校秘书少监。入宋，为黄州刺史。为人性嗜经籍，有《北梦琐言》传世。《宋史》卷四八三有传。其风格与"花间"的浮艳、绮靡有所不同。《花间》、《尊前》录其词八十四首，王国维辑为《孙中丞词》一卷。

长命女

◎冯延巳

春日宴，绿酒一杯歌一遍①。再拜陈三愿②：

一愿郎君千岁，二愿妾身常健，三愿如同梁上燕，岁岁长相见。

【注释】

① 绿酒：新酿的米酒。未经过滤的新酒，上面浮有绿色的泡沫，故称。② 陈：陈述。

【译文】

春日宴饮，喝一杯绿酒，欢歌一遍。再拜一拜许下三个愿望：

一愿郎君长命千岁，二愿妾身永远康健，三愿我俩像那梁上的双飞燕，年年岁岁经常见。

【赏析】

这是一首祝酒词。词人以女子的口吻说出她的三个愿望，语言通俗，几近口语，感情真率质朴，充满了浓郁的民歌情调。

上片写春日宴会中女子的表现：她先饮下一杯酒，接着唱词，再拜，最后陈诉了三个愿望。

下片是三个愿望的内容。第一个愿望是祝愿郎君的，希望他能长寿；第二

个愿望是对自己而发的，祝愿自己永远康健；第三个愿望则是对他们二人的祝愿，愿二人如同梁上的燕子，能长相厮守。

由这最后一个愿望我们可以看出这一对恋人并非夫妻：燕子是候鸟，秋去春来，年年相见。以燕子自喻，说明他们只能定期相见，并不能时时刻刻相守一处。此女子很明显为青楼女子或男子的外室。

这首小词言虽浅近，却又含蓄，颇值得玩味。

⊙作者简介⊙

冯延巳（903—960），一名延嗣，字正中，广陵（今江苏扬州）人。南唐时官至宰相，终罢为太子少傅。其词多写闲情逸致，文人气息浓厚，与温（庭筠）、韦（庄）分鼎三足，对北宋初期的诸家影响尤深。王国维《人间词话》谓其"堂庑特大，开北宋一代风气"。今传词一百二十首，有《阳春集》。

鹊踏枝

◎冯延巳

　　谁道闲情抛掷久？每到春来，惆怅还依旧。日日花前常病酒①，不辞镜里朱颜瘦。

　　河畔青芜堤上柳②，为问新愁，何事年年有？独立小桥风满袖，平林新月人归后。

【注释】

①病酒：因常醉酒而病。②芜（wú）：小草。

【译文】

　　谁说闲愁被抛弃很久了？每到春天来临，我心中的惆怅还一如从前。我天天在花前痛饮，全然不顾镜中容颜瘦损。

　　河岸边芳草萋萋，河堤上柳树依依，我问它们，为什么春愁年年都会有？我独立在小桥上，清风满袖。远处那片林子上弯月悬挂，众人俱已归去。

【赏析】

　　这首词主要表现的是一种无法排遣、时时盘结在词人心中的闲愁。

　　"谁道闲情抛掷久？"这一句设问，点明写闲愁，并写出闲情的苦恼不能解脱的特点。

　　"每到春来，惆怅还依旧"，这两句自问自答，那无法抛掷的闲愁盖因春起，每年都生。"日日花前常病酒，不辞镜里朱颜瘦"，词人以什么来打发闲愁呢？唯酒而已。词人宁可身体消瘦，也要通过不断饮酒来打发闲愁，可见其愁思之深重。

　　"河畔青芜堤上柳，为问新愁，何事年年有？"词人仍在写愁，只不过他的足迹由家中转至府外，愁不再流连于花间、酒杯间、镜子前，而是随之扩展到屋子外的世界——河畔青草、堤上绿柳都蒙上了愁。"河畔"句，既是写景，也是用年年春天柳青草碧，来比喻自己的愁春来即长，年年不尽。"为问"两句是他对闲愁"年年还生"这一现象的无奈呼喊。

　　"独立小桥风满袖，平林新月人归后"，这两句虽为景语，却将词人的"惆怅"与"新愁"全写了出来，词人那愁苦的情态宛若在前。

鹊踏枝

◎冯延巳

　　几日行云何处去？忘了归来，不道春将暮。百草千花寒食路①，香车系在谁家树？

　　泪眼倚楼频独语，双燕来时，陌上相逢否②？撩乱春愁如柳絮，悠悠梦里无寻处。

【注释】

① "百草千花"句：指浪子在寒食前后于青楼妓馆的冶游。
② 陌：泛指道路。

【译文】

　　几日的行云向何处去？忘了回来，也不管春天就要过去。在百草生长、千花竞放的寒食路上，你的车马系在谁家树上？

　　我含着眼泪独自倚靠在楼台上喃喃自语。双燕飞来，路上可与你相遇？缭乱的春愁如同柳絮，悠长的梦中（你的踪影）无处寻觅。

【赏析】

　　这是一首闺怨词，写深居闺中的女子对乐游忘归的丈夫的怨恨与不舍。

　　上片写男子冶游不归。"几日行云何处去？忘了归来，不道春将暮"，这三句是闺中少妇的幽怨之词，表现出她对情郎的惦念。这里以"行云"比喻在外四处游荡的情郎，非常形象贴切。"忘了归来，不道春将暮"，

这两句为女子的自问自答之词，充满无穷悲叹：美好的春光将要逝去了，而情郎却仍不见归来。"春将暮"字面上是指春光将尽，亦指女子的美好年华将逝。

　　"百草千花寒食路，香车系在谁家树？"这两句是女子对情郎不归所做的猜测。"百草千花"语意双关，既指大好春色，又指众娼女。她猜测他乘着香车四处寻花问柳。

　　下片写女子的痴情与怨愤。"泪眼倚楼频独语，双燕来时，陌上相逢否？"她想到自己的丈夫在外纵行放荡，心中是多么的悲伤呀。"泪眼"写其忧伤；"倚楼"写她对丈夫的盼望。"双燕"两句是她的询问，她频频问那归来的双燕是否见到自己的夫君。燕子无情，怎听得懂她的言语，这一问极写女主人公之痴。

　　"撩乱春愁如柳絮"，问燕燕无语，这令她多么惆怅，多么悲痛，心中那春愁顿时如柳絮一般，凌乱无序。这里词人以柳絮喻愁，将无形之愁具体化，极写其纷乱。"悠悠梦里无寻处"，既然他不归，她又那般惦念着他，那么便到梦里将他寻觅吧，但梦却那般悠长，令她茫然而不得寻觅。这最后两句写得千回百转，情意缠绵，形象地表达了女主人公的哀怨与痴情。

清平乐

◎冯延巳

雨晴烟晚，绿水新池满。双燕飞来垂柳院，小阁画帘高卷。
黄昏独倚朱阑①，西南新月眉弯。砌下落花风起，罗衣特地春寒②。

【注释】

① 朱阑：红色栏杆。② 特地：特别，异常。

【译文】

雨后初晴，傍晚淡烟弥漫，碧绿的春水涨满新池。双燕飞回柳树低垂的庭院，小小的阁楼里画帘高高卷起。

黄昏时独自倚着朱栏，西南天空挂着一弯如眉的新月。台阶上的落花随风飞舞，罗衣显得格外寒冷。

【赏析】

这是一首抒写闺情的词作。

上片写晚春之景。"雨晴烟晚，绿水新池满"，一个"晚"字点名时间；"绿水"二字交代节候——此时正值春天。这两句乃是写寻常春景：雨后放晴，夕阳西下，远山近郭笼罩在一片烟霭之中，暮色中但见新池绿水盈盈。

在这片生机盎然的春景之中，女主人公忽见"双燕飞来垂柳院"。深居幽闺的少妇看到燕子双双飞来会作何感想呢？词人没有明说，只说"小阁画帘高卷"，

女主人公高卷画帘为的是让燕子飞入绣户栖宿。她这一个无声的动作，蕴含着她微妙的情思。此时她幽居独处，多么羡慕那成双归巢的燕子，又是多么怨恨离人的不归啊。

下片以女主人公为中心，描绘出她孤独凄苦的处境。"黄昏独倚朱阑"，上片之景原来都为女主人公独倚栏所见。"黄昏"对应上片的"晚"，"独倚"与上片"双飞"对举，点明她的孤单处境。那么，她黄昏倚栏是为了眺望远景吗？自然不是，黄昏时分，大地一片模糊，还能看些什么呢，她是在盼望远人归来。"西南新月眉弯"，月出于东而落于西，她自黄昏倚栏，直到月色偏西，可见其倚栏之久，盼望之切。

"砌下落花风起，罗衣特地春寒"，她痴痴凝望着远方，也不知时间过去了多久，直到夜风卷起阶前的落花，拂动她的罗衣时，她才感到春寒袭人。"落花风起"既写暮春之景，又含伤春意味。"特地"意为格外、特别。末句一个"寒"字，既是天寒，更指心寒，它以千钧之力为全篇做了一个收束。

谒金门

◎冯延巳

风乍起①，吹皱一池春水。闲引鸳鸯香径里，手挼红杏蕊②。

斗鸭阑干独倚，碧玉搔头斜坠③。终日望君君不至，举头闻鹊喜④。

【注释】

①乍：忽然。②挼（ruó）：揉搓。
③碧玉搔头：即碧玉发簪。④闻鹊喜：
古人认为闻鹊声意味着有喜事来临。

【译文】

　　风忽然吹起，吹皱了一池春水。我悠闲地在花间小径里逗引鸳鸯，又随手揉搓着红杏花蕊。

　　独自倚靠在池边的栏杆上观看斗鸭，头上的碧玉簪斜垂下来。我整日望他但始终不见他回来，一抬头忽然听到喜鹊的报喜声。

【赏析】

　　这是一首闺情词，写的是一贵族少妇在春天里思念丈夫的愁苦情景。

　　"风乍起，吹皱一池春水"，这是古今传诵的绝妙佳句。据说南唐中主李璟曾问冯延巳："'吹皱一池春水'，干卿何事？"冯答："未若陛下'小楼吹彻玉笙寒'也！"于是中主大悦。这两句表面写景，实则写情：那被风吹皱的一池春水就好像词中女主人公起伏难平的心。大地春回，而女主人公的丈夫却远行在外，面对着大好春光，独居的女主人不由得生出寂寞与苦闷之情。

　　"闲引鸳鸯香径里，手挼红杏蕊"，这两句写出了女主人公百无聊赖的情状。她为排遣心中的苦闷，时而引逗鸳鸯，时而揉搓着红杏的花蕊。鸳鸯，是一种水鸟，总是雌雄成双成对出现，在诗文中常作为爱情的象征。揉搓花蕊、引逗鸳鸯虽然能暂时排遣寂寞，但是看见鸳鸯成双成对，却更显示出少妇的孤寂，于是又勾起了心中的愁闷和对心上人的思念。

　　"斗鸭阑干独倚，碧玉搔头斜坠"，这是写女主人公的又一个动作，她逗完鸳鸯，搓完红杏，又倚着栏杆看鸭儿争斗起来。她看得那样入神，以至头上的玉簪掉下来了还浑然不觉。

　　难道主人公真的是看"斗鸭"看得入迷了吗？不是。池中活泼的鸭子只会令她备感孤寂，一片愁云笼上了她的心头，她沉浸在无限相思之中。"终日望君君不至，举头闻鹊喜"，她倚栏实在不是为了看"斗鸭"，而是在盼望丈夫归来。她日日凭栏盼望，却屡屡感到失望。在她绝望之际突然听到鹊儿的叫声，古人以闻鹊声为喜兆，因此女主人公听到喜鹊叫声，心中不禁又燃起了一丝希望。

南乡子

◎冯延巳

细雨湿流光①，芳草年年与恨长。烟锁凤楼无限事，茫茫。鸾镜鸳衾两断肠。

魂梦任悠扬，睡起杨花满绣床。薄幸不来门半掩②，斜阳。负你残春泪几行。

【注释】

① 流光：光阴。② 薄幸：形容对爱情不专一的男子。

【译文】

细雨浸湿了光阴，芳草年复一年与离恨一起生长。烟霭锁住凤楼无限往事，渺渺茫茫，饰有鸾鸟图案的铜镜，绣着鸳鸯的锦被，这两样物品都令我断肠。

任凭梦魂飘荡，一觉醒来杨花铺满绣床。薄情郎不来，我半掩闺门，夕阳西下，辜负了残春，我洒下几行眼泪。

【赏析】

这是一首闺怨词。

词以芳草起兴，说明事关离恨。"细雨湿流光"一句，后人评价极高，宋人周文璞就说："《花间集》只有五字绝佳：'细雨湿流光。'景意俱妙。"这句是说春日细雨纷纷，连光阴都被打湿了。"流光"，即光阴。"光阴"本来是看不见摸不着的，词人着一"湿"字将无形无影的抽象物（时间）化作了有形有影的具象物。"芳草年年与恨长"同样也是以具象表现抽象的妙句，将抽象的"恨"与有形的"芳草"并举，使它们构成了一种同生共长的"共时态"关系。

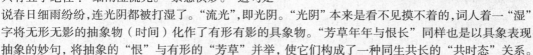

"烟锁凤楼无限事，茫茫。鸾镜鸳衾两断肠"，思妇与心上人曾于凤楼中有过一段甜蜜的往事，如今回忆起来，心中怅惘不已。那曾经双双照影的"鸾镜"，同眠共寝的"鸳衾"，都勾起了她对往昔的追念。同时，这成双的鸾凤和鸳鸯又衬托出思妇的形单影只，见此怎能不叫人黯然伤神呢！

"魂梦任悠扬，睡起杨花满绣床"，这两句写梦。既然现实中无法见到心上人，那就梦中去与他相会吧！可梦却是"任悠扬"的。"任悠扬"看似无拘无束，实则漫无目标，根本无法寻觅到心上人行踪。她睡起后，只见"杨花满绣床"。杨花柳絮一向是"风飘万点正愁人"的象征，"杨花满绣床"则意味着主人公为愁绪所环绕。

"薄幸不来门半掩，斜阳。负你残春泪几行"，这三句写思妇望穿秋水的哀伤。她明知心上人不会再来，却仍将门半掩着。"门半掩"这一细节，表现了她明知知不会归来却又怀有期盼的心态。"斜阳"、"残春"喻指美好时光的消逝。从表面上看，女主人公是因伤春而流泪，实际上她是为自己独守空闺、辜负青春而泣诉。

摊破浣溪沙

◎李璟

手卷真珠上玉钩①，依前春恨锁重楼。风里落花谁是主？思悠悠。青鸟不传云外信②，丁香空结雨中愁。回首绿波三楚暮，接天流。

【注释】

①真珠：即珠帘。②青鸟：相传是西王母的使者。

【译文】

　　手卷珠帘，挂上玉钩，如从前一样春恨依旧被锁在重重叠叠的高楼之中。那风里的落花如此憔悴，谁是它的主人呢？我的愁思绵长啊。

　　青鸟不曾捎来云外的书信，丁香空自在雨中结着愁怨。我回头眺望暮色里的三楚绿波，看滚滚江水从天而降浩荡奔流。

【赏析】

　　这是一首伤春词。

　　"手卷真珠上玉钩"，首句便将人引入词中，直接叙述人的动作。词人卷上珠帘看到了什么呢？没有直说，而是借此抒发愁怨——"依前春恨锁重楼"，看来是帘外所见之物勾起了词人的"春恨"。

　　接下来便写出春恨的来由："风里落花谁是主？思悠悠。"风吹得落花飘飞，而那无人管的落花令词人联想到人的飘零无依，他的愁怨正是源于此。

　　"青鸟不传云外信，丁香空结雨中愁"，这两句进一步揭示出春恨的真正原因。"青鸟"句反用西王母与汉武帝典故。据说三足的青鸟是西王母的使者，七月七日那天，汉武帝忽见青鸟飞聚到殿前，告知武帝西王母将至，随后西王母果然降临。未见青鸟传信，说明词人与心上人失去联络，相见无期，这不禁令词人心生愁怨。"丁香结"用来喻指因思念恋人而郁思难解。

　　最后以景语作结："回首绿波三楚暮，接天流。"楚天日暮，江水接天，这既是词人回首所见之景，也是他心中流淌不尽的愁思的物化形象，那滚滚长江之水不就如同他心中的无尽愁思吗？

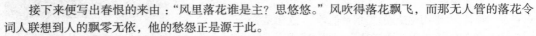

⊙作者简介⊙

　　李璟（916—961），初名景通，字伯玉，徐州（今属江苏）人。性宽仁，少有文名。为南唐第二个皇帝，在位十九年，庙号元宗。执政期间，南唐政权逐渐衰落，被迫向周称臣，迁都洪州（今江西南昌），最终抑郁而死。今存词四首，后人将其与李煜之作合刻为《南唐二主词》。

摊破浣溪沙

◎李璟

菡萏香销翠叶残①。西风愁起绿波间。还与韶光共憔悴②，不堪看。细雨梦回鸡塞远③。小楼吹彻玉笙寒。多少泪珠无限恨，倚阑干。

【注释】

① 菡（hàn）萏（dàn）：荷花。② 韶光：美好的时光。③ 鸡塞：即鸡鹿塞，在今内蒙古，为边塞地区，此处泛指边塞。

【译文】

荷花的香气消散了，碧翠的荷叶凋残了。西风带着愁怨泛起于绿波之间。还是同韶光一起憔悴吧，不忍心再看了。

细雨中我梦到遥远的鸡塞，小楼之上玉笙吹完了一曲，笙声寒而声咽。流下多少泪珠，胸怀无限恨意，人只能无奈地倚着栏杆。

【赏析】

这首词写的是秋怨。

词的上片着重写景，景中含情。"菡萏香销翠叶残"，这一句点明时令，荷花香味散尽，荷叶枯残，说明此时正值深秋。"销"、"残"二字正写出了秋景的衰残，也隐约流露出词人的惆怅之情。"西风愁起绿波间"，接着词人描写荷塘里的水。西风，意即秋风。绿波，指秋水。一个"愁"字，将秋风和秋水都拟人化了，词人将自己的主观感受融入西风之中。"还与韶光共

憔悴，不堪看"，这两句词人进一步写悲秋之情。春光憔悴了，人也跟着憔悴，时间的流失造成春愁人也愁，在这万般憔悴的时候，自然会"不堪看"了。

词的下片记梦抒情。"细雨梦回鸡塞远"，如今已至深秋，大地一片萧肃，令人"不堪看"，那么人在梦中是否能得到片刻的慰藉呢？词人梦到了"鸡塞"。鸡塞为边塞之地，这里指南唐边境。南唐边境屡遭敌国侵犯，这令身为一国之君的词人深感忧虑。看来在梦中，词人不仅难以排解自己的愁情，反而更添一丝忧愁。那么醒后又如何呢？"小楼吹彻玉笙寒"，醒来后，他听到小楼吹笙，笙寒而声咽。这一句反映出词人的孤寂心境。"多少泪珠无限恨"，环境凄清，人事悲凉，这一切仇怨交织在一起，不禁让人潜然泪下。无奈之中，词人只得"倚阑干"，这既是排遣，又是凝思，二者兼而有之。

长相思

◎李煜

一重山，两重山，山远天高烟水寒，相思枫叶丹。

菊花开，菊花残，塞雁高飞人未还，一帘风月闲。

【译文】

一重山，两重山，山远天高，烟水浩淼，寒气袭人，相思之情如同那红艳的枫叶般热烈。

菊花盛开，菊花凋残，塞雁已高飞人却还未归来，将帘外清风明月闲置。

【赏析】

这是一首抒发相思之情的词。

"一重山，两重山"，思妇登高远眺，期望能望见丈夫归来的身影，但眼前只有重重高山。那一重一重的高山，正如同思妇心中那重重相思、重重离恨，越望思情越浓、离恨越重。"山远天高烟水寒"，"寒"的不止是"烟水"，也有思妇的心绪。前三句词人皆是写景，但景中却寄予着情意。"相思枫叶丹"，最后情景交融，说她心中的相思之情就如同那红艳艳的枫叶一般热烈。

"菊花开，菊花残"，花开花落，时光如水一般流逝，思妇的青春容颜也在这年复一年的变化之中悄然逝去。"寒雁高飞人未还"，那高飞的大雁尚且每年都归来，而离人却始终不见踪影。丈夫不归，年华流逝，这让思妇怎么不怨恨？"一帘风月闲"，最后一句既是景语又是情语。那"一帘风月"为思妇眼前之景，夜深人静之时，她独坐闺中，抬起头来，只见帘幕被风轻轻吹动，帘外一轮明月高挂。"风月"又喻指思妇对丈夫的一腔柔情。"风月闲"即是说丈夫不归，她那一腔柔情无处寄托。此句一语双关，留给人无限回味的余地。

⊙作者简介⊙

李煜（937—978），初名从嘉，字重光，号钟隐、莲峰居士，南唐中主李璟第六子。宋太祖建隆二年（961）嗣位为南唐后主，开宝八年（975）为宋所灭。后被押往汴京（今河南开封），封违命侯。太平兴国三年（978），终因不忘故国而被宋太宗赐服牵机药而死。前期之作多写宫廷生活，后期之作专抒亡国之痛、故国之思，备受后人推崇，在词史上起到了变伶工词为士大夫词的重大作用，今存词三十余首，见于与李璟合刻的《南唐二主词》。

清平乐

◎李煜

别来春半，触目愁肠断。砌下落梅如雪乱，拂了一身还满。

雁来音信无凭，路遥归梦难成。离恨恰如春草，更行更远还生。

【译文】

　　离别以来，春天已经过去一半，所望之处都令我愁肠寸断。台阶下飘落的梅花如雪一般纷乱，花瓣沾衣，刚把它拂去一会儿又洒满一身。

　　鸿雁已经飞回而音信毫无依凭，路途遥远，要回去的梦也难以形成。离别的怨恨正像春草，越走越远它却越是繁生。

【赏析】

　　这是一首抒发离愁别绪的词作。此词一说系后主乾德四年（966）其弟从善入宋久不得归，因思念而作。

　　上片由己处落笔，诉说自己的思念。"别来春半，触目愁肠断"，劈头一个"别"字，点明题旨。词人与弟弟分别已经很久了，他看着春半风光愁情无限。但到底是什么唤起了他的愁恨呢？"砌下落梅如雪乱，拂了一身还满"，原来是纷纷扬扬落下的白梅。"落梅如雪"，说明梅花为白梅，并且说明落梅之多。词人这里以飘落的白梅象征他的愁情。那不断飘落的梅花，就如同自他心中不停涌出的愁情；梅花落了一身，拂去片刻又落满，他那离愁也如此，怎么也挥之不去。

　　下片写想象中弟弟对他的思念情状。"雁来音信无凭"，这一句写出了弟弟在他乡望断音信的情景。"路遥归梦难成"，故人无音信传来，他欲归去，无奈天遥地远，即使在梦中也难觅归影，可见其思乡之苦。既无来信，归梦又难成，剩下的只有离恨了，于是逼出结尾二句："离恨恰如春草，更行更远还生。"这两句巧用比喻，将怀人的情思比作青青芳草，向着天边蔓延滋生。

浪淘沙

◎李煜

　　帘外雨潺潺①，春意阑珊②。罗衾不耐五更寒。梦里不知身是客，一晌贪欢③。

　　独自莫凭栏，无限江山。别时容易见时难。流水落花春去也，天上人间。

【注释】

① 潺潺：形容雨声。② 阑珊：已残，将尽。③ 一晌：霎时，片刻。

【译文】

　　帘外雨声潺潺，春光将尽。罗被抵挡不住五更的寒气。梦中我不知道自己是客，得以享受片刻欢娱。

　　不要独自凭栏怀远，辽阔无边的江山，离别时容易，再见它就难了。悠悠过往真如水流花落春去，人生由此从天上到人间。

【赏析】

　　据《西清诗话》记载，此词是词人去世前不久所写："南唐李后主归朝后，每怀江国，且念嫔妾散落，郁郁不自聊，尝作长短句云'帘外雨潺潺……'含思凄惋，未几下世。"词情凄婉至极，催人泪下。

　　上片采用倒叙，先描写梦醒后的情景，然后写梦。"帘外雨潺潺，春意阑珊"，这是对室外景致的描绘，时已暮春，雨声潺潺，一种寂寞的思绪油然而生。"罗衾不耐五更寒"，一个"寒"字，为全词定下了凄冷的基调。"梦里不知身是客，一晌贪欢"，现实如此，这让他更加贪恋梦中的片刻欢娱，但梦终究为虚幻之物，梦醒以后，他还要面对自己沦为亡国之君的残酷现实。

　　下片抒发亡国之思。"独自莫凭栏"，为何独自一人时不要凭栏怀远呢？因为即便登上高楼，独自凭栏，也望不见"无限江山"，只会引起心中无限感伤。"别时容易见时难"，这再简单不过的一句话，却饱含着词人多少的辛酸苦楚！一夕之间词人就"归为臣虏"，与故国分别。沦为阶下囚后，再望一眼故国也成了奢望，只能带着深深的悔恨凄苦度日。"流水落花春去也，天上人间"，后两句以春光的流逝喻指繁华的消尽，表明"花月正春风"的时光已一去不复返了。

蝶恋花 春暮

◎李煜

　　遥夜亭皋闲信步①，才过清明，渐觉伤春暮。数点雨声风约住②，朦胧淡月云来去。

　　桃李依稀春暗度，谁在秋千，笑里轻轻语？一片相思千万绪，人间没个安排处。

【注释】

① 亭皋：水边平地。信步：散步。② 数点雨声风约住：雨声被风约束住。

【译文】

　　长夜里，我在水边平地上信步闲逛，刚刚过了清明，我就为春天即将逝去而伤心。雨声被风约束住，朦胧之中，淡月在云中穿行。

　　桃李花开得正艳，春光悄然过去。谁家姑娘在荡秋千，在笑声中低语？一片相思千缕万缕，人间没个安放的地方。

【赏析】

　　这首词写青年人的伤春相思情怀以及一种被外物引起的无端烦恼。

　　上片写伤春情怀。"遥夜亭皋闲信步"，首句点明时间、地点及人物活动。夜长人难眠，心中愁绪万端，坐也不是，睡也不是，于是去外面四处闲逛。其中"闲"看起来是闲逸、闲适，其实是心中烦闷无聊。

　　"才过清明，渐觉伤春暮"，他的愁原来是因暮春而生。

　　"数点雨声风约住，朦胧淡月云来去"，这两句写词人游荡时所见之景，淡雅而有韵致。词人以"约住"状写雨随风往之景，将风雨拟人化，极为生动；而又用"朦胧"形容云和月，极具神韵。在这幅清新淡雅的图画中，隐隐流露出词人的伤春情绪。

　　下片写词人听到女子笑语而无端生出的烦恼。"桃李依稀春暗度，谁在秋千，笑里轻轻语？"，词人闻到了一阵桃花和李花香，他循着香味往前走去，来到了一堵高墙边，听到荡秋千的姑娘们的一阵笑语声。词人此时心情失落，突然听到姑娘们的笑语，情感上会发生何种变化呢？

　　"一片相思千万绪，人间没个安排处。""笑里轻轻语"触发了词人对爱人的思念，那思念一下子生出千缕万缕，有无法遏止之势。

破阵子

◎李煜

　　四十年来家国①，三千里地山河。凤阁龙楼连霄汉②，玉树琼枝作烟萝③，几曾识干戈④！

　　一旦归为臣虏，沈腰潘鬓消磨⑤。最是仓皇辞庙日⑥，教坊犹奏别离歌⑦，垂泪对宫娥⑧。

【注释】

①四十年：南唐自建国至李煜作此词，为三十八年。此处四十年为概数。②凤阁：别作"凤阙"。凤阁龙楼指帝王的居所。霄汉：天河。③玉树琼枝：别作"琼枝玉树"，形容树的美好。烟萝：形容树枝叶繁茂，如同笼罩着雾气。④识干戈：经历战争。识，别作"惯"。干戈，武器，此处指代战争。⑤沈腰潘鬓：沈指沈约，曾有"革带常应移孔……以此推算，岂能支久"之语，后用沈腰指代人日渐消瘦。潘指潘岳，曾有诗云："余春秋三十二，始见二毛"，后以潘鬓指代中年白发。⑥辞：离开。庙：宗庙，古代帝王供奉祖先牌位的地方。⑦犹奏：别作"独奏"。⑧垂泪：别作"挥泪"。

【译文】

　　我国开国已经四十年，有三千里地山河。宫内的楼阁高大雄伟直连霄汉，宫苑内珍贵的草木繁茂如笼罩着雾气一般，我哪里知道有战争这回事呢！

　　自从做了俘虏，我被消磨得腰肢减瘦，鬓发斑白。最令我印象深刻的是我慌张地辞别宗庙的日子，那天宫廷里教坊的乐工们还奏起别离的曲子为我送行，我悲痛地对着宫女们垂泪。

【赏析】

　　这首词作于后主被迫降宋之际。词人于幽禁之中对往事作痛定思痛之想，将亡国之恨抒发得淋漓尽致。

　　上片回顾故国昔日的繁华。"四十年来家国，三千里地山河"，词人从大处落笔，开头先写国家的繁盛，立国四十年，幅员辽阔，写得颇为雄壮有气势。"凤阁龙楼连霄汉，玉树琼枝作烟萝"，接着具体描写国家的殷实。人们居住的楼阁高耸入云霄，庭院内各种奇花异草长得繁茂。"凤"和"龙"二字写出了楼阁的华贵精美；"玉"和"琼"表明树木的珍贵。"几曾识干戈"，最后笔锋一转，气势急转直下，使之前那排空而来的景物，顷刻全倒，好端端的一个国家就断送在了战争里，话语中流露出词人不尽的自责与悔恨。

　　下片记叙国破时的情景。"一旦归为臣虏，沈腰潘鬓消磨"，"一旦"二字承上片"几曾"句而来，虽有转折意，却转得不露痕迹，笔力千钧，悔恨之意溢于言表。国亡后，人也变得消瘦苍老了。"最是仓皇辞庙日，教坊犹奏别离歌，垂泪对宫娥"，词意至此，已转至最深。词人即将离家去国，"仓皇"二字写出了他离别时的匆忙。在匆忙之中，偏又听到教坊里演奏别离的曲子，这使他又增伤感，不禁面对宫女恸哭垂泪。下片将离别故国时哭辞宗庙的情景写得沉痛惨怛，读之不免使人觉得凄惨苦涩。

捣练子令

◎李煜

深院静，小庭空，断续寒砧断续风①。无奈夜长人不寐，数声和月到帘栊②。

【注释】

① 寒砧：寒夜捣帛声。古代秋来，家人捣帛为他乡游子准备寒衣。砧（zhēn），捣衣石。② 栊：窗户。

【译文】

深院寂静，小院空空，（突然传来）断断续续的捣衣声和断断续续的风声。无奈夜太漫长，人无法安睡，数声砧声和着月光透过帘栊。

【赏析】

这首词围绕寒砧声展开，词人通过描绘景物而烘托出一片幽怨清寂的氛围，使人不觉沉浸其中，感受词中之人那孤独苦闷的心绪。

"深院静，小庭空"，首二句写出人所处的环境。"静"和"空"二字不仅写出了庭院的特征，还衬托出主人公的无聊与寂寞。

"断续寒砧断续风"，将环境渲染得更为沉寂、静谧。阵阵秋风送来阵阵砧声，那声音时轻时重，时断时续，无止无休更加深了主人公的孤寂感。

砧，即捣练的石板，这里指代砧声。古人用木杵在砧石上捣用生丝织成的绢，绢捣熟后便裁制衣服。有的为戍边的将士捣衣，有的为他乡的游子捣衣。因此，捣衣声常与离愁别绪相联系。主人公兴许是客居他乡之人，他听到那断断续续的捣衣声，不免生出许多思乡愁情来。

"无奈夜长人不寐，数声和月到帘栊"，这两句以景写情，将离愁抒发得婉转含蓄。"无奈"二字，写出了词中之人难以表达的心绪。"人不寐"说明他愁绪难以排遣。最后以"月到帘栊"作结，将人凄苦的心境与景色结合起来，情味悠长。

词的品赏知识

李煜的词（一）

李煜的词，其风格以975年被俘前后划分为两个时期。前期的词内容空泛，风格绮丽柔靡，不脱"花间"习气，如《菩萨蛮·花明月黯笼轻雾》；而后期词作由于生活的巨变，字字泣血，风格凄凉悲壮，意境深远，如《虞美人》。这首《捣练子》也是后期词作中的一首，虽未直接抒发亡国之痛，但词境凄清，塑造了一个愁绪满怀、孤独落寞的主人公形象。

相见欢

◎李煜

林花谢了春红①，太匆匆，无奈朝来寒雨晚来风。

胭脂泪②，留人醉③，几时重④？自是人生长恨水长东。

【注释】

① 谢：凋谢。② 胭脂泪：原指女子的眼泪，女子脸上搽有胭脂，泪水流经脸颊时沾上胭脂的红色，故云。在这里，胭脂是指林花着雨的鲜艳颜色，指代美好的花。③ 留人醉：一本作"相留醉"。④ 几时重：何时再度相会。

【译文】

　　林花凋谢，褪去了春天鲜红的色彩，太过匆忙，无奈早上飘洒寒雨晚上刮起大风。

　　猩红如胭脂一般的泪水，叫人见之心痛欲醉，不知何时才能重逢？真的是人生常有遗憾，这遗憾就如江水一般长向东流。

【赏析】

　　这首词作于后主后期，写的是他在幽闭期间失意的心情，尤为沉痛。

　　上片写景。"林花谢了春红"，首句便显露出伤春之意。时已暮春，看着一地落红，词人黯然神伤，不禁发出"太匆匆"的感叹来。按理说，春来花开，春去花谢乃是自然规律，词人的感叹大概由于凄楚心境。那匆匆逝去的又岂只有林花呢？词人由眼前这谢了的林花联想到自己那顷刻之间便覆之的南唐故国。词人在这里写林花，其实是深深寄托着自己的亡国之思。

　　"无奈朝来寒雨晚来风"，这句点出林花匆匆谢去的原因，林花的凋谢是由于风雨侵袭所致。

　　下片由景物转入人事。"胭脂泪"三字是由景物转入人事的转折点。"胭脂"上承"春红"而来，而"春红"着"寒雨晚风"不就成"胭脂泪"了吗？胭脂指林花着雨的鲜艳颜色，它指代的是美好的花。花本无泪，只是词人寓情于物，词人心在泣血，其色正若眼前这胭脂。"留人醉"，花固怜人，人亦惜花；人与花泪眼相对，如痴如醉。"几时重"则表现出了自知希冀无法实现而产生出的怅惘与迷茫之情。

　　"自是人生长恨水长东"，末句放眼人间，寄恨无穷，不仅写出一己之失意，亦包含人类所共有的生命缺憾，震撼着人心。

词的品赏知识

李煜的词（二）

　　李煜的词，继承了晚唐以来温庭筠、韦庄等花间派词人的传统，又受了李璟、冯延巳等的影响，将词的创作向前推进了一大步。他的词主要成就表现在以下三个方面：一、扩大了词的表现领域。二、具有较高的概括性。三、语言自然、精练而又富有表现力。这三点在这首《相见欢》里就集中表现了出来，这首词不同于五代词作，咏艳情，而是抒发亡国之痛。"自是人生长恨水长东"一句通过具体可感的个性形象来反映现实生活中具有一般意义的某种境界，引起后世许多读者的共鸣。语言清丽自然，优美流畅，为词中上乘。

相见欢

◎李煜

无言独上西楼，月如钩。寂寞梧桐深院锁清秋①。

剪不断，理还乱，是离愁②。别是一般滋味在心头③。

【注释】

① 锁清秋：深深被秋色所笼罩。② 离愁：指去国之愁。③ 别是一般：也作"别是一番"，另有一种意味。

【译文】

默默无语，独自一人登上西楼，月儿如钩。梧桐寂寞，幽深的庭院笼罩在清冷的秋色之中。
那剪也剪不断，理也理不清的，是离别的愁恨。另是一番滋味在心头。

【赏析】

这首词作于词人亡国身虏后那段时期，抒写离愁。

上片写深秋词人独自登楼的情景。"无言独上西楼"，首句即直接将人物引入画面之中。这一句看似平淡，实则蕴意无限。"无言"二字将词人的愁苦神态刻画了出来，而后着一"独"字，勾勒出词人孤身登楼的身影。这句词平白如话，但是却能通过对神态与动作的刻画揭示出深藏于词人心底的的孤寂与凄婉。"月如钩。寂寞梧桐深院锁清秋"，这是词人登楼所见，寓情于景，意境凄凉。"月如钩"，是词人仰望所见，交代了登楼时间。他接着俯视庭院："寂寞梧桐深院锁清秋。"身为阶下囚的词人不正如那深锁在庭院中的梧桐吗！寂寞、孤苦。

下片抒发离愁。"剪不断，理还乱，是离愁。"愁本无色无形，而这里词人将愁形象化，以丝喻愁，非常新颖。那么，"丝"与"愁"有何相似之处呢？词人身为亡国之君他心中的"离愁"正如那千丝万缕的丝一般，纷乱、繁杂。这几句细腻地道出了词人对繁华的故国无法排遣的离愁。末句"别是一般滋味在心头"，紧承上句写出了词人对愁的体验与感受。沦为宋廷的幽囚，他心中的愁闷是难以言说的，它根植于人的内心深处，包含着无限辛酸与苦涩。

虞美人

◎李煜

　　风回小院庭芜绿①，柳眼春相续②。凭阑半日独无言，依旧竹声新月似当年③。

　　笙歌未散尊罍在④，池面冰初解⑤。烛明香暗画堂深⑥，满鬓清霜残雪思难任⑦。

【注释】

①庭芜：庭院里的草。芜，丛生的杂草。②柳眼：早春时柳树初生的嫩叶，好像人的睡眼初展，故称柳眼。③竹声：春风吹动竹林发出的声响。竹，古乐八音之一。指竹制管乐器、箫、管、笙、笛之类。④笙歌：泛指奏乐唱歌，这里指乐曲。尊：酒杯。罍（léi）：一种酒器。小口大肚，有盖。上部有一对环耳，下部有一鼻可系。⑤池面冰初解：池水冰面初开，指时已初春。⑥烛明香暗：是指夜深之时。香，熏香。画堂：吕本二主词同此；吴本二主词误作"画歌"；《花草粹编》、《古今诗余醉》、《词综》、《全唐诗》等本均作"画楼"；《词谱》中作"画阑"。画堂，指华丽而精美的君室。深：吴本二主词中误作"声"，指幽深。⑦清霜残雪：形容鬓发苍白，如同霜雪，谓年已衰老。思难任（rèn）：意谓忧思令人难以承受，即指极度忧伤。思，忧思。难任，难以承受。

【译文】

　　风回小院，庭草转绿，柳叶春来相继冒出枝头。我独自倚着栏杆半日无言，那竹声新月依旧如当年。

　　笙歌还未散去，酒杯也还在，池面上的冰刚刚融化。烛火明亮，熏香馥郁，画楼深深，满头银发如清霜残雪，思之难禁。

【赏析】

　　这是词人后期的作品，抒写伤春怀旧之情。

　　上片写春景，并由春景引出对过去的回忆。"风回小院庭芜绿，柳眼春相续"，这两句写春景。词人以清丽的语言描绘出一幅生机盎然的春光图。但一个"回"字隐约表现出词人心中的怀旧情绪。春景纵然美丽，但却仍旧无法驱除埋藏在词人心底的忧愁，只见他"凭阑半日独无言"，那"无言"中包含着词人多少悲愤与悔恨！"依旧竹声新月似当年"，他凭栏无言，回忆着旧时悠游于皇宫禁苑的美好时光。

　　下片写往日的欢欣和今日的凄苦。"笙歌未散尊罍在，池面冰初解"，这两句是对往昔奢华生活的回忆。亡国之前，这个时候，他该是与妃嫔携手同行，纵情笙歌。而对往的回忆更加深了词人对现实的不满，"烛明香暗画堂深"二句陡转，由回忆转入现实。此时词人由小院走进室内，画楼幽深，烛明香暗，一片凄寂之景。"满鬓清霜残雪思难任"一句，哀怨至极。词人对镜自照，看到鬓染秋霜的自己，一时竟情难自禁，不能自己。如今他沦为阶下囚，命运难卜，一片哀思涌上心头。即便这为数不多的日子他还将在寂寞、屈辱中度过，想到这里，他内心一阵翻腾，几令他无法承受。

乌夜啼

◎李煜

昨夜风兼雨，帘帏飒飒秋声。烛残漏断频欹枕^①，起坐不能平。
世事漫随流水，算来梦里浮生。醉乡路稳宜频到，此外不堪行。

【注释】

① 漏：漏壶，古代滴水计时的仪器。欹：通"倚"。

【译文】

昨天夜里又是刮风又是下雨，帘帏间秋声飒飒。蜡烛已残，滴漏已断，我拽枕斜靠，起来躺下难平心中之气。

世上的事漫随流水而去，想来人生就如一场大梦。醉乡的路平稳，适合常去，其他的都不能够行走。

【赏析】

这是一首秋夜抒怀之作，作于词人亡国降宋之后。

上片写词人幽闭生活的一个片段。"昨夜风兼雨"，首句点明时间、天气。昨夜窗外风声兼着雨声，景象一片凄清，而室内也是"帘帏飒飒秋声"。在这两句环境描写中，我们隐约可以感受到词人那极度愁苦的意绪。

"烛残漏断频欹枕，起坐不能平"，这两句描写词人的烦闷心情，他在床上翻来覆去，频频曳枕斜靠，甚至还坐起身来，那满腔愁绪仍旧难以排遣，他始终难以成眠。这两句将词人郁闷、愁苦的心情展现得淋漓尽致。

词的下片直接抒情。长夜漫漫，词人回忆往事，想到自己坎坷的一生，不禁发出这样的感慨："世事漫随流水，算来梦里浮生。"昨日他还贵为一国之君，而今日呢，他亲手断送了自己的国家，沦为阶下之囚，词人的遭际使他产生人生如梦的感慨。一个"漫"字，极空虚，极幻妄，准确地传达了作者的万千思绪。一个"算来"，既说明作者是总结回顾自己的过去得出的结论，同时也展现出作者十分迷惘、无奈的心情。

"醉乡路稳宜频到，此外不堪行"，词人"一旦归为臣虏"便永无出头之日，永无复国之日，今日与明日不会再有任何区别，屈辱与悔恨将伴他一生。因此，除了买醉，除了迷迷糊糊游走于醉乡，他不知道如何忘却心中的烦恼与怅恨，最后两句将词人心中那最深沉的亡国之痛抒发到了极致，没有经历过深切痛苦的人是无法领会其中所蕴含的感情的。

望江南

◎李煜

多少恨，昨夜梦魂中。还似旧时游上苑①，车如流水马如龙②。花月正春风！

【注释】

① 上苑：古代皇帝的花园。② 车如流水马如龙：极言车马众多。

【译文】

多少恨意，昨夜梦魂中。还像以前那样游赏皇宫禁苑，车辆如流水，马匹如长龙。是夜花好月圆，春风微拂。

【赏析】

这是一首记梦词，作于词人降宋被囚期间。

"多少恨"三字劈空而来，直抒心中恨意，这股恨意由何而来呢？"昨夜梦魂中"昨天夜里的梦引起了他的满腔怨恨。"还似旧时游上苑，车如流水马如龙。花月正春风"，这三句由"还似"引起，铺陈梦境，深入陈述"恨"之缘由。梦毕竟不是现实，因而用"似"；"旧时"指南唐亡国以前。且看看词人身为国君时，过的是何等惬意的日子吧：他率领着众王公大臣及后宫的妃嫔们游赏精巧别致、风景如画的皇宫禁苑，一路上车马如流，队伍盛大，好不热闹。那时春风和煦，花开正艳，月光皎皎，一派欢乐景象。因此词人的"恨"来自于对过往生活的留恋，但这只是原因之一。他的恨更是一种悔恨，正所谓"亡国之音哀以思"，对于亡国词人来说，除了悲哀，还有反思，他是为自己的荒淫误国而悔恨不已。

子夜歌

◎李煜

人生愁恨何能免①？销魂独我情何限②！故国梦重归③，觉来双泪垂④。

高楼谁与上⑤？长记秋晴望⑥。往事已成空，还如一梦中⑦。

【注释】

① 何能：怎能。何，什么时候。免：免去，免除，消除。② 销魂：同"消魂"，谓灵魂离开肉体，这里用来形容哀愁到极点，好像魂魄离开了形体。独我：只有我。何限：即无限。③ 重归：《南唐书·后主书》注中作"初归"。全句意思是说，梦中又回到了故国。④ 觉（jiào）来：醒来。觉，睡醒。垂：流而不落之态。⑤ 谁与：同谁。全句意思：有谁同自己一起登上高楼？⑥ 长记：永远牢记。秋晴：晴朗的秋天。这里指过去秋游欢情的景象。望：远望，眺望。⑦ 还（hái）如：仍然好像。还，仍然。

【译文】

人生的愁恨怎能免得了？只有我伤心不已悲情无限！我梦见自己重回故国，一觉醒来双泪垂落。

有谁与我同登高楼？我永远记得一个晴朗的秋天，在高楼眺望。往事已经成空，就仿佛在梦中一般。

【赏析】

这首词作于词人沦为阶下囚之后，写亡国之恨。

"人生愁恨何能免？销魂独我情何限"，开篇直抒胸臆，言愁言恨。"人生"句是对世事的一种感叹，词人所感叹的是，人生总是免不了愁和恨。既然愁恨是寻常，那就等闲视之吧。但词人做不到。"销魂独我情何限"，他的愁怨无法消解。"独我"二字用的传神，表现出词人特殊的悲哀和绝望。那么，是什么令他如此"销魂"呢？

"故国梦重归，觉来双泪垂"，昨夜他又梦到"凤阁龙楼连霄汉，玉树琼枝作烟萝"的故国了，他又重温了作为国君时的幸福生活，可一觉醒来，却什么都没有了，又回到了残酷的现实中。他的愁恨实在不是一般的愁恨，而是亡国之恨，这怎能不叫他"双泪垂"呢！

"高楼谁与上？长记秋晴望"，梦里的场景加深了词人对故国的怀念，因而他登上高楼远眺故国，追忆往昔的欢娱。"高楼谁与上"是无人与他一起登楼之意，表现了词人的孤寂心境。"长记秋晴望"，他回忆起一个晴朗的秋天，虽然他并未说明在那个秋日里到底发生了什么，但一定是一个非常美好的日子。

很快，他又由回忆跌回现实，心中顿觉无限悲凉，于是长叹道："往事已成空，还如一梦中。"现实中的无奈总让人产生一种空虚无着落之感，人生的苦痛也总带给人一种不堪回首的感受，因此词人企图从"梦"和"空"中解脱自己，埋藏自己的痛苦。

望江南

◎李煜

　　闲梦远，南国正芳春①。船上管弦江面绿，满城飞絮滚轻尘，忙杀看花人②。

【注释】

① 芳春：即春天。② 忙杀：忙坏了。

【译文】

　　闲梦悠远，南国春光正好。船上管弦声不绝于耳，江水一片碧绿，满城柳絮纷飞，淡淡尘烟滚滚，忙坏了看花的人们。

【赏析】

　　这首词记梦，梦景是春日的江南。

　　起笔即言梦。"闲梦远"的"闲"是词人由一国之君降为降臣的百无聊赖的"闲"。"南国正芳春"，他梦到正值仲春的故国。一个"芳"字，写出了姹紫嫣红、遍地芳香的江南春色。"船上管弦江面绿，满城飞絮滚轻尘"正值芳春时节的故国是多么热闹呵！南国的水面上帆船往来不绝，船上的丝竹之声在水面飘荡。由城郊，转到城内，只见满城杨花飞舞，车马往来如流水，所经之处，扬起淡淡烟尘。"忙杀看花人"，原来城里城外如此热闹，全是因为人们忙着去赏花的缘故。"忙杀"二字，写尽热闹与繁华。词人通过对故园升平景象的描绘，表达了他对故园的深切思念。

虞美人

◎李煜

　　春花秋月何时了，往事知多少？小楼昨夜又东风，故国不堪回首月明中。

　　雕栏玉砌应犹在①，只是朱颜改。问君能有几多愁？恰似一江春水向东流。

【注释】

① 砌：台阶。

【译文】

　　春花和秋月什么时候才能完结？往事纷纷不知有多少！小楼昨晚又吹起了东风，怎么能在明月下回忆故国！

　　雕花的栏杆、玉石砌成的台阶应该还在，只是宫女们青春容颜已经改变。问我心中能有多少哀愁，就如同那一江春水东流无尽。

【赏析】

　　这首词是后主的绝命词。据传词人作好这首词后，于七月七日那天晚上，在寓所命歌伎作乐，然后演唱，声闻于外。宋太宗听闻这件事后，大怒，认为他仍旧对故国念念不忘，便命人赐药酒，将他毒死。这首词写亡国之痛，词人通过今昔对比，表现出无穷的哀怨与悔恨。

　　"春花秋月何时了，往事知多少"，"春花秋月"指的是良辰美景，良辰美景本不嫌多，但词人却希望它们快快"了"了，也就是完结了。这是为什么呢？因为词人此时为阶下囚，春花秋月只会引起他对往事的无尽追思。"小楼昨夜又东风"，一个"又"字，表明词人降宋后又过去一年。这一句表现了词人对岁月流逝的感慨，但这种感慨具体指的是什么呢？"故国不堪回首月明中"，是故国之思。

　　"雕栏玉砌应犹在，只是朱颜改"，这两句承上片末句而来，回首故国。"雕栏玉砌"指的是南唐故都金陵的宫殿亭台；"朱颜"指往日宫中的红粉佳人。这两句暗含词人对江山易主的感慨！前面六句，词人以永恒和无常这一哲学命题做了三度对比，将美景与悲情，往昔与今日，景物与人事的对比融为一体，极尽曲折蕴蓄之意。"问君能有几多愁？恰似一江春水向东流"，这最后两句极富感情，词人以江水喻愁，不仅写出了愁的悠长深远，又显示出忧愁汹涌翻腾，极为贴切形象，令人叹服。

临江仙

◎徐昌图

　　饮散离亭西去，浮生长恨飘蓬①。回头烟柳渐重重②。淡云孤雁远，寒日暮天红。

　　今夜画船何处？潮平淮月朦胧。酒醒人静奈愁浓。残灯孤枕梦，轻浪五更风。

【注释】

① 飘蓬：飘飞的蓬草。②烟柳：烟雾笼罩的柳林。

【译文】

　　饮罢（饯行酒）我离开驿亭向西而去，常怨恨自己一生就像那飘转的蓬草。回过头去只见烟柳一重接一重。云彩疏淡，孤雁飞远，寒冷的日色将傍晚的天空照得通红。

　　今晚将画船停在什么地方？江潮平静，月影朦胧。酒醒后四周一片寂静，怎奈别愁深浓。烛火微弱，我枕着孤枕入梦，五更的风吹起层层细浪。

【赏析】

　　这首词写的是离愁别绪，题材虽旧，但艺术表现手法却很新颖。词人通过一连串清冷的意象来传达主人公的羁旅愁情，将一个漂泊他乡的游子的愁惨模样刻画得惟妙惟肖。

　　"饮散离亭西去"，叙述离别场景。亲友在送别的驿亭为词人饯行，酒席散后，他辞别亲友西去。独自远游的词人此时感慨万分，"浮生常恨飘蓬"——他怨恨自己一生就像那到处飘泊的飞蓬。这一句点出羁旅之恨。"回头烟柳渐重重"，与亲友分离，词人自有千般不舍，他禁不住频频回首，可回首处"烟柳渐重重"，送行人已不见了。回首已是徒然，词人这才朝着"西去"的方向看去："淡云孤雁远，寒日暮天红。"一路的景色是多么凄凉呀。这两组画面是在特定心情的支配下摄入词人眼中的，为情中之景，染上了词人浓重的愁绪。

　　"今夜画船何处？"词人以问句开头，他问自己今晚宿在何处，接着自问自答道："潮平淮月朦胧。"词人从船舱里探出头来，得知自己已到淮河。这一句通过环境的渲染，将词人别后的孤寂衬托了出来。"酒醒人静奈愁浓"，酒与愁仿佛是天然不分的，此时词人愁绪难以排遣，便借酒消起愁来。然而酒醒之后，愁绪又涌上心头。"残灯孤枕梦，轻浪五更风"，夜虽深了，可愁苦至极的词人仍旧无法入眠。他倚着孤枕，对着残灯，辗转反侧，愁绪万千。好不容易入眠了，一阵轻浪又将他惊醒。最后两句将他客中的悲苦表现得淋漓尽致！

　　俞陛云《唐五代两宋词选释》曾评徐昌图的《临江仙》一词曰："状水窗风景宛然，千载后犹想见客中情味也。"

⊙作者简介⊙

　　徐昌图（？—965？），字号不详，福建莆田（一作莆阳）人。五代末以明经及第，早年仕闽，后归宋，命为国子博士，累迁殿中丞。平生喜好作词，风格清隽，但多散佚，今仅存三首，见录于《尊前集》。

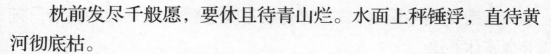

菩萨蛮

◎敦煌曲子词 无名氏

　　枕前发尽千般愿，要休且待青山烂。水面上秤锤浮，直待黄河彻底枯。

　　白日参辰现①，北斗回南面②。休即未能休③，且待三更见日头。

【注释】

① 参辰：星宿名。参星在西方，辰星（即商星）在东方，晚间此出彼灭，不能并见；白天一同隐没，更难觅得。②北斗：星座名，以位置在北、形状如斗而得名。③ 即：同"则"。

【译文】

　　枕前发尽千般誓愿，（和我）分手要等到青山变烂，秤锤浮上水面，黄河彻底枯干。

　　白天参星出现，北斗星出现在南面。即便这些情况全都出现也还不能分手，且等到太阳在三更天升起。

【赏析】

　　这首词是一位女子的爱情宣言。它是一首早期的民间词作，语言活泼、自然，感情奔放、直白，具有极强的感染力。

　　"枕前发尽千般愿"，这句词点明主题。"发尽"一词道出了女主人公心中那炽热的感情。"要休且待青山烂。水面上秤锤浮，直待黄河彻底枯"，接着女主人公接连举出三种不能成为现实的事情来表明自己对爱情的忠贞。这三件事是：青山烂，秤锤浮在水面，黄河之水枯竭。这是三种奇想，不可能在现实中出现。女主人公以这三种不可能来说明一种不可能，即她的爱情不可能枯竭。

　　下片接着发愿："白日参辰现，北斗回南面。"参星与晨星，一在西，一在东，此出彼没，永不相见。二星在夜间尚不一同出现，更何况是在白天？上片的喻体是自然界的山水，而下片的喻体转到了天空。最后"休即未能休，且待三更见日头"做出总结，强调爱情的天长地久，说即便前面五件事都实现了，她的爱情也不会失败，除非太阳出现在三更天。

　　这首词想象奇特，对寻常事物做出大胆的想象，将女主人公那热烈的情感表达得淋漓尽致。

词的品赏知识

敦煌曲子词

　　20世纪初，大量五代写本于甘肃敦煌莫高窟被发现。随之而重新问世的唐五代民间词曲，或称为敦煌曲子词，或称为敦煌歌辞。这些作品内容广泛，形式活泼，风格繁复，有鲜明的个性特征和浓郁的生活气息。其辑本，有王重民的《敦煌曲子词集》、饶宗颐的《敦煌曲》、任二北的《敦煌歌辞总集》等。

鹊踏枝

◎敦煌曲子词 无名氏

　　叵耐灵鹊多谩语①，送喜何曾有凭据？几度飞来活捉取，锁上金笼休共语②。

　　比拟好心来送喜，谁知锁我在金笼里。欲他征夫早归来，腾身却放我向青云里③。

【注释】

① 叵耐：不可忍耐，这里是"可恼"的意思。谩：故意想瞒。② 休共语：这里指不跟喜鹊说话。③ 腾身：跃身，这里指速度快。

【译文】

　　可恼的喜鹊喜欢说骗人的话，它送来的喜报有什么依据？喜鹊几次飞来，我便将它活捉关进金笼中，不再和它说话。

　　本来是好心来给她报喜的，谁想到她竟然把我锁进笼子里。但愿她远行的丈夫早日归来，到那时她一定会赶紧将我放飞青云里。

【赏析】

　　这是一首怀别念远之词。上片的主人公是一个闺中思妇，下片的主人公是一只喜鹊，此词通过对思妇和喜鹊话语的描写，传达出女主人公对征夫的深深思念。

　　上片写思妇对喜鹊的责怪。"叵耐灵鹊多谩语，送喜何曾有凭据？"喜鹊报喜的传说古已有之，人们总相信听见喜鹊声，便预示着好事将来临。"叵耐"意为可恼；"谩语"，无凭据之语。这两句是思妇的责怪，她责怪喜鹊带来的消息不灵验。"几度飞来活捉取，锁上金笼休共语"，她恨喜鹊报喜无凭据，每次听到它报喜时，她总是满怀希望等待着丈夫归来，但这希望却一次次化作失望。因而她对喜鹊心生怨恨，于是将它抓起来锁进笼子里。

　　下片喜鹊提出抗议。"比拟好心来送喜，谁知锁我在金笼里"，这只喜鹊见女主人公整日愁眉不展，思念丈夫，为了安抚她的心灵，便为她捎来喜信，可是没想到它的好心换来的竟是被捉进笼子里。这两句将喜鹊的委屈之态写得活龙活现。"欲他征夫早归来，腾身却放我向青云里"，纵使女主人公不理解它的好心，它却丝毫不怨恨，因为它知道她的苦，它多么希望她的丈夫能早日归来呀。

浣溪沙

◎敦煌曲子词　无名氏

五两竿头风欲平^①，长风举棹觉船行。柔橹不施停却棹，是船行。满眼风波多闪灼，看山恰似走来迎。子细看山山不动，是船行。

【注释】

① 五两：古代的测风器。

【译文】

　　竿头五两被风吹得高扬欲平，在大风中荡桨只觉船身很轻。柔橹不施，将船桨停下，任船行驶。

　　满眼波光闪烁，忽明忽暗；前方的青山越来越近就像走上前来相迎，仔细看山山又不动，原来是船在走。

【赏析】

　　这首词写的是词人行舟所见，语言流畅，民歌气息浓厚。

　　"五两竿头风欲平。"五两，古代候风的用具。用五两（一说八两）鸡毛制成，故名。系于高竿顶端，用来测占风向、风力。竿头五两被风吹得平直了，说明风势很大。在这样的风势下，"长风举棹觉船行。柔橹不施停却棹，是船行"，由于风势很大，不用摇橹，船也能自己行驶。

　　"满眼风波多闪灼，看山恰似走来迎"，小船行得非常轻快，词人雅兴大发，欣赏起四周的美景来。风卷水涌，波光闪闪，青山迎面扑来，这是一幅多么优美的画面啊。"子细看山山不动，是船行"，这两句承上句而来，对山迎作出解释，十分有趣。词人对风、对山水的观察可谓是细致入微，非亲身游历者不能写出这样的词章来。

望江南

◎敦煌曲子词 无名氏

天上月，遥望似一团银。夜久更阑风渐紧^①，为奴吹散月边云^②。照见负心人。

【注释】

① 更阑：夜深人静的时候。② 奴：我。

【译文】

天上的月儿，远远看去好像一个银团。夜已深，这一天眼看着就要过去，窗外风声正紧，风啊你为我吹散月边的浮云吧。让月光照见那负心人。

【赏析】

这首词写的是一个女子对负心人的怨恨之情。

"天上月，遥望似一团银"，词人以"一团银"喻月，既写出月亮之圆，又写出它的皎洁。词中女主人公面对着皎皎圆月，怅然有感，月之圆引起她"人未圆"之痛；月之明触发她对人心不明的感慨。

"夜久更阑风渐紧"，这位女子为相思和怨恨折腾得久久难以入眠，窗外夜色更浓，风声渐紧。"风渐紧"三字衬托出女主人公内心的孤寂与凄凉，并引出下文。

"为奴吹散月边云。照见负心人"，她由那渐紧的风想到能凭借它吹散月边的云，从而照见那负心人。这两句痴语恰恰折射出她内心的无限伤悲，以及对负心人的无尽思念。

这首词以月起兴，将人复杂的情感寄托给无情的明月，描绘出深沉而隽永的意境。

词的品赏知识

敦煌曲子词的内容

就现在发现的敦煌曲子词来看，其内容十分广阔。有歌颂爱国的，如《菩萨蛮·敦煌古往出神将》，表达了"安史之乱"后边疆人民所遭受的深重苦难以及对大唐重获统一的热切愿望；有反映商人游子旅况与艰辛的；反映男女恋情生活及对幸福生活渴望的；还有抒发征夫思妇对战争厌倦情绪的。在敦煌曲子词中写得最好、数量最多的是写男女之情的词。这首《望江南》就是其中的代表作，以月起兴，用一个女子的口吻写出了其对负心汉的怨恨，抒情性很强。

点绛唇

◎王禹偁

雨恨云愁，江南依旧称佳丽①。水村渔市，一缕孤烟细。

天际征鸿，遥认行如缀②。平生事，此时凝睇③，谁会凭阑意④？

【注释】

① "江南"句：意谓江南风光即使在阴雨天气也一样美丽。② 行（háng）如缀：谓雁阵行列整齐。③ 凝睇（dì）：凝望。④ 凭阑：倚着栏杆。

【译文】

　　雨带恨，云含愁，江南依旧称得上是优美之地。水村渔市，一缕孤烟袅袅升起。

　　天边的大雁，远远望去好似列队首尾联缀在一起。平生之事，此时凝神远望，谁能领会我凭栏远眺的意绪！

【赏析】

　　这首词是王禹偁唯一的传世词作，为他滞留江南时期的作品。

　　"雨恨云愁"，词人即景写情，将一腔愁恨植入景物之中。云和雨为自然之物，并无喜怒哀乐，但词人觉得，那雨迷迷蒙蒙，恰似心中有着绵绵恨意；那云块层层堆积，正如愁闷郁积一般。"江南依旧称佳丽"，这一句化用谢朓《入朝曲》"江南佳丽地，金陵帝王州"一句。尽管江南如今是下雨天气，却依旧清新秀丽，景色迷人。"水村渔市，一缕孤烟细"，上片末两句具体写江南"佳丽"之景。寥寥九个字将一幅恬淡静谧的江南水乡图描绘了出来：村落渔市点缀湖边水畔，一缕淡淡的炊烟，从村落上空袅袅升起。

　　"天际征鸿，遥认行如缀"，江南的风光固然招人喜爱，但词人却无心欣赏。当他看到"征鸿"掠过"天际"时，诸多心事一触而发。联想一下词人写这首词的背景，当时他被贬江南，任长州知州。当着这样一个小小的芝麻官，他根本无法实现自己的宏伟志愿，因而心中非常失意。那冲天远去的大雁象征着男儿的远大抱负，因而唤起了他那份宏愿落空的失意。"平生事，此时凝睇，谁会凭阑意"，词人的"鸿鹄之志"无人知会，于失意之中又添一段落寞。

⊙作者简介⊙

　　王禹偁（954—1001），字元之，巨野（今属山东）人。太宗太平兴国八年（983）进士。历官右拾遗、直史馆、左司谏、知制诰等职。后贬知黄州，卒于任上，人称"王黄州"。北宋第一个有突出诗文成就的作家。其诗学杜甫、白居易，其文推崇韩愈、柳宗元，风格平易简明、朴素自然。有《小畜集》。词作仅存一首。

酒泉子

◎潘阆

长忆观潮，满郭人争江上望。来疑沧海尽成空，万面鼓声中。

弄潮儿向涛头立，手把红旗旗不湿。别来几向梦中看，梦觉尚心寒。

【译文】

常常忆起观潮的情景，全城的人争着跑到江边来观看。潮来时（叫人）怀疑大海的水都被倾泻一空，声音如同万面战鼓同时敲打。弄潮儿迎潮而立，手挥红旗而红旗没有被打湿。别后几次从梦中看到这情景，梦醒后依然感觉心惊胆战。

【赏析】

这首词描绘的是钱塘江涨潮时的观潮盛况，气势豪迈，笔调雄健。

上片描写观潮盛况。"长忆观潮"，说明词人对他见过的那次钱塘江观潮盛会难以忘怀，侧面烘托那场盛会的壮观。"满郭人争江上望"，这里写观潮的人很多，为下面对潮水的描写渲染了气氛，做好了铺垫。

"来疑沧海尽成空，万面鼓声中"，这两句正面写钱塘江大潮。词人运用比喻、夸张的手法，将钱塘江潮涌那排山倒海的气势表现得传神生动，让读者如临其境。

下片描写弄潮情景。"弄潮儿向涛头立，手把红旗旗不湿"，这两句写弄潮儿的表现。词人继续施展奇特的想象，热情洋溢地夸赞弄潮儿的高超技艺，说他们创造了与巨浪狂涛共舞的奇观。

"别来几向梦中看，梦觉尚心寒"，那弄潮的场面是多么壮观呀，因而词人虽已离开杭州却仍然频频梦到；但那场面又是多么惊险呀，以至梦醒后尚感惊心动魄。

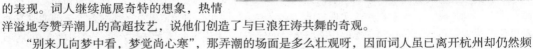

⊙作者简介⊙

潘阆（？—1009），字逍遥，大名（今属河北）人。曾在京师卖药，有诗名传世。太宗至道元年（995）赐进士第，授四门国子博士。后以"狂妄"罪名被斥，仍以卖药为生。真宗时受到赦免，任滁州参军。能诗词。有《逍遥集》及词集《逍遥词》。

酒泉子

◎潘阆

长忆西湖。尽日凭阑楼上望：三三两两钓鱼舟，岛屿正清秋①。
笛声依约芦花里，白鸟成行忽惊起。别来闲整钓鱼竿，思入水云寒②。

【注释】

① 清秋：明净爽朗的秋天。②水云寒：这里指水云深处。

【译文】

我常常忆起西湖，整日倚着栏杆在楼上眺望。三三两两的钓鱼船，岛屿正值清秋。

笛声隐约在芦花中响起，成行的白鸟倏然惊起。（西湖）别后，每当我闲来拾起钓鱼竿时，思绪便飘向水云高寒之处。

【赏析】

这首词写西湖秋景，画面清丽。

"长忆西湖。尽日凭阑楼上望"，"长忆"二字引起全篇，点明是回忆。西湖风光那般美好，令词人十分留恋，整日凭栏观望。

词人并未着眼于西湖的笙歌画船、游人往来如织的繁华热闹场面，他看到的是"三三两两钓鱼舟，岛屿正清秋"。那时正值西湖清秋，湖面上三三两两泊着钓舟，意境十分闲淡，有一种悠然自得、闲适恬淡的情趣。

"笛声依约芦花里，白鸟成行忽惊起"，这两句继续写西湖秋景。笛声、芦花、白鸟共同构成了一幅有声有色的图景，淡远闲适。"依约"二字将笛声渺茫幽远、若有若无的韵致描摹了下来；"忽惊起"则写出了白鸟倏然而惊、翩然而去的形态。这两句色彩明丽，颇具情味。

"别来闲整钓鱼竿，思入水云寒"，词人由回忆转入现实。词人虽从西湖归来，心却还留在西湖上，闲暇时他总爱收拾钓竿，欲赴西湖垂钓，任神思遨游于水云之间。末二句将词人忆西湖忆得不能忍耐、亟想归隐湖上的念头表现得淋漓尽致。

踏莎行

◎寇准

春色将阑，莺声渐老，红英落尽青梅小①。画堂人静雨蒙蒙，屏山半掩余香袅。

密约沉沉②，离情杳杳。菱花尘满慵将照。倚楼无语欲销魂，长空黯淡连芳草。

【注释】

① 红英：红花。② 密约：指两人的约定。

【译文】

春光将尽，莺声也渐渐老去，红花落尽青梅又嫩又小。画堂悄无人声，窗外细雨蒙蒙，山水屏风半掩，香炉里余香袅袅。

秘密的誓约已然沉寂无音，离别的情怀也已经渺远。菱花镜上落满灰尘，也懒得将它拾起对镜妆照了。倚着小楼默默无语，悲伤不已，天空辽远黯淡接连芳草。

【赏析】

这是一首闺怨词，抒发的是伤春念远之情。

上片写闺中独处的寂寞。"春色将阑"，点明时令，即暮春。"莺声渐老，红英落尽春梅小"，这两句描写暮春之景。词人选取了"莺声"、"红英"、"青梅"三个意象来描绘暮春之景，将"春色将阑"的景象展示得非常具体。"画堂人静雨蒙蒙，屏山半掩余香袅"，这两句描写室内之景。窗外春色衰残，室内又怎样呢？词人通过对春雨以及画堂中的画屏、香炉的描写，一个字"静"，将画堂那种华丽精美却冷寂冷落的环境展示了出来，并巧妙地折射出词中主人公独守闺中、百无聊赖的郁郁情怀。

下片抒发相思之情。"密约沉沉，离情杳杳"，这是女主人公对往事的回忆。当初他们曾山盟海誓，而如今情人却音信全无。他的离去，使她心中愈发觉得寂寞，离恨愈发深沉。"沉沉"、"杳杳"，词人巧用叠字，将离愁别恨抒发得深渺绵长。女为悦己者容，而如今心上人已离去，女主人公已经无心梳妆打扮了，而是"菱花尘满慵将照"，她的菱花宝镜上已经积满了灰尘。"倚楼无语欲销魂，长空黯淡连芳草"，她登上高楼，希望能看到心上人的归帆，可是她的希望落空了，天空一片黯淡，唯见芳草绵绵无际。这里词人用典，借芳草抒发怀远之情，寓情于景，以景结情，取得了言尽而意无穷的效果。

⊙作者简介⊙

寇准（961—1023），字平仲，华州下邽（今陕西渭南）人。太宗太平兴国五年（980）进士。真宗时官至宰相，封莱国公。为官正直，后遭谗被贬为雷州司户，卒于贬所。能诗，词作不多，仅有数首，皆惜别伤时之作，风格淡雅委婉。有《巴东集》。

点绛唇

◎林逋

金谷年年，乱生春色谁为主？余花落处，满地和烟雨。

又是离歌，一阕长亭暮。王孙去，萋萋无数，南北东西路。

【译文】

金谷年年（生青草），乱生的春色谁是它的主人？残花落下的地方，满地和着烟雨。

又是离歌，一首长亭过后日暮已经降临。王孙离去，芳草萋萋，生满南北东西路。

【赏析】

这是一首咏物词，词中的主体是春草，词人借歌咏春草来抒发离愁别绪。

上片写暮春景致。"金谷年年，乱生春色谁为主？"西晋石崇那繁华富丽的金谷园，如今已是杂树横生、蔓草遍地，荒凉无主了。"乱生"二字描绘出了杂草丛生的荒凉状。"谁为主"暗含世事沧桑之叹。

"余花落处，满地和烟雨"，这是一番多么凄凉的暮春景象呀。春色凋零，花朵纷纷坠落，枝头稀疏的余花，也被疏雨打落在地。末两句饱含着词人无限伤春之情怀。

下片抒写离情。"又是离歌，一阕长亭暮"，"长亭"，古代为亲人送行，常于长亭设宴饯别，吟咏留赠；"暮"字暗示了离别之人难舍难分的心情。由于别意绵绵，依依不舍，不知不觉暮色已经降临。

"王孙去，萋萋无数，南北东西路。""王孙"本是古代对贵族公子的尊称，后来诗词中，往往代指出门远游之人。写离情，大抵都要与芳草相联系，芳草象征着亲人对远行之人的思念。末三句以茫茫无涯的芳草作结，写出了送行之人的无限惆怅和依依惜别的感情，给人留下无穷的想象空间。

薛砺若在《宋词通论》中评这首词道："林逋的《点绛唇》为词中咏草的杰作，词境极冷绝凄楚，与欧阳修的《少年游》，梅尧臣的《苏幕遮》，都为咏春草的绝唱。"可谓中肯。

⊙作者简介⊙

林逋（967—1028），字君复，钱塘（今浙江杭州）人。一生不仕，长期隐居西湖孤山，以种梅养鹤为乐，人称"梅妻鹤子"。卒谥"和靖先生"。擅行书，工于诗。有《林和靖诗集》。词作仅存三首。

长相思

◎林逋

吴山青，越山青，两岸青山相送迎。谁知离别情？
君泪盈，妾泪盈，罗带同心结未成①。江头潮已平。

【注释】

① "罗带"句：古时女子常将罗带打成心形的结，送给自己的爱人以示永不分离之愿，此句是说同心结未打成，爱人就要离去了。

【译文】

吴山青翠，越山青翠，两岸的青山迎送（船行的游子），它们谁又明白离别的悲伤呢？

你眼泪盈眶，我也眼泪盈眶，丝带未能打成同心结，江头的潮水已经平息。

【赏析】

这首词采用乐府民谣的歌调，以一女子的口吻，抒发婚姻的不幸与离别的悲哀。

上片写景，借风景抒发感情。"吴山青，越山青"，这两句词人巧借地名，描画出一片色彩鲜明的江南胜景。春秋战国时期，浙江省是吴国的一部分，越国的所在地，两国以钱塘江为界，北面属吴国，南面属越国。所以，"吴山"为钱塘江北岸的山；"越山"指钱塘江南岸的山。

"两岸青山相送迎"，自古以来，钱塘江两岸的青山不知道迎送过多少人。"谁知别离情？"青山无情，亘古不变，而它迎送之人却是心含无限离别情意的。此处用拟人手法，向青山发怨，借自然的无情反衬人生的有情。

下片抒情，并以景写情。"君泪盈，妾泪盈"，承前片"离别情"而来，由写景转入抒情。女主人公与心上人即将分离，两人泪眼相对，哽咽无语。"罗带同心结未成"，他们是情投意合的，但他们的爱情却遭到外力的阻拦，使得两人不能长相厮守。"罗带同心结"，古代男女定情时，往往用丝绸带打成一个心形的结，叫作"同心结"。"结未成"，喻示他们的爱情遭到破坏。

"江头潮已平"，钱塘江涨潮了，潮水同堤岸相平，意谓船儿就要起航了。这最后一句以景作结，饱含无尽之情。

木兰花

◎钱惟演

　　城上风光莺语乱，城下烟波春拍岸。绿杨芳草几时休？泪眼愁肠先已断。

　　情怀渐觉成衰晚，鸾镜朱颜惊暗换。昔年多病厌芳尊，今日芳尊惟恐浅。

【译文】

　　城上风光大好，莺声乱成一片，城下烟波浩渺，春水拍打着堤岸。绿杨芳草什么时候才能消失？我满眼泪水，愁肠先已断。

　　情怀渐觉衰老，对着鸾镜我惊讶地发现自己红润的容颜暗自变换了。往年我体弱多病，讨厌去碰那美酒金杯，如今却只恐酒杯没有斟满。

【赏析】

　　这首词作于词人暮年，有自伤身世之感。词人一生积极求仕，仕途却十分不顺，最后甚至被赶出朝廷。故而词人晚年心情很不顺畅，这首词便是在这种心境下写成的。

　　"城上风光莺语乱，城下烟波春拍岸"，这两句描写城中风光。此时春光大好，四处莺歌燕舞，繁花盛开，碧波暗涌，拍打水岸。

　　"绿杨芳草几时休？泪眼愁肠先已断"，可是面对着这大好春光，词人却是愁绪满腹，恨春色恼人。通常人们只惜春短，而词人却巴不得春天快快过去，这是为什么呢？词人没有说，而是继续申述春天的恼人。

　　下片词人才开始解释愁苦的缘由。"情怀渐觉成衰晚，鸾镜朱颜惊暗换"，因他日渐衰老，情怀渐变，不愿再看到浓艳的春光了。春光越明艳，越像在提醒他已老去。词人这一生都在为没能当上宰相而遗憾，此时他距皇城有千里之远，年华又一天天逝去，自己的梦想还怎么能实现呢？

　　"昔年多病厌芳尊，今日芳尊惟恐浅"，看着镜子里自己那苍老的容颜，他暗自惊悸，唯一的解脱方式便是高举"芳尊"，借酒消愁了。最后两句语尽而意未尽，绵绵愁情溢于言外。

◎作者简介◎

　　钱惟演（977—1034），字希圣，临安（今浙江杭州）人，吴越忠懿王钱弘俶之子。少补牙门将，归宋，为右屯卫将军。累迁翰林学士枢密使，后知河阳。入朝，加同中书门下平章事。仁宗明道二年（1033），坐擅议宗庙，落职，以崇信军节度使归镇。博学能文，有诗名。有《玉堂逢辰录》、《金坡遗事》。

苏幕遮

◎范仲淹

　　碧云天，黄叶地，秋色连波，波上寒烟翠。山映斜阳天接水。芳草无情，更在斜阳外。

　　黯乡魂①，追旅思②。夜夜除非，好梦留人睡。明月楼高休独倚。酒入愁肠，化作相思泪。

【注释】

①黯乡魂：用江淹《别赋》"黯然销魂"语。黯，形容心情忧郁。
②追：此处意为纠缠。旅思：旅居在外的愁思。

【译文】

　　白云满天，黄叶遍地，秋天的景色连接着远处的水波，水波上寒烟苍翠。夕阳映照着远山，天空连接着江水。芳草无情，更绵延至斜阳之外。

　　想起故乡不禁黯然神伤，追怀旅思，每天夜里除非美梦才能让人入睡。当明月照射高楼时不要独自倚靠栏杆。酒入了愁肠，化作相思之眼泪。

【赏析】

　　这是一首抒写乡思旅愁的词作。

　　上片写景，意境阔大。"碧云天，黄叶地"，词人从一高一低两个角度，描绘出一片苍茫辽阔的秋景。"秋色连波，波上寒烟翠"，这两句词人落笔于浩淼秋水，意境悠远。秋色承上两句而来，碧天广野间的秋色一直向远方绵延，直至天边的秋水，秋水上寒波凝翠，这是多么广阔优美的一幅图景。"山映斜阳天接水。芳草无情，更在斜阳外"，这三句天、地、山、水通过斜阳、芳草连接在一起，由眼中实景转为意中虚景，离情别绪则隐寓其中。自淮南小山《招隐士》"王孙游兮不归，春草生兮萋萋"之后，"芳草"意象就与游子思归之情密不可分了。

　　下片承上片而来，由"芳草无情"导入离愁和相思。"黯乡魂，追旅思"点明题旨，直抒羁旅思乡之情。"黯"字写出词人心情的沉郁，"追"字显出愁情缠绵之状。"夜夜除非，好梦留人睡"，唯有每夜做梦还乡时才能排解自己的思乡愁绪。每当古人怀念远人、思忆故乡时，总爱登楼远眺借以排遣愁怀，但词人却说"明月楼高休独倚"，这是为什么呢？因为明月寄相思，反而会使他备感孤独与怅惘；因为登楼望远却望不见故乡，只会更添乡愁。不登楼，便喝酒吧，也许只有凭借酒力才能消解愁闷了，但结果呢？"酒入愁肠，化作相思泪"。真是借酒消愁愁更愁。

⊙作者简介⊙

　　范仲淹（989—1052），字希文，吴县（今属江苏）人。宋真宗大中祥符八年（1015）进士。宋仁宗时官至参知政事，为官清廉，力主改革，推行新政。卒谥文正，封楚国公、魏国公，世称"范文正公"。词作仅存五首。有《范文正公集》。

渔家傲

◎范仲淹

　　塞下秋来风景异，衡阳雁去无留意①。四面边声连角起②。千嶂里③，长烟落日孤城闭。

　　浊酒一杯家万里，燕然未勒归无计④。羌管悠悠霜满地。人不寐，将军白发征夫泪。

【注释】

① 衡阳雁去：古人认为大雁南飞至衡阳而止。
② 边声：边境上的马嘶、风号等声音。角：军中号角。③ 嶂：形容高险如屏障的山峦。
④ 燕然未勒：谓外患未平。燕然，东汉窦宪大破北匈奴后，曾登燕然山（蒙古杭爱山）刻石记功。勒，刻。

【译文】

　　边塞秋天一来风景就大不相同，向衡阳飞去的雁群全无留恋的意思。四面的边地马嘶风号随着号角响起。重重叠叠的山峰里，烟雾缭绕，落日斜照孤城紧闭。

　　喝一杯陈酒怀念起远隔万里的家乡，可是还未在燕然山刻上平胡的功绩，因而无法归去。羌人的笛声悠扬，寒霜撒满大地。人不能入睡，满头白发的将军和战士一同落泪。

【赏析】

　　宋仁宗康定、庆历年间，范仲淹镇守西北边塞，作下《渔家傲》数首，叙述边境生活的凄苦，《渔家傲》是流传下来的唯一一首。这首词咏叹的是守边将士内心的抑郁，词调沉郁悲壮。

　　词的上片写边塞风光。"塞下秋来风景异"，"塞下"点明地点，即西北边塞。"秋来"点明了季节。一个"异"字，概括出边塞的秋季风光，塞下的秋景是与内地大不相同的。"衡阳雁去无留意"，这一句虽是写大雁，却包含着词人浓重的主观色彩。大雁是否有留意，词人自不知道。他说大雁"无留意"皆因自己对边境苦寒景象感到厌倦，这一句从侧面烘托出了边境环境的恶劣。古人认为大雁南飞到衡阳即止，衡山的回雁峰就得名于此。"四面边声连角起"写傍晚时分的边塞景象，边声、号角声四面响起，一片悲凉。"千嶂里，长烟落日孤城闭"，这两句写出了塞外的壮阔风光，画面感极强，充满一股肃杀之气。

　　下片抒情。"浊酒一杯家万里"，这是抒发边关将士对家乡的思念。"一杯"与"万里"数字之间对比悬殊，也就是说，一杯薄酒，消不去浓重的乡愁，语言雄浑有力。"燕然未勒归无计"，思乡归思乡，边患未平，大敌未退，还乡之计无从谈起。"羌管悠悠霜满地"，这一句写夜景，景中含情，画面凄凉。羌管，即羌笛，是出自古代西部羌族的一种乐器，发的是凄切之声。"人不寐，将军白发征夫泪"，这句总收全词，融爱国之情、思乡之情于一炉，将全词的感情推向高潮。

夜半乐

◎柳永

　　冻云黯淡天气①，扁舟一叶②，乘兴离江渚。度万壑千岩③，越溪深处④。怒涛渐息，樵风乍起⑤，更闻商旅相呼，片帆高举。泛画鹢⑥、翩翩过南浦。

　　望中酒旆闪闪⑦，一簇烟村，数行霜树。残日下、渔人鸣榔归去⑧。败荷零落，衰杨掩映。岸边两两三三、浣纱游女⑨。避行客、含羞笑相语。

　　到此因念⑩，绣阁轻抛⑪，浪萍难驻⑫。叹后约丁宁竟何据⑬？惨离怀、空恨岁晚归期阻。凝泪眼、杳杳神京路⑭。断鸿声远长天暮⑮。

【注释】

①冻云：冬天浓重聚积的云。②扁舟：小船。③万壑千岩：出自《世说新语·言语》：顾恺之自会稽归来，盛赞那里的山川之美，说："千岩竞秀，万壑争流。"这里指千山万水。④越溪：泛指越地的溪流。⑤樵风：顺风。⑥鹢（yì）：泛舟。鹢是古书上说的一种水鸟，不怕风暴，善于飞翔。古时船家常在船头画鹢首以图吉利。⑦望中：在视野里。酒旆：酒店用来招引顾客的旗幌。⑧鸣榔：用木棍敲击船舷，以惊鱼入网。⑨浣纱游女：水边洗衣劳作的农家女子。⑩因：这里是"于是""就"的意思。⑪绣阁轻抛：轻易抛弃了偎红倚翠的生活。⑫浪萍难驻：漂泊漫游如浪中浮萍一样行踪无定。⑬后约：约定以后相见的日期。⑭杳杳：遥远的意思。神京：指都城汴京。⑮断鸿：失群的孤雁。

【译文】

　　云朵凝滞，天色黯淡，我乘着一叶扁舟乘兴驶离江渚。度过万壑千岩，越过溪流深处。怒涛渐渐平息，湖面上忽然吹起顺风，还听见过往经商办事的船客互相打着招呼，船只高高地张起了风帆。乘着画有鹢的船，轻快地划过南岸水边。

　　所望之处酒帘在风中闪动，烟霭朦胧中有一处村落，数排霜树。夕阳下，渔人用木棒敲击船舷准备归去。只见残败的荷花散落在水面上，与衰柳相互掩映。岸边三三两两浣纱归来的女子。她们避开行客，害羞地相笑而语。

　　来到此处我念起，（当日）轻率地抛弃了偎红倚翠的生活，漂泊漫游如同浮萍一般难以停驻。感叹以后的相见及（妻子的）叮咛没有凭据！离怀愁惨，空自叹恨时光已至岁暮，归期受阻。凝着泪眼，望着那遥远的汴京路。孤雁的悲鸣声渐渐远去，长空中暮色苍茫。

【赏析】

这首词共分三片，是柳永用旧曲创制的新声。词的一、二片写词人在浙江会稽一带泛舟而游的情形，第三片抒发离乡去国之感。

上片叙述舟行的经历。"冻云黯淡天气，扁舟一叶，乘兴离江渚"，首三句交代时间、天气及舟行之事。"乘兴"二字是第一片的词眼，说明他兴致很高，即便是"黯淡天气"，他仍乘船驶离江渚。从"度万壑"至上片末尾一直写舟行的所见所闻。词人先度过万壑千岩，看到的是一片雄奇险峻之景；接着他来到开阔江面上，风浪渐趋平静，过往经商办事的船客互相打招呼，帆船往来如织，呈现出一派热闹的景象。词人泛着小舟，翩然过了南浦。"翩翩"，遥应"乘兴"，既写舟行得轻快，也写心情的轻快。

中片写舟中所见。词人过了南浦，来到一个村庄。岸上，他望见了酒旗、烟村、霜树。江中，他看到渔人用木棒敲击船舷，看到凋残的荷花，枯黄的杨柳。透过稀稀疏疏的杨柳枝，他看见岸边一小群浣纱归来的女子。而这些浣纱女子正是词人描写的重点，经过词人的工笔细描，她们娇憨可掬的情态跃然纸上。娇羞可爱的浣纱女子触动并唤醒了词人沉埋心底的种种思绪，使他顿生羁旅之愁。

下片由景入情，写离别哀思。用"到此因念"四个字展开，引出离愁别恨。"绣阁轻抛"，浣纱女子令他想到独居在家的妻子，他多么后悔当初轻易地离开她呀。"浪萍难驻"，慨叹此时浪迹他乡，行踪难定。"叹后约丁宁竟何据？"这句感叹后会无期；"惨离怀、空恨岁晚归期阻"，词人恨难以与亲人团聚。目前词人远离妻子寄身的京城汴梁，路途遥远，不易到达，只得"凝泪眼、杳杳神京路"。最后"断鸿声远长天暮"句以景结情，寓意无穷。词人望神京而不见，映入眼帘的只有寂寂长空，茫茫暮色，而在耳边响起的唯有那孤雁渐去渐远的悲鸣声。末句意境浑涵，营造出的氛围与词人的感情十分合拍。

词的品赏知识

慢词

慢词是宋词的主要体式之一，与小令一起成为宋代词人最常用的曲调样式。慢词的名称从"慢曲子"而来，指依慢曲而填写的调长拍缓的词。小令的体制短小，容量有限。而慢词的篇幅较大，一调少则八九十字，多则一二百字。到了宋初，词人习用的仍是小令。与柳永同时的张先、晏殊和欧阳修，仅分别尝试写了十七首、三首和十三首慢词，慢词占其词作总数的比例很小，而柳永一人就创作了慢词八十七首。柳永大力创作慢词，从根本上改变了唐五代以来词坛上小令一统天下的格局，使慢词与小令两种体式平分秋色，齐头并进。

这首《夜半乐》篇幅体制大，扩充了词的内容含量，增强了词的表现力。

凤栖梧

◎柳永

伫倚危楼风细细①，望极春愁，黯黯生天际。草色烟光残照里，无言谁会凭阑意②。

拟把疏狂图一醉③，对酒当歌，强乐还无味。衣带渐宽终不悔，为伊消得人憔悴④。

【注释】

① 伫(zhù)：久站。危楼：高楼。② 会：理解。③ 拟：想要。④ 伊：她。

【译文】

伫立在高楼上，春风细细，望不尽的春日离愁，黯黯地从天边涌起。草色烟光掩映在落日余晖里，我默默无言，谁能领会我独自凭栏的深意？

打算狂放地喝他个大醉，对酒高歌一曲，勉强作乐反而觉得毫无兴味。衣带日渐宽松却不后悔，那是为她消瘦得形容憔悴啊。

【赏析】

这是一首抒发离愁的词作。

"伫倚危楼风细细，望极春愁，黯黯生天际"，这三句叙事，说词人登上高楼，引起春愁无限。"风细细"三字写景，描绘出登楼的背景。"望极春愁，黯黯生天际"，按理说愁是从心中生出的，而词人却说它从天边黯黯生起，他为何要这么写呢？一定是天际的什么景物触动了他的愁怀。接着他便作了回答："草色烟光残照里"，原来是萋萋芳草。古人常借用芳草表示游子思归之意或表示他们对所爱之人的思念之情。这里到底是哪一种呢？词人没说。"无言谁会凭阑意"，他只是默默凭栏，并感叹无人理解他的心事。

"拟把疏狂图一醉，对酒当歌"，词人的愁绪无法排遣，于是他便求助于酒，求助于歌，期望在酣饮高歌中能将那愁忘却。可结果怎么样呢？"强乐还无味"，"春愁"缠绵执着，他根本无法抑制。愁苦至极的词人此时再也忍不住了，一声脆裂心肝的呼喊喷薄而出："衣带渐宽终不悔，为伊消得人憔悴。"至此，他才透露出这种"春愁"是一种坚贞不渝的感情。这两句集中了词人全部的情感，也引起了无数人的共鸣，曾被王国维称为"专作情语而绝妙者"，并赞叹其"求之古今人词中，曾不多见"。

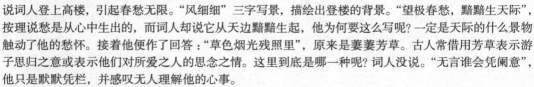

⊙作者简介⊙

柳永（980？—1053？），字耆卿，初名三变，因排行第七，人称柳七，崇安（今属福建）人。仁宗景祐元年（1034）进士。官至屯田员外郎，世称"柳屯田"。性格旷放，仕途坎坷，最后飘泊流落而死。精通音律，创作了大量适合于歌唱的慢词长调。其词题材广泛，尤善写离情别意，写得铺叙委婉，雅俗并陈。深受时人尤其是市民阶层的欢迎，甚至出现"凡有井水处，即能歌柳词"（《避暑录话》）的盛况。有词集《乐章集》。

定风波

◎柳永

　　自春来，惨绿愁红，芳心是事可可。日上花梢，莺穿柳带，犹压香衾卧①。暖酥消，腻云嚲②，终日厌厌倦梳裹③。无那④，恨薄情一去，音书无个。

　　早知恁么⑤，悔当初、不把雕鞍锁。向鸡窗⑥，只与蛮笺象管⑦，拘束教吟课。镇相随⑧，莫抛躲，针线闲拈伴伊坐⑨。和我，免使年少，光阴虚过。

【注释】

①衾（qīn）：被子。②嚲（duǒ）：垂下。③厌厌：没精打采的样子。④无那：无奈。⑤恁（nèn）么：如此。⑥鸡窗：书房的窗子。⑦蛮笺（jiān）：纸。象管：象牙笔管的笔。⑧镇：整日。⑨伊：他。

【译文】

　　自打春来，绿得凄惨，红得愁苦，一颗芳心整日无处可以安放。尽管红日已上花枝头，莺儿在柳叶间穿梭，她却仍压着香被卧在床上。温暖柔软的肌肤消损，乌发蓬松，她整日精神恹恹懒得梳妆。无可奈何啊，恨那薄情郎一去，一点音信都没有。

　　早知这样，后悔当初没有把他的马锁住。在那间书房里，他自铺纸写字，无拘束地念他的书。我们整日相随，不相抛弃，我则手拈着针线伴他而坐。像我这样，免得将青春年少的光阴白白地虚度！

【赏析】

　　这是一首闺怨词。

　　"自春来，惨绿愁红，芳心是事可可"，按理说，春天万木争荣，百花竞放，应该令人心中感到欢畅才是，而词中的女主人公面对这样的景色却只品味出"惨"和"愁"来，原因是什么呢？她没说。只说"芳心是事可可"，一颗芳心，整日无处可以安放，可见她是多么的寂寞无聊。"日上"三句以美景反衬女主人公之惨状。由于她情绪消沉，形貌也发生了变化："暖酥消，腻云嚲，终日厌厌倦梳裹。""暖酥"写皮肤的消损，"腻云"写头发的蓬松，"终日厌厌"写形容憔悴。这一切又是为何呢？最后她告诉了我们："无那，恨薄情一去，音书无个。"原来她是因为相思的苦恼憔悴成这样的。

　　下片词人怀着同情之心让这位不幸的女主人公站出来表达她的愿望：早知这样，我就不该让他走了。如果他真的未曾离开，我俩就能相聚一室，他铺纸写字、吟诗填词；我则手拈着针线，闲来陪他说话，这是多么美好啊。唯有与他厮守一处，我才觉得自己青春年少的光阴没有白白度过！只有在幻想中，我们这位女主人公才能得到一点点安慰。

雨霖铃

◎柳永

寒蝉凄切，对长亭晚，骤雨初歇。都门帐饮无绪①，留恋处、兰舟催发②。执手相看泪眼，竟无语凝噎③。念去去千里烟波，暮霭沉沉楚天阔④。

多情自古伤离别，更那堪、冷落清秋节。今宵酒醒何处？杨柳岸、晓风残月。此去经年⑤，应是良辰好景虚设。便纵有千种风情⑥，更与何人说？

【注释】

① 都门帐饮：在京城门外设宴饮酒。无绪：没有心情。② 兰舟：兰木制成的舟，此处泛指船。③ 凝噎（yē）：形容喉咙里像塞了东西，说不出话来。④ 暮霭：傍晚的云雾。楚天：古时长江中下游一带属于楚国，故指其天空为楚天。⑤ 经年：年复一年。⑥ 风情：意趣。

【译文】

秋蝉的叫声凄凉而急促，正对着日暮时分的长亭，一阵急雨刚刚停住。京都城外的饯别宴上我没有畅饮的心绪，正是依依不舍的时候，船夫却催着出发。两人双手紧握泪眼相望，竟无语哽咽。想到这回离去，千里烟波浩渺，傍晚云气沉沉，楚地天空辽阔无际。

自古以来多情的人总会为离别而悲伤，更何况又逢着这清冷的秋季！今夜酒醒时我将身在何处？可能是那杨柳岸边，面对清寒的晨风和黎明的残月。这一去定是许多年，即使遇到好时光、好风景，也不过是虚设。即便有千种风情，又同谁去诉说呢？

【赏析】

这是一首描写相思别离的词作。词人即将要离开汴京（开封）去往各地漂泊，另寻出路，因而不得不与爱人分离，这首词书写的就是词人临别时的痛苦心情。

上片写临别情景。"寒蝉凄切，对长亭晚，骤雨初歇"，此三句写离别之地的景色。但词人并不是单纯描写自然景色，短短十二个字将时间、地点、事件点明了，并且以寒蝉、长亭、骤雨这几个典型景象，烘托出离别的凄清氛围。

"都门帐饮无绪，留恋处、兰舟催发"三句叙写离别时的人物活动。由于即将与爱人分别，词人面对着一桌子美酒佳肴，全无兴致。接下来词人并不直接描写两人难分难舍的情景，而通过"兰舟催发"来进行侧面烘托，以曲笔将感情深化。

"执手相看泪眼，竟无语凝噎"，这是最后的分手时刻了，词人不得不走了，两人是多么难分难舍呀，两人彼此紧紧握住对方的手，你望着我，我望着你，眼中满含泪水，喉头哽咽，一句话也说不出来。我们不得不佩服词人细致的笔法，用寥寥十一个字就将两人

真挚的情感集中地表达了出来，将两人的形象逼真地刻画了出来。

"念去去千里烟波，暮霭沉沉楚天阔"，两句寓情于景，以有尽之景写无限之情。此刻词人心绪黯淡，而眼前之景也是朦朦胧胧一片，似蒙上了一层离别愁绪。

下片写想象中的别后情景。"多情自古伤离别，更那堪、冷落清秋节"，先用一句平常语起首，说那伤别情绪并不是自他始，古来就有。然后用"更那堪"推进一层，离别本就令人伤感，更何况又碰上这清寒的秋天呢。

"今宵酒醒何处？杨柳岸、晓风残月"三句承上句而来，为全篇警句。这三句是词人对当晚旅途中景况的遥想，弥漫着一层孤清寂寞的意绪。这三句之所以为后人极力推崇，是因为其中聚合了许多触动离愁之物来表达他的心情。词人想象今夜酒醒梦回后，船停靠在江岸，他独自一人对着那一弯残月、冷冷晓风。客情之冷落，风景之清幽，离愁之绵邈，完全凝聚在画面之中。

"此去经年，应是良辰好景虚设。便纵有千种风情，更与何人说"四句，改用情语，更深一层推想离别后的落寞情状。若无爱人相伴，那"良辰好景"又有什么值得流连呢？那"千种风情"又向何人诉说呢？这样的结尾蕴含无限情意。由此我们可以想到平日里他们在一起是何等恩爱，除非有赏不完的美景，说不完的情话，这一去才会令他如此痛苦。

词的品赏知识

宋词两大主要流派

在宋词的发展过程中，形成了两大流派，即豪放派和婉约派。

婉约，即婉转含蓄。其特点主要是内容侧重儿女之情，结构深细缜密，音律婉转和谐，语言圆润清丽，有一种柔婉之美。婉约派的代表人物有李煜、柳永、晏殊、欧阳修、秦观、周邦彦、李清照等。豪放派特点大体是创作视野较为广阔，气象恢弘雄放，喜用诗文的手法、句法写词，语词宏博，用事较多，不拘守音律，然而有时失之平直，甚至涉于狂怪叫器。豪放派的代表人物有苏轼、辛弃疾、叶梦得、陈亮、刘克庄、刘辰翁等。

这首《雨霖铃》为柳永的代表作，歌咏儿女情长，词风婉丽，当为婉约风。

望海潮

◎柳永

　　东南形胜①，三吴都会②，钱塘自古繁华。烟柳画桥，风帘翠幕，参差十万人家。云树绕堤沙，怒涛卷霜雪，天堑无涯③。市列珠玑④，户盈罗绮竞豪奢⑤。

　　重湖叠巘清嘉⑥，有三秋桂子，十里荷花。羌管弄晴，菱歌泛夜⑦，嬉嬉钓叟莲娃。千骑拥高牙⑧，乘醉听箫鼓，吟赏烟霞。异日图将好景⑨，归去凤池夸⑩。

【注释】
①形胜：交通便利。②三吴：此处泛指江浙的广大地区。③天堑：天然的险阻。此处指钱塘江。④珠玑（jī）：珠宝。⑤罗绮：绫罗绸缎。⑥重湖：北宋时西湖已有里湖、外湖之分，故云。叠巘（xiàn）：层叠的山峦。⑦菱歌：采菱女子们欢唱的歌曲。⑧高牙：本指军前大旗，此处指高官的仪仗旗帜。⑨异日：他日。图：描绘。⑩凤池：凤凰池，此处指代朝廷。

【译文】
　　东南地区风景优美，交通便利三吴的都会，钱塘自古以来就非常繁华。如烟的柳树、彩绘的桥梁，挡风的帘子、翠绿的帷幕，高高低低约有十万人家。高耸入云的大树环绕着沙堤，怒涛卷起如霜如雪的浪花，天然的江河没有边际。集市上陈列着珠玉珍宝，家家户户满是绫罗绸缎，竞逐奢华。
　　重重的湖与叠叠的山都非常秀丽美好，有三秋桂花，十里荷花。晴天羌管奏乐，夜晚划船采菱唱歌，钓鱼的老翁、采莲的姑娘都嬉笑取闹。数千名骑兵簇拥着长官，乘着醉意听箫之声，吟赏烟霞。他日将美好的景致画下来，回京城向人们夸耀。

【赏析】
　　这是一首描写杭州风光的词作。
　　上片极写杭州景色之盛。"东南形胜，三吴都会，钱塘自古繁华"，开头三句揭示出所咏主题，点出杭州位置的重要、历史的悠久以及城市的繁华。自"烟柳"以下，便从各个方面浓墨重彩铺叙杭州的自然景色之秀美与都市之繁华。"烟柳"三句写都市之景，极清丽富庶。"烟柳画桥"写街巷河桥的美丽；"风帘翠幕"写居民住宅的雅致；"参差十万人家"写都市人口之众庶。"云树"三句，由市内说到郊外，写自然之景。树木郁郁苍苍，江涛澎湃浩荡，景象开阔壮观。"市列"二句，写市场的繁荣、市民生活的殷实。
　　下片着意描写西湖。"重湖"三句写西湖的山与水。重湖，是指西湖中的白堤将湖面分割成的里湖和外湖。叠山，是指灵隐山、南屏山、慧日峰等重重叠叠的山岭。山上有桂子，湖中有荷花，景色醉人。"羌管"三句写湖上之人。西湖上不分昼夜，器乐、声乐并奏，莲娃钓叟，自在嬉戏，湖面上呈现出一派升平景象。"千骑"三句写达官贵人的游乐的场景，写得声势浩大。"异日图将好景，归去凤池夸"，这是说自己他日荣升也不忘今日钱塘佳景。这两句透露出词人对西湖美景的深深喜爱。

八声甘州

◎柳永

对潇潇暮雨洒江天，一番洗清秋。渐霜风凄紧①，关河冷落②，残照当楼。是处红衰翠减，苒苒物华休③。惟有长江水，无语东流。

不忍登高临远，望故乡渺邈④，归思难收。叹年来踪迹⑤，何事苦淹留⑥？想佳人，妆楼颙望⑦，误几回，天际识归舟。争知我⑧，倚阑干处，正恁凝愁⑨！

【注释】

① 凄紧：秋风渐冷渐急。② 关河：关山与河流。③ 苒苒：渐渐地。④ 渺邈：遥远。⑤ 年来：近年来。⑥ 淹留：久留。⑦ 颙（yóng）望：仰望。⑧ 争知：怎知。⑨ 恁（nèn）：如此，这样。

【译文】

　　面对着潇潇暮雨洒落江天，雨水洗出了高爽的清秋。霜风渐冷渐急，关隘、山河冷清荒凉，夕阳的余晖照射在楼上。到处红花衰残翠叶枯损，美好的景物渐渐逝去。只有长江水，无声无息地向东流去。

　　不忍登高望远，故乡遥远，渴求回家的心思难以收拢。感叹这些年来的行踪，为什么苦苦久留（他乡）？想佳人，正伫立于华丽的高楼上凝望远方，多少次错把远处驶来的船当做我回家乘坐的船。怎么知道我，倚着栏杆，正与你一样凝愁相望！

【赏析】

　　这是一首秋暮怀归之作。

　　"对潇潇暮雨洒江天，一番洗清秋"，一个"对"字领起，写出登临纵目、望极天涯的境界。"潇潇"二字将秋雨给人带来的凉爽萧疏的感觉写了出来；而词人又将"秋"的"清"归于"雨"的"洗"，非常生动，使人仿佛见到雨后秋空清朗之状。"渐霜风凄紧，关河冷落，残照当楼"，秋景接着又生出一番变化，这变化由一个"渐"字领起，神态毕备。秋雨过后，寒风渐冷渐急，眼前一片凄凉。这几句虽凄凉，但景象苍茫辽阔，意境雄浑高远，于凄凉中又透露出一股遒劲之气。"是处红衰翠减，苒苒物华休"，这几句写楼头所见，处处皆是一片凋落之景象。"惟有长江水，无语东流"，这两句承上两句而来，上两句写事物的变化，而这两句以永远长流的长江水写事物的不变，其中蕴含着词人对短暂与永恒、改变与不变的思索。

　　"不忍登高临远，望故乡渺邈，归思难收"，这几句点明思乡的题旨。词人已经登上高楼，却又云"不忍"，使得文章转折翻腾，感情委婉深曲。词人的怀乡之情是那么的强烈，他不禁自问："叹年来踪迹，何事苦淹留？"这一问写出了他面对归与留而表现出的矛盾心情。词人没有对这个问题进行回答，而是笔锋一转，写故乡之人，"想佳人，妆楼颙望，误几回，天际识归舟"，由于词人思归心切，因而联想到故乡的妻子也定盼着自己归来。她登上高楼，望眼欲穿，"误几回"三字传神地写出了她盼望夫君归来的急切心情。"争知我，倚阑干处，正恁凝愁！"这三句与上面"佳人"几句对应，佳人因丈夫不归定会心生怨恨，这几句写词人的相思之情。他也深深地思念着她，正倚着栏杆，满目含愁呢。

玉蝴蝶

◎柳永

望处雨收云断①，凭阑悄悄，目送秋光。晚景萧疏②，堪动宋玉悲凉③。水风轻、蘋花渐老④，月露冷、梧叶飘黄。遣情伤⑤！故人何在？烟水茫茫。

难忘。文期酒会⑥，几孤风月⑦，屡变星霜⑧。海阔山遥，未知何处是潇湘⑨！念双燕、难凭远信；指暮天、空识归航⑩。黯相望。断鸿声里，立尽斜阳⑪。

【注释】

① 雨收云断：雨停云散。② 萧疏：萧索清冷。③ 堪：可以。④ 蘋花：一种夏秋间开小白花的浮萍。⑤ 遣情伤：令人伤感。遣，使得。⑥ 文期酒会：文人们相约饮酒赋诗的聚会。⑦ 几孤风月：辜负了多少美好的风光景色。几：多少回。孤，通"辜"，辜负。风月，美好的风光景色。⑧ 屡变星霜：经过了好几年。⑨ 潇湘：这里指所思念的人居住的地方。⑩ 暮天：傍晚时分。空：白白地。归航：返航的船。⑪ 立尽斜阳：在傍晚西斜的太阳下立了很久，直到太阳落山。

【译文】

所望之处，雨水消停，云朵散尽，凭栏默默无声，目送着秋光。夜晚的景色萧疏疏朗，足以触动起宋玉那般悲秋情怀。水面上秋风轻细，蘋花渐渐凋残，月光下露珠清冷，梧桐树上黄叶飘落。（这晚景）真令我伤怀！故人在哪里呢？烟水茫茫。

难以忘记。定期的酒会，多少次辜负了那清风明月，星霜屡屡更迭。海阔山遥，不知哪里是潇湘！念着那一双燕子，难以传递遥远的书信，只能在傍晚时分空自辨识返航的船。黯然相望。在大雁凄厉的叫声里，我直站到夕阳落尽。

【赏析】

这是一首抒写对湘中故人怀念的词作。

上片描写秋景。"望处雨收云断"三句，写凭栏望远。词人放眼望去，眼前是一片萧疏的秋景：雨停了，云尽了，秋光无际。

"晚景萧疏"两句写悲秋情怀。宋玉为屈原之后的辞赋家，相传所作辞赋甚多，流传最广的作品是抒发悲秋之慨以及身世之慨的《九辨》。词人面对黄昏的萧疏秋景，自然会引起悲秋的感慨，自然

会想起千古悲秋之祖宋玉。

　　"水风轻"两句细致地描写秋景,极富诗意。"轻""冷"二字,写出了清秋季节的凄清沉寂之感。"蘋花渐老"的"老"字极富感情色彩,既写出了蘋花的凋残景象,又寄寓着词人流光易逝、朱颜渐老的感慨。"梧叶飘黄"的"黄"字用得好,突出了梧叶飘落的形象。看到这萧瑟凄寂之秋景,自然就"遣情伤"了。

　　"故人何在,烟水茫茫"两句,与发端相呼应,使"凭栏"、"目送"的沉思凝望有了明确目标,原来词人凭栏望远是由于思念故人呀!

　　下片抒发对故人的怀念之情。"难忘"二字引起下片,将对故人的怀念自然过渡到对故人的回忆。词人回忆起与朋友一起时的"文期酒会"。那时,他们定期相聚,饮酒作词,那赏心乐事,至今难忘。

　　"几孤风月,屡变星霜",这是由回忆转入现实的慨叹,他感叹岁月变迁,时光流逝,自己好几次辜负了那寻欢作乐的青春时光。"风月",指男女情爱。"星霜",指岁星的移动和气候的转凉,这里以秋季概括四季。词人思念朋友,而朋友们在哪里呢?

　　"海阔山遥,未知何处是潇湘",他们与词人遥遥相隔,远在湘水一带。

　　"念双燕"两句写思念成空的无可奈何。"双燕"是不能向故人传递消息的,词人与友人欲通音信,无人可托,而一个"空"字写出了词人盼友人归来,却一次次落空的失望情绪。万般无奈之下,词人只能"黯相望"了。词人用断鸿的哀鸣,来衬托自己的孤独怅惘,可谓妙合无垠,声情凄婉。"断鸿声里,立尽斜阳",这一句描绘出了主人公的形象,他独自一人,久久地伫立在孤雁声和残阳之中,沉浸在无尽的思念与孤独里。

词的品赏知识

婉约派的特色

　　自唐五代以来,婉约词继承民歌的优良传统,不断推陈出新,形成了自己的特色。

　　首先,婉约派词人视音律上的规则为法度,因而婉约词音律和谐,具有"可歌性"。其次,言情为婉约词的传统题材。纵观婉约派,绝大部分是写伤离送别、男女恋情、惜春赏花之类。再次,婉约派词人视语言上的清规戒律为法宝,注重语言的优美。最后,婉约派抒情含蓄,采取回环往复的手法表情达意,显得典雅工丽。

　　柳永这首《玉蝴蝶》写景则铺叙细腻,曲尽其形,且辞藻华美,抒情则委婉含蓄,回环吞吐,极具婉约词的特色。

安公子

◎柳永

　　远岸收残雨，雨残稍觉江天暮。拾翠汀洲人寂静①，立双双鸥鹭。望几点、渔灯隐映蒹葭浦②。停画桡③、两两舟人语。道去程今夜，遥指前村烟树。

　　游宦成羁旅，短樯吟倚闲凝伫。万水千山迷远近，想乡关何处？自别后、风亭月榭孤欢聚。刚断肠、惹得离情苦。听杜宇声声④，劝人不如归去。

【注释】

①"拾翠"句：意谓原本有少女采摘香草的汀洲，现在也是人去洲静。②蒹（jiān）葭（jiā）：芦苇。③桡（ráo）：船桨。④杜宇：杜鹃。古人言杜鹃啼声似"不如归去"。

【译文】

　　远处的江岸，残雨渐收，雨快要下完了我才感觉到江天渐晚。采香的少女已经离去，汀洲十分寂静，立着成双成对的鸥鹭。望见几点渔灯隐现在芦苇洲上。停下手中的桨，两个人在舟上闲谈。一个人问今晚宿在哪里，一个人手指着远处烟雨绿树掩映的村庄。

　　我四处为官，久成他乡之客。倚着短樯杆伫立沉吟，悠闲地凝望着远方。万水千山让故乡邈远难望。想故乡在哪里？自从分别后，就无人在风亭月榭欢聚了。刚刚断肠，又惹得离情涌上心头。听到杜鹃声声，它仿佛劝人说：不如归去。

【赏析】

　　这是一首思归之作。词人游宦他乡，长年落魄，面对着萧索的暮春景致，他心中生出一片怀归之情。

　　上片写景。"远岸收残雨，雨残稍觉江天暮"，这是写江天雨过之景，点明地点、天气、时间。"拾翠汀洲人寂静，立双双鸥鹭"，写即目所见。"鸥鹭"前冠以"双双"，衬托出词人的孤寂。"望几点、渔灯隐映蒹葭浦"，时间已由傍晚转到夜间，渔火已明，掩映在蒹葭丛中。"停画桡、两两舟人语"则是写词人近处所闻。"道去程今夜，遥指前村烟树"，这两句具体写舟人的语言和动作。短短十多个字，就将船家的神态勾画了出来，极为生动。

　　"游宦成羁旅"为这首词的词眼，常言道"景为情设"，原来上片景物中那哀伤幽寂的气氛源自于词人的内心，长年宦游他乡，令词人感到异常孤苦。"短樯吟倚闲凝伫"，如果说上片是通过写景来抒发词人内心的痛苦无聊，那么这一句就是直抒这种情怀。"万水千山迷远近，想乡关何处？"寂寞无聊的词人终于抑制不住对故乡的思念了。"自别后、风亭月榭孤欢聚"，这两句直接承"乡关何处"展开叙说。过去是多么美好，与亲朋故旧们相聚于风亭月榭之中，而如今呢，却只剩下孤独一人。"刚断肠"以下几句，正当词人被离愁折磨之际，杜鹃那"不如归去"的叫唤声又在他耳边响起，更加重了他的哀愁。

迷仙引

◎柳永

　　才过笄年①，初绾云鬟②，便学歌舞。席上尊前，王孙随分相许。算等闲、酬一笑，便千金慵觑。常只恐、容易蕣华偷换③，光阴虚度。

　　已受君恩顾，好与花为主。万里丹霄，何妨携手同归去。永弃却、烟花伴侣。免教人见妾，朝云暮雨。

【注释】

① 笄年：古代特指女子十五岁，到了可以盘发插笄的年龄，即成年。笄（jī），古代盘头发或别住帽子用的簪子。② 鬟（huán）：妇女梳成环形的发卷。③ 蕣（shùn）华：短暂的年华。

【译文】

　　新近才满十五岁，刚刚开始梳绾发髻时，我就学习歌舞了。酒宴席上酒杯前，曲意迎奉王孙公子。要是平平常常给我一个笑容，便是千金我也懒得看上一眼。我常常只是害怕，韶华易逝，虚度了青春时光。

　　如今已受恩宠眷顾，要好好为花做主。万里晴空，何不一同牵手归去呢。永远抛弃那些烟花伴侣。免得叫人见了我，早上行云晚上行雨。

【赏析】

　　这是一首描写青楼女子的词，词人着意刻画了她厌倦风尘、追求爱情的心理活动。

　　上片写歌伎对声色生涯的厌倦。"才过笄年，初绾云鬟，便学歌舞"，这几句说这位女子刚满十五岁就从事卖笑生涯了。笄，古代用来束发的簪子。古代女子年满十五岁，开始把头发盘起来，插上簪子，称为"及笄"，标志成年。"席上尊前，王孙随分相许"，这两句对她卖笑生涯作具体描述，说她在酒宴旁，曲意迎奉王孙公子。"随分"二字透露出她多少辛酸和屈辱呀。"算等闲、酬一笑，便千金慵觑"，她"随分相许"实为不得已，她多么希望有人能理解她的苦衷，她说若有人对她报以一个平平常常的理解的笑，她连千金也不要了。这两句细致地描摹了她渴望被人理解的寂寞心理。"常只恐、容易蕣华偷换"，她想自己正当青春尚且如此，以后老去又将怎样，她多么害怕自己的大好岁月都虚度在声色场上。"蕣华"指朝开暮落的木槿花，这里以木槿花来比喻美好而短暂的青春年华，非常贴切。

　　下片写歌伎对美好爱情的执着追求。"已受君恩顾，好与花为主"，这两句承上片而来，她终于在青春妙龄之时寻觅到一位给予她同情与怜爱的男子，她希望这位男子能够将她救出苦海。"万里丹霄，何妨携手同归去"，这是她的具体期望，能两人携手过正常的家庭生活。"永弃却、烟花伴侣。免教人见妾，朝云暮雨"，从良之后，便表示永远抛弃旧日的生活和那些烟花伴侣，以此来洗刷世俗对她的不良印象。"朝云暮雨"，喻男女交欢，典出自宋玉《高唐赋》。这最后几句表明了她割断风尘、忠于爱情的决心，让人觉得可敬又可爱。

鹤冲天

◎柳永

　　黄金榜上，偶失龙头望①。明代暂遗贤，如何向②？未遂风云便③，争不恣狂荡④？何须论得丧。才子词人，自是白衣卿相⑤。

　　烟花巷陌，依约丹青屏障。幸有意中人，堪寻访。且恁偎红倚翠⑥，风流事，平生畅。青春都一饷。忍把浮名，换了浅斟低唱。

【注释】

① 龙头：状元。② 如何向：怎么办。③ 风云便：风云际会，得到好的遭遇。④ 争：怎。恣：放纵。⑤ 白衣：没有官职。⑥ 恁：如此。

【译文】

　　黄金榜上，偶然被君主遗忘。开明的朝代暂将贤能遗弃了，我该去哪里？既然没有赶上好机遇，怎么不肆意地放荡呢？何必计较得失。才子词人，自就是白衣卿相。

　　烟花巷陌中，隐约可见丹青作画的屏风。幸好有意中人可以寻访。且那样偎红倚翠，风流之事，才是平生最畅快的呢。青春只有一饷，怎忍心将功名去换取那慢慢地喝酒、低低的吟唱呢！

【赏析】

　　这首词有一段来历，据《能改斋漫录》记载，柳永善作俗词，而宋仁宗颇好雅词。一次，宋仁宗临轩放榜时想到柳永这首词中的"忍把浮名，换了浅斟低唱"一句，就说道："这个人只知道风月之事，就让他去浅斟低唱吧，要浮名做什么？"就这样黜落了他。从此，柳永便纵游青楼酒馆之间，并自称"奉旨填词柳三变"。

　　"黄金榜上，偶失龙头望"，首二句便点明榜上无名。但词人狂傲自负，他认为落榜只是自己"偶然"失手，而不是因为自己才低。"明代暂遗贤，如何向？"接着他又自称"明代遗贤"，其中暗含讽刺，"明代"应当是才人都被录用的时代，而号称清明盛世的仁宗朝，却不能做到"野无遗贤"。但既然已落第，下一步该怎么办呢？"未遂风云便，争不恣狂荡？何须论得丧"，由这几句可知，词人的内心是相当痛苦的。考取功名是封建士子们的奋斗目标，而如今却不幸落榜，自恃才高的词人此时是多么失意呀，凄惨的现实使他朝另一个极端走去，他决定彻底放纵自己，从此流连于歌楼妓馆之中。"才子词人，自是白衣卿相"，词人的心是非常矛盾的，他虽极力想摆脱求取功名之心，但却怎么也摆脱不掉。不得已之下，他只能自我安慰。

　　下片从"恣狂荡"引申而来。"烟花巷陌，依约丹青屏障"，这两句点明"狂荡"的地点。"幸有意中人，堪寻访"以下三句具体写自己在烟花巷陌中的放荡生活，在那里没有功名的牵绊，只有佳人相伴，他们依偎风流，享受青春。最后词人以"忍把浮名，换了浅斟低唱"作结，字面上看去似乎是达观了，但其中却蕴含着无限辛酸。细细读之，便能品味出词人的满腹牢骚。

倾杯

◎柳永

鹜落霜洲①，雁横烟渚，分明画出秋色。暮雨乍歇，小楫夜泊，宿苇村山驿。何人月下临风处，起一声羌笛。离愁万绪，闻岸草、切切蛩吟似织②。

为忆，芳容别后，水遥山远，何计凭鳞翼③。想绣阁深沉，争知憔悴损，天涯行客。楚峡云归，高阳人散，寂寞狂踪迹。望京国。空目断、远峰凝碧。

【注释】

① 鹜：野鸭。② 蛩：蟋蟀。③ 鳞翼：鲤鱼、大雁。

【译文】

水鸟落在打霜的小洲上，大雁横列于烟雾弥漫的水中平地上，将秋色具体地画了出来。傍晚的雨突然停住了，夜晚小舟停泊在岸边。投宿在荒村驿店。月下何人临风而立，吹起一声羌笛。我心中怀有万般离愁，岸边杂草丛中，蟋蟀凄切哀鸣似织布声。

想着与爱人分别后，水遥山远，有什么办法来让鱼雁传书呢？想着深闺中她神色黯淡，怎么知道这个天涯游子我为你消得形容憔悴呢？楚峡彩云消散，高阳酒徒散去，寂寞、踪迹狂荡。望京城，空自目断，只看见远峰一片青翠。

【赏析】

词的上片描写秋景。"鹜落霜洲，雁横烟渚"，首二句描绘洲渚宿鸟，对偶工整，"落"字、"横"字用得妙，形象生动地写出了鹜鸟飞来和雁字排列的状态。"分明画出秋色"总括秋景特征，点明秋色如画。"暮雨"三句写泊舟投宿。"夜泊"点明停舟的时间；"苇村山驿"点出投宿地点。"何人"两句写月夜笛声。如泣如诉的羌笛之声最能引起人的相思离愁，下句"离愁万绪"则由此直接引出。"闻岸草"两句以凄切的蟋蟀声作结，渲染和强化离愁。

下片直接抒情。"为忆，芳容别后"，点明所思之人。"水遥山远"两句说自己与心上人山水相隔，音信无凭。"鳞翼"，"鳞"指鱼，"翼"指雁，古来有托鱼腹、雁足传书的传说。"想绣阁"三句，设想对方怀念自己，说她虽知道游子在思念着她，却体味不到天涯行客因思念而变得憔悴瘦损的苦楚。"楚峡"句用巫山神女的故事，暗指情人之不得见；"高阳"句则借高阳酒徒的典故写旧友的离散；最后再以"寂寞狂踪迹"作结，抒发自己今日的孤独之感。"望京国"至篇末，以望中渺邈之景结不绝如缕的相思之意和怅惘之情。

青门引

◎张先

乍暖还轻冷①，风雨晚来方定。庭轩寂寞近清明，残花中酒②，又是去年病。

楼头画角风吹醒，入夜重门静。那堪更被明月，隔墙送过秋千影。

【注释】

①乍暖：天气忽然转暖。②中酒：醉酒。

【译文】

天气突然转暖但还带着些轻寒，风雨于傍晚时分方才停歇。小楼庭院冷冷清清，时已近清明，对着残花频频饮酒，心中郁结的又是那去年的伤春之病。

楼头的号角声长鸣，我被冷风吹醒，到了夜里重门寂静无声。我怎能忍受月光把墙那边秋千的影子送到眼前呢？

【赏析】

这首词为春日怀人之作。全词通过景物的衬托，逐步将词人的愁情写深写透。

"乍暖还轻冷，风雨晚来方定"，前一句以词人对天气变化的感受来点明气候特征；后一句则写一天之内的天气状况。"乍"字写天气变化之快；"还"字一转，说天虽变暖，但空气中仍旧留有阵阵清寒；"方定"二字中暗含着词人情感，一个"方"字说明他恼恨风雨"定"得太迟。"庭轩寂寞近清明"，天气的变化引起了敏感的词人孤单落寞的心绪。"残花中酒，又是去年病"，因近清明，花经受不住风雨的吹打，飘落了不少。面对着枝头残留的花儿，词人是那么悲伤，他端起酒杯，企图浇灭心中的哀愁。而花年年都会飘落，伤花之情年年也都会产生，去年词人也因伤花而"中酒"。

"楼头画角风吹醒，入夜重门静"，这两句承醉酒而来，通过对环境的渲染，衬托出词人的孤寂之感。词人醉酒后就睡下了，入夜后却被凄厉的角声和轻冷的晚风弄醒了。词人醒后愁绪更浓了，只觉得周围一片寂静清冷，而自己是那么的孤独。"那堪更被明月，隔墙送过秋千影"，正觉得孤单寂寞的词人接着又看到了什么呢？月光将隔墙的秋千影送至他的眼前。荡秋千是少女们玩的游戏，这"秋千影"唤起了词人对曾经的恋人的回忆。词意由此转至最深，竟给人以一种难以承受的感觉。

◎作者简介◎

张先（990—1078），字子野，乌程（今浙江湖州吴兴）人，仁宗天圣八年（1030）进士。曾任安陆县的知县，因此人称"张安陆"。官至尚书都官郎中。晚年退居湖杭之间。为人疏放不羁，曾与梅尧臣、欧阳修、苏轼等游。善作慢词，与柳永齐名。其词多写男女恋情和花月景色，善用铺叙，造语工巧。曾因三处用"影"字，世称张三影。词集有《种子野词》。

天仙子

◎张先

时为嘉禾小倅①，以病眠，不赴府会。

水调数声持酒听②，午醉醒来愁未醒。送春春去几时回？临晚镜，伤流景③，往事后期空记省④。

沙上并禽池上暝⑤，云破月来花弄影。重重帘幕密遮灯，风不定，人初静，明日落红应满径。

【注释】

① 嘉禾：地名，在今浙江嘉兴。小倅：官职。
② 水调：曲调名，相传为隋炀帝所作。③ 流景：流逝的时光。④ 记省：清楚地记得。⑤ 并禽：双宿双飞的鸟儿。暝：昏暗。

【译文】

端着酒杯听着数声《水调》，午间酒醉醒来，愁却没醒。送春天归去后，不知它什么时候能再回来？晚上对镜自照，伤叹流年似水，往事到后来只能空自回忆。

沙滩上禽鸟并宿，池上昏暗，流云散去，月亮出来，月光下花儿婆娑弄影。拉下

重重帘幕密密地护住灯光，风儿依旧在吹，人刚刚平静了下来，明天的小路上定会落满花瓣。

【赏析】

这是张先的一首伤春之作。

"水调数声持酒听"，首句写词人日常生活中的一个画面，他边饮酒，边听着曲子。可他并未在曲子中和酒中得到欢乐，反而品尝出忧愁来。这忧愁那么深浓，以至于他"午醉醒来愁未醒"。那么，他因何而愁呢？"送春春去几时回"这一句点明题旨，原来使他发愁的原因是春将归去了。"临晚镜，伤流景，往事后期空记省"，暮春之色之所以引起词人那么深浓的愁绪，还因为词人临着明镜，看着自己日渐苍老的容颜，自然要感伤时光的流逝。而由时光的易逝，词人又想到人事之无常。回望过去而往事成空，放眼未来则后期无定，想到这里，他心中更添一段忧愁。

"沙上并禽池上暝"，这是词人傍晚散步所见。"沙上并禽"衬托出词人的孤单。"云破月来花弄影"，此句为千古传诵的名句。从遣词造句上来看，"弄"字极为生动细致，将整个画面写活了。王国维《人间词话》中评曰："云破月来花弄影；着一'弄'字而境界全出矣。""重重帘幕密遮灯，风不定，人初静"，这三句写词人进屋后的情景。屋里点着灯，而外面风很大，不把帘幕拉下来，灯自然会被吹灭，所以词人将重重帘幕拉下来以护住灯光。此时夜已经很深了，人们也安歇下来了。"明日落红应满径"，由于窗外风依旧不停，词人想到明早起来应是落红满径了，他的一片惜春之情溢于言表。

千秋岁

◎张先

数声鶗鴂①，又报芳菲歇②。惜春更选残红折。雨轻风色暴，梅子青时节。永丰柳③，无人尽日花飞雪。

莫把幺弦拨④，怨极弦能说。天不老，情难绝。心似双丝网，中有千千结。夜过也，东窗未白凝残月。

【注释】

① 鶗鴂：即杜鹃。② 芳菲歇：意谓春日已过，又是花儿凋谢的时候。③ 永丰：白居易《杨柳词》有：“永丰坊里东南角，尽日无人属阿谁。”④ 幺弦：琵琶的第四弦，音细。此处指代琴弦。

【译文】

耳边几声杜鹃啼鸣，又报春花凋零了。我怜惜春光，所以把开败的花儿折下。雨丝很细，风却很狂，已经到了梅子青青的时节。永丰坊里的柳树，无人流连，整日柳絮飘飞似雪。

不要拨那幺弦，（因为）它能奏出心中最深的忧怨。苍天不老，情就难绝。我的心像双丝织成的网，其中有千千万万的结。夜晚过去，这时东窗未明，我凝望那天边残月。

【赏析】

这首词的主题是：相思怀人。

上片写景。“数声鶗鴂，又报芳菲歇”，“鶗鴂”指杜鹃，杜鹃啼鸣预示着春日将尽。首二句便蕴含着词人无限惜春之情，而一个“又”字更加重了他的愁怨。“惜春更选残红折”，词人因痛惜春光流逝，故而将残留在枝头上的花折下保存了起来。“雨轻风色暴，梅子青时节”，这是写暮春时节的气候，突出风雨的无情。“永丰柳，无人尽日花飞雪”，这两句再次以景物描写来表明暮春的来临。

下片抒情，写出了词人对爱情的执著追求。“莫把幺弦拨，怨极弦能说”，词人想借音乐来消忧，同时警戒自己：不要拨幺弦，因为幺弦声调最为哀怨，它会把自己那满腹心事给倾诉出来。在这种忧怨至极的心情控制下，词人真的将自己的心事和盘托出来了——“天不老，情难绝”，这两句化用李贺“天若有情天亦老”句，不过是反用其意，意思是说天不会老去，情也不会断绝。至于词人，则是“心似双丝网，中有千千结”。情思缠绕在他心中，不可断绝。“夜过也，东窗未白凝残月”，最后词人以情语作结。情思未了，而夜已经悄悄溜走，天色尚未大明，词人凝望着天边的残月。如此作结，使整首词蕴含的意义趋于无穷。

一丛花令

◎张先

伤高怀远几时穷？无物似情浓。离愁正引千丝乱，更东陌、飞絮蒙蒙①。嘶骑渐遥②，征尘不断，何处认郎踪！

双鸳池沼水溶溶，南北小桡通③。梯横画阁黄昏后，又还是、斜月帘栊。沉恨细思，不如桃杏，犹解嫁东风。

【注释】

①东陌：东边的道路。这里指分别的地方。②嘶骑：嘶叫的马儿。③小桡：小船。

【译文】

登高怀远（此情）何时才能穷尽？没有什么东西比爱情更为浓烈的了。离别的愁怨正牵扯得千丝万缕的柳条纷乱如麻，更何况东陌之上飞絮蒙蒙。马儿的嘶鸣声渐渐遥远，一路上扬起的灰尘不断，到哪里去寻找你的踪迹呢？

一对鸳鸯在溶溶池水中嬉戏，南北有小船往来。梯子横在华丽的楼阁上，黄昏以后，依然还是斜月帘栊。我怀着深深的怨恨细细思量，自觉连桃杏都不如，它们尚且知道嫁给东风呢。

【赏析】

这是一首闺怨词，写的是一位女子独守深闺的愁恨。

"伤高怀远几时穷？"以问句开头，深沉有力地宣泄出了萦绕于女主人公心头的相思之情。

"无物似情浓"，这是对首句的回答，因为世上没有比爱情更为浓烈的事物了，所以因登高怀远而生出的相思之情才无穷无尽。首二句是针对爱情而做出的一种哲理性思索，警醒而有力。

"离愁正引千丝乱，更东陌、飞絮蒙蒙"，登高怀远的女主人公看到柳絮四处飞舞，这纷乱的柳絮牵起她无限离愁。

"嘶骑渐遥，征尘不断，何处认郎踪"，此三句点明离愁的由来。心上人已策马离去，她望断天涯路，也辨认不出他的踪影了。

"双鸳池沼水溶溶，南北小桡通"，这依然是登楼所见，她见到了什么呢？她看到成双成对的鸳鸯在池塘里戏水。试想一下，这双宿双飞的鸟儿会引起独处闺中的女主人公怎样的情思呢？定会使她越感孤寂罢了！

"梯横画阁黄昏后，又还是、斜月帘栊"，这三句点明时间的"几时穷"，时间已是傍晚，她登楼眺望了一整天！这寥寥几句，便已烘托出一片凄清与孤寂的氛围。

"沉恨细思，不如桃杏，犹解嫁东风"，此三句为怨极之语。女主人公面对凄凉的月色，细想自己的身世，自觉甚至还不如枝头上的桃花杏花，它们在自己青春将要逝去的时候还懂得嫁给东风，寻到归宿，而自己却只能在孤寂中虚度青春。可见其用情之深，怨恨之切。

浣溪沙

◎晏殊

一曲新词酒一杯^①。去年天气旧亭台^②。夕阳西下几时回？

无可奈何花落去^③，似曾相识燕归来。小园香径独徘徊^④。

【注释】

① 一曲新词酒一杯：此句化用白居易《长安道》诗意："花枝缺入青楼开，艳歌一曲酒一杯。"② 去年天气旧亭台：此句化用五代郑谷《和知已秋日伤感》诗："流水歌声共不回，去年天气旧池台。"③ 无可奈何：不得已，没有办法。④ 香径：两边开满鲜花的小路，或指落花散香的小路。

【译文】

听一曲新制的词，喝一杯美酒，和去年的天气一样，依旧是旧时的亭台。夕阳西下什么时候回来？

花儿落去谁又能奈何得了？燕子归来旧巢，但只是似曾相识。小园的花径上我独自徘徊。

【赏析】

晏殊是宋朝的太平宰相，其词多抒发的是一种淡淡的闲愁，这首词就是其中的代表作。暮春时节，词人手持一杯酒走在小园里，看着花儿落去，燕子飞回，听着歌女唱新词，感叹春光易逝，物是人非。

"一曲新词酒一杯"，这是写词人持酒听歌的场景，整个画面透露出一股雍容闲散之气。"去年天气旧亭台"，词人迈着缓慢的步子走在小园里，今日类似的天气与眼前类似的景物引起了他对去年的回忆。这一句中包含了一种景物依旧而人事全非的怀旧之感，词人的心间蒙上了一层淡淡的忧伤。眼前夕阳正向西落去，正伤叹着时光易逝的词人不禁发出这样的感喟："夕阳西下几时回？"这是即景兴感，包含着词人对美好事物的流连，也表现了词人对时光流逝的怅惘。

"无可奈何花落去，似曾相识燕归来"，这两句浑然天成，为人们所传诵的千古名句。两句词对偶工整，声韵和谐，寓意深婉，很值得人玩味。"花落去"是自然现象，不以人的意志为转移，因而词人感叹"无可奈何"。但在这里，词人所叹息的又不仅仅只是落花，词人对美好事物的消逝及感到惋惜大好春光的流逝。燕子南来北去象征的也是时光的流逝，词人感叹燕子一次次归来，而人却一年一年老去，"小园香径独徘徊"，词人独自在小园花径间踱来踱去，伤叹时光的流逝。

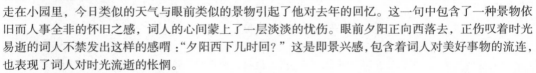

⊙作者简介⊙

晏殊（991—1055），字同叔，抚州临川（今属江西）人。七岁能文，十五岁时，因才华过人而被赐为进士。仁宗朝官至宰相，荐引了范仲淹、韩琦、欧阳修等一批人才。卒谥"元献"。能诗文，擅作词。其词多描写四季景物、男女恋情、诗酒悠游、离愁别恨，反映富贵闲适的生活。语言婉丽，音韵和谐，工巧凝练，意境清新。有《珠玉词》。

浣溪沙

◎晏殊

一向年光有限身，等闲离别易销魂①。酒筵歌席莫辞频②。
满目山河空念远，落花风雨更伤春。不如怜取眼前人。

【注释】

① 等闲：轻易。销魂：形容伤感到极点，如同魂魄离散躯壳。② 莫辞频：谓不要频频推辞。

【译文】

时光易逝，生命有限，而别离又每每轻易发生，让人为之黯然销魂。因而应该及时行乐，不要频频推辞酒筵歌席。

面对山河空自怀念远人，看到风雨催落了繁花，更令人感伤春光易逝。不如好好怜惜眼前所爱的人。

【赏析】

这是一首伤别之作。词人由景物的消歇想到人生的短暂，因而劝人们不要登高赋愁，而要珍惜眼前的美好，及时行乐。

上片抒发离愁别绪。"一向年光有限身"，此句劈空而来，语甚精练，说年光易逝，生命短促。"等闲离别易销魂"，正因为人生短暂，所以人们才更加重视欢会，即便是寻常的离别也易令人销魂。这两句话道出了一个普遍的人生哲理。

"酒筵歌席莫辞频"，这是词人的自我慰藉之语。既然年光有限，离别常有，而离愁又令人如此痛苦，时常羁绊着人的情思，因此不妨及时行乐，沉醉于宴饮的欢乐之中。词人在抒发离愁之余又融入旷达疏放的情愫，把离愁表现得更为深刻。

下片紧承上片，更进一步阐述及时行乐的思想。"满目山河空念远，落花风雨更伤春"，这两句为词人对相思离别的设想之词：既然离别无可避免，那么登高念远也于事无补；而离愁使人愈发敏感，看到那满地落花，也会加重他的伤春之感。

接着词人笔锋一转，说："不如怜取眼前人！"这一句由元稹"还将旧来意，怜取眼前人"一语而来，说伤春怀远，徒添人的烦恼，不如面对现实，怜惜眼前之人，尽眼前的欢娱。

这首词是词人词作中的别调，词人一改闲雅蕴藉的风格，取景甚大，笔力遒劲，全词呈现出一种深刻沉着的意味。

清平乐

◎晏殊

红笺小字①，说尽平生意。鸿雁在云鱼在水②，惆怅此情难寄。斜阳独倚西楼，遥山恰对帘钩。人面不知何处，绿波依旧东流。

【注释】

①红笺（jiān）：一种精美的小幅红色信纸，多指情书。②"鸿雁"句：古人认为鱼雁都能传递书信。

【译文】

在红色信笺上写满小字，说尽平生所有情意。鸿雁高飞于云端，鱼儿在水中，为难以传递此番情意而惆怅不已。

黄昏时分，独自倚靠西楼，远处的青山恰好与帘钩相对。那人不知去了哪里，碧绿的水波依旧向东流去。

【赏析】

这是一首相思怀人之作。

词的上片抒情。"红笺小字，说尽平生意"，虽然我们并不知道写信人和收信人是谁，但从"红笺"二字不难看出，两人是一对情深意笃的爱侣。首二句情味极浓，寥寥数字却包蕴着无数情事、无限情思。

"鸿雁在云鱼在水，惆怅此情难寄"，这两句说两人因为相隔遥远，以致书修好后，却无从传递。"雁足传书"和"鱼传尺素"是诗文中常用的典故，前者见于《汉书·苏武传》，后者见于古诗《饮马长城窟行》（客从远方来）。在古人看来，雁足鱼腹是用来传递书信的，但如今却是"鸿雁在云鱼在水"，也就是无法驱遣它们去传书递简。而"惆怅"二字则表现出了词人因锦书无法传递而生出的苦闷之情。

下片由抒情过渡到写景。"斜阳独倚西楼，遥山恰对帘钩"，夕阳西下，独自倚楼远望，却不见心上人的踪影。这两句表面写景，实是表现相思之情。"独"字已勾画出词人形单影只的情状，偏偏此时正值黄昏时分，词人的一片相思之情更加难以排解。

词人倚楼望远，而视线却被远山阻隔。倚楼远眺本是为了排解忧愁，如今反倒又添一段愁思，惆怅不已的词人不禁发出"人面不知何处，绿波依旧东流"的深沉感叹。这两句化用崔护《题都城南庄》诗句"人面不知何处去，桃花依旧笑东风"而来。词人结合眼前之景，略加变化，抒发的依旧是物是人非之慨，寄寓了词人无尽的相思情意。

破阵子

◎晏殊

　　燕子来时新社①，梨花落后清明。池上碧苔三四点，叶底黄鹂一两声。日长飞絮轻。

　　巧笑东邻女伴②，采桑径里逢迎。疑怪昨宵春梦好，元是今朝斗草赢③，笑从双脸生。

【注释】

① 新社：即春社。古时祭祀土神的日子有春社、秋社之分，一般在立春、立秋后第五个戊日。② 巧笑：美丽的笑容。③ 斗草：古时妇女常做的一种游戏，以手中草赌斗输赢。

【译文】

　　燕子来时，正好是春社日，梨花落后恰逢清明节日。池面上点缀着几点碧苔，树叶底下听见几声黄鹂的啼啭，长日里轻絮飘飞。

　　看到东邻女伴笑盈盈地走来，我在采桑径里与她相逢。怪不得昨晚做了个好梦，原来是我今天斗草获胜的兆头，笑容已然绽放在我的脸上。

【赏析】

　　这首词描写的是古代少女们春天生活的一个片段，词境明丽清新。

　　词的上片写景。开头两句为全词奠定了明朗、和谐的基调。接下来的三句描绘了一个春意盎然的园子，园中有一个碧水荡漾的池塘，池面上点缀着几点青苔，密林深处不时传来莺儿的歌唱，空中还有柳絮飞舞。

　　下片写人。"巧笑东邻女伴，采桑径里逢迎"，春暮夏初，白昼一天长似一天，少女们恰又停下了手里的针线活，她们怎么能耐得住寂寞无聊的生活呢？因此她们便投入到这大自然的怀抱里。采桑径里，两个女孩相逢了。"疑怪昨宵春梦好，元是今朝斗草赢，笑从双脸生"，少女们相逢后，欢欢喜喜地斗起草来。词人捕捉住两人斗草时的情景，着意描写人物的内心活动与神态，以轻松欢快的笔调写出了少女纯洁无瑕、活泼天真的性格特征。

蝶恋花

◎晏殊

　　槛菊愁烟兰泣露①，罗幕轻寒②，燕子双飞去。明月不谙离别苦③，斜光到晓穿朱户。

　　昨夜西风凋碧树，独上高楼，望尽天涯路。欲寄彩笺兼尺素④，山长水阔知何处！

【注释】

① 槛菊：栏杆旁的菊花。② 罗幕：丝罗做的帷幕，此指屋内。③ 谙：知晓。④ 彩笺兼尺素：指书信、题诗。

【译文】

　　栏杆外，菊花被轻烟笼罩，好像含着愁怨；兰叶上挂着露珠，好像在哭泣。罗幕挡不住轻轻寒意，燕子双双飞走了。明月不知道离别的痛苦，斜斜的月光穿过朱红的窗户，直到天明。

　　昨天夜里，秋风吹落碧树的叶子，独自登上高楼，望尽天涯之路。想寄信给她，但山水迢迢，不知道她人在哪里！

【赏析】

　　这是一首怀人之作，抒发的是对恋人的思念之情。

　　词的上片写景，词人寓情于景，点明离恨的主题。"槛菊愁烟兰泣露"，这句写秋日庭院中的景物。主人公怀着愁怨的心情观赏园子里的菊与兰，只见菊含愁、兰泣露。这里词人将主观感情移于客观景物，用"愁烟"、"泣露"将它们人格化，表现出主人公深深的哀愁。

　　"罗幕轻寒，燕子双飞去"，此二句写幽居之人的感受。成双的燕子必然会给幽居独处的主人公带来很大刺激，愈发衬托出他的孤独。

　　"明月不谙离别苦，斜光到晓穿朱户"，回过头去写昨夜之景况，点明离恨。明月本是无知无觉的自然之物，它自然了不了解离别之苦，这样看来，主人公的埋怨就显得无理了。但这种看似无理的埋怨，却有力地反映出了他为离别折磨得痛苦至极的心理状态。

　　下片写登楼望远的所见所感。"昨夜西风凋碧树，独上高楼，望尽天涯路"，主人公登上高楼，以寄托自己的一片相思之情，可他眼前所看到的是一片残败凄凉之景，为他落寞的心情更添上一份惆怅。

　　望眼欲穿而仍不见所思，因而他"欲寄彩笺兼尺素"，可转念一想，却是"山长水阔知何处"。主人公望人却不得见，欲寄书却无法实现，最终只能无奈地陷入更深的愁思之中。

山亭柳

◎晏殊

家住西秦，赌博艺随身。花柳上，斗尖新①。偶学念奴声调②，有时高遏行云。蜀锦缠头无数③，不负辛勤。

数年来往咸京道，残杯冷炙漫销魂。衷肠事，托何人？若有知音见采，不辞遍唱阳春④。一曲当筵落泪，重掩罗巾。

【注释】

① "花柳"二句：谓在描写男女情爱的歌词上别出心裁，花样翻新。② 念奴：指擅歌的名妓。③ 缠头：演出完毕客人赠艺人的锦帛。④ 阳春：战国时代楚国的一种高雅乐曲，熟知者甚少。

【译文】

我家住在西秦，开始只是靠小小的随身技艺维持生活。在吟词唱曲上别出新裁，翻新花样。我偶然学得了念奴的唱腔，声调有时高亢能遏止住行云。所得的财物不计其数，没辜负我的一番辛劳。

数年来往返于咸京道上，所挣得的不过是一些剩酒冷饭。满腹心事，该向何人去诉说？若得知音赏识，我不会拒绝为他唱那些最难最高雅的歌曲。唱完一曲后我在酒宴上当众落下泪来，再次拿起罗帕掩面而泣。

【赏析】

这是一首叙写歌女的不幸命运的词作，词调激越，反映了词人对歌女深切的同情，是晏殊词中难得一见的具有现实意义的词作。

上片写歌女对歌艺的不断追求以及她达到声色生涯的全盛时期的欢乐心情。"家住西秦，赌博艺随身"，这是歌女自叙，介绍自己的出身。她家住在西秦，一身拥有多种技艺。"花柳上，斗尖新"，这句承上句而来，介绍自己所学的技艺以及对这些技艺的掌握程度，语气颇为自负。"花柳"代指一切歌艺技巧。"斗"，意为竞赛。"尖"，为出类拔萃之意。"新"，意为不落俗套。这两句的意思是说歌女才艺高超，且善于创新。"偶学念奴声调，有时高遏行云"，这是具体描述自己高超的歌唱技艺。"念奴"是唐天宝年间有名的歌女。"高遏行云"形容歌声激越高亢。"蜀锦缠头无数，不负辛勤"，末两句讲她全盛时期的情景。"蜀锦"，古代以蜀（今四川境内）所产的丝织品最有名。"缠头"，赏赐歌舞者的财物称作缠头。当年她是多么得意，歌声一唱，众人便为之倾倒，博得财物无数。

下片写歌女年老色衰后的失意。"数年来往咸京道，残杯冷炙漫销魂"，歌女失意后的落魄生活与她全盛时期的生活形成鲜明对照。"衷肠事，托何人"，她以声色示人，可劳碌了大半生却连个可以诉说心事的人也没有，这是何等凄凉啊！"若有知音见采，不辞遍唱阳春"，这两句写出她对知音的渴望心情。"一曲当筵落泪，重掩罗巾"，歌女追忆自己的往事，品味着多年来自己所经历的辛酸苦楚。这两句也寄托了词人对她的深切同情。

踏莎行

◎晏殊

　　小径红稀①，芳郊绿遍，高台树色阴阴见②。春风不解禁杨花，濛濛乱扑行人面。

　　翠叶藏莺，朱帘隔燕③，炉香静逐游丝转。一场愁梦酒醒时，斜阳却照深深院。

【注释】

①红稀：花儿稀少。红，指花。②阴阴见：暗暗显露。③翠叶藏莺，朱帘隔燕：意思是莺燕都深藏不见。这里用莺燕暗喻"伊人"。

【译文】

　　小路上花儿稀少，郊外绿草生遍，高台上树木的碧色隐约可见。春风不懂得约束杨花，濛濛乱扑到行人脸上。

　　翠绿的叶子里藏着娇莺，红色的帘幕隔着飞燕，炉子里的香烟静静地追逐着游丝。一场愁苦的梦后，酒醉醒来，只看到斜阳映照着深深的庭院。

【赏析】

　　这首词描绘了暮春景色。

　　上片写郊外之景。起首三句描绘一幅美丽淡素的芳郊春暮图：小路两旁，只零星点缀着些花朵，芳草却生得茂盛，绿遍郊野。远处清苍蓊郁的树色中，一角高楼隐约可见。

　　接着词人由"高台"引出人事。杨花

扑面，是暮春时节的典型景色。但词人其中注入了自己的主观感情，表面上说春风不懂约束杨花，致使杨花放纵、任性，其实是埋怨杨花不懂事，杨花的飘落暗示春天即将过去。因此末二句看似写景，实则言情。

　　下片由郊外转到庭院。"翠叶藏莺，朱帘隔燕"，前句写室外，后句写室内，一承上，一启下，转接自然。这两句描绘了一幅莺鸣燕飞的动态景象。"炉香静逐游丝转"，这句描写朱帘内的环境以及词人愁苦无聊的情状。最后将笔锋收聚到人身上来，点明闲愁并以景作结，流露出词人难以排遣的愁苦。

玉楼春

◎晏殊

绿杨芳草长亭路，年少抛人容易去①。楼头残梦五更钟，花底离愁三月雨。

无情不似多情苦，一寸还成千万缕。天涯地角有穷时，只有相思无尽处。

【注释】

① 年少抛人容易去：年轻的时候容易跟自己的朋友和恋人告别。

【译文】

离别的道路上杨柳青青，芳草遍生，年少之人最容易（抛家）离去。楼头五更时分的钟声，惊醒了我的好梦，三月的雨使花底落红点点，让人生出难以忍受的离愁。

无情的人不会像多情的人那般痛苦，寸寸芳心还化成了千丝万缕的愁情。天涯地角终有尽头，只有相思是无穷无尽的。

【赏析】

这首词写相思怀人之情。

"绿杨芳草长亭路"，首句写景，点明时间、地点。在古诗词中，"芳草"、"长亭"通常与离别有关，因此这一句

描写的是两人的分别之处。"年少抛人容易去"，少年时往往单纯烂漫，对未来充满幻想，总是很轻易地就与自己的亲人或恋人别离。这一句描述了闺妇空自泪眼相看，而心上人却轻易地弃之而去的离别场景。

"楼头残梦五更钟，花底离愁三月雨"两句，把思妇的思念之意生动地描绘出来。她最怕那五更的钟声，钟声一响，便将她从睡梦中惊醒，使她重又陷入无边的失望之中。而窗外那濛濛春雨正如离人的泪水，缠绵滴沥。"五更钟"和"三月雨"都被赋予了人的情感，用来曲折地抒发怀人之情。

"无情不似多情苦"，以无情与多情作对比，说无情则无烦恼，因此多情还不如无情，凸显出思妇的怀人之苦。"一寸还成千万缕"，接着词人便对前句"多情苦"进行剖析，那寸寸芳心，因为多情，又化成了千丝万缕的绵长愁情，蕴含着千愁万恨。

"天涯地角有穷时，只有相思无尽处"，这两句化用白居易"天长地久有时尽，此恨绵绵无绝期"而来，叹息相思之无尽，感情真切而含蓄。

离亭燕

◎张昇

　　一带江山如画，风物向秋潇洒①。水浸碧天何处断？霁色冷光相射②。蓼屿荻花洲③，掩映竹篱茅舍。

　　云际客帆高挂，烟外酒旗低亚④。多少六朝兴废事，尽入渔樵闲话。怅望倚层楼，寒日无言西下。

【注释】

① 风物：景物。② 霁（jì）色：雨后晴空的颜色。③ 蓼（liǎo）屿：生长着蓼草的岛屿。荻：多年生草本植物，生在水边，叶似芦苇，秋天开紫花。④ 低亚：低垂。

【译文】

　　（金陵）一带江山如画，秋来风景更为萧疏洒脱。江水浸润着蓝天哪里是尽头？雨后的晴光与水光相互映射。长满蓼花的岛屿与生长着荻花的小洲，掩映着竹篱茅舍。

　　云边旅客的船帆高挂，烟霭之外酒旗低低垂着。多少六朝兴衰之事，都入了渔夫樵夫的闲话。怀着怅惘的心情，倚楼眺望，寒冷的太阳无声西落。

【赏析】

　　这是一首怀古之作。

　　词的上片写景，描绘金陵山水。"一带江山如画"，总写金陵一带的形貌及山水之美，秋日金陵的景色是萧疏而明丽的。"水浸碧天何处断"具体描绘出长江景色，水天漫漫，浑然一色，画面深宏阔大。接着由远景转向近景。"霁色"承上句"碧天"而来，"冷光"则承"水"而来，云色与波光相互辉映，气势雄浑。然后将视线转到江洲上，写水边人家：蓼草荻花丛中，竹篱茅舍隐约可见，意境幽雅。

　　下片怀古，抒发兴亡之慨。词人仍旧以景物起兴，但写的却不是纯粹自然之景，而是与人有关的景物：客帆与酒旗。这两句为下文怀古渲染出一种沉郁的气氛。"多少六朝兴废事，尽入渔樵闲话"道尽人世沧桑，含有一种盛衰无常的感慨。词人独倚高楼，望着眼前沉郁而苍凉的景致，心中怅惘不已。最后两句以景作结，以有限的景写无穷的意，可谓意旨遥深。

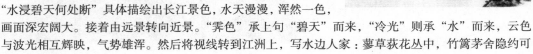

⊙作者简介⊙

　　张昇（992—1077），字杲卿，韩城（今属陕西）人。真宗大中祥符八年（1015）进士。累官参知政事、枢密使，以彰信军节度使、同中书门下平章事判许州，改镇河阳。以太子太师致仕。卒谥"康节"。笔法冷峻，格调悲凉。存词仅二首。

玉楼春

◎宋祁

东城渐觉风光好，縠皱波纹迎客棹^①。绿杨烟外晓寒轻，红杏枝头春意闹。

浮生长恨欢娱少，肯爱千金轻一笑^②？为君持酒劝斜阳，且向花间留晚照。

【注释】

① 縠（hú）皱：形容水波纹如绉纱一样褶皱。② 肯：怎肯。

【译文】

东城的风光渐渐让人感到美好，绉纱似的波纹迎接着游船的到来。碧绿如烟的杨柳，外面弥漫着清晨的微寒，红杏枝头春意喧闹。

常恨人生欢娱太少，怎肯吝惜千金而轻视这一霎的欢乐？我为你持着酒杯劝说夕阳，且在那百花丛中留下一抹晚霞。

【赏析】

这是一首惜春之作，为宋祁的成名作。

上片写郊游所见的灿烂春光。"东城渐觉风光好"，这一句总写春景，由一个"好"字点出。"縠皱波纹迎客棹。绿杨烟外晓寒轻，红杏枝头春意闹"，这三句具体写春光的"好"，碧波荡漾、杨柳堆烟，寒意微微，红杏争春，这是一派焕发着勃勃生机的春日景象。其中"红杏枝头春意闹"一句最妙，向来为人所传诵。王国维在《人间词话》中称赞这句词说："'红杏枝头春意闹'，着一'闹'字而境界全出。"宋祁也因为这一句而被时人称为"红杏尚书"。这个"闹"字打通了人的视觉和听觉，把无声的姿态说成有声的波动。不但使人觉得那杏花红得热烈，也让人感受到春天的勃勃生机。

上片极力赞赏春景，色彩明艳；下片慨叹人生如梦，春光易逝，流露出一片感伤的情绪。"浮生长恨欢娱少，肯爱千金轻一笑？"此刻的欢娱引起了词人的伤叹，他叹息浮生若梦，苦多乐少，因而他不能因为吝惜金钱而轻易放弃这欢乐的瞬间。"为君持酒劝斜阳，且向花间留晚照"，词人是多么留恋这美好的时光，留恋得竟有些痴了，他为同游的朋友而举起酒杯，希望能留住夕阳，请它在花丛间多逗留一会儿。

◎作者简介◎

宋祁（998—1061），字子京，安州安陆（今属湖北）人，后徙居开封雍丘（今河南杞县）。仁宗天圣二年（1024）进士。累官知制诰、工部尚书、翰林学士承旨。曾修《新唐书》列传。卒谥"景文"。有《宋景文集》。词仅存数首。

锦缠道

◎宋祁

燕子呢喃，景色乍长春昼。睹园林、万花如绣。海棠经雨胭脂透①。柳展宫眉②，翠拂行人首。

向郊原踏青，恣歌携手③。醉醺醺、尚寻芳酒。问牧童，遥指孤村道："杏花深处，那里人家有。"

【注释】

① 胭脂透：形容海棠花红得特别鲜艳。
② 宫眉：宫廷妇女流行的画眉样式，这里比拟柳叶细长的形状。③ 恣歌携手：踏青者形象，即一群人拉着手放情歌唱。

【译文】

燕子呢喃，春光迷人，白昼忽然变长。看园林景色，繁花盛开如一片绚丽多彩的锦绣。海棠经过一番春雨，如胭脂一般红艳的花瓣被雨浸透。柳叶展开宫眉，翠叶拂弄行人的头。

到郊外去踏青，恣意歌唱牵手。我已经醉意醺醺，还想寻找美酒。问牧童，他遥遥指着远处的孤村说："杏花深处的人家有。"

【赏析】

这是一首描写春日出游的词作。

上片着意描写春景。"燕子呢喃，景色乍长春昼"，点明时节是早春，时间是白昼。

"睹园林"以下描写春色蓬勃的园林。"万花如绣"运用比喻总括春色，表现出大自然旺盛的生机。"海棠经雨胭脂透。柳展宫眉，翠拂行人首"，这是在总括之后具体描写海棠花以及柳条。词人用拟人的手法，将海棠拟为胭脂、柳叶比作宫眉。"胭脂透"写出了经雨后海棠的鲜艳色泽；而一个"翠"字则将柳叶碧嫩的颜色写了出来。红花碧柳，两相映衬，十分耀目，显现出一派生机盎然的春色。

下片着重抒发游兴。"向郊原踏青，恣歌携手"，说明踏青者并非一人，而是一群人手拉着手集体出游。这两句既点明了郊游之乐，又将载歌载舞的郊游场面描写得十分热闹。

"醉醺醺、尚寻芳酒"，本就已经醉意醺醺了，可郊游之人还要寻醉，足见其不拘形迹、恣纵狂放的情态。

"问牧童"三句，化用杜牧《清明》一诗中"借问酒家何处有，牧童遥指杏花村"句意，将踏青的欢畅意绪推至最高点。

贺圣朝

◎叶清臣

满斟绿醑留君住①，莫匆匆归去。三分春色二分愁，更一分风雨。花开花谢，都来几许②？且高歌休诉。不知来岁牡丹时，再相逢何处。

【注释】

① 绿醑（xǔ）：绿色的美酒。醑，古代用器物滤酒，去糟取清叫醑。② 都来：算来。

【译文】

　　斟满绿色的美酒留你暂住，不要匆匆归去。叹息春色三分，两分是离愁，还有一分是风雨带来的春秋。

　　花开花落都有几回？姑且高歌舒怀但不要倾诉。不知来年牡丹花开时，我们再在哪里相逢？

【赏析】

　　这是一首写留别的词，抒发的是与友人分别时的离愁别绪。词中既有"莫匆匆归去"的伤心语，又有"且高歌休诉"的宽慰语，表现出词人送别友人时复杂而矛盾的心情。

　　此词开篇点题，写词人挽留友人。他斟上绿色的美酒，劝友人暂留，不要匆匆归去。"三分春色二分愁，更一分风雨"，这里将惜春与惜别结合起来，用春色、离愁和风雨构成一幅凄美的留别图。

　　"花开花谢，都来几许？"此句紧承上片的离愁别绪，暗含时序更迭而挚友不能常聚的感叹。"且高歌休诉"，词调由低沉感伤而转为高亢旷达，词人不再一味诉说自己的离愁，转而来劝慰友人，要他尽情饮酒高歌，切勿絮絮叨叨。这不仅是对友人的劝慰，也是词人的自我排遣，表现出他开朗豁达的胸怀。"不知来岁牡丹时，再相逢何处。"但词人一想到别易见难，明年牡丹花再开时不知能否重逢，不免又一阵伤心。全词波澜起伏，先写离愁，继而自我排解并宽慰友人，终写怅惘之情，情韵悠长。

⊙作者简介⊙

　　叶清臣（1000—1049），字道卿，长洲（今江苏苏州）人。仁宗天圣二年（1024）进士。历官翰林学士、权三司使。后罢为侍读学士，知河阳。赠左谏议大夫。《全宋词》存其词二首。

苏幕遮

◎梅尧臣

露堤平，烟墅杳。乱碧萋萋，雨后江天晓。独有庾郎年最少。窄地春袍①，嫩色宜相照②。

接长亭，迷远道。堪怨王孙，不记归期早。落尽梨花春又了。满地残阳，翠色和烟老。

【注释】

① 窄地春袍：猝然冒出的青草，化作大地的春袍。窄，突然钻出来，引申为纵跃。② 照：相互映衬。

【译文】

带露的堤坝平展，笼罩在烟霭中的庄园显得那样深远。杂乱的碧草长得茂盛，雨后江上的天空中出现一抹晓色。只有芳草最为年少。大地像突然换上了春袍，浅红的荷花与嫩绿的小草相互映衬。

（芳草）接连着长亭，迷漫了远处的道路。那萋萋芳草，仿佛是埋怨远游的王孙不记归期。梨花落尽春天又将过去。满地余晖，翠绿的碧草在暗暗的暮霭中显得苍老。

【赏析】

上片描写雨后江天之景，在辽远的背景与荷花衬托下，突出青草之美。雨后初晴，平坝远伸，远处的庄园笼罩在一片迷蒙之中，显得十分深远，而芳草在阳光的照耀下显得分外娇嫩。"独有庾郎年最少。窄地春袍，嫩色宜相照"，这三句进一步称赞雨后芳草的美，写新荷映衬下春草之鲜美。"庾郎"，指荷花。这几句词人将绿草比作大地的春袍，十分贴切、自然。

下片写春草之情，突出春草的多情。"接长亭，迷远道。堪怨王孙，不记归期早"，此四句写出了春草的依依之情。游子久久不归，它那萋萋的样子，仿佛是埋怨游子不记归期。"落尽梨花春又了"，继续申述芳草的幽怨：梨花落尽，春天即将过去，游子却还未归来。最后以景结情，将春草的幽怨与景色的凄迷融合起来。王孙不归，多情之芳草最终落入怆凉之境。

⊙作者简介⊙

梅尧臣（1002—1060），字圣俞，宣州宣城（今属安徽）人。宣城古称宛陵，故又称"宛陵先生"。初试不第，以荫补河南主簿。皇祐三年（1051），赐同进士出身。以欧阳修荐，为国子监直讲，累迁尚书都官员外郎，故世称"梅直讲"、"梅都官"。有诗名。有《宛陵先生集》。词存二首。

诉衷情

◎欧阳修

清晨帘幕卷轻霜，呵手试梅妆。都缘自有离恨，故画作远山长。
思往事，惜流芳，易成伤。拟歌先敛，欲笑还颦①，最断人肠！

【注释】

①"拟歌先敛"二句：是说唱歌之前先做愁态，笑之前先要皱眉，以此来增添妩媚。

【译文】

　　清晨将帘幕卷起，看见满地清霜，她用热气呵手，试着描画梅花妆。只因有离别的幽恨，所以她将双眉画成绵长的远山。

　　回忆往事，痛惜年华流逝，容易令人伤感。打算唱歌却先做愁态，想笑却先要皱眉，这最叫人断肠啊！

【赏析】

　　这首词抒写的是一位歌妓的离愁别恨。词人通过对歌妓在冬日清晨梳妆的描述，展现了她内心的落寞与苦闷。

　　上片描写歌妓对镜梳妆的情景。"清晨帘幕卷轻霜，呵手试梅妆"，这两句点明了时间、天气以及人物情态。"帘幕卷"，暗示她已起床；"轻霜"，说明气候只微寒；"梅妆"，为南朝宫中传出来的寿阳公主首创的一种别样打扮。

　　"都缘自有离恨，故画作远山长"，古人有以山水喻别离的习惯，由于心中装有离恨，因而她将双眉画得如远山一般绵长。将双眉比作远山，想象奇特而生动，既写出了歌妓眉似远山之美，又揭示出她内心的痛苦和凄寂。

　　下片描写歌女的内心感受。"思往事，惜流芳，易成伤"，这三句写她追忆往事的心情。她想到自己的歌唱生涯异常凄惨，嗟叹自己那青春年华都在陪酒卖唱中抛掷了。

　　"拟歌先敛，欲笑还颦，最断人肠"，这几句总结了歌女卖唱赔笑的生活，并活灵活现地刻画出她无可奈何的痛苦心情，流露出词人对歌女深深的哀怜之情。

⊙作者简介⊙

　　欧阳修（1007—1072），字永叔，号醉翁，晚年又号六一居士，庐陵（今江西吉安）人。仁宗天圣八年（1030）进士。官至参知政事，以太子少师致仕。赠太子太师，谥"文忠"。领导了北宋诗文革新运动，是"唐宋八大家"之一。在散文、诗、词等方面都卓有成就。其诗开创了宋代诗坛的新面貌；其词在北宋前期与晏殊并称。词多缠绵悱恻之作，不脱花间词的痕迹，亦有清丽明快、疏旷豪放之作。有《欧阳文忠公集》、《六一词》等。

踏莎行

◎欧阳修

候馆梅残①，溪桥柳细。草薰风暖摇征辔②。离愁渐远渐无穷，迢迢不断如春水。

寸寸柔肠，盈盈粉泪。楼高莫近危阑倚③。平芜尽处是春山④，行人更在春山外。

【注释】

①候馆：驿馆。②摇征辔（pèi）：指策马远行。③危阑：高楼上的栏杆。④平芜：绵延不断、向远方伸展的草地。

【译文】

驿馆中梅花凋残，溪桥边柳叶细细。青草飘香，春风和煦，目送爱人骑马远去。离愁随着心上人的远去也渐渐无穷，迢迢不断如春水一般。

寸寸柔肠，满眼的泪水。楼太高了，不要独自倚靠高处的栏杆。原野的尽头是青翠的山峰，远行的人还在那青山之外。

【赏析】

这是一首抒发离愁别绪的词作。本词写法特别，不是只写游子的离愁或思妇的离愁，而是结合了两者，上片写行者的离愁，下片写闺中思妇的别恨。

上片写游子在旅途中的离愁。"候馆梅残，溪桥柳细。草薰风暖摇征辔"，开头三句描绘了一幅早春行旅图。梅残、柳细、草薰、风暖点明时令，即仲春。"候馆"点明事件，即行旅。首三句以实景烘托离别，而三、四两句则直接抒写离情："离愁渐远渐无穷，迢迢不断如春水。"这两句为全词之眼目，以不断之春水暗喻无穷之离愁，化抽象为具象，比喻贴切。

下片写想象中闺中少妇的离愁。陌上游子忧愁到极点，进而想象对方的相思情状："寸寸柔肠，盈盈粉泪。""寸寸"、"盈盈"两词写出了女子思绪的缠绵深切。"楼高莫近危阑倚"，这是行人的劝慰之辞，深情而体贴。希望她不要登高眺望他的踪影，因为"平芜尽处是春山，行人更在春山外"。即便她凭栏远眺，看到的也不过是一片杂草繁茂的原野以及原野尽头的春山。

生查子

◎欧阳修

去年元夜时，花市灯如昼。月上柳梢头，人约黄昏后。
今年元夜时，月与灯依旧。不见去年人，泪湿春衫袖。

【译文】

去年元宵夜，花市灯光明亮如同白昼。月儿爬上柳梢头，佳人相约在黄昏之后。

今年元宵夜，月儿与灯光依旧，却不见去年约会之人，眼泪打湿春衫袖。

【赏析】

这首词结合元夜观灯这一风俗，叙写了主人公观灯时的回忆与感想。全词通过对"去年"元夜的甜蜜情景与"今年"元夜的凄凉情景进行对照，表现了主人公为物是人非、旧情难续而伤感的心理。

上片回忆去年的一段情事。"去年元夜时，花市灯如昼"，点明时间，描写去年元夜灯市的繁盛景象。

"月上柳梢头，人约黄昏后"，这两句由闹转静，描写一段封存在主人公记忆中的缱绻情事。主人公与恋人避开人流，避开华灯，在黄昏月上之时，秘密约见，倾诉衷肠。这两句词意境清幽，深为后人所称赏。

下片叙写今年观灯时的感伤心情。"今年元夜时，月与灯依旧"，词人由回忆转到现实中来，眼前景象依旧，月儿皎洁明亮，灯市灿烂如昼。

"不见去年人，泪湿春衫袖"，"不见去年人"令词人多么感伤，最后竟"泪湿春衫袖"。时光飞逝如电，旧日的欢乐如今已化作泡影，看着眼前旧物，却不见旧时之人，怎能不令人伤心？忆旧伤今是人们感情生活中一种很普遍的现象，所以这首词虽历经千年却依旧能引起后人的共鸣。

这首词语言明白如话，意象明净自然，结构回环往复，颇具民歌风味。

词的品赏知识

宋代婉约派的代表词人

婉约词派是宋词中的主流，无论是词作数量还是词人数量都在宋词和词人中占大多数。宋代婉约派的代表词人有以下几位：

晏殊：晏词富于哲理、引人深思；珠圆玉润、气象富贵、格调闲雅、和婉明丽，为北宋倚声家初祖。

柳永：柳词情意凄凉而境界开阔，描写委曲而笔力矫健。《雨霖铃》即是其代表作。

欧阳修：欧词写得婉曲缠绵，情深语近，这首《生查子》就将男女之情写得朴实生动，情意绵长。

玉楼春

◎欧阳修

　　尊前拟把归期说①，未语春容先惨咽。人生自是有情痴，此恨不关风与月②。

　　离歌且莫翻新阕③。一曲能教肠寸结。直须看尽洛城花，始共春风容易别。

【注释】

①拟把归期说：心中想把归期告诉对方。②风与月：指风月美景。③离歌：樽前所演唱的离别的歌曲。阕：量词，一首歌为一阕。

【译文】

　　我在饯别宴席上打算说说自己归来的日期，正要说时她就愁容惨淡，无语哽咽了。人本身就是痴情之物，这离恨与风月无关。

　　且不要唱那新翻的离歌，一曲唱完能叫人愁肠百结。只需要将洛阳的花儿看尽，才容易与洛阳的春风分手。

【赏析】

　　这首词作于词人离别洛阳和恋人话别之时，词境凄凉。

　　彼时词人西京留守推官任满，将要离开洛阳，恋人为他送行，两人心中无限凄凉。此地一别，两人不知何时才能再见。词人想虚构一个归期，安慰安慰对方，可话还没说出口，她就凄惨地呜咽起来。"人生自是有情痴，此恨不关风与月"，这两句是词人对眼前情事的一种理念上的反省和思考，充满哲意。

　　随即词人由哲思重新返回到眼前的情事上来，这段写得分外凄伤。白居易在《杨柳枝》中有云"古歌旧曲君休听，听取新翻杨柳枝"，这里反用其意，说无论旧曲新曲，都不能起到安慰人的作用，反而会增添离别之人的痛苦。末二句突然扬起，由先前离别时的哀伤转为豪兴。他认为既然"人生自是有情痴"，人的别情生来就有，无法借外力（离歌）排遣，不如让自己的感情得以充分抒发出来，这样它才不会郁结于心头。这首《玉楼春》关乎儿女情长，而词人能从其中发掘出哲理，确实难能可贵。

浪淘沙

◎欧阳修

　　把酒祝东风，且共从容①。垂杨紫陌洛城东②，总是当时携手处，游遍芳丛。

　　聚散苦匆匆，此恨无穷。今年花胜去年红，可惜明年花更好，知与谁同？

【注释】

① 且共从容：意谓暂且一起悠闲一刻，不要急于离去。② 紫陌：指京城郊外的道路。

【译文】

　　我端起酒杯问候东风，你且和我从容宴饮，洛阳城东宽阔的街道两旁垂柳依依。也是在这里，我们携手相伴，游遍花丛。

　　苦于聚散太过匆忙，这离恨无穷无尽。今年的花比去年红。可惜明年的花会更好，但又怎能知道我将和谁一同欣赏呢？

【赏析】

　　这首词作于明道元年（1032）春，当时词人正担任西京留守，写词人与友人在洛阳东郊旧地重游时的感受。

　　上片纪游，由眼前之景而回忆往昔之景。"把酒祝东风，且共从容"，在和暖的春风中，词人设宴为友人送行，他并未作惜别语，而是举起酒杯劝友人暂时忘掉分离的痛苦，尽情欢乐。词人之所以这么说，是因为他知道人生常常是离别多，欢聚少，因而特别珍惜与友人相处的短暂时光。

　　"垂杨紫陌洛城东，总是当时携手处，游遍芳丛"，送别之际，词人回忆起过往的那次欢聚。他们携手游春，踏遍花丛，十分欢快。这几句写出了词人与友人之间深挚的感情。

　　下片抒怀，悬想未来。往昔相聚的欢乐与今天分别的凄凉形成了鲜明的对照，使词人生出"聚散苦匆匆，此恨无穷"这样充满哲理意味的感慨。

　　"今年花胜去年红"，今年有友人相伴，词人在相聚的欢乐气氛中看花似乎都比去年的红。其实花开花谢乃是自然现象，今年的花未必比去年红，词人通过这一对比写出了他对友人的深厚情谊。接着词人又对明年展开联想："可惜明年花更好，知与谁同？"这两句抒发了对人生多变的感慨，词意更深。

临江仙

◎欧阳修

　　柳外轻雷池上雨①，雨声滴碎荷声。小楼西角断虹明②。阑干倚处，待得月华生。

　　燕子飞来窥画栋，玉钩垂下帘旌③。凉波不动簟纹平④。水精双枕，旁有堕钗横。

【注释】

①柳外轻雷：柳梢之外是云空，轻雷自云空响起。②小楼西角断虹明：小楼西边的天空上出现了一弯被楼角隔断了的彩虹。③玉钩：指挂帘帷的钩子。"玉"是夸张的说法。④簟：指竹席。

【译文】

　　柳林外传来阵阵轻雷，池面上细雨蒙蒙，雨打荷叶发出细碎声响。雨停后，小楼西角挂着半截彩虹。人倚着栏杆，等待明月升起。

　　燕子飞来往画栋内窥视，玉钩松开帘幕垂下。平展的竹席凝着凉意。两只水晶枕头，旁边横着一枚金钗。

【赏析】

　　上片写楼外之景。"柳外轻雷池上雨"，这一句写雷声。夏季多雷，一"雷"字点明时令。"雷"字之前冠一"轻"字，说明雷声很轻，雨虽急却不大。接着便写雨声："雨声滴碎荷声。"两个"声"字叠用，使雨声荷声一齐在人耳畔响起，十分热闹；一个"碎"字，写出了雨打荷叶之声的清晰。"小楼西角断虹明"，雨停了，

天空放晴，出现断虹一弯。断虹现于小楼西角，由此引出上片闻雷听雨之人："阑干倚处，待得月华生。"她独倚画阑，久久不愿离去，等待着天边那一钩新月升起。此情此景，是多么曼妙温丽呀！

　　下片写室内美人。"燕子飞来窥画栋，玉钩垂下帘旌"，这两句以燕子所窥点明画阑之人已归屋内。一个"窥"字用得极为精巧，细致地写出了燕子的动作、神情。"凉波不动簟纹平"，这一句通过写凉席，表明此时美人已经睡下。"不动"、"平"衬托出静处生凉之境。"水精双枕，旁有堕钗横"，由这两句我们可以想象出卧房中躺着仙女般美好的人物。词人并不直接描写女主人公的睡态，而是从侧面进行描绘，给人以无限想象。

蝶恋花

◎欧阳修

　　庭院深深深几许？杨柳堆烟，帘幕无重数。玉勒雕鞍游冶处①，楼高不见章台路②。

　　雨横风狂三月暮，门掩黄昏，无计留春住。泪眼问花花不语，乱红飞过秋千去。

【注释】

① 玉勒雕鞍：镶玉的马笼头和雕花的马鞍。游冶处：即冶游处。指歌楼妓馆。② 章台：妓女住所的代称。

【译文】

　　庭院幽深，不知道有多深？那里杨柳丛丛，堆叠着烟雾，那里帘幕重重，不知有多少层。豪华的车马停在寻欢作乐的地方，家中虽有高楼，却望不见章台路。

　　雨横风狂，这是三月的一个傍晚，门掩住黄昏的景色，没有法子将春留住。带着眼泪问花花儿不语，那纷乱的落花反而飞过秋千去。

【赏析】

　　这是一首抒发闺怨的词作。词人通过对环境的渲染，着重描写了少妇独守空闺的寂寞心情。

　　上片描写闺中少妇所处的环境，以及其想见意中人而不得的心情。"庭院深深深几许？"首句连用三个"深"字，极写少妇所居庭院之幽深，衬托出她的寂寞。

　　"杨柳堆烟，帘幕无重数"，"堆烟"写庭院之静；"帘幕无重数"，进一步写闺阁之幽深封闭。这两句愈发烘托出闺中少妇的孤独与怨艾。

　　"玉勒雕鞍游冶处，楼高不见章台路"，原来这位女子的幽怨是因为丈夫的花心，他终日游荡于歌楼妓馆之中，不以她为念；而她却整日盼望夫君归来，伫立高楼，遥望他的身影，然而楼虽高，却仍然望不到丈夫游冶的地方。

　　下片写少妇的心情。"雨横风狂三月暮，门掩黄昏，无计留春住"，暮春时节，思妇感物伤怀，她看到"雨横风狂"的景象，不禁生出"无计留春"的感慨来。这三句隐含着词人对岁月易逝、人生易老的感慨。

　　"泪眼问花花不语，乱红飞过秋千去"，这两句为全篇警句，深得后人喜爱。这两句以眼前之景写少妇心中之情，写出了她的痴情与绝望，蕴藉深厚。"泪眼问花"，她含着眼泪问花可知道她心中的怨恨，但花却不语，就连花儿也不同情她的遭际，一跃身"飞过秋千去"。

渔家傲

◎欧阳修

　　花底忽闻敲两桨，逡巡女伴来寻访①。酒盏旋将荷叶当②，莲舟荡，时时盏里生红浪③。

　　花气酒香清厮酿④，花腮酒面红相向。醉倚绿阴眠一饷⑤，惊起望，船头阁在沙滩上⑥。

【注释】

① 逡（qūn）巡：顷刻。② 旋：随即。③ 当（dàng）：代替。③ 生红浪：莲塘泛舟，有莲影映于酒杯之中，故显出红色波纹。④ 清厮酿：形容花香酒香混成一片。⑤ 一饷：一会儿，片刻。⑥ 阁：同"搁"，搁浅。

【译文】

　　忽然听到莲花底下的划桨声，顷刻有女伴来寻访。随即将荷叶当成酒杯。荡起莲舟，酒杯里时时生起红浪。

　　花和酒的清香混成一片，花的红晕和人脸的红晕交相辉映。醉酒后的她们在荷叶的绿荫中睡了片刻，惊奇一看，才发现船头已经搁浅在沙滩上。

【赏析】

　　这首词描写的是采莲姑娘在荡舟采莲时饮酒逗乐的情景。词人以清新爽利的语言，刻画了一群天真烂漫、活泼俏丽的水乡姑娘形象，将一幅有声有色的风景图呈现在读者面前。

　　"花底忽闻敲两桨"，首句起得突兀，着意写桨声，使人顿生疑惑：不知这划桨之人是谁？他（她）要去做什么呢？紧接着词人便给我们作了回答："逡巡女伴来寻访。"这一句点明了人物的身份以及荡桨之缘由——她们原是来寻访女伴玩耍的。

　　"酒盏旋将荷叶当"，这是一个倒装句，原句应为"旋将荷叶当酒盏"，用倒装是为了协调平仄和押韵。"莲舟荡，时时盏里生红浪"，这是描写采莲姑娘们游船逗乐的情景：随着莲舟摇荡，那"杯"中酒映着荷花，泛起层层红浪，画面活泼生动。

　　"花气酒香清厮酿，花腮酒面红相向"，这里描述花、酒与人都沉浸在一片"香"与"红"之中。这两句纵横交织，叫人分不清花香与酒香，分不清花容与人面。

　　接着词人笔锋一转——"醉倚绿阴眠一饷"，画面由热闹转为平静。此句"绿"字与上句中的红字形成鲜明的色彩对比，给人视觉带来非凡享受。"惊起望，船头阁在沙滩上"，这两句笔锋又作一层转折，写姑娘们从"眠"到"醒"的情态。一个"惊"字使画面由静转为动，既坐实一个"醉"字，又暗藏一个"醒"字，为上下文转接的纽带。

渔家傲

◎欧阳修

　　近日门前溪水涨，郎船几度偷相访。船小难开红斗帐，无计向①，合欢影里空惆怅②。

　　愿妾身为红菡萏③，年年生在秋江上。重愿郎为花底浪，无隔障，随风逐雨长来往。

【注释】

①无计向：无计可施。②合欢：并蒂而开的莲花。
③菡（hàn）萏（dàn）：荷花。

【译文】

　　近日来门前溪水见涨，情郎几次偷偷划船来看我。船太小难以支起红色的斗形小帐，没办法，只能在合欢影中空自惆怅。

　　希望我是红色的荷花，年年生长在秋江上；再希望你为花底的浪花，没有障碍，随着风雨长相往来。

【赏析】

　　这是一首抒写爱情的词作。词以一水乡女子的口吻写出，借物喻人，热情歌咏了青年女子对爱情大胆而热烈的追求。

　　上片叙事。"近日门前溪水涨，郎船几度偷相访"，两人大概隔溪而居，平时见面的机会很少。只有趁溪水涨时，才能驾船偷偷相会。"几度"二字写出双方相爱之深；而"偷"字，则说明他们为秘密相爱。

　　"船小难开红斗帐，无计向，合欢影里空惆怅。"红斗帐，一种红色的斗形小帐，在古诗词中常象征着男女的好合。合欢，指并蒂而开的莲花。两人虽得以相见，但无奈船太小，支不开红斗帐，使两人不得好合。"合欢影里空惆怅"，这一句尤妙，将物和人对照起来，莲并蒂，而人却不能好合，这两句生动地表现出了男女主人公对影神伤的情态。

　　下片抒情。"愿妾身为红菡萏，年年生在秋江上"，这三句紧承上片莲花而来，设喻写情。红菡萏，即红莲花。面对秋江上的红莲，女主人公不禁从心底生出这般愿望：她自己是年年开放于江上的荷花，而情郎为"花底浪"，两人从此"无隔障，随风逐雨长来往"。荷花与细浪是紧密相依的，女主人公借它来比喻情人间的亲密关系，生动而形象。

　　整首词集抒情与比兴为一体，语言通俗清新，富有民歌风味。

永遇乐

◎解昉

　　风暖莺娇，露浓花重，天气和煦。院落烟收，垂杨舞困，无奈堆金缕。谁家巧纵，青楼弦管①，惹起梦云情绪②。忆当时、纹衾粲枕，未尝暂孤鸳侣。

　　芳菲易老③，故人难聚，到此翻成轻误④。阆苑仙遥，蛮笺纵写⑤，何计传深诉。青山绿水，古今长在，惟有旧欢何处。空赢得、斜阳暮草，淡烟细雨。

【注释】

①"谁家巧纵，青楼弦管"二句：不知哪家歌楼发出了弦管之声。② 梦云情绪：指对往日爱情生活的回忆。③ 芳菲：美丽的花草，这里也指青春。④ 轻误：终身的悔恨。⑤"阆苑"二句：那个地方、那个人都已经远离，我纵使用珍贵的彩色信笺倾诉深情，又怎样传递呢？阆苑，阆风之苑，阆风是传说中位于昆仑之巅的一座仙山，一般概指仙人所居之境。蛮笺，唐代四川地区生产的一种彩色纸，很珍贵。

【译文】

　　春风和暖，莺莺娇软，露水深浓，花儿湿重，天气和煦。烟霭在院子里散去，垂柳飘摆得困乏了，无奈地堆着金色丝缘。哪家青楼故意奏起弦管之声，惹起她的云雨意绪。回忆当时，和情郎同盖锦被，共眠花枕，鸳鸯伴侣从未有片刻分离。

　　美丽的花儿容易枯萎，心爱之人难以相聚，到如今反成了终身的悔恨。（你仿佛在）天宫像仙人一般遥远，纵使写下书信，用什么办法来传递倾诉呢？青山绿水，从古至今永恒不变，只有旧日伴侣不知道在何处。如今我空自获得苍茫暮色中的青草和淡烟中的细雨。

【赏析】

　　这首词写春日情思，抒发的是词人对于爱情的留恋之情。

　　上片开头三句选取春风、娇莺、春露、鲜花这些春日里的典型景色来描绘春光，显示出勃勃生机。接下来写庭院中的柳树，词境有所转变。接下来由写景转至个人的感受。"梦云"用《高唐赋》巫山云雨之典，喻男女欢情。这三句暗示词人往日的情人是一个青楼歌女。他们当初曾形影不离，从未分开过片刻。

　　下片开头就流露出悔恨之情。"芳菲"原指芳香的花草，此处指青春；"故人"指往日的爱人。青春的逝去，所爱的人不再相见，使词人为当初轻易的别离感到无限悔恨。"阆苑仙遥"，指两人相隔遥远，犹如仙凡相隔，音讯难通。词人叹息山水长存，而旧日的欢情不再。最后以景语作结，暗含无尽凄苦寂寞意。斜阳烟雨的黯淡迷蒙，正如愁恨的无边无际，此三句词人化不可描摹之情为可见可感之景，余韵不尽。

◎作者简介◎

　　解昉，生卒年与生平皆不详。曾任苏州司理。《全宋词》存其词二首。

安阳好

◎韩琦

安阳好，形势魏西州①。曼衍山川环故国②，升平歌吹沸高楼③。和气镇飞浮④。

笼画陌⑤，乔木几春秋。花外轩窗排远岫⑥，竹间门巷带长流⑦。风物更清幽⑧。

【注释】

① 魏西州：战国时期魏的西河重镇。② 曼衍：同"曼延"，即连绵不断。③ 升平：赞颂太平的歌声。沸：响彻。④ 和气：天下正气。⑤ 画陌：如诗如画般的郊野巷陌。⑥ 远岫：远处的山脉。⑦ 带长流：河水长流不息。带，河水。⑧ 风物：风景。

【译文】

安阳好，战国时曾是魏国的西河重镇。故乡山水环绕，绵延不绝。赞颂太平的歌声，在高楼上沸腾。和睦之气，镇住了飞扬的尘埃。

（树冠）笼住如诗如画般的郊野巷陌，高大的树木不知经过了多少个春秋。透过花外的轩窗望见远处的山脉，竹林间门巷依依，（碧水）环绕长流。风物更为清幽。

【赏析】

这首词作于神宗即位后，是词人出镇相州时所作。安阳（今河南安阳西南），是当时相州治所，既是中原重镇，又是词人的故乡。这首词通篇都洋溢着词人的赞赏之情。

上片写安阳人文风光。"安阳好"，起首便赞颂安阳，奠定全词基调。"形势魏西州"，这一句从历史由来方面加以赞颂。"魏西州"，战国时魏的西河重镇。这句是说安阳历史悠久，历来是中原重镇。"曼衍山川环故国"，这一句写其地理形势。"曼衍"，即曼延。这古老的重镇山水环绕，可见其地势之险要。"升平歌吹沸高楼。和气镇飞浮"，这两句写安阳今日之繁华。安阳歌声响彻，赞颂太平盛世；和睦祥瑞之气笼罩，镇住飞扬的尘埃。

下片描写安阳自然风光。"笼画陌，乔木几春秋"，安阳树木高大，树冠繁茂，足以笼盖住各条道路。一个"画"字写出安阳道路之美；"几春秋"则暗写安阳历史的悠久。"花外轩窗排远岫，竹间门巷带长流"，这两句为我们描绘了一幅恬静优美的自然画卷：园子里繁花似锦，簇拥着小窗；花窗外远山如列、蜿蜒起伏；修竹间，屋舍隐现；屋舍前，绿水长流。由以上四句对安阳自然风物的描写，很自然地引出最后一句："风物更清幽。"

⊙作者简介⊙

韩琦（1008—1075），字稚圭，自号赣叟，相州安阳（今属河南）人。北宋政治家、名将。仁宗天圣年间进士。初授将作监丞，历枢密直学士、陕西经略安抚副使、陕西四路经略安抚招讨使。与范仲淹共同防御西夏，名重一时，时称"韩范"。英宗嗣位，拜右仆射，封魏国公。神宗立，拜司空兼侍中，出知相州、大名府等地。神宗熙宁八年（1075）卒，年六十八岁。谥"忠献"。有《安阳集》。《全宋词》存其词四首。

两同心

◎杜安世

巍巍剑外①，寒霜覆林枝。望衰柳、尚色依依②。暮天静③、雁阵高飞。入碧云际。江山秋色，遣客心悲④。

蜀道巉崄行迟⑤。瞻京都迢递⑥。听巴峡、数声猿啼。惟独个、未有归计。谩空怅望，每每无言，独对斜晖。

【注释】

① 剑外：指剑阁以南的蜀中地区。② 尚色依依：指杨柳虽然还是绿色，依依柔姿却不可与春天相比。③ 暮天：傍晚的天空。④ 遣客：指诗人自己。⑤ 巉崄：艰险崎岖。⑥ 瞻京都迢递：回望来路，京都已经很遥远，不能再见。

【译文】

巍巍剑阁之外，寒冷的霜覆盖着树木的枝丫。看看那衰残的柳树，尚且碧色依依。傍晚的天空十分寂静，排成阵列的雁群高飞，飞入碧云端。江山一派秋色，放逐之人心下悲伤。

蜀道奇险，只能缓慢行走。瞻望京都，它是那么遥远。听见巴峡传来阵阵猿啼。唯独我无计归家。空自怅望，每每无言，独自对着那夕阳的余晖。

【赏析】

这首词写羁旅之愁。

上片词人描绘了三幅秋日图景，渲染出一片苍凉与寂寞。"巍巍剑外，寒霜覆林枝"，"剑外"是词人的漂泊之地，指剑阁以南的蜀中地区；"巍巍"写出剑阁地势之险要，渲染出词人漂泊之地的偏远；而山高寒重，故而"寒霜覆林枝"。"望衰柳、尚色依依"，这两句写柳，突出的是一个"衰"字，说柳条尚依依，但毕竟已经衰残，不能与春日的杨柳同日而语。"暮天静、雁阵高飞。入碧云际"，这三句为我们描绘了一幅大雁暮归图，寂静而悲凉。其中"静"字用得极为传神，不仅写出了环境之旷远、天穹之寥廓，还写出雁唳长空的悲凉。"江山秋色，遣客心悲"，末两句由景及人，点明游子的悲愁。

下片抒情。"蜀道巉崄行迟"，"巉崄"与上片首句"巍巍剑外"相呼应，申述蜀道的奇险；"行迟"则写出行路的艰难。"瞻京都迢递"，游子行路已久，回望京都已遥不可见。本来京都就已经望不见，词人还要往西去。行至巴峡的词人听闻两岸猿猴凄厉的鸣叫声，心中更觉悲伤，不禁凄然叹道："惟独个、未有归计。"最后以"谩空怅望，每每无言，独对斜晖"作结，将羁旅的寂寞写尽。无声往往胜有声，通过"怅望"、"无言"、"独对"数语，我们可以体味到词人那种难言的凄凉与寂寞。

⊙作者简介⊙

杜安世，生卒年不详。字寿城，京兆（今陕西西安）人。慢词作家，亦能自度新曲。有《四库总目》。有《寿域词》一卷。

西江月

◎司马光

宝髻松松挽就，铅华淡淡妆成①。青烟翠雾罩轻盈。飞絮游丝无定。
相见争如不见②，有情何似无情。笙歌散后酒初醒。深院月斜人静。

【注释】

① 铅华：铅粉。② 争：怎。

【译文】

　　她松松挽着一个发髻，脸上淡淡施了一点妆粉。如青烟翠雾一般的丝绸衣裳笼着她轻盈的身躯，她舞蹈起来就如飘飞的丝絮游离不定。

　　相见真不如不见，有情怎像无情。笙歌散尽后我酒意方醒，却是庭院深深，月斜人静。

【赏析】

　　这是一首爱情词，抒写的是词人对一位舞女的爱恋之情。

　　上片写舞女的妆容及舞姿。"宝髻松松挽就，铅华淡淡妆成"，这两句写舞女的妆容，她并不刻意修饰，打扮得花枝招展，只是略施淡妆，脑后松松挽着一个云髻。由舞女的打扮，我们便可想象其清水出芙蓉的美姿。

　　"青烟翠雾罩轻盈。飞絮游丝无定"，这两句写其曼妙的舞姿。"青烟翠雾"，指其衣裳；"轻盈"，指她轻盈的体态；"飞絮游丝无定"，这一句将她的舞姿比作飞絮游丝，将她那轻歌曼舞的神态表现出来。

　　下片写词人对她的爱恋。"相见争如不见，有情何似无情"，舞女出尘绝俗之姿引起词人无尽情思，受着相思煎熬的他不禁叹道："见后反惹相思，倒不如不要见面；人还是无情的好，无情则不会为情所困，空惹许多痛苦。"这两句表达了词人对于舞女强烈的爱恋之情。

　　"笙歌散后酒初醒。深院月斜人静。"词人酒醒后，笙歌散尽，人也离去，深院中的他对着天边斜月会想些什么呢？是眷恋不已，还是怅惘、感伤？总之，一切尽在不言中，任凭读者去遐想。

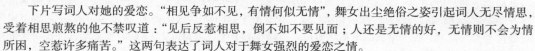

⊙作者简介⊙

　　司马光（1019—1086），字君实，陕州夏县（今属山西）涑水乡人，世称"涑水先生"。仁宗宝元元年（1038）进士，官至左仆射兼门下侍郎。赠太师、温国公，谥"文正"。北宋著名史学家。主持编撰了大型编年体通史《资治通鉴》。著有《司马文正公集》等。存词仅三首。

凤箫吟

◎韩缜

　　锁离愁、连绵无际，来时陌上初熏①。绣帏人念远②，暗垂珠泪③，泣送征轮。长亭长在眼，更重重、远水孤云。但望极楼高，尽日目断王孙。

　　销魂。池塘别后，曾行处、绿妒轻裙。恁时携素手④，乱花飞絮里，缓步香茵⑤。朱颜空自改，向年年、芳意长新。遍绿野，嬉游醉眠，莫负青春。

【注释】

①陌上初熏：路上散发着草的香气。陌，道路。熏，花草的香气浓烈侵人。②绣帏：绣房、闺阁。③珠泪：指眼泪。④恁（nèn）：那。恁时，即那时。素手：指女子洁白如玉的手。⑤香茵：芳草地。

【译文】

　　锁住离愁，（芳草）连绵无际，刚来时田野上芳草才开始飘香。闺中之人想着情郎即将远去，暗自垂泪，啜泣着送别远去的车轮。长亭（青草）长在眼中，更有一重一重远方的水和孤独的云。只是登高眺望，望穿双眼整日都只见那萋萋芳草。

　　伤感啊。自池塘别后，她曾走过的地方，绿草都妒忌她罗裙的青碧。那时携着她洁白如玉的手，在繁花柳絮中，我们漫步于如茵绿草上。如今我朱颜空自改变，面对着年年生新绿的芳草。等青草绿遍郊野时，且尽情游乐饮酒，不要辜负青春好时光。

【赏析】

　　词的起首便点明题旨——离愁，以及送别的时间、地点。春日里，一位女子于陌上送别即将远行的爱人。两人情意绵绵难分难舍。首三句化用江淹《别赋》"闺中风暖，陌上草熏"句意。"绣帏人念远，暗垂珠泪，泣送征轮"，这三句写思妇，刻画了一个垂泪泣送的深闺思妇形象。然后笔墨由思妇转到游子，写他旅途中的经历。转而又写思妇，写她登高望行客，一直望到天色向晚。这两句表现了她的无限别情。

　　"销魂。池塘别后，曾行处、绿妒轻裙"，这三句写游子的回忆。"绿妒轻裙"反用牛希济"记得绿罗裙，处处怜芳草"词意，以芳草嫉妒罗裙之碧色，来衬托心上人之清秀可人。"恁时携素手，乱花飞絮里，缓步香茵"仍是写游子的回忆。但眼前的芳草又唤起物是人非的感叹："朱颜空自改，向年年、芳意长新。"流露出对时光消逝的无限感伤。"遍绿野，嬉游醉眠，莫负青春"紧承上文而来，劝人们趁年少尽情嬉游，不要如他那样等到年光流逝后再空自嗟叹。

⊙作者简介⊙

　　韩缜（1019—1097），字玉汝，其先真定灵寿（今属河北）人，后徙雍丘（今河南杞县）。庆历二年（1042）进士。官至尚书右仆射兼中书侍郎。出知颍昌府，以太子太保致仕。谥庄敏，封崇国公。存词仅一首，见于《全宋词》。

浪淘沙令

◎王安石

伊吕两衰翁①，历遍穷通。一为钓叟一耕佣。若使当时身不遇，老了英雄。

汤武偶相逢，风虎云龙。兴王只在谈笑中。直至如今千载后，谁与争功！

【注释】

① 伊吕：指伊尹、姜尚。

【译文】

伊尹、姜尚两个老翁，历遍了穷困和通达。一个曾是渔翁一个曾是农夫。假使当时没有遇到赏识他们之人，英雄就会空老一生了。

偶然与商汤王、周武王相遇，便如龙得云助，虎得风势。兴国大业便在谈笑之中完成。直到千载之后的今天，谁又能与他们争功！

【赏析】

这是一首咏史词。词人以史托今，借古贤臣伊尹和吕尚"历遍穷通"的际遇，以抒发自己获得宋神宗的知遇，在政治上大展宏图的得意之情。

上片写伊尹、姜尚政治失意的前半生。"伊吕两衰翁，历遍穷通"，这两句总写两翁命运，他们历遍穷通。"一为钓叟一耕佣"，这是写他们"穷"时的情况。伊尹曾为一农夫，躬耕于有莘之野（莘，古国名，其地在今河南开封附近）。吕尚为渔夫，垂钓于渭水之滨。"若使当时身不遇，老了英雄"，英雄想要大展宏图，还是需要等待时机的，如果伊尹、姜尚没有遇到成汤、周文王，两人纵然有济世之才，也会被埋没。

下片写两人通达的后半生，"汤武偶相逢"紧承上片结尾二句而来，一个"偶"字点明君臣遇合的偶然性。可是，一旦贤臣遇到明君，那就会出现"风虎云龙，兴王只在谈笑中"的局面。"直至如今千载后，谁与争功"，结尾是对伊尹、姜尚的歌颂，说他们功勋卓著，后人没有能够与之匹敌的。词人在歌颂伊、吕的不朽功业的同时，也是在激励自己，他也要像古贤臣一样，报答明君的知遇之恩，积极推行变法，立下千古不朽之功业。

⊙作者简介⊙

王安石（1021—1086），字介甫，晚号半山老人，临川（今属江西）人。仁宗庆历二年（1042）进士。神宗朝两度任相，实行变法。封舒国公，改封荆国公。赠太师，谥曰"文"。北宋著名政治改革家，也是杰出的思想家和文学家。诗文兼长，其诗对确立宋诗风格具有重要贡献，其文亦名列唐宋古文八大家之一。词作数量不多，却风格高俊豪迈，感慨深沉，别具一格。有《临川先生文集》、词作《半山词》等。

桂枝香

◎王安石

　　登临送目，正故国晚秋①，天气初肃。千里澄江似练，翠峰如簇②。征帆去棹残阳里，背西风，酒旗斜矗。彩舟云淡，星河鹭起③，画图难足。

　　念往昔，繁华竞逐，叹门外楼头，悲恨相续。千古凭高对此，漫嗟荣辱。六朝旧事随流水，但寒烟衰草凝绿。至今商女④，时时犹唱，后庭遗曲。

【注释】

① 故国：旧时的都城，指金陵。② 如簇：这里指群峰好像丛聚在一起。簇，丛聚。③ 星河：银河，这里指长江。④ 商女：歌女。

【译文】

　　登高望远，正是古都（金陵）的晚秋时节，天气刚刚萧索起来。千里澄澈的长江好像一条白练，青翠的山峰峭拔如同一束束的箭簇。来来去去的船只在夕阳里航行，背着西风，酒旗斜立着。彩绘的小船出没在淡云间，江中小洲上的白鹭飞起，这美好的景色是难以描摹的。

　　回想往昔，（达官贵人们）竞相仿效追逐着豪华，感叹门外楼头的亡国悲剧代代相续。千古以来人们凭高面对此景，空自嗟叹兴亡。六朝的旧事随水而逝，只有寒冷的烟雾和衰萎的野草还凝聚着一片苍绿。至今，歌伎们还时时唱那首《后庭》曲。

【赏析】

　　这是一首怀古之作，为历来以金陵怀古为主题的篇什中的佳作。词人通过对六朝的历史教训进行总结，抒发了人们在嗟叹兴亡之余却很少能从其中得出教训的感慨。

　　上片写登临所见。开头点明登临之事及节令气候。然后写登临所见之全景。"澄江似练"将江水比作白练，写出了江面青碧平静的特点。"翠峰如簇"，将山峰比作箭簇，写出了金陵山川的陡拔形势。"归帆去棹残阳里"以下三句，由整体到局部，具体写帆船、酒旗、彩舟、鸥鹭等景物。最后以"画图难足"收尾，总括江山之美。

　　下片抒登临所感。词人所念者，为建都金陵的六朝统治者竞逐人事的奢华，荒淫误国；所叹者，为六朝政权更替之频繁。"千古凭高对此"至末句是词人对今人的感叹：千古以来人们登高凭吊，不过都是空发兴亡感慨，丝毫不吸取教训，以史为鉴，继续犯着古人的错误，沉溺于歌舞。"至今商女，时时犹唱，后庭遗曲"，这几句化用杜牧《泊秦淮》"商女不知亡国恨，隔江犹唱后庭花"诗意，指出六朝亡国的教训已被人们忘记了。

　　《古今词话》曾评此词："金陵怀古，诸公寄调《桂枝香》者，三十余家，惟介甫为绝唱。东坡见之，叹曰：此老乃野狐精也！"

渔家傲

◎王安石

平岸小桥千嶂抱，柔蓝一水萦花草。茅屋数间窗窈窕。尘不到，时时自有春风扫。

午枕觉来闻语鸟，欹眠似听朝鸡早。忽忆故人今总老。贪梦好，茫然忘了邯郸道①。

【注释】

① 邯郸道：亦作"邯郸路"。比喻求取功名之道路；亦指仕途。

【译文】

平岸上小桥横跨，四面群山环绕，柔蓝一水和花草周边环绕。几间茅屋，窗户幽深，纤尘不染，时时都有春风来清扫。

午睡醒来听到鸟叫，斜躺着似乎听到当年早朝时公鸡的报晓声。忽然想起往日的朋友如今都老了。贪恋美梦，茫茫然忘掉了功名利禄之想。

【赏析】

王安石退出政治舞台后，寄情山水，常借自然景物抒发自己的情感。这首山水词写出了他对仕途的厌倦，以及对大自然的无限向往。

"平岸小桥千嶂抱，柔蓝一水萦花草"，这两句写得清明娟秀，常为人称道，乃化他人诗句而来。吴聿《观林诗话》记王安石"尝于江上人家壁间见一绝，深味其首句'一江春水碧揉蓝'，为踌躇久之而去，已而作小词，有'平岸小桥千嶂抱，

柔蓝一水萦花草'之句。盖追用其词。""柔蓝一水"，形容水色清碧，"柔"字轻盈贴切，形象生动，使整幅画面呈现出一种清新、宁静的色彩美。词人糅进前人诗意，描绘了一幅清灵秀丽的水乡风光图。

"茅屋数间窗窈窕。尘不到，时时自有春风扫"，这景象是多么清静呀，浑无人迹。"窈窕"二字写出了窗的幽深，反映出所居之处的深窈秀美。

"午枕觉来闻语鸟"，这一句写出了词人那种妙合自然的恬淡心境，他悠然梦醒，与花鸟共忧喜、与山水通性情。"欹眠似听朝鸡早"，词人听到窗外的鸟声，恍惚间竟以为是从政早朝时的"朝鸡"声。

但词人很快便又回到现实："忽忆故人今总老。"往日那个壮志满怀的年轻人此时已经老去，归隐山间了。那么老去的他有怎样一种心境呢？"贪梦好，茫然忘了邯郸道"，此时的他贪爱闲淡的午梦，已抛却那建功立业的黄粱美梦了。

千秋岁引

◎王安石

　　别馆寒砧①，孤城画角，一派秋声入寥廓。东归燕从海上去，南来雁向沙头落。楚台风②，庾楼月③，宛如昨。

　　无奈被些名利缚，无奈被他情耽阁④！可惜风流总闲却！当初漫留华表语⑤，而今误我秦楼约。梦阑时，酒醒后，思量着。

【注释】

① 寒砧（zhēn）：捣衣石。古时秋至制寒衣需捣，在诗词中写到寒砧、砧声多与思乡怀人有关。② 楚台风：楚襄王兰台上的风。出自宋玉《风赋》："楚王游于兰台，有风飒之，王乃披襟以当之曰：'快哉此风！'"③ 庾楼月：《世说新语》："晋庾亮在武昌，与诸佐吏殷浩之徒乘夜月共上南楼，据胡床咏谑。"④ 耽阁：延误。⑤ 华表语：引用《搜神后记》中的故事：辽东人丁令威学仙得道，化鹤归来，落城门华表柱上，唱道："有鸟有鸟丁令威，去象千年今来归。城郭如故人民非，何不学仙冢累累。"

【译文】

　　传到旅馆的捣衣声，应和着孤城中的画角，一片秋声散入无边的天地。东边的归燕从海上飞去，南来的大雁向沙头散落。楚王兰台的风，庾亮南楼的月，就像昨日一样。

　　无奈我为功名所束缚，无奈为它而将真情耽搁！可惜将那风流之事全部抛到了一边。当初随意在华表上书写谏语，而今却误了我秦楼的誓约。梦醒时，酒醒后，总是思量着这个。

【赏析】

　　这首词作于词人变法失败后退居金陵期间，抒发的是功名误身的感慨。

　　上片写秋景。"别馆寒砧，孤城画角，一派秋声入寥廓"，这三句通过旅舍、捣衣声、孤城、画角声等一系列意象勾勒出一幅凄寂孤寒的羁旅图，词人虽没有正面对人物进行描写，但一个神情抑郁的他乡游子形象却宛在人的眼前。"东归燕从海上去，南来雁向沙头落"，这两句用燕子东归、大雁南来这两种典型的现象来进一步渲染羁旅愁情。燕子和大雁，是游子的象征，它们南来北去，漂泊无定，看到它们愈发触动起游子久客异乡的愁怀。

　　"楚台风，庾楼月，宛如昨"，这三句借历史典故抒发风物犹在而人事全非的感慨。"楚台风"，宋玉《风赋》中说：楚王游于兰台，有风飒然而至，王乃披襟而当之曰："快哉此风！""庾楼月"，《世说新语·容止》中说：庾亮在武昌，与诸佐吏殷浩之徒上南楼赏月，据胡床咏谑。这几句承上句句意，说人和物虽在不断变化，我也是萍踪浪迹，漂泊无定，但清风明月依旧。

　　下片即景抒怀。"无奈被些名利缚，无奈被他情耽阁！可惜风流总闲却！"这三句承上而来，说清风明月的佳景一直都在，而我却被名利束缚，耽搁了享受佳景。这一声感叹，是词人退出政治中心后的顿悟之辞。过上平淡的生活，他再回首往事，将前尘看得更为透彻，悟出了名利皆为浮云这一道理。

　　"当初漫留华表语，而今误我秦楼约"，"华表语"，指词人的改革；"秦楼约"，指幸福自由的生活。这两句是词人抒发自己对政治的厌倦之情及对自由生活的向往。"梦阑时，酒醒后，思量着"，"梦阑时"、"酒醒后"皆为清醒之时，在神志极为清醒的时候思量着自己曾被功名误身，足见词人的悲凉心境。

好事近

◎郑獬

把酒对红梅，花小未禁风力。何计不教零落，为青春留得。

故人莫问在天涯，尊前苦相忆。好把素香留取，寄江南消息。

【译文】

端起酒杯问红梅，花儿太小禁受不住风的吹袭。有什么办法不让它们被风吹落呢，只有春光能将它们留住。

不要问我在那遥远的地方怎么样，酒杯前我正苦苦将你们怀念。好把梅花的清香留住，寄给你们江南的消息。

【赏析】

这首词作于词人被贬杭州期间。据传，民喻兴与他的妻子杀害一妇人，郑獬不肯用王安石的新法来审问犯人，因此为王安石所忌恨，被贬到杭州任侍读学士。

表面上来看这首词是咏梅，怀念故人之情的，实际上是以梅自喻，告诉亲友自己虽身处逆境，但仍旧保持着高洁的品格，不会向权势屈服。

"把酒对红梅"，点明词人在赏梅。梅花象征着品格的高洁，词人赏梅，实是赏其品格。"花小未禁风力"，梅花花太小，禁不起风的摧残。正如朝廷的官员，很难经受得住政治风暴的袭击。

接着词人便发一问，何计不教零落。有什么办法将它留在枝头呢？"为青春留得"这一句句意朦胧，难以理解，到底是为政治理想而留存自我，还是为高洁的品格而留存自我，这些说法都行得通，读者各有各的看法。

"故人莫问在天涯"，词人对老朋友们说："你们不要打听我在那遥远的地方落到了什么田地。"接着词人又对这一点作出了回答："尊前苦相忆。"词人远在他乡，正苦苦地思念着亲戚故旧。

"好把素香留取，寄江南消息"，"素香"，本指梅花的清香，这里用以比喻高洁的品格。末两句明志，他告诉朋友们，自己依旧保留着高洁的品格。

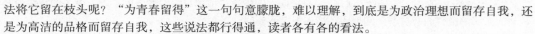

⊙作者简介⊙

郑獬（1022—1072），字毅夫，号云谷，安州安陆人。仁宗皇祐五年（1053年）进士第一，为皇祐癸巳科状元，授通判陈州。入直集贤院，度支判官，知制诰，享正三品，修起居注。神宗时拜翰林学士，知开封府，因反对王安石变法，迁青州。宋熙宁五年（1072）病逝于安州。工诗能词。有《郧溪集》。有词集《花庵词选》。

清平乐

◎王安国

留春不住，费尽莺儿语。满地残红宫锦污①，昨夜南园风雨。

小怜初上琵琶，晓来思绕天涯。不肯画堂朱户，春风自在杨花。

【注释】

① 宫锦：宫中的锦绣，比喻落花。

【译文】

留春留不住，费尽了莺儿的话语。满地落花像宫锦一样混着泥土，昨天夜里南园风雨又起。

小怜初次在众人面前弹奏琵琶，早晨起来思绪就飞到了天之涯。她不愿留在画堂朱户中，只愿像杨花一般在春风里自在飘扬。

【赏析】

这首词写暮春的残败景象，并描绘了一位心高气傲的歌伎的形象。全词情景交融，在伤春之外还写出了自己的性情与风骨，格调颇高，是难得的佳作。

上片写残春景象。"留春不住，费尽莺儿语"，开篇便抒发惜春之情：昨夜南园风雨交加，满地都是落花，像是一幅被弄脏的宫锦，尽管黄莺费劲巧舌，也无法将春天挽留住。这里词人赋予黄莺以人的感情，借鸟儿之口道出自己无计留春之苦，手法新奇，耐人寻味。

"满地残红宫锦污，昨夜南园风雨"，原来词人的惜春之情源自眼前残败的春景。季节的转换最易触动词人那颗敏感的心，看到满地落花词人怎能不伤感。

下片写歌伎小怜，并以品性高洁的小怜自况。"小怜初上琵琶，晓来思绕天涯"，小怜昨夜第一次正式登台，表演非常成功，但她并不愿留在画堂朱户里，而是想着要远走天涯，追寻那自由自在的生活。

"不肯画堂朱户，春风自在杨花"，在小怜看来，真正的幸福并非吃饱喝足、穿金戴银，而在于自在地追寻自己的理想。小怜的理想便是词人自己的理想；小怜对自由的渴望也是词人心底的渴望，他不愿为功名所累，他要活得自在！

◎作者简介◎

王安国（1030—1076），字平甫，王安石大弟。熙宁进士。北宋临川（今江西东乡县上池村）人。北宋著名诗人。世称王安礼、王安国、王雱为"临川三王"。王安国器识磊落，文思敏捷，曾巩谓其"于书无所不通，其明于是非得失之理为尤详，其文闳富典重，其诗博而深"。

卜算子

◎王观

水是眼波横，山是眉峰聚。欲问行人去那边？眉眼盈盈处①。
才始送春归，又送君归去。若到江南赶上春，千万和春住。

【注释】

① 盈盈：美好的样子。

【译文】

水如女子横斜的眼波，山是她们蹙拢的双眉。想问行人去哪里？行人回答说要去那眉眼盈盈的地方。

刚刚才送春归去，现在又送你离去。要是到江南遇上了春天，千万要拣那春意最浓的地方住下。

【赏析】

这首词是词人为将要前往浙东的友人鲍浩然写的送别之作。

"水是眼波横，山是眉峰聚"，首二句推陈出新，词人用女子含情的眼波来形容水，用女子紧蹙的眉峰来形容山，将自己的不舍之情移于无情之山水，说它们也为友人的离去而动容。

顺着这一构思，词人巧妙地点出了此行的目的地："欲问行人去那边？眉眼盈盈处。"词人以"眉眼盈盈"借指江南山水，将它们烘托得柔媚而多情；又暗示他此行将要见到的人物。这句话一语双关，词人于此处扣得天衣无缝。

"才始送春归，又送君归去"，词人将送春和送人联系起来，抒发他的浓浓的离愁。刚刚送走春，心中已是十分怅恨；而今又"送君"，更添一段别愁。

"若到江南赶上春，千万和春住"，鲍浩然即将去往浙东地区，那里现在一定是春光明媚，再加上青山绿水，必定令人深深地沉醉其间，于是词人叮嘱友人千万要将春留住。这两句联想奇特，既写出了惜春之情，又表达了对友人的深深祝福。

⊙作者简介⊙

王观，生卒年不详。字通叟，如皋（今江苏如皋）人。仁宗嘉祐二年（1057）进士。曾官拜大理寺丞、知江都县等，官至翰林学士。有《冠柳集》，不传。词存十余首。

临江仙

◎晏几道

　　梦后楼台高锁，酒醒帘幕低垂。去年春恨却来时，落花人独立，微雨燕双飞。

　　记得小蘋初见①，两重心字罗衣②，琵琶弦上说相思。当时明月在，曾照彩云归③。

【注释】

① 小蘋：词人友人家的歌女。② 两重心字：两个篆书心字结成的连环图案，象征男女心心相印。③ 彩云：指小蘋。

【译文】

　　梦醒后只觉被高楼困锁，酒醉醒来帘幕低低垂落。去年春恨到来时，落花满地，我独自站立着，细雨里燕子双双飞翔。

　　记得与歌女小蘋初次相见，她穿着绣有两重心字的罗衣。通过弹奏琵琶诉说出自己的相思。当时的明月如今犹在，它曾照着彩云归去。

【赏析】

　　这是一首怀人之词，所怀之人为歌女小蘋。

　　"梦后楼台高锁，酒醒帘幕低垂。去年春恨却来时"，这几句写词人在梦后、酒醒后的所见之景以及感受：楼台仍在，人却不在；帘幕低垂，却早已不见小蘋的身影，往昔的欢乐在这暮春时节一并转为离恨，沉积在词人心间。"落花"承前句"春恨"而来，示伤春之感；"燕双飞"反衬出词人的孤寂心情。

　　"两重心字"，这四个字常用来象征男女之间心心相印。这里词人有意借用小蘋穿的"心字罗衣"来暗示两人初见时便已经相互爱恋对方了。"琵琶弦上说相思"，这是初见小蘋时的情景，她正借琵琶向词人传递自己的爱慕之情。"当时明月在，曾照彩云归"，化用李白《宫中行乐词》"只愁歌舞散，化作彩云飞"一句，以"彩云"借指小蘋，既写出了小蘋的轻盈娇媚，又表达了佳人如彩云般易逝的感慨。

　　《小山词》自序中云："始时，沈十二廉叔、陈十君宠，有莲、鸿、云，品清讴娱客。每得一解，即以草授诸儿，吾三人持酒听之，为一笑乐。已而，君宠疾废卧家，廉叔下世。昔之狂篇醉句，遂与两家歌儿酒使，俱流转于人间。"本词中的小蘋即序中所说的家伎。

⊙作者简介⊙

　　晏几道（1038—1110），字叔原，号小山，抚州临川（今属江西）人。晏殊幼子，人称"小晏"。历任颍昌许田镇监、开封府推官。一生仕途失意，晚年家境中落，而不依傍权贵。能文善词，与乃父齐名，时称"二晏"。其词多写四时景物、男女情爱。善于写景抒情，语言和婉浓艳、精雕细琢，辞多感伤。有《小山词》。

蝶恋花

◎晏几道

　　醉别西楼醒不记①，春梦秋云②，聚散真容易。斜月半窗还少睡，画屏闲展吴山翠③。

　　衣上酒痕诗里字，点点行行，总是凄凉意。红烛自怜无好计，夜寒空替人垂泪④。

【注释】

① 西楼：即《临江仙》词所写之楼台。② 春梦：春天的梦，多指恋情美梦。秋云：秋天的云。即《临江仙》之"彩云"。③ 吴山：吴地的山，泛指江南山水。吴，今浙江一带。④ "红烛"两句：化用杜牧《赠别》诗意："蜡烛有心还惜别，替人垂泪到天明。"

【译文】

　　醉中告别西楼，醒来却浑然忘记，春天的好梦，秋天的云彩，聚散真是容易。斜月低至半窗，依旧难以成眠，画有吴地青山的屏风悠闲地展开着。

　　衣上的酒痕和诗里的字，一点点，一行行，总是凄凉的意绪。红烛虽然同情我，但也是束手无策，只好在夜里空自替人垂泪。

【赏析】

　　这是一首怀旧词，抒发离愁别绪，整首词弥漫着一种无可排遣的惆怅与悲凉。

　　"醉别西楼醒不记"，首句忆昔，点明"别"。"醉别"二字点出了离别时的情态：喝酒喝到酩酊大醉，说明当时宴饮的气氛是相当欢乐的。"西楼"为当日送别之地；"不记"二字写出了前欢似梦的感觉。

　　"春梦秋云，聚散真容易"，这里用春梦、秋云作比，抒发聚散无常之感。春梦美好而短暂，秋云明净而易逝，用它们来象征美好而不久长的情事，最为真切形象。

　　"斜月半窗还少睡，画屏闲展吴山翠"，词人由对往事的追忆和伤叹中回到了眼前，只见斜月沉沉，画屏展翠。夜深人静仍旧未能入睡，可见别恨之深；词人此刻是心烦意乱的，那画屏上的江南山水此刻却显得特别平静悠闲，这"闲"字生动地传达了词人郁闷烦躁的心境。

　　"衣上酒痕诗里字，点点行行，总是凄凉意"，词人因怀人而拣点旧物，"衣上酒痕"，是西楼欢宴时留下的酒痕，"诗里字"，是筵席上的酬唱词章。这酒痕和词章象征着过往的欢乐，那欢乐如今都化作了云烟，看到旧物，只能叫人心生凄凉。

　　"红烛自怜无好计，夜寒空替人垂泪"，词人将红烛拟人化，说它无法留人，为离别而垂泪，将自己心中的哀伤和盘道出。

鹧鸪天

◎晏几道

醉拍春衫惜旧香①。天将离恨恼疏狂②。年年陌上生秋草，日日楼中到夕阳。

云渺渺，水茫茫。征人归路许多长。相思本是无凭语③，莫向花笺费泪行④！

【注释】

①惜：怜惜。旧香：指爱人旧日遗留在衣衫上的香泽。②恼：困扰，折磨。疏：指对世事的疏阔。狂：狂放不羁。③无凭语：没有根据的话。④花笺：信纸的美称。

【译文】

酒醉时拍打着春衫，怜惜情人留在衫上的余香，老天偏偏要用离恨来惹恼疏狂的我。年年路上都长满秋草，天天夕阳的余晖落到楼中。

行云渺渺，烟水茫茫，征人归家的路那么漫长。相思本来就是没有凭据的话语，不要再在信笺上白费眼泪了！

【赏析】

这首词从闺中人和征人两个方面写相思。

首二句从征人方面写离恨。他和远方的恋人天涯相隔，只能在喝醉后轻抚她的"春衫"来解相思之情。一个"惜"字写出他对恋人的深深怜爱及对往日幸福生活的无限思念，后一句抒发因"惜旧香"而激起的无可奈何

之情。"疏狂"是对征人个性的描述：自己本是一个疏狂之人，却被离恨所恼，无法解脱。然后从闺中之人一方写相思。路上秋草年年生，写征人久久不归；日日楼中朝暮独坐，则写闺中人饱受离恨之苦。

下片转到对征人的描写上来。云渺渺无极，水茫茫无边，征人归路难寻，二人相见无期。接下来两句，又从女子方面着笔：既然征人归程渺茫，况且相思本就是没有凭据的，何必再空自对着花笺垂泪呢？这两句看似无情，实是至情至性之语，其中蕴含闺中人几多怨情！

鹧鸪天

◎晏几道

　　小令尊前见玉箫①，银灯一曲太妖娆。歌中醉倒谁能恨？唱罢归来酒未消。

　　春悄悄，夜迢迢，碧云天共楚宫遥。梦魂惯得无拘检，又踏杨花过谢桥②。

【注释】

①玉箫：唐范摅《云溪友议》，韦皋与姜辅家侍婢玉箫有情，韦归，一别七年，玉箫遂绝食死，后再世，为韦侍妾。词中以玉箫指称酒宴上的一位歌女。②谢桥：谢秋娘家的桥。谢秋娘为唐代名妓。此处以谢桥指女子所居之地。

【译文】

　　歌宴酒席间见到了她，在璀璨的灯火中她歌唱一曲，实在是妖娆动人。在歌声中醉倒谁能感到遗憾？唱完回来后酒意仍然未消。

　　春天寂静，夜太漫长，碧云天与楚宫一般渺远。梦中的我惯于不受束缚，又踏着杨花经过谢桥。

【赏析】

　　这是一首爱情词，写的是词人对一位美丽歌女的怀念。

　　上片描写宴会中两人相逢的情景。"小令尊前见玉箫"，点明两人在歌会酒席上初次见面。"尊前"，指酒宴；"玉箫"，指代歌女。"银灯一曲太妖娆"，这一句写歌女丰姿，表露出词人的倾慕之情。

　　"歌中醉倒谁能恨，唱罢归来酒未消"，这两句词人转而对自己进行描写，一个"醉"字写出了他对歌女的绵绵情意。

　　下片抒发相思之情。"春悄悄，夜迢迢"，写归来后辗转反侧的情景。"春悄悄"与上片的歌宴在时间上是承接关系，却与前者的热闹气氛形成了鲜明对比；"夜迢迢"又与相见时的短暂欢乐形成对照，显示了词人对歌女的思念之情以及内心的孤独之意。"碧云天共楚宫遥"，这一句写二人相隔之遥。两人之间的距离并不遥远，只是两人身份地位的差别，使得重会非常困难。

　　"梦魂惯得无拘检，又踏杨花过谢桥"，既然现实中无法与伊人相会，那么便在梦中去寻觅意中人吧。"谢桥"，指唐代名妓谢秋娘家的桥，这里指女子居处。末两句为全篇警句，词人以梦写情，将梦的美好与现实的落寞对照起来，道出了心中的深情与无奈。

　　据邵博《邵氏闻见后录》载，与晏几道同时的学者程颐，每听到人诵"梦魂"两句时，必笑曰："鬼语也！"意甚赏之。

鹧鸪天

◎晏几道

彩袖殷勤捧玉钟①，当年拼却醉颜红②。舞低杨柳楼心月，歌尽桃花扇底风。

从别后，忆相逢，几回魂梦与君同③。今宵胜把银釭照④，犹恐相逢是梦中。

【注释】

① 彩袖：指穿彩衣的歌女。玉钟：珍贵的酒杯。② 拼（pàn）却：不顾惜。却，语气助词。③ 同：相聚。④ 釭（gāng）：灯。

【译文】

彩袖下一双玉手殷勤捧着玉盅（向我敬酒），当年我不惜喝得满脸通红。你纵情跳舞，直到楼顶的月亮低至柳梢，还尽兴唱歌，直唱到桃花扇底风尽。

自从离别后，总想着重逢，多少次在梦中与你相会。今夜我只是举着残灯将你来照，恐怕又是在梦中相逢。

【赏析】

这首词写的是词人与歌伎深挚的爱情。

上片回忆曾与伊人共同度过的美好时光。"彩袖殷勤捧玉钟，当年拼却醉颜红"，歌女殷勤劝酒，词人是一杯接一杯地狂饮，这一幕将两人的柔情蜜意生动地描画了出来。

"舞低杨柳楼心月，歌尽桃花扇底风"，楼心月，指午夜。她尽情歌舞，他陶醉忘归，两人不知不觉就忘记了时间的流逝，一直到楼外金黄色的晓月落到柳梢之下，他们才恍然发觉天快亮了。从这一场面我们不难看出二人的缱绻情意。

下片写别后词人的思念以及两人重逢后的喜悦。"从别后，忆相逢，几回魂梦与君同"，两个相爱之人分别了，至于为什么分别，词中没有交代。但我们知道的是即便两人分别了，词人也始终没有忘却这段生活，他的感情仍然未变，他还想念着她，还会梦到她。而且这种思念和梦境并不是一次两次，"几回魂梦与君同"，不知道多少回在梦中又与她相见了。

"今宵胜把银釭照，犹恐相逢是梦中"，这重逢的一幕是多么动人，词人拉着爱人的手在灯下反复端详，生怕是在梦中。这两句生动地写出了词人心底的喜悦之情。

清平乐

◎晏几道

留人不住，醉解兰舟去。一棹碧涛春水路①，过尽晓莺啼处。

渡头杨柳青青，枝枝叶叶离情。此后锦书休寄，画楼云雨无凭。

【注释】

① 棹（zhào）：船桨。

【译文】

　　留人留不住，她带着醉意，踏上兰舟离去。小船在碧波中一路前行，所经之处，清晨的黄莺鸣叫个不停。

　　渡头的杨柳十分清翠，一枝枝一叶叶都充满离情。以后不要再寄书信来，画楼上的欢情什么凭证也没有。

【赏析】

　　这首词为词人的心上人离他而去时所作。

　　"留人不住"四个字将送者、行者双方不同的情态描绘了出来：一个是再三挽留，一个是去意已决，毫无留恋之情。"醉解兰舟去"，恋人喝醉了，一解开船缆就决绝地走了。"留"而"不住"，又为末两句的怨语做了铺垫。

　　"一棹碧涛春水路，过尽晓莺啼处"，这两句为词人想象中心上人一路上所经的风光：碧水粼粼、晓莺啼鸣，多么美好的春景呀。如此宜人的风景正是离别者轻松愉快的心境的象征，却愈发衬托出送行者之落寞。

　　"渡头杨柳青青，枝枝叶叶离情"，这两句遥遥呼应"留人不住"句。兰舟消失后渡头空余青青柳色，这既是眼前的实景，也是词人主观感觉中的景物，词人因分别而备感落寞，"枝枝叶叶"才因此而饱含"离情"。

　　那随风拂动的柳丝将词人的惆怅和落寞推至顶点，因而迸发出"此后锦书休寄，画楼云雨无凭"的决绝之语来。其实，这不过是负气之言，深情的词人怎么忘得了两人共同度过的美好时光呢！正是因为爱人决绝地离去令词人心生绝望，一时激动，才脱口说出那样决绝的话来，恰恰反映出词人内心对感情的无法割舍。结尾两句以怨写爱，表现了词人因多情而生出的种种矛盾情怀。

阮郎归

◎晏几道

旧香残粉似当初，人情恨不如。一春犹有数行书，秋来书更疏①。
衾凤冷②，枕鸳孤③。愁肠待酒舒。梦魂纵有也成虚，那堪和梦无？

【注释】

①疏：少，稀疏。②衾凤：绣有凤凰的被子。③枕鸳：绣有鸳鸯的枕头。

【译文】

旧日的香气和残留的粉迹还如当初一般，而人的情意却恨不如当初。春天尚能收到数行书信，但到了秋天书信更为稀少。

绣有凤凰的被子凉凉的，鸳鸯枕孤寂，一片愁肠等待酒来浇。纵然能在梦中见到她也是虚幻的，更何况连做梦也梦不见她呢？

【赏析】

这是一首思忆之作。

此词抒写的是居者思行者的情怀。作者在词中运用层层开剥的手法，把人物面对的情感矛盾逐步推上尖端，推向绝境，从而展示了人生当中一种不可解脱的深沉的痛苦。

"旧香残粉似当初，人情恨不如"，将物与人比照起来写，说她所用之物仍旧如当初，而心却已经变

了，真是人不如物。"一春犹有数行书，秋来书更疏"，这两句感昔伤今，说她今年春天初去时还有几行书信寄来，到了秋天，书信越来越稀少了。上片四句，抒写了词人对薄情之人的满腔怨恨。

"衾凤冷，枕鸳孤"，这两句写夜间实景，表明自己仍独守空床，没有移情于他人，并赋予了物象，以词中人清冷、孤寂的主观情感，将他的内心感受渲染得淋漓尽致。人一旦心中忧愁，便很自然地要借酒消愁，殊不知借酒消愁愁更愁，联系下两句来看，那愁不仅没有排解，反而又添新的惆怅。酒徒然增添了他的相思之情，他竟要去梦中寻找她！可结果却是，连梦中都不见她的芳踪。词人就这样层层递进，一直把感情挥发到无可回旋之境。

卖花声

◎张舜民

木叶下君山，空水漫漫。十分斟酒敛芳颜。不是渭城西去客，休唱阳关①。

醉袖抚危阑，天淡云闲。何人此路得生还？回首夕阳红尽处，应是长安。

【注释】

① 阳关:《阳关曲》本是唐代王维所作的《送元二使安西》诗，谱入乐府时名《渭城曲》，又名《阳关曲》，送别时歌唱。

【译文】

树叶纷纷飘落在君山上，洞庭湖水茫茫无际。她将酒杯斟满，收起笑容。不是从渭城西去的行客，不要唱那《阳关三叠》。

带着醉意抚拍着高楼的栏杆，天空淡远，白云悠闲。有谁能从这条路上活着回来？回首遥望，那夕阳红尽的地方应该是长安。

【赏析】

词为元丰六年（1083）词人被贬郴州，途经岳阳楼所作。词人面对着浩瀚洞庭，感慨不已，道出了他遭贬谪的失意心情。

"木叶下君山，空水漫漫"，此处化用屈原《九歌·湘夫人》中"袅袅兮秋风，洞庭波兮木叶下"一句而来，描绘出一幅木叶萧萧、烟波浩渺的秋日景象。这萧疏的秋景，与词人遭贬谪的失意心情相合。"十分斟酒敛芳颜。不是渭城西去客，休唱阳关。"在他触景生情之时，歌女上来奉酒，当她将酒杯斟满时，便收起笑容，准备弹奏一曲广为流传的离歌《阳关三叠》，然而却遭到了词人的制止。至于为什么不让歌女唱，词人解释说自己并非西去阳关，而是南行的迁客。其实这不过是托词罢了，词人是害怕听到哀婉的离声心中愈发悲伤而已。

"醉袖抚危阑，天淡云闲"，这两句紧承"酒"而来，又转为写景。带有几分醉意的词人，心中的愁绪更浓，他凭栏独立，只见眼前一片清和景色，那天和云丝毫不体谅他失意的心情。凭栏而立的词人此时想到了什么呢？他想到历史上那些被贬于蛮瘴之地、抛骨他乡的文人，如柳宗元、王禹偁，进而联想到自己的命运：自己会不会也同古人一样客死他乡呢？此时的词人是多么的悲痛啊。在悲哀与恐惧中，词人仍保持着对人生的信心，因而叹道："回首夕阳红尽处，应是长安。"这两句由白居易《题岳阳楼》诗"春岸绿时连梦泽，夕波红处是长安"而来，道出了词人对国事的忧虑、对君王的眷恋，使这首词含有更为深广的情感。

⊙作者简介⊙

张舜民（？—1100），字芸叟，号浮休居士，邠州（今陕西彬县）人。英宗治平二年（1065）进士。曾官监察御史、吏部侍郎，以龙图阁待制知同州。因元祐党争事，牵连治罪，被贬为楚州团练副使、商州安置。后又出任集贤殿修撰。其词仅存四首，慷慨悲壮，风格与苏轼相近。有《画墁集》。

水调歌头

◎苏轼

丙辰中秋①，欢饮达旦，大醉，作此篇，兼怀子由②。

明月几时有？把酒问青天③。不知天上宫阙④，今夕是何年。我欲乘风归去，又恐琼楼玉宇⑤，高处不胜寒。起舞弄清影⑥，何似在人间。

转朱阁⑦，低绮户⑧，照无眠。不应有恨，何事长向别时圆？人有悲欢离合，月有阴晴圆缺，此事古难全。但愿人长久，千里共婵娟⑨。

【注释】

①丙辰：熙宁九年（1076）。②子由：苏轼的弟弟苏辙的字。③把酒：端起酒杯。④阙：皇宫门前两边供瞭望的楼。⑤琼楼玉宇：美玉砌成的楼宇，指想象中的仙宫。⑥弄：赏玩。⑦朱阁：朱红的楼阁。⑧绮户：雕花门窗。⑨婵娟：月亮的美称。

【译文】

明月从何时才有？我端起酒杯询问青天。不知道在天上的宫殿，今晚是哪年。我想要乘风回到天上，又怕居于月宫美玉砌成的楼阁中，禁受不住高耸九天的寒冷。我婆娑起舞玩赏着月下清影，这哪里像在人间呢？

月儿转过朱红色的楼阁，低挂在雕花的窗户间，照着无法入眠的人。明月不该心含怨恨吧，为何偏在人们离别时才圆呢？人有悲欢离合的变迁，月有阴晴圆缺的转换，自古以来莫不如此，难以周全。但愿亲人能平安健康，虽然相隔千里，也能共享这美好的月光。

【赏析】

这是一首望月怀人之作。中秋之夜，远谪密州的词人把酒赏月，圆圆的月儿引起了词人对弟弟苏辙的深深怀念。词人驰骋想象，创造出一种皓月当空、美人千里、孤高旷远的境界，抒发了自己对理想世界的向往，在月的阴晴圆缺当中，渗进浓厚的哲学意味。

上片把酒望月。"明月几时有？把酒问青天"，这两句化用李白的《把酒问月》诗"青天有月来几时？我今停杯一问之"而来，点明饮酒赏月。

面对着浩渺宇宙，词人继续发问："不知天上宫阙，今夕是何年？"将自己对明月的赞美与向往之情更推进了一层。"我欲乘风归去，又恐琼楼玉宇，高处不胜寒"，这几句写出了词人徘徊于出世与入世之间的矛盾心理。幻想中的仙境引发词人的出世之想，但经过再三考虑，还是留恋人间的温暖。

"起舞弄清影，何似在人间。"人间自有可乐处，在人间也能舞出不一样的境界。这两句写出了词人月下起舞的飘逸之姿，反映出他乐观旷达的生活态度。

下片对月怀人。"转朱阁，低绮户，照无眠"写离人：中秋佳节，同自己一样不能与亲人团圆的人不知有多少。转、低、照三个字写月亮的移动顺序，一字不可动。

"不应有恨，何事长向别时圆"，这两句以埋怨的语气发问，看似无理，却衬托出词人对胞弟苏辙的无限情意，以及表示出了对离人们的深深同情。

在情与理的矛盾冲突中，词人最终还是清醒地把握住了现实，道出了一个永恒的真理："人有悲欢离合，月有阴晴圆缺，此事古难全。"词人个人的离愁在这一刻得到了消解，卸下了心事的他向人世间发出了最美好的祝愿："但愿人长久，千里共婵娟。"既然人间的离别是难免的，那么只要亲人长久健在，即使远隔千里也还可以通过普照世界的明月把两地联系起来，把彼此的心沟通在一起。

这首词堪称中秋词之绝唱，胡仔《苕溪渔隐丛话》高度评赞说："中秋词，自东坡《水调歌头》一出，余词尽废。"

词的品赏知识

豪放派的特色

就题材来说，豪放派完全突破了词为"艳科"的樊篱，将山川景物、记游咏物、农舍风光以及吊古感旧、说理抒怀等都大量写入词中。在表现形式上，豪放派则不为形式所羁，不拘泥于词的音律及语言的工丽，而是充分调动形式为表现内容服务。就表现手法上来看，豪放派写景则大笔勾勒，朴实明快，抒情则直写胸臆。

苏轼这首《水调歌头》就是豪放词的代表作之一，不作小儿女语，气象阔大，在与明月的对话中探讨着人生的意义。既有理趣，又有情趣，很耐人寻味。

⊙作者简介⊙

苏轼（1037—1101），字子瞻，号东坡居士，眉州眉山（今属四川）人。仁宗嘉祐二年（1057）进士。曾任翰林学士、中书舍人等职，因党争多次遭贬。赠太师，谥"文忠"。北宋中期文坛领袖，其文学创作代表了宋代文学的最高水平。与父洵、弟辙合称"三苏"，俱入唐宋古文八大家之列。其诗与黄庭坚并称"苏黄"，为宋诗的代表；其词与辛弃疾并称"苏辛"，在题材、风格、意境等方面都作了开拓和创新，是豪放词派的开创者。在书画方面也造诣精深。有《东坡七集》、《东坡乐府》等。

水龙吟 次韵章质夫杨花词 ◎苏轼

似花还似非花，也无人惜从教坠①。抛家傍路，思量却是，无情有思。萦损柔肠②，困酣娇眼③，欲开还闭。梦随风万里，寻郎去处，又还被、莺呼起④。

不恨此花飞尽，恨西园、落红难缀⑤。晓来雨过，遗踪何在？一池萍碎。春色三分，二分尘土，一分流水。细看来，不是杨花，点点是离人泪。

【注释】

① 从教：任凭。② 萦：萦绕、牵念。③ 娇眼：美人娇媚的眼睛，比喻柳叶。古人诗词中常称初生的柳叶为柳眼。④"梦随"三句：化用唐代金昌绪《春怨》诗"打起黄莺儿，莫教枝上啼。啼时惊妾梦，不得到辽西"语。⑤ 缀：连系。

【译文】

　　（杨花）像花又不像花，也没有人怜惜任由它飘落。离开本家，飘荡在路旁。细细思量，它看起来像是无情实则荡漾着情思。愁思萦绕，伤损柔肠，困顿蒙眬的娇眼，刚要睁开又闭上。梦中她随风行万里，本想寻找夫君的去处，却又被黄莺啼声惊起。

　　不怨这花飞尽，只怨那西园，落花难重新缀上枝头。早晨一场雨过后，（杨花）遗踪何在？一池浮萍全被打碎。若把春色分三份，两份化作尘土，一份随流水而去。仔细看来，不是杨花，那一点一点都是离人的泪。

【赏析】

　　这首词作于元丰四年（1081），词人时年四十五岁，正谪居黄州。当时词人的好友章质夫写了首《水龙吟》，内容是咏杨花的。因词笔细腻、刻物生动而传唱一时。苏轼也很喜欢这首词，便和了这首词寄给章质夫。这首词虽为咏物却并不拘泥于咏物，而是让物象染上了人的主观色彩，借物以寓人的性情。

　　上片写景叙事。"似花还似非花，也无人惜从教坠"，以抽象的手法写出了柳絮的性质。"抛家傍路，思量却是，无情有思"，这三句紧承上一句中的"坠"而来，将柳絮身上人的性情深化，叹息杨花飘忽无着的命运。词人还把柳絮想象成一位少妇，形象生动地表现了柳絮飘忽迷离的形态。少妇到底为何而思呢？原来她在思念远方的夫婿。

　　下片抒情。"不恨此花飞尽，恨西园、落红难缀"，杨花飞尽，意味着春光已经逝去大半，百花从此便开始凋零了，这两句倾注了少妇的惜春之情。看看那随风飘尽的柳絮凄凉境遇吧，它们散落在水上，化作了一池浮萍。"春色三分，二分尘土，一分流水"，柳絮代表了春天，美好的春色如今已化尘土、流水，多么令人伤感。"细看来，不是杨花，点点是离人泪"为全词的点睛之笔，词人饱蘸浓墨将那闺中少妇的离恨与杨花的形态高度融合，将整首词的情感推向高潮。

定风波

◎苏轼

常羡人间琢玉郎①，天应乞与点酥娘②。尽道清歌传皓齿，风起，雪飞炎海变清凉。

万里归来颜愈少，微笑，笑时犹带岭梅香。试问岭南应不好，却道：此心安处是吾乡。

【注释】

① 琢玉郎：指王巩。卢仝《与马异结交诗》："白玉璞里琢出相思心，黄金矿里铸出相思泪。"② 点酥娘：指柔奴。点酥，制作糕点时的一种裱花工艺。这里比喻柔美。

【译文】

我常常羡慕人间的琢玉郎，就是上天也怜惜他，把美丽的女子赐予他。人人称道那好清歌从洁白的牙齿中传出，一阵风起，雪花霎时飘落使炎热的大海清凉。

从万里之外回来愈发变得年轻了，微笑着，笑的时候好像还带着岭南梅花的清香。我问岭南应该不是个好地方吧，她却说：这心安的地方就是我的故乡。

【赏析】

王巩为词人好友，因乌台诗案受牵连被贬谪到岭南。在他受贬时，其歌伎柔奴毅然随行到岭南。元丰六年（1083），柔奴陪伴王巩贬谪南方回来，与词人问答。词人问及广南风土，柔奴答以"此心安处，便是吾乡"，词人听后，大受感动，因而写下此词来赞美她。

上片写柔奴的美貌与才情。"常羡人间琢玉郎，天应乞与点酥娘"，这两句总写柔奴的美丽，她天生丽质、温柔可爱。

"尽道清歌传皓齿，风起，雪飞炎海变清凉"，这两句写柔奴的才情，她通晓音律，能自作歌曲，并且善唱，歌声悦耳。词人将柔奴沁人心脾的歌声比喻成飞雪，表现了柔奴歌声独特的艺术魅力。

下片刻画柔奴的内在美。"万里归来颜愈少"，这一句写岭南归来后柔奴的神态，洋溢着词人对于身处逆境而甘之若饴的柔奴的赞美之情。"微笑"二字，写出了柔奴在归来后的欢欣中透露出的度过艰难岁月的自豪感。"微笑，笑时犹带岭梅香"，这句话弥漫着浓厚诗意，既写出了柔奴北归时经过大庾岭时，这一沟通岭南岭北咽喉要道上梅花盛开的情况，又以斗霜傲雪的寒梅喻人，赞美柔奴不畏艰难的刚强意志。

"试问岭南应不好，却道：此心安处是吾乡"，这是词人和柔奴的对答之词，柔奴的回答铿锵有力，情味隽永，引起人无限敬意。

念奴娇 赤壁怀古

◎苏轼

　　大江东去,浪淘尽、千古风流人物①。故垒西边,人道是、三国周郎赤壁②。乱石穿空,惊涛拍岸,卷起千堆雪。江山如画,一时多少豪杰。

　　遥想公瑾当年③,小乔初嫁了④,雄姿英发。羽扇纶巾⑤,谈笑间、樯橹灰飞烟灭⑥。故国神游,多情应笑我,早生华发。人生如梦,一尊还酹江月⑦。

【注释】

① 风流人物:杰出人物。② 周郎:周瑜。据《三国志·吴志·周瑜传》载,周瑜年二十四为中郎将,吴中皆呼为周郎。③ 公瑾:周瑜的字。④ 小乔:周瑜的妻子。⑤ 羽扇纶(guān)巾:鸟羽做成的扇和青丝带做的头巾。⑥ 樯(qiáng)橹(lǔ):桅杆与船橹。这里指曹军的船舰。⑦ 酹(lèi):以酒洒地,用以敬月。

【译文】

　　滚滚长江向东流去,千百年来的英雄豪杰,都被滚滚的波浪冲刷掉了。旧营垒的西边,人们说,那是三国时周郎大破曹兵的赤壁。参差的石壁插入天空,惊人的巨浪拍打着江岸,卷起千堆洁白如雪的浪花。江山如画般美丽,那时期出了多少英雄豪杰啊!

　　遥想当年的公瑾,小乔刚刚嫁了过来,他姿态卓绝,意气风发。手里拿着羽毛扇,头上戴着青丝帛的头巾,谈笑之间,敌军的战船在烈火中烧成灰烬。神游故国(战场),应该笑我太多愁善感,以致过早地生出白发。人生就如一场大梦,还是献杯酒给江上的明月吧。

【赏析】

　　此词为词人贬官黄州后游赤壁所作。赤壁奇伟的景色令词人豪情迸发,感慨万千,通过对赤壁之战主角周瑜的追思,表达了词人对先贤的仰慕之情。

　　上片写古战场的雄奇之景。"大江东去,浪淘尽、千古风流人物",词人由物兴感,既写出了长江的气势,又寓含了词人关于人事的感叹:既然千古风流人物尚且湮灭在历史的长空里,那么一己之荣辱穷达又有什么值得悲叹的呢。随即进入对赤壁之战的追怀,引出所咏之风流人物。"崩"、"裂"、"卷"几个字的运用,形象生动地刻画出了古战场形势的险要。"江山如画",总括景物特点。"一时多少豪杰"则又由景物过渡到人事。

　　下片着意刻画周瑜。"遥想公瑾当年,小乔初嫁了,雄姿英发",下片首三句概括周瑜的英雄气质,他才华横溢,年轻有为;美人相伴身边,意气风发。"羽扇纶巾,谈笑间、樯橹灰飞烟灭",这三句极写周瑜之儒雅淡定,进一步突出人物风姿。"故国神游,多情应笑我,早生华发",词人由周郎联想到自身:与周瑜的年少有为相比,自己是多么落魄呀,满头白发,却还功名未就。"人生如梦,一尊还酹江月",词人心中的愁绪无法排遣,便强作旷达之语,说人生既然如梦,就不必太过执着,不如端起酒杯纵饮,寄情自然。

西江月

◎苏轼

世事一场大梦①，人生几度秋凉？夜来风叶已鸣廊②，看取眉头鬓上。

酒贱常愁客少，月明多被云妨。中秋谁与共孤光，把盏凄然北望。

【注释】

①世事一场大梦：《庄子·齐物论》："且有大觉，而后知其大梦也。"李白《春日醉起言志》："处世若大梦，胡为劳其生。"②风叶已鸣廊：《淮南子·说山训》："见一叶落而知岁之将暮。"徐寅《人生几何赋》："落叶辞柯，人生几何。"此由风叶鸣廊联想到人生之短暂。

【译文】

世事就如一场大梦，人生能经历几番这样的初凉节气？晚上秋风吹叶，叶子在回廊上发出哗哗的声响，看看我的眉毛和头发，皆染秋霜。

酒容易得而同饮的客人却很稀少，明月经常被浮云遮蔽。中秋佳节谁与我一道同赏孤冷的月光，举着酒盏我朝北望去，心中无限凄凉。

【赏析】

这首词作于词人系乌台诗案受贬后的第一个中秋夜，为一封书信，是苏轼兄弟的唱和之作。这首词词调低沉、凄婉，真实地反映了词人受挫后的苦闷心情。

词的上片寓情于景，感叹世事如梦，人生短促。"世事一场大梦"，这是词人对于人生意义的探索而发出的感叹。他感叹人生虚幻如梦，体现了政治失意的词人对人生意义的怀疑，对苦难人生的厌倦以及企图摆脱痛苦的心情。"人生几度秋凉"，蕴含着词人对于逝水流年的无限惋惜和悲叹。

"夜来风叶已鸣廊，看取眉头鬓上"，这是悲秋之声。词人借季节的更替进一步唱出了时光易逝的哀婉曲调，抒发了他心中无法摆脱的忧闷。

下片借景抒怀，感叹世道的险恶，人生的寂寞。"酒贱常愁客少"，远迁的词人把盏赏月，异常孤独。"月明多被云妨"，这里采用象征手法，以月喻自己，以云喻奸臣，含蓄地道出了小人当道，排斥善类的世情，并抒发了词人对世态炎凉的感愤。

"中秋谁与共孤光，把盏凄然北望。"中秋之夜，本应该是阖家团圆的幸福时刻，但词人孤身一人，只能独自赏月。"北望"二字包含了词人几多情思，有对亲人的浓浓思念，有对国事的深切忧虑，也有对自己被重新启用的渴望。

西江月

◎苏轼

　　顷在黄州①，春夜行蕲水中②，过酒家饮，酒醉，乘月至一溪桥上，解鞍，曲肱醉卧少休③。及觉已晓，乱山攒拥④，流水锵然，疑非尘世也。书此语桥柱上。

　　　　照野弥弥浅浪⑤，横空隐隐层霄。障泥未解玉骢骄⑥，我欲醉眠芳草。

　　　　可惜一溪风月，莫教踏碎琼瑶⑦。解鞍欹枕绿杨桥，杜宇一声春晓。

【注释】

①顷：不久。黄州：今湖北黄冈。②蕲水：黄州蕲水，今湖北浠水。③曲肱：弯曲胳膊。④攒拥：聚集重叠。⑤弥弥：水翻滚的样子。⑥障泥：马鞯。垫在马鞍下，垂至马腹，用来挡泥土。⑦琼瑶：美玉。

【译文】

　　月光映照郊野，浅浪翻滚，层云隐隐，广阔的天空一片澄净。马鞯还没有解开，白马昂首挺立，我想要醉眠于芳草之上。

　　那可爱的满溪明月，不要叫马蹄将美玉踏碎。解下马鞍，枕着它睡在绿杨桥上，一声杜鹃的啼鸣响起，已是春日黎明。

【赏析】

　　这首词作于词人贬谪黄州期间，写春夜里漫游的情景，表现了逍遥自得、物我两忘的生活意趣。

　　"照野弥弥浅浪，横空隐隐层霄"写归途所见之景：天宇寥廓，溪水清澈，天地间一片澄净。"弥弥"二字形象地将春水涨满的景象表现了出来。"横空"，则写出了天空之广阔。"我欲醉眠芳草"，这一句写出了词人的醉态，也写出了芳草之喜人。词人

喝得大醉，又喜眼前芳草，等不及卸下马鞍鞯，便想要在芳草上睡下。

　　"可惜一溪风月，莫教踏碎琼瑶"，描绘了一幅清溪月色图。词人以琼瑶比喻水上月色，传神地写出月色之皎洁。词人太喜爱这郊野月夜风光了，竟以马鞍作枕，倚靠着它斜卧在绿杨桥上睡下了。这一觉睡得多么香甜呀，及至醒来，只听得"杜宇一声春晓"。最后一句极富野趣，生动地写出了春晨之美，余味不绝。

临江仙

◎苏轼

夜饮东坡醒复醉，归来仿佛三更。家童鼻息已雷鸣。敲门都不应，倚杖听江声。

长恨此身非我有，何时忘却营营①？夜阑风静縠纹平②。小舟从此逝，江海寄余生。

【注释】

① 营营：追求奔逐。语出《庄子·庚桑楚》：全汝形，抱汝生，勿使汝思虑营营。② 阑：残，尽。縠纹：比喻水波细纹。縠，绉纱。

【译文】

东坡夜里饮酒，饮了醉，醉了饮，回来好像都已经三更了。家童已经鼻息如雷。我用力敲门都不见应答，于是只好倚着拐杖听滔滔的江声。

长恨我的身子非我独有，什么时候才能忘却那虚名浮利？夜将尽，风也停息下来，江上如绉纱一般的波纹也变得平整了。我多想乘舟而去，寄身于江海。

【赏析】

这首词作于神宗元丰五年（1082），写的是词人与友人夜饮雪堂，回到自己在黄州的住处临皋后的所见所感。

上片写醉酒归来。苏轼被贬黄州，是戴罪之身，不仅不能签署公事，连行动都受到限制，为了防止言多有失，诗人只能经常闭门不出。处境的变化，让他深深地感受到世态炎凉、人情冷暖。"夜饮东坡醒复醉，归来仿佛三更"，心中愁苦，经常借酒消愁就成了很自然的事情。"醒复醉"三字将他这种心境表现得淋漓尽致。"仿佛"二字恰当地表现了他当时半醉半醒的神态。

"家童鼻息已雷鸣。敲门都不应，倚杖听江声"，喝完酒回到家的时候已经是深更半夜，因为家童熟睡，怎么敲门都无人应答，词人无法进屋，只能倚门而立，耳边传来阵阵江声，不禁生出无尽的感慨。这三句为下片抒发感慨埋下了伏笔。

下片抒情。"长恨此身非我有，何时忘却营营"这两句词化用庄子"汝身非汝有也"、"全汝形，抱汝生，无使汝思虑营营"之言，表现了词人对自己遭际的感叹，他感叹自己大半生为那浮名虚利所牵绊，并表达出一种无法解脱而又要求解脱的人生困惑与感伤。

"夜阑风静縠纹平。小舟从此逝，江海寄余生"，夜晚江上静谧的景象使词人生发出出世之想，他要寄情江海，以求摆脱内心的苦闷。

定风波

◎苏轼

三月三日，沙湖道中遇雨①。雨具先去②，同行皆狼狈，余不觉。已而遂晴，故作此。

莫听穿林打叶声，何妨吟啸且徐行。竹杖芒鞋轻胜马③，谁怕？一蓑烟雨任平生。

料峭春风吹酒醒，微冷。山头斜照却相迎。回首向来萧瑟处，归去，也无风雨也无晴。

【注释】

① 沙湖：在今湖北黄冈东南三十里。② 雨具先去：指带着雨具的人先走了。③ 芒鞋：草鞋。

【译文】

不要去听那穿林打叶的雨声，为什么不一边吟诗啸歌，一边悠然地行走呢。竹杖和草鞋轻便得更胜过马，怕什么？一身蓑衣，足够在风雨中过上一生。

略带寒意的春风将我的酒意吹醒，微微有些寒冷，山头的斜阳却殷勤相迎。回头望一眼刚刚走过的遇到风雨的地方，我信步归去，既无所谓风雨，也无所谓天晴。

【赏析】

这首词作于元丰五年（1082），是时词人因乌台诗案被贬黄州。词人通过野外途中偶遇风雨这一生活中的小事，展示了他旷达洒脱的胸襟。

"莫听穿林打叶声，何妨吟啸且徐行"，首二句点题，展示了词人超越荣辱得失，任凭风雨肆虐，始终坚持自己的人生信仰。"竹杖芒鞋轻胜马"，这句写得俏皮，传达出一种不畏风雨、笑傲人生的自在与轻松。"谁怕？一蓑烟雨任平生"，词人由眼前风雨联想到人生旅程中的风雨，说要以平和的心态来面对人生的坎坷与崎岖。

"料峭春风吹酒醒，微冷。山头斜照却相迎"，这三句写雨过天晴的景象，既与上片所写风雨对应，又为下文所发人生感慨作铺垫。"回首向来萧瑟处，归去，也无风雨也无晴"，末三句这饱含人生哲理意味，感叹无论是雨斜风狂，还是阳光普照，不过都属寻常现象，毫无差异。而人生也是如此，只要心境平和，宠与辱毫无区别。这里反映出词人不以物喜、不以己悲的人生态度。

这首词写平常生活经历，却充满了人生哲理。

卜算子

◎苏轼

缺月挂疏桐，漏断人初静。谁见幽人独往来①？缥缈孤鸿影。
惊起却回头，有恨无人省。拣尽寒枝不肯栖，寂寞沙洲冷。

【注释】

① 幽人：幽隐之人。

【译文】

　　残月挂在枝叶稀疏的梧桐上，滴漏声断了，人们刚刚才安静下来。谁能见到幽隐之人独自往来？唯有那缥缈高飞的孤雁身影。

　　它突然惊起，回过头来张望，心里有恨却无人能懂。它拣遍了寒冷的树枝不肯栖息，沙洲寂寞，一片清冷。

【赏析】

　　这是一首咏物词，作于元丰三年词人贬居黄州期间。词人托物言怀，借月夜孤鸿这一形象表达了他孤高自守、矢志不移的情怀。

　　"缺月挂疏桐，漏断人初静"，首二句写夜景，用"缺"、"疏"、"断"几个字极力渲染出一片凄冷孤寂之境，为幽人、孤鸿的出场作铺垫。

　　"谁见幽人独往来？缥缈孤鸿影"，"幽人"和"孤鸿"这两个意象对举，说明那独自往来的幽人正如同那孤高的大雁，写孤鸿正是写作者自己，极富象征意味和诗意之美。

　　"惊起却回头，有恨无人省"，明写孤鸿，暗写自己。写出了词人的忧谗畏讥的心境以及不被人知的怅恨。

　　"拣尽寒枝不肯栖，寂寞沙洲冷"，这里写孤鸿的遭遇不幸，它自守在寒冷的沙洲，即使有高枝可以栖息，它却拣来拣去"不肯栖"，心中怀有无限幽恨。

　　下片词人以象征手法，以孤鸿自况，通过写孤鸿的遭际，表达了自己贬谪黄州时期的内心孤苦及不甘于流俗的情怀。

　　这首词词境与心境相一致，达到了一种高妙的境界，正如黄庭坚所说："语意高妙，似非吃烟火食人语，非胸中有万卷书，笔下无一点尘俗气，孰能至此！"

洞仙歌

◎苏轼

余七岁时①，见眉州老尼②，姓朱，忘其名，年九十岁。自言尝随其师入蜀主孟昶宫中③，一日，大热，蜀主与花蕊夫人夜纳凉摩诃池上④，作一词，朱具能记之。今四十年，朱已死久矣，人无知此词者，但记其首两句，暇日寻味，岂洞仙歌令乎？乃为足之云。

　　冰肌玉骨，自清凉无汗。水殿风来暗香满。绣帘开、一点明月窥人，人未寝，欹枕钗横鬓乱。

　　起来携素手，庭户无声，时见疏星渡河汉。试问夜如何？夜已三更，金波淡、玉绳低转⑤。但屈指西风几时来，又不道、流年暗中偷换。

【注释】

① 余：我。② 眉州：今四川眉山。③ 孟昶：后蜀末代皇帝。④ 花蕊夫人：后蜀主孟昶的费贵妃，极富才情。⑤ 玉绳：《太平御览·天部五》引《春秋元命苞》曰："玉衡北两星为玉绳。玉之为言沟，刻也。"宋均注曰："绳能直物，故名玉绳。沟，谓作器。"玉衡，北斗第五星。秋夜半，玉绳渐自西北转，冉冉而降，时为夜深或晓也。

【译文】

　　肌肤如冰般滑腻，骨似玉般温润，本来就很清凉没有汗。一阵风吹入水殿，香味暗自弥漫开来。绣帘撩开，明月一点，偷窥着佳人，人还没有睡去，倚着玉枕，金钗横堕，鬓发凌乱。

　　牵着白净的玉手起来散步，庭院中寂静无声，时而可见稀疏的流星渡过银河岸。试问夜已至何时？夜已至三更，月波淡淡，玉绳星随着北斗低旋。只是屈指掐算，秋风什么时候到来？又不知不觉，似水流年在暗中偷偷转换。

【赏析】

　　从词的小序中我们可以知道，这首词描述的是五代时后蜀国君孟昶与其宠妃花蕊夫人夏夜在摩诃池上纳凉的情景。

　　上片着意写花蕊夫人的美妙神态。首二句写花蕊夫人的绰约风姿。其后，词人转移到对周围环境的赞美，愈发衬托出花蕊夫人的美质。"绣帘开、一点明月窥人，人未寝，欹椅钗横鬓乱"，这几句情景融为一体，词人借月之眼以窥美人欹枕的情景。此时的美人是"钗横鬓乱"，这不假修饰的妆容更显出其俏丽来。

　　下片写蜀主孟昶与花蕊夫人夜游的情景。两人素手相携，闲行庭中。"试问夜如何？夜已三更，金波淡、玉绳低转"四句写月下徘徊的情意，为纳凉人的软语温存进行气氛上的渲染。"但屈指西风几时来，又不道、流年暗中偷换"，词人由对主体外在形象的描述转到了对其内心的刻画。眼前的时光太过美好，引逗起两人的一片感伤。他们屈指数着秋天什么时候到来，感叹韶光的流逝。

　　这首词在描摹情景之中，又感叹流年似水，充满哲理，显示出词人深婉的情思和脱俗的情怀，虽与豪放词异趣，但仍旧为东坡词本色。

江城子 乙卯正月二十日夜记梦 ◎苏轼

　　十年生死两茫茫①，不思量，自难忘。千里孤坟，无处话凄凉。纵使相逢应不识，尘满面，鬓如霜。

　　夜来幽梦忽还乡，小轩窗②，正梳妆。相顾无言，惟有泪千行。料得年年肠断处，明月夜，短松冈③。

【注释】

①十年：词人妻子王弗于宋英宗治平二年（1065）去世，到写作此词已经十年。②轩窗：门窗、窗。③短松冈：植满松树的小山冈。此指墓地。

【译文】

　　十年了，一生一死两处隔绝，茫茫渺远。不去思念你，却本来就难以忘情。你的孤坟距此千里之遥，没有办法跟你诉说心中的凄凉呀。即使相逢你也认不出我了吧，如今我已灰尘满面，鬓发如霜。

　　晚上忽然在幽冈的梦境中回到了家乡，你正在小窗前对镜梳妆。两人互相望着，脉脉无言，只有千行泪水。料想那每年令我断肠的地方，就是那被明月轻笼、上头生着短小松柏的孤坟。

【赏析】

　　这是一首悼亡词，表达了词人对亡妻深挚的情感和无尽哀思。

　　上片抒发对亡妻的思念。"十年生死两茫茫"，这首词写于熙宁八年（1075），距妻子王弗辞世已有十年。对于短促的人生来说十年可不算短，但十年过去仍旧没有冲淡词人对亡妻的一片深情。

　　"不思量，自难忘"，既然想到妻子是如此痛苦，那就不去思量吧，但这由不得词人，即便他百般排遣，那思念之情却总是不由自主地从心底涌出，可见其用情之深切。

　　"千里孤坟，无处话凄凉"，词人此时在密州，亡妻之坟在四川，"千里"二字写出两人距离之遥。"无处话凄凉"，由于相隔千里，那对妻子的思念之情也不能去她坟头诉说。

　　但接着词人转念一想："纵使相逢应不识，尘满面，鬓如霜。"算了吧，现在的我早已是两鬓斑白，纵然相逢，你也不一定认得出我了，这是多么哀伤酸楚的叹息呀。

　　下片写梦见亡妻的情景。"夜来幽梦忽还乡，小轩窗，正梳妆"，日有所思夜有所梦，词人日间思念妻子，晚上便梦到了与妻子重逢，他看见妻子正临着小窗梳妆。

　　"相顾无言，惟有泪千行"，这两句上应"千里孤坟"两句，如今得以"还乡"重逢，本该尽情"话凄凉"，然而，千言万语却一时不知从哪里说起，只能一任泪水涌流。

　　"料得年年肠断处，明月夜，短松冈"三句写梦醒后感叹，直抒对妻子的怀念。

　　本词通篇白描，语浅情深，是词人情感的真情流露，为悼亡词中绝唱。

江城子 密州出猎

◎苏轼

老夫聊发少年狂①，左牵黄，右擎苍②。锦帽貂裘，千骑卷平冈。为报倾城随太守，亲射虎，看孙郎③。

酒酣胸胆尚开张。鬓微霜，又何妨！持节云中，何日遣冯唐④？会挽雕弓如满月，西北望，射天狼⑤。

【注释】

① 聊：姑且。② 左牵黄，右擎苍：左手牵着黄狗，右臂擎着苍鹰。《梁书·张充传》："值充出猎，左手臂鹰，右手牵狗。"③ 孙郎：孙权，这里是词人自指。④ 持节云中，何日遣冯唐：《史记·冯唐列传》载，汉文帝时，魏尚为云中（汉时的郡名，在今内蒙古自治区托克托县一带，包括山西西北部分地区）太守。他功勋卓著，匈奴远避。一次匈奴曾来犯，魏尚亲率车骑出击，所杀甚众。后因报功多六个首级，被削职。经冯唐代为辨白后，认为判得过重，文帝就派冯唐"持节"（带着传达圣旨的符节）去赦免魏尚的罪，让魏尚仍然担任云中郡太守。此处词人以魏尚自许，希望能得到朝廷的重新任用。⑤ 天狼：星名，一称犬星，主侵掠，这里引指西夏。

【译文】

老夫我姑且发一发少年的热狂，左手牵着黄犬，右手举起苍鹰。戴上锦帽穿好貂皮裘，率领数千骑兵随从席卷平缓的山冈。为了报答全城的人跟随太守我出猎的热情，看我来亲自射杀猛虎犹如昔日的孙郎。

我虽醉意醺醺但却胸怀开阔，胆气横生，鬓边虽微染秋霜，但这又有何妨！什么时候像汉文帝派遣冯唐一般朝廷派人手拿符节来云中将我赦免。我将使尽力气拉满雕弓，朝着西北瞄望，奋勇射杀敌人。

【赏析】

这是一首描述狩猎的词，作于熙宁八年（1075）冬，词人时任密州知州。这首词是宋人较早抒发爱国情怀的一首豪放词，在题材和意境方面都具有开拓意义。

苏轼少有壮志，但仕途坎坷，密州时期，他的生活依旧是寂寞和失意的。郁积愈久，喷发愈烈，词人通过对狩猎盛况的描述，表达了他立功边陲的心愿。

上片写出猎。"老夫聊发少年狂"，起句便气势不凡，一"狂"字笼罩全篇。

"左牵黄，右擎苍"，左手牵着黄狗，右臂架着苍鹰，这是何等威武。

"锦帽貂裘，千骑卷平冈"，一个"卷"字写出了太守狩猎队伍的雄壮气势。

"为报倾城随太守，亲射虎，看孙郎"，百姓倾城出动，观看他们爱戴的太守行猎，又为这幅行猎图增添了声势。而太守为了不负众望，他决心亲自射杀老虎，让大家看看孙权当年搏虎的雄姿。

下片承前，进一步写"老夫"的"狂"态，即自己的雄心壮志。出猎之际，词人痛痛快快地喝了一顿酒，意兴正浓，胆气更壮，尽管夫子老矣，鬓发斑白，但这又有什么关系呢！

"酒酣胸胆尚开张。鬓微霜，又何妨"三句表现出词人烈士暮年壮心未已的英雄本色，写得十分有气势，其意旨直贯篇末。

"持节云中，何日遣冯唐"，这里词人用了一个典故：汉文帝时，魏尚为云中太守，抵御匈奴有功，只因报功时多报了六个首级而获罪削职。后来，文帝采纳了冯唐的劝谏，派冯唐持符节到云中去赦免了魏尚。词人以西汉魏尚自况，希望朝廷能派遣冯唐一样的使臣，前来召自己回朝，得到朝廷的信任和重用。

"会挽雕弓如满月，西北望，射天狼"，"天狼"，喻指辽和西夏。词人借着出猎的豪兴，将自己的愿望和盘托出，表达了自己渴望报国杀敌，建功立业的雄心壮志。

词本"昵昵儿女语"，苏轼的这首词则出现了"划然变轩昂"的场面，它上片出猎，下片请战，有"横槊赋诗"的气概。词中历来香而软的儿女柔情，换上了报国立功、刚强壮武的英雄事业。

这首《江城子》感情纵横奔放，韵调铿锵，气势雄浑，感情奔放，境界开阔，从艺术表现力来看，词中一连串表现动态的词，如发、牵、擎、卷、射、挽、望等，十分生动形象。此外，这首词表现出了作者的广阔胸襟，情感兴趣，希望理想，姿态横生。

苏轼在给友人的信中写道："近却颇作小词，虽无柳七郎风味，亦自是一家。……数日前，猎于郊外，所获颇多，作得一阕，令东州壮士抵掌顿足而歌之，吹笛击鼓以为节，颇壮观也。"苏轼的这首词一反"诗庄词媚"的传统观念，"一洗绮罗香泽之态，摆脱绸缪宛转之度"，不仅拓宽了词的境界，而且还树起了词风词格的别一旗帜。

这现实中的"射虎"太守和理想中的"挽雕弓"、"射天狼"的壮士形象，继范仲淹《渔家傲》词后进一步改变了以红粉佳人、绮筵公子为主要抒情主人公的词坛格局。苏轼让充满进取精神、胸怀远大理想、富有激情和生命力的仁人志士昂首进入词的世界，改变了词作原有的柔软情调，开启了南宋辛派词人的先河。

词的品赏知识

苏词对宋词的革新

提高词品。自《花间集》至柳永，始终不脱"词为艳科"的范围，这些花柳之词，冶荡之音，与正统的言志、载道的诗文相比，自然厥品甚卑，宋时以词为"小道"、"小技"，殆非无故。苏轼"以诗为词"，就把词家"缘情"与诗家"言志"结合起来，文章道德与儿女私情，于是并见乎词，这就提高了词的格调。这首《江城子·密州出猎》，兼有词家"缘情"和诗家"言志"的特点，表达了作者爱国，想要为国杀敌，报答国家的胸怀。

扩大词境。苏轼在深谙事物之理的基础上，对他领悟到的创作原理运用得灵活自如，无论作诗，还是作词，"无适而不可"。苏轼为词境拓土开疆，使词走出了花间小径，涌进了生活的波涛。这首《江城子·密州出猎》，境界阔大，气魄雄壮，充分表现出了苏词雄奇阔大的艺术风格。

蝶恋花

◎苏轼

　　花褪残红青杏小，燕子飞时，绿水人家绕。枝上柳绵吹又少^①，天涯何处无芳草！

　　墙里秋千墙外道，墙外行人，墙里佳人笑。笑渐不闻声渐悄，多情却被无情恼。

【注释】

① 柳绵：柳絮。

【译文】

　　花儿残红褪尽，树梢上长出了小小的青杏，燕子在天空飞舞，清澈的河流围绕着村落人家。柳枝上的柳絮已被风吹得越来越少，天涯路远，哪里没有芳草呢！

　　围墙里有位少女正荡着秋千，围墙外行人经过，听到了墙里佳人的笑声。笑声渐渐就听不到了，声音渐渐消散了。行人怅然，仿佛自己的多情被少女的无情所伤。

【赏析】

　　这是一首描写春景的清新婉丽之作，上片伤春，下片伤情，表现了词人对春光流逝的叹息，以及自己的情感不为人知的烦恼。

　　上片描写暮春景致。"花褪残红青杏小"，红艳艳的花瓣已经从枝头落尽，要到夏季才能黄熟的杏子现在还又青又小。首句就点明时令，隐隐含着词人的伤春情绪。"燕子飞时，绿水人家绕"，词人将视线离开枝头，移向广阔的空间，为我们描绘出一幅秀丽的水乡风光图，一扫起句的悲凉。

　　但紧接着，词人又看到了这样一幅景象——"枝上柳绵吹又少，天涯何处无芳草"。枝上的柳絮北风吹得飘零殆尽，芳草一直绵延到天边。这正是春天即将逝去的典型景色。伤春之感，惜春之情，以及自己的身世之慨，隐隐见于言外。

　　下片写人。"墙里秋千墙外道，墙外行人，墙里佳人笑"，行人孑然一身，徘徊于围墙之外，而墙内传出姑娘阵阵欢笑声。这三句虽然没有明写词人心中的情感，但我们却能够领会到他的落寞。

　　"笑渐不闻声渐悄，多情却被无情恼"，心境凄苦的词人想倚着墙多听一会儿姑娘的欢笑，以排遣自己心中的抑郁，可是笑声却渐渐消失了，惹得词人好一阵烦恼。

　　全词寓情于景，蕴藉有味，虽不缠绵悱恻却感人至深。

永遇乐

◎苏轼

彭城夜宿燕子楼①，梦盼盼，因作此词。

　　明月如霜，好风如水，清景无限。曲港跳鱼，圆荷泻露，寂寞无人见。纮如三鼓②，铿然一叶③，黯黯梦云惊断④。夜茫茫，重寻无处，觉来小园行遍。

　　天涯倦客，山中归路，望断故园心眼⑤。燕子楼空，佳人何在？空锁楼中燕。古今如梦，何曾梦觉，但有旧欢新怨。异时对，黄楼夜景⑥，为余浩叹。

【注释】

① 彭城：今江苏徐州。燕子楼：唐朝时徐州尚书张建封为其爱妾盼盼在宅邸所筑的小楼。② 纮如：击鼓声。③ 铿然：形容清越的声响。④ 梦云：典出宋玉《高唐赋》楚王梦见神女自云："朝为行云，暮为行雨。"云，这里比喻盼盼。惊断：惊醒。⑤ 心眼：心愿。⑥ 黄楼：徐州东门上的大楼，是苏轼担任徐州知州期间所建造。

【译文】

　　明月洁白如霜，好风清凉如水，清景无限。曲折的水渠中，鱼儿跳出水面，圆圆的荷叶上，露珠落下，四周这样寂静美景无人瞧见。三更鼓声，一片树叶铮然落地，惊断了我的好梦，使得我不免黯然。夜色茫茫，重新寻梦却再也找不到梦中好景了，醒后我寻遍了小园。

　　飘泊天涯而感到疲倦的游子，想着那山中的归路，简直要将故乡望断。燕子楼空空荡荡，佳人又在哪里呢？空自锁着楼中双燕。古今都如梦，何曾有人醒来呢，只有旧日欢情、新来恩怨。后人再对着黄楼夜景，当会为我叹息吧。

【赏析】

　　这首词写于宋神宗元丰元年（1078）苏轼任徐州知州时。由题记可知，词为词人夜宿江苏彭城燕子楼，梦到以前居住在这里的唐代张建封御史之爱妾关盼盼所作。题作"梦盼盼"，实为一首怀古之作，抒发古今如梦的人生感慨。

　　上片写秋景及梦醒后的怅惘情怀。"明月如霜，好风如水，清景无限"，三句总写清秋夜景。以霜、

水分别喻月、风，写出了月色的皎洁清寒，风的清凉柔和。

接着由整体写到局部，由寥廓写到细微："曲港跳鱼，圆荷泻露，寂寞无人见。"一"曲"一"圆"，线条流畅，写出了错落的美感。一"跳"一"泻"，为寂静的画面增添了动感。此情此景，暗写出了梦境的甜美安谧。

"纨如三鼓，铿然一叶，黯黯梦云惊断"，只是三更时候的铿然鼓声才扰人清梦，使清景顿失。"纨如"和"铿然"写出了声之清晰，更加重加浓了夜之清寂幽绝，也写出了更鼓惊梦的必然。"夜茫茫，重寻无处，觉来小园行遍"，写梦魂惊断后的茫然心情。

下片是梦醒后的述怀。"天涯倦客，山中归路，望断故园心眼"，写梦醒后的心境。梦中奇遇的破灭令词人越发感到飘泊天涯的孤寂与对作客他乡的厌倦，心中不免要生出一片浓浓的思乡之情来。

"燕子楼空，佳人何在？空锁楼中燕"，词人欲归不能，人亡物在、人去楼空的现实更增加了其心中之痛楚与酸辛。

"古今如梦，何曾梦觉，但有旧欢新怨"三句引出人生感慨。词人由古时的盼盼联系到此时的自己，由盼盼的旧欢新怨，联系到自己的旧欢新怨，发出了人生如梦的慨叹，表达了作者无法解脱而又要求解脱的对整个人生的厌倦和感伤。由古代燕子楼中的佳人到此日登楼览感的倦客，再到古今所有的芸芸众生，无一不是寄身梦中。

"异时对，黄楼夜景，为余浩叹"，末三感叹"后之视今亦尤今之视昔"，说后来人再登黄楼，恐怕也有人发出如今天的"我"一般的浩叹。

这首词集情、景、理于一炉，情从景出，情景交融；理从情出，情理合一，体现出一种人生感悟。

┤ 词的品赏知识 ├

豪放派的形成与发展（一）

豪放派的形成与发展大约分为预备、奠基、顶峰、延续四个阶段。

预备——范仲淹的《渔家傲·塞下秋来风景异》，开豪放词先河。

奠基——苏轼发扬北宋诗文革新运动精神，大力提倡写壮词，正式开创了与婉约派并立的豪放派。这首《永遇乐》的序言中虽写梦盼盼，似在写一青楼女子，实则在凭古咏怀，寓含哲理，发人深省。

浣溪沙

◎苏轼

游蕲水清泉寺，寺临兰溪，溪水西流。

山下兰芽短浸溪，松间沙路净无泥。潇潇暮雨子规啼。

谁道人生无再少？门前流水尚能西！休将白发唱黄鸡^①。

【注释】

① 黄鸡：白居易《醉歌》诗有"谁道使君不解饮，听唱黄鸡与白日。黄鸡催晓丑时鸣，白日催年酉前没。腰间红绶系未稳，镜里朱颜看已失"诸句，为嗟老叹衰之词。

【译文】

山脚下短短的兰芽浸入小溪，松林间沙路十分干净，没有泥污，傍晚细雨中传来布谷鸟阵阵啼叫声。

谁说人生不可能再度年少？门前的流水尚且能向西奔流！不要再到满头白发时再自伤衰老。

【赏析】

这首词为词人被贬黄州期间所作，展示了词人身处逆境而仍然乐观昂扬的精神面貌。

上片描写暮春时节兰溪的清幽景致。"山下兰芽短浸溪"，首句点名了兰溪得名之由——山下溪边多兰。而"兰芽"两字又点明了时令，此时为暮春。

"松间沙路净无泥"，化用白居易诗"沙路润无泥"而来。沙路一遇下雨，尘土会随雨下渗，只露出细密的沙石，给人一种清净之感。这一句突出了兰溪的洁净。

"潇潇暮雨子规啼"，沙路怎会无泥？因为暮雨潇潇。前两句偏重静态，这一句则写动态，而对动态的描写是为了反衬其静，渲染出词人谪居之所的环境之凄迷。

下片词人即景抒怀，阐明了一个人生道理。门前一反常理向西而流的溪水使他感悟到：只要对生活充满热情，对未来充满希望，人也可以重返青春，何必暗自嗟叹时光无情呢？下片这充满哲理的几句词集中体现了他老当益壮、自强不息的精神。这不仅鼓舞了身处困境的词人，也鼓舞了后世无数人。

词的品赏知识

豪放派的形成与发展（二）

顶峰——苏轼之后，经贺铸中传，加上靖康事变的引发，豪放派获得迅猛发展，集为大成。这一时期除产生了豪放词领袖辛弃疾外，还有李纲、陈与义、叶梦得、朱敦儒、张元幹、张孝祥、陆游、陈亮、刘过等一大批杰出的词人。

延续——第四阶段代表词人有刘克庄、黄机、戴复古、刘辰翁等。他们继承辛弃疾的词风，赋词依然雄豪，但由于南宋国事衰微，恢复无望，风雅词盛，渐倾词坛及豪放词人偏擅粗直词风等原因，豪放派的词作便或呈粗鄙、或返典雅，而悲灰之气渐趋浓郁则是当时所有豪放词人的共同趋向。

浣溪沙

◎苏轼

徐门石潭谢雨①，道上作五首。潭在城东二十里，常与泗水增减清浊相应。

簌簌衣巾落枣花，村南村北响缫车②。牛衣古柳卖黄瓜③。

酒困路长惟欲睡，日高人渴漫思茶。敲门试问野人家。

【注释】

① 徐门：即徐州。② 缫车：抽丝之具。缫：把蚕茧浸在热水里，抽出蚕丝。③ 牛衣：蓑衣之类。这里泛指用粗麻织成的衣服。

【译文】

枣花簌簌落在衣襟上，村南村北都响起缫车的缫丝声。古老的柳树底下有一个穿牛衣的农民在叫卖黄瓜。

一身酒意，加之路途又遥远，不禁犯起困来，艳阳高照，口干舌燥，想随便去哪找点水喝。于是敲开野郊一户人家的大门问他家是否有茶。

【赏析】

元丰元年（1078）春天，徐州发生了一场严重的旱灾，作为徐州知州的词人率领民众前往城东二十里的石潭求雨。得雨后，他又与百姓同赴石潭谢雨。目睹农村久旱逢雨的欢乐景象，词人深受感染，在赴徐门石潭谢雨路上写成组词《浣溪沙》，这是其中一首。

词的上片描写农村风光的几个典型场景。"簌簌衣巾落枣花"，枣花落在衣巾上的声音是非常轻微的，而词人却听得那么真切，这句话流露出了一位关心农事的太守对雨后农村新景象的喜悦之情。"村南村北响缫车"，四处都响起了缫车声，这景象多么喜人呀。词人走着走着又看到这样一幅情景："牛衣古柳卖黄瓜。"更是喜不自胜。上片三句话描绘了三幅清新朴素的乡村风情图，色彩鲜明，音乐感也强，给人以至美的享受。

下片写自己在谢雨路上的感受。"酒困路长惟欲睡"，这句写词人的意识活动，酒意还未消，路途还很遥远，人已昏昏欲睡。"日高人渴漫思茶。敲门试问野人家"两句，体现出词人不拘小节、洒脱狂放的性格特征，颇有生趣。

苏轼词中鲜有描述农村生活的作品，这首词充分表达了他对农村生活的喜爱。

卜算子

◎李之仪

我住长江头，君住长江尾。日日思君不见君，共饮长江水。
此水几时休，此恨何时已。只愿君心似我心，定不负相思意！

【译文】

我住在长江上游，你住在长江下游。每天都思念你却见不到你，我们喝的都是长江水。

这江水什么时候能流尽？这恨什么时候能停止？只希望你的心与我的心一样，我一定不辜负你的相思情意。

【赏析】

这首词以一位女子的口吻，向自己的爱人倾诉衷肠。全词沿袭了此前民间词清新质朴的风格，语言浅近却情真意切，感动了一代又一代的人。

词的开头即以女性的口吻直叙："我住长江头，君住长江尾。""我"与"君"都住在长江之滨，因而一见长江便会思君。但两人一在头，一在尾，遥遥相隔，实难相逢。两句极写二人相隔之遥远。

"日日思君不见君，共饮长江水"，两人饮水同源，日日饮水，饮水时就会想到对方，故而日日起相思。语言坦率，相思之情又加深了一层。

"此水几时休，此恨何时已"，下片仍紧扣长江水，直接抒发别恨。只有长江干涸了，两人不必看到滚滚江水了，心中的恨意才会消去。长江水自然不可能干涸，这两句话寓示了她心中的别恨是无穷无尽的。

最后词人笔锋一转："只愿君心似我心，定不负相思意！"单方面的相思变为双方的期许，无已的别恨化为永恒的相爱与期待。这样，阻隔的双方心灵上便得到了永久的滋润与慰藉。

这首词一共四十五字，围绕着长江之水，将男女间的相思与离恨写得入木三分。语言平白如话，却言短意长，是一首充满了民歌风味的佳作。

◎作者简介◎

李之仪（约1038—1117?），字端叔，号姑溪居士，沧州无棣（今属山东）人。神宗时进士，曾从苏轼于幕府，历枢密院编修官。徽宗初年以文章获罪，被贬太平州。终朝请大夫。能文，词亦工，以小令见长。有《姑溪居士文集》、《姑溪词》。

调啸词

◎苏辙

渔父，渔父，水上微风细雨。青蓑黄箬裳衣，红酒白鱼暮归。暮归，暮归，归暮，长笛一声何处。

【译文】

渔父啊渔父，水上起着微风，飘着细雨。披着青色的蓑衣黄色的箬笠，喝酒钓鱼直到傍晚才回去。

傍晚回去，傍晚回去，回去已是傍晚，听到一阵悠扬的笛声。

【赏析】

《调啸词》是《古调笑》的别体。作者在题下自称"效韦苏州"。韦苏州就是唐代诗人韦应物，曾作词："胡马，胡马，远放燕支山下。跑沙跑雪独嘶，东望西望路迷。迷路，迷路，边草无穷日暮。"这首词在《韦苏州集》中作《调啸词》，而在《全唐诗》作《调笑令》。苏辙此词是仿效其体，然而格式上略有变化。

这首词写江上渔父恬淡闲适的生活。渔父在古诗词中的形象往往是被士大夫化了的，象征的是文人墨客们对于隐逸生活的理想。

"渔父，渔父，水上微风细雨"，这是总写渔父的生活。渔父终日穿行于斜风细雨当中，何其快活！"青蓑黄箬裳衣，红酒白鱼暮归"，这两句则具体描述渔父的生活情景。前句写他的衣着，后句写他钓鱼饮酒的情景。"青蓑黄箬"与"红酒白鱼"对仗，互相映照，暗含着高雅的情趣。以上数句突出的是渔父闲淡自适的形象，对渔父这一生动形象的刻画不禁令我们想到张志和的《渔歌子》："西塞山前白鹭飞，桃花流水鳜鱼肥。青箬笠，绿蓑衣，斜风细雨不须归。"两首词笔下的渔父形象殊无二致。

"暮归，暮归，归暮，长笛一声何处"，这是写渔父归家后的另一种生活情景，并上升到对渔父精神层面的叙述：他披着暮色回到家后，吹起了长笛，自我消遣。词人通过对渔父生活及精神状态的描写，使得渔父的形象更为丰满。

⊙作者简介⊙

苏辙（1039—1112），字子由，眉州眉山（今属四川）人，自号颍滨遗老。仁宗嘉祐二年（1057）与兄苏轼同及进士第，累官至翰林学士门下侍郎。自绍圣后，以言忤旨，屡遭贬谪，降居许州致仕。谥文定。"唐宋八大家"之一，与父洵、兄轼合称"三苏"。为文以策论见长，工诗，亦能词。有《栾城集》八十四卷。词存四首。

渔家傲

◎苏辙

七十余年真一梦，朝来寿罍儿孙奉①。忧患已空无复痛。心不动，此间自有千钧重。

早岁文章供世用，中年禅味疑天纵。石塔成时无一缝。谁与共，人间天上随他送。

【注释】

① 罍：古代青铜制的酒器，圆口，三足。

【译文】

七十多年过去就像做了一场大梦，一大清早儿孙就捧着酒器来祝寿。忧患已经成空，此时也不再觉得痛了。心不会再为外物所惑，七十高寿的我已经炼成，稳如泰山了。

早年的做文章是为了求取功名，报效国家，中年对禅的理解日益深刻，不知是不是天性所致。佛塔做成时没有一条缝隙。谁和我一起？天上人间任由他送。

【赏析】

这是一首祝寿词，为和门人祝寿而作。词人通过追忆平生，自抒情志。

上片总结写七十岁大寿的心情。"七十余年真一梦"，这是词人对自己一生经历的概括。他认为人生真是短暂，回望平生，七十来年就如一场大梦。

"朝来寿罍儿孙奉"，这是写儿孙们为自己祝寿的场景，显然是一团和气。儿孙绕膝，好不热闹！

但是词人对于祝寿已经没多少兴趣，他历经人事沧桑，无论是灾难，还是欢乐，都不会引起他内心的波澜。于是说"忧患已空无复痛。心不动，此间自有千钧重"。"空"，揭示出了词人的人生境界，说明他忘却一切忧虑，再也不觉得痛了；"心不动"是说他不会再受外物的影响；"此间自有千钧重"，他历经坎坷，已稳如泰山，安然不动。

下片自说平生，畅谈生死观。"早岁文章供世用"，青年时代为求取功名，发奋读书；做文章写策论，都是为了报效国家，为世所用。"中年禅味疑天纵"，词人自幼学习儒家经典，以孔孟为师，初入仕途，以传统儒家的济世思想对待一切。但人生坎坷，他屡遭挫折。到了中年，由儒转佛，喜好参禅。及至晚年"石塔成时无一缝"。"石塔"，即用石头建成的佛塔，用来存放舍利和经卷。这句话的意思是说词人如今人已古稀，佛学已经修炼到家了，连生死都看破。

"谁与共，人间天上随他送"，看破生死的词人已经无所畏惧，死后上天堂也好，下地狱也罢，他都无所谓了。

虞美人 寄公度

◎舒亶

芙蓉落尽天涵水①，日暮沧波起。背飞双燕贴云寒，独向小楼东畔倚阑看。

浮生只合尊前老，雪满长安道。故人早晚上高台，赠我江南春色一枝梅。

【注释】

① 芙蓉：荷花。

【译文】

荷花落尽，天水相接，一片澄碧，日暮时分暗绿的水波荡漾而起。一双燕子相背而飞，飞入寒冷的云端，我独立于小楼东畔倚栏眺望。

我这一生只合着在酒杯前消遣至老，白雪已经落满长安。故人早晚都要上高台，望你赠送我一枝江南初春绽放的梅花。

【赏析】

这首词是词人寄给好友黄公度的，词中吐露了他政治上的不得意，并希望得到对方帮助的心情。

上片写傍晚登楼所见。开头两句写远望之景，一派苍茫萧索的景象。"芙蓉"，即荷花。荷花落尽，说明时间为夏末秋初。"背飞双燕贴云寒"，词人的目光由平视而移向高远，他看到两只燕子相背而飞。"背飞双燕"，意即劳燕分飞，喻指朋友的离别。"贴云寒"，写飞行之高；而高处生寒，由联想而得。这一"寒"字，不仅写出燕子飞行环境之寒冷，还暗示了离别的悲凉。"独向小楼东畔倚阑看"，原来词人之前所见之景都是小楼东畔倚栏所见。一个"独"字，写出词人孤单的处境。

下片表达对黄公度的思念，以及期望。"浮生只合尊前老"，这是词人对目前生活的叙述。词人因得罪王安石而被撤职，遭受政治挫折的他郁郁寡欢，整日借酒遣愁。"雪满长安道"这句话有两层意思，第一层意思是表达岁暮怀人的意绪；第二层意思则是说自己如今远离京城，道路受阻。"故人早晚上高台，赠我江南春色一枝梅"，这两句隐晦地表达自己期盼得到友人的帮助。"高台"，指朝廷。词人希望靠近权力中心的友人能提携自己，能重新得到朝廷任用。

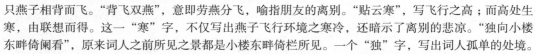

⊙作者简介⊙

舒亶（1041—1103），字信道，号懒堂，明州慈溪（今属浙江）人。英宗治平二年（1065）进士，授临海尉。神宗时，除神官院主簿，迁秦凤路提刑，提举两浙常平。后任监察御史里行。进知杂御史、判司农寺，拜给事中，权直学士院，后为御史中丞。其词多写恋情，具花间派风韵。

菩萨蛮

◎舒亶

画船捶鼓催君去，高楼把酒留君住。去住若为情，西江潮欲平。
江潮容易得，只是人南北。今日此尊空，知君何日同！

【译文】

　　画船捶着鼓催你启程，高楼上我端着酒想把你留住。是去还是留，真叫人难以抉择，此时西江的潮水将要平息。

　　江潮时常有，只是我俩从此便南北相隔。今天这酒杯空了，不知道什么时候才能与你同饮！

【赏析】

　　这首词写惜别情思。

　　"画船捶鼓催君去"，送别者为行人设宴饯行，两人别情依依，千言万语说也说不尽，一直拖到最后一刻。捶鼓，是开船的信号；一个"催"字，写出时间难以拖延。"高楼把酒留君住"，船家已经"催"人，而这边还在把酒"留"人。为人饯行，按说应该先写"高楼把酒留君住"，之所以倒装，正是为了强调分离时的紧迫感。一"催"一"留"，将"去"和"住"的矛盾凸显出来了。

　　"去住若为情，西江潮欲平"，行者欲去不忍，欲住不能，正左右为难之时，江水快要平潮了。"西江潮欲平"一语包含了无数未尽之言。

　　这两句妙就妙在不直接说是去是留，而是通过江潮涨平的景象来说明答案。江潮涨满之时，正是船家趁潮水开航的时候。

　　"江潮容易得，只是人南北"，这两句承上片"江潮"而来，说潮水有信，定时起落，而人一旦离去，两人便遥遥相隔，再难相见。

　　接着送别之人便将这层意思说明："今日此尊空，知君何日同！"今日一别，不知何时才能再见，送别之人将心中的不舍之情和盘托出，尤为动人。

千秋岁

◎孔平仲

春风湖外，红杏花初退。孤馆静，愁肠碎。泪余痕在枕，别久香销带。新睡起，小园戏蝶飞成对。

惆怅人谁会，随处聊倾盖①。情暂遣，心何在。锦书消息断，玉漏花阴改，迟日暮，仙山杳杳空云海②。

【注释】

① 倾盖：指途中相遇，停车交谈，双方车盖往一起倾斜。
② 仙山：指心上人所居之处。

【译文】

春风从湖外吹来，红杏花新近才凋落。孤馆寂静，愁肠要被揉碎。泪水还残留在枕上，分别已久，罗带上的香气早就消散一净。刚刚睡醒起来，就看到小园里戏耍的蝴蝶成对而飞。

我满腹惆怅谁能会意，姑且随处停车交谈吧。相思之情暂时得以排遣，我的心又在哪里呢。你的音信中断，滴漏声声，花影移动，日色迟迟直至日暮，美人依旧远在千里仙山之外，眼前只是一片空茫茫的云海。

【赏析】

这首词写男女异地相思之情。

上片写女主人公对心上人的思念。首二句写暮春景致。春风拂过湖面，吹起细浪阵阵；猩红的杏花刚刚从枝头飘落。这清丽的春景中，弥漫着一股淡淡的衰残之气。"孤馆静"不仅点明女主人公独守闺房的情景，还写出她独守的寂寞。"泪余痕在枕，别久香销带"，这两句是对前句"愁肠碎"的具体描述。恋人走后，她整日以泪洗面。早上醒来枕上的泪痕还历历可见。心上人远离，她已经无心熏香打扮，罗带上的香气已经完全消失了。她慵懒地起来，走到小院中，竟看见蝴蝶成双成对，眼前之景更增加了她的孤单与落寞。

下片写游子对于思妇的想念。"惆怅人谁会，随处聊倾盖"，是客中游子的悲叹。为排遣心中的思念，他随处停车，扎进人堆，逢人周转。这样做的结果是什么呢？虽然暂时得以排遣相思之情，但仍然心系佳人。这两句将男主人公那种欲罢不能的复杂心情刻画得淋漓尽致。在无数个月色如银的夜晚，他翘首盼望着伊人的书信，但夜一点点过去，花影一次次改变方向，她的书信一直未传来。"迟日暮，仙山杳杳空云海"，这两句仍是写游子盼望伊人的音信。可是盼了一天，他依旧什么也没有盼到，佳人如隔在杳杳仙山之外，眼前只有一片茫茫云海。

⊙作者简介⊙

孔平仲，生卒年不详。字义甫，新喻（今江西新余县）人。英宗治平二年（1065）进士。曾任秘书丞、集贤校理，又提点江浙铸钱、京西刑狱。长于史学，工文词，富于词藻。有《珩璜新论》、《续世说》、《孔氏谈苑暂无内容》、《朝散集》等。

减字木兰花

◎黄裳

红旗高举，飞出深深杨柳渚。鼓击春雷，直破烟波远远回。
欢声震地，惊退万人争战气。金碧楼西，衔得锦标第一归。

【译文】

红旗高扬，龙舟从长着茂密的杨柳小洲处像飞一般驶出。击鼓声如春雷一般震响，冲破青烟笼罩的水面，远远回荡。

欢呼声震动大地，一条龙舟上的竞渡者竞相夺标的气势，惊退万人。在装饰得金碧辉煌的楼台西边，它夺得了冠军，胜利归来。

【赏析】

农历五月初五是端午节，民间有赛龙舟的习俗。这首词记述的就是龙舟竞赛的盛况。

上片写龙舟赛的情景。比赛刚刚开始，只见"红旗高举，飞出深深杨柳渚"。首句写红旗而不写龙舟，是因为龙舟停在柳阴深处，故首先见到的是高高飘扬的红旗。而红旗掩映在茂密浓绿的杨柳丛中，更显得格外醒目。"飞出"二字最为生动，写出了群舟竞发之势，让人如临其境。

比赛开始后，湖上击鼓声、呐喊声顿时响成一片。"鼓击春雷"四字写出了参赛者兴致之高，参赛龙舟之多。结句"直破烟波远远回"继续写鼓声的气势，它冲破笼罩着烟霭的江波，远远地传向四面八方，在空中回荡。

下片写龙舟胜利而归后的欢腾情形。"欢声震地，惊退万人争战气"两句反映了人们热烈紧张的精神状态以及写出了舟手们夺标之雄气。"金碧楼西，衔得锦标第一归"，领奖台装饰得多么金碧辉煌呵，龙舟冠军又是多么威风呵。这两句中数一"衔"字最有趣味，因舟呈龙形，故说"衔"，非常形象。

⊙作者简介⊙

黄裳（1044—1130），字勉仲，延平（今福建南平）人。北宋神宗元丰五年（1082）进士第一。累官端明殿学士、礼部尚书。卒赠少傅。有《演山先生文集》，其词结集为《演山词》。

倦寻芳慢

◎王雱

露晞向晚①，帘幕风轻，小院闲昼。翠径莺来，惊下乱红铺绣。倚危墙，登高榭②，海棠经雨胭脂透。算韶华，又因循过了③，清明时候。

倦游燕，风光满目，好景良辰，谁共携手？恨被榆钱，买断两眉长斗。忆高阳，人散后，落花流水仍依旧。这情怀，对东风、尽成消瘦。

【注释】

①晞：干。②榭：建筑在台上的房屋。③因循：轻率；随便。

【译文】

　　花木的水露已经干了，时已接近晚上，微风轻拂着低垂的帘幕，小院里寂静无声。绿枝低压的小径上一只黄莺飞来，它足尖蹴动花枝，将花儿惊落地上。倚靠着高高的栏杆，登上高高的楼台，海棠经过春雨后花瓣被浸成红艳的胭脂色。料想那春光，又等闲过了，此时已值清明时节。

　　倦游的燕子，满眼都是好风光，良辰美景，谁与我携手共度？我恨榆钱将那好春光买尽，使得我双眉长久紧皱。回忆高阳酒会，同饮之人散尽后，落花流水依然照旧。怀着满腔伤春怀人之情，面对着东风，消得人瘦。

【赏析】

　　这是一首惜春怀人之作。

　　上片描写暮春景致。"露晞向晚，帘幕风轻，小院闲昼"，这三句点名时间、地点，描绘了一片雨后清丽柔和的景色：快到傍晚的时候，花木的露水已经干了，庭院寂静。

　　"翠径莺来，惊下乱红铺绣"，这两句由前面的静态描写转为动态描写，着意描写莺儿。"惊"字用得极妙，将流莺飞落枝头，花瓣纷纷飘落的景象生动地描画了出来。这里词人将花儿

拟人化，想象十分奇特。"惊下乱红铺绣"，表明此时已值暮春。绿径点缀上落红，色彩斑斓犹如织绵盖地，故曰"铺绣"。

　　"倚危墙，登高榭，海棠经雨胭脂透"，这三句人物开始出现，原来之前描绘的景致都是词人倚墙

所见。

"算韶华，又因循过了，清明时候"，见到着雨的海棠，词人在称赞其娇美之余，又不得不感叹时已过清明，春光将尽。

下片抒发怀人意绪。"倦游燕，风光满目，好景良辰，谁共携手？""燕"通"宴"；"游燕"即春日游宴。春光大好，词人却懒事游宴，因为不见旧侣，无人携手同乐。

"恨被榆钱，买断两眉长斗"，这两句是说词人整个春天都在愁怨中度过，非常委婉含蓄。"两眉长斗"，即双眉紧皱。词巧用"榆钱买断"为说。榆树的果实名为榆荚，形状似钱而小，因称其为榆钱。因"钱"之称而得"买"字意，又榆钱早春即见，几乎与春光同起同止。"买断"即买尽，自有榆钱以来，所"买"得者是"两眉长斗"，则其一春之不欢，至此已曲折写出。

"忆高阳，人散后，落花流水仍依旧"，这两句写回忆。愁绪满怀的词人回思去年，也是这般愁闷，沽酒痛饮之后，映入眼帘的仍旧是去年"落花流水"的暮春景致。"高阳"，即高阳酒徒。《史记·郦生列传》："郦生食其者，陈留高阳人也县中皆谓之狂生。"他见刘邦时，自称"高阳酒徒"。

"这情怀，对东风、尽成消瘦"，这两句写词人已为满腔愁苦折磨得憔悴不堪，词意比两眉长皱，借酒浇愁又进一步，总收全文。

词的品赏知识

宋词的风格流派略谈（一）

通常人们都将宋词划分为豪放和婉约两派，这样的划分虽然比较合理，但却失之简单。如果再将宋词的风格细化，大略可以划分为真率明朗、高旷清雄、婉约清新、奇艳俊秀、典丽精工、豪迈奔放、骚雅清劲、密丽险涩八个流派。

真率明朗——这一派作词不事假借，极少粉饰，却委曲详尽，既明朗，且深切。代表词人为柳永；婉约清新——这一派以李清照为代表，时有凄婉之音，典雅工丽，浑融而不陷纤巧。王雱这首《倦寻芳慢》妍丽丰逸，情韵兼胜，当属此派；奇艳俊秀——这一派以张先、贺铸为代表，笔力精健，彩藻艳逸。

⊙作者简介⊙

王雱（1044—1076），字元泽，临川（今属江西）人，王安石之子。英宗治平四年（1067）进士，调旌德尉，历太子中允、崇政殿说书、龙图阁直学士。曾协助其父撰修《诗》、《书》、《周礼》三经新义，为变法制造舆论。

眼儿媚

◎王雱

杨柳丝丝弄轻柔，烟缕织成愁。海棠未雨，梨花先雪，一半春休。

而今往事难重省①，归梦绕秦楼②。相思只在，丁香枝上，豆蔻梢头。

【注释】

① 省：明白。② 秦楼：秦穆公为其女弄玉所建之楼，此处指词人妻子的居处。

【译文】

丝丝杨柳轻柔飘摆，如烟般一缕一缕织成春愁。海棠还未经雨，梨花就已经雪白，春天又溜走了一半。

如今我不敢再去回首往事，盼归的梦萦绕爱妻所居的小楼。相思只在那丁香枝上，豆蔻梢头。

【赏析】

王雱是王安石的儿子。因他体弱多病，王安石让他的妻子独居楼上，后来改嫁。王雱思念妻子，故而作下此词。

上片伤春。"杨柳丝丝弄轻柔，烟缕织成愁"，柳条细而长，由此可知此时正值仲春。一个"弄"字写出了柳条在春风吹拂下的形态。春色易于撩动人的情绪，但是光看第一句还无法判断，直到第二句中"愁"字点明题旨，说那如烟的柳条编织出词人无限春愁。

"海棠未雨，梨花先雪"，海棠、梨花未遭风雨摧折，还在枝头绽放，这不是很典型的美景吗？词人何处染愁呢？词人自己作出了回答："一半春休。"原来是因为春天已过去了一半。如果没有这一句，上面的"烟缕织成愁"就会变成无病呻吟。

下片抒发离愁。"而今往事难重省，归梦绕秦楼"，词人那股春愁并非凭空而起，原是内心有所郁结。"秦楼"，秦穆公为其女弄玉所建之楼，这里指词人妻子独居的小楼。妻子已经嫁作他人妇，过去的美好时光已经不再，词人只能空自怀念。

"相思只在，丁香枝上，豆蔻梢头"，这几句一语双关：一层意思是指妻子青春貌美，如丁香，如豆蔻；另一层意思是，词人的深情如丁香一般忧郁而未吐，但又希望能和自己心爱的人像豆蔻一般共结连理。整个下片的意思都在说，尽管昔日的梦幻失落，但自己的绵绵情意依然专注在她身上。

清平乐

◎黄庭坚

春归何处？寂寞无行路。若有人知春去处，唤取归来同住。

春无踪迹谁知？除非问取黄鹂。百啭无人能解，因风飞过蔷薇。

【译文】

春天回到哪里？周遭一片寂寞，找不到它回去的路径。要是有人知道春天归去之处，请叫它回来与我同住。

可是春天去得无影无踪谁会知道呢？除非去问黄鹂。它絮絮叨叨地说着，但没人能够理解，它趁着清风飞过了蔷薇花丛。

【赏析】

这是一首惜春之作。全词处处是痴语，看似无理，却将惜春恋春的情怀表达得淋漓尽致，达到了一种"无理而妙"的境界，构思精巧，多用曲笔，饶有变化。

春归之际，词人深感时光易逝，心中无比落寞。在他六神无主的时候，突然异想天开道："若有人知春去处，唤取归来同住。"表现出词人对美好事物的执着追求。

下片再转。词人从幻想中回到现实，知道春来去无迹，无人知道它的去向。但他仍旧抱有一丝希望，认为黄鹂也许知道。在这一句，词人又从现实跌入幻想中去了。真是百转千回，跌宕起伏。词人凝神谛听，可无论如何也听不懂黄鹂的回答。黄鹂百啭千啼后，趁着风势飞过了蔷薇花丛。蔷薇花开，说明夏已来临。词人才终于清醒地意识到：春天确乎是回不来了。

⊙作者简介⊙

黄庭坚（1045—1105），字鲁直，自号山谷道人，晚号涪翁，洪州分宁（今江西修水）人。北宋英宗治平四年（1067）进士。曾任秘书省校书郎等职。后屡遭贬谪，卒于贬所。与秦观、晁补之、张耒并称"苏门四学士"。其诗成就最大，与苏轼并称为"苏黄"；其词当时与秦观并称，但成就不如秦观。有《山谷词》，又名《山谷琴趣外篇》。

水调歌头

◎黄庭坚

　　瑶草一何碧①！春入武陵溪。溪上桃花无数，花上有黄鹂。我欲穿花寻路，直入白云深处，浩气展虹霓。只恐花深里，红露湿人衣。

　　坐玉石，欹玉枕，拂金徽②。谪仙何处③？无人伴我白螺杯。我为灵芝仙草，不为朱唇丹脸，长啸亦何为？醉舞下山去，明月逐人归。

【注释】

① 瑶草：仙草。② 金徽：琴上系琴弦之绳，此处借指琴。
③ 谪仙：贺知章曾称李白为谪仙人。

【译文】

　　仙草多么碧绿！春光到了武陵溪。溪岸边有无数桃花，花上有黄鹂鸣叫。我想要穿过桃花寻找上山的路，直进入到白云深处，一吐胸中浩然之气，化作虹霓。又恐怕在百花深处，红露打湿了衣襟。

　　坐在玉石上，倚靠着玉枕，弹奏着瑶琴。谪仙人在哪里？没有人伴我一同饮酒。我是那灵芝仙草，不作那涂朱抹红的小丑，长啸又是为了什么？我带着醉意一路舞蹈着下山，明月随我一同归去。

【赏析】

　　这是一首春行纪游词，作于元祐党争后流放途中。词人生性旷达，即便身处逆境也自得其乐。这首词就表现了他这一性格。

　　"瑶草一何碧"四句逐层描写春游之地的美景，"瑶草"乃是仙草，词人将这块地比作仙境，可见此地之优美。其中"武陵溪"化用陶渊明《桃花源记》的典故，这里未必真是武陵溪，只是这清静之地恰如世外桃源。

　　"我欲穿花寻路"三句，景色如此优美，词人游兴大发，竟想要穿过桃林，一直走到白云深处，一吐胸中浩然之气，化作虹霓，真是豪情万丈。

　　接着笔锋一转，"只恐花深里，红露湿人衣"，这里采用象征手法，曲折地反映出词人对于出世的迟疑。其中"红露湿人衣"句化用王维诗"山路元无雨，空翠湿人衣"而来，可谓浑化无迹。

　　"坐玉石、欹玉枕，拂金徽"，词人真是超然物外，志行高洁，正如同那谪仙人李白。"谪仙何处？无人伴我白螺杯"两句，词人终究是不满于现实的，他终究还是感到寂寞，嗟叹知音难求。

　　"我为灵芝仙草"两句为象征语。词人以"仙草"自喻，表明自己不愿与世俗小人为伍。"长啸亦何为"，但词人又认为抛开世俗，像阮籍一般猖狂啸歌山林也不足取。这几句表现了词人内心的矛盾，愤世而又不愿弃世。最后他为自己找到了一条出路，即效仿那出淤泥而不染的荷花。

　　"醉舞下山去，明月逐人归"，为自己找到出路后，词人下山去了，也就是回归人间了。

念奴娇

◎黄庭坚

八月十七日，同诸生步自永安城楼，过张宽夫园待月。偶有名酒，因以金荷酌众客①。客有孙彦立，善吹笛。援笔作乐府长短句，文不加点。

断虹霁雨②，净秋空，山染修眉新绿。桂影扶疏③，谁便道，今夕清辉不足？万里青天，姮娥何处，驾此一轮玉。寒光零乱，为谁偏照醽醁④？

年少从我追游，晚凉幽径，绕张园森木。共倒金荷，家万里，难得尊前相属⑤。老子平生，江南江北，最爱临风笛。孙郎微笑⑥，坐来声喷霜竹⑦。

【注释】

① 金荷：金荷杯。② 霁雨：雨停。③ 桂影：月中之影。古人以为月宫中有桂树，故云。扶疏：形容月中桂影斑驳。④ 醽（líng）醁（lù）：美酒名。⑤ 属（zhǔ）：劝酒。⑥ 孙郎：即序中之孙彦立。⑦ 霜竹：指笛。

【译文】

新雨初晴，断虹挂于天空，秋空一碧如洗，山如美女初画的眉毛，一片新绿。桂子树影扶疏，谁敢说今夜月亮的清辉不多？万里青天，嫦娥在哪里，她驾着一轮皎皎的明月。寒光零乱，你究竟是为了谁偏偏照射着金樽美酒？

少年人跟从我一同游玩，夜晚凉爽之时，走在幽深的小径上，走在张园茂盛的林木间。一同倒满金荷杯，家在万里之外，难得在酒杯前开怀畅饮。老夫子我一生，走遍江南江北，最喜欢临风吹奏的曲子，孙郎微笑着，坐下吹笛，奇绝之音从竹笛中喷出。

【赏析】

此词作于词人谪居戎州期间，通过描写在一个夜里赏月、饮酒、听笛的情形，展现了词人乐观豪迈的意绪。

上片描绘雨后张园之景。开头三句描写远景，意境开阔，气象豪迈。"桂影扶疏"至上片末写赏月。"谁便道，今夕清辉不足？"词人不直陈而用一个问句，意在突出月过中秋而清辉不减，更有一种豪迈之气。接着发问，更近一层表现了月亮清辉依旧。"驾此一轮玉"着一"玉"字，形象地写出了秋月的皎洁。末句引出下片的饮酒。

下片记游，描述月下游园、欢饮和听曲之乐。"年少从我追游，晚凉幽径，绕张园森木"，此三句以散文句法入词，渲染环境，交代游玩时间、地点，为下文具体记游作铺垫。"共倒金荷，家万里，难得尊前相属"几句，具体写饮酒，豪气十足。"老子平生，江南江北，最爱临风笛"，这几句将词人豪迈激越之情推向顶峰，展露了词人不以贬谪为意、旷达乐观的思想情怀。"孙郎微笑，坐来声喷霜竹"具体写吹笛。"孙郎"指善吹笛的孙彦立；"微笑"给吹笛的孙郎脸部来了一个特写，表明其愉悦之情，愈发衬托出词人的雅兴。

鹧鸪天

◎黄庭坚

座中有眉山隐客史应之和前韵，即席答之。

黄菊枝头生晓寒，人生莫放酒杯干。风前横笛斜吹雨，醉里簪花倒著冠①。

身健在，且加餐，舞裙歌板尽清欢。黄花白发相牵挽②，付与时人冷眼看。

【注释】

① 簪花：将花插在头上。倒著冠：倒戴着帽子。② 黄花：菊花。

【译文】

黄菊枝头露出一丝清晨的寒意，人生不要放下手中酒杯，一定要喝到它滴酒不剩为止。雨斜风狂，我迎风吹笛，醉中头插黄花，倒戴头冠。

趁着身体健康，且奋力加餐，在歌舞中尽情欢乐。黄花与白发相互牵挽，付与那冷眼的时俗之人看。

【赏析】

词人因党祸被贬戎州，心中抑郁不平，作小庵闲居。后又复官，词人至青州探望姑母，途中遇到眉山私塾先生史铸，两人一见如故，常作诗词酬唱应和，这首词便是其中之一。全词通过塑造一个狂狷兀傲的居士形象，表达了词人历经仕途坎坷之后内心的苦闷与激愤。

"黄菊枝头生晓寒"，写眼前之景，点明此时为秋季。赏菊自然要饮酒，于是很自然地引出下一句"人生莫放酒杯干"，这是劝酒之辞。"风前横笛斜吹雨，醉里簪花倒著冠"，着意写出酒后醉态，浪漫而狂放。

下片开头好像提倡及时行乐，其实暗含了词人心中的悲愤：既然世相无常，世风益衰，我等无力挽回，何不趁着身体健康饮酒作乐呢？最后两句正面描摹词人的疏狂模样，将满腹不合时宜之气全部排遣出来。

词的品赏知识

宋词的风格流派略谈（二）

典丽精工——此派以周邦彦为代表，词语精练，结构严密，思虑深透，音律和谐；豪迈奔放——这一派的代表词人为辛弃疾，词风雄奇跌宕、豪迈奔放；骚雅清劲——此派以姜夔为代表，以健笔写柔情，极意创新，力扫浮艳，词风清空；密丽险涩——这一派以吴文英为代表，讲究字面，极力雕琢，词意甚至晦涩；高旷雄雄——无绮罗香泽之态，读之使人有登高望远、超乎尘俗之感，以苏轼为代表。黄庭坚这首《鹧鸪天》以清简流利的语言抒胸中不苟于尘俗之气，当属此派。

青玉案 至宜州次韵上酬七兄 ◎黄庭坚

　　烟中一线来时路。极目送，归鸿去。第四阳关云不度。山胡新啭①，子规言语②，正在人愁处。

　　忧能损性休朝暮。忆我当年醉时句。渡水穿云心已许。暮年光景，小轩南浦③，同卷西山雨。

【注释】

①山胡：山中鸣禽。②子规：杜鹃。③轩：屋室。

【译文】

　　来时的路如一条细线从云烟中蜿蜒而出，极目远送大雁归去。云儿也过不了这第四重阳关。忽然听到山中禽鸟重新唱响，杜鹃鸟悲啼，这时正是我满腹愁怨的时候啊。

　　忧伤损性，不要早晚被它所折磨，回忆起我当年喝醉时写下的诗句。渡过千山万水，穿过重重云海，心已许定。（只希望）暮年时候能在南浦小屋中，卷帘赏那西山之雨。

【赏析】

　　徽宗崇宁二年（1103），黄庭坚因写过一篇《承天院塔记》，被人挑剔、捏造出"幸灾谤国"的罪名，被贬谪至偏远的宜州（今广西宜山）。一到宜州词人就写下这首词以酬答他的兄长黄大临所赠的《青玉案》，向牵挂他的兄长倾诉自己的愁怀。

　　上片写乡愁。"烟中一线来时路。极目送，归鸿去"，这三句描绘出了一幅极为凄苦的游子望乡图。词人来到宜州，心中十分思念自己的故乡，他目送归雁，遥望家乡，希望它能将自己的音信带给挂念自己的家人。"极目送"三字写尽词人对故乡的思念。

　　"第四阳关云不度"，这一句极言宜州之僻远。"阳关"，在今陇西，这里借用。"第四阳关"即是说此地比"阳关"还要遥远很多倍，远到天空的行云都渡越不过来。"山胡新啭，子规言语，正在人愁处"，这三句进行环境渲染，直抒乡思愁怀，"山胡"泛指山中鸣禽；"子规"即杜鹃。词人正目送归鸿之际，耳旁突又响起山雀的鸣啭与子规的哀啼，心中益发愁苦。

　　下片进行自我排解。"忧能损性休朝暮"，这是词人的自解之语。词人自慰说忧愁伤神损性，当力图排解，不要朝朝暮暮为它所困扰纠缠。"忆我当年醉诗句"，他想起了自己曾经写过的旷达之句："我自只如常日醉，满川风月替人愁。"

　　"渡水穿云心已许"，他极力劝自己认命，说自己千里迢迢渡水穿云飘泊异地已不止一次，对于坎坷的命运他早该默认才是。"暮年光景，小轩南浦，同卷西山雨"，最后三句词意又进一层，他让自己随遇而安，说宜州之地虽然偏远，但景色优美，不如就安心待在此地颐养天年。

望江东

◎黄庭坚

江水西头隔烟树，望不见、江东路。思量只有梦来去，更不怕、江阑住。

灯前写了书无数，算没个、人传与。直饶寻得雁分付，又还是、秋将暮。

【译文】

江水西边烟树相隔，我极目远望，也望不见江东路。心里思量着只有在梦中能自由来去，更不必怕江边的栏杆阻拦。

灯前写了书信无数，但料想也没有人帮我传递。即使我找到大雁烦劳它帮我传递书信，又还要（等到）深秋时节。

【赏析】

这首词写相思，以纯真朴实的笔调抒写相思之情。全词以一种相思者的口气说来，从不能与情人相会说起，至遥望，至梦忆，

至对灯秉笔，终至传书无由。通过一段连贯的类似独白的叙述，用"望"、"梦"、"写书"等几个发人想象的细节，把一个陷入情网者的复杂心理和痴顽情态，表现得曲折尽致。

"江水西头隔烟树，望不见、江东路"，词人以不能相会写起，说两人被"江水"、"烟树"等重重阻隔。一个"隔"字相当重要，将思念者极目所望、而茫无所见的失望惆怅的心境呈现出来。

"思量只有梦来去"，由于视线被阻，望不见所思之人，思念者反复思量，最后找到了解决之途：只有梦来去。"更不怕、江阑住"，现实中思念者与被思念者被大江阻隔，而在梦中却并无时空的限制，思念者可以跨越浩浩的大江，实现自己的愿望，飞到所思之人身边。

上片由现实入梦，写遥望，写梦忆，下片则由梦又转入现实，写灯前写信，连贯地表达出主人公感情的发展。"灯前写了书无数"，梦始终是虚幻的，思念者要谋求与所思之人真实的联系，因而他灯前执笔，写下了非常多的书信。"无数"二字，既说明了他夜夜如此，又说明了他心中思情无限。但紧接着他又生出"算没个、人传与"的念头来，使得他又陷入极度的失望之中。

"直饶寻得雁分付"，正当他不知如何是好之时，突然想到可以托鸿雁传书，于是心中的希望顿时又被点燃。然而，这里还有"直饶"二字。"直饶"意为纵使。纵使能托鸿雁传递书信，也要等到秋末时节。下片词人对主人公的心理活动进行了极细致的刻画，将一个相思者的痴情，表现得淋漓尽致。

绿头鸭 咏月

◎晁端礼

晚云收，淡天一片琉璃。烂银盘、来从海底，皓色千里澄辉。莹无尘、素娥淡伫；静可数、丹桂参差。玉露初零，金风未凛，一年无似此佳时。露坐久、疏萤时度，乌鹊正南飞。瑶台冷，栏干凭暖，欲下迟迟。

念佳人、音尘别后，对此应解相思。最关情、漏声正永，暗断肠、花影偷移。料得来宵，清光未减，阴晴天气又争知？共凝恋、如今别后，还是隔年期。人强健，清尊素影，长愿相随。

【译文】

晚上云彩都收起来了，淡淡的天空如一片晶莹的琉璃。灿烂的圆月，从海底升起，皎洁的月光千万里光辉澄澈。月亮晶莹明净，不染纤尘，嫦娥静静伫立；桂树参差的枝条也历历可数。露珠刚开始零落，秋风还不十分凛冽，一年当中没有什么时候像现在这般美好。我久坐于这结露的夜晚，只见稀疏的几只萤火虫不时打我跟前飞过，乌鹊正往南飞去。

瑶台清冷，栏杆都被我靠得暖和了，月儿迟迟不愿落去。想着佳人别后再无消息，对着这轮明月应该能稍解相思之情。最让人情怀难解的，是那悠长的更漏声，暗自叫人断肠。花影悄悄移动，料想明晚，月儿的清辉应该不会消减，但我又怎么知道明晚是阴是晴呢？我们相互凝视建立了深厚情谊，今天分别以后，还要隔年才相见。只要人身体健康，就能与相思之人共一明月永相随。

【赏析】

这是一首对月怀人之作。

"晚云收，淡天一片琉璃"，首二句描写天空。词人将晚云收起的天空比作晶莹剔透的琉璃，极写其明净。明净的天空为月亮的出现创造了一个绝妙的环境。

"烂银盘、来从海底，皓色千里澄辉"，这三句描写皓月升起的壮美景象。皎皎月轮自海底涌出，

放射出无边无际的光辉，使整个世界笼罩其中。

"莹无尘、素娥淡伫；静可数、丹桂参差"这两句写词人想象中的月宫之景，意在刻画月亮的明净无尘。月儿那么明亮，人们都能看到嫦娥娴雅的身影，看到丹桂参差的枝条。

"玉露初零，金风未凛，一年无似此佳时"，写时序之美。中秋露水初降，暑气已消，秋风还未变得寒冷，一年中自然是这时气候最为宜人。

"露坐久、疏萤时度，乌鹊正南飞"，这两句写久坐之中、月光之下所看到的两种景物。

"瑶台冷，栏干凭暖，欲下迟迟"，赏月人先是坐着的，而且坐得很久；后来凭栏站立，站立的时间也很长，以致把栏杆都靠得暖和了，可他由于留恋月光，还不愿下楼安寝。

"念佳人、音尘别后，对此应解相思"两句承"欲下迟迟"而来，说明其不愿离去，不只是留恋月光，而是对月怀人。这两句词人并不说自己怀念佳人，而说佳人对月应能了解相思之情，其实写对方正是写自己，对方对月能解相思，自己对月也正承受相思之苦啊。

"最关情、漏声正永，暗断肠、花影偷移"，这两句是词人的伤叹，他说自己思情正浓之时，良辰却一点一滴流逝了。上句用铜壶滴漏计时器的声音表示时间的流逝；下句则借花影的移动表示时光的逝去。月儿渐渐西落，花儿的影子也跟着发生变化，表明夜正一步步走向尽头。

"料得来宵，清光未减，阴晴天气又争知"，两人即便不能见面，但能共享一片月光也是一件幸福的事。十五的月儿十六圆，词人想明天月亮的清光也未必会减弱多少，只是不知明天夜里是阴是晴。

"共凝恋、如今别后，还是隔年期"，若明天夜里无月，两人就只能在明年共赏清景了。

"人强健，清尊素影，长愿相随"，最后两句宕开一笔，词调转高，说月亮常有，只要身体强健，便能长与所思之人共一明月。结语和婉，一扫衰飒之气，情意无限。

⊙作者简介⊙

晁端礼（1046—1113），一作元礼，字次膺。其先澶州清丰（今河南清丰）人，后徙家彭门（今江苏徐州）。熙宁六年（1073）进士。曾任县令。徽宗政和三年（1113）以承事郎为大晟府协律而卒。其词多咏物、颂谀之作。常与晁补之唱和。风格近周邦彦，气魄较周豪放，而不及周工致。在创制新调方面有一定贡献。著有《闲适集》已佚，今传《闲斋琴趣外篇》。

洞仙歌

◎李元膺

一年春物，惟梅柳间意味最深。至莺花烂漫时，则春已衰迟，使人无复新意。余作洞仙歌，使探春者歌之，无后时之悔。

雪云散尽，放晓晴庭院。杨柳于人便青眼。更风流多处，一点梅心，相映远，约略颦轻笑浅①。

一年春好处，不在浓芳，小艳疏香最娇软。到清明时候，百紫千红，花正乱，已失春风一半。早占取韶光共追游②，但莫管春寒，醉红自暖。

【注释】

①约略：略微，轻微；不经意。②韶光：时光、年光。

【译文】

雪云纷纷散去，一大早园子里都放晴了。杨柳看到人便以青眼相向。更风流多情处，是那一点梅心。远远地与杨柳相映，隐约地露出淡淡的哀愁、浅浅的笑容。

一年春光最好之时，不在繁花盛放的时候，那小小的花朵，疏淡的香味最为娇媚温柔。到清明前后，百紫千红，繁花盛开，此时春天却已经过了一半。不如早早地占取那短促的美好时光，共同游乐追欢，不要去管那初春的寒意，醉酒红颜浑身自然温暖。

【赏析】

这是一首歌咏早春景致的词，意在提醒人们及早探春，无遗后时之悔。

上片写初春景致。首二句描写初春天气，积雪融化，天气放晴。"杨柳于人便青眼"，人们喜悦时正目而视，眼多青处，故曰"青眼"。可见此语语意双关，既写初生的柳叶似眼，又巧用"青眼"一词，以示柳对人的好感。"更风流多处，一点梅心"写梅花。词人将梅花拟人化，说它"风流"更多。因梅花花小而粉蕊，故称"一点梅心"。"相映远，约略颦轻笑浅"，将梅与柳结合起来描绘，柳与梅一低颦，一浅笑，相映成趣，含无限风致。

下片说理，情理交融。"一年春好处，不在浓芳，小艳疏香最娇软"，用韩愈诗句"最是一年春好处"意，承上启下。"小艳疏香"说柳眼梅心；"疏"指梅花疏影，也指柳条稀疏。"娇软"也一样，只是"娇"偏重写梅，"软"偏重写柳。"浓芳"二字则下启"百紫千红"。清明时候，春光烂漫，百花争妍。但百花盛开，反使人感到"无复新意"。况且盛极而衰，春光最盛时，春天也便要逐渐消歇了，所以说："已失春风一半。""早占取韶光共追游，但莫管春寒，醉红自暖"，词人劝人们及早游春，不要坐等美好时光的流逝。

⊙作者简介⊙

李元膺，生卒年不详。东平（今属山东）人。曾任南京教官。词作今存九首。

渔家傲

◎朱服

小雨纤纤风细细，万家杨柳青烟里。恋树湿花飞不起。愁无际，和春付与东流水。

九十光阴能有几？金龟解尽留无计①。寄语东城沽酒市。拼一醉，而今乐事他年泪。

【注释】

①"金龟"句：古人的佩饰。唐代三品以上官员可佩戴金龟。

【译文】

小雨纷纷，春风细细，无数杨柳都笼罩在青烟中。恋树的湿花飞不起来，我无比哀愁，这愁连着春都付与无尽东流水。

九十年有多长呢？留着金龟也没有用，不如将它们都解下来。寄送到那东城的酒市去换酒，拼他一醉，今天的乐事没准将成为他年悲哀的源泉。

【赏析】

这是一首恋春之词，词风俊丽，极富诗情画意，为词人得意之作。

上片写景。"小雨纤纤风细细，万家杨柳青烟里"，"纤纤"是形容细雨纷纷的样子。这两句写暮春时节的景色，一派秀美。

"恋树湿花飞不起。愁无际，和春付与东流水"，词人将花拟人化，赋落花以深情，借湿花恋树寄寓人的恋春之情，愁绪也是由此而起。

下片抒情。"九十光阴能有几？金龟解尽留无计"，词人感叹年华匆匆流逝，即便人强行挽留也留它不住。金龟指古人做佩戴的饰物，唐代诗人贺知章，曾经解过金龟换酒以酬李白，成为往昔文坛上的佳话。词人借用的正是这个典故，表明其极意把酒留春。

"寄语东城沽酒市。拼一醉，而今乐事他年泪"，虽然留不住，但还是要把酒一醉，以期浇灭心中的春愁，换取暂时的欢乐。最后欢乐没有换成，反而激起无限悲慨。结句"而今乐事他年泪"最为人称道，揭示出祸福相互循环的规律，含无限伤感。词人尝以此句自负。

◎作者简介◎

朱服（1048—？），字行中，湖州乌程（今浙江吴兴）人。神宗熙宁六年（1073）进士。累官国子司业、起居舍人，以直龙图阁知润州，徙泉州、歙州等地。哲宗朝，历官中书舍人、礼部侍郎。徽宗时，任集贤殿修撰，后知广州，黜知泉州，再贬蕲州安置，改兴国军卒。《全宋词》存其词一首，格调凄苍。

清平乐

◎刘弇

东风依旧，著意隋堤柳①。搓得鹅儿黄欲就，天气清明时候。去年紫陌青门②，今宵雨魄云魂。断送一生憔悴，能消几个黄昏！

【注释】

① 著意：有意于。② 紫陌：帝京的道路。青门：汉长安东南门，因其门青色，故俗称为"青门"或"青城门"。此处借指汴京城门。

【译文】

东风依旧，着意吹拂隋堤的柳树。将柳叶揉搓成接近鹅黄的颜色，此时正是清明时节。

去年我与她携手同游于紫陌青门中，今夜魂魄却是如风

雨、浮云一般飘荡不定。触目惊心的现实，逗引得我黯然神伤而导致一生憔悴，能消得几个黄昏！

【赏析】

这是一首悼亡词，为词人在京任职期间感怀爱妾之逝而作。

上片着力写柳。首二句写春风拂柳，语言很通俗，意思却难解。"依旧"二字展现了一种时间的纵深感，为全词蒙上了一层怀旧的色彩。从前词人与爱妾曾共赏此景，而如今景色依旧，而美人已逝。其中包含着词人无尽伤心。"著意"二字，更把东风拟人化，仿佛在嗔怪爱妾，东风对杨柳尚如此多情，而你却无情离去，扔下我孤零零一人在这世上。"搓得鹅儿黄欲就"，这一句承东风拂柳而来，写柳色。"搓"字用得独特，说柳枝上呈现出"鹅儿黄"的颜色是被东风揉搓出来的，极富创造性。"欲就"，即将成还未成。此二字传神地将柳近乎鹅黄但还没成鹅黄那种景象描绘了下来。"天气清明时候"，前一句写柳色，这一句总括全文，写景中蕴含一股淡淡的哀愁。

"去年紫陌青门"与上片"东风依旧"相呼应，是词人回忆从前与爱妾共同度过的美好时光。"紫陌青门"四字极其朦胧也极富韵味，词人并没有对这段美好时光作出具体说明，全留给读者去想象。"今宵雨魄云魂"，这是伤今，去年两人还携手同游，今年爱妾的魂魄就像阵雨彩云一般消散了。"雨魄云魂"，将爱妾的生命比作易逝的雨和云，极写她生命之短暂。"断送一生憔悴，能消几个黄昏！"最后两句将词人对于爱妾逝世的哀痛抒发至极点，催人泣下。

◎作者简介◎

刘弇（1048—1102），字伟明，号云龙，安福（今属江西）人。元丰进士。知嘉州峨眉县，改太学博士。元符中，进南郊大礼赋，除秘书省正字。徽宗时，改著作佐郎、实录检讨官。崇宁元年卒，年五十五。词有《彊村丛书》。

青门饮 寄宠人

◎时彦

胡马嘶风，汉旗翻雪①，彤云又吐，一竿残照。古木连空，乱山无数，行尽暮沙衰草。星斗横幽馆，夜无眠、灯花空老。雾浓香鸭②，冰凝泪烛，霜天难晓。

长记小妆才了③。一杯未尽，离怀多少。醉里秋波，梦中朝雨，都是醒时烦恼。料有牵情处，忍思量、耳边曾道。甚时跃马归来，认得迎门轻笑。

【注释】

① 汉旗：指宋朝的旗帜。② 香鸭：古时熏香用的铜质器具，形状如鸭，故名。③ 小妆：稍作打扮。

【译文】

胡马在北风中嘶鸣，宋朝的大旗随着纷飞的雪花翻舞，西天吐出红霞，残阳映照旗杆。高大的古树直连向天空，无数山峦错杂堆叠，走遍了日暮的黄沙、衰残的野草。幽寂的旅馆上空横着星斗，一夜无眠，看灯花空自燃尽。鸭形熏炉中散放香雾，蜡泪凝结成冰，一天清霜，夜长难明。

我久久记得我们离别时候的情景，那时她刚刚梳了个淡妆，一杯酒还未喝完，离别情怀就不知生出多少。醉后她眼波盈盈，梦中欢情都成了醒后的烦恼。想那最牵动我情思的地方，思量着应是她附在我耳边小语的时候。到时我跃马归去，她见到我定笑着来迎接。

【赏析】

这首词作于词人出使辽国时，为他所宠之人而作。

上片描绘行役中的情况。"胡马嘶风，汉旗翻雪，彤云又吐，一竿残照"，这是写北国天气，寒冷而多变。"古木连空，乱山无数，行尽暮沙衰草"，这是写边塞风光，一片寥廓荒凉。"星斗横幽馆"至上片末开始写人，细致地刻画了词人在孤寂的客馆中通宵难眠的情状，引出下片怀远之情。

下片回忆与心上人离别的情景，侧重刻画伊人形象。"长记小妆才了。一杯未尽，离怀多少"，临别前夜，两人把酒话离别。"醉里秋波，梦中朝雨，都是醒时烦恼"，这里以曲折的笔调写夜晚幽会情景，并暗含无限别恨。"料有牵情处"至篇末写依依惜别以及对重逢的期盼，并点出伊人附耳细语这最牵动词人情思的一幕。

这首词上片意境开阔，笔力苍劲，而下片柔婉细腻，楚楚动人，以雄浑荒寒的边塞风光与婉曲动人的艳情相对照，豪放中兼有婉约，刚柔并济，实为词家上乘。

⊙作者简介⊙

时彦（？—1107），字邦彦，河南开封（今河南开封）人。神宗元丰二年（1079）己未科状元。历官兵部员外郎、集贤校理、秘阁校理、河东转运使、吏部尚书。《全宋词》存其词一首。

江城子

◎秦观

　　西城杨柳弄春柔，动离忧，泪难收。犹记多情，曾为系归舟。碧野朱桥当日事，人不见，水空流。

　　韶华不为少年留。恨悠悠，几时休？飞絮落花时候、一登楼。便作春江都是泪，流不尽，许多愁。

【译文】

　　西城杨柳在春光中轻柔地飘摆，触动起我的离恨，令我泪水难收。犹记得她曾在此多情地为我系好归去的舟楫。萋萋碧野，朱红小桥，当日的景色依旧，而人却已不再，只剩水空自流淌。

　　美好的年华不为少年人驻留。恨意悠悠，不知何时能止？在柳絮飘飞、落花纷纷的时候登上高楼。那满江春水便都化作我的眼泪，流也流不尽，那许多的愁。

【赏析】

　　这首词为词人早期作品，为一首伤春伤别之作。

　　"西城杨柳弄春柔，动离忧，泪难收"，开篇便点明题旨，抒发别情。"弄"字有故作撩拨之意，赋予无情景物以有情。杨柳依依，牵动起词人无限离愁。

　　"犹记多情，曾为系归舟。碧野朱桥当日事，人不见，水空流"，这杨柳牵动起词人的别情不仅仅因为它柳条依依，似诉离别，而是因为它不是其他地方的杨柳，而是靠近水驿的长亭之柳。当年词人曾在此系舟，与情人离别。这里的景色依旧，可人却已经不在，这是多么的令人悲伤啊。

　　"韶华不为少年留。恨悠悠，几时休？"少年人最为多愁善感，时已至暮春，想到韶华的流逝，心中怅恨不已。

　　"飞絮落花时候、一登楼。便作春江都是泪，流不尽，许多愁"，这几句进一步抒发伤春之情。登上高楼，见桃飘李飞，不免叹息哪怕眼前的江水全部化作泪水，也流不尽自己的许多愁，可见他愁绪之深浓。

⊙作者简介⊙

　　秦观（1049—1100），字太虚，后改字少游，别号淮海先生，扬州高邮（今属江苏）人。神宗元丰八年（1085）进士，曾官秘书省正字兼国史院编修官。后坐元祐党事屡遭贬谪。"苏门四学士"之一，能诗文，尤以词著称，是婉约派的代表词人。其词早年多写恋情，间寓身世之感；晚年多写迁谪之恨，凄婉动人。有《淮海词》、《淮海集》。

八六子

◎秦观

倚危亭①，恨如芳草，萋萋刬尽还生②。念柳外青骢别后，水边红袂分时③，怆然暗惊。

无端天与娉婷，夜月一帘幽梦，春风十里柔情。怎奈向、欢娱渐随流水，素弦声断④，翠绡香减⑤，那堪片片飞花弄晚，蒙蒙残雨笼晴。正销凝⑥，黄鹂又啼数声。

【注释】

①危亭：高耸的亭子。②刬(chǎn)：铲除。③红袂：红袖。④素弦：琴弦。⑤翠绡：绿色的丝巾。⑥销凝：因伤感而凝神。

【译文】

倚着高高的亭子，离恨就像那萋萋的芳草，刚刚铲尽又生了出来。想到柳外我骑马与她分别的情景，水边她挥着红袖向我告别的场景，我就十分悲痛，暗自惊心。

老天无端地赐予她姣好的面容，婀娜的体态，夜月下，帘幕内，我们沉浸于幽梦之中，情意缠绵如十里春风。无可奈何啊，欢娱渐渐随流水而去，悠扬的琴声已经中断，翠绿的丝绢上香味消散，哪还能禁受得住片片花儿飘落进暮色之中，蒙蒙细雨隔断晴天。正销魂凝望之时，又传来几声黄鹂的哀鸣。

【赏析】

宋神宗元丰年间，秦观在扬州结识了一位美丽的青楼女子并与之相恋，这首词是他离开扬州后所写的伤别怀人之作。

"倚危亭，恨如芳草，萋萋刬尽还生"，词人即景抒情，以眼前的凄凄芳草比自己的一腔别恨。"念柳外青骢别后，水边红袂分时，怆然暗惊"，既是别恨，自然要写离别，这几句是写词人回忆与恋人的分别情景。

"无端天与娉婷"，此句描绘歌女的美好，她若不生得如此出众，那相思之情也不会那么深沉缠绵，离恨也会减少一些吧。于是词人怪罪起老天来，怪老天赐予她那美丽的容貌。这一怪看似无理，实则写出了词人的深情，正如前人所评的"妙而无理"。

"夜月一帘幽梦，春风十里柔情"，词人回忆昔日之欢。词意取自杜牧"春风十里扬州路，卷上珠帘总不如"，既暗示了那位女子的身份，也补足了对她容颜的描摹。"怎奈向、欢娱渐随流水，素弦声断，翠绡香减"，可惜佳期如梦，好景不常，转眼就成离别。后两句以形象写别恨，将离别之情描写得凄美之极。

"那堪片片飞花弄晚，蒙蒙残雨笼晴。正销凝，黄鹂又啼数声"，词人又回到眼前景物，将情融于景，道出了他那一腔愁闷，有悠然不尽之意。

满庭芳

◎秦观

　　山抹微云①，天连衰草，画角声断谯门②。暂停征棹，聊共引离尊③。多少蓬莱旧事④，空回首，烟霭纷纷。斜阳外，寒鸦万点，流水绕孤村。

　　销魂。当此际，香囊暗解⑤，罗带轻分⑥。谩赢得、青楼薄幸名存。此去何时见也，襟袖上、空惹啼痕。伤情处，高城望断，灯火已黄昏。

【注释】

①抹：涂抹。②谯门：谯楼，古代用于瞭望敌情的高楼。③引：举杯。④蓬莱旧事：指往昔的欢乐。⑤香囊暗解：悄悄解下香囊作为临别纪念。⑥罗带轻分：情人间解下罗带表示赠别。

【译文】

　　山巅浮着轻云，一片衰草连天，傍晚城楼上传来画角之声。将船暂停在岸边，姑且一同把酒话别。多少美好的往事，空自回望，只见得暮霭纷纷。斜阳之外，有无数寒鸦，一弯流水环绕那冷寂的孤村。

　　正是销魂时候，悄悄地解下香囊，轻轻地分开罗带。（光阴虚度）赢得一个青楼薄幸的虚名。这一去不知何时才能相见，衣袖上，白白地留下滴滴泪痕。正是感伤之时，站在高高的城池上望眼欲断，家家亮起灯火，此时已是黄昏。

【赏析】

　　这是一首赋别词，写词人与心上人的离别情景，于别情中暗含身世之叹。

　　上片写离别前的情景。"山抹微云，天连衰草，画角声断谯门"，这三句描写送别之地的景色，一片凄迷。"暂停征棹，聊共引离尊"，心上人设宴为词人送行，两人含情对饮。

　　"多少蓬莱旧事，空回首，烟霭纷纷"，这临别的一刻牵引起词人多少回忆，但往事已矣，此时唯见烟霭纷纷。"斜阳外，寒鸦万点，流水绕孤村"，词人并不着力描写自己心中的痛苦，而是通过写景造境来展现。于这最后三句，我们足能体会到词人孤苦的内心。

　　"销魂。当此际，香囊暗解，罗带轻分"，离别的时刻终于还是到来了，两人解下自己的贴身之物以作别后纪念。"谩赢得、青楼薄幸名存"，这句化用杜牧"十年一觉扬州梦，赢得青楼薄幸名"而来，感叹自己半生虚度，无限慨叹尽在其中。

　　"此去何时见也，襟袖上、空惹啼痕"，这几句写出了离别时的流连难舍之意。

　　"伤情处，高城望断，灯火已黄昏"，词人满怀伤感地离去了，他的心中是多么的不舍呀，不断回望，直到高楼淡出视野。

望海潮

◎秦观

梅英疏淡，冰凘溶泄①，东风暗换年华。金谷俊游②，铜驼巷陌③，新晴细履平沙④。长记误随车⑤。正絮翻蝶舞，芳思交加。柳下桃蹊⑥，乱分春色到人家。

西园夜饮鸣笳。有华灯碍月，飞盖妨花⑦。兰苑未空⑧，行人渐老，重来是事堪嗟⑨！烟暝酒旗斜。但倚楼极目，时见栖鸦。无奈归心，暗随流水到天涯。

【注释】

①凘：解冻时流动的冰。②金谷：金谷园，在今洛阳市东北。③铜驼：街名，在西晋都城洛阳皇宫前。④细履平沙：在沙地上缓步行走。⑤误随车：错跟别家女眷坐的车。⑥蹊：小路。⑦飞盖：指急行的马车。⑧兰苑：园林的美称，此指西园。⑨是事：凡事、事事。

【译文】

梅花稀疏淡雅，结冰的水已经融化，东风暗自将年华偷换。昔日在金谷园宴饮游玩，穿行在铜驼街巷间，趁新晴天气漫步在雨后沙滩上。总记得曾误追了人家香车，正是柳絮纷飞蝴蝶翩舞的时节，引得春思缭乱交加。柳荫下桃花小径，乱纷纷将春色送到千家万户。

夜里我们在西园饮酒，吹奏胡笳，华丽的彩灯遮掩了月色，飞驰的车盖碰损了繁花。花园的花还没有落尽，游子却渐渐老去，旧地重游以往的宴游之事真令人感慨嗟叹不已！暮霭里一面酒旗斜挂。倚着高楼纵目远眺，时而看见寻枝栖息的归鸦。无奈我的归心，已暗自随着流水到天涯。

【赏析】

宋哲宗绍圣元年（1094），秦观被贬为杭州通判，临行前重游西园。西园是词人与僚友们欢聚宴饮之地，这里留下了最美好的回忆。重游此地，不免要追怀过去的欢娱，并感叹今时之凄凉，因而作此词，抒发今昔之慨。

上片由眼前写到过去，主要回忆当年西园之乐。开篇写初春景象，写景中又含今昔之叹。"暗换年华"为全词题旨，一语双关，既写自然界的变化，又写政局的变化。"金谷俊游"至上片末，追忆西园雅集之乐。词人实以"长记"领起，但由于格律关系，将"长记"向后移了。"长记"之事甚多，而这首词写的只是两年前春天的那一次宴529。词人以西晋都城洛阳的金谷园和铜驼路代指北宋都城汴京的金明池和琼林苑，而非实指，意在渲染其生活之豪奢繁复。

下片由回忆又转到眼前，嗟叹身世。"西园夜饮鸣笳。有华灯碍月，飞盖妨花"，这三句继续追忆前事，描绘前年西园宴饮之乐。"兰苑"以下转到眼前，抒发重游之感。词人感叹佳园依旧，而人渐衰老。于一片凄迷之景中，词人想到自己不得不离开汴京而悲痛不已，因而于无可奈何之中生出归家的念头。

词人之笔在今昔之中不断转换，词意愈转愈深。《白雨斋词话》评此词曰："思路幽绝，其妙令人不能思议。"可谓至言。

鹊桥仙

◎秦观

　　纤云弄巧①，飞星传恨，银汉迢迢暗度。金风玉露一相逢②，便胜却人间无数。

　　柔情似水，佳期如梦，忍顾鹊桥归路。两情若是久长时，又岂在朝朝暮暮。

【注释】

①纤云弄巧：纤细的云彩变幻出许多美丽的花样来。②金风：秋风。玉露：晶莹如玉的露珠，指秋露。

【译文】

　　纤薄的云彩变幻出各种花巧，流星传递着离愁别恨。牛郎织女终于在七月七日夜里千里迢迢渡过银河来相会。秋风白露中一年一次的相逢，便胜过人间无数的儿女情长。

　　脉脉情意似水般温柔缠绵，短暂相会的美好时光宛如梦境，怎么忍心回头看鹊桥两边的归路！若是两人的爱情能天长地久，又何必在乎朝夕相守？

【赏析】

　　这是一首歌咏牛郎织女爱情的词，为爱情词中的绝唱，同时也是秦观的代表作之一。

　　秋夜云彩轻盈多姿，这全赖织女高超的技艺。但这样聪慧灵巧的女子却不能与自己的爱人长相厮守，这又是何等恨事。牛郎已经是迫不及待要与爱人相会了，一个"飞"字传神地刻画出了他的这种心情。然而"迢迢"两字却见出银河之广阔。但词人宕开一笔，不再为两人的爱情叹息，而是翻腾起一阵欢乐的浪花，说他们这一年一度的相会，就抵得上人间千遍万遍的相会，足见他们的爱情是多么的纯洁脱俗。

　　"柔情似水，佳期如梦"，绵绵情意如那悠悠的流水，美好的会见如梦一般迷离，如梦一般短暂。"忍顾鹊桥归路"，分离时两人是多么不舍呀，都不敢回头去看鹊桥归路，唯恐心碎。"两情若是久长时，又岂在朝朝暮暮"，最后一笔，空际转身，揭示了爱情的真谛：两人若是真心相爱，并不一定要形影不离、相伴朝朝暮暮。

千秋岁

◎秦观

　　水边沙外，城郭春寒退。花影乱，莺声碎。飘零疏酒盏，离别宽衣带。人不见，碧云暮合空相对。

　　忆昔西池会①，鹓鹭同飞盖②。携手处，今谁在？日边清梦断③，镜里朱颜改。春去也，飞红万点愁如海。

【注释】

①西池:北宋时汴京西城门外的金明池。②飞盖:疾行的车辆。③日边：帝京。

【译文】

　　绿水之旁，沙滩之外，城墙内外春天的寒意已经退去。花影凌乱，莺声细碎。飘零在外，酒杯很少再碰了，离别以后，因形容憔悴，衣带也变宽松了，如今只有碧云与暮色空自与我相对。

　　回忆往昔西园盛会，几个老朋友坐在马车里飞驰。携手之处，今天还有谁在？辅佐皇帝的好梦已经破灭，镜子里的年轻容颜也已经改换。春去了，飞红点点愁深似海。

【赏析】

　　这首词作于词人被贬谪为监酒税官期间，政治上的打击对他的身心造成了很大伤害，这首词正是抒发他身世之慨的，感情深挚悲切。

　　上片写春光，其中也蕴含着今非昔比的感叹。"水边沙外，城郭春寒退。花影乱，莺声碎"，有水有沙，有花香，有鸟啼，清新秀丽，令人不由得沉醉其中。这几句中以"乱"和"碎"二字最为传神，形象地写出了花之多以及鸟声之纷乱。

　　"飘零疏酒盏，离别宽衣带。人不见，碧云暮合空相对"，景色再好，词人也无心欣赏，因为他正流落异乡。风物的美好只能唤起他的身世飘零之感。这几句以凄婉的笔调写出了词人受贬远徙、思念亲友的哀痛。

　　下片以回忆起，继而进行今昔对比。"忆昔西池会，鹓鹭同飞盖"，这是词人追忆当年与朋友在汴京的一次欢聚。当时词人在京师供职秘书省，与同僚宴集于西池赋诗唱和，真是风光无限呀。

　　"携手处，今谁在？"那美好的时光已经不再，朋友们都已离去，词人抚今追昔，心中不胜悲慨。

　　"日边清梦断，镜里朱颜改。春去也，飞红万点愁如海"，政治局面的巨变，使词人心灰意冷，他觉得再无伸展抱负的机会了，只能坐等容颜苍老。"春去也，飞红万点愁如海"，政治上的失意令词人发出了这一摧裂心肝的感慨，感动千古。

踏莎行

◎秦观

雾失楼台，月迷津渡，桃源望断无寻处①。可堪孤馆闭春寒②，杜鹃声里斜阳暮。

驿寄梅花，鱼传尺素，砌成此恨无重数。郴江幸自绕郴山③，为谁流下潇湘去④。

【注释】

① 桃源：陶渊明《桃花源记》中所描绘的世外桃源。② 可堪：哪堪。③ 郴江：水名，发源于湖南郴县黄岭山。④ 潇湘：湖南的潇水和湘水。

【译文】

雾色中，楼台依稀难辨，月光下，渡口模糊不可见，望眼欲穿，桃花源却依旧无处寻觅。怎能忍受得了孤寂的客馆中春寒紧锁，杜鹃声里夕阳西下。

朋友托驿使寄来的梅花、传递的书信，平添了我无数离恨。郴江啊，你绕着你的郴山流就得了，为什么偏偏要流到潇湘去呢？

【赏析】

这首词作于绍圣四年。此前，秦观由于旧党关系，在朝内屡遭挫折，一再遭贬。最后官职被削，远徙郴州。就在这种情形下，词人作下此词以抒发自己内心的悲苦。

上片写景。"雾失楼台，月迷津渡，桃源望断无寻处"，开头三句写渡口，为词人想象中的景象，画面凄楚迷茫。"可堪孤馆闭春寒，杜鹃声里斜阳暮"，这两句转到眼前，写郴州贬所的景象，孤馆被春寒紧锁，杜鹃声声，夕阳西下，渲染出一片凄清冷寞。王静安先生曾经赞这两句词曰："少游词境最为凄婉，至'可堪孤馆闭春寒，杜鹃声里斜阳暮'，则变而为凄厉矣。"（《人间词话》）

下片写远方友人的致意与安慰。"驿寄梅花，鱼传尺素，砌成此恨无重数"，由于遭到贬谪，北归无望，亲朋的书信非但不能让他感到欣喜，反而牵动起他对往日生活的怀念和对故旧的思念，使他心中愁怨堆积。"郴江幸自绕郴山，为谁流下潇湘去"，词人想要将自己心中的悲愤一吐为快，但却忧惧畏讥，不能说透。于是借物寄情，他望着眼前山水痴痴问道："你本来生活在自己的故土，和郴山欢聚一起，究竟为了谁而竟自离乡背井，流下潇湘去呢？"含蓄地抒发了自己横遭贬谪的悲愤以及远望怀乡之思。

后人对此词的评价颇高，唐圭璋就评此词道："此首写羁旅，哀怨欲绝。起写旅途景色，已有归路茫茫之感。末引'郴江'、'郴山'，以喻人之分别，无理已极，沉痛已极，宜东坡爱之不忍释也。"（《唐宋词简释》）

浣溪沙

◎秦观

漠漠轻寒上小楼①，晓阴无赖似穷秋②。淡烟流水画屏幽。

自在飞花轻似梦，无边丝雨细如愁。宝帘闲挂小银钩③。

【注释】

① 漠漠：轻轻的弥漫。② 无赖：无奈。穷秋：晚秋。③ 宝帘：缀有珠玉的帘子。

【译文】

在寂寂的春寒中她独自登上小楼，早上的天阴着好像是在深秋。画屏上轻烟淡淡，流水潺潺，十分幽寂。

自由自在飘飞的花瓣轻得好像梦，无边的细雨好似心中的忧愁。她随意地用小银钩将帘子挂起。

【赏析】

这是一首抒发春愁的词，笔调极淡。

上片三句通过人的感受点明了时间、地点、气候。这是一个春天的早晨，女主人公独自登上小楼，只觉得这天气似秋天一般寒冷。这三句虽然只是描写景物，无一字抒情，然而人物寂寞、无聊、冷落的心情却全在不言之中。

下片正面描写春愁。虽然仍然不见人物，却用一个"愁"字点明全词主旨。为了描绘难以摹状的残梦与春愁，词人运用比喻，将梦比作飞花，将愁比作细雨，把那虚的感受具体化，形象可感。梁启超就称"自在"这一联为奇语。末句一个"闲"字更写出了女主人公寂寞无聊的心绪，独处闺中，院落凄清，她懒懒地卷起绣帘，朝外望去。

这首词将情与景完美融合为一体，像一件雕刻精致的艺术品、其中下片创作技巧尤为高超，正如《续编草堂诗余》所云："后叠精研，夺南唐席。"

行香子

◎秦观

　　树绕村庄，水满陂塘①。倚东风，豪兴徜徉②。小园几许，收尽春光。有桃花红，李花白，菜花黄。

　　远远围墙，隐隐茅堂。飏青旗③、流水桥旁。偶然乘兴、步过东冈。正莺儿啼，燕儿舞，蝶儿忙。

【注释】

①陂塘：池塘。②徜徉：闲游。③飏：飘扬。

【译文】

　　树绕着村庄而生，水涨满池塘。我乘着春风，意兴正浓地漫游在村庄里。小园只那么大点，却将春光尽收。有红的桃花，白的李花，黄的菜花。

　　远远看到一面围墙，围墙中有茅屋隐现。流水小桥旁边，一面青色的酒旗飘扬。偶然乘兴，翻过东面小山冈。正见莺儿啼啭，燕儿飞舞，蝶儿繁忙。

【赏析】

　　这是一首描写田园风物的词作，语言浅近，色彩鲜明。

　　"树绕村庄，水满陂塘"，整体写村庄景色，村庄四围绿树环绕，春水涨满池塘，这景象是多么清新秀丽。"倚东风，豪兴徜徉"，春光如此美好，词人意兴满怀，他沐浴着春风，信步闲游。这两句表现出了词人喜爱农村景色的神态。"小园几许，收尽春光"，词人走着走着，忽然看到了一座小园，其中春色尽收。"有桃花红，李花白，菜花黄"，这三句具体写小园的春色，有红的桃花、有白的李花、有黄的菜花，色彩绚丽，花香浓郁。

　　"远远围墙，隐隐茅堂"，由近景写到远景，词人远远看到一段围墙，墙内出现一间茅堂。"飏青旗、流水桥旁"，而在墙外小桥流水不远，飘扬着一面青色的酒旗，可见有一家小酒店就在近旁，真是充满生活的情趣。"偶然乘兴、步过东冈"，词人趁着兴致正浓，又步行翻过东边的小山岗。"正莺儿啼，燕儿舞，蝶儿忙"，这是写翻过小山岗后看到的景象，那里莺啼燕舞、蜂蝶儿正在繁忙，与之前小园中的景色相比又别有一番景致。前者静，后者动；前者着意于色与味，后者则着意于声音，使人五官开张，沐浴在美好的春光中。

帝台春

◎李甲

　　芳草碧色，萋萋遍南陌。暖絮乱红，也知人春愁无力。忆得盈盈拾翠侣①，共携赏、凤城寒食②。到今来，海角逢春，天涯为客。

　　愁旋释，还似织；泪暗拭，又偷滴。谩伫立、遍倚危阑，尽黄昏，也只是暮云凝碧。拼则而今已拼了，忘则怎生便忘得。又还问鳞鸿③，试重寻消息。

【注释】

① 盈盈拾翠侣：美好的游春伴侣。盈盈，美好的样子，多指人的风姿仪态。拾翠，指拾取翠鸟的羽毛以为首饰，后指妇女春日嬉游的景象。② 凤城：旧时京都的别称，此处指汴京开封。③ 鳞鸿：鱼雁。古有雁足寄信、鱼腹传书之说，常借鱼雁以代书信。

【译文】

　　芳草青碧，萋萋生遍南野。暖融融的柳絮，凌乱的飞花，因知道人春愁满腹，而显得绵绵无力。忆起那丰盈窈窕的游春伴侣，我们携手同赏凤城寒食之景。到如今，在那遥远的地方遇上春天，两人已是天涯相隔。

　　愁绪刚刚才释怀，又还似乱麻一般密密编织；暗自擦完眼泪，又悄悄滴下。谩自伫立，栏干倚遍，尽管我一直伫立到黄昏，看到的也只是碧空的暮云朵朵。要拼命割舍的已经拼命割舍了，要忘却又怎么忘得了。又再托鱼雁传书，试着寻觅她的消息吧。

【赏析】

这首词抒发伤春之情，兼写怀人情思。

上片写春愁。"芳草碧色，萋萋遍南陌"，这两句写春草，为原野泛景。在古诗词中，芳草与春愁是不分的，如李煜《清平乐》："离恨恰如春草，更行更远还生。"因此，此处的芳草不仅写出了生机盎然的春光，也暗喻绵绵无尽之离情。

"暖絮乱红，也知人春愁无力"二句，写絮飞花落，惹人愁思。在这里词人没有采用柳絮落花撩人春愁的一般写法，而是赋予它们以人的情感，说它们"知人春愁"。这样写便写出了物我同感的效果，将春愁写得更为动人。

"忆得盈盈拾翠侣，共携赏、凤城寒食"，这两句转入回忆，写词人与爱人一同游春，具体阐发"春愁"的内涵。"盈盈"二字写出了词人所忆之人的美好风姿。"拾翠"，指拾取翠鸟的羽毛以为首饰，后指妇女春日嬉游的景象。"凤城"，帝都的别称，此处指汴京开封。寒食节里，他们曾经素手相携，在皇城汴京游赏春光，那时词人是多么欢乐呀。

"到今来，海角逢春，天涯为客"三句词情一落千丈，词人一下子由美好的回忆转至冰冷的现实：如今又逢春日，可那往日的欢娱似春梦般消散了，两人已是天涯相隔。

下片抒发怀人之情。"愁旋释，还似织；泪暗拭，又偷滴"，四句描写游子的愁苦情状，将他心中"剪不断，理还乱"的离愁别绪直接道出，并且细致地刻画出了他微妙的心理活动。

"谩伫立、遍倚危阑，尽黄昏，也只是暮云凝碧"，这四句写倚栏盼人。词人独自登上他乡的高楼，向着爱人所在的方向痴痴凝望，可直到黄昏也没有盼到爱人。"谩"，徒也，空也。其实由这一"谩"字我们就可知词人心里知道自己是望不到爱人的，但他仍旧"遍倚危阑"，这是为什么呢？只因心中思念太过深浓，唯有登楼望远才能暂解怀人之情。

"拼则而今已拼了，忘则怎生便忘得"，此二句语虽俚俗，却情味深浓。词人说他拼命舍弃的均拼命舍弃了，但要忘却的却怎么也忘却不了。这两句充分揭示了词人欲罢不能的痛苦心情。

"又还问鳞鸿，试重寻消息"，既然忘不了她，就托鱼雁传书，试寻她的消息吧。最后这一结，将词人的深情充分表现了出来。

⊙作者简介⊙

李甲，生卒年不详。字景元，居华亭（今江苏松江），自号华亭逸人。有《画继》、《平湖县志》。词存九首。

菩萨蛮

◎赵令畤

轻鸥欲下寒塘浴，双双飞破春烟绿。两岸野蔷薇，翠笼熏绣衣。凭船闲弄水，中有相思意：忆得去年时，水边初别离。

【译文】

一双轻鸥想去寒塘洗浴，它们翩然飞来，划破碧色的春烟。两岸生着丛丛野蔷薇，绿叶衬托着红花就如熏笼熏着绣衣。

凭着小船闲弄春水，其中暗含相思情意。记得去年此时，我与她于这水旁刚刚分别。

【赏析】

这首词写相思。明媚的春光使大地万物复苏，到处都是绿色的生命。这春天的色彩映入人们的心灵，化成一片情影，催发着一切美好的感情。于是，这相思的韵律中也带上了绿色的清丽。

上片写春景，极为秀丽。"轻鸥欲下寒塘浴，双双飞破春烟绿"，这两句描绘了一幅鸥鸟翔空图：一对轻鸥从淡淡春烟中穿飞而来，它们好像要落入寒塘洗浴，不料陡然向上一翻，又飞入迷蒙的天空。这两句为动态描写，接着转为静态，描写蔷薇花："两岸野蔷薇，翠笼熏绣衣"。这里词人巧妙地将碧翠的芳草绿叶比作"翠笼"，而将密密盖满江岸的蔷薇花比作鲜红的"绣衣，"说芳草绿叶衬托着红花，仿佛是在翠色的熏笼上铺盖了一件鲜红的绣衣。这一动一静两幅图画展现出了江岸上动人的春色，前者生意盎然，后者绚丽多彩。但联系下片来看，上片又不只是在写春景，实际上它蕴含着词人的无限情意。

下片直抒相思之情。"凭船闲弄水，中有相思意"，这两句写得奇怪，为什么水中竟有相思意？紧接着词人便向我们解释道："忆得去年时，水边初别离。"原来去年此际，他正与心上人于水边别离。由此而知，词人上片写景并非虚耗笔墨，而是有他的深意在其中。那一带江景，词人并不陌生，那是他与心上人去年别离时所见。而词人"闲弄水"这一细节，则将他沉湎于回忆之中的情状十分传神地表现了出来。

⊙作者简介⊙

赵令畤（1051—1134），字德麟，自号聊复翁。太祖次子燕王赵德昭玄孙。哲宗元祐中签书颍州公事。时苏轼为知州，荐其才于朝。后坐元祐党事，被废十年。高宗绍兴初，袭封安定郡王，迁宁远军承宣使。有《候鲭录》八卷。赵万里为辑《聊复集》词一卷。

蝶恋花

◎赵令畤

　　欲减罗衣寒未去，不卷珠帘，人在深深处。红杏枝头花几许？啼痕止恨清明雨①。

　　尽日沉烟香一缕②，宿酒醒迟，恼破春情绪③。飞燕又将归信误，小屏风上西江路。

【注释】

①啼痕：泪痕。止恨：只恨。②沉烟香：沉香。③恼破：极度恼怒。

【译文】

　　想要脱下罗衣但寒意未尽，珠帘不卷，低低垂落，人在帘幕深处。红杏枝头花儿还剩多少？她不禁泪流满面，怨恨起清明时节的绵绵春雨来。

　　整日对着缕缕不绝的香烟，夜晚醉酒，次日迟迟才醒来，醒来又被伤春情绪所恼。飞燕又忘了将情郎的来信捎来，小屏风上只见那通往西江的水路。

【赏析】

　　这首词写闺情。

　　"欲减罗衣寒未去"，冬去春来。天气转暖，闺中之人想要减衣，却又踌躇起来，因为她感到此时寒意犹未消去。这一句言虽简单，却含义颇丰，它暗示出主人公最难将息的心情。"不卷珠帘，人在深深处"，这两句仍写人，虽未直接说出闺中人的心绪，却通过对她居住环境的描写展现出了她的故居独处的慵倦与寂寞。"红杏枝头花几许？啼痕止恨清明雨"，两句点明女主人公的春愁以及"不卷珠帘"的原因。她"不卷珠帘"是因为清明时节春雨连绵，定将庭院里的杏花尽数打落。她不忍看到带着雨痕的落花，啼哭一般，带着一腔怨恨控诉那残酷无情的清明雨。花儿哪有悲恨呢，即便有，人又怎可知。这里女主人公只不过将自己的感情赋予了它，从而折射出自己的伤春惜春意绪。

　　"尽日沉烟香一缕"，这一句写闺中情景，女主人公的生活是多么寂静凄清，她终日对着一缕袅袅香烟出神，心中苦闷至极。她的愁闷无法排遣，唯有借酒浇愁。"宿酒醒迟"，她心中有无限恨，不觉中喝了很多酒，以至于久睡不醒。紧接着一句"恼破春情绪"，径直说出她的春愁。"飞燕又将归信误，小屏风上西江路"，末两句揭示出主人公"恼破春情绪"的深层原因——思念远人。燕子飞回，却没有捎来爱人的消息。无奈之中，她只有对着屏风怅惘。因为屏风上画着通往西江的路，而那路正是爱人远去的路。结尾两句蕴藉含蓄，写出了闺中之人的一往情深。

忆仙姿

◎贺铸

莲叶初生南浦①，两岸绿杨飞絮。向晚鲤鱼风②，断送彩帆何处？凝伫，凝伫，楼外一江烟雨。

【注释】

① 南浦：指送别之地。② 向晚：临近傍晚的时候。鲤鱼风：指九月风。

【译文】

南浦上莲叶初生，江流两岸树上柳絮飘散。傍晚时分，你那夹杂着鲤鱼腥味的风，要将彩船送去哪里呀？凝立着，凝立着，只见楼外江面上烟雨纷纷。

【赏析】

这首词写水乡风光及生活。春末夏初，词人登上高楼，意欲欣赏江南水乡迷人的景致。他纵目望江，看到一幕动人的送别场景。

"莲叶初生南浦，两岸绿杨飞絮"，首二句点明季节和地点。莲叶初生，绿杨飞絮，说明此时正值春末夏初。"南浦"，出现在古诗词中泛指送别之地。如：屈原《九歌·河伯》："子交手兮东行，送美人兮南浦。"江淹《别赋》："送君南浦，伤如之何？"此处"南浦"为下文送别场景的描绘做了铺垫。那送别之地的景色是迷人的，莲叶初生，飞絮漫天。"向晚鲤鱼风，断送彩帆何处？"这两句是词人由眼下的送别场景而生发出的联想。"向晚"，即傍晚。点明送别的时间。薄暮将来的时候，江面上吹着带着湿润鱼腥味的暖风，远处行人已乘上画船，准备动身离去。词人由眼前的景象不禁生发出一番奇妙的联想，竟痴痴地问暖风："你要把这只画船吹送去哪儿呀？"这场景不可谓不动人。"凝伫，凝伫，楼外一江烟雨。"最后，词人正面登场，原来此时他正站在江岸的一座高楼之上。无疑，那送别的场景触动了词人心弦，也许唤起了他对过去自己别离时的回忆，反正此时他的心绪正如"楼外一江烟雨"一般，迷迷蒙蒙，带点惆怅，带点茫然。最后一句以景结情，十分耐人寻味。

⊙作者简介⊙

贺铸（1052—1125），字方回，又名贺三愁，号庆湖遗老，祖籍山阴（今浙江绍兴），生长于卫州共城（今河南辉县）。以门荫入仕。初为武阶，后转文官。为人豪侠尚气，秉性刚直，长期沉沦下僚。以词作闻名于世，题材较丰富，风格亦多变化，兼有豪放、婉约二派之长。有《东山词》，一名《东山寓声乐府》。

御街行 别东山

◎贺铸

松门石路秋风扫，似不许、飞尘到。双携纤手别烟萝①，红粉清泉相照。几声歌管，正须陶写②，翻作伤心调。

岩阴暝色归云悄，恨易失、千金笑。更逢何物可忘忧，为谢江南芳草③。断桥孤驿，冷云黄叶，相见长安道④。

【注释】

① 烟萝：这里指烟雾笼罩、葛罗蔓生的墓地。② 陶写：陶冶性情，排除忧闷。写，即泄。③ 为谢江南芳草：辞谢江南多姿多情的芳草。谢，辞谢。④ 长安道：指北宋首都汴京。

【译文】

苍松作门，石子路上秋风吹扫，像是不许那飞尘来染。我们两手相携告别了墓地上那蔓生的烟萝，去到那泉水边，清澈的泉水映照着你红润的面庞。几声歌管之音传来，正是要陶冶性情的，在悲伤的我听来却变成了伤心的曲调。

山岩变阴，暮色四合，云朵悄悄归去，我恨轻易失去了你的笑靥。还遇上什么事物可以令我忘忧，我只能答谢江南芳草的盛情。一截断桥，孤独的旅馆，凄冷的云，枯黄的叶，我们在长安再相见吧。

【赏析】

这首词抒发的是词人对亡妻的悼念之情，作于词人挥别东山之时。据贺铸墓志记载，夫人赵氏死后葬宜兴县清泉乡东篠岭之原。由此可见，词中的东山即是此地。

上片写墓地环境以及词人心中的感伤。"松门石路秋风扫，似不许、飞尘到"，首二句写墓地的环境。词人要离开东山了，他来到妻子的墓前与亡妻挥别。苍松挺立如门，青石路面平整，一派肃穆；秋风吹扫，飞尘不染，十分洁净。词人将逝者之墓描绘得如此肃穆庄严，可见其在他心目中的地位。

"双携纤手别烟萝，红粉清泉相照"，这两句写墓前词人的幻想。词人由于心中悲痛，对亡妻极度思念，面对着墓冢，他不觉进入到一种似梦非梦的状态。恍惚间，爱人又回到了他身边，他们素手相携，告别了那烟萝丛生的墓地，来到清澈的泉水边去映照红润粉嫩的面庞。若非情到深处，是不会出现这种幻觉的，词人此时的心情是难为旁人所理解的。

"几声歌管，正须陶写，翻作伤心调"，此三句写幻梦被乐声惊醒之后的心情。词人正沉浸于与爱人重逢的幻想之中，突然一阵管弦声传来，将他从幻境中惊回现实。那乐声本应当是"陶写"性情的，词人的心情也需要"陶写"。"陶写"即陶冶性情，排除忧闷。"写"者"泄"也。可那音乐不仅没有为他排忧解闷，在哀伤的他听来，反而成了更令人伤心的曲调。至此，其悼亡之情更近一层。

下片将情与景相结合，进一步抒发对亡人的思念。"岩阴暝色归云悄"，词人的视线由眼前墓冢移向它背后的山岩天空，此时暝色四合，山岩跟着转阴，天空的云也悄然归去。

天色向晚，这意味着悼亡者即将要离开，突然他的心如同被针扎一般，疼痛不已，他万般痛苦地喊道："恨易失、千金笑。""更逢何物可忘忧，为谢江南芳草"，词人心中之"恨"如此深浓，他想力图排遣，忘掉这"恨"，可是他的"忧"实在太深，无物可消解。即便"江南芳草"十分悦目，但他心中的忧愁也不能减分毫，因而他只能答谢芳草的盛情。

"断桥孤驿，冷云黄叶，相见长安道"，最后三句，点破"别东山"之题。"断桥孤驿，冷云黄叶"勾画出一幅孤冷凄清的秋日东山图，渗透着词人失伴后的悲痛。"冷"、"孤"二字着上了词人极强的主观色彩，创造出一片寂寞冷酷之境。最后一句"相见长安道"既是对往昔生活的回忆又是对亡灵进行安慰。"长安道"即北宋首都汴京开封。早年词人与爱妻共同生活于汴京，因而这"长安道"上写满了词人对两人共同生活的回忆。如今已生死阻隔，词人只能以"相见长安道"来告慰妻子亡灵。

词的品赏知识

悼亡词概述

从文体分类的角度看，"悼亡"多归诗词，还专指悼念亡去的妻妾而言。魏晋之前并无悼亡诗，西晋潘岳为悼念亡妻写《悼亡诗三首》，开悼亡题材之先，后世乃专以悼念亡去的妻子的诗词为"悼亡"。故悼亡诗词多为作者即兴抒情之作，字字发自肺腑，极为动人。中国古代四大悼亡诗词分别为苏轼的《江城子·乙卯正月二十日夜记梦》、潘岳的《悼亡诗三首》、贺铸的《鹧鸪天》、元稹的《离思》(其四)。

这首《御街行》是一首悼亡词，词情甚为悲痛，读之令人泣下。

鹧鸪天

◎贺铸

重过阊门万事非^①。同来何事不同归。梧桐半死清霜后，头白鸳鸯失伴飞。

原上草，露初晞^②。旧栖新垅两依依^③。空床卧听南窗雨，谁复挑灯夜补衣。

【注释】

①阊门：指苏州西门，作者从前住的地方。
②露初晞(xī)：露水刚刚被太阳蒸干。③垅：坟头。

【译文】

重过阊门却人事全非，我们一同来此为什么不一起回去？霜降以后，梧桐已半死，头发花白却如鸳鸯失伴一般独自飞行。

原野上，草上的露珠刚刚干去。旧时的住处和你的新坟，令我思之不绝。独自躺在床上，我听着南窗外夜雨的滴沥声，谁还为我深夜挑灯，缝补衣裳！

【赏析】

贺铸的妻子是宗室赵克彰的女儿。赵氏虽然是皇族千金，但出嫁后却不辞劳苦，勤俭持家，对贺铸十分体贴，夫妻二人感情很好。这首词为赵氏去世后贺铸为她写的悼亡词，词中表现了词人对亡妻赵氏的深挚怀念。

"重过阊门万事非。同来何事不同归"，词人旧地重游，想到已故的妻子，不禁悲从中来，诘问妻子为什么同来不同归。这句问话是极其无理的，但却又是万分深情的。

"梧桐半死清霜后，头白鸳鸯失伴飞"两句，写自己的处境。梧桐树半死、鸳鸯失伴，这不正是词人丧偶的真实写照吗？这两个比喻形象地刻画出了词人的孤独与凄凉。

"原上草，露初晞"，这两句用比，用青草上刚被晒干的朝露暗指夫人的新殁。

"旧栖新垅两依依"，面对着依依相望的旧时居所和妻子新坟，令他肝肠寸断。

"空床卧听南窗雨，谁复挑灯夜补衣。"这末一句感叹将感情推向了高潮。这一声感叹中，表现出了妻子的贤惠，以及词人对她的无尽想念，读来令人哀惋凄绝，感慨万千。

捣练子 杵声齐

◎贺铸

砧面莹①，杵声齐②，捣就征衣泪墨题。寄到玉关应万里，戍人犹在玉关西。

【注释】

① 砧：捣衣石。② 杵：捶衣布的木槌。

【译文】

捣衣石晶莹洁白，捣衣的槌声整齐而有节奏。征衣捣好后泪水却将信上的墨迹浸湿了。寄到玉关应有万里，而征人却还在玉关之西。

【赏析】

词人曾作了几首《捣练子》，都是写闺怨。这首词是其中之一。词人借闺中怨女之口，写出了长期的边患不平给征人思妇造成的深重痛苦。

"砧面莹，杵声齐"，词从捣衣的工具着笔，而字句中都是捣衣之人。"砧面莹"是说捣衣石被磨得晶莹光洁，说明了思妇的辛劳。"杵声齐"则是说捣衣声整齐而有节奏，这里说明思妇捣衣非常熟练。"捣就征衣泪墨题"，这一句点明题旨，原来她捣衣的目的是寄与远戍边关的丈夫。写信时，想到丈夫远在千里之外，生死难卜，她不禁潸然落泪。

"寄到玉关应万里，戍人犹在玉关西"，这两句是思妇的悲叹：玉关就已经很远了，那征戍之地更加遥远，不知这承载着自己全部柔情的包裹要几时才能到达丈夫手中。词意愈转愈深，这一叹将女主人公那伤离怀远之情推向顶峰。

这首词创造了一个凄清的意境，读来叫人生悲，从心底生发出对思妇命运的深深同情，以及对战争的厌恶。

词的品赏知识

相思怀人词概述

相思怀人词表达的主要是对亲友的思念，以及在异乡的孤寂、惆怅、落寞、凄清的意绪。我们可以将相思怀人词分为以下四类：

羁旅愁思，如柳永的《夜半乐·冻云黯淡天气》；思亲念友，如黄公绍的《青玉案·年年社日停针线》；边关思乡，如范仲淹《渔家傲·塞下秋来风景异》；闺中怀人，如贺铸的《捣练子·杵声齐》。

踏莎行 芳心苦

◎贺铸

　　杨柳回塘①，鸳鸯别浦②，绿萍涨断莲舟路。断无蜂蝶慕幽香，红衣脱尽芳心苦③。

　　返照迎潮，行云带雨，依依似与骚人语④。当年不肯嫁春风，无端却被秋风误。

【注释】

① 回塘：曲折的水塘。② 别浦：与前句"回塘"指一处地方。③ 芳心苦：莲子心味苦。④ 骚人：诗人。

【译文】

　　在岸边种着杨柳、中有鸳鸯戏水的池塘里，绿色的浮萍阻断了莲舟的去路。断然没有蝴蝶蜜蜂思慕荷花的幽香，终于是花瓣落尽，莲心苦涩。

　　落日的余晖迎接着潮水，天空的流云带着几点微雨，荷花依依似在与失意之人言语。当年她不愿嫁与春风，如今却被秋风耽误。

【赏析】

　　这是一首歌咏荷花的词作，词人咏

物寄情，以荷花饱经忧患的命运暗寓自身，寄托词人对身世的感伤。

　　"杨柳回塘，鸳鸯别浦"，这两句写荷花所在之地，"回塘"，位于迂回曲折之处的池塘。"别浦"，不当行路的水口。两者都是鲜有人去的地方，荷花生长在这样的地方故不易被人发现，更别提为人所喜爱了。"绿萍涨断莲舟路"，每到荷花盛开时，女子便结伴乘舟前往荷塘采摘，但荷花生长在绿萍深处，莲舟过不来。这里词人以无人采摘的莲花来比喻自己之不见用。"断无蜂蝶慕幽香"，这一句再作比，莲花不仅无人采摘，连蜜蜂蝴蝶也未恋它的幽香。词人以荷花的幽香比作自己的品德，再叹无人欣赏自己。

　　"红衣脱尽芳心苦"，莲女不来摘，蜂蝶不来采，荷花只能自行凋落而已。词人遥想自己的一生，不正如同这荷花一般，不为人所重用，只能任年华空逝。"返照迎潮，行云带雨，依依似与骚人语"，这里又回到荷塘景色，夕阳西下时，当晚潮涨起，天边一抹行云又夹带着寒雨而来，那随波摇曳的荷花仿佛要向词人诉说些什么。"当年不肯嫁春风，无端却被秋风误"，原来它是在感叹身世，说自己当年品性孤高，不愿在春天与其他花儿斗妍取怜，争相开放，待到放下矜持，想要适时绽放却暗惊秋风已至，为时已晚。这里暗含词人不为世用、美人迟暮之慨。

青玉案

◎贺铸

凌波不过横塘路①，但目送，芳尘去。锦瑟华年谁与度②？月桥花院，琐窗朱户③，只有春知处。

飞云冉冉蘅皋暮④，彩笔新题断肠句。试问闲愁都几许？一川烟草，满城风絮，梅子黄时雨。

【注释】

① 凌波：形容女子脚步轻盈，步行如同在水波上走路一般。
② 锦瑟华年：比喻青春年华。③ 琐窗：有锁链形纹饰的窗子。
④ 冉冉：渐渐地。蘅皋：长满香草的高地。

【译文】

美人轻移莲步不再越过横塘路，我目送着她的倩影远去。谁与她一同度过她最美好的年华呢？除了赏月的楼台，花木环绕的妆楼，雕花的窗户，朱红的大门之外，只有一年一度的春天才会理解她内心的深处。

生长着香草的小洲上白云缓慢飘过，彩笔刚刚在纸上题了一首催人肠断的诗篇。试问闲愁有几多？一山淡烟弥漫的青草，满城随风飞舞的柳絮，梅子变黄时的潇潇春雨。

【赏析】

据龚明之《中吴纪闻》载："铸有小筑在姑苏盘门外十余里，地名横塘。方回往来于其间。"可见"横塘"乃词人的隐居之所。一日，词人闲坐之时，他看见一位佳人从横塘路前走过，由这位佳人词人联想起了自身，他借美人寄托自己的不为世用的愤懑。

"凌波不过横塘路，但目送，芳尘去"，词人看见一位美人在横塘前匆匆走过，看着她远去的倩影，词人展开了丰富的想象。

"锦瑟华年谁与度？月桥花院，琐窗朱户，只有春知处"，他推想这女子的生活，在她最美好的时光里，与她相伴的，只有那无知无觉的住所与春天，字里行间流露出词人的无限惋惜。这里词人似在惋惜佳人，实在自伤。贺铸一生沉沦下僚，有志难伸，他借美人无人相伴感叹自己怀才不遇，虚度光阴。

"飞云冉冉蘅皋暮，彩笔新题断肠句"，词人接着想象美人幽居独处的怅惘情怀。美人临窗而立，为自己韶华流逝而哀叹不已，提笔写下叫人柔肠寸断的诗句。

"试问闲愁都几许？一川烟草，满城风絮，梅子黄时雨"，结句取譬巧妙，用烟草、风絮、梅雨三种景物，将不可触摸的虚的感情，转化为可见、可体味的实的景，尤为后人称道。清代的王闿运就赞叹说："一句一月，非一时也。"

六州歌头

◎贺铸

　　少年侠气，交结五都雄①。肝胆洞②，毛发耸。立谈中，死生同，一诺千金重。推翘勇③，矜豪纵，轻盖拥，联飞鞚④，斗城东。轰饮酒垆，春色浮寒瓮，吸海垂虹。间呼鹰嗾犬⑤，白羽摘雕弓，狡穴俄空。乐匆匆。

　　似黄粱梦，辞丹凤⑥，明月共，漾孤篷。官冗从⑦，怀倥偬⑧，落尘笼，簿书丛⑨。鹖弁如云众⑩，供粗用，忽奇功。笳鼓动，渔阳弄⑪，思悲翁。不请长缨⑫，系取天骄种⑬，剑吼西风。恨登山临水，手寄七弦桐⑭，目送归鸿。

【注释】

①五都：泛指宋朝的各大都市。②肝胆洞：意思是真诚以待，肝胆相照。③翘勇：即骁勇。④飞鞚（kòng）：意思是马飞驰。鞚，马笼头，借指马。⑤嗾（sǒu）：人指使狗的声音。⑥丹凤：指京城。⑦冗从：散职侍从官。⑧倥偬：奔波劳苦。⑨簿书丛：指堆积的官府文书。⑩鹖（hé）弁（biàn）：以鹖羽为装饰的武士冠。⑪"笳鼓"二句：指边塞战事又起。渔阳，指安禄山自渔阳起兵反叛的事。⑫请长缨：指主动请缨。⑬天骄种：指胡族。⑭七弦桐：指琴。

【译文】

　　少年时有侠气，结交各大重镇的英雄豪杰。我们肝胆相照，毛发耸立。三言两语，便成生死之交，一诺抵过千金。我们推崇勇敢，以豪侠纵气为尚。驾着轻车，骑着骏马，比武于城东。酒楼上我们开怀畅饮，酒坛里浮现出诱人春色，喝酒如吸食海水垂虹。只听到群雄呼鹰使犬，摘箭搭弓，一会儿就将兽巢猎取一空，真是其乐无穷。

　　少年之事真如黄粱一梦。辞别了汴京，同明月一道，一叶扁舟载我飘摇。混了个闲散官职，整日俗务缠身，落进尘世的樊笼里，繁杂的文牍堆中。像我这样戴着鹖帽的武官如云一般多，供人驱使，哪有机会建立奇功呢。内有起兵造反之乱，而边境始终不安宁；想我这忧国忧民的老翁，不能请缨出战，我是那上天优宠的种呀，腰间的宝剑都在西风中为我鸣不平。我只好恨恨地登山临水，将一腔悲愤都寄予琴弦，目送归雁远去。

【赏析】

宋哲宗元祐年间，新法纷纷被废除，朝政日渐紊乱，对外又恢复了岁纳银绢、委曲求和的旧局面。西夏军队两度入侵，而宋王朝却委曲求和，欲将部分西北要塞拱手相让。当时远在和州身为下级军官的贺铸写下此词，抒写想要为国效力的豪情，倾诉壮志难酬、报国无门的苦闷。

上片回忆任侠使气的少年生活。"少年侠气，交结五都雄"，提纲挈领，总写少年时那段豪气冲天的生活。那时的词人意气风发，胸胆开张，交游甚广。

"肝胆洞"以下五句，写少年侠士的道德品质。他们肝胆相照，生死与共；他们一身正气，嫉恶如仇；他们重义轻财，一诺千金；他们推崇勇敢，以豪侠使气为尚。

"轻盖拥"九句写武士们的豪放生活。他们轻车相从，驾马飞驰，穿行在京城内外；他们买酒豪饮，携弓射猎，身手十分矫健。

最后用"乐匆匆"三字收束上片，说豪侠生活其乐无穷，但这欢乐却不持久。"匆匆"二字包含着词人的无可奈何。

下片抒发仕途失意，请缨无路的苦闷。"似黄粱梦"一句急转直下，由欢乐跌至悲愤。词人接着叙写自己那段欢乐生活后的境况。他离开京城后，一直沉沦下僚，担任着低微官职。成天为案牍之事所束缚，那保家卫国的壮志、建立奇功的才能完全被埋没了。而且还指出像词人这般有志难伸之人不止一个，这就将矛头指向了统治者，控诉他们对人才的浪费。

"箫鼓动，渔阳弄"，点明宋朝正面临边关危机。如今国难当头，词人恨自己不能驱除外敌，只能任年华消逝。虽人已老去，但豪情依旧，其内心深处仍蕴藏着报国壮志，连身上的佩剑也在西风中发出怒吼！然而词人的壮志无人理会，他的才能得不到施展。于是在悲愤之中，他登山临水，将忧思寄于琴弦，把壮志托付给远去的鸿雁。

词的品赏知识

宋词中常见的思想情感（一）

宋词中常见的思想情感分为以下几大类别：

忧国伤时。一、揭露统治者的腐朽；二、反映离乱的痛苦；三、同情人民疾苦；四、对国家命运的担忧。

建功报国。一、建功立业的渴望；二、保家卫国的决心；三、报国无门的悲伤；四、山河沦丧的痛苦；五、年华消逝，壮志难酬的悲叹；六、揭露统治者穷兵黩武；七、理想不为人知的愁苦。

贺铸的这首《六州歌头》表达的是报国无门的痛苦，当属于建功报国一类。

石州慢

◎贺铸

薄雨收寒，斜照弄晴，春意空阔。长亭柳色才黄，远客一枝先折。烟横水际，映带几点归鸿，东风消尽龙荒雪①。还记出关来，恰如今时节。

将发。画楼芳酒，红泪清歌，顿成轻别。回首经年，杳杳音尘都绝。欲知方寸②，共有几许新愁？芭蕉不展丁香结③。枉望断天涯，两厌厌风月④。

【注释】

①龙荒：指塞外。②方寸：指心。③丁香结：丁香的花蕾。古人常以丁香结比喻愁思凝结的状态。④厌厌：精神不振的样子。

【译文】

小雨过后，空气微寒，晚来放晴，夕阳映照大地，辽阔的天地间春意弥漫。长亭柳色才刚刚转黄，想不到就已折柳相别了。烟霭萦绕水际，映衬点缀着几只归鸿，和暖的东风融尽塞外积雪。犹记得我那年出关，也正是这样的时节。

将要出发前。她在画楼摆酒为我饯别，流着眼泪，唱着清歌，真恨自己当初那么轻易地就离开了她。回首这些年，她音信渺茫，再无消息。想要知道，这其中愁苦到底有多少？如那芭蕉，如那丁香结，难以舒展。枉自望断天涯，两地苦苦相思。

【赏析】

这是首相思怀人的词作。据《能改斋漫录》卷16记载，贺铸曾与一女子相恋，久别后，这女子寄给贺铸一首诗，"独倚危栏泪满襟，小园春色懒追寻。深思纵似丁香结，难展芭蕉一寸心。"于是，贺铸便写了这首《石州慢》。

上片主要写景。"薄雨收寒，斜照弄晴，春意空阔"，这几句写初春景致：雨住寒收，夕阳晚晴，春意无边。"长亭柳色才黄，远客一枝先折"，柳色才黄就已折柳相别了，这里暗含词人的幽怨，怨离别太匆匆。"烟横水际，映带几点归鸿，东风消尽龙荒雪"，词人放眼望去，只见烟横水漫，映带着几点归鸿；东风吹拂，塞外积雪已然融尽。这样的景致给人一种孤独寂寞之感。"还记出关来，恰如今时节"，词人忆起那年出得关来，也正是这个季节。此时词人将眼前之景和当初与那位女子离别时的景致已经融为了一体。

下片写别情。"将发。画楼芳酒，红泪清歌，顿成轻别"，这四句是回忆当年的离别情景：画楼筵上，她泪水盈盈，清歌话别。最后"顿成轻别"一句，透露出词人无限的悔恨。"回首经年，杳杳音尘都绝"，这两句说离别已久，音信全无。"欲知方寸，共有几许新愁？芭蕉不展丁香结"，两人将对方的思念积压在心头，不得舒展。"枉望断天涯，两厌厌风月"，末句一笔写出天涯两端别情无限，语言缠绵悱恻，情真意切。

思越人

◎贺铸

紫府东风放夜时①，步莲秾李伴人归②。五更钟动笙歌散，十里月明灯火稀。

香苒苒，梦依依，天涯寒尽减春衣。凤凰城阙知何处③，寥落星河一雁飞。

【注释】

① 紫府：指京城。② 步莲：莲步，形容女子步姿娇美。秾李：形容美人容貌如同秾艳的李花。③ 凤凰城阙：凤凰栖息的宫殿，这里指京都。

【译文】

东风初起的京城解除宵禁之时，我伴着貌如秾李、步生莲花的美人归去。五更的钟声响起，笙歌已散尽，月色皎皎而灯火稀疏。

香烟袅袅，梦魂依依。天涯寒意散尽，我减下春衣。京城迢递，不知在何处，只望见稀疏冷落的银河下孤雁高飞。

【赏析】

这是一首记梦词。词人在青年以后，旅居各地担任一些微小官职，有志不能伸，心中悲愤难平。他常怀念京城，怀念在那里度过的一段少年侠气的美好时光，日夜盼望着能重返京都。这首词就是写梦中京城元宵节的热闹繁华之景，以及梦醒后的寥落孤独之境，其中暗含了词人的身世之慨，并隐约传达出一种今非昔比、怀才不遇的遗恨。

上片写梦境。"紫府东风放夜时"，梦中词人置身于京城的元宵之夜的繁华与热闹中，只见宫殿楼阁富丽堂皇，人们尽情观灯游赏。"放夜"，即解除夜禁。古代都市实行宵禁，街道断绝通行。唐以后，每逢正月十五前后几日解除宵禁，让人们尽情观灯游赏。且看词人在上元之夜是多么的幸福吧，"步莲秾李伴人归"，花市赏灯之后，他伴着美人，携手归去。

"五更钟动笙歌散，十里月明灯火稀"，此时虽至五更天，但到处仍然留有节日的痕迹。"五更"写出了夜游观灯时间之长；"十里"则暗示出欢度佳节范围之广，可谓是处处笙歌，通宵达旦。上片通过对京城元宵夜的描写，流露出词人对京都生活的眷恋与不舍。

下片写梦醒之后的情景。"香苒苒，梦依依"，一觉醒来，笙歌、灯火、佳人全都化为乌有，眼前只有炉香袅袅。现实与梦境形成鲜明对照，氛围一下子由热闹转至凄清，人的情绪也一下子低落下来。因而词人梦魂依依，他还贪恋着梦中的美好，不舍得醒来。"天涯寒尽减春衣"，此句与上片首句相呼应，当时是在京城，而今却是在天涯；当时是东风初起，而此时却值暮春。一繁华，一寥落；一热闹，一凄寂，对比是何其的鲜明！

"凤凰城阙知何处，寥落星河一雁飞"，京都远在天边，眼前只看到一只孤雁鸣叫着飞过。这两句将词人抚今追昔、失意落寞的心绪写到极致。

清平乐

◎贺铸

阴晴未定①，薄日烘云影②。临水朱门花一径，尽日乌啼人静③。

厌厌几许春情④，可怜老去兰成⑤。看取镊残双鬓⑥，不随芳草重生。

【注释】

① 阴晴未定：指天气变换无常。② 薄日：天气阴霾时的太阳。③ 尽日：一天到晚。④ 厌厌：身体微弱，精神不振。⑤ 兰成：指南北朝时著名作家庾信，兰成是其小字。⑥ 镊：即"镊白"，拔去白头发。

【译文】

天气阴晴不定，苍白的太阳烘烤着阴湿的云朵。一座朱红色大门的院落临水而立，院子里的小径旁种满了花草，一天到晚，只听见乌鸦的啼鸣，无一丝人声。

精神恹恹，心中春愁无限，那年老的庾信真是可怜。看那被拔掉白发的两鬓，青丝不随芳草年年又生。

【赏析】

这是一首伤春叹老之作。词人借春景衬托他老年落拓无成的状况，词情幽怨。

上片写景。"阴晴未定"，首句写天气，说天气变幻无常，言辞简单，用笔极为平淡。接下来"薄日烘云影"写景颇为新奇。一个"薄"字写出了日暮时分日色的苍白。由于天气"阴晴未定"，并非十分晴好，天空的云团显得很潮湿，浸润着太阳。这情景在词人看来，仿佛是太阳正努力烘烤着它四周的云，想象十分奇特。

"临水朱门花一径，尽日乌啼人静"，这两句写主人公居处的环境。词人住宅临水，门前溪水潺潺；门色鲜丽，呈一片朱红；门后呢？庭院深深，一条曲折的小径两旁种满花木。这景色不可谓不佳，但"尽日乌啼人静"句一出，则使得这美丽的院落显得孤寂、凄清。

下片抒情。"厌厌几许春情，可怜老去兰成"，春光最能引起老年人对青春的追思，这两句抒发的正是这种情思。词人精神不振，难道仅仅是因为那一点伤春情绪吗？不，他的"春情"实源自于他对自己老大一事无成的悲哀。"兰成"是南北朝时著名诗人庾信的小字。他的《哀江南赋》有句云："信年始二毛，即逢丧乱，藐是流离，至于暮齿。"这里，词人以庾信晚年自况，说明他晚年的心情像庾信一样沉郁伤感。

"看取镊残双鬓，不随芳草重生"，最后两句写出了词人不甘落魄却又无可奈何的心情。"镊"即"镊白"，拔去白发。"镊白"是因为词人留恋青春年华，不甘衰老。但他转念一想，纵使将白发拔光，青丝也不会如芳草一般随春而生。

黄庭坚曾赠诗给贺铸，其中有句云："解道江南断肠句，只今唯有贺方回。"这首词就是这样一首断肠词，至今仍能引起人们的共鸣。

南柯子 忆旧

◎僧仲殊

十里青山远，潮平路带沙。数声啼鸟怨年华，又是凄凉时候、在天涯。

白露收残月，清风散晓霞。绿杨堤畔问荷花，记得年时沽酒、那人家①。

【注释】

①沽酒：买酒。

【译文】

远处青山隐隐，江潮涨平了沙路。鸟鸣数声似在埋怨年华的匆匆流逝，又是那一年中最凄凉的时候漂泊在天涯。

白露初生，残月落去，清风将朝霞吹散。我站在绿杨漂浮的水堤上，问荷花道："你还记得从前我买酒的那家酒馆吗？"

【赏析】

这是一首忆旧词，写词人夏日旅途中的一段感受。"十里青山远，潮平路带沙"，这是词人赶路时看到的景象，山水相映，路面带沙，空阔的画面映衬出词人的孤单。"数声啼鸟怨年华，又是凄凉时候、在天涯"，接着感叹年华流逝，人在天涯，一种凄凉自生。

"白露收残月，清风散晓霞"，这两句描写夏日早晨的旅途光景，晨露晶莹，残月随之被送走；晓风清爽，吹散了天边的朝霞，清爽秀丽。"绿杨堤畔问荷花，记得年时沽酒、那人家"，词人此时是多么的无聊寂寞啊，旅途中不见一人，那满池荷花竟成了难得的晤谈对象。这眼前的荷花唤起了词人的一段回忆，他记得有一次自己曾在这荷塘边喝过酒。于是他低下身去问荷花："你还记得年前到此买酒喝的那个人吗？"词人那自然的品性于此情景相生的妙笔中毕现。

摸鱼儿 东皋寓居

◎晁补之

买陂塘、旋栽杨柳①，依稀淮岸湘浦。东皋嘉雨新痕涨②，沙嘴鹭来鸥聚。堪爱处，最好是、一川夜月光流渚。无人独舞。任翠幄张天，柔茵藉地③，酒尽未能去。

青绫被④，莫忆金闺故步⑤，儒冠曾把身误。弓刀千骑成何事？荒了邵平瓜圃⑥！君试觑⑦，满青镜、星星鬓影今如许。功名浪语。便似得班超⑧，封侯万里，归计恐迟暮。

【注释】

①陂（bēi）塘：水塘。旋：随即。②东皋：指水边的向阳高地。③藉（jiè）地：铺地。④青绫被：供高官使用的被子。青绫，青色的有花纹的丝织物。⑤金闺：即金马门，汉代官员在金马门外候旨听宣。⑥邵平：秦人，秦亡后隐居在长安城东种瓜。⑦觑（qù）：仔细地看。⑧班超：西汉名将，曾出使西域，召还时已经七十多岁了。

【译文】

买下一方池塘，很快在岸边栽上杨柳，依约有淮水、湘江岸边的样子。东皋刚刚下了一场好雨，池水见涨，白鹭、鸥鸟纷纷聚集在池中沙地上。最让人喜爱的地方，是晚间那一池月光环绕着水中小洲之时。四野无人，我独自起舞。任凭碧绿的树冠遮盖天空，柔软如茵的小草铺满大地，美酒喝尽，我仍旧舍不得离去。

做官的青绫锦被不值得留恋，也不要再去回忆身在朝廷的日子，读书做官曾经耽误了自己。即便带领数千名佩带武器的卫兵又能成什么大事？倒还荒废了田园瓜圃。你试看那青铜镜里，两鬓生出了多少白发！所谓"功名"，不过是一句空话。即便像那班超一样，封侯于万

里之外，等到归来享受时恐怕已经年老体衰了。

【赏析】

这首词为词人遭贬后退隐故乡金乡（在今山东）后所作。东皋，即东山。词人归乡后在东山修建了一座"归去来园"，晚年寓居于此。这首词不仅写园中景色，还表达了对官场生活的厌弃及对田园生活的向往，是词人的代表作之一。

上片写景。"买陂塘、旋栽杨柳，依稀淮岸湘浦"，词人买来池塘，在岸边种上柳树，布置得如同淮河岸边，风光秀丽。

"东皋嘉雨新痕涨，沙嘴鹭来鸥聚"，每逢好雨过后，池水涨起，沙洲上鸥鹭聚集，景色非常喜人。"沙嘴"指水中的沙洲。

"堪爱处，最好是、一川夜月光流渚。无人独舞"，词人最爱那月光流华之时，那时万籁寂静，唯有词人独自起舞。上片描写了田园优美恬静的风光，并衬托出词人洁身自好的情怀。

下片抒情。"青绫被，莫忆金闺故步，儒冠曾把身误"，这里词人说不要留恋过去的仕宦生涯，读书做官是耽误了自己。

"弓刀千骑成何事？荒了邵平瓜圃"，词人接着感叹说自己做了这么多年的官一事无成反倒耽误了退隐。

"君试觑，满青镜、星星鬓影今如许"，经过多年的宦海沉浮，此时虽已经归来，但却已两鬓花白了。

"功名浪语。便似得班超，封侯万里，归计恐迟暮"，那所谓功名事业不过是一句空话，且看班超，他虽立下汗马功劳，被封为定远侯，但回到京都洛阳不久便死去了。下片句句饱含词人对自己晚年才返还故乡的怅恨。

词的品赏知识

评价宋词的思想内容应注意的问题（二）

我们要明确一点，大多数作品的思想感情不是单一的，其中可能交织着许许多多非常复杂的情感。另外，一个作家的整体创作趣向和风格一般是固定的，但也不排除个别作品的特例存在。

我们以晁补之的《摸鱼儿·东皋寓居》为例，词人一生大起大落，仕途坎坷，青年时曾为"苏门四学士"之一，与苏轼、黄庭坚、张耒等诗酒酬唱，度过了一生中最惬意的时期。但后来连连遭祸，词人对官场也渐生厌弃。在这首词中就体现出词人的坎坷遭际及其心中的愤懑与不平。

⊙作者简介⊙

晁补之（1053—1110年），字无咎，号归来子，济州巨野（今属山东巨野县）人。神宗元丰二年（1079）进士。历官秘书省正字、校书郎、礼部员外郎等职。"苏门四学士"之一。工书画，能诗词，善属文。其词格调豪爽，语言清秀晓畅。有《鸡肋集》、《晁氏琴趣外篇》。

盐角儿 亳社观梅

◎晁补之

开时似雪，谢时似雪，花中奇绝[①]。香非在蕊，香非在萼[②]，骨中香彻。

占溪风，留溪月，堪羞损、山桃如血[③]。直饶更、疏疏淡淡[④]，终有一般情别。

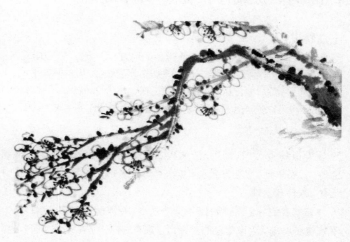

【注释】

① 奇绝：绝无仅有。② 萼：花萼。

③ 堪羞损、山桃如血：可以使红得似血的山桃花羞愧得减损自己的容颜。

④ 直饶：即使，尽管如此。

【译文】

梅花开的时候像雪，凋谢的时候也像雪，颜色为花中奇绝。它的香味不在花蕊，香味也不在花萼，它的香在骨子里。

梅花不仅占得溪上清风，留得溪间明月，更将那如血般殷红的山桃花羞怯惭愧得减损了几分颜色。纵然它枝叶稀疏，香味清淡，与其他花相比毕竟别有一番超俗情致。

【赏析】

这首词为一首咏梅之作，作于宋哲宗绍圣二年（1095），时年词人从齐州知州贬为亳州通判，心中抑郁难平。亳社指亳州（今安徽亳县）祭祀土地神的社庙。词人通过对梅花的颜色、香味、姿态的描写，烘托出了梅花脱俗的神韵与气质。

上片描写梅花的颜色与香味。"开时似雪，谢时似雪，花中奇绝"，这三句写梅花的颜色。梅花的颜色是与众不同的，开时如雪，谢落后仍然似雪，洁白晶莹，不染纤尘。

"香非在蕊，香非在萼，骨中香彻"，这三句写梅花的香味。梅花的香味也与众不同，它的清香不是从花蕊散发出来的，也不是从花萼散发出来的，而是从骨子里透出来的。

下片写梅花的神韵和品格。"占溪风，留溪月，堪羞损、山桃如血"，这几句运用对比的手法，将梅花与山桃作对比，衬托出梅花超凡脱俗的神韵。

"直饶更、疏疏淡淡，终有一般情别"，梅花花影稀疏，香味清淡，不同于那些散发着浓烈香味、颜色艳丽的花儿，自有一番超凡情致。

这首咏梅词实际上是词人自己的人格写照，词人从正面侧面极力渲染梅花优雅高洁的神韵，正体现出词人对高洁品格的向往。

迷神引

◎晁补之

黯黯青山红日暮，浩浩大江东注。余霞散绮①，向烟波路。使人愁，长安远，在何处？几点渔灯小，迷近坞。一片客帆低，傍前浦②。

暗想平生，自悔儒冠误。觉阮途穷③，归心阻。断魂素月，一千里、伤平楚④。怪竹枝歌，声声怨，为谁苦？猿鸟一时啼，惊岛屿。烛暗不成眠，听津鼓⑤。

【注释】

① 绮：锦缎。② 浦：水滨，临水近岸的地方。③ 阮：指三国魏诗人阮籍。这里作者以阮籍自居。④ 平楚：登高望远，见木林如平地，所以说"平楚"。楚，丛木。⑤ 津鼓：古代水上交通民俗。于客船上置鼓，舟人以鼓声为号令，指挥动止进退。诗词作品中称为津鼓。

【译文】

青山黯淡，红日西沉，浩浩大江向东流注。余霞散作满天美丽的图案，望向来时的烟波水路，使人生愁，长安渺远，它在哪里？几点小小的渔火闪烁不定，使得近处的船坞变得迷离恍惚。一片游子的船帆低挂，依傍着前浦。

暗想我的一生，悔恨自己被读书所误，今有阮籍途穷之感，归心受阻。看到素净的月色洒满千里平原，不禁魂断神凄。心中嗔怪那竹枝歌，声声哀怨，你在为谁而苦？猿猴、鸟儿一时间啼鸣起来，更使岛屿惊怵。蜡烛暗了下来，我却仍旧难以入眠，只听见津渡口传来声声更鼓。

【赏析】

这首词写羁旅愁情，作于词人贬谪途中。

上片写日暮江景。"黯黯青山红日暮，浩浩大江东注"，这两句词人以如椽巨笔为我们勾勒出一幅壮丽的日暮江景图。"余霞散绮"这一句化用谢朓"余霞散成绮，澄江静如练"诗句的诗意，承"红日暮"而来，写红日西坠后余霞散绮的壮丽景观。"向烟波路"句及以下三句，转向对羁旅愁情的描写，词人回望来时的路，勾起了对京城的无限怀念，心中不禁生出无限遭贬的愁怨。"几点渔灯小，迷近坞"，这两句即景抒情，眼前这迷离之景正是词人在贬谪途中迷茫心情的外化。"一片客帆低，傍前浦"，末两句紧承上句，以船靠岸作结。

下片侧重对羁旅情怀的抒写。"暗想平生，自悔儒冠误"这是词人对于自己过往人生的反思，说自己被读书做官所误。"觉阮途穷，归心阻。"这是运用阮籍的典故。阮籍有《咏怀》诗八十余首，表现的是忧时嗟生、途穷命蹇的感叹。这里词人以阮籍自比，说自己已经意识到"途穷"而归心犹受阻遏，不得归隐田园。"断魂素月"三句及以下"怪竹枝歌"三句，词人寓情于景，将羁旅之人的惆怅与哀怨抒发得尤为动人。前三句以色，后三句以声烘托出词人遭贬后的沉痛心境。"猿鸟一时啼，惊岛屿"两句依旧是在听觉上渲染他的情绪。猿的鸣叫声是凄厉的，一个"惊"字写出词人闻得猿声后的惊怵状。"烛暗不成眠，听津鼓"，词人内心本就愁苦，加之又见到窗外冷寂的月色，听到哀怨的笛声和凄切的猿鸣，哪还能成眠，只好在昏暗的烛光中，卧听津渡传来的更鼓，等待天明了。

金凤钩 送春

◎晁补之

　　春辞我，向何处？怪草草、夜来风雨①。一簪华发，少欢饶恨，无计殢春且住②。

　　春回常恨寻无路，试向我、小园徐步。一栏红药③，倚风含露。春自未曾归去。

【注释】

① 草草：匆匆忙忙。② 殢：殢留。③ 红药：红芍药。

【译文】

　　春辞别了我，向哪里去了？怪昨夜的风雨，草草将春掳去。一头白发，欢乐少而恨意多，没有办法将春留住。

　　常恨找不到春的归路，试着去我的小园子里散散步。一栏鲜艳的芍药花，临风而立，含露而开，春天自是没有回去。

【赏析】

　　这首词写春恨。

　　上片感叹无计留春。"春辞我，向何处？"首二句设问，直接点出惜春主题，为下文的感叹做铺垫。"怪草草、夜来风雨"，"怪草草"与"春辞我"相呼应，说春去的那样草草匆忙。而"夜来风雨"则回答"向何处"，春被那夜里的狂风骤雨给挟持去了。"一簪华发，少欢饶恨，无计殢春且住"，词人由春归而叹逝。春是青春的象征，由春的归去，词人自然而然想到时光的流逝，叹息自己年华的衰老，青春的不再。由那"一簪华发"，

词人又联想到平生，说自己一生"少欢饶恨"。无奈春光是留不住的，从而青春也是无法挽回的。

　　下片寻春，词调转高。"春回常恨寻无路"，这一句是情绪上的过渡。"常"字说明是往昔。词人说往昔寻春无路，这就意味着今日将有一种新的心境产生，今朝或许有路。既认为有路，词人便尝试着去寻春："试向我、小园徐步。"他试着去小园寻春，结果怎样？"一栏红药，倚风含露"，他果然在小园里寻觅到春归处，春原来在倚风含露的芍药花上。其中"倚风"，将芍药绰约飘洒的风姿写了出来；"含露"画出了它娇艳欲滴的妩媚。词人以临风摇曳含露而开的芍药作为春光不凋的标志是十分恰当的，它便是美的象征。

清平乐

◎陈师道

秋光烛地，帘幕生秋意。露叶翻风惊鹊坠，暗落青林红子。

微行声断长廊，熏炉衮换生香①。灭烛却延明月，揽衣先怯微凉。

【注释】

① 衮换：即换衮，这里指把衣服披在身上。

【译文】

金色的秋光照耀大地，帘幕也生出阵阵秋意。秋风翻飞，带露的叶片被吹得噼啪响，惊动了树上的鹊儿，青林中的红叶暗自落下。

长廊里轻轻的脚步声没有了，熏炉里散发着木柴燃烧后的香气。灭了烛火，却有明月来相照，再加了件衣服，抵御秋寒。

【赏析】

这首词写秋景。

上片写秋日清晨景色。"秋光烛地，帘幕生秋意"，词人开门见山，直接奔向对秋景的描绘。秋是金色的季节，一个"烛"形象地将大地燃烧着金色的光这一景象写了出来。

"露叶翻风惊鹊坠，暗落青林红子"，这两句转向对秋光的具体描绘。秋天到了，叶子便纷纷落下，这两句饶有趣味地将秋叶正落的景象描绘了出来。一"青"一"红"更为这幅生动的叶落图增添了一片绚丽的色彩，给人以强烈的视觉冲击力。

下片写秋日晚景。"微行声断长廊，熏炉衮换生香"，前一句从听觉着笔，写秋夜之静；后一句则从嗅觉落笔，熏炉生香，给人带来一种暖融融、意闲闲的感觉。

"灭烛却延明月，揽衣先怯微凉"，词人准备就寝，他吹熄了蜡烛，一片雪白的月光却照进屋中；秋晚生凉，词人为赶走凉意将衣披在身上。按理说，灭烛后词人当睡下，也许为那片月色所吸引，他想静静观赏一会儿，这才有了后面的揽衣去凉。

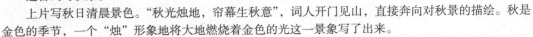

⊙作者简介⊙

陈师道（1053—1102），字履常，号后山居士，彭城（今江苏徐州）人。元祐二年（1087），由苏轼等荐为徐州州学教授。历任颍州教授、秘书省正字。江西诗派重要作家。能词。有《后山先生集》。有词集《后山词》。

风流子

◎张耒

　　木叶亭皋下①，重阳近，又是捣衣秋②。奈愁入庾肠③，老侵潘鬓④，谩簪黄菊⑤，花也应羞。楚天晚，白苹烟尽处，红蓼水边头。芳草有情，夕阳无语，雁横南浦，人倚西楼。

　　玉容知安否？香笺共锦字，两处悠悠。空恨碧云离合，青鸟沉浮。向风前懊恼，芳心一点，寸眉两叶，禁甚闲愁？情到不堪言处，分付东流。

【注释】

① 亭皋：平荡的水旁地。亭，平。② 捣衣：古代妇女在深秋时在砧石上捶打衣服，准备寄给远方的亲人过冬。③ 庾肠：庾信的愁肠。庾信是南朝时梁朝的官员，后来出使西魏被留，所以常常思念祖国和家乡。后人常以"庾愁"代指思乡之心。④ 潘鬓：即潘岳的斑鬓。潘岳为西晋文学家，貌美而早衰。后人以"潘鬓"指代中年鬓发斑白。⑤ 谩：轻慢。

【译文】

　　树叶纷纷飘落到水边平地上，重阳节近了，又到了捣寒衣的秋天。怎奈我愁绪萦绕心中，白发生于两鬓，即便随意地将菊花插在头上，花也应该感到被羞辱了吧。天色已晚，（我极目远望）直望到白苹烟尽之处，水边开花的红蓼深处。芳草脉脉含情，夕阳寂寂无语，大雁横在南浦上，人则斜倚西楼。

　　不知你是否安好？书信和题诗，因两地相隔遥遥而无法见寄。只能空自怨恨那时聚时散的白云，青鸟在其中隐现。你在风中懊恼不已，一片芳心，两叶柳眉，怎能禁得起闲愁呢？情到不能言说之处，只能付与那东流水。

【赏析】

　　这首词写思乡愁情。

　　"木叶亭皋下，重阳近，又是捣衣秋"，这三句点明季节，并渲染出一片萧瑟的氛围，奠定全文凄清的感情基调。

　　"奈愁入庾肠，老侵潘鬓，谩簪黄菊，花也应羞"，"庾肠"，即庾信的愁肠。庾信本是南朝时梁朝的官员，后出使西魏被留。虽身在西魏心却在梁，他无时无刻不思念着自己的故乡。故后人常以"庾愁"代指思乡之心。"奈愁入庾肠"道出词人的乡愁。"潘鬓"，即潘岳白发苍苍的两鬓。潘岳是西晋文学家，貌美而早衰，三十二岁就有白发。因而后来就以"潘鬓"代指中年鬓发斑白。"老侵潘鬓"则写他身心俱衰状。"谩簪黄菊，花也应羞"，簪菊为古时风俗，每到重阳，人们总爱将菊花插满头。这

两句是词人的自叹之辞，他说："我两鬓斑白，头发稀疏，恐怕将菊花插在头上，那花也该感到羞辱吧。"这一叹反衬出他暮感的深沉。

"楚天晚，白苹烟尽处，红蓼水边头"，此三句写词人遥望故乡所见。词人是淮阳人，此时他身在汴京，他遥望楚天，正是朝着故乡的方向望，故此三句虽写景，但思乡之情寓于其中。"白苹"，水中浮草，因其随波漂流，容易引起游子产生离家漂泊的伤感。接下来"芳草"数句接续写望乡所见。词人望见芳草，望见夕阳、大雁，却独没有望到故乡，心中一片怅然，因而他只好倚楼而叹了。

"玉容知安否？"词人思乡，思的实是故乡之人。由"玉容"二字可知，他思念的是自己的心上人。

"香笺共锦字，两处悠悠。空恨碧云离合，青鸟沉浮"，此四句抒写两人遥遥相隔，音书无法见寄的怨恨。"香笺"、"锦字"指书信。"碧云"，江淹《休上人怨别》诗有"日暮碧云合，佳人殊未来"之句，这里借指对佳人的思念。"青鸟"，传说为西王母传递信息的鸟，后世常以此指传信的使者。

"向风前懊恼，芳心一点，寸眉两叶，禁甚闲愁？"词人将笔落于对方，设想心上人思念自己时的痛苦情状。写对方正是写自己，写心上人如此苦苦地思念自己正是为了表达自己对她深挚的爱恋与相思。

"情到不堪言处，分付东流"，最后两句将眼前之景与心中之情融合无间，以质朴之语收束全篇。词人思情无限，愁苦之极，不知如何纾解，如何排遣，便一股脑儿将此情交付给眼前滔滔东流水，让它将它们通通带去。

词的品赏知识

宋词中常用的艺术手法（一）

情景交融：将对环境的描写、气氛的渲染跟人物思想感情的抒发相结合。情景交融包括寓情于景和借景抒情。

用典：即在诗歌中援引史实，使用典故。用典既可以使语言精练，又可增加内容的丰富性，增强表达的生动性和含蓄性，可收到言简意丰、耐人寻味的效果，增强作品的表现力和感染力。

在张耒的这首《风流子·木叶亭皋下》中，词人运用了情景交融的手法，选取白苹、红蓼、芳草、夕阳、雁及西楼这些典型意象，将自己的离愁寓于其中，勾画出一幅凄凉萧索的图景。

⊙作者简介⊙

张耒（1054—1114），字文潜，号柯山，楚州淮阴（今属江苏）人。神宗熙宁六年（1073）进士。曾任秘书省正字、起居舍人。后坐元祐党事而遭贬，晚年居陈州。"苏门四学士"之一，能诗文，有《柯山集》。词仅存六首。

秋蕊香

◎张耒

　　帘幕疏疏风透①，一线香飘金兽②。朱栏倚遍黄昏后，廊上月华如昼。

　　别离滋味浓于酒，著人瘦。此情不及墙东柳，春色年年依旧。

【注释】

① 疏疏：稀疏之意。② 金兽：兽形的铜香炉。

【译文】

　　帘幕稀疏，夜风吹了进来，一缕香烟从兽形香炉中袅袅飘出。倚遍栏杆，已是黄昏之后，长廊上，月光如昼。

　　离别的愁滋味如酒般深浓，使人消瘦。这别情不像那墙东边柳树，每年春风一吹又柳色依旧。

【赏析】

　　这首词是张耒离开许州任时，因留恋官妓刘淑奴而作。

　　上片侧重写景，但景中有情。"帘幕疏疏风透，一线香飘金兽"，这两句描写刘淑奴的闺房，清静幽美。越是美好越令人留恋，这里暗含词人深深的不舍。

　　"朱栏倚遍黄昏后，廊上月华如昼"，从黄昏到深夜，他将朱栏倚遍，那依依不舍之情虽未明说，但词人那愁苦无绪的情状却宛如在我们目前。

　　下片直抒离愁。"别离滋味浓于酒，著人瘦"，词人在这里用"浓于酒"一词来形容心中离愁的浓烈程度，化抽象于具体，形象生动地传达出他的心意。

　　"此情不及墙东柳，春色年年依旧"，这两句承前句而来，前两句将离愁与酒进行正面对比；这两句则写别情不及墙柳，从反面衬托。柳叶虽会枯萎，但却只是一时，每到春季又依旧转绿。但人一离别，就不知何时能再见了。这一正反对比极为深切地道出了词人心中的无奈与惆怅。

┌─────────────────────────────────┐

词的品赏知识

宋词中常用的艺术手法（二）

　　联想和想象：联想是指因一事物而想起与之有关事物的思想活动；想象指想出不在眼前的形象或情景。

　　比喻象征：把一种事物比成另一种本质不同的事物，增加作品的生动性、形象性。

　　夸张：即故意地对事物进行夸大或缩小的描写，借以表达词人异乎寻常的情感。

　　在这首《秋蕊香》中，词人运用了比喻的手法，将别离滋味与酒、别情与柳相对照，化抽象为具象，令读者更为直观地体验到词人的愁情。

└─────────────────────────────────┘

临江仙

◎侯蒙

　　未遇行藏谁肯信，如今方表名踪。无端良匠画形容，当风轻借力，一举入高空。

　　才得吹嘘身渐稳，只疑远赴蟾宫①。雨余时候夕阳红，几人平地上，看我碧霄中。

【注释】

① 蟾宫：月宫。科举时代以"蟾宫折桂"比喻应考得中。

【译文】

　　没有遇上明君，谁肯信我有非凡才能呢，到今天才显现了我的名声和踪迹。没来由地被技艺高超的画师将面容画到了风筝上。趁着风势，借着风力，一举飞入高空。

　　刚刚得到风吹，身子渐渐在空中稳当地漂浮起来了，只怀疑自己要远远奔赴月宫了。雨过天晴，落日通红。多少人在平地上，仰头看我飞翔于碧霄之中。

【赏析】

　　据宋人洪迈《夷坚志》记载：侯蒙其貌不扬，年长无成，屡屡被人讥笑。有轻薄少年画其形容于风筝上，侯蒙见之大笑，作《临江仙》词题其上。后一举登第官至宰相。

　　这首词，表面上是写风筝，实际上是借风筝表明自己不凡的志向。

　　"未遇行藏谁肯信"，词人感叹世人都以貌取人，没人能了解自己的才华。"如今方表名踪"，别人将画有他画

的风筝放飞天空，他不以为意，反而认为是个好兆头，说自己名声却一下子显扬起来。"当风轻借力，一举入高空"，这里借风筝寓自己的志向。词人告诉我们，只要借助有利时机，他就能一举飞上云霄。

　　"才得吹嘘身渐稳"，这是写风筝飞上天空稳当飘举的样子。"只疑远赴蟾宫"，此时词人要去"蟾宫"折桂，成就自己的功名事业了。"雨余时候夕阳红，几人平地上，看我碧霄中"，经历了各种风雨，词人坚信自己终将平步云霄，睥睨世人。

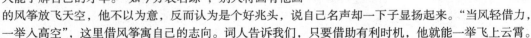

◎作者简介◎

　　侯蒙（1054—1121），字元功，密州高密（今属山东）人。神宗元丰八年（1085）进士。历官户部尚书同知枢密院、尚书左丞、中书侍郎、资政院学士。谥文穆。《全宋词》存其词一首。

瑞龙吟

◎周邦彦

　　章台路①，还见褪粉梅梢，试花桃树②。愔愔坊陌人家③，定巢燕子，归来旧处。

　　黯凝伫，因念个人痴小，乍窥门户。侵晨浅约宫黄④，障风映袖⑤，盈盈笑语。

　　前度刘郎重到⑥，访邻寻里，同时歌舞。惟有旧家秋娘⑦，声价如故。吟笺赋笔，犹记燕台句⑧。知谁伴、名园露饮⑨，东城闲步？事与孤鸿去⑩，探春尽是，伤离意绪。官柳低金缕⑪，归骑晚，纤纤池塘飞雨。断肠院落，一帘风絮。

【注释】

① 章台路：章台，台名。秦昭王曾在咸阳造章台，台前有街，所以称章台街或章台路，那里非常繁华，歌楼妓馆林立，后人因以章台代指妓女聚居之地。② 试花：指刚开花。③ 愔愔：安静无声。坊陌：一作坊曲，与之前的章台路一样，也是指妓女聚居之地。④ 宫黄：古代妇女涂黄色脂粉于额上作妆饰，所以称额黄。宫中所用的为最上品，因而称宫黄。⑤ 障风：披风。⑥ 前度刘郎重到：此处引了唐代刘禹锡《再游玄都观》的诗句"前度刘郎今又来"，意思是自己故地重游。⑦ 秋娘：歌伎的代称。⑧ 燕台句：李商隐诗题名，这里指赠诗。李曾作《燕台》诗四首，分题春夏秋冬，洛阳歌伎柳枝看到后，极为叹赏，心生爱慕之意。于是手断衣带，托人致意，约李商隐一同归隐，后来因事没有隐成。⑨ 露饮：露天饮酒。⑩ 事与孤鸿去：这一句化用杜牧《题安州浮云寺楼寄湖州张郎中》诗："恨如春草多，事与孤鸿去。"⑪ 低金缕：指柳枝低垂。金缕，柳条。

【译文】

　　章台路上，还能看见花儿凋落了的梅花枝，刚开花的桃树，坊陌院落幽静，定了巢的燕子，飞回旧巢。

黯然凝立，想起那个痴情女子，扒着门缝看人。拂晓时分，她淡抹额黄，举起衣袖遮挡晨风，笑语盈盈。

前次刘郎重新来到此地，寻访邻里打探她的踪迹。与她一起唱歌跳舞的女子们，只有旧时的秋娘，声价依然如从前一样。题的诗和写的赋，我还仍旧记得《燕台》诗句。不知如今有谁伴我在园中饮酒，去东城散步。往事随孤雁飞走了，重游旧地寻春，心中尽是离愁别绪。杨柳低垂着金色丝缕。很晚我才骑着马回去。池面上细雨飘飞，回望这座让人断肠的庭院，只见风中柳絮飘飞。

【赏析】

这是一首怀旧之作，抒发的是词人故地重游而昔日恋人不在的感伤。

上片写重游故地。"章台路，还见褪粉梅梢，试花桃树"，这是写词人旧地重游，探访旧日相好，只见旧地桃花依旧。这就令人想到唐代诗人崔护那首著名的七绝《题都城南庄》来："去年今日此门中，人面桃花相映红。人面不知何处去，桃花依旧笑春风。"这首词要表达的也是桃花人面的感伤。而"章台"二字又表明词人所思所寻之人为青楼女子。

"愔愔坊陌人家，定巢燕子，归来旧处"，旧时相好所居之处已经是寂寂一片，不闻弦歌声，但旧日的燕子却依旧回来筑巢。物是人非之慨于此尽显。

中片回忆昔时的恋人。"黯凝仁，因念个人痴小，乍窥门户"，词人因见景物依旧，而人面不再，故而黯然神伤。他痴痴仁立着回想起佳人来。她是一个痴情的小女子，还记得她曾扒着门缝偷偷看人。"乍窥门户"这个动作将少女的羞怯与好奇淋漓尽致地表现了出来。

"侵晨浅约宫黄，障风映袖，盈盈笑语"，再看看她的装饰，她浅浅地在额上涂上一层黄色的脂粉，很是素雅。她笑起来、说起话来又是怎样呢？她不时举起衣袖遮挡晨风，笑声、说话声飘荡在风里。这样一个美好的女子怎不令词人怀念。

下片写打探恋人消息却不得。"前度刘郎重到，访邻寻里，同时歌舞。惟有旧家秋娘，声价如故"，现在他想四处寻访旧日相好，但故人情况已经不可知，而当年擅长歌舞的青楼姐妹们，只有秋娘还是一棵常青树，为人追捧。

"吟笺赋笔，犹记燕台句"，"吟笺"、"赋笔"都指诗文，他们曾经相与携手，吟诗作赋，而这些诗文他如今还记得。

"知谁伴、名园露饮，东城闲步？"佳人已经杳无音信，芳踪难寻，这令词人伤感不已，不禁悲叹道："不知道还有谁能伴我饮酒闲步。"

"事与孤鸿去，探春尽是，伤离意绪"，往事已成空，不堪回思，回忆只会徒然引起无限的伤别情绪来。

"官柳低金缕，归骑晚，纤纤池塘飞雨。断肠院落，一帘风絮"，末尾五句以景作结，写词人归家时路上所见，字里行间都是不舍，都是伤别，直绕断人肠。

俞平伯《清真词释》评此篇，说："以景起，以景结，春景为一篇之枢纽。先述归来所见，后方点出归来旧处，倒叙有力。见春物之清静，遂想个人当年光景来。第三叠方仔细叙述本事，妙在吞吐回环，欲言又止，神味无穷。"其言高度概括了此词要旨。

⊙作者简介⊙

周邦彦（1056—1121），字美成，自号清真居士，钱塘（今浙江杭州）人。少有才学，太学生时献《汴都赋》，被神宗擢为太学正。后历哲宗、徽宗朝，任州教授、县令、秘书省正字、校书郎、秘书监等职，提举大晟府。精通音律，能自度曲。其词集北宋婉约派大成，长调尤擅铺叙，富丽精工，历来被奉为词坛正宗，对南宋及后代均有巨大影响。有《清真居士集》，已佚。

满庭芳 夏日溧水无想山作 ◎周邦彦

风老莺雏，雨肥梅子，午阴嘉树清圆。地卑山近，衣润费炉烟。人静乌鸢自乐，小桥外、新绿溅溅。凭栏久，黄芦苦竹，疑泛九江船。

年年，如社燕①，飘流瀚海，来寄修椽②。且莫思身外，长近尊前。憔悴江南倦客，不堪听、急管繁弦。歌筵畔，先安簟枕，容我醉时眠。

【注释】

① 社燕：春来秋去的燕子。② 修椽（chuán）：支持屋顶盖的木头。

【译文】

　　幼鹰在暖风里长大了，雨将梅子滋养得肥美，正午亭亭如盖的大树投下圆形的阴影。溧水低洼而近山，衣服潮湿总费炉火烘干。人声寂静，乌鸦鸢鸟自得其乐，小桥外边，新涨的绿水水声溅溅。我久久凭栏，只见遍地黄芦苦竹，疑心（我）正泛舟游于九江之中。

　　每年，我犹如那春来秋去的社燕，漂流过漠北瀚海，去寄居在长长的屋檐下。且不要去想那身外之事，还是常坐酒樽前吧。疲倦憔悴的江南游子，不忍再听那纷繁复杂的丝竹之音。在歌宴上，先为我安上一床枕席，让我醉后可以睡觉。

【赏析】

　　这首词为哲宗元祐八年（1093）词人任溧水（今江苏溧水县）令时所作。词人借无想山之景，抒发身世飘零之感。

　　上片写江南初夏之景。"风老莺雏，雨肥梅子，午阴嘉树清圆"，这几句总写无想山之景。夏季来了，莺雏已经长成，梅子也长得肥嫩而硕大，树木茂盛成荫。"地卑山近，衣润费炉烟"，这两句承上而来，写溧水的地理环境：地低近山，空气潮湿。"人静乌鸢自乐，小桥外、新绿溅溅"，这三句转到景物的局部描写，用鸟儿的无拘无束、自由自在衬托出人心情的苦闷，并极写景之静。"凭栏久，黄芦苦竹，疑泛九江船"，由此可知，上述景物均为词人凭栏时所见。这几句词人将词意联系到自身，点出自己的处境与被贬谪的白居易相类，抒发自己的愁苦。

　　下片即景抒情。"年年，如社燕，飘流瀚海，来寄修椽"，词人以社燕自比，说自己同那春社时来、秋社时去的社燕一般，飘零无际。"且莫思身外，长近尊前"，词人劝人说将身外之事都放下，开怀畅饮，及时行乐。"憔悴江南倦客，不堪听、急管繁弦"，词意又一转，那羁旅愁情不是几杯酒能消的，听到那急管繁弦，又伤感起来。"歌筵畔，先安簟枕，容我醉时眠"，既然那歌筵弦管增添我的伤感，不如在筵旁先设簟枕，借醉眠以忘忧。真是回环往复，写尽心中愁绪。

苏幕遮

◎周邦彦

　　燎沉香，消溽暑①。鸟雀呼晴，侵晓窥檐语②。叶上初阳干宿雨③。水面清圆，一一风荷举。

　　故乡遥，何日去？家住吴门，久作长安旅。五月渔郎相忆否？小楫轻舟，梦入芙蓉浦。

【注释】

① 溽（rù）暑：潮湿闷热。② 侵晓：拂晓。③ 宿雨：昨夜的雨。

【译文】

　　焚烧沉香，来消除夏天潮湿的暑气。鸟雀呼唤着晴天，拂晓时分我偷偷听它们在屋檐下的说话声。初出的阳光晒干了荷叶上昨夜的雨，水面上的荷叶清润圆正，一阵风吹来，荷叶一团团舞动起来。

　　故乡那么遥远，什么时候才能回去呢？我家本在吴越一带，却久久地客居在长安。五月的渔夫你还记得我吗，我划着一叶扁舟，在梦中来到了过去的荷花塘。

【赏析】

　　这首词作于客居京师期间，全词以荷花为中心，表达了词人浓浓的思乡之情。

　　上片写景，重在描绘荷花姿态。"燎沉香，消溽暑。鸟雀呼晴，侵晓窥檐语"，词人先渲染环境，由室内写到室外，由静景写到动景：一个夏日的清晨，词人燎香消暑，茅檐间鸟雀欢呼天气转晴。"叶上初阳干宿雨。水面清圆，一一风荷举"，词人接着往远处看去，看见了一幅美好的雨后风荷图：清晨的阳光洒在荷叶上，将叶面上残留着的夜雨轻轻蒸干。水面清圆，一阵风来，荷叶儿一团团地舞动起来。这几句词生动地描绘出了荷花的神貌，被王国维《人间词话》评为"真能得荷之神理者"，为写荷之绝唱。

　　下片抒情，写梦回家乡。"故乡遥，何日去？家住吴门，久作长安旅"，这几句直抒自己对故乡的思念，感叹自己的羁旅生涯，不假雕饰，平白如话。"五月渔郎相忆否？小楫轻舟，梦入芙蓉浦"，词人不言自己思念亲戚故旧，却问渔夫是否思念自己，从对面更深一层地表达自己的思念。"小楫轻舟，梦入芙蓉浦"，末两句转为虚景，与前文相呼应，词人由眼前的荷花想到故乡的荷花，他的思乡之情实在无法遏制，竟梦到自己划着小舟驶入莲花塘中了。

　　这首词语出天然，而词境甚高，正如陈世所说："不必以词胜，而词自胜。风致绝佳，亦见先生胸襟恬淡"（《云韶集》）。

解语花 上元

◎周邦彦

风消绛蜡①，露浥红莲②。灯市光相射。桂华流瓦③。纤云散，耿耿素娥欲下④。衣裳淡雅。看楚女、纤腰一把⑤。箫鼓喧，人影参差，满路飘香麝⑥。

因念都城放夜⑦。望千门如昼，嬉笑游冶。钿车罗帕⑧。相逢处，自有暗尘随马。年光是也。唯只见、旧情衰谢。清漏移⑨，飞盖归来⑩，从舞休歌罢。

【注释】

① 绛蜡：红烛。② 浥：沾湿。③ 桂华：指月光。古代神话传说谓月中有桂树,故以桂指代月。华,光华。流瓦：照在屋瓦上。④ 耿耿：光明的样子。素娥：这里指嫦娥。⑤ 楚女：指腰肢纤细的美女。⑥ 香麝：即麝香。⑦ 都城放夜：指城内正月十五元宵之夜。⑧ 钿车：雕饰着金花的马车。⑨ 漏：漏壶,古代计时器。⑩ 飞盖：车速快。盖,车盖,这里代指车。

【译文】

红蜡迎风销蚀，烛油滴落在莲花灯上，犹如露水沾湿红莲，灯市里流光溢彩。月光流照碧瓦。微云散去，明媚素净的嫦娥将要下凡。衣着淡雅。看那楚地女子，腰肢纤细。箫声、鼓声喧哗，人来人往，络绎不绝，一路上麝香味飘浮。

由此而想到那都城解除宵禁元宵夜，一眼望去，千家万户都灯火通明，黑夜如同白昼，人们嬉笑游玩。仕女们驾着华丽的马车，手里拿着绫罗手帕，来到与心上人相见的地方，身后自会有骑马的少年偷偷跟随。又是那一年一度的元宵佳节，唯独只见我旧日的游冶情怀消歇。此时已转至深夜，我且驾车回去，任由人们去歌去舞吧。

【赏析】

这首词为词人异乡为官时怀念汴京节日景物而作，为一首忆旧感怀之作。

上片写地方上过元宵节的场景。"风消绛蜡，露浥红莲。灯市光相射"，此三句写元宵夜的灯节花市。"绛蜡"即"红烛"。着一"消"字，写出蜡烛在风中逐渐被烧残的状貌。"红莲"，即莲花灯。燃烧的蜡烛将蜡泪滴到莲花灯上，宛如莲花带珠。第三

句"花市光相射"总括灯市的辉煌。

"桂华流瓦。纤云散，耿耿素娥欲下"三句写月色。"桂华"指代月亮，因传月中有桂树而称。"耿耿素娥欲下"，词人将皎洁的月光比拟为呼之欲下的月中仙女，极写月色之光辉皎洁，姿容绝代。紧接着词人将笔触由天上转至人间。

"衣裳淡雅。看楚女、纤腰一把"，这是写观灯的女子，极写其身姿之窈窕。

"萧鼓喧，人影参差，满路飘香麝"，此三句写灯市之繁华热闹。箫鼓喧鸣，人来人往，满路溢香。下片回忆汴京的元宵。"因念都城放夜"，词人开门见山，首句便点出都城的元宵灯节。且看都城元宵夜是何景象："望千门如昼，嬉笑游冶。""千门如昼"写灯市，十分气派。"嬉笑游冶"转入写人事，即都中观灯之人在上元节日总的活动情况。

"钿车罗帕，相逢处，自有暗尘随马"，这三句写灯市中少年人奇遇，写得较为含蓄。"自有暗尘随马"一句写得很隐晦，大抵是说女子坐着马车在约定地点与所思之人见面后，马车后就有一男子骑着马尾随了。

接着词人转入对身世的嗟叹中来："年光是也。唯只见、旧情衰谢。"词人自叹年光一年年流逝，他已不复昔日情怀，年少轻狂的日子一去不复返了。

"清漏移，飞盖归来，从舞休歌罢"，最后三句由回忆、嗟叹转入现实。此时已至深夜，词人已无心观灯赏月，更无意流连歌舞声色，于是便驾车回府了。这三句如实地将词人"旧情衰谢"的心理展现了出来。

周济《宋四家词选》云："此美成在荆南作，当与《齐天乐》同时。到处歌舞太平，京师尤为绝盛。"

词的品赏知识

周邦彦在词史上的地位

周邦彦为北宋词的"集大成者"。从词的搜求、审定、考证方面来说，他有集成和创制的功劳；就其写作功力之成就而言，他善于体物言情，描绘工巧周至，又善于融化前人诗句，炼字妥帖工整；从创作风格来说，清真词能集北宋词自柳永到秦观、贺铸等人之成就而独具特色。他发展了柳永以赋为词的铺叙手法，兼取秦词的柔婉、贺词的艳丽，综合形成自己善于勾勒、妙于剪裁、精巧工丽的典雅作风。

就这首《解语花》来看，词人善于铺叙，在写景抒情中渗入述事，造成另一境界，形成曲折回环、开阖动荡的势头，即富艺术张力。这首词要传达的情感也很复杂，十分耐人寻味。

少年游

◎周邦彦

　　并刀如水①，吴盐胜雪②，纤手破新橙。锦幄初温，兽香不断③，相对坐调笙。

　　低声问：向谁行宿？城上已三更。马滑霜浓，不如休去④，直是少人行！

【注释】

① 并刀：并州出产的刀，以锋利著称。② 吴盐：吴地出产的盐。③ 兽香：兽形香炉里冒出的香烟。④ 休去：不要走。

【译文】

　　并刀如水般光滑，吴盐如雪般洁白，一双纤纤玉手将橙子剖开。织锦的帷幕才变得温热，兽形香炉中烟雾袅袅不绝，（他们）面对面坐着调笙。

　　（她）低声问（他）：“你去哪里投宿呢？城楼上三更的钟声已经响过了。露水很浓，马掌会打滑的，不如就别走了，街上行人都没有几个了！”

【赏析】

　　这是一首描写情人幽会的词作。词人先是描绘两人幽会的情景，接着便记叙女主人公挽留情郎之言。短短五十一个字，便将人物刻画得细致入微，给人以呼之欲出之感。

　　上片写两人幽会的情景。“并刀如水，吴盐胜雪，纤手破新橙”，用并州出产的刀子来切橙，用吴地出产的盐来调和果品的酸味，这两样道具与女子那一双纤纤玉手共同组成了一幅美好的佳人剥橙图。

　　“锦幄初温，兽香不断，相对坐调笙”，词人接着将笔转到两人相对调笙上来。先对两人调笙的环境进行描摹：暖烘烘的帷幕，兽形的香炉里香烟袅袅升起，一片温馨。两个人就在这样的环境里相对坐着，调弄笙管。

　　下片记叙人物的语言。“低声问：向谁行宿？城上已三更”，女子低声问情郎今夜的去处，并提醒对方：时间已经不早了，要赶紧走了。乍一听，似乎她并不打算留住情郎。但细细品味，便能品出挽留之意，她说此言其实意在试探。

　　“马滑霜浓，不如休去，直是少人行”，看上去女主人公好像一心一意替对方设想，说是怕霜重路滑，人会摔倒。其实她是在挽留情郎，希望他今天留宿在此。

夜游宫

◎周邦彦

　　叶下斜阳照水，卷轻浪、沈沈千里①。桥上酸风射眸子②。立多时，看黄昏，灯火市。

　　古屋寒窗底，听几片、井桐飞坠。不恋单衾再三起。有谁知，为萧娘③，书一纸。

【注释】

① 沈：同"沉"。② 酸风：刺人的寒风。
③ 萧娘：古代女子的泛称。

【译文】

　　夕阳的余晖透过树叶照在水面上，江面上细浪翻卷，沉沉千里。桥上秋风刺眼。伫立良久，看黄昏时分华灯初上的闹市。

　　古屋寒窗底下，听得几片井栏杆上梧桐叶飘落在地的声音。不恋单薄的被子，再三起床。有谁知道，（我）为萧娘写了封长长的信。

【赏析】

　　这是一首思念情人的词作。词人通过层层设悬，一步步引出对恋人的思念，整首词跌宕起伏，委婉凄绝。

　　上片写秋日黄昏的景色。"叶下斜阳照水，卷轻浪、沈沈千里。桥上酸风射眸子"，薄暮时分，词人立于桥上，夕阳洒落水面，江水翻卷着细浪向远处推进，黄昏的景致似乎笼罩着一层愁烟，显得分外黯淡。

　　"立多时，看黄昏，灯火市"，天色是越来越晚了，街市上灯火渐次亮了起来。词人立于桥头，久久不肯离去，不知他怀揣着怎样的心事。

　　下片词人将镜头从室外转到室内。"古屋寒窗底，听几片、井桐飞坠"，此时词人已回到屋中，但心境依旧落寞凄凉。伴着古屋寒窗，他无法入眠，窗外一片寂静，只听得见井栏杆上梧桐叶落的声音。到此词人依旧没有告诉我们是什么如此困扰着他。

　　"不恋单衾再三起"，词人将自己的愁绪又推进一层，不仅夜不能寐，甚至频频披衣而起。"有谁知，为萧娘，书一纸"，原来他那种种凝神沉思、激动不安的情状，都是源于对心上人极度的思念！

兰陵王 柳

◎周邦彦

　　柳阴直，烟里丝丝弄碧。隋堤上、曾见几番[①]，拂水飘绵送行色。登临望故国[②]，谁识京华倦客？长亭路，年去岁来，应折柔条过千尺[③]。

　　闲寻旧踪迹，又酒趁哀弦，灯照离席。梨花榆火催寒食[④]。愁一箭风快，半篙波暖，回头迢递便数驿[⑤]。望人在天北。

　　凄恻，恨堆积！渐别浦萦回[⑥]，津堠岑寂[⑦]。斜阳冉冉春无极。念月榭携手[⑧]，露桥闻笛[⑨]。沉思前事，似梦里，泪暗滴。

【注释】

① 隋堤：汴京附近的汴河之堤，隋炀帝时所建，故称。是北宋时来往京城的必经之路。② 故国：这里指故乡。③ 柔条：柳枝。④ 榆火：唐代制度，清明时皇帝取榆柳之火赐给近臣。⑤ 迢递：遥远。⑥ 别浦：这里指送别的水边。⑦ 津堠（hòu）：渡口守望的高台。岑寂：清冷寂寥。⑧ 月榭：月光遍照的亭榭。⑨ 露桥：凝结露水的小桥。

【译文】

　　正午的柳荫连缀成直线，烟霭中柳丝拂动。在隋堤上，曾经多少次看见柳条拂水，柳絮飞舞，送别远去的行人。登高临远，眺望故乡，谁又认识我这个旅居京都的倦游之人？在那十里长亭的路上，随着时间一年一年过去，折下的柳条应有上千枝了吧。

　　我趁着闲暇寻找旧日的行踪，又是在哀怨的弦声中饮酒，华灯照耀离别的宴席。梨花和榆柳催促着寒食节的到来。我满怀愁绪看着船在风中像箭一样离开，竹篙一半插进了温暖的水波，等船上的客人回头再看，船已经划过数个驿站，回首望去，送别之人已经远在天边。

词的品赏知识

宋人咏物词概述（一）

　　咏物词是托物言志或借物抒情的词，是以客观事物为描写对象，通过事物的咏叹体现词人的人文思想。咏物词的创作，北宋时期以苏轼、周邦彦为代表，南宋时以辛弃疾、姜夔、吴文英、王沂孙为代表。

　　宋代初期，宋词大多流于男女缠绵情意，范围还相当狭窄，咏物词更是少之又少。即便有，咏物之中也无关寄托，只是纯粹描写物象。直到柳永出现，这样的状况才有所改变，他写有咏物词《木兰花》三首，但用的仍是小令，咏物词的包容量还较小。

我心中十分哀痛，离恨堆积。送别的河岸渐渐迂回曲折，渡口的土堡渐渐沉寂。夕阳冉冉落下，春天没有尽头。我不禁想起那次我们携手在月光下的水榭游玩，在多露的桥头，听到有人吹笛。回忆往事，似在梦中，泪水暗自滴落。

【赏析】

这首词作于词人最后一次离开京都的时候，题为咏柳，实际上是借柳以抒发自己的离愁别恨。

"柳阴直，烟里丝丝弄碧"，这两句从整体到局部描写隋堤上的柳色。离京时先是看到隋堤两岸，杨柳成阴。再细看，只见碧色可人的柳丝随风飘拂。

"隋堤上、曾见几番，拂水飘绵送行色"，那隋堤之上的柳色，词人曾为送人见过了很多次。"拂水飘绵"四个字生动地摹画出柳树依依惜别的情态。

"登临望故国，谁识京华倦客？"这两句为全篇主题句，抒发自己的孤独与落寞。

"长亭路，年去岁来，应折柔条过千尺"，词人接着感叹人间离别频繁，送别时折断的柳条都要超过了千尺。

"闲寻旧踪迹，又酒趁哀弦，灯照离席。梨花榆火催寒食"，这几句为追忆往事。船已启程，词人独立于船头回忆起当年在一个寒食节的离别情景：管弦哀鸣，送别的宴席上灯火闪烁。

"愁一箭风快，半篙波暖，回头迢递便数驿，望人在天北"，船行如箭，令词人忧愁，他不断回望，因那京华有他牵挂的人。这几句写尽了词人心中的怅惘与凄惋。

"凄恻，恨堆积！"船行愈远，离恨愈重，一层一层堆积在心上难以排遣。

"渐别浦萦回，津堠岑寂。斜阳冉冉春无极"，此时已至傍晚，望中之人早已不见，抬眼所见，只看到夕阳冉冉西下，春色一望无边。

"念月榭携手，露桥闻笛。沉思前事，似梦里，泪暗滴"，愁苦至极的词人不禁又回忆起往事来，他回想起曾与恋人一起度过的美好时光。但那些甜蜜的夜晚现在想来，不过如梦一场，只能徒然地引起他的悲伤而已。

这首《兰陵王》很能代表此人慢词的风格，历来为后代评论家所激赏。陈廷焯《白雨斋词话》盛赞此篇，说："美成词极其感慨，而无处不郁，令人不能遽窥其旨。如《兰陵王·柳》云：'登临望故国，谁识京华倦客'二语，是一篇之主。上有'隋堤上、曾见几番，拂水飘绵送行色'之句，暗伏'倦客'之根，是其法密处。故下接云：'长亭路，年去岁来，应折柔条过千尺。'久客淹留之感，和盘托出。他手至此，以下便直抒愤懑矣，美成则不然。'闲寻旧踪迹'二叠，无一语不吞吐。只就眼前景物，约略点缀，更不写淹留之故，却无处非淹留之苦。直至收笔云：'沉思前事，似梦里，泪暗滴。'遥遥挽合。妙在才欲说破，便自咽住，其味正自无穷。"

词的品赏知识

宋人咏物词概述（二）

咏物词到了苏轼才得以飞速的发展，他以其绝高的才华对词坛进行了革新，咏物词便是他革新的一部分。在苏轼三百多首词作中，标明咏物的就有三十余首，而在表现手法上也进行了革新。而到了周邦彦，更推进了咏物词的发展。苏轼的咏物词大都是直抒胸臆，而周邦彦由直抒胸臆转为安排巧思，启发了南宋咏物词的思路。像这首《兰陵王·柳》，题为"咏柳"，实则写别情，将人事寓于其中，极尽曲折之妙。

至南宋的姜夔，他在继承周邦彦讲究格律、炼字琢句、用典咏物的写作方法之外，又创造出清淡峭拔的风格，开创了前词中未有之境界。至南宋末，咏物词呈现繁荣之状，王沂孙可谓是咏物词传统中的集大成者，他不仅继承了赋写的手法，又发扬了托喻的传统；结构上安排周密，又能于用典处以意贯之，浑化无迹。

西河 金陵怀古

◎周邦彦

　　佳丽地，南朝盛事谁记①？山围故国绕清江，髻鬟对起②。怒涛寂寞打孤城，风樯遥度天际。

　　断崖树，犹倒倚，莫愁艇子曾系。空余旧迹郁苍苍，雾沉半垒。夜深月过女墙来③，伤心东望淮水。

　　酒旗戏鼓甚处市？想依稀、王谢邻里。燕子不知何世，向寻常巷陌人家，相对如说兴亡斜阳里。

【注释】

① 南朝:指建都金陵的吴、东晋、宋、齐、梁、陈六个朝代。② 髻鬟:环形发髻，这里比喻山峦的形态。③ 女墙:城上的短墙。

【译文】

　　金陵胜地，它过去的繁华胜景如今还有谁记得？青山环绕故都，环绕长江两岸，耸起的山峰隔江而望像美人头上的髻鬟。怒卷的涛水寂寞地拍打着空城，几艘张开风帆的船正驶向遥远的天边。

　　陡峭山崖上的一棵树，依然倒挂在绝壁上，莫愁女的小舟曾系在此处。此地空留以前的痕迹，郁郁苍苍，半壁古营垒淹没在浓雾里。夜深时月光越过矮墙，伤心地向东望着淮水。

　　当年的酒旗戏鼓如今又在哪里的集市？想来那些冷清的王谢里巷，燕子不知道身在哪一世，飞进寻常百姓的家里，在夕阳之下，对着叙说兴亡。

【赏析】

　　这是一首咏史词，词人凭吊金陵古迹，怅然有感，因而作此词以寄托自己千古兴亡之思。

　　上片写金陵胜境，侧重写自然之景。词人以"佳丽地，南朝盛事谁记？"问句总领全篇，点明吟咏对象为南朝古都金陵。接下来词人便着力描写金陵现在的景象，青山环抱旧都，长江水滔滔东流，给人以自然恒常的感觉。

　　中片金陵古迹并发出凭吊。江畔断崖老树犹在，这是当年莫愁姑娘系舟的地方。只是时移世变，物是人非，而今空留旧迹，一派烟雾迷茫。

　　下片抒发兴亡之慨。词人通过对今昔不同景观的描写，述说朝代的兴替，显示出人事的变迁，时代的变迁。这首词化用古乐府《莫愁乐》和刘禹锡《石头城》、《乌衣巷》诗意，熔裁了前人的三首诗，但又浑然天成，无丝毫斧凿之迹。

虞美人

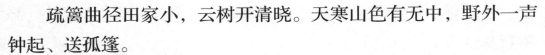

◎周邦彦

疏篱曲径田家小，云树开清晓。天寒山色有无中，野外一声钟起、送孤篷。

添衣策马寻亭堠①，愁抱惟宜酒②。菰蒲睡鸭占陂塘③，纵被行人惊散、又成双。

【注释】

① 亭堠：古时观察敌情的岗亭。此借指驿馆。② 愁抱：忧伤的怀抱。③ 菰蒲：两种水草名。陂（bēi）塘：池塘。

【译文】

疏落的篱笆，小路曲曲折折，农家院子窄小，挺拔入云的大树间晓色渐露。天气寒冷，山色似有似无，只听得野外一声钟响，送孤舟远去。

添上衣服，骑着马儿寻找驿站，愁绪满怀适宜喝酒。菰蒲中的鸭子占池塘而睡，即便被行人惊散，转眼间又成双成对了。

【赏析】

这首词的主题是写惜别，写词人为心上人送行。

上片写景叙事。"疏篱曲径田家小，云树开清晓"，这两句由近及远描绘了他们分手之处的景色。清晨，词人看到几间低矮的茅舍，稀疏的篱笆和弯弯曲曲的小路。再往远处看，只见笼罩在树林上的云雾渐渐地散去。"天寒山色有无中，野外一声钟起、送孤篷"，词人的目光仍旧留在远处，但见寒气弥漫，山色似有若无，一片缥缈之景。山寺的晨钟响起，离别的时刻终于还是来临了，词人目送孤帆远去。

下片书写自己的心情。"添衣策马寻亭堠，愁抱惟宜酒"，词人并不直接抒发自己的惜别之情，而是以一连串的动作和画面来表达。送走心上人后，词人感到寒意袭人，于是便披衣策马去驿站买酒浇愁。末二句，词人又忽地转入写景，"菰蒲睡鸭占陂塘，纵被行人惊散、又成双"，饮罢酒后，词人又匆匆上路，马儿从菰蒲丛生的池塘经过，惊起一群熟睡的野鸭，它们四散飞去，而后又成双成对地落下。见到此景，词人内心怅然。他是借着这一乡野常见之景，以衬托自己的孤单落寞，寄托自己的离愁别绪。

蝶恋花 早行

◎周邦彦

月皎惊乌栖不定，更漏将阑^①，辘轳牵金井^②。唤起两眸清炯炯，泪花落枕红绵冷。

执手霜风吹鬓影，去意徊徨^③，别语愁难听。楼上阑干横斗柄^④，露寒人远鸡相应。

【注释】

① 更漏：古代夜间凭漏壶表示时刻用来报更，所以漏壶又叫更漏。② 辘轳：安在井上绞起汲水斗的器具。③ 徊徨：彷徨。④ 阑干：横斜。斗柄：北斗的勺柄。

【译文】

月光皎洁，惊得栖宿的乌鸦无法安睡。更漏快要滴尽，听见屋外摇动辘轳从井里汲水的声音。声音唤醒了睡着的人，她双眼清亮，泪水滴落在枕上，将枕里的红棉浸得又湿又冷。

紧握着对方的手，任由霜风吹着鬓发，欲行又止，徘徊不定，离别的话语满是忧愁，让人听不下去。高楼上北斗星横斜，风露寒冷，人已经走远，鸡鸣相应。

【赏析】

这是一首叙写离别的词，按照时间顺序叙写了一个女子送别心上人前后之全过程，将临别女子的心理刻画得细致入微。

上片描写离别之前。"月皎惊乌栖不定，更漏将阑，辘轳牵金井"，起首三句写室外之景，月光皎洁，残夜将尽，井边已传来辘轳汲水的声音。"唤起两眸清炯炯，泪花落枕红绵冷"，天快亮了，他就要踏上旅程，因而唤起枕边人。那枕边之人又何曾睡过呢，一双大眼睛清泪炯炯，红棉枕头都已经湿透。这两句将临别女子那多情伤别的痛楚细腻曲折地表现了出来，真切动人。

下片写别时、别后。"执手霜风吹鬓影，去意徊徨，别语愁难听"，离别时分，多么难舍哟。两人手牵着手来到庭院里，男主人公几次要走，却又徘徊不定。两人相互倾吐离别的话语，话语中却又满是离愁，听之令人断肠。"楼上阑干横斗柄，露寒人远鸡相应"，末两句写别后景象，以景作结。他最终还是走了。女主人公登楼远望，天上只剩几颗疏星，天渐渐明亮了，人也远去了。

玉楼春

◎周邦彦

桃溪不作从容住①，秋藕绝来无续处。当时相候赤栏桥，今日独寻黄叶路。

烟中列岫青无数②，雁背夕阳红欲暮。人如风后入江云，情似雨余黏地絮③。

【注释】

① 桃溪：比喻因错误的行为而丧失爱情。典故出自《幽明录》。② 列岫：群山。③ 雨余：雨后。

【译文】

没有同爱人安安稳稳地长久居住在桃溪，（就像）秋天的莲藕折断后便无法再续上。当日在朱漆栏杆的小桥等候情人到来，今日却独自在黄叶遍地的路上寻觅旧梦。

烟霭中排列着无数青翠的山峦，大雁背着夕阳高飞，火红的太阳即将坠下。人像被风吹入江中的云彩（一去无踪），情似雨后粘在泥中的柳絮（无法挣脱）。

【赏析】

这首词是词人与恋人分别后，重游旧地时所作，表达了他对恋人深挚的情感和浓烈的思念。

首句用典，东汉时期，刘晨、阮肇入天台山采药，在桃溪边遇见两位绝色女子，相爱成婚。半年后，两人思念起故乡来，因而与女子告别。但出了山才知道原来已经过去三百年。后来重访天台，却不见了心上人。词人借这个典故暗示自己曾有过一段刘、阮入天台山式的爱情遇合，并表达了他由于轻易分别而产生的悔恨之情。最令人伤心的是，这一分别就如同秋藕断绝，彼此的关系再无法接续了。接下来两句，转为叙事，当时两人相候于赤阑桥，而今日却独自于黄叶路上寻找佳人踪迹。这一鲜明对比道出了词人无尽的悔恨与相思。

下片首二句又转为写景，烟雾中群山成列，雁背上斜阳欲暮，悠远空旷的环境愈发衬托出词人自身的孤独与寂寞。最后两句以两个比喻来比拟当前情事。昔日的恋人如同那满天云彩，随风飘散没入江中；而词人对于那倏忽而逝的恋人的情感却像那雨过后粘着地面的柳絮，牢固胶着。这两个比喻，生动贴切地表现出词人感情的痴顽，读来使人怆然。

《白雨斋词话》评此词云："美成词有似拙实工者，如玉楼春结句云：'人如风后入江云，情似雨余黏地絮。'上言人不能留，下言情不能已。呆作两臂，别饶姿态，都不病其板，不病其纤，此中消息难言。"可谓精当。

虞美人

◎李廌

玉阑干外清江浦，渺渺天涯雨。好风如扇雨如帘，时见岸花汀草涨痕添。

青林枕上关山路，卧想乘鸾处。碧芜千里思悠悠，惟有霎时凉梦到南州。

【译文】

玉栏杆外是清江水岸，渺渺烟雨弥漫至天涯。柔和的风如折扇轻摇，密密的雨丝好像珠帘，不时看见岸上的花、汀洲上的草，添上了新的涨痕。

躺在绣有青翠山林的枕头上，我梦到了关山路，回忆起乘着鸾鸟的旧地。碧草千里，思绪悠悠，只有梦中去到南州霎时欢娱。

【赏析】

这首词写雨景，以及由雨景引发的愁思。

上片写江天雨景。"玉阑干外清江浦，渺渺天涯雨"，这两句从大处落笔，意境阔大，描绘了一幅江天烟雨图：词人独立高楼，极目远眺，只见江天蒙蒙，雨雾绵绵不尽。"好风如扇雨如帘，时见岸花汀草涨痕添"，接着词人对雨中景象进行具体描写。"好风如扇雨如帘"比喻巧妙，造景新奇。此处"扇"为名词，写出了风的柔和。"雨如帘"则不仅状写出雨丝疏疏细细之貌，而且雨丝如珠帘的雨景写了出来。"岸花汀草涨痕添"七字亦写景如绘。清江浦上，青草如碧，小花零星点缀其间。一番雨过，江边又添上新的涨痕。

下片写枕上之思。"青林枕上关山路，卧想乘鸾处"，词人由室外转向室内，方才所见之寂静雨景，引发起他无尽之思。他夜卧"青林"，神思驰骋，时而遥想关山路，时而寻觅乘鸾旧踪。他没有说关山路何指，乘鸾旧踪何在，而以"碧芜千里思悠悠"作答，给人一种所求无果的感觉。"惟有霎时凉梦到南州。"梦既"凉"便定非好梦；"梦到南州"，"南州"所指不明，也许在此地词人曾留下过不好的回忆，所以梦到它时，梦是"凉"的。这首词词境朦胧，主题模糊难辨，或许词人原本就只是一种意识流，为表现自己那游移不定的思绪感受。

◎作者简介◎

李廌（1059—1109），字方叔，号德隅斋，又号齐南先生、太华逸民，华州（今陕西华县）人。少以文为苏轼所知，誉之为有"万人敌"之才。"苏门六君子"之一。中年应举落第，决意仕进，定居长社（今河南长葛县），直至去世。能诗词，尤擅属文。有《济南集》，已佚。清人有辑本。

减字木兰花 留贾耘老

◎毛滂

曾教风月，催促花边烟棹发①。不管花开，月白风清始肯来②。既来且住，风月闲寻秋好处。收取凄清，暖日栏干助梦吟。

【注释】

① "曾教"二句：请明月清风帮我催促好友，在繁花似锦的春天到武康游玩。花边：指繁花似锦的春夏之交。烟棹：烟波中的小船。
② 月白风清：指秋天。

【译文】

曾经叫清风明月催促繁花边的小船出发。但是好友不管花开的季节，直到月白风清的时候才肯到来。

既然来了就暂且住下，在风清月朗的闲暇时刻寻找秋天的好景。把凄清都收起来，在温暖的日头下倚着栏杆，更有助于在梦中吟诗。

【赏析】

这首词为挽留朋友贾耘老而作。词人曾于武康县任县令，并于此地修葺了县舍，名曰"东堂"。词人常与好友贾耘老、盛德相聚东堂，饮酒赋诗，相与悠游。一段时间过去后，贾耘老渐生思归之情，于是词人写下此词，诚意相留。

"曾教风月，催促花边烟棹发。"词人曾作《清平乐》一词，词中词人约好友一同乘小舟同游，因而此处词人便说"曾教"。"花边"指春天。这两句的意思是说词人曾经叫清风明月于春天帮他催促朋友的到来，与他一同泛舟武康，但贾耘老"不管花开，月白风清始肯来"。词人嗔怪贾耘老不按时赴约，直到月白风清的秋天他才到来。词人的嗔怪实包含着他希望好友留下的热切期盼。

"既来且住"承"始肯来"而来，词人直接劝好友留下。接着词人便开始说东山之好："风月闲寻秋好处。"东堂风好月好，秋光无限，趁闲暇之时，我们可以同赏秋日美景。"收取凄清，暖日栏干助梦吟。"词人劝好友收起思归之意，安心居住下来，在温暖的秋日倚着栏杆，继续在梦中作诗。词中无一句不显示出词人对友人的苦苦挽留之意，以及对好友怀有的无尽深挚之情。

⊙作者简介⊙

毛滂（1055？—1120？），字泽民，衢州江山（今浙江江山）人。曾任杭州法曹、武康县令、秀州知州等职，一生仕途失意。诗、词、文均有名。其词受苏轼、柳永影响，自然深挚，秀雅飘逸。有《东堂词》、《东堂集》。

上林春令

◎毛滂

　　蝴蝶初翻帘绣，万玉女、齐回舞袖。落花飞絮蒙蒙，长忆著、灞桥别后。

　　浓香斗帐自永漏[①]，任满地、月深云厚。夜寒不近流苏[②]，只怜他、后庭梅瘦。

【注释】

① 浓香斗帐自永漏：深夜梅花开放后的清香从窗外飘入室内的斗帐中。"永漏"即"漏永"，指深夜。② 流苏：装饰在车马、楼台、帐幕等上面的穗状饰物。

【译文】

　　蝴蝶刚刚翻过绣帘，万千玉女一齐舒袖起舞。落花片片，飞絮蒙蒙，总是在回忆灞桥分别后的情形。

　　浓香深夜时飘入室内的斗帐中，任凭幽深的月光和浓厚的云层

覆盖着整个大地。夜晚寒冷，只好躲在温暖的流苏帐中，只是可怜后庭的梅花，被风吹落了许多。

【赏析】

　　这是一首咏梅词。

　　"蝴蝶初翻帘绣，万玉女、齐回舞袖"两句白雪飞舞的姿态。前句词人将白雪比作翩翩飞舞的蝴蝶，写雪花的轻盈美。后一句则将满天飞舞的雪花，比作舞弄长袖的万千天女，写它们的洁白飘逸。这三句共同创造了一个优美空灵的意境，给人以至美的享受。

　　"落花飞絮蒙蒙"，紧接着词人又将雪花比作落花、柳絮，写出了雪花漫天飞舞的宏阔场景。"长忆著、灞桥别后"，末句由写景转到抒情。那如落花柳絮般漫天飘洒的雪花正如同漂泊无依的游子，景与情之间转接得十分自然。

　　下片首句转入对梅花的描写。"浓香斗帐自永漏，任满地、月深云厚"，"浓香"代指梅花，"永漏"意即夜深。"任满地、月深云厚"，这里再用比喻，写雪落后的静景。地上雪落了厚厚一层，如同布满天空的雪白云絮，就像洒满大地的皎洁月光。这一句与上句相结合，共同组成一幅雪夜寒梅飘香图，肃静天然。

　　"夜寒不近流苏，只怜他、后庭梅瘦"，下片又以情作结，赞美雪中梅花的不畏寒冷，寄托着词人不流于俗的高洁志趣。

　　刘熙载在《艺概》中说，咏物应"不离不即"，即咏物要不滞于物，这首词就是如此。虽咏梅却不单单只停留在对梅花外部形态的描写上，其中还寄托着词人孑然独立的人格志趣。

临江仙 都城元夕

◎毛滂

闻道长安灯夜好，雕轮宝马如云。蓬莱清浅对觚棱^①。玉皇开碧落^②，银界失黄昏。

谁见江南憔悴客，端忧懒步芳尘^③。小屏风畔冷香凝。酒浓春入梦，窗破月寻人。

【注释】

① 觚（gū）棱：宫阙转角处的瓦脊，代指宫阙。② 碧落：碧天。
③ 端忧：深忧。芳尘：指落花。

【译文】

听说都城上元灯夜非常美好，华丽的马车像云彩一样繁多。蓬莱仙宫轻轻浅浅，与其他宫阙相对。玉皇大帝打开天宫，昏昏的银河也失去了光华。

谁看得见（我这）在江南客居倦游之人？心中怀着忧愁，没有闲情去散步赏灯。她正在小屏风边流泪吧，泪水凝住了脸上的香粉。酒意浓重，春情入梦，月光从破窗中照进来，好像是来寻找我的。

【赏析】

词人晚年，因言语文字获罪，被罢官。政和五年（1115）冬，待罪于河南杞县旅舍。这首词即作于词人羁旅河南之时，记的是都城汴京的元宵夜。

上片写汴京元夜盛况。"闻道长安灯夜好"，首句即点明时间地点，并以一个"好"字总括都城元夜之景。"长安"代指"都城"，即汴京。"灯夜"，即元宵夜。"闻道"二字说明以下描述的都城元宵夜的热闹景象为词人之想象，并非实境。"雕轮宝马如云"，这一句写元夜的繁盛景象。"如云"二字极言"雕轮宝马"之多。"蓬莱清浅对觚棱。玉皇开碧落，银界失黄昏"此三句描绘皇宫中欢度元宵的盛况。"蓬莱"，长安城中有蓬莱宫，蓬莱又是传说中的仙山。此处以"蓬莱"指代皇宫，写元宵夜的皇宫宛如仙境。"觚棱"是宫阙转角处的方瓦脊，此处即代指宫阙。"玉皇"代指北宋皇帝。"碧落"，即碧天。"玉皇开碧落"是说皇帝大宴群臣。"银界失黄昏"，街市灯火齐放，将夜晚照得如同白昼，银河都似乎失去了它的光华。上片对汴京元夜盛况的描写大有深意，用汴京欢度佳节的热闹气氛衬托出自己处境的凄凉。

下片写羁旅愁怀。"谁见江南憔悴客，端忧懒步芳尘"，词人由对元夜的描写转向自身，笔调突转，词情一落千丈。他叹息道："大家都欢度佳节去了，汴京一片繁华热闹，谁又能想到潦倒落拓、流落他乡的我呢？"词人因心境凄凉，也没有心情去赏花灯了。"谁见"，设问之辞，意即无人见。"小屏风畔冷香凝"，穷困愁苦的词人想起了自己的妻子，他想到她此时定对着屏风落泪，泪水凝住了她脸上的脂粉。这是词人的设想，设想闺中人在思念自己，也就更深刻地表现了自己在思念闺中人。"酒浓春入梦，窗破月寻人"，这两句转到现实中来，进一步表达他对妻子的思念。词人借酒浇愁，他企图大醉后能做一场"春梦"与心上人相会。当他躺在床上准备梦中寻人之时，月光从破窗中照了进来，好像在寻他来了。"月寻人"，这是多么奇特的想象呀！将他对亲人的思念写极，并暗衬出其处境的孤寂。非情到深处，无以为之。

惜分飞

◎毛滂

富阳僧舍作别语，赠妓琼芳。

泪湿阑干花著露①，愁到眉峰碧聚②。此恨平分取③，更无言语空相觑④。

断雨残云无意绪⑤，寂寞朝朝暮暮。今夜山深处，断魂分付潮回去⑥。

【注释】

① 阑干：即栏杆。② 眉峰碧聚：形容双眉紧锁，眉色如黛色的远山一般。③ 取：助词，"着"。④ 觑：细看。⑤ 断雨残云：喻情侣分离。⑥ "断魂"句：意思是将哀伤的心情托付潮水带到恋人身边。

【译文】

泪痕满面犹如鲜花沾带露珠，愁上眉梢，紧蹙如碧峰聚合。这离恨在我俩心中一样深重，更是只能脉脉无言，空自含泪相视。

人分两地，无法相聚，心情极度低落，寂寞朝朝暮暮缠

绕在心头。今晚在深山之中，将那因相思而欲断的魂魄托付潮水带回去吧。

【赏析】

词人在杭州任职时曾与歌伎琼芳相好，三年秩满辞官，在他回富阳途中作此词赠与伊人，以表自己的不舍之情。

上片追忆两人惜别的情景。"泪湿阑干花著露，愁到眉峰碧聚"，两人分别时是多么的不舍啊，伊人满面泪痕，如春花挂露，忧愁得双眉紧蹙。"此恨平分取"，接着词人将女子的愁与恨转到自己身上，表明两人爱之深，别之恨。"更无言语空相觑"，这一句更进一步表达了别时的哀痛，分离在即，四目含泪相视，千言万语竟无从说起。

下片写羁旅的愁苦和对恋人绵绵不绝的思念。"断雨残云无意绪，寂寞朝朝暮暮"，这两句直抒别后之苦。二人分隔两地，相爱而不能相见，日日夜夜只有寂寞相随，那思念之情怎能遏制。"今夜山深处，断魂分付潮回去"，词人留宿深山，而伊人远在钱塘，相隔千里，唯有江水相连，深夜词人听潮声在耳边回响，竟突发奇想：人不能相聚，那么将魂儿交付浪潮，随流水回到心上人那里。情笃思奇，这两句将词人刻骨铭心的相思表达得淋漓尽致，令人赞叹。

烛影摇红 送会宗

◎毛滂

老景萧条，送君归去添凄断①。赠君明月满前溪，直到西湖畔。门掩绿苔应遍，为黄花、频开醉眼。橘奴无恙②，蝶子相迎，寒窗日短。

【注释】

① 凄断：极度凄凉。断，极、尽之意。② 橘奴：这里指作者的友人沈蔚斋前橘树。

【译文】

晚年景况萧条，送你归去更增添了凄凉欲绝的情绪。只能将遍洒前溪的明月赠给你，一直（照着你）直到西湖边。

门扉紧闭，台阶上应该遍布碧绿的苔藓，为观赏金黄的菊花，我频频睁开醉眼。（会宗）身体健康，蝴蝶迎接他的归来，空屋寒窗，冬日白昼渐短（千万珍重）。

【赏析】

这首词赠人，写老友别后自己心境的凄凉。沈会宗即沈蔚，吴兴人，为著名词人，和词人常有诗词唱和。

"老景萧条，送君归去添凄断"，首二句写好友别后自己的心情，营造出一股悲凉的气氛。词人晚年官运不佳，家计落拓，无以为生，"老景萧条"正是对自己这种情况的真实描绘。晚年本就萧条，再加上友人的离去，境遇更显凄凉。"赠君明月满前溪，直到西湖畔"，这两句写词人对友人的深情。友人要走，潦倒的词人无以为赠，他将自己的全部情意托与月光，伴随友人一路行到西湖畔。这两句表现出词人对友人深挚的感情。

"门掩绿苔应遍"，一个"应"字点明此句为设想之辞，他设想友人归去后自己的情形。友人归去后，词人再无心出门赏玩美景，茅舍也不会有人造访，因而门前绿苔满阶。而孤独寂寞的词人，唯一的乐趣便是："为黄花、频开醉眼"。"频开醉眼"四字，将词人将醉未醉之际的神态写了出来。如果饮而未醉，眼本是睁着的，只须饮酒赏菊。用"频开"二字，则说明他此时已经醉眼朦胧了，只能用自己残存的一点意志力去挣扎着"频开醉眼"，以不辜负菊花的开放。

"橘奴无恙，蝶子相迎，寒窗日短"，最后三句是词人对友人的祝福。"橘奴"一句后，又词人小注，曰："会宗小斋名梦蝶。前植橘。"因此，"橘奴"代指友人。词人祝愿友人身体健康，回去后有蝴蝶相迎，并说天渐寒冷，冬天日短，要友人珍重。这三句将词人与友人的深厚情谊淋漓尽致地表现了出来。

木兰花

◎苏庠

江云叠叠遮鸳浦①，江水无情流薄暮。归帆初张苇边风，客梦不禁篷背雨②。

渚花不解留人住③，只作深愁无尽处。白沙烟树有无中，雁落沧洲何处所④。

【注释】

① 鸳浦：鸳鸯栖息的水边。② 不禁：禁不住。③ 渚花：生长在水中小块陆地上的花。④ 所：住。

【译文】

江上云气重重叠叠，遮住了鸳浦，江水无情地向着越来越暗的暮色流去。归去的船帆刚刚被芦苇边的风张满，客梦（轻浅）禁不住雨水打在篷背上的声音。

江心小洲上的花儿不懂得将人留住，只是一味地含着无尽深愁（立在秋风中）。白沙上的树木被烟雾轻笼，似有若无，大雁飞落沧洲，不知在哪儿歇下。

【赏析】

这首词抒发羁旅愁怀。

上片描写离别情景。"江云叠叠遮鸳浦，江水无情流薄暮"，首两句描绘离别之地的景色，烘托伤别的氛围。词人将离别之地唤作"鸳浦"颇有深意，鸳鸯常用来指相爱的一双恋人，因而此处暗指词人正与心上人分别。而这"鸳浦"被重重叠叠的江云所遮蔽，这就暗含两人不得不分别愁恨。"江水无情"，江水将船儿推送至远方，因而词人埋怨它"无情"。"流"字用得颇为精妙，它将孤帆随流水驶入夕阳的情景生动地展现了出来。"归帆初张苇边风，客梦不禁篷背雨"，这两句写船行途中的景况，揭示其心境的悲凉。"不禁"二字说明词人睡梦很浅。由于心中满怀离愁别绪，因而词人睡不深沉，船篷上的雨声也能将他惊醒。

下片继续写漂泊情绪。"渚花不解留人住，只作深愁无尽处"，这两句移情于景，词人将荻花拟人化以表达自己对故乡深深的不舍。游子念归，但船仍然朝着既定的方向前行，他看水中小洲上的荻花，不禁嗔怪它们无留客之意，只含着无尽之愁脉脉送别着游子。"白沙烟树有无中，雁落沧洲何处所"，末两句以景结情，含无尽之意。前一句词人描绘了一幅迷蒙的白沙烟树图，这场景与词人漂泊无依的迷茫心境暗合。后一句通过词人对大雁的发问表现出词人对雁行的关心。词人对大雁栖息何处的关心其实寓含着他前路茫茫的怅惘。

⊙作者简介⊙

苏庠（1065—1146），字养直，潭州（治今湖南潭县），后徙居丹阳（今属江苏）。因卜居丹阳后湖，又自号后湖病民。高宗绍兴年间，被召，不赴，隐逸以终。有《后湖词》。

江城子

◎谢逸

杏花村馆酒旗风。水溶溶，飏残红。野渡舟横，杨柳绿阴浓。望断江南山色远，人不见，草连空。

夕阳楼外晚烟笼。粉香融，淡眉峰。记得年时，相见画屏中。只有关山今夜月，千里外，素光同①。

【注释】

① 素光：洁白明亮的光辉，这里指月光。

【译文】

杏花村酒馆的酒旗在风中飘动。绿水荡漾，落花飞舞。野外的渡口横着一只小舟，杨柳成荫，绿荫浓暗。极目远眺，江南山色连绵无际，远至天边，不见所思之人，空见连天衰草。

夕阳西下，楼外晚烟笼罩。粉香融融，淡淡眉峰。记得去年，两人相见在画屏中。关山迢递，只有今夜一轮明月高悬，千里之外，（至少）洁净的月色是相同的。

【赏析】

这是一首怀人之作，写得清丽疏隽，凄婉感人。

上片写景，景中寄情。为我们勾勒了一幅江南暮春图。时为春末夏初，杏花村馆的酒旗在风中微微飘扬，水波轻轻荡漾，风儿卷起阵阵残红。野渡横舟，杨柳成荫。清景之中透出一股淡淡的哀伤。"望断江南山色远，人不见，草连空"，末三句正面显示出人物来，直抒自己的怀人之情。

下片紧接上片，由望断江南而人不见后转入回忆：夕阳西下，一位佳人于楼外晚烟中出现了，她暖香融融，眉峰淡扫，说不出的美丽。只是这一见发生在去年，已然成为往事。"只有关山今夜月，千里外，素光同"，那浓浓的相思无法排遣，因而词人便开始自我安慰。纵使两人相隔千万里，无从相见，但头顶那一轮明月是两地相同的，既照着流落异乡的我，又照着远隔千里的她。

⊙作者简介⊙

谢逸（？—1113），字无逸，号溪堂，临川（今属江西）人。屡举不第，以诗词自娱，布衣以终。江西诗派作家，与饶节、汪革、谢薖并称江西诗派"临川四才子"。曾写过三百首咏蝶诗，人称"谢蝴蝶"。有《溪堂词》、《溪堂集》。

临江仙

◎晁冲之

忆昔西池池上饮，年年多少欢娱。别来不寄一行书①。寻常相见了，犹道不如初。

安稳锦衾今夜梦，月明好渡江湖。相思休问定何如。情知春去后，管得落花无？

【注释】

① 不寄：不能寄。

【译文】

回忆昔年在西池上开怀畅饮，每年有多少欢娱，分别后却连一行字都不曾寄来。即便是平常再相见了，也说不如以前。

今夜安稳地卧于锦衾做着美梦，明月之夜正是飞渡江湖（与朋友相聚）的好时候。不要问别后究竟是如何相思。明知春天过去后，谁还管得了落花的命运呢？

【赏析】

这是一首怀旧之作，写的是词人对往昔与友人在汴京游乐生活的怀念。

"忆昔西池池上饮，年年多少欢娱"，首二句写对旧游的回忆。"西园"点明游玩地点。西池即金明池，在汴京城西。晁冲之常与苏轼等人聚饮金明池。词人虽未具体写宴饮之乐，但用一"年年多少欢娱"的感叹，将旧游之人的深情厚谊、志趣的融洽、性情的相投全凝聚其中了。但好景不长，随着北宋新旧党争的此伏彼起，旧游之人贬官的贬官，远迁的远迁。如今已是："别来不寄一行书。寻常相见了，犹道不如初。""别来不寄一行书"是"不寄"还是"不能寄"？词人及其旧游之人遭到贬谪后，受到了地方主管官员的监督。为避结党嫌疑，他们断绝一切书信往来。接下来"寻常相见了，犹道不如初"两句为词人设想之辞。在新党高压的政治环境下，他们处境非常危险，一个个成了惊弓之鸟，即使能寻常相见，但大家都已饱经风雨，不复当年的豪情逸致了。

"安稳锦衾今夜梦，月明好渡江湖。"锦书难托，友人不见，词人只有于梦境中去寻觅往日的欢乐。这里他将梦拟人化，说它在月光的照射下，飞过江湖，去寻旧日欢乐。这两句既写出了词人对往日生活的留恋，又写出了他对残酷的现实的无可奈何。"相思休问定何如。情知春去后，管得落花无？"词人说即便梦中相见，也不要互问别后情况。因为大家遭遇相同，互问只是徒添伤感而已。春天过去了，谁也管不着落花的命运了。这里的"春天"指政治上的春天，"落花"则指遭受政治风暴摧残而散落至各地的旧党。末两句运用比喻手法，非常生动形象，并以问句作结，意味隽永。

⊙作者简介⊙

晁冲之，生卒年不详。字叔用，济州巨野（今属山东）人。宋代江西派诗人。早年师从陈师道。终生不恋功名。与吕本中交善。

点绛唇 县斋愁坐

◎葛胜仲

秋晚寒斋，藜床香篆横轻雾①。闲愁几许，梦逐芭蕉雨。

云外哀鸿，似替幽人语②。归不去，乱山无数，斜日荒城鼓。

【注释】

① 香篆：既是一种香料的名字，因其形似篆文而得名；又可指焚香时所起的烟缕，因其曲折似篆文而得名。词中是指烟缕。② 幽人：幽隐之人；隐士。

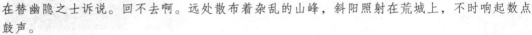

【译文】

深秋季节，傍晚时分，斋室中异常凄寒，藜茎床边的香炉中升起缕缕轻烟，如薄雾般缭绕在室内。有多少闲愁。魂梦追逐着雨打芭蕉的声音。

云层外那哀哀鸣叫的鸿雁，好像是在替幽隐之士诉说。回不去啊。远处散布着杂乱的山峰，斜阳照射在荒城上，不时响起数点鼓声。

【赏析】

这首词写词人在县衙愁坐的郁郁情怀。

"秋晚寒斋"首句即点明愁坐的时间、地点。"藜床香篆横轻雾"，词人坐在藜木床上愁思闷想，四周烟雾飘飘，就如愁思之徘徊不去。这一句以情写景，熏香袅袅，似愁情、悲思不绝。"闲愁几许，梦逐芭蕉雨"，闲愁似淡，但其实浓得化不开，令人难以负载。正当词人愁浓之际，天又淅淅沥沥地下起雨来。雨打芭蕉之声本就凄凉，而梦魂却追逐着这声音前去，更将词人的愁写浓了。"逐"字用得好，将词人追寻"芭蕉雨"的悲愁意象主动化了，加强了词情的凄恻。

"云外哀鸿，似替幽人语"，词人将视线移到室外，他看到云边有只大雁，大雁高声鸣叫着，其声凄切，似在替隐者低语，倾诉愁怀。"幽人"，幽隐之人，这里是词人自指。这里词人将孤雁与幽人类比，因两者身世和命运有可比性。大雁春去秋来，漂泊无定；而词人羁旅他乡，四处奔波，其孤寂凄凉是相同的。"归不去，乱山无数，斜日荒城鼓"，纵使思念故乡，却无计可归。在愁思满腹的词人心中，眼前景色竟是那般苍凉：远山凌乱，荒城斜阳残照，于寂静之中，忽又响起数点鼓声，令人心悸。"乱山"、"斜日"、"夕阳"共同构成了一幅极为荒凉的图景，并暗衬出词人的孤寂。"乱山无数"的"乱"字形象地写出了词人心绪的烦乱。最后两句以景结情，一切物尽染我之色彩，显得异常凄楚。

⊙作者简介⊙

葛胜仲（1072—1144），字鲁卿，丹阳（今属江苏）人。绍圣四年（1097）进士。元符三年（1100），中鸿词科。累迁国子司业，官至文华阁待制。卒谥文康。宣和间曾抵制征索花鸟玩物的弊政，气节甚伟，著名于时。与叶梦得友密，词风亦相近。有《丹阳词》。

江神子

◎葛胜仲

昏昏雪意惨云容，猎霜风，岁将穷。流落天涯，憔悴一衰翁。清夜小窗围兽火①，倾酒绿②，借颜红。

官梅疏艳小壶中，暗香浓，玉玲珑。对景忽惊，身在大江东。上国故人谁念我③，晴嶂远，暮云重。

【注释】

① 兽火：带有兽头笼盖的火盆。② 倾酒绿：新酿的酒还未滤清时，酒面上会浮起酒渣，所以色泽微绿（即绿酒），细如蚁（即酒的泡沫），称为"绿蚁"。后世偏用"蚁"来代称酒，也有偏用"绿"来代称酒的。③ 上国：这里指国都。

【译文】

天空昏暗，雪意沉沉，云容惨淡，霜风猎猎，一年就要结束了。孤身流落天涯，已经变成了一个憔悴的老翁。凄寒的夜里，蜷缩在小窗下的兽火旁，倒一杯酒，借此让衰老的容颜增加一点酡红。

几枝官衙中的梅花疏淡而又明艳地插在小小的壶中，暗香浓烈，玲珑如玉。对着这景致忽然惊觉自己正身在江东。远在国都的故人有谁会思念我呢？那里的晴峦叠嶂已经远离了我，而这里正是暮云低沉。

【赏析】

这首词写怀人情思，为词人初迁官休宁（今安徽休宁县）时所作，其中还蕴含着词人流落天涯的深沉感慨。

"昏昏雪意惨云容，猎霜风，岁将穷"，开头三句写景，渲染出一片昏暗寂寥。岁暮欲雪，夜晚分外昏暗阴惨，云容惨淡，霜风猎猎，天地间一片寒冷凄清之景。在这样阴愁惨淡的氛围中，我们的主人公出现了："流落天涯，憔悴一衰翁。"词人初迁官休宁，心境不胜惨淡，形容枯槁，精神衰颓。"衰翁"之容与前三句岁暮之景融合无间，人与景相互映衬，相辅相成。"清夜小窗围兽火，倾酒绿，借颜红"三句写词人岁暮冬夜的活动。他独自坐于火盆旁，借酒浇愁，他希图浓酒下肚能烧红憔悴的面颊，显出几分活气来。"倾酒"也好，"借颜红"也好，词人都在努力寻求解脱之法。

"官梅疏艳小壶中，暗香浓，玉玲珑"三句写梅。词人在小窗下围火饮酒消愁之际，抬眼忽见室内小壶中有疏梅几枝，玲珑多姿，暗香浮动。一个"疏"字刻画出梅花的独特风韵；"艳"字则写出梅花亮丽鲜明之色。"对景忽惊，身在大江东"，梅花乃江南特有之花，词人对梅忽惊，惊的是自己已身在江南！接下来"上国故人谁念我，晴嶂远，暮云重"，三句是由"身在大江东"而生发出的感慨。流落天涯的词人，不免要怀念故人，但路途迢递，回去的路被重重山水和云层所阻隔。这句表达的是自己对友人的怀念，然而却从对方入笔，尤见情之深切。

水调歌头

◎叶梦得

秋色渐将晚，霜信报黄花①。小窗低户深映，微路绕攲斜②。为问山翁何事③？坐看流年轻度，拼却鬓双华。徙倚望沧海④，天净水明霞。

念平昔，空飘荡，遍天涯。归来三径重扫⑤，松竹本吾家。却恨悲风时起，冉冉云间新雁，边马怨胡笳。谁似东山老，谈笑静胡沙⑥！

【注释】

①黄花：菊花。②攲（qī）：斜。③山翁：作者自谓。④徙倚：徘徊，流连不去。⑤三径：王莽专权时，兖州刺史蒋诩辞官回家，于园中辟三径，惟与求仲、羊仲往来。后常用三径喻隐居生活。⑥谁似两句：东晋淝水之战晋军与前秦大军激战时，主将谢安却在与别人下棋，然而谈笑之间已打败了前秦百万雄师。

【译文】

秋色日渐变浓，金黄的菊花传报霜降的信息。小窗低户深深掩映在菊花丛中，小路盘山而上，曲折倾斜。询问山公到底有什么心事，（原来是不忍心）坐看时光轻易流逝而双鬓花白。在太湖边上徘徊凝望，天空澄澈，湖水映照着明丽的彩霞。

追忆往日，漂泊不定，走遍天涯海角，却毫无建树。归来后重新打扫庭院中的小路，松竹才是我的家。却恨悲凉的秋风不时吹起，南归的大雁缓缓地飞行在云间，哀怨的胡笳声和边马的悲鸣声交织在一起。谁能像东晋谢安那样，谈笑间就扑灭了胡人军马扬起的尘沙！

【赏析】

这首词作于词人退隐山野后。眼看金兵南犯，词人写下此词，借以抒发自己内心的悲愤和对国事的忧虑。

上片以写秋景起，描写时令和自己隐居的环境，一片悠闲宁静。接着他又提出问题：不知那隐居山野的主人怀着怎样的心事？可见词人的心是不平静的。继而他自答道：不忍看流年虚度，两鬓一天一天增白。这两句就隐晦地表达了词人英雄失路，报国无门之悲。为了排遣苦恼，词人走出门外，来到太湖边上，只见天空澄澈，水映落霞，风光一片明丽。

下片抒怀，看到这太湖风光，词人不禁生出一番感慨来，他感叹自己平生为国事而四处奔波，到头来却落得一片虚空的命运，进而体悟到自己的心性原本适于退隐山林。但果真如此吗？他仍然不能忘怀世情，还念着边疆战事。他的人归隐了，心却归隐不了，边关战乱频仍，人民正处在水深火热之中，这叫他怎么能如陶渊明一般恬然归隐呢。他希望朝中有人如同谢安一般，谈笑间便扫平百万敌军，赢得四海安定。

⊙作者简介⊙

叶梦得（1077—1148），字少蕴，号石林居士。苏州吴县（今属江苏）人。哲宗绍圣四年（1097）进士。累官中书舍人、翰林学士、吏部尚书、龙图阁直学士。高宗朝，迁尚书左丞、江东安抚制置大使兼知建康府，移知福州。晚年致仕归，居乌程（今浙江湖州）卞山。能诗工词。有《石林词》。

八声甘州

◎叶梦得

　　故都迷岸草，望长淮、依然绕孤城。想乌衣年少①，芝兰秀发，戈戟云横。坐看骄兵南渡②，沸浪骇奔鲸③。转眄东流水④，一顾功成。

　　千载八公山下，尚断崖草木，遥拥峥嵘。漫云涛吞吐，无处问豪英。信劳生、空成今古，笑我来、何事怆遗情。东山老⑤，可堪岁晚，独听桓筝⑥。

【注释】

① 乌衣：即乌衣巷，东晋时王谢两大家族居住的地方。② 坐看：指以逸待劳。骄兵：这里指符坚的军队。③ 骇奔鲸：形容前秦军队来势汹汹。④ 眄（miǎn）：看，望。⑤ 东山老：即谢安，他曾隐居于东山。也暗指作者自己。叶梦得词中经常以谢安自况。⑥ 桓筝：据《晋书·桓伊传》载，谢安因为位高权重，加上小人搬弄是非，晚年被晋孝武帝疏远。一次，谢安陪孝武帝饮酒，桓伊弹筝助兴，并演唱了一首《怨歌行》："为君既不易，为臣良独难；忠信事不显，乃有见疑患。"谢安听了感动得泣下沾襟，孝武帝闻之则甚有愧色。"东山老，可堪岁晚，独听桓筝？"指的便是上文的"遗情"。

【译文】

　　远眺故都，江岸上长满了杂草，迷茫一片；望着长长的淮河，它依然像当年一样绕着孤城寿阳不停流淌。遥想当年（大败符坚的）贵族少年（谢玄和谢石），英气勃发，斗志昂扬，武器像阵云一样纵横陈列。他们以逸待劳坐看骄傲的前秦大军南渡，（大军激起的）沸涌的浪涛连奔跑的鲸鱼都为之惊骇。（但他们只是）转头看着东流的河水，而一举成功。

千年以来八公山下，还有同样的断崖和草木，它们遥遥地簇拥着，显得峥嵘可怖。纵然云涛吞吐（也徒然无补），已经无处可以找到（谢家子弟那样的）英雄豪杰来询问（抗敌作战的）对策了。历史上的英豪毕生奋斗、劳心劳力，到头来空成今古谈笑之资；可笑我啊，又何必为往事而悲怆？东山老，怎么能忍受晚年独自听桓伊弹筝？

【赏析】

这是一首怀古感今之作，作于词人凭吊淝水之战的古战场八公山前（今安徽凤台县东南）时。

上片追忆淝水之战。"故都迷岸草，望长淮、依然绕孤城"，这是写淝水之战的地理位置。寿阳，古称寿春，公元前241年楚国国都郢城为秦兵攻陷，曾东逃迁都于此，故词人怀古，称之为故都；东晋改名寿阳，即今安徽寿县。昔日的国都，如今已是杂草丛生，迷茫一片；望淮河的支脉淝水，依然像当年一样环绕孤城寿阳滚流不息。首三句中包含着景物依旧而人事全非之慨。

"想"字以下七句写淝水之战。"乌衣年少"淝水之战东晋将领——谢石、谢玄等人。乌衣，即乌衣巷，晋代王谢贵族居住的地方。"芝兰秀发"，形容江东子弟作战精神昂扬。"戈戟云横"，写晋军军容和声威。"骄兵南渡，沸浪骇奔鲸"转到对符坚的军队的描写，说他们来势汹汹，不可一世；而面对强敌，江东子弟却从容沉着，只是"坐看"而已，可见其胆略过人。最后以"转盼东流水，一顾功成"作结，将这场大战收拾干净。

下片怀古追今。"千载八公山下，尚断崖草木，遥拥峥嵘"，这三句呼应上片首三句，说战地景物依旧。"断崖草木"用典。淝水之战中，符坚出师不利，本就乱了手脚。一天他与弟弟符融趁夜去前线视察，他看到晋军阵容严整，士气高昂，慌乱的他将晋军驻扎的八公山上的草木也都误当成士兵，不禁更为胆战心惊。

"漫云涛吞吐，无处问豪英"，山河依旧，而人事全非。如今强敌压境，朝中却找不到谢家子弟那样的英雄豪杰了。

"信劳生，空成今古，笑我来、何事怆遗情"，这四句表面上看去似乎在自解，但实际上却是在自伤，为下文的才士不见用的深沉感慨作铺垫。"遗情"指的是这样一个故事：东晋宰相谢安，晚年因小人搬弄是非，为孝武帝所疏远。一天，武帝请谢安、桓伊等人喝酒。桓伊精通音乐，武帝令他吹笛助兴。一曲罢后，他说自己弹筝比吹笛还拿手。于是一边弹筝，一边唱出了曹植的一首乐府诗："为君既不易，为臣良独难。忠信事不显，乃有见疑患。"谢安听了，感动得老泪纵横，武帝也深觉惭愧。

词人末三句"东山老，可堪岁晚，独听桓筝"指的便是君臣不容易善始善终的"遗情"。词人此时已经离开了中枢府，未能待在皇帝身边，因而只能"独听桓筝"，内心之凄苦寂寞可想而知。

词的品赏知识

叶梦得词风的转变

叶梦得生于两宋之交，其创作活动，以宋室南渡为界，可分为两个阶段。早期词不出传统题材，作风婉丽。其词集第一首《贺新郎》，相传为应真州妓女之请而写，为他早期词作的代表作。自汴京沦陷、二帝被掳后，其词风发生了极大的变化。社会的巨变给了他极大的刺激，词风由柔媚婉丽一变为豪宕激越，这首《八声甘州》就是他这个时期的代表作。词人凭吊历史古迹，怀古伤今，为自己不能效力于国家而感伤，词风沉郁，于豪放之中又保持了稳健。

点绛唇

◎汪藻

新月娟娟，夜寒江静山衔斗^①。起来搔首，梅影横窗瘦。
好个霜天，闲却传杯手^②。君知否？乱鸦啼后，归兴浓如酒。

【注释】

① 山衔斗：北斗星在山间闪现。② 传杯：指传递酒杯而饮以助酒兴，多是在宴会上进行。

【译文】

一弯新月明媚，秋夜寒，江流静，远山衔着北斗星。（夜不能寐）起来徘徊搔首，梅花的疏影横斜在窗间，显得如此清瘦。

好一个严冬的降霜天气！（我却）无心饮酒，闲置了传杯把盏的手。你知道吗？听到许多乌鸦纷乱的啼叫声后，我归家的意兴浓郁似醇酒。

【赏析】

这是一首咏怀词。

在一个寒冷寂静的冬夜里，词人在闲睡中醒来。他前不久接到了调令，他再也不要出席官场中的宴会，曲意逢迎了；也再不必担心同僚的谣言中伤了。从此，他便能退隐田园，过上悠闲自得的生活。

上片写景。"新月娟娟，夜寒江静山衔斗"，一弯秀月，干净而明亮，清寒的夜色中，北斗静挂于远山之上，江水无声流淌，一幅多么清静秀丽的新月江山图啊。

"起来搔首，梅影横窗瘦"，词人半夜醒来，看到梅影横窗。定是词人心有不平才未能成眠，但不知所谓何事。

下片承接上片而来，开头"好个霜天，闲却传杯手"两句便告诉了我们他的心事。此时词人遭贬，官场极不得意，因而心中愤愤不平。这严冬时节，本来正是官场大摆宴席饮酒驱寒的好时光，可词人手中的酒杯却因迁谪而被闲置。

"君知否？乱鸦啼后，归兴浓如酒"，词人最终还是放下了心中的愤懑，说一阵乱鸦啼后，自己思归的意念像霜天思酒之兴一样浓。那乱鸦的聒噪声就如官场的嘈杂，词人已经厌烦了，他要归于寂静。

◎作者简介◎

汪藻（1079—1154），字彦章，号浮溪，饶州德兴（今属江西）人。徽宗崇宁五年（1106）进士。历任婺州观察推官、宣州教授、著作佐郎、宣州通判等职。累官至显谟阁大学士、左大中大夫，封新安郡侯，卒赠端明殿学士。为官清廉。工于诗，语言明快，格调清新。《全宋词》存其词四首。

蓦山溪 梅

◎曹组

　　洗妆真态①，不作铅华御②。竹外一枝斜，想佳人、天寒日暮。黄昏院落，无处著清香。风细细，雪垂垂，何况江头路。

　　月边疏影，梦到销魂处。结子欲黄时，又须作、廉纤细雨③。孤芳一世，供断有情愁④。消瘦损，东阳也⑤，试问花知否？

【注释】

① 洗妆真态：洗净脂粉，露出真实的姿容。② 铅华：用来化妆的铅粉。③ 廉纤：纤细，细微。④ 供断：供尽，即无尽地提供。⑤ 东阳：指南朝梁沈约，他曾担任过东阳太守。

【译文】

　　仿佛是洗尽脂粉、露出真实姿态的美人，（天生丽质）无须脂粉的修饰。在竹丛外横斜一枝，宛如一个佳人在天寒日暮时分孤芳自赏。黄昏时的院落里，处处有淡雅宜人的清香。何况在村外江边的路上，寒风细细，飞雪茫茫（景致难以言状）。

　　月光下梅花的疏影，犹如美人深深地沉入极度忧愁的梦境中。当梅花将要结子变黄时，又是连绵一片的细雨。梅花孤芳自傲一世，只令人不断产生无穷的情愁。全都是为了你，我变得憔悴消瘦，试问梅花你是否知道？

【赏析】

　　这是一首咏梅之作，全词托物言怀，借梅花以寄托自己高洁的志趣。

　　上片描写梅花。"洗妆真态，不作铅华御"，这两句写梅花的神貌，说梅花不施脂粉，素净脱俗。"竹外一枝斜，想佳人、天寒日暮"，化用了杜甫"竹外一枝斜更好"，以及苏轼"天寒翠袖薄，日暮倚修竹"两诗的意境，写出了词人对梅花的怜惜。"黄昏院落，无处著清香。风细细，雪垂垂，何况江头路"，这几句为我们描绘了一幅风雪梅花图，意境悠远，更深一层表达了词人的惜梅之情。

　　下片抒情，写赏梅者的抑郁心情。词人由当前月下疏影的清丽景象联想到日后梅花落去的零落情景，引出无限惜梅之情。末四句，词人自比因无所遇合而抑郁成疾、消瘦异常的南朝文士沈约，将自己与梅花、沈约视为一体，寄寓自己"孤芳一世"的情怀。

　　这首词词笔生动，沈飞际在《草堂诗余正集》中曾评价此词说："微思远致，愧黏题装饰者，结句清俊脱尘。"

⊙作者简介⊙

　　曹组，生卒年不详。字彦章，颍昌（今河南许昌）人。徽宗宣和三年（1121）特命就殿试，中甲，赐同进士出身。后召试中书，换武阶，兼阁门宣赞舍人，睿思殿应制。其词作喜用俗语，多谑词、艳词。也有清幽秀劲之作，风格近秦观、毛滂。有《箕颍集》，不传。今有赵万里辑本《箕颍词》。

青玉案

◎曹组

　　碧山锦树明秋霁①。路转陡、疑无地。忽有人家临曲水。竹篱茅舍，酒旗沙岸，一簇成村市。

　　凄凉只恐乡心起。凤楼远、回头谩凝睇②。何处今宵孤馆里，一声征雁③，半窗残月，总是离人泪。

【注释】

① 锦树：指被秋霜染红的树木。霁：雨雪停止，天放晴。② 凤楼：妇女的居处，这里代指家中的妻子。谩：徒然、空自。凝睇：凝视，注视。③ 征雁：迁徙的雁，多指秋天南飞的雁。

【译文】

　　秋雨初晴，青山红树显得分外明丽。山路突然转陡，让人怀疑到了尽头。忽然看见弯曲的水流附近有人家。竹篱茅舍，酒旗沙岸，形成了一簇村市。

　　只恐凄凉的思乡之情升起。凤楼渺远，回首空自望。今晚将会宿在哪座孤馆中呢？秋雁一声长鸣，残月映照半窗，总是离人的眼泪。

【赏析】

　　这首词写离情。

　　上片写旅途所见。"碧山锦树明秋霁"，首句描绘出行旅人的背景图：秋雨初晴，秋空澄净如洗，四周青山红树两相映衬，显得分外明丽。锦树，指秋霜染红的树木。应该说行旅之人的心情此时相当轻快，但一霎时"路转陡、疑无地"，旅程中道路突然断绝。词人心下一沉，试探着继续朝前走去，只见"忽有人家临曲水"，真是"山穷水复疑无路，柳暗花明又一村"呀。再看看这村中景色："竹篱茅舍，酒旗沙岸，一簇成村市。"一簇村市，紧临流水，屋舍俨然，酒旗飘飘，一片宁静，给"疑无路"的旅人带来几许温情与慰藉。上片行文开合顿挫，饶有风致。

　　下片写乡愁。"凄凉只恐乡心起"，那人情味十足的乡村不期然地触发起词人的思乡之情。"凤楼远、回头谩凝睇"，这两句具体申述"乡心"的内涵。"凤楼"，妇女居处。这里指家中的妻子。词人原来是思念起妻子来了，可离家已远，再回首，也只是徒劳罢了。"何处今宵孤馆里，一声征雁，半窗残月，总是离人泪"，词人从望乡的怅惘转入今宵旅宿的孤寂情景。孤馆、征雁、残月共同构成一幅极具凄凉意味的图景，与词人孤寂凄凉的心境合一。

三台 清明应制

◎万俟咏

见梨花初带夜月，海棠半含朝雨。内苑春、不禁过青门①，御沟涨、潜通南浦。东风静、细柳垂金缕，望凤阙、非烟非雾。好时代、朝野多欢，遍九陌、太平箫鼓。

乍莺儿百啭断续，燕子飞来飞去。近绿水、台榭映秋千，斗草聚、双双游女。饧香更、酒冷踏青路②。会暗识、夭桃朱户③。向晚骤④、宝马雕鞍，醉襟惹、乱花飞絮。

正轻寒轻暖漏永⑤，半阴半晴云暮。禁火天、已是试新妆⑥，岁华到、三分佳处。清明看、汉蜡传宫炬，散翠烟、飞入槐府⑦。敛兵卫、阊阖门开⑧，住传宣、又还休务⑨。

【注释】

① 内苑：宫苑。青门：汉长安城东城门，这里泛指京城城门。② 饧（xíng）：通"糖"，麦芽糖。③ 夭桃朱户：用崔护事。崔护有《题都城南庄》诗："去年今日此门中，人面桃花相映红。人面不知何处去，桃花依旧笑春风。"夭桃，喻指美丽的少女。语出《诗经·周南·桃夭》："桃之夭夭，灼灼其华。"④ 骤：疾驰。⑤ 漏永：指夜长。⑥ 禁火天：指寒食节前后。⑦ 槐府：指贵人府第，门前种植槐树，故名。⑧ 阊（chāng）阖（hé）：宫门的正门。⑨ 休务：停止办公，宋人语。

【译文】

看到梨花缀上刚刚西斜的夜月，海棠花瓣半含着清晨的雨露。内苑里春光明媚，青门撤去禁制让游人随意出入，御沟中春水漫涨，暗暗地流向南浦。东风静静拂过，细细的柳枝柔柔低垂，遥望宫阙，（朦胧缥缈）非烟非雾。这正是大好时代，朝野一片欢腾，太平箫鼓声遍及了京城大道。

突然间黄莺百啭娇啼断断续续，燕子自在地飞来飞去。靠近一池绿水，亭台水榭映着秋千。斗草的人聚在一起，是那双双结伴出游的女子。踏青路上，更有冷酒和香甜的糖饧。我会暗暗地寻找辨识，那居住在朱红门中的美丽少女。天色很快变得昏晚，乘着雕鞍宝马，醉酒溅湿的衣襟上沾惹了凌乱的花瓣、飘飞的柳絮。

正当轻寒微暖的长夜、半阴半晴的昏暮。

在严禁烟火的寒食天，人们已经试着穿起新衣服，春季岁月降临，自有（胜过严寒的）三分佳处。到了清明节时你看，从皇宫中传送出火炬蜡烛，青烟飘散，飞入贵族宅府。撤去卫兵，敞开京都宫殿的正门，暂时停住传宣大臣，又停止了办公。

【赏析】

这是一首应制之作，全词用赋的笔法极力铺叙清明节京都的春景和朝野欢庆的喜庆场面，详尽地摹写出当时宫廷、民间在清明节时的种种风俗和活动，旨在颂扬当时天下承平、万民和乐的景象。

上片写宫苑中的春景。"见梨花初带夜月，海棠半含朝雨"，宫苑的景色是多么清新秀美呀，梨花带月，海棠含雨。

"内苑春、不禁过青门，御沟涨、潜通南浦。东风静、细柳垂金缕，望凤阙、非烟非雾"，接下来由宫苑之外转到宫苑内，宫苑的景象一片迷蒙富丽。

"好时代"几句则总叙太平盛世景象。

中片写郊外之游，转入具体描写。处处莺歌燕舞，各色人物游冶郊外，一片欢乐的景象。这一片写出了自然的生机及民间的祥和。

下片写贵族宅院中的喜庆景象。"轻寒轻暖漏永，半阴半晴云暮"二句，描绘清明时节宜人而往往阴晴不定的天气，极有情味。

"清明看"几句化用韩翃《寒食》"春城无处不飞花，寒食东风御柳斜。日暮汉宫传蜡烛，轻烟散入五侯家"诗意，切合节令，而与末几句相联，又归结到宫廷生活景象，开合有序，首尾呼应。

这首词再现了当时繁盛热闹的京都生活，绘景逼真，刻画生动，在应制词中算上乘之作。

⊙作者简介⊙

　　万俟咏，生卒年不详。字雅言，自号词隐。徽宗朝充大晟府制撰。高宗绍兴五年（1135），补下州文学。擅工音律，能自度新声。词学柳永。有《大声集》，已失传。存词二十余首。

诉衷情

◎万俟咏

一鞭清晓喜还家，宿醉困流霞①。夜来小雨新霁，双燕舞风斜。
山不尽，水无涯，望中赊②。送春滋味，念远情怀，分付杨花。

【注释】

① 流霞：泛指美酒。② 赊：有余，这里引申为长远的意思。

【译文】

　　清早快马加鞭返回家乡，心情无比喜悦，（尽管）宿酒还未全消，头脑还有些昏沉（但是心里痛快极了）。夜里的小雨刚刚停了，天空已经放晴，一双燕子在风中斜斜飞舞。

　　山峦连绵不尽，河水浩荡无涯，眺望中（返家的旅程）已经走过了很长一段路。客居他乡独自送别春天的滋味、家人苦苦思念远人的情怀，从此统统交给了杨花。

【赏析】

　　这首词写归家之喜。

　　"一鞭清晓喜还家"，词人开宗明义，一开头就点明还家之喜。一大清早，词人就骑着马儿，向家乡进发，心情无比欢畅。"宿醉困流霞"，由于高兴，昨晚在驿站他不觉多喝了几杯酒。今早起来，他依旧带着微微的醉意。"夜来小雨新霁，双燕舞风斜"，这是词人途中所见之景。因为心情好，映入词人眼帘的景色也是明媚秀丽的。昨天夜里下过一场小雨，大地好像洗过一般，空气十分清新。一双燕子在清凉的晨风中上下飞舞，相互追逐着飞向天边。

　　"山不尽，水无涯，望中赊"，这是他回望所见。他已经走了很远一段路程了，回首处，只见群山连绵，绿水迢迢。"赊"，即长远。"送春滋味，念远情怀，分付杨花"，这是兴致极高的词人对杨花的戏谑之语。他说：我马上要到家了，以后我那凄凉的送春滋味，及家中妻儿们的念远愁怀，统统都交付给你杨花独自去承受了！词人那还家之喜于此得到了最为生动逼真的体现。

水龙吟

◎朱敦儒

放船千里凌波去，略为吴山留顾。云屯水府①，涛随神女②，九江东注。北客翩然，壮心偏感，年华将暮。念伊、嵩旧隐③，巢、由故友④，南柯梦，遽如许！

回首妖氛未扫⑤，问人间、英雄何处？奇谋报国，可怜无用，尘昏白羽⑥。铁锁横江，锦帆冲浪，孙郎良苦⑦。但愁敲桂棹，悲吟梁父⑧，泪流如雨。

【注释】

① 水府：水神所居的府邸。② 神女：指湘妃、洛神一类的水中仙子。③ 伊、嵩：伊阙与嵩山。伊阙，今龙门石窟所在地，伊水西流，香山与龙门山两岸对峙，宛如门阙，故名。这里代指洛阳一带。④ 巢、由：巢父与许由，都是尧时的隐士。这里代指在洛阳隐居时的朋友。⑤ 妖氛：不祥的云气，多喻指凶灾、祸乱，这里指金兵南侵。⑥ 尘昏白羽：指战局不利。白羽，即白羽箭。⑦ 铁锁横江三句：三国后期，西晋灭了蜀国后，吴主孙皓手下将领吾彦以铁索横江，欲以天险拒敌，终终为王濬所破。⑧ 梁父：《梁父吟》，又名《梁甫吟》。原为汉乐府曲名，相传诸葛亮生前最喜欢吟诵此曲。常用来比喻功业未成而胸怀匡时济世之志。

【译文】

放船千里，凌波而去，只为了吴地的江山略略留顾。水府上空密云屯集，波浪随着神女翻滚，众水汇流，滚滚东流。（我这个）作客异乡的北方人翩然而行，有着宏大的志向却感到年华已晚。追念曾经在洛阳一带隐居，以及隐居时来往的朋友，仿佛是南柯一梦，梦醒得真快！

回首（望中原），妖氛还未扫净，问人世间的英雄到底在何处？英雄欲以奇谋报国，可惜没有用处，使得白羽箭生尘。当年吴国以铁锁横江设防，却无法阻挡西晋大将王濬的

楼船，锦帆冲着巨浪（铁索销熔），孙皓的苦心安排全都付诸东流。只能愁绪满怀地敲着桂棹，悲伤地吟唱着《梁父吟》，泪流如雨。

【赏析】

这首词是金兵南侵之后的感时书愤之作。

"放船千里凌波去"，词以景语开头，笔力雄健。词人放船千里，凌波而去，气象十分广阔。尽管江南有如此美景，词人也只是"略为吴山留顾"。这一句从侧面点明他的故国之思。他此次离开洛阳一带南来，实在是因强敌入侵，迫不得已。他并没有把吴中当作久留之地，国都在北方，他的故乡在北方。

"云屯水府，涛随神女，九江东注"三句写长江水势。水府，本为星宿名，主水之官，此处借指水。"九"，泛指多数。"九江"，指长江汇合众流，滚滚东注。这三句气势是何等的肃穆雄浑。然而这样的境界并未使作者襟怀开阔，反而触发了他的身世之慨。

"北客翻然，壮心偏感，年华将暮"，国运衰微，宋室南渡，如今的他已成他乡之客。而壮志素怀的他，年华又已老暮。

"念伊、嵩旧隐，巢、由故友，南柯梦，遽如许！"这是词人对往昔生活的回忆及感叹。词人早期隐居洛阳一带，在这里他有着如许由、巢父一般的隐逸高士，但如今国破家亡，他回思往事，只觉是做了一场大梦。"南柯梦，遽如许！"末两句中包含着身遭丧乱、落拓难逃的词人的无尽辛酸与苦楚。

"回首妖氛未扫，问人间、英雄何处？"这是一个爱国词人满含激愤的呼唤。当他凌波千里之时，北望中原，痛感金兵未扫，于是发出了对英雄的呼唤。

但紧接着以"奇谋报国，可怜无用，尘昏白羽"三句对"问人间、英雄何处"作了回答，词情愈发转悲。当时并非没有英雄。宗泽、李纲都力主抗金，收复失地，但朝中投降派力量太大，抗金事业为他们所阻。最终他们都落得血洒疆场，尘昏白羽的下场。"可怜无用"四字，含蕴深沉，发人深思。

"铁锁横江，锦帆冲浪，孙郎良苦"，词人眼前正是三国时吴国所在之地，词人自然联想到了西晋灭吴的历史事实。当年吴主孙皓倚仗长江天险，以铁锁横江设防，仍然阻挡不住西晋大将王濬的楼船，锦帆冲浪，铁锁销熔，终至灭亡。这三句词中流露出词人对像东吴一样偏安江左的南宋小朝廷前途的深切担忧。

"但愁敲桂棹，悲吟梁父，泪流如雨"，金兵气焰嚣张，而南宋小朝廷一味退缩，志士不见用，词人深感无奈，不禁大放悲声，词情至此达到高潮。

⊙作者简介⊙

朱敦儒（1081—1159），字希真，河南（治今河南洛阳）人。历兵部郎中、临安府通判、秘书郎、都官员外郎、两浙东路提点刑狱。晚年隐居嘉禾，高宗绍兴二十九年（1159）卒。其词语言清畅，句法灵活自由。有词集《樵歌》。

好事近 渔父词

◎朱敦儒

摇首出红尘，醒醉更无时节。活计绿蓑青笠^①，惯披霜冲雪。
晚来风定钓丝闲，上下是新月。千里水天一色，看孤鸿明灭。

【注释】

①绿蓑青笠：指青蓑衣绿斗笠。蓑衣是劳动者用一种不容易腐烂的草（民间叫蓑草）编织成厚厚的像衣服一样能穿在身上用以遮雨的雨具。蓑衣一般制成上衣与下裙两块，穿在身上与头上的斗笠配合使用，用以遮雨。这种雨具穿在身上劳动十分方便。

【译文】

　　我摇着头走出尘世（隐居山林），（从此）醒与醉更加没有时间的限制。劳动时穿着绿蓑衣，戴着青色的斗笠，已经习惯了披着霜露、迎着风雪。

　　晚上坐在江边垂钓，没有风，垂钓的丝线悠闲地浮在水面上，江面上下都有一轮新月。千里之外，水天一色，（抬起头）看见一只大雁在月色中忽明忽暗。

【赏析】

　　词人晚年寓居嘉禾，远离尘世，生活闲适清静。词人共作渔父词六首来歌咏他的这种生活，这首词便是其中之一。

　　上片写渔夫恬淡平静的生活。"摇首出红尘，醒醉更无时节"，这两句表现了词人自由自在、潇洒舒放的襟怀。

　　"活计绿蓑青笠，惯披霜冲雪"，这两句以质朴的笔调勾勒出一位渔父的形象。这里的渔父是词人晚年生活的写照，悠然自足。

　　下片写晚景。"晚来风定钓丝闲，上下是新月"，晚来风定，皓月当空，万里清光，水平如镜，表里澄澈，孤鸿明灭，好一幅清新淡雅的图画。"钓丝闲"、"上下是新月"、"水天一色"，水静山空，四周皆静。在这幅静态的画面上，词人最后加上奇妙的一笔——一只缥缈的孤鸿，明灭于远空使整幅画面灵动起来。

　　这首词上片以抒情起，下片以写景结，用简笔勾勒出词人闲适生活的一个断面。虚实相生，意境高远，不失为一首高妙的山水风物图。

相见欢

◎朱敦儒

金陵城上西楼，倚清秋。万里夕阳垂地、大江流。

中原乱①，簪缨散②，几时收③？试倩悲风吹泪过扬州④。

【注释】

① 中原乱：指宋钦宗靖康二年（1127）金兵侵入中原。② 簪缨散：金人侵入中原，俘徽、钦二帝，大肆杀掠，王公贵族非死于战乱即是四散逃走。簪缨：官员贵族的帽饰。③ 收：指收复中原。④ 倩：托。扬州：其时北宋王朝告终，南宋王朝开始，扬州已经成为抗金的前沿阵地。

【译文】

登上金陵城西门的城楼，倚栏观看清秋时节的景色。夕阳铺落万里，大江滚滚奔流。

金人侵占中原，官员们四散逃走，什么时候才能收复故土？试请求悲风将我的眼泪吹送去扬州。

【赏析】

这是一首登临之作。全词由登楼入题，由写景到抒情，表达了词人强烈的爱国之情。

上片写登楼之见。靖康之难后，宋室南渡，词人被迫背井离乡，作客金陵。一个秋天的傍晚，词人登上高楼，纵目远眺，只见天地间一片苍茫萧条。因词人心中积蓄着浓厚的国亡家破的伤感情绪，故他笔下的景象显得分外萧索，火红的夕阳垂垂下落，滚滚长江水无尽东流去。

下片由写景转到国事，抒发国破后词人心中的沉痛。"中原乱，簪缨散，几时收？"中原沦陷，北宋的世家贵族纷纷逃散，故土不知什么时候才能收复。这几句不仅表现了词人对恢复故国的强烈渴望，同时还表达了他对苟且偷安的南宋朝廷的愤慨和抗议。"试倩悲风吹泪过扬州"，扬州是抗金的前线重镇，国防要地，词人要请悲风将自己的泪吹到扬州去，表现了他对前线战事的关切及对国事的深切忧虑。

鹧鸪天 西都作

◎朱敦儒

我是清都山水郎①，天教分付与疏狂。曾批给雨支风券②，累上留云借月章。

诗万首，酒千觞，几曾著眼看侯王。玉楼金阙慵归去③，且插梅花醉洛阳。

【注释】

① 清都：道家传说是紫薇天帝的宫阙。山水郎：作者虚构的负责掌管山水胜景的神官。② 券（quàn）：凭证。③ 玉楼金阙：指神仙居住的楼阁宫殿。

【译文】

我是天宫中掌管山水胜景的神官，天帝赋予我这般疏懒狂放的性格，曾多次批过支配风雨的手令，也屡次递上留住彩云、借走月亮的奏章。

吟过诗歌万首，喝过美酒千觞，几时曾正眼看过王侯将相？即便是华丽的玉楼金阙，我也懒得归去，只想插枝梅花，醉倒在热闹繁华的洛阳。

【赏析】

这首词是词人的生活理想和自我形象的写照，作于西都洛阳，极富浪漫色彩。

上片写自己在洛阳的疏狂生活。"我是清都山水郎"，直抒自己的生活理想，他不喜尘世，流连山水。"清都"，传说中天帝的居处。"山水郎"，为天帝管理山水的侍从。"天教分付与疏狂"，他的疏狂是天帝赋予的特权。

"曾批给雨支风券，累上留云借月章"，"券"，天帝给予的凭证；"章"，写给帝王的奏章。这两句的大意是说，词人屡次上书给天帝，请求获得支使风雨、留云借月的特权。这两句富于个性，诙谐幽默。

下片写词人睥睨权贵，不愿在朝为官的思想。"诗万首，酒千觞。几曾著眼看侯王"，词人日日与诗酒为伴，对于那王侯将相不屑一顾，功名利禄在他心中不过浮云。

"玉楼金阙慵归去，且插梅花醉洛阳"，这一句将词人疏放的性格描写得惟妙惟肖，一个斜插梅花、醉意醺醺的仙人宛在人眼前。

黄升在《绝妙词选》中说他："以词章擅名，天资旷远。"这首词就是一首婉丽流畅的小令。

减字木兰花 题雄州驿

◎蒋兴祖女

朝云横度，辘辘车声如水去①。白草黄沙②，月照孤村三两家。

飞鸿过也，百结愁肠无昼夜。渐近燕山，回首乡关归路难。

【注释】

① 辘辘：车行之声。② 白草：我国西北地区产的一种草，因干枯时呈白色而得名。

【译文】

　　早晨，阴云突然弥漫过来，车声辘辘如流逝的河水。遍地都是白草和黄沙，月光照着只有三两户人家的孤村。

　　看到大雁飞过，我愁肠百结，日夜不能断绝。眼看着离燕山越来越近，回首遥望故乡，（深叹以后）要想踏上归路便是难如登天。

【赏析】

　　靖康间，金人铁骑南下，侵犯京师，取道阳武县。词人的父亲蒋兴祖为阳武县令，在抵抗金兵时，壮烈殉国，妻、子一同遇难，女儿则被金兵掳去。在北行途中，她题字于雄州驿中，叙述事情本末，字字泣血，表达了词人的乡关之思、国破之哀。

　　上片写被掳途中的情景。"朝云横度，辘辘车声如水去"，这两句点明出发的时间，并渲染出自然气候的恶劣。"白草黄沙，月照孤村三两家"，词人接着描写沿途之所见。一路上的景色是多么荒凉寂寥呀，枯草遍地，月光清冷。景语中处处透露出词人心境的悲凉与凄切。

　　下片抒发词人的家国之情。"飞鸿过也，百结愁肠无昼夜"，词人继续写北行途中的景象。大雁飞过，牵起词人对故乡的怀念、对亲人的追思。这种种愁思，郁结于胸，令词人肝肠寸断。"渐近燕山，回首乡关归路难"，来到雄州，离金人的都城燕京就不远了。回首乡关，乡关再难回！词人的家国之痛于此一齐迸发出来，读之使人涕下。

　　况周颐在《蕙风词话》评价此词说：此词寥寥数十字，写出步步留恋、步步凄恻之情。这确是一首感人至深的词作。

⊙作者简介⊙

　　蒋兴祖女，生卒年不详，名字亦不详。其父蒋兴祖，靖康时（1126）为阳武令。金兵入侵战死，其女被金兵掳去，北行途中作词题雄州驿。

鹧鸪天

◎周紫芝

一点残红欲尽时①，乍凉秋气满屏帏。梧桐叶上三更雨，叶叶声声是别离。

调宝瑟，拨金猊②，那时同唱鹧鸪词。如今风雨西楼夜，不听清歌也泪垂。

【注释】

① 残红：这里指残灯。灯油将尽时灯光转为暗红，故名。② 金猊（ní）：雕成狮形的香炉。

【译文】

一点残灯将要燃尽时，天气忽然凉快下来，但凄清的气氛已充溢于画屏帏幕之间。三更时，秋雨打在梧桐叶上，一叶叶、一声声都似乎在诉说别离。

调弄宝瑟，拨动金猊炉中的香灰，那时两个人共同演唱鹧鸪词。如今独宿西楼，夜闻风雨凄凄，即使不听清歌也能让人伤怀垂泪。

【赏析】

这是一首雨夜怀人的词作。

上片着力于写景，借景抒情。"一点残红欲尽时，乍凉秋气满屏帏"，这是一个秋天的晚上，室内一灯荧荧，秋意正浓，显得分外凄清。"梧桐叶上三更雨，叶叶声声是别离"，时已三更，词人还未睡，只因离情正浓。正是心中别恨无限，帘外那梧桐叶上的雨滴声，仿佛也是为别离而奏。这里词人融情于景，深入地刻画出了自己悲苦的心情。

下片回忆，通过今昔对比抒发词人对恋人的深切思念。"调宝瑟，拨金猊，那时同唱鹧鸪词"三句展开回忆，当年两人共调宝瑟、同唱清词，那时光是多么美好呀。而今又如何呢？"如今风雨西楼夜"，今夜风雨凄凄，词人独宿西楼，境况怎一个"惨"字能了。"不听清歌也泪垂"，在这样一个凄苦的夜里，即便不听当年的清歌也要泪落不止了，可见其思念之深。

⊙作者简介⊙

周紫芝（1082—1155），字少隐，号竹坡居士，宣城（今属安徽）人。高宗绍兴进士。绍兴十五年（1145），为礼、兵部架阁文字。绍兴十七年（1147）为右迪功郎敕令所删定官。历任枢密院编修官、右司员外郎。绍兴二十一年（1151）出知兴国军（治今湖北阳新），后退隐庐山。其词清丽婉曲，不事藻饰。著有《太仓稊米集》七十卷、《竹坡诗话》一卷、《竹坡词》三卷。

眼儿媚

○赵佶

玉京曾忆昔繁华①，万里帝王家。琼林玉殿，朝喧弦管，暮列笙琶。花城人去今萧索②，春梦绕胡沙。家山何处③，忍听羌笛，吹彻梅花。

【注释】

① 玉京：北宋的都城汴京。② 花城：指靖康之变以前的汴京。③ 家山：故乡。

【译文】

　　回忆汴京往昔的繁华，万里山河都属于帝王之家。奢华的宫殿园林，弦管笙琶的声音日夜不断。

　　花城早已是空寂无人、萧索冷落，虽然身处黄沙漫天的胡地，那繁华如春的汴京仍然时常萦绕在梦中。家乡在何处，怎么忍心听到那羌笛吹奏凄凉彻骨的《梅花落》。

【赏析】

　　这首词作于词人被俘北上之后，抒发亡国之慨。作者以概括性很强而又极富艺术性的语言将北宋覆亡的史事、当时的社会风貌，以及亡国之君内心复杂的感情活动浓缩在短短四十多个字中。

　　上片回忆被俘前骄奢淫逸的帝王生活。"玉京曾忆昔繁华，万里帝王家"，"曾忆"二字点明北宋覆亡，帝王之身已成梦幻。这短短的十二字里包含着国家多少历史往事，词人多少辛酸血泪呀。"琼林玉殿，朝喧弦管，暮列笙琶"两句具体描述皇家的豪奢。"琼林玉殿"写所居之处，除宫殿外，还有那搜括财货、竭尽民力兴建而成的"艮岳"。据《枫窗小牍》中记载，其间"山林岩壑日益高深、亭榭楼观不可胜记，四方花竹奇石咸萃于斯，珍禽异兽无不毕有"。"朝喧弦管，暮列笙琶"写帝王的游乐生活。帝王沉湎声色，弦管笙琶之声日夜响彻。

　　下片抒发被俘以后的愁苦之情。"花城人去今萧索，春梦绕胡沙"，靖康之乱后，昔日香花如绣的汴京城已是荒草丛生，只剩下断壁残垣了。"萧索"乃词人的设想之辞，其中景象，供人猜想。身在尘沙漫天的荒漠之中，词人依旧怀念着自己的汴京，不时在梦中去重游。"家山何处，忍听羌笛，吹彻梅花"，最后三句写梦醒后的情景。梦醒以后，繁华散去，词人又陷入深深的悲伤之中，耳边忽然又传来阵阵凄凉的羌笛声，让人不忍卒听。《梅花落》为表达思乡之情的曲调，身在胡地的词人听到这支曲子，怎能不黯然伤神呢。

⊙作者简介⊙

　　赵佶（1082—1135），即宋徽宗，神宗第十一子。1100—1125年在位。其在位期间任用奸臣童贯、蔡京等主政，穷奢极欲，大兴宫苑，滥增捐税，致国政日颓，民间起义不断。靖康二年（1127）与子钦宗赵桓为金军所俘，被囚于五国城（今黑龙江依兰）至死。吹弹、书画、声歌、词赋无不精擅。有词集《宋徽宗集》。

燕山亭 北行见杏花

◎赵佶

裁剪冰绡①，轻叠数重，淡着胭脂匀注。新样靓妆②，艳溢香融，羞杀蕊珠宫女③。易得凋零，更多少、无情风雨。愁苦。问院落凄凉，几番春暮？

凭寄离恨重重，这双燕、何曾会人言语。天遥地远，万水千山，知他故宫何处。怎不思量，除梦里、有时曾去。无据。和梦也、新来不做。

【注释】

① 冰绡：薄而洁白的丝绸。② 靓（jìng）妆：打扮得很美丽，浓妆艳抹。③ 蕊珠宫：传说中的仙宫。

【译文】

（杏花花瓣仿佛是）剪裁好的白色丝绸，轻轻叠成数层，上面还均匀地涂抹着淡淡的胭脂。（杏花好像）装束新颖入时、妆饰华美

（的仕女），艳光四溢，暖香融融，简直羞杀了天上的蕊珠宫女。鲜花容易凋零，更何况又经历了许多无情风雨（的摧残）。满心愁苦，叩问凄凉的院落，还要经受多少次暮春时节？

谁能帮我寄去重重离愁，这结伴双飞的燕子哪能领会人的语言。天遥地远，万水千山（阻隔重重），哪里知道故园如今在何处？怎么会不反复思量，然而只除了在梦中有时曾经去过。没有凭据。但是近来连梦也不做了。

【赏析】

1127 年，金兵南下，俘虏了宋徽宗赵佶与其子钦宗赵桓，这首词作为词人被金兵掳往北方的途中。词人以花喻人，借杏花横遭摧残的命运写自己的悲惨生活，抒发自己的亡国之思。

上片描写杏花，笔触细腻。先写杏花之姿，杏花如那裁剪的白绸，花瓣重重叠叠，均匀地晕染上浅淡的胭脂。这是一幅多么绚丽的杏花图啊。以下词人笔锋陡转，这令蕊珠宫女都自惭形秽的花儿，却遭到无情风雨的摧残，黯淡凋零了。这里词人怜杏，更是自怜。词人本为帝王，却一朝沦为阶下之囚，与这杏花有着同等的遭遇。

下片抒写自己的悲愤。词人一路北行，见燕儿飞来，想要托燕儿寄去心中重重离恨，但燕子又怎么懂得人的语言呢。既然托书不能，词人只能空自怀想故国，故国是那么的遥远，回首南望而望不见。于是只能求之于梦寐之间了，但近来却连梦都不做。词情愈转愈深，哀音不绝，读来令人哽咽不止。

眼眉儿

◎左誉

楼上黄昏杏花寒，斜月小阑干。一双燕子，两行归雁①，画角声残。绮窗人在东风里②，无语对春闲③。也应似旧，盈盈秋水，淡淡春山。

【注释】

① 归雁：迁徙的雁，多指秋天南飞的雁。② 绮：本义是指一种有花纹的绸子，这里是形容窗子上的花格。③ 春闲：春天的闲情，这里指对远方爱人的思念。

【译文】

小楼上，黄昏时分，看到杏花在寒冷的空气中开放，斜月照着小楼的栏杆。一双燕子、两行大雁，耳边还残留着画角的余音。

人站在雕花窗子前迎着东风眺望，对着春日默默无语。应该还是像原来那样吧，（眼波）盈盈如秋水，淡淡的双眉似春天的远山。

【赏析】

这首词抒发的是怀人情思。

上片写景。"楼上黄昏杏花寒，斜月小阑干"，首二句点明时间、地点。黄昏时候，词人独自登楼，看到杏花在寒冷的气候里开放。时间一点点过去，太阳的余晖渐渐退去，月亮随之升起，幽幽的月光照着小楼的栏杆。"杏花寒"是早春的景象。"一双燕子，两行归雁，画角声残。"燕子和大雁都是候鸟，

春秋季节南北迁徙，它们象征着漂泊无定的旅人，也象征着远人的音信，因此它们的出现常引发起人们对亲人的思念之情。而那报道时辰的号角声，断断续续地残留着，更添词人心中的凄凉。

下片抒发对爱人的怀念。"绮窗人在东风里，无语对春闲"，情到深处的词人想起远方的爱人来，他想象爱人临着小窗迎风眺望远人的归来，而时间一点点过去，未望见远人，悄然无语。"也应似旧"，接着词人将想象与当初两人离别时的场景联系起来，临窗流泪的她的眉眼就如"盈盈秋水，淡淡春山"一般。"盈盈秋水"是说她双目泪水盈盈，脉脉含情；而"淡淡春山"则是形容她的眉。但这一句又不只是在形容她的眉眼，还勾勒出两人离别的背景，情韵悠长。

⊙作者简介⊙

左誉，生卒年不详。字与言，天台人。徽宗大观三年（1109）进士。官至湖州通判，寻弃官为浮屠。词调以高韵胜，下笔有神，名重一时。其孙左文本，编次其词若干首，名《筠溪长短句》，今不传。

好事近

◎蒋元龙

叶暗乳鸦啼，风定老红犹落①。蝴蝶不随春去，入熏风池阁②。
休歌金缕劝金卮③，酒病煞如昨④。帘卷日长人静，任杨花飘泊。

【注释】

① 老红：指衰老的、呈深红色的花瓣仍然在不停坠落。
② 熏风：和暖的南风或东南风。③ 金卮：金杯，这里指酒。卮，
古代盛酒的器皿。④ 酒病：酒醉。煞如昨：比昨天还厉害。
煞，表极甚之词。

【译文】

　　深绿色的树叶间有初生的幼鸦在啼叫，风已停
息，深红色的花瓣仍然不停坠落。蝴蝶不随着春光
而去，却飞入暖风习习的池苑楼阁。

　　不要再唱那《金缕曲》，也不要再劝酒了，
我醉得比昨天还厉害。帘幕高卷，（帘外）日色迟
迟，人声寂寂，一任杨花漂泊。

【赏析】

　　这是一首抒发惜春伤春情怀的词作。

　　上片描绘春末夏初的景致。"叶暗乳鸦啼，风定老
红犹落"，树叶呈现出一片深绿，残花从枝头落去，这是
一幅夏初图景。"叶暗"、"老红"两个词，非常准确地表
现出花叶由春入夏颜色的变化。而乳鸦啼鸣与残红飘落
这两种景象则将由春入夏新老交替的情形生动地表现了出来。"蝴蝶不随春去，入熏风池阁"，这两句
表面上写蝴蝶，其实带有词人强烈的主观色彩，凝聚着词人对春光寂寞归去的无限怜惜之情。他责怪
蝴蝶的无情，说它享尽春光却并不眷恋春光、随春而去，而是飞入暖风吹拂的池苑亭阁之中。

　　下片抒发对春光流逝的惋惜之情。"休歌金缕劝金卮，酒病煞如昨"，这两句直抒心底的郁闷。因
季节更替，春光流逝，词人心绪极度不佳，他不愿听歌，也不愿喝酒。而这愁绪并非如今才有，早就
萦绕于心了。《金缕》，即《金缕衣》，唐时杜秋娘所作，其词云："劝君莫惜金缕衣，劝君惜取少年时。
花开堪折直须折，莫待无花空折枝。"这是一首高昂的热爱生命、珍惜青春之歌，唱它只会愈发增添
伤春惜时之情。"帘卷日长人静，任杨花飘泊"，末两句抒发一种无可奈何的情绪，词人因无计留春，
只能一任眼前杨花飘落，让那最后的春光随风而逝。一种愁苦情怀、怅然意绪，淡淡化开，十分耐人
寻味。

⊙作者简介⊙

　　蒋元龙，生卒年不详。字子云，丹徒（今江苏镇江）人。以特科入官，终县令。《全宋词》存其词三首。

青玉案

◎惠洪

　　绿槐烟柳长亭路，恨取次，分离去。日永如年愁难度①。高城回首，暮云遮尽，目断知何处？

　　解鞍旅舍天将暮，暗忆丁宁千万句。一寸柔肠情几许？薄衾孤枕②，梦回人静，侵晓潇潇雨③。

【注释】

①永：长。②衾：被子。③侵晓：拂晓。

【译文】

　　大亭路上，槐树碧绿，柳色如烟，恨（我）走得匆促，（漫长的道路提示我）我们已经分别。绵绵的愁思让人觉得一日长得好像一年，不知道该如何度过。回首遥望高高的城垣，已经被暮云遮断，视线的尽头是何处呢？

　　天色将暮的时候，解下马鞍，投宿在旅舍，暗暗忆起爱人临别前的千万句细语叮咛。一寸柔肠中蕴藏着多少深情？如今只有薄被孤枕与我相伴，午夜梦回醒来正是夜深人静，拂晓之时，窗外春雨潇潇。

【赏析】

　　这是一首伤别怀人之作。

　　上片写词人旅途中的情况。"绿槐烟柳长亭路，恨取次，分离去"，首二句点明时间、地点以及事件。"绿槐烟柳"，说明此时是仲春或暮春时节。"长亭"，秦汉时，在驿道边隔十里置一亭，谓之长亭，是行人歇脚和饯别的地方。"日永如年愁难度"，词由别时情景写到别后心情。由于别离而生出绵绵愁恨，词人只觉度日如年。"高城回首，暮云遮尽，目断知何处？"思情最难忍受之际，词人便回望高楼，但回首之时，视线被暮云遮断，而所思之人更在暮云外！至此，词人已将惜别之情写极，此人屡屡回首的愁苦情状真是历历如绘。

　　下片写词人投宿旅社后的情况。"解鞍旅舍天将暮，暗忆丁宁千万句"，这两句写词人在旅社住下后的情形。词人在孤馆独对青灯，不胜凄凉与落寞。他只能借回忆临别前爱人细语叮咛的场景来温暖自己的内心。"一寸柔肠情几许？"这一句写心上人的温柔多情。"薄衾孤枕，梦回人静，侵晓潇潇雨"，词人由回忆转至现实。离别前是多么欢乐呀，而如今只有孤枕寒衾相伴。梦回醒来正是夜深人静之时，而窗外小雨潇潇，那雨就如同人之潸潸清泪，绵长无尽。这几句将词人的羁旅愁情层层渲染，其内心之沉郁、纷乱可以想见。

⊙作者简介⊙

　　惠洪（1071—1128），著名诗僧。俗姓彭（一作姓喻），字觉范，筠州（今属江西）人。精通佛学，长于诗文，著述颇丰，尤以《冷斋夜话》最著名。高宗建炎二年（1128）去世。黄庭坚对其甚为推重，赞其韵胜不减秦观，气爽绝类徐俯。有《冷斋夜话》、《筠溪集》。

南歌子

◎李清照

天上星河转，人间帘幕垂。凉生枕簟泪痕滋①，起解罗衣聊问、夜何其。

翠贴莲蓬小，金销藕叶稀。旧时天气旧时衣，只有情怀不似、旧家时！

【注释】

① 簟（diàn）：席子。

【译文】

天上星河移转，人间夜幕低垂。秋凉从枕席间透出来，泪痕浸湿了枕褥。起身解开罗衣，心下估量夜深沉已近清晨。

用翠线缝在罗衣上的莲蓬笑了，用金线缝成的莲叶也有些稀疏了。天气如旧时，罗衣如旧时，只有人的情怀不似旧时了！

【赏析】

这首词作于词人流落江南后，通过对生活琐事的描述，寄寓了词人的身世之悲、家国之慨。

上片描写词人的一个生活场景。"天上星河转，人间帘幕垂"，以景语引起全篇，描绘了一个宏大的场面，从天上到人间，苍茫无际。"凉生枕簟泪痕滋"，这一句转到人事上来，不单是说秋夜天气，还移情于物，说自己内心孤寂凄苦。"起解罗衣聊问、夜何其"，表面上看去似乎只是写一个解衣欲睡的日常生活场景，但细品，却发现其中大有情味。词人独倚孤枕，往事纷纷涌上心头，思之不禁泪落纷纷。等悲伤稍解，凉意顿生之时，词人才发觉夜已经很深了，因而解衣准备睡下。

下片直接抒情。"翠贴莲蓬小，金销藕叶稀"，接应上片结句"罗衣"，描绘衣上的花纹。因解衣欲睡，看到那衣上的图案，又生出一番感叹来，"旧时天气旧时衣，只有情怀不似、旧家时"，衣裳依旧如从前，只是历尽人事的词人情怀不再似前时了，那往昔的欢乐已经一去不不复返。

⊙作者简介⊙

李清照（1084—约1155），号易安居士，济南（今属山东）人。其父李格非，以文章受知于苏轼，著有《洛阳名园记》。自幼受到家庭教养，早有诗名。十八岁时嫁给赵明诚，夫妇间伉俪情深，共同从事金石研究，校勘古籍。靖康之变，随夫流落江南，备尝离乱之苦。高宗建炎三年（1129），赵明诚病故。此后颠沛流离，晚境凄凉。婉约派代表作家。其词清新自然，凄婉沉挚。有辑本《漱玉词》传世。今人辑有《李清照集》。

一剪梅

◎李清照

红藕香残玉簟秋①。轻解罗裳，独上兰舟。云中谁寄锦书来？雁字回时，月满西楼。

花自飘零水自流。一种相思，两处闲愁。此情无计可消除，才下眉头，却上心头。

【注释】

① 红藕：红色荷花。

【译文】

在红荷凋谢、竹席渐凉的秋天，我轻轻地解开罗裙（换上便装），独自登上了小舟。白云中是谁寄来了锦书？正是雁群排成"一"字或"人"字南归的时候，皎洁月光洒满了西边的高楼。

花儿空自凋零，水空自流逝，一种相思之情，牵动两处闲愁。这种感情无法消除，刚从眉间散开，又泛上了心头。

【赏析】

这首词写相思，是词人因为怀念远别的丈夫所作。

"红藕香残玉簟秋"，首句写室外室内之景，这是一个荷花凋谢、竹席透生凉意的秋天。"轻解罗裳，独上兰舟"，词人独处闺中，愁绪无法排遣，便出外乘舟解闷。

"云中谁寄锦书来？雁字回时，月满西楼"，这是词人的想象。她想象着在一个月满西楼的夜里，大雁南回，捎来夫君的书信。这三句以婉曲的笔调表达了词人对于丈夫的深切思念。

"花自飘零水自流"，兰舟上的词人从想象又回到现实，只见落花飘零，流水自去。由盼望书信的到来，到眼前的抒写流水落花，一种无可奈何的伤感油然而生。

"一种相思，两处闲愁"，词人由自己思念丈夫赵明诚，进而联想到赵明诚同样也在思念自己，因为她深知这种相思不是单方面的。

"此情无计可消除，才下眉头，却上心头"，末三句为千古名句，造句十分新奇，赋予"愁"以动感，且将"愁"挥之不去，拂之又来的情态写了出来。而"才下眉头，却上心头"运用了语言上的对称所造成的既一致又矛盾的特点，产生出特有的艺术效果，且读起来朗朗上口，耐人寻味。

渔家傲

◎李清照

天接云涛连晓雾，星河欲转千帆舞①。仿佛梦魂归帝所②。闻天语，殷勤问我归何处。

我报路长嗟日暮③，学诗谩有惊人句。九万里风鹏正举。风休住，蓬舟吹取三山去④。

【注释】

① 星河：银河。② 帝所：天帝的住所。③ 我报路长嗟日暮：路长，化用屈原《离骚》"路曼曼其修远兮，吾将上下而求索"之意。日暮，隐括屈原《离骚》"欲少留此灵琐兮，日忽忽其将暮"之意。嗟，慨叹。④ 三山：传说中海上的三座仙山，即蓬莱、方丈、瀛洲。

【译文】

水天相接，蒙蒙晨雾连着云涛，银河欲转，千帆飘舞。梦魂仿佛回到了天庭，听到天帝传话，殷勤地问我归向何处。

我报说路太漫长，又嗟叹已经日暮，学诗空有惊人之句。长空九万里，大鹏冲天正高飞。风啊，千万别停息，将这一叶轻舟直吹送到蓬莱三岛去。

【赏析】

这是一首记梦词，是李清照唯一的豪放词，作于词人南渡以后。词人以浪漫主义的艺术构思，梦游的方式，设想与天帝问答，倾述隐衷，以求消除自己内心的烦闷，寻求精神的寄托。

"天接云涛连晓雾，星河欲转千帆舞"，这是写拂晓时的景色，场面雄奇壮观。

"仿佛梦魂归帝所"，经历过人世的浮沉后，词人渴望能够摆脱现世的烦恼，去到一个光明美好的世界。"闻天语，殷勤问我归何处"，来到天帝的住所，天帝殷勤地问她要回到哪里去？李清照南渡以来，一直飘泊天涯，备尝人世艰辛，因而她渴望温暖，于是在梦中她塑造了一个慈厚的天帝。

"我报路长嗟日暮，学诗谩有惊人句"，词人向天帝诉说自己的遭遇，她虽有满腹才华，却不能为世所用；况且如今社会动乱，文章无用。

"九万里风鹏正举。风休住，蓬舟吹取三山去"，接着她告诉天帝自己的心愿，她说她要像大鹏那样乘万里长风高飞远举，离开那龌龊的社会。并叫风不要停止，一定要将她的小舟吹到仙山去，使她过着自由自在的生活。

如梦令

◎李清照

常记溪亭日暮，沉醉不知归路。兴尽晚回舟，误入藕花深处。争渡，争渡，惊起一滩鸥鹭。

【译文】

经常记起在溪边的亭子游玩直到太阳落山，喝得酩酊大醉不知道回去的路。游兴满足了，天色已晚才想起往回划船，误入了荷花深处。争着划呀，争着划呀，栖息在荷塘深处的鸥鹭受到惊扰，全都飞了起来。

【赏析】

这是一首追述往事的词作，词人回忆以前的一次愉快的郊游，全词洋溢着一片欢快的情绪。

"常记溪亭日暮，沉醉不知归路"，开篇以"常记"总领，引出对整件事的回忆，"溪亭"点名地点，"日暮"点出时间。"沉醉不知归路"，词人玩得多么尽兴呀，景色优美迷人，词人沉醉其中找不着回去的路。

"兴尽晚回舟，误入藕花深处"，既已尽兴，就该回家了。叙述至此本应结束，却又奇峰突起，词人的小舟误入了藕花深处。这"误入"一句，恰与前面的"不知归路"相呼应，显示了主人公的忘情心态。

"争渡，争渡，惊起一滩鸥鹭"，一连两个"争渡"，表达了主人公急于从迷途中找寻出路的焦灼心情。由于焦急，词人奋力划着桨，激起了哗哗的水声，因而惊动了栖息在洲渚上的一群鸥鹭。

这首小令用词简练，将事、情、景集于一炉，写得活泼生动。

词的品赏知识

李清照前期的词

宋室南渡前，李清照的生活是十分幸福安定的，词风清新隽永，婉丽多情，题材集中于写自然风光和闺中情思，真实地反映了她的闺中生活和思想感情。

词人这一时期的作品不多，但寥寥的几首词就为我们塑造出一个充满诗意的美丽女子形象，叫人心生向往。这几首词有记日常游玩的《如梦令·常记溪亭日暮》，清新隽永；有闺中伤春的名作《如梦令·昨夜雨疏风骤》，将少女的伤春心境刻画得入木三分；有对美好爱情生活的向往的《点绛唇·蹴罢秋千》，细腻地表现出少女的心理活动；还有相思之作《醉花阴·薄雾浓云愁永昼》，词中句句含情，传达出其对丈夫赵明诚深挚的思念。

如梦令

◎李清照

　　昨夜雨疏风骤，浓睡不消残酒①。试问卷帘人②，却道海棠依旧。知否？知否？应是绿肥红瘦。

【注释】

①浓睡：指酒后酣睡。②卷帘人：指侍女。

【译文】

　　昨天夜里，雨点稀疏，晚风急猛，虽然酣睡了一宵，醉意依然没有消退。试问那卷帘的侍女（园中的海棠花怎么样了），她却说，海棠花还跟原先那样。你知道吗？知道吗？（一夜风雨过后）海棠应该是绿叶繁茂、红花凋零。

【赏析】

　　这首词作于词人早期。词人通过对询问花事的描写，曲折委婉地抒发了她伤春惜春的情绪。

　　"昨夜雨疏风骤，浓睡不消残酒"，暮春时节，最易引发人无限伤春情绪，更何况又逢着那刮风下雨的恼人天气。于极度愁苦中，词人开始借酒浇愁。酒醉后词人沉沉睡去，一觉醒来，酒意还未消散。

　　"试问卷帘人，却道海棠依旧"，词人惜花，醒来后所关心的第一件事就是园中海棠，她问侍女：院子里海棠怎样？她以为经过风雨一夜的摧残，应该是落花满地了，没想到侍女却回答"海棠依旧"。

　　"知否？知否？应是绿肥红瘦"，词人不相信海棠还如昨天那般开满枝头。她认为园中的海棠应该是绿叶繁茂、红花稀少才是。这一对答写出了闺中人的惜春情怀，可谓是传神之笔。

　　这首词的末句为全词警句，常为后人所称道。胡仔《苕溪渔隐丛话》称："此语甚新。"《草堂诗余别录》评："结句尤为委曲精工，含蓄无穷意焉。"皆非虚誉。

凤凰台上忆吹箫

◎李清照

香冷金猊①，被翻红浪，起来慵自梳头。任宝奁尘满②，日上帘钩。生怕离怀别苦，多少事、欲说还休。新来瘦，非干病酒③，不是悲秋。

休休④！者回去也，千万遍阳关⑤，也则难留。念武陵人远，烟锁秦楼⑥。惟有楼前流水，应念我、终日凝眸。凝眸处，从今又添，一段新愁。

【注释】

① 金猊（ní）：香炉的一种。炉盖为狻猊（传说中的龙九子之一，外形像狮子）形，空腹。② 奁（lián）：女子梳妆用的镜匣。③ 非干：不关。④ 休休：算了，罢了。⑤ 阳关：即《阳关三叠》，为伤离别之曲。⑥ 秦楼：原是秦穆公女弄玉与夫婿萧史的居所，此处作者用来比喻自己独居的妆楼。

【译文】

狮形的铜香炉中，香已经冷透了，红色的锦被乱堆在床上，如同波浪一般，早晨起来却懒得妆扮梳头。任凭华贵的梳妆匣上落满灰尘，早晨的阳光已照上帘钩。我生怕想起离别的痛苦，有多少话要向他倾诉，可是刚要开口又停住了。新近日渐消瘦，不是因为喝多了酒，也不是因为悲秋。

算了罢，算了罢，这次他一定要走，即使唱上千万遍《阳关》，也难以将他挽留。想到爱人就要远去，剩下我独守空楼，只有楼前的流水，应当还顾念着我，知晓我整天注目凝眸。就在凝眸远眺的地方，从今而后，又平添一段相思新愁。

【赏析】

这是一首闺中怀人之作。词人与赵明诚婚后不久，赵明诚离家远游，词人把对丈夫的思念写在这首词中。

"香冷金猊，被翻红浪，起来慵自梳头。任宝奁尘满，日上帘钩"，这是写词人醒来后的情形。日上三竿，金炉香冷，词人一片慵倦，无心叠被，懒于梳妆。每一句中都流露出词人心绪的低沉抑郁。为何词人竟如此慵怠寡欢呢？"生怕离怀别苦"，哦，原来是离愁萦绕于心！"多少事，欲说还休"，多少心事想要倾吐啊，可是话到嘴边又咽了回去，怕说出来更加愁苦。"新来瘦，非干病酒，不是悲秋。"她近来见瘦，不是因为病酒，也不是因为悲秋，而是因为别离。

"休休！者回去也，千万遍阳关，也则难留"，这是词人回想离别的情景。离别之时，词人有千万个不舍，将离歌一遍一遍地唱，却仍没有留住丈夫。"念武陵人远，烟锁秦楼"，这两句又从别前转到别后，概括了双方别后相思的感情。下片后半段将词中所写的"离怀别苦"推向了高潮。词人立于小楼终日凝望着远方，期盼丈夫早日归来。丈夫外派，不知何时归来，从今往后词人便又添一段"新愁"。

清平乐

◎李清照

年年雪里，常插梅花醉。按尽梅花无好意，赢得满衣清泪。

今年海角天涯，萧萧两鬓生华。看取晚来风势，故应难看梅花。

【译文】

　　每年雪天，我常会将梅花插在头上（在一片寒香中）醉去。（若是折了梅枝归来）就总要为了美感而将它们挪来挪去，弄得花瓣像清泪一样沾满了衣襟。

　　今年漂泊在天涯海角，两鬓生出萧萧白发。看到天色将晚风势狂猛，所以大概很难再看到梅花了。

【赏析】

　　这是一首咏梅词，作于词人晚年流落江南期间。词人通过写自己不同时期不同的赏梅感受，抒发了南渡前后的今昔之慨。

　　上片回忆南渡前的赏梅情形。国破前，词人的生活是多么美好幸福，在那皑皑白雪中，词人尽情赏梅，将梅花插满头。片片梅花洒下，如同泪珠点点，落满衣裳。词人少年时天真活泼的情态宛在眼前。

　　下片悲叹今日境况。而今词人已流徙南国，至于垂暮之年，与少年时的境况大不一样，心境自然也不同了。历尽磨难的词人，如今心中只剩一片愁怨。在这梅花开放的季节，词人尚未踏雪寻梅，就已从晚来风势中预感到连赏梅之事也难以实现了。词的末两句语出双关，既写狂风过后梅花芳颜不再，又写战祸来势之迅猛，国家情况之恶劣。

蝶恋花

◎李清照

　　暖雨晴风初破冻，柳眼梅腮，已觉春心动。酒意诗情谁与共？泪融残粉花钿重①。

　　乍试夹衫金缕缝②，山枕斜欹③，枕损钗头凤。独抱浓愁无好梦，夜阑犹剪灯花弄。

【注释】

①花钿：花朵形的首饰。②夹衫金缕缝：金线缝制的夹衫。③山枕：垫得很高的枕头。欹：同"倚"。

【译文】

　　雨丝和暖，微风轻软，大地开始解冻复苏。绿柳初长，如媚眼微睁；红梅盛开，似香腮红透，已经察觉春心开始萌动。但是一腔酒意与诗情有谁可以与我共同分享？泪水流淌下来，脸上的香粉随之消融；（心情沉重）连头上戴的花钿也觉得沉甸甸的。

　　去试穿金线缝制的夹衫（以寻求宽慰），却只能无聊地斜倚着山枕，躺在枕上（辗转反侧难以入眠）结果连插在发髻上的凤头宝钗都折损了。孤独地怀抱着浓浓的愁绪，无法做个好梦，直至夜阑人静时仍然在剪弄灯花（以排遣寂寞与愁思）。

【赏析】

　　这首词当写于词人新婚不久后夫妻的一次小别期间，抒发的是闺中少妇对于远人的思念。

　　"暖雨晴风初破冻，柳眼梅腮，已觉春心动"，词人由春景着笔，描绘了一幅清新秀美的初春图：春归人间，万物复苏，柳芽新吐，红梅初绽，和风兼着细雨。面对着这美好的春光，哪个闺中女子不春心萌动呢。

　　"酒意诗情谁与共？泪融残粉花钿重"，闺中少妇春心已动，却与夫君远别，无人与她诗酒相和，因而那无尽的伤春情致一消而散，心中只觉得索然无味，寂寞苦涩。

　　"乍试夹衫金缕缝，山枕斜欹，枕损钗头凤"，词人通过描写思妇一连串疏懒的动作，表达了她内心的苦闷与无聊。

　　"独抱浓愁无好梦，夜阑犹剪灯花弄"，词人将愁赋形，说思妇抱着愁，可见那愁情之深。因独守闺中心境愁苦，词人便去梦中寻求慰藉，但却始终无法入睡，直至夜阑人静之时，仍在剪弄着灯花。这两句写得非常生动传神，将词人对丈夫的思念刻画得细致入微。清词论家贺裳在《皱水轩词筌》中评这两句为"入神之句"。

鹧鸪天

◎李清照

　　寒日萧萧上琐窗①，梧桐应恨夜来霜。酒阑更喜团茶苦②，梦断偏宜瑞脑香③。

　　秋已尽，日犹长，仲宣怀远更凄凉④。不如随分尊前醉⑤，莫负东篱菊蕊黄⑥。

【注释】

①寒日：晚秋的太阳。晚秋打霜的早晨，因气温甚低，人们感觉不到阳光的热量，所以词人称这时的太阳为寒日。琐窗：雕有连锁形图案的窗棂。②酒阑：饮酒结束的时候。团茶：茶饼。茶能解酒，特喜苦茶，说明酒饮得特别多；酒饮得多，则表明愁绪深重。③瑞脑：又叫龙脑，香料名，即冰片。④仲宣怀远：王粲，字仲宣，山阳高平人，建安七子之一，曾作《登楼赋》，以抒发怀乡的情思。⑤随分：随便。⑥东篱：指植有菊花的地方。

【译文】

　　寒日渐渐升高，光线慢慢爬上雕花的小窗，梧桐应该痛恨夜里霜降（打落了自己的叶子）。饮完酒之后更喜欢又浓又苦的团茶，梦断时偏偏只宜点燃瑞脑香（来驱赶忧愁）。

　　秋天已经结束了，但白昼依然漫长，王粲作《登楼赋》思乡怀远（却不得归）只能更觉凄凉。不如对着樽中美酒随意痛饮直到大醉，不要辜负了东篱中金黄的菊花。

【赏析】

　　这是一首怀乡词，为词人晚年流寓越中所作。词人将写景、叙事、怀古结合起来，抒发了浓浓的乡愁。

　　"寒日萧萧上琐窗，梧桐应恨夜来霜"，此词开头两句写秋景，寒日萧萧，梧桐染霜，一片凄冷。"酒阑更喜团茶苦，梦断偏宜瑞脑香"，"酒阑"谓饮酒结束的时候。"团茶"即茶饼。因为满怀愁绪，故借酒浇愁。这一饮就不知消停，喝得大醉，因而要以茶解酒。"瑞脑"，熏香名，又名龙脑，以龙脑木蒸馏而成。大醉后便倒头睡去，梦醒后闻到阵阵浓香，非常宜人。在这里词人以乐写哀，品茶之喜，嗅香之乐，词人不过是故作欢喜，企盼能消解内心的愁苦。

　　"秋已尽，日犹长，仲宣怀远更凄凉"，"仲宣"即王粲，写有著名的《登楼赋》，抒发壮志未酬、怀乡思归的抑郁。词人在此以王粲思乡心情自况。"不如随分尊前醉，莫负东篱菊蕊黄"，归家既是空想，不如对着樽中美酒，随意痛饮，不要辜负了东篱黄菊盛开的大好秋光，这里词人故作超脱语，自我宽解，其中隐含无限愁苦。

醉花阴

◎李清照

薄雾浓云愁永昼，瑞脑消金兽①。佳节又重阳，玉枕纱橱②，半夜凉初透。

东篱把酒黄昏后，有暗香盈袖。莫道不消魂，帘卷西风，人比黄花瘦。

【注释】

① 瑞脑消金兽：意谓香炉中的香快燃尽了。金兽，兽形的铜香炉。

② 纱橱：纱帐。

【译文】

薄薄的雾气，浓厚的云层，总是烦恼白天太过悠长，兽形铜香炉中的香料渐渐燃尽。又到了重阳佳节，枕着玉枕睡在纱帐中，半夜阵阵凉意开始浸透。

黄昏后在菊圃里饮酒，有幽香飘来盈满衣袖。不要说我心中不黯然凄怆，西风卷起帘幕，人比菊花更加消瘦。

【赏析】

这首词作于早期词人与丈夫的一次分别之后，词意在抒发孤居独处的少妇情怀。

"薄雾浓云愁永昼，瑞脑消金兽"，"薄雾浓云"是比喻香炉飘出来的香烟。整个屋子里香雾弥漫，仿佛如词人的心境，愁绪溢满心头。孤独一人，纵使千般景致也无心去赏，只觉得时光过得那样缓慢。"佳节又重阳，玉枕纱橱，半夜凉初透"，秋天的夜里凉意透人，又是重阳佳节，却不能与丈夫共度，这令人分外伤怀。

"东篱把酒黄昏后，有暗香盈袖"，词人对酒赏菊。"东篱"取陶渊明"采菊东篱下"诗意。"莫道不消魂，帘卷西风，人比黄花瘦"，末三句直接抒发离愁，为全词词眼，将人与黄花作比，非常传神，刻画出了一个"为伊消得人憔悴"的少妇形象。

词的品赏知识

宋词中女性闺怨词的特点

第一，宋代女性闺怨词一般不以女性的外部形象为描摹重点，尤其不以艳情化的女性外部特征为描摹重点，女词人在抒发自己闺怨之情时，或者借助于写景，或者叙写自己真实生活中最具情感内涵的动作姿态，或者干脆是呼告式的直接倾诉。如李清照的这首《醉花阴》，词人并不着意去描写自己的外貌、装扮，而是细细描写自己的心理感觉，并寓情于景传达自己的相思。

第二，宋代女性闺怨词中的优秀作品，往往于传统意象群中嵌入一些作者感受最深的典型细节，写得十分真切，动人心弦。

武陵春

◎李清照

　　风住尘香花已尽①，日晚倦梳头。物是人非事事休，欲语泪先流。
　　闻说双溪春尚好②，也拟泛轻舟。只恐双溪舴艋舟③，载不
动许多愁。

【注释】

① 风住尘香：风停了，尘土里带有落花的香气。尘香，落花化为尘土，而芳香犹在。
② 双溪：在浙江省金华县。东港、西港二水流至金华汇合，称婺港，又称双溪，唐宋时已成为文人骚客游赏吟咏的胜地。③ 舴（zé）艋（měng）舟：形似蚱蜢的小船。

【译文】

　　风停了，百花已落尽，只有尘土中还带着落花的香气，天色已晚，却懒于梳头。风物依旧是原样，但人已经不同，所有事情都已经消歇，想要说话，但眼泪已先行落下。

　　听说双溪的春色尚好，也打算前往泛舟游赏。只是恐怕双溪上的舴艋小舟，载不动自己这许多忧愁。

【赏析】

　　这首词作于宋高宗绍兴五年（1135），当时词人避乱金华。国已破，家已亡，词人历经乱离之苦，词情极为悲戚。

　　"风住尘香花已尽"，时值暮春时节，狂风摧花，落红满地，一片零落，触目惊心。"日晚倦梳头"，此时日色已高，而词人却仍旧无心梳妆，可见词人内心是多么

悲苦。"物是人非事事休，欲语泪先流"，她接着解释自己为何如此悲伤，因为物是人非。花开花落年年相似，而人事则变化无端。往事堪哀，她欲将它们诉说，却早已泪流满面，泣不成声。

　　"闻说双溪春尚好，也拟泛轻舟"，她不愿一味沉浸在痛苦中，想要出去游山玩水，希望自己的痛苦能够在青山绿水间得以排遣。但马上词人就说："只恐双溪舴艋舟，载不动许多愁"，她的愁绪太浓了，才下眉头，却上心头，在未出游前她就意识到愁重舟轻，因而否定了游春的计划。末两句设想极为新颖，非常贴切，故历来为人所称赏。

点绛唇

◎李清照

蹴罢秋千①，起来慵整纤纤手②。露浓花瘦，薄汗轻衣透。

见有人来，袜刬金钗溜③。和羞走。倚门回首，却把青梅嗅。

【注释】

① 蹴（cù）：踏。② 慵整：懒整。
③ 袜刬（chǎn）：没来得及穿鞋子，只穿着袜子。

【译文】

刚刚荡完秋千，起来懒懒地舒整了一下纤纤素手。花丛中的花儿含苞待放，花蕾上缀着圆圆的露珠，微微沁出的汗珠将薄衣都沾透了。

突然看见有人走过来，顿时又惊又羞，（顾不得穿鞋）只穿着袜子就朝屋里跑去，金钗也在急走中滑落了。（等行至门前）却倚在门上，假装嗅青梅，边嗅边回头偷觑。

【赏析】

这是一首描写爱情的词，词中描绘了一个情窦初开的少女形象，表现了词人对爱情的无限渴望。

上片描写了一个天真活泼、娇俏动人的少女形象。"蹴罢秋千，起来慵整纤纤手"，一个天真烂漫、无拘无束的少女形象跃然纸上，她刚荡完秋千，慵懒地整理了一下纤纤玉手，怡然地在院子里游荡。"慵整"二字用得非常贴切，从秋千上下来后，双手麻麻的，但她又懒得稍微活动一下，"慵整"这一动词写出少女的娇憨。

"露浓花瘦"，"花瘦"，即含苞未放之花。花园里是那么美，花儿含苞待放。仔细一看，花蕾上还缀着圆圆滚滚的露珠。"薄汗轻衣透"，荡秋千荡得忘乎所以了，也不知荡了多久，下来时，才发现薄衫已经湿透。这又进一步写出少女的天真与无忧。

下片写少女情窦初开，将她的娇羞之态刻画得十分生动。"见有人来，袜刬金钗溜。和羞走"，少女忽然发现有人来了，惊羞之下她匆匆忙忙地跑了，连鞋子也没顾上穿，由于跑得急，头上的金钗也滑落了。这三句写出了少女的娇羞情态。

她害羞地跑到门边，却没有躲进屋里去，而是"倚门回首，却把青梅嗅"。这两句细致地刻画出了主人公既爱恋又羞涩、既欣喜又紧张、既兴奋又恐惧的微妙心理活动，非常传神。

这首词并没有把重心放到对少女形貌的刻画上，而重在刻画她的动作，从这些动作中又折射出少女微妙、丰富的内心世界。

永遇乐

◎李清照

　　落日镕金①，暮云合璧②，人在何处？染柳烟浓③，吹梅笛怨④，春意知几许！元宵佳节，融和天气⑤，次第岂无风雨⑥？来相召，香车宝马⑦，谢他酒朋诗侣。

　　中州盛日⑧，闺门多暇，记得偏重三五⑨。铺翠冠儿⑩，捻金雪柳⑪，簇带争济楚⑫。如今憔悴，风鬟霜鬓⑬，怕见夜间出去。不如向、帘儿底下，听人笑语。

【注释】

① 镕金：形容落日余晖，如同熔化的黄金。② 合璧：像璧玉一样合成一块。③ 染柳烟浓：指柳树为浓雾所笼罩。④ 吹梅笛怨：指笛子吹出《梅花落》曲幽怨的声音。⑤ 融和：暖和。⑥ 次第：接着，转眼。⑦ 香车宝马：指华美的马车。⑧ 中州：这里指北宋都城汴京。⑨ 三五：指元宵节。⑩ 铺翠冠儿：饰有翠羽的女式帽子。⑪ 捻金雪柳：元宵节女子头上的装饰。⑫ 簇带：妆扮之意。⑬ 风鬟霜鬓：这里形容头发花白且蓬松散乱。

【译文】

　　夕阳好像熔化的金块，暮云合成一片仿佛浑圆的玉璧，我如今到底是身在何处？初生的柳叶如绿烟点染，听到幽怨的《梅花落》笛声，这时节到底还有多少春意？在这元宵佳节，恰是暖和的天气，转眼间难道就没有风雨降临？那些酒朋诗友驾着华丽的车马前来相召，我只能婉言谢绝这番好意。

　　都城汴京繁盛的岁月里，闺门中多暇日，记得特别看重三五上元节。帽子上镶嵌着翡翠珠宝，头上插着金线捻丝所制的雪柳做装饰，（一个个都）穿戴得整整齐齐。如今却容颜憔悴，头发蓬松花白，害怕晚上出去。不如从帘儿底下，听一听别人的笑语。

【赏析】

　　这首词是写词人在一个元宵夜的感受。元宵夜里，大街上热闹非凡，有人邀请词人出外游玩，但词人却不愿意去，宁愿一个人待在家里听人家笑语。这首词通过对一个细小的生活场景的描写，表现出词人晚年心境的悲凉。

上片写词人在元宵夜的感受。"落日镕金，暮云合璧"，写日暮之景。云彩绚丽，场面开阔。在这美景之中，词人紧接发问道："人在何处？"点出自己的处境：异乡飘零。这凄凉的处境同吉日良辰形成鲜明对照。"染柳烟浓，吹梅笛怨"，此时正值早春，细柳如烟；梅花已残，忽听一阵哀怨的笛声。词人心情忧郁，虽然春色正浓，但她却说"春意知几许"，在她看来，那春色还远不是很浓郁的。"元宵佳节，融和天气，次第岂无风雨？"词人经历了太多变故，她已不相信美好了，现在天气看上去很暖和，但谁能保证就不会突然降下一场大雨呢？其中包含了词人世事无常的感叹。"来相召，香车宝马，谢他酒朋诗侣"，友人邀请她去观灯赏月，她却拒绝了，此时的她已经没有了赏灯玩月、吟诗作赋的心境。

下片通过写自己南渡前在汴京过元宵佳节的回忆，来衬托当前境况的凄凉。"中州盛日，闺门多暇，记得偏重三五。铺翠冠儿，捻金雪柳，簇带争济楚"，"中州"指北宋都城汴京，即今河南省开封市；"三五"，指正月十五日，即元宵节。当时，宋朝廷为了点缀太平，在元宵节极尽铺张之能事。据《大宋宣和遗事》记载，"从腊月初一直点灯到正月十六日"，真是"家家灯火，处处管弦"。其中提到宣和六年正月十四日夜的景象："京师民有似云浪，尽头上带着玉梅、雪柳、闹蛾儿，直到鳌山看灯。"那时词人正年轻，兴致正好，经过一番精心打扮后，词人与一群女伴过街赏玩，那情形至今仍旧历历在目，那欢乐至今也还留在词人心中。"如今憔悴，风鬟霜鬓，怕见夜间出去"，但如今已是人老头白，憔悴不堪了，词人再也没有力气像年轻时那样去凑热闹了。"不如向、帘儿底下，听人笑语"，不如就坐在帘子后，听人家笑语聊以自慰吧。末两句看似平淡，实蕴含着词人巨大的人生伤痛与人生感慨。

这首词以南渡前后过元宵节时的场景作对比，抒写词人愁苦寂寞的情怀。上片就着眼前景物来抒写当下的心境，下片通过对比今昔抒写对故国的思念。全词寓情于景，跌宕有致。由今而昔，又由昔而今，形成今昔盛衰的鲜明对比。感情深沉而真挚，语言清新而平淡。

宋人张端义在《贵耳集》中评价这首词时说：易安居士李氏，赵明诚之妻。《金石录》亦笔削其间。南渡以来，常怀京、洛旧事，晚年赋元宵《永遇乐》词云："落日镕金，暮云合璧。"已自工致。至于"染柳烟轻，吹梅笛怨，春意知几许？"气象更好。后段云"于今憔悴，风鬟霜鬓，怕见夜间出去。"皆以寻常语度入音律。炼句精巧则易，平淡入调者难。

词的品赏知识

李清照后期的词

1127 年，金人攻破汴京，掳走徽、钦二帝，北宋灭亡。国家的动荡打破了李清照平静的生活，她与丈夫赵明诚双双随难民流落江南。

乱离的生活使她的词作一改早年的清丽、明快，而充满了凄凉、低沉之音，主要是抒发伤时念旧和怀乡悼亡的情感，表达她在孤独生活中的浓重哀愁、孤独与惆怅。如《武陵春》中的"物是人非事事休"，《声声慢》中的"寻寻觅觅，冷冷清清，凄凄惨惨戚戚"，还有这首《永遇乐》中的"如今憔悴，风鬟霜鬓，怕见夜间出去。不如向、帘儿底下，听人笑语"，其中蕴含无限辛酸，叫人不忍卒读。

声声慢

◎李清照

寻寻觅觅，冷冷清清，凄凄惨惨戚戚。乍暖还寒时候，最难将息①。三杯两盏淡酒，怎敌他、晚来风急。雁过也，正伤心，却是旧时相识。

满地黄花堆积，憔悴损，如今有谁堪摘？守着窗儿，独自怎生得黑！梧桐更兼细雨，到黄昏、点点滴滴。这次第②，怎一个愁字了得？

【注释】

① 将息：将养休息。② 次第：情形，景况。

【译文】

独自寻寻觅觅，眼前却是冷冷清清，凄凉、惨痛、悲戚之情一齐涌来。（秋季）骤热或骤冷的时候，最难将养休息。饮下的几杯薄酒，怎么能抵御早上的急风寒意。天空中有大雁飞过，却是老相识了，于是更感到伤心。

地上到处是零落的黄花，憔悴枯损，如今还有谁能与我共同摘取？整天守在窗边，独自一人怎么才能挨到天黑？更兼黄昏时下起了绵绵细雨，一点点、一滴滴洒落在梧桐叶上（发出凄楚的声音）。这种境况，一个"愁"字怎么能够说尽！

【赏析】

这是一首秋夜抒怀词，作于词人晚年。宋室南渡，词人流离失所，晚年境况悲凉，于这首词中我们可以体味到词人那辛酸苦楚的心境。

上片主要用清冷之景来衬托孤寂、凄凉的心境。"寻寻觅觅，冷冷清清，凄凄惨惨戚戚"，七组十四个叠字，字字含情，声声是愁，写出了词人的孤独与凄清。她在寻觅什么呢？她没说，也许她自己也不知道。只感到四周冷冷清清，心境一片凄凉，真是愁煞人也。"乍暖还寒时候，最难将息"，在词人满怀愁绪的时候，天气又陡然转寒，连身体也难调养了。"三杯两盏淡酒，怎敌他、晚来风急"，想要喝两杯酒暖暖身子，可是酒的滋味却又那么淡，抵挡不住那一阵紧似一阵的急风。其实酒味未必淡，是词人愁绪太浓。"雁过也，正伤心，却是旧时相识"，恰恰在词人愁绪正浓时，却看到旧时为她与丈夫传递书信的大雁，那大雁勾起了她无尽的悲伤。

下片紧承上片，直接抒情。"满地黄花堆积，憔悴损，如今有谁堪摘"，看到那满地凋零的黄花，词人想到了自己，此时的自己不就憔悴似这残花吗？丈夫的早逝，社会的动乱，国家的灭亡，生世的浮沉，这一切都使得她变得憔悴不堪。"守着窗儿，独自怎生得黑"，词人更进一步描述自己的寂寞凄苦。"梧桐更兼细雨，到黄昏、点点滴滴"，在这孤苦难耐之时，窗外下起了细雨，雨滴落在梧桐上，一声一声，分外强烈，直击在词人心上。"这次第，怎一个愁字了得"，这情形，一个愁字怎概括得尽呢！末两句欲语还休，饱含着老迈的词人多年的辛酸苦楚，读来感人肺腑。

采桑子

◎吕本中

恨君不似江楼月，南北东西。南北东西，只有相随无别离。

恨君却似江楼月，暂满还亏。暂满还亏，待得团圆是几时？

【译文】

　　恨你不似这江楼明月，无论从南到北，从东到西，都能形影相随，永不分离。

　　恨你恰似这江楼明月，刚圆了就缺，刚圆了就缺，要等到何时才能团圆？

【赏析】

　　吕本中生于北宋末期，是两宋交接时期的诗人。诗作较多，词作仅余二十多首，却不乏佳作，本词正是他脍炙人口的一首佳作。有人觉得吕本中的词多是个人情感的抒发，描写离愁别恨、风花雪月一类缺乏深度的内容。其实他的词很有特色，感情真挚不无病呻吟，《啸翁词评》亦谓其词"工稳清润"，确实值得细细品读。

　　这首词写闺情。上片写思妇怨恨游子飘转不定，不能像月亮一样与她相随；下片思妇又怨游子像那江楼之月，与她分离的时候多，团圆的时候少。

　　本词无一用典，通俗易懂，然而却很有特色，让人过目难忘。首先这首词在形式上具有民歌的特色，"南北东西"和"暂满还亏"都是重复出现。而上下阕词在结构和内容上也有相近或重复之处，具有较强的歌咏性。其次词中的两个比喻虽然都是将离人比作"江楼月"，却从两个不同的角度讲述了词人的思念，匠心独运却非刻意而为。可谓是既具有文人词的工稳巧妙，又有民歌的自然清润。

◎作者简介◎

　　吕本中（1084—1145），原名大中，字居仁，号紫微，世称"东莱先生"，寿州（今安徽寿县）人。南宋初赐进士出身，官至中书舍人兼侍讲，曾兼权直学士院。因力主抗金，不为秦桧所容，罢官。诗宗黄庭坚，并作《江西诗社宗派图》，对后世颇具影响。其词浑然天成，以婉丽见长，不减唐《花间》之妙。有《东莱诗集》。后人辑有《紫微词》。

南歌子

◎吕本中

　　驿路侵斜月，溪桥度晓霜。短篱残菊一枝黄，正是乱山深处、过重阳。

　　旅枕元无梦①，寒更每自长。只言江左好风光②，不道中原归思、转凄凉。

【注释】

①元：原来，本来。②江左：江东，泛指东南地区。

【译文】

　　斜月照着驿路，清晨寒霜铺在溪桥上。矮矮的篱笆边，只有一枝快要枯萎的黄色菊花孤零零地开放，此时我正是在乱山深处独自度过重阳。

　　躺在旅舍的枕头上原本就无法入梦，阵阵凄清的更鼓声显得夜晚更加漫长。人们只说江东的风光秀丽美好，不说中原之思心情顿时转为凄凉。

【赏析】

　　这首词写羁旅愁情，作于宋室南渡、词人流落江南之时。

　　上片写途中风景。"驿路侵斜月，溪桥度晓霜"，写早行时沿途所见之景。"斜月"、"晓霜"点明时令，并说明天很早词人就启程了。"短篱残菊一枝黄，正是乱山深处、过重阳。"上句勾勒出一幅农舍残菊图，显得凄冷寂寞；下句是由此触发的联想与感慨。"每逢佳节倍思亲"，重阳佳节词人自然会思忆起故乡。但此时金人南侵，故乡战乱频仍，在这样的背景下，眼前的景象不仅会引起词人思亲怀乡之情，更会触动其家国沦亡之痛。但这种情、这种痛词人并未明说，他只是以一句"乱山深处、过重阳"轻轻带过，留待读者自己去品味。

　　下片抒发旅人之思。"旅枕元无梦，寒更每自长"，这是词人的设想之辞。他由早行所见所感联想到夜间他乡客宿的情景。"元无梦"是说满怀羁旅愁情的他彻夜难眠；而正因为久久不能入睡，就更感到秋天寒夜的漫长。这两句将词人的羁旅情状写得分外凄然。"只言江左好风光，不道中原归思、转凄凉"，最后两句抒发异乡旅人的亡国之思。江左即江东，这里指东南地区。江左风光是极为秀丽美好的，历来为北方的文人墨客所向往。而词人此时身在江东，却并不感到喜悦。原因是中原沦落敌手，欲归不能，那思乡之情、那忧国之情只能燃烧得愈发热烈。

忆秦娥

◎向子湮

芳菲歇，故园目断伤心切。伤心切，无边烟水，无穷山色。可堪更近乾龙节^①，眼中泪尽空啼血。空啼血，子规声外，晓风残月。

【注释】

① 乾龙节：君王的生日。此指宋钦宗的生日。

【译文】

时值暮春，花草都凋零了，举目远望却不见故园，不由心情悲切。心情悲切是因为那无边无际的山水烟霞。

乾龙节越来越近，心情哪里还能受得住，眼中的泪水已经流尽，只能空自泣血。空自泣血，杜鹃凄厉的啼叫声外，只有拂晓的冷风与残缺的月亮。

【赏析】

本词作者向子湮，是北宋末期抗金将领，南渡之后依然力主抗金，渴望恢复故国江山。词人前期词作风格绮丽，南渡后则多伤时忧国之作，此词属于后者，词中蕴含着强烈真挚的爱国情感。

这首词寓情于景，情景交融，让人已然无法分清景是否是真的景，还是作者在忧思时脑中的景象。

"芳菲歇"三个字一出，落寞寂寥之情已跃然纸上，此时已值暮春，花儿俱已凋零。"故园目断伤心切"，残春里，词人遥遥北望故国，心中愈发悲伤。由此可见，"芳菲歇"乃是一语双关，不仅指春日花的凋谢，还指国运消歇。

词中似乎刚刚透露出词人的主观情感，紧接着却又返回去写景："无边烟水，无穷山色。"这句词借景抒情，颇具特色，单独看这一句并没有什么情感在里面，然而放在此处，却恰到好处地体现了词人的无限悲恸，高妙之极。

"可堪更近乾龙节"，这句说，这一年宋钦宗的生日又快到了，然而国家却在转眼间变得支离破碎，使得词人"眼中泪尽空啼血"。"空啼血，子规声外，晓风残月"，最后又借景抒情，寓无限之哀思于有限之景物之中，言有尽而意无穷。

⊙作者简介⊙

向子湮（1085—1152），字伯恭，自号芗林居士，临江（今江西清江）人。哲宗元符三年（1100）以恩荫假承奉郎，徽宗宣和间为淮南转运判官、京畿转运副使。高宗朝，历徽猷阁直学士、户部侍郎。曾上书反对与金言和，因与秦桧政见不合，致使被罢官。有《酒边词》，分"江南新词"和"江北旧词"两类，前多写家国之痛，后为吟风弄月之作。

忆秦娥

◎房舜卿

与君别，相思一夜梅花发。梅花发，凄凉南浦，断桥斜月。盈盈微步凌波袜①。东风笑倚天涯阔。天涯阔，一声羌管，暮云愁绝。

【注释】

① 凌波袜：形容美女步履轻盈。

【译文】

与君分别了，一夜相思后，梅花竟然都开了。梅花开了，独立南浦，在断桥斜月的朦胧光影中越觉凄凉。

体态纤秀，步履轻盈，仿佛能在水上贴浪而行。（怒放的梅花）仿佛置身于辽阔的天涯在春风中微笑。天涯辽阔，忽然传来一声羌管，天边暮云堆叠，令人悲愁欲绝。

【赏析】

这首词写离情，将情人离别后的思念之情描写得非常细腻，将那种情侣热恋时即使分开一刻都难以忍受，甚至思念成病的情绪讲述得淋漓尽致，是一首小巧而精妙的词作。

"与君别"点明离别；"相思一夜"说明离别时间仅仅一夜，而"梅花发"这一个意象十分有意思，"相思一夜"与"梅花发"有什么关联呢？细细品读，我们或可捕捉到其中的深层联系：词人因思念成病，产生了幻觉，将那美丽的梅花当成了自己爱人的化身。

与爱人才分别一夜，词人就难以忍受，不禁将第二天早晨突然绽开的梅花当成了自己的爱人。接着他再想象自己的爱人如同洛神神女般踏着凌波款款而来，笑倚东风。然而词人每一次出现这种幻觉之后，都会重新陷入凄凉的现实之中："凄凉南浦，断桥斜月"及"一声羌管，暮云愁绝"这两句借景抒情的描写，再对比之前苦中作乐的幻觉，只能令人备添伤感。

⊙作者简介⊙

房舜卿，生卒年不详，《全宋词》收其词二首。

苍梧谣

◎蔡伸

天！休使圆蟾照客眠①。人何在？桂影自婵娟②。

【注释】

①圆蟾：圆月。古人认为月中有玉蟾，即玉蟾蜍，故称。②桂影：月亮呈现出的阴影，古人认为是月中桂树投下的影子，所以用桂影代表月亮。婵娟：指月光美好。

【译文】

苍天啊，请不要让圆圆的月儿照着我这在异乡作客、难以成眠的人。（我的）心上人在何处？（既然心上人不在）月亮（也）只能空自呈现它的美好。

【赏析】

这是一首对月抒怀的词作，面对着团团明月，抒发了离人对爱人沉挚的思念之情。

圆圆的月儿象征团圆，一轮皎洁的月亮悬于夜空自然使得异乡的游子难以成眠，相思之意顿生，因而愁苦的他大呼道："天！休使圆蟾照客眠。"真是"明月不谙离恨苦，斜光到晓穿朱户！"那么他在思念着谁呢？"人何在？桂影自婵娟"，他在思念着远方的爱人。他久久凝视着月儿，看到月光如练，他不禁异想天开：月儿明亮似镜，该能照见她的芳影吧。可无论他怎么看，始终没有看到意中人那嫦娥般的美丽身影，只看见桂影空自婆娑，因而心中愈发惆怅。

这首词虽然短小，其中却蕴含着词人丰富、深挚的情感，可谓言有尽而意无穷。

◎作者简介◎

蔡伸（1088—1156），字伸道，自号友古居士，莆田（今属福建）人，著名书法家蔡襄之孙。徽宗政和五年（1115）进士，历官太学博士、浙东安抚司参议官、左中大夫，提举崇道观。绍兴二十六年卒，年六十九。《宋史》有传。词风清新淡雅，意味隽永。有《友古居士词》一卷。存词一百七十五首。

忆王孙 春词

◎李重元

萋萋芳草忆王孙①，柳外楼高空断魂，杜宇声声不忍闻②。欲黄昏，雨打梨花深闭门。

【注释】

① "萋萋" 句:《楚辞·招隐士》:"王孙游兮不归，春草生兮萋萋。"

② 杜宇：杜鹃。

【译文】

面对萋萋芳草思念远行之人，空自在柳枝轻拂的高楼上伤心断肠，不忍心去听杜鹃一声声凄厉的啼叫。

天色近黄昏，（不忍看）风雨吹打着梨花，（于是）深深地关闭了房门。

【赏析】

这是一首闺怨词。词人巧妙地运用借景抒情的艺术手法，传达出一种伤春怀人的思绪。

"萋萋芳草忆王孙"，首句化用西汉刘安《招隐士》"王孙游兮不归，春草生兮萋萋"而来，点明题旨，即思念。此时正值

晚春，芳草连天，而那铺天盖地的芳草正如词中女主人公之绵绵不绝的思念。

"柳外楼高空断魂"，因思念的不可断绝，她登上高楼遥望丈夫。可未见归人，却见到那象征思念的柳条，这怎不叫她断肠。"杜宇声声不忍闻"，柳条依依，本就牵扯出她万千愁绪，耳边突又响起杜鹃凄切的啼声，更使她伤心断魂。

"欲黄昏，雨打梨花深闭门"，渐至黄昏，淅淅沥沥地下起雨来，她仍旧未见归人，只看到园子里一树梨花，她害怕看到梨花被雨打落的惨凄景象，便将房门紧锁。这无言深闭门的结尾，使得整首词意味无穷，含蓄地写出了闺中少妇的寂寞与孤清。

这首词选取的大都是暮春时节的寻常景物，如芳草、柳树、杜鹃、梨花。这些意象也常为前人使用，积淀了丰富的内涵和深厚的感情，拥有无穷的美的张力，使得这首词意蕴颇丰。

⊙作者简介⊙

李重元，生卒年及生平皆不详。工词。《全宋词》收其词四首。

临江仙 夜登小阁忆洛中旧游 ◎陈与义

忆昔午桥桥上饮①，坐中多是豪英。长沟流月去无声②。杏花疏影里，吹笛到天明。

二十余年如一梦，此身虽在堪惊。闲登小阁看新晴③。古今多少事，渔唱起三更。

【注释】

① 午桥：洛阳县南十里，为作者昔日与友人把酒言欢的处所。

② 长沟：长长的河道。③ 新晴：雨后初晴。

【译文】

回忆从前在午桥上开怀畅饮，在座的大多是英才豪杰。月光随着长长的河水无声无息地逝去。在杏花疏落的影子里，吹着笛子一直到天亮。

过去的二十多年就像一场梦，这个身躯虽然健在，但回忆也足以令人惊惧。闲暇时登上小楼阁观赏雨后初晴的美景。古往今来发生过多少事情，只听见渔歌在半夜时响起。

【赏析】

这是一首忆旧词，大抵作于词人退居青墩镇僧舍期间。词人是洛阳人，这首词追忆的便是他二十多年前的一次洛阳旧游。那时是徽宗政和年间，天下太平无事，词人常与一群风流雅士聚饮游赏，不胜欢乐。其后金兵南下，北宋灭亡，词人四处流离，备尝艰苦。他回忆往事，顿觉苍凉，于是作此词，抒发自己的一腔悲痛。

上片是追忆洛中旧游。"忆昔午桥桥上饮，坐中多是豪英"，首二句写洛阳聚饮。"忆昔"点明是回忆旧时。"午桥"，位于洛阳南。"杏花疏影里，吹笛到天明"写宴中情景，用语清丽，极富画面感。

下片抒怀。"二十余年如一梦，此身虽在堪惊"，词人由回忆一下子转到当前，两句中包含了国破家亡、颠沛流离的深刻内容。二十多年来，他先是仕途不顺，屡遭贬谪，继而便是金兵南犯，国破家亡，四处奔逃。历经坎坷的他，此时回首前尘，怎能不惊，不叹人生如梦？然后词人由自己那段坎坷往事联想到历史的兴衰，不禁慨然长叹：古往今来多少历史兴衰都已成空，烟消云散了，不过入了渔夫闲话。

⊙作者简介⊙

陈与义（1090—1138），字去非，号简斋，洛阳（今属河南）人。自幼能文，尤长于诗。徽宗政和三年（1113）进士，宣和四年除太学博士，南渡后，累官至参知政事。诗宗杜甫，与黄庭坚、陈师道并称"江西诗派"的"三宗"。又工词，疏朗明快，自然天成，尤近于苏轼，今存十余首。有《简斋诗》、《无住词》。

贺新郎 寄李伯纪丞相

◎张元幹

　　曳杖危楼去①。斗垂天、沧波万顷②，月流烟渚③。扫尽浮云风不定，未放扁舟夜渡。宿雁落、寒芦深处。怅望关河空吊影，正人间、鼻息鸣鼍鼓④。谁伴我，醉中舞？

　　十年一梦扬州路⑤。倚高寒、愁生故国，气吞骄虏⑥。要斩楼兰三尺剑⑦，遗恨琵琶旧语⑧。谩暗涩、铜华尘土⑨。唤取谪仙平章看⑩，过苕溪、尚许垂纶否⑪？风浩荡，欲飞举。

【注释】

① 危楼：高楼。② 斗：星斗。③ 烟渚：烟雾笼罩的小洲。④ 鼻息鸣鼍（tuó）鼓：鼻息有如鼍鼓般鸣响。鼍鼓，鼍皮制成的鼓。⑤ 十年一梦：宋高宗即位的建炎元年距此时已十年。十年间，金人尽占中原，扬州也由昔日的繁华都市变成了烽烟四起的前线。⑥ 骄虏：骄横的敌人。⑦ 斩楼兰：《汉书·傅介子传》载，傅介子出使西域，设计刺杀了楼兰王。此处以楼兰喻金人。⑧ 琵琶旧语：以当年王昭君因西汉王朝与匈奴的和亲政策而被迫远嫁往匈奴来比喻南宋王朝与金人一味的屈膝求和。相传王昭君善弹琵琶，故曰"琵琶旧语"。⑨"谩暗"句：意谓空让宝剑锈蚀暗淡，沾惹尘土。⑩ 谪仙：指李白，贺知章曾称李白为"谪仙人"。平章：评论。⑪ 苕（tiáo）溪：水名，在浙江。垂纶：垂钓。

【译文】

　　独自拄着手杖登上高楼。北斗星低低地垂挂在夜空中，江面上正翻腾起万顷波涛，月光流泻在烟雾笼罩的江中小洲上。狂风吹刮不定，将浮云一扫而尽，不能乘坐小船连夜飞渡。栖宿的鸿雁落在瑟瑟的芦苇深处。惆怅地遥望祖国的大好山河，却空有形影相吊，人们正在熟睡，鼻息如鼍鼓般鸣响。有谁肯陪伴我乘着酒兴起舞？

　　时隔十年，扬州的繁华犹如一场梦。独倚高楼，气候寒冷，想到故国心中悲愁，恨不得一口气吞下骄横的胡虏。要用三尺宝剑亲手斩下敌人的首级，不要留下像王昭君曾经弹出的琵琶怨语。宝剑锈蚀暗淡，白白地沾惹了尘土。请谪仙人你评论看看，经过苕溪时，是否还允许我们垂钓？长风浩荡，将要高高地飞翔腾举。

【赏析】

　　北宋末年，金兵南侵。李纲为东京（今河南开封）留守及亲征行营使，积极抗金，而张元幹为李纲僚属，协助其抗金。宋南渡后，高宗建炎元年（1127），李纲任宰相，但不久被罢免，张元幹也连带获罪，离京南下。李纲一直力主抗金，反对议和。高宗绍兴七年（1137），秦桧第二次入相，主张

议和。李纲在洪州（州治在今江西南昌）上书反对议和，被罢回福建长乐。词人闻讯后，怀着满腔爱国热情，写下这首词送给李纲，对他坚决主战、反对议和的行为表示无限的敬仰并予以坚决支持。

"曳杖危楼去"，词人以手拄拐杖，登楼望远来引起下文，气势不凡。"斗垂天、沧波万顷，月流烟渚"，接着词人对夜景加以铺排，描绘了一幅气象阔大的秋夜江景。"扫尽浮云风不定，未放扁舟夜渡。宿燕落、寒芦深处"，这三句是说江面上的风很大，就连天上的浮云都被吹散了，江面因风大而无人乘舟夜渡。沉思间又见雁儿飞落在芦苇深处夜宿，并由此引起无限感触。

眼前之景引发词人无限感慨："怅望关河空吊影，正人间、鼻息鸣鼍鼓。""鼻息鸣鼍鼓"，是指人们熟睡，鼾声有如击打用猪婆龙（水中动物名）的皮做成的鼓，即鼾声如雷之意。这里用来比喻苟安求和之辈，隐约有众人皆醉我独醒的感慨。这两句写人们深夜酣睡，而词人却在怅惘祖国山河，吊影自伤。"谁伴我，醉中舞"，李纲虽与词人志同道合，两人却天各一方。眼下众人皆醉，知交零落之感油然而生。

"十年一梦扬州路"，词人想到了一段历史：十年前，高宗在应天府（今河南商丘）即位。不久高宗南下，以淮南东路的扬州为行都；次年秋金兵进犯，南宋小朝廷又匆匆南逃，扬州被金人攻占。昔日繁华的扬州城在金兵的铁骑下沦为一片废墟。此处化用杜牧《遣怀》诗"十年一觉扬州梦"，表达了词人对高宗的屈膝议和的不满。"倚高寒、愁生故国，气吞骄虏"，词人北望故国，愁思满腹，抗金之心越发强烈。

"要斩楼兰三尺剑，遗恨琵琶旧语"，这两句运用两个典故反映出对宋金议和的看法。前一句是期望朝廷振作图强，像汉代使臣傅介子提剑斩楼兰（西域国名）王那样对付金人。后一句是借汉嫁王昭君与匈奴和亲事，影射议和最终是不可行的，必须坚决抵抗。"谩暗涩、铜华尘土"，这里以物喻人，以宝剑喻李纲等爱国将领，说南宋朝廷弃置抗金将领不用。

"唤取谪仙平章看，过苕溪、尚许垂纶否？"词人以"谪仙"李白来比李纲，向他发问：议和已成定局，爱国之士能否就此隐退苕溪（浙江吴兴一带），垂钓自遣而不问国事呢？接着自答："风浩荡，欲飞举。"说李纲并未消沉，而是为抗金事业不懈努力着，其中传达出词人对李纲的深深敬意。

⊙作者简介⊙

张元幹（1091—1170），字仲宗，号真隐山人、芦川居士，长乐（今属福建）人。官至将作监丞，高宗绍兴元年致仕。其词风格多变，早年清丽婉约，南渡后多感慨家国之作，继承和发展了苏轼的豪放风格，对后来的张孝祥、辛弃疾和陆游等人的创作有很大影响。有《芦川词》、《芦川归来集》。

贺新郎 送胡邦衡待制

◎张元幹

梦绕神州路。怅秋风、连营画角，故宫离黍①。底事昆仑倾砥柱②，九地黄流乱注？聚万落、千村狐兔。天意从来高难问，况人情、老易悲难诉！更南浦，送君去！

凉生岸柳催残暑。耿斜河、疏星淡月③，断云微度。万里江山知何处？回首对床夜语。雁不到、书成谁与？目尽青天怀今古，肯儿曹、恩怨相尔汝！举大白④，听金缕⑤。

【注释】

① 故宫离黍（shǔ）：指故都的宫苑长满了庄稼。
② "底事"三句：以昆仑砥柱之倾比喻宋朝的颠危，黄河泛滥比喻金兵的猖獗，以狐兔聚村落形容中原的荒凉景象。③ 耿：明亮。④ 大白：酒盏名。⑤ 金缕：《贺新郎》曲之别名。

【译文】

即便是梦境也围绕着神州故土。秋风中心情惆怅，军营里画角声连绵不断，故都的宫苑却长满了野草庄稼。为何昆仑山的天柱会倒塌，以致黄河大水在九州上泛滥？致使狐兔在千村万落盘踞横行。天意从来高深，难以探问，何况人之常情是年老易悲，但这种悲痛难以倾诉，更是在南浦边送君远去。

岸边的柳枝随风飘起，生出了一丝凉气，秋意催动着残暑。明亮而斜转的银河，疏星淡月，白云微微飘动。万里江山要向何处去追寻？（离别后还会）回想起今晚的对床夜语。鸿雁不到，即便写成了书信又有谁帮我捎去？展望天下，胸怀古今，怎么肯像小儿女那样悲悲戚戚地诉说离愁别恨！举起酒盏豪饮，听我这首《金缕》曲。

【赏析】

这首词作于宋高宗绍兴十二年（1142）。枢密院胡铨因谏议和而被贬至福州，又遭秦桧迫害，移新州（今广东新兴）编管。当时张元幹寓居三山（今福州），他不顾个人安危，将此词送给胡铨，并为之壮行。后词人因此词而被捕下狱，并被削职为民。

上片叙述国家灭亡的现实。

"梦绕神州路"，说的是做梦都离不开尚未光复的中原。一个"梦"字，写出国破的现实，以及词人对故国的怀念。

"怅秋风、连营画角，故宫离黍"，概括出宋朝灭亡之惨状。"怅"字领起对故国惨状的描写；"故宫离黍"，从《诗经·王风·黍离》"彼黍离离，知我者谓我心忧，不知我者谓我何求"化出，写故国

之思金秋时节，在萧萧的风声之中，一方面号角之声连绵不断，似乎军队整装待发，十分雄武；而另一方面词人想起故都汴京，他想汴京此时恐怕早已是禾黍稀疏，一片荒芜了。短短几句话，概括了北宋灭亡的历史事实，有尺幅千里之势。以下便由此发出强烈的质问之声，似有屈原《天问》的风格。

上面四句起调，将中原沦陷之惨状托之于梦，其含意有二：一是中原沦陷不可去，沦陷之惨只有在梦中方能见到；二是中原的沦陷犹如噩梦一般。此处作者实景虚写，感情深沉而悲痛。

"底事昆仑倾砥柱"三句质问国家灭亡之根由。"昆仑倾砥柱"，古人认为黄河源出昆仑山，《淮南子·地形训》："河水出昆仑东北陬。"传说昆仑山有铜柱，高耸入天，称为天柱。这里以昆仑砥柱倾倒喻指北宋的沦亡；"黄流乱注"，喻指金兵的猖狂进攻；"聚万落、千村狐兔"，这一句则形象地描写出中原经金兵铁蹄践踏后的荒凉景象。

接着词人并没有直接回答亡国的原因，而是仰天长叹："天意从来高难问，况人情、老易悲难诉！"词人并非不知原因，只因此事涉及朝廷统治者而不能明言，所以说"高难问"、"悲难诉"。最后词人笔锋陡转，点名送别："更南浦，送君去！"

上片一气写成，全为逼出"更南浦，送君去"两句，其苍劲有力，字字沉实，作掷地金石之响。下片抒发别情。

"凉生岸柳催残暑"，点明时令，即初秋。岸柳，寓依依惜别之情。"耿斜河、疏星淡月，断云微度"，这三句写夜空，写得缠绵、清秀。

"万里江山知何处"四句设想别后之心情。"万里江山知何处"呼应首句"梦绕神州路"，祖国山河残破，被金兵吞占，无处寻求。"回首对床夜语"，这一句写出词人与友人感情之深厚，他们经常一起促膝长谈，整夜不眠。"雁不到、书成谁与？"古代传说，雁南飞，到衡阳即止，而胡铨被贬至位于衡阳以南的广东，因此说"雁不到"。想到日后书信往来都不大可能，这令词人更为悲伤。

"目尽青天怀今古"至篇末，遣愁致送别意。词人不愿如小儿女一般，悲悲戚戚地诉说别情。他是大丈夫，当胸怀天下，岂能为一己之穷达而悲叹。

最后词人将满腹悲愤感情，通过层次井然的多次转折，推向最高点："举大白，听金缕。"何其沉痛、悲壮！

张元幹因为这首词而受到削籍除名的处分，但这首词却广为流传。据《客亭类稿》记载：南宋词人杨冠卿秋日乘船过吴江垂虹桥，"旁有溪童，具能歌张仲宗'目尽青天'等句，音韵洪畅，听之慨然"。

词的品赏知识

送别词中常见的意象分析

一、长亭：秦制三十里一传，十里一亭，故又在驿站路上大约每十里设一亭，为驿传信使提供馆舍、给养等服务。后来成为人们郊游驻足和分别相送之地。后游经文人吟咏，长亭逐渐演变为送别之地的代名词。

二、杨柳：杨柳是惜别的象征。《诗经》中的《小雅·采薇》篇有两句诗："昔我往矣，杨柳依依。""杨柳依依"生动地表现出杨柳的柔婉美好之态，而杨柳依依之态恰似人的依依惜别之情，十分和谐融洽。

三、美酒：中国古代的送别词中总是泛着点点酒光，因酒可抒情、遣怀、解愁，还包含着深深的祝福情意。

在这首《贺新郎》中，出现了杨柳和美酒两种意象，表现出送别的一个典型意境，表达出词人对友人深深的惜别之情。

兰陵王 春恨

◎张元幹

卷珠箔①，朝雨轻阴乍阁②。阑干外、烟柳弄晴，芳草侵阶映红药。东风妒花恶。吹落梢头嫩萼。屏山掩、沉水倦熏，中酒心情怯杯勺。

寻思旧京洛③。正年少疏狂④，歌笑迷著。障泥油壁催梳掠⑤。曾驰道同载⑥，上林携手⑦，灯夜初过早共约，又争信飘泊？

寂寞，念行乐。甚粉淡衣襟，音断弦索，琼枝璧月春如昨。怅别后华表，那回双鹤。相思除是，向醉里、暂忘却。

【注释】

① 箔：竹帘。② 阁：同"搁"，停止。③ 旧京洛：指北宋汴京、洛阳。④ 疏狂：豪放，不受拘束。⑤ 障泥：挂在马腹两边，用来遮挡尘土的马具。这里指代马。油壁：用油漆涂饰车壁的华丽车辆。⑥ 驰道：秦代专供帝王行驶车马的道路。这里指京城的大道。⑦ 上林：秦、汉时苑名，专供帝王行猎的场所，这里泛指京都园林。

【译文】

卷起珠帘，清晨绵绵的阴雨刚刚停止。栏杆外，烟柳在晴光中摇曳，台阶上长着芳草，碧色映衬得芍药更加艳红。可恶的东风嫉妒娇美的花朵，无情地将梢头上娇嫩的花萼吹落了。我掩上屏风，懒得去熏沉水香。因为喝酒会醉，于是总怕看见酒杯。

回想从前在汴京洛阳，正是年少疏狂的时代，沉迷歌舞，纵情欢笑。备好华丽的车马，催促美人快快梳妆。曾经同乘一车奔驰在宽广的大道上，也曾携手在上林苑里一起游赏。元宵之夜刚过，又早早地共同约定佳期再相见。又怎么会相信今日四处漂泊？

词的品赏知识

宋词中咏春词的赏析（一）

春是一年的开始，充满勃勃生机，象征着美好与希望，是宋词中常咏的对象。春又分为初春（孟春）、盛春（仲春）、暮春（季春），其中写暮春的词篇数尤多。

咏初春的词。早春时节，虽仍留有冬寒，但万物开始复苏，自然界开始悄悄发生了变化：大雪消融，梅花开放，柳树抽芽。敏感多情的词人们看到这景象，怎不又惊又喜！李元膺的《洞仙歌》就将这种物候的变化写了出来，其中"一年春好处，不在浓芳，小艳疏香最娇软"三句表现出词人对早春深深的喜爱之情。

孤独寂寞，不由思念起当日相伴行乐的情人。时间已久，恐怕她衣襟上的香粉已经淡了，琴弦久不弹奏，琴音已断，容貌却依然美丽。怅恨分别后，人间沧桑，世事无常，不知何时能化作一只仙鹤飞回故乡。相思之情只有在酒醉的时候才能暂时忘却。

【赏析】

这首词写别恨。

上片写景。"卷珠箔，朝雨轻阴乍阁"，首二句点明天气、环境。"乍阁"，即初停。词人登楼，卷起珠帘，楼外春雨刚停。

"阑干外"三句写楼上所见。烟柳、芳草、芍药共同构成一幅春日小园图，而在这幅充满诗情画意的春日图景中又含有词人主观之情感。"烟柳弄晴"四字并非只是歌咏柳树，柳条依依，其象征的是别情。

接着"东风"二句陡转，出现另外一幕与前番景致完全不同的图景，东风将花儿尽数吹落，烘托出一种凄然感伤的气氛。

"屏山掩"三句转向室内，写景亦写情。室内之景是寂寞的，屏风轻掩，沉香倦熏。词人坐在室内害怕碰酒杯，这种心理包含着非常复杂的思想感情。

中片追忆过去游乐的情景。"寻思旧京洛"，承上转下，词人从现在的伤春伤别，回想起了过去在汴京的游乐情景。"旧"字，意味着国家已亡，其中包含着非常深沉的故国之思。

"正年少疏狂"三句写当年汴京春日游乐的盛况。少年歌笑若狂，外出游春的车马已准备好，只是催促着好赶快梳妆。"催梳掠"说明其中有女子同行，并活灵活现地将人物的神情写了出来。

"曾驰道同载"三句专写游赏，渲染出一片欢乐的气氛。最后以一句"又争信飘泊"作结，将人从美好的记忆中拉回到了残酷的现实中来，感情陡然转低。

下片写别后的思念之情。"寂寞，念行乐"引出对昔日爱人的深切怀念之情。词人异乡为客，内心深感寂寞，不禁思念起昔日的爱人来。

"甚粉淡衣襟"三句寓意深厚，词人感叹与美人相离很久，两人相恋时那美好的日子也已经一去不复返了。"琼枝璧月"，这里用来比喻美好的生活。

"怅别后华表"二句，借用典故，抒发人间沧桑之变、好景不长的深慨。传为陶渊明作的《搜神后记》载，辽东人丁令威，学道于灵虚山，后化鹤归辽，落于城门华表柱上，言曰："有鸟有鸟丁令威，去家千年今始归；城郭如故人民非，何不学仙冢累累？"

结末"相思除是"二句直抒相思之情。词人无法排遣相思，只有痛饮，将万千愁恨暂时忘却。末两句以口语写成，含不尽之意、不尽之情。

词的品赏知识

宋词中咏春词的赏析（二）

咏盛春的词。盛春时节，百花争妍，春风和暖，春水融融，带给人以至美的享受。描绘盛春的词不胜枚举，譬如白居易的"日出江花红胜火，春来江水绿如蓝"；宋代词人宋祁的"绿杨烟外晓寒轻，红杏枝头春意闹"，这些都是传颂千古的名句，鲜明地描绘出了明媚秾丽的春光。

咏暮春的词。暮春时节，柳絮四处飞舞，花儿开始飘落，绿意铺满大地，这残春景象见之令人惋惜，这景象往往也能引起人无限别离的惆怅、怀人的意绪。《兰陵王》就是一首抒发"春恨"之作，看到花儿被东风吹落，流水无声东去，词人联想到了自身，他说自己人生的春日也如同这春一般消逝了。

石州慢 已酉秋吴兴舟中作

◎张元幹

雨急云飞,惊散暮鸦,微弄凉月。谁家疏柳低迷,几点流萤明灭。夜帆风驶,满湖烟水苍茫,菰蒲零乱秋声咽①。梦断酒醒时,倚危樯清绝。

心折,长庚光怒②,群盗纵横,逆胡猖獗。欲挽天河,一洗中原膏血。两宫何处? 塞垣只隔长江,唾壶空击悲歌缺③。万里想龙沙④,泣孤臣吴越⑤。

【注释】

① 菰(gū):多年生草本植物,生长在浅水里。② 长庚:金星的别名。③ 唾壶空击悲歌缺:典出《世说新语·豪爽》:"王处仲(敦)每酒后辄咏'老骥伏枥,志在千里。烈士暮年,壮心不已'。以如意打唾壶,壶口尽缺。"此处借用来抒发作者恢复中原的壮志以及长期遭受压抑、有志难伸的愤慨。④ 龙沙:泛指沙塞,这里指二帝被掳囚居之处。⑤ 孤臣:不被君王重视的臣子,这里是词人自指。

【译文】

急风暴雨,乌云飞过,惊散了黄昏的乌鸦,在微凉的月光下飞舞。谁家稀疏的柳树模模糊糊,只有几点流萤的光亮忽明忽灭。夜风吹送船帆,满湖水汽弥漫,一片苍茫,零落的菰、蒲在秋风中瑟瑟作响,仿佛在低声呜咽。梦断酒醒的时候,独自倚靠着船樯,满心悲切。

伤心到了极点。长庚星光出现芒角,盗贼纵横肆虐,胡人猖獗无忌。想要挽下银河,一洗中原被夺之耻。徽、钦二帝在何处,两国的边界,仅仅隔着一条长江,只能空自将唾壶敲出缺口,引吭悲歌。想到万里之外(囚禁着二帝)的沙漠,我这个孤臣只能在吴越哭泣。

【赏析】

宋高宗建炎三年(1129)夏,金兵南侵,词人在逃难途中,作下了这首满怀国破家亡之痛的《石州慢》。

上片描绘途中所见之景。"雨急云飞"五句,勾勒出一幅悲凉的月夜图,色调阴暗低沉。"夜帆风驶"三句点名行船,原来之前的景象都是词人舟中所见。湖上菰蒲零乱,秋声呜咽,烟水苍茫,读之令人恻然。"梦断酒醒时"两句转到词人自身的描写,愁需酒浇,但酒醒后呢,国破家亡之恨又纷纷涌上词人的心头。

下片转入对国事的议论,从正面抒写词人的愤恨和对恢复中原的渴望。"心折"四句抒发对祖国乱离的愤恨。"长庚光怒",描绘太白金星的星光出现芒角,借以表现词人的极度愤怒。"群盗"指趁乱打劫以及投降敌人的孔彦舟、刘豫、刘正彦之流。"逆胡"则指金兵。"欲挽天河"两句表达出词人要雪洗国耻,拯救人民于危难之中的宏图大志。"两宫何处"三句追忆故国。"何处",指徽宗、钦宗。如今宋王朝南渡,长江成了宋金的边界。"唾壶空击悲歌缺",词人空怀报国之志,却无力回天,只有效仿古人击壶悲歌。末两句紧承前句的"空"而来,进一步抒发自己的悲愤之情。词人徒然击壶,想到中原无法收复,他终于忍不住潸然泪下了。

好事近

◎吕渭老

飞雪过江来，船在赤栏桥侧。惹报布帆无恙①，著两行亲札。
从今日日在南楼②，鬓自此时白。一咏一觞谁共③，负平生书册。

【注释】

① 布帆无恙：《晋书·顾恺之传》载："（殷）仲堪在荆州，恺之尝因假还，仲堪特以布帆借之。至破冢，遭风大败。恺之与仲堪牋曰：'地名破冢，真破冢而出。行人安稳，布帆无恙。'"指旅途平安，没有发生事故。
② 南楼：泛指好友欢聚之处，这里指词人在南方的住处。③ 一咏一觞：指赋诗饮酒。

【译文】

　　大雪纷飞的时候，从江北渡船而来，船停靠在赤栏桥边。为了向友人报告自己平安渡江的消息，匆匆亲笔写下一封简短的信札。

　　从今日起，每天都要在南楼（居住）了，鬓发从此时开始花白。还有谁能与我一同赋诗饮酒？真是辜负了自己平生所读的书册。

【赏析】

　　这首词是词人平安抵达江南之时向友人报平安的一首词作。

　　"飞雪过江来，船在赤栏桥侧"，首二句点明词人渡江的时间和地点。在一个大雪纷飞的日子里，词人乘船冒着严寒渡过大江，抵达赤栏桥。因为中原情况非常危急，局势动荡不安，所以得冒雪急急渡江。

　　"惹报布帆无恙，著两行亲札"，三、四句向友人报平安。"布帆"，布制的船帆。"布帆无恙"，即指一路平安，没出事故。词人一抵达江南就写书报平安，足见其与友人感情的深厚。词的上片语言虽平实简洁，感情却深挚真诚。

　　"从今日日在南楼，鬓自此时白"，这两句抒发南来的忧郁情怀。中原丧乱，词人为保性命，不得不离家去国，南渡大江，栖住在江南。"从今"二字，带有决绝、失意的意味。"南楼"，本来指好友欢聚之处，这里是指词人在南方的住处。"鬓自此时白"一句运用夸张的艺术手法，表达了词人无尽的忧思。

　　"一咏一觞谁共，负平生书册"，这两句具体解释上句"鬓自此时白"的原因。如今渡江南来，与友人天各一方，不能在一起赋诗饮酒了。国家危机重重，而自己却无能为力，真是辜负了读了一辈子的书册。词作下片语气沉重，忏悔自责的感情溢于言表。

⊙作者简介⊙

　　吕渭老，生卒年不详。一作吕滨老，字圣求，嘉兴（今属浙江）人。宣和、靖康年间在朝做过小官，有诗名。南渡后情况不详。赵师岌序其词云："宣和末，有吕圣求者，以诗名，讽咏中率寓爱君忧国意。""圣求居嘉兴，名滨老，尝位周行，归老于家。"今存《圣求词》一卷。

点绛唇

◎朱翌

流水泠泠①，断桥横路梅枝桠。雪花飞下，浑似江南画。
白璧青钱②，欲买春无价。归来也，风吹平野，一点香随马。

【注释】

① 泠泠：形容声音清越。② 青钱：青铜钱。

【译文】

　　流水发出泠泠的声响，梅树的枝桠横在断桥旁的路上。（梅花好似）雪花飘飞而下，宛如一幅清新淡雅的江南风景画。

　　想用白璧和青钱将春色买下，可是春天无价（想买也买不到）。归来的时候，春风吹过平川旷野，只有一点清香随着马（被带回家）。

【赏析】

　　这是一首咏梅之作。

　　上片写景。"流水泠泠，断桥横路梅枝桠"，交代梅花生长的环境。"泠泠"，形容声音清越。流水发出泠泠的响声，梅花开在溪水边，树枝横在桥边的小路上，好似要将路遮断。词人欲咏梅，却并不直接写梅花，而是从水声写起，从声音过渡到咏梅，渐入佳境。

　　"雪花飞下，浑似江南画"，这两句写梅花。梅花似雪，寒风一吹便纷纷从枝头飘落，宛如一幅清新淡雅的江南落梅图画。

　　下片抒情。"白璧青钱，欲买春无价"，这两句写梅花的高贵无价。"白璧"，即美玉。"春色"，指梅花。梅花无价，是不能用金玉买到的。

　　"归来也，风吹平野，一点香随马"，原来那梅景，是词人骑马游春时所见。小桥流水，梅花飘飞；平川旷野，骑马踏春，真是如诗如画。词人认为梅花无价，只能尽情享受，带一缕清香回家！

◎作者简介◎

　　朱翌（1097—1167）字新仲，号潜山居士、省事老人，舒州（今安徽潜山）人，卜居四明鄞县（今属浙江）。徽宗政和八年（1118），同上舍出身。高宗绍兴八年（1138）除秘书省正字，迁校书郎、兼实录院检讨官、祠部员外郎、秘书少监、起居舍人。孝宗乾道三年（1167）卒，年七十一。有《猗觉寮杂记》二卷、《潜山集》四十四卷。《彊村丛书》辑有《潜山诗馀》一卷。

柳梢青

◎杨无咎

茅舍疏篱。半飘残雪①，斜卧低枝。可更相宜，烟笼修竹，月在寒溪。

宁宁伫立移时②，判瘦损③，无妨为伊④。谁赋才情，画成幽思⑤，写入新诗。

【注释】

① 残雪：指飘落的梅花瓣。② 宁宁：静静地。移时：历时。③ 判：同"拼"。④ 伊：指梅花。⑤ 幽思：郁结于心的思想感情。

【译文】

简陋的茅舍，稀疏的篱笆，梅花正如残雪一般飘零，它枝干低压如悠闲斜卧。当轻烟笼罩在它旁边的修竹，当月光洒在它身下的寒溪时，（这一景色）与梅花正好相配。

静静地伫立在那里，长时间地观赏梅花。为了你，我拼却憔悴瘦损。谁来赋予我才情，让我画出梅花所蕴藏的幽思，并将它写入新诗。

【赏析】

这是一首咏梅之作，词中充满了词人对梅花的向往赞赏之情。

上片描写梅花外形以及生长环境，主要衬托梅树的优美形象和脱俗气质。"茅舍疏篱"，指明梅花生长的地点。茅舍疏篱是隐士的居处，将梅花置放于这一片清幽、远离尘世的地方，暗衬出梅花之脱俗。

"半飘残雪，斜卧低枝"，这两句正面描写梅花。前句是动态描写，写出梅花之洁白轻盈；后句是静态描写，以拟人手法写出梅树的隽逸之姿。"可更相宜，烟笼修竹，月在寒溪"，末三句紧承前两句，描绘出一幅梅溪夜月图。烟笼修竹，月在寒溪，淡雅的梅处于这样一个清幽的环境中，显得多么相宜呀。

下片抒情，抒发词人对梅花的喜爱之情。笔锋转向描述自己，一位在梅树前伫足凝思的词人形象跃然纸上。"宁宁伫立移时"，此句为夫子自道，说自己驻足于月下静静赏梅，久久不愿离开。"宁宁"，即寂静，神情专注貌；"移时"，即立时、经时。"判瘦损，无妨为伊"，词人长时间伫立赏梅，以致瘦损了自己的身躯，但他认为这是值得的，因其对梅花实在太迷恋了。

"谁赋才情，画成幽思，写入新诗"，赏梅还不足以表达词人对梅花的一腔热爱之情，他还要将梅花的飘逸神韵、高洁品性刻画下来，成为永恒的留念，文人对梅花之喜爱由此可见一斑。

⊙作者简介⊙

杨无咎（1097—1171），字补之，号逃禅老人，又号清夷长者，清江（今属江西）人。高宗朝因耻于依附秦桧，累征不起，隐居而终。工书画，身后寸纸千金。长歌咏，多寿词，喜用俚语，风格清疏。有《逃禅词》。

饮马歌

◎曹勋

此腔自虏中传至边，饮牛马即横笛吹之，不鼓不拍，声甚凄断。闻兀术每遇对阵之际吹此，则鏖战无还期也。

　　边头春未到，雪满交河道①。暮沙明残照，塞烽云间小。断鸿悲②，陇月低③，泪湿征衣悄。岁华老。

【注释】

① 交河：河名，在今新疆境内。② 断鸿：失群的孤雁。③ 陇月：关陇（关中和甘肃东部一带）之月。

【译文】

　　边塞气候严寒，春天还没有到，大雪满地，封住了交河河道。日暮时分，残阳照在黄沙上反射出一片亮光，边塞的烽火在旷野白云间更显微小。失群的孤雁在悲鸣，陇月低低地垂挂在天边。泪水悄悄地浸湿了战袍，因为年华已老。

【赏析】

　　这是一首边塞词。此词曾唱遍金人的军中，其之所以闻名遐迩，是因为它表达了戍边将士的感伤之情，引起了他们的共鸣。

　　"边头春未到，雪满交河道"，这是写边塞的气候。边关气候严寒，遍布积雪，气候恶劣。"暮沙明残照，塞烽云间小"，这是写边境傍晚之景。日暮时分，夕阳洒在沙漠上，黄沙发出一片亮光。远处烽火台上点着烽火，其烟尘升腾到云间变得越发细小，并逐渐模糊。这边塞之景雄奇而显孤独荒寂。

　　"断鸿悲，陇月低，泪湿征衣悄。岁华老"，鸿雁和月亮是最引人相思。"断鸿悲，陇月低"，孤雁哀鸣，陇月低垂，渲染出一片凄清。后两句则直接抒情，词人因思念家乡而暗自垂泪，那泪水多得都浸湿了战袍。句末一个"悄"字耐人寻味，他只能悄悄落泪，因为他仍在戍边，不应哭泣，但他确实是年事已高，应告老还乡了。

　　这首词音韵和谐，富有节奏感，读来朗朗上口，易于传诵。

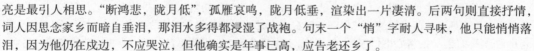

◎作者简介◎

　　曹勋（1098—1173），字公显，一作功显，号松隐，颍昌阳翟（今河南禹县）人。徽宗宣和五年（1123）进士。靖康之难时，随徽宗一起被押解北上，后受徽宗半臂绢书，自燕山逃归。高宗绍兴十一年（1141）曾出使金邦议和。孝宗朝加太尉。工诗能词，诗多家国之痛，词多应制咏物之作。著有《松隐文集》、《松隐乐府》、《北狩见闻录》等。

小重山

○岳飞

昨夜寒蛩不住鸣①，惊回千里梦，已三更。起来独自绕阶行，人悄悄，窗外月胧明。

白首为功名，旧山松竹老②，阻归程。欲将心事付瑶琴，知音少，弦断有谁听？

【注释】

① 蛩（qióng）：蟋蟀。② 旧山：旧日家乡的山，既指岳飞故乡河南汤阴，又指当时已经落入外族之手的中原地区。

【译文】

昨天夜里，受寒的蟋蟀不断哀鸣，惊醒了驰骋千里疆场的梦境，那时已经是三更了。我起来后独自绕阶而行，人们都在悄然安睡，窗外的月光柔和明亮。

一生都在为建功立业、名垂青史而奋斗，直到头发花白，家乡的松竹长大了，回家的路却被阻断。想要将心事寄托在瑶琴上，然而知音太少，即使琴弦弹断了又有谁去听？

【赏析】

这是一首书愤词，作于词人入狱不久前。失去军权的词人，深感无力回天，内心抑郁悲愤。

上片写词人对中原的思念以及对国事的忧虑。"昨夜寒蛩不住鸣，惊回千里梦，已三更"，此时已是三更，词人却无法成眠，因为"千里梦"，也就是故国梦。"起来独自绕阶行，人悄悄，帘外月胧明"，既无法入睡，词人便来到院子里，独自绕着阶梯而行。在这寂静的夜里，词人能够更加清楚地听到自己内心的声音，此时的他是多么抑郁愤慨。

下片抒写收复失地受阻、心事无人理解的苦闷。"白首为功名，旧山松竹老，阻归程"，他为了平定中原，抗战到老，但多年的辛劳仍旧没能实现少时的愿望，收复中原之日还遥遥无期，因而回乡养老几乎已不可能。"欲将心事付瑶琴，知音少，弦断有谁听？"想要将自己的一腔报国热情弹给知音听，可惜知音太少，即便将琴弦弹断，也无人能懂。这最后三句尤显悲伤。

⊙作者简介⊙

岳飞（1103—1142），字鹏举，相州汤阴（今属河南）人。南宋抗金名将，官至枢密副使，封武昌郡开国公。曾率军大败金兵，收复北方大片失地，后为高宗、秦桧召回，并以"莫须有"的罪名杀害。一生虽戎马倥偬，却能诗文，且善书法。存词仅三首，内容多为抗金的伟大抱负和壮志难酬的感慨，风格悲壮，意气豪迈。有《岳武穆集》。

满江红

◎岳飞

怒发冲冠，凭栏处，潇潇雨歇。抬望眼，仰天长啸，壮怀激烈。三十功名尘与土，八千里路云和月。莫等闲，白了少年头，空悲切！

靖康耻①，犹未雪；臣子恨，何时灭？驾长车，踏破贺兰山缺②。壮志饥餐胡虏肉，笑谈渴饮匈奴血。待从头，收拾旧山河，朝天阙！

【注释】

① 靖康耻：指靖康二年徽、钦二帝被掳入北廷之事。
② 贺兰山：在今内蒙古境内，此代金人基地。

【译文】

愤怒得头发直竖将帽子顶起，倚靠栏杆之时，急骤的风雨刚刚停歇。抬起头放眼远望，仰面朝天放声长啸，豪壮的情怀剧烈激荡。三十年来建立的功名犹如尘土，八千里的漫长征途上只有云和月相随。好男儿要抓紧时间为国建功立业，不要空空将青春消磨，到老时徒自伤悲。

靖康之变的奇耻大辱，至今尚未洗雪；为人臣子的愤恨，什么时候才能泯灭？驾着战车踏破贺兰山的重重险关。满怀壮志，饿了就吃敌人的肉；谈笑间，渴了就喝敌人的血。等我重新收复了旧日的河山，再去朝拜天子的宫阙。

【赏析】

这是一首慷慨激昂的爱国词作，为千古所传诵。

上片写词人报国立功的宏伟心愿。"怒发冲冠，凭栏处，潇潇雨歇。抬望眼，仰天长啸，壮怀激烈"，第一句"怒发冲冠"就奠定了全词激昂豪宕的感情基调，接着词人描写自己：在潇潇的雨声停歇的时候，他凭栏望远，仰天长啸，壮怀激烈。投降派委曲求和，宋朝廷抗战不力，这令词人愤恨不已。

"三十功名尘与土，八千里路云和月"，词人认为功名不过如尘土，而抗金救国才值得用一生去为之奋斗。"莫等闲，白了少年头，空悲切"，这两句反映了词人积极进取的精神。要抗敌必须趁着年轻力壮之时，这是词人对自己对他人的勉励与劝诫。

下片写词人收复中原的信心。"靖康耻，犹未雪；臣子恨，何时灭？驾长车，踏破贺兰山缺"，"靖康"是宋钦宗赵桓的年号。"靖康耻"，指宋钦宗靖康二年（1127），京城汴京和中原地区沦陷，徽宗、钦宗两个皇帝被金人俘虏北去的奇耻大辱。国恨未雪，臣子的恨也不会消除。因而他要驾着战车，消灭敌军。"壮志饥餐胡虏肉，笑谈渴饮匈奴血"，充分表达了词人对敌人的刻骨仇恨和报仇雪耻的决心。

"待从头，收拾旧山河，朝天阙"，这两句说，等到击退敌军、收复中原之日，就去向圣上报捷。这里表达了词人的赤胆忠心以及抗金必胜的信心。

好事近

◎高登

饮兴正阑珊，正是挥毫时节。霜干银钩锦句①，看壁间三绝②。
西风特地飒秋声，楼外触残叶。匹马翩然归去，向征鞍敲月③。

【注释】

① 霜干：霜皮，指多年的古柏树干，这里指傲霜挺立的古柏。银钩：形容书法遒劲有力。锦句：辞藻富丽的诗句。
② 三绝：指画、书、诗都是绝代佳作，故称"三绝"。③ 征鞍：长途跋涉的马匹。敲月：这里是踏月的意思。

【译文】

临别时饮酒将尽，但气氛正热烈，正是提笔挥毫的绝佳时节。凌霜挺立的古柏、遒劲多姿的书法、辞藻富丽的诗句，看罢这高悬在墙壁上的三绝，不由高声喝彩。

西风吹过，发出飒飒的声音，卷扫着楼外的残叶。独自骑着马翩然归去，马蹄嘚嘚，好像在敲打着月光。

【赏析】

这首词抒写送别，但一扫一般送别词中的凄凉衰飒之气，词调清新，别有一番风致。

上片写席间挥毫。"饮兴正阑珊，正是挥毫时节"，即将离别，但离别之人却并不伤感，他们充满毫气，把酒畅饮。等到酒饮到差不多的时候，个个意兴正浓，这自是挥毫泼墨，抒发朋友间情感的好时节。"霜干银钩锦句，看壁间三绝"，这两句写挥毫的内容。"霜干"，即"霜皮"，为傲霜挺立的古柏，杜甫《古柏行》有"霜皮溜雨四十围，黛色参天二千尺"。绘画，这是"挥毫"的第一项内容，画的是古柏。古柏长青，喻示着友谊长存。"银钩"，指书法遒劲有力。《晋书·索靖传》："盖草书之为状也，婉若银钩，漂若惊鸾。""挥毫"的第二项内容是书法。"锦句"，这是第三项内容，即作诗。"锦句"指辞藻富丽的佳句。席间的画、书、诗都是技艺超绝的佳作，因而词人赞之为"三绝"。

下片写离情。"西风特地飒秋声，楼外触残叶"，这两句点明季节，并渲染环境。词人勾画了一幅西风吹叶图，为离别营造出一种悲凉的氛围。"飒"，为风声，在此用以强调秋声之萧瑟。因秋光无多，树枝上残存的叶子经西风轻轻一碰便悄然落下了。"匹马翩然归去，向征鞍敲月。"最后两句写友人离开的情形。友人在暮色中，只身匹马翩然而去，多么的洒脱、豪爽。"敲"字用得好，很符合骑马之状。因是马走在月光之下，故发出"嘚嘚"之声，就好像马蹄在敲打着月光，非常形象。

⊙作者简介⊙

高登（1104—1159） 字彦先，号东溪，漳浦县杜浔乡宅兜村人，南宋耿直廉介的爱国者，词人，宣和间为太学生。绍兴二年（1132）进士。授富川主簿，迁古田县令。后以事忤秦桧，编管漳州。有《东溪集》、《东溪词》。

青玉案

◎黄公度

　　邻鸡不管离怀苦，又还是、催人去。回首高城音信阻。霜桥月馆，水村烟市，总是思君处。

　　裛残别袖燕支雨①，谩留得、愁千缕。欲倩归鸿分付与②。鸿飞不住。倚阑无语，独立长天暮。

【注释】

① 裛：同"浥"，沾湿。残：一部分。燕支雨：意思是泪落如雨，冲掉了脸上的胭脂，连落下的泪水也变成了红色。燕支，即胭脂。②倩：请、托。

【译文】

　　邻家的公鸡才不管离别的痛苦，还是不停地啼叫，像是在催人离去。回望高城，音信却受到阻隔。严霜覆盖的小桥、月光笼罩的驿馆、流水环绕的村庄、烟雾蒙蒙的城市，无一不是思念你的地方。

　　分别时，溶有胭脂的泪水纷落如雨，沾湿了衣袖，却留下了千万缕哀愁。想请归鸿捎去我的思念，但是（冷漠无情的）鸿雁却不肯停留，展翅渐飞渐远。我倚着栏杆，默然无语，独自伫立在暮色笼罩的长空之下。

【赏析】

　　词人刚登第的时候，与主战派赵鼎过从甚密，因而遭到秦桧的忌恨。等到词人离开泉州幕府时，皇帝召他去都城临安。他在奔赴临安之前就预感到前途不妙，故作下此词。

　　上片前三句表面上看，好像是在怨恨隔壁的雄鸡催人离去，实际上是用"邻鸡"影射秦桧；"又还是、催人去"说秦桧对他的对手是不会留情的，一定会想方设法拔除掉。"回首高城音信阻"，这一句表面上是在说词人对于城中之人的不舍，其实是表达自己对于泉州城的不舍。"霜桥月馆，水村烟市"，这两句写的是旅途时间的变化和地点的转移，不仅包含着长途跋涉的辛苦，还包含着时间的连续，词人从早到晚，时时刻刻都在赶路。最后一句"总是思君处"，是说词人无论走到哪里，都无时无刻不在思念着泉州城。

　　下片前三句写高楼之人依依不舍的情态与别后无法释怀的情抱。从"燕支雨"可知"高城"中人为一女子。这里词人看似在说佳人对他的留恋之情，实是在表达词人对自己入京以后政治前途的担忧。高城人隔，音信不通，词人还是想与她取得联系，于是便托鸿雁以传消息。但令人绝望的是，飞鸿无情，连停也不肯停一下。"倚阑无语，独立长天暮"，于无奈之中，词人只好默默凭栏，失神凝望，直望到黄昏日暮。于不言之中，我们可以体会到词人那腔痛之入骨的哀伤。

⊙作者简介⊙

　　黄公度（1109—1156）字师宪，号知稼翁，莆田（今属福建）人。高宗绍兴八年（1138）进士第一，签书平海军节度判官，除秘书省正字，罢为主管台州崇道观。绍兴二十六年（1156）卒，年四十八。有《知稼翁词》一卷。

霜天晓角 题采石蛾眉亭 ◎韩元吉

倚天绝壁，直下江千尺。天际两蛾凝黛，愁与恨、几时极！

暮潮风正急，酒阑闻塞笛。试问谪仙何处？青山外，远烟碧。

【译文】

蛾眉亭踞于绝壁之上，仿佛倚天而立；（站在亭中低头俯瞰）绝壁垂直千尺有余。夹江而立的东、西梁山横亘天际，恰似用黛石涂抹过的两弯蛾眉，黛眉紧蹙，好似含愁凝恨，这愁与恨，什么时候才是尽头呢？

傍晚时江潮汹涌，风正狂急，酒醒时却听见边防军中传来苍凉的笛声。试问谪仙李白如今在何处？在那青山之外、烟波苍茫、苍翠碧绿之地。

【赏析】

蛾眉亭在长江边采石矶上，所处之地雄奇险峻，为南宋抗金前线。这首词是词人登上蛾眉亭有感而作。

上片是由景生情。"倚天绝壁，直下江千尺"，写蛾眉亭所处地势以及周围奇景。词人仰天而望，只见采石矶倚天而立，显得格外奇峻高耸。接着词人低头俯瞰，又是另一幅图景。悬崖千尺，直逼江渚。"天际两蛾凝黛，愁与恨，几时极！"词人极目四望，又见东、西梁山横亘天际，似两弯蛾眉。而这两弯蛾眉却似凝愁含恨，其实这是词人主观情绪的显露，词人一向主张抗金，但南宋统治者抵抗不利，中原收复无日。家国之恨溢满词人胸膛。

下片则融情入景。"暮潮风正急，酒阑闻塞笛"，在这傍晚时分，风起潮涌，边声四起。在对景物的描写中，我们完全可以感受到词人的心绪，他的心潮被忧国之情搅得久久难平。"试问谪仙何处？青山外，远烟碧"，李白曾为采石矶写下过著名诗篇，这里也留下了不少他的遗迹。李白平生也负有大志，但一生没有受到重用，这与词人的经历相似，他虽然任了官职，但朝中主和派得势，词人壮志难酬。因而登上采石矶的词人很自然地就想起李白。

全词八句，将登临、览胜、怀古、忧国熔于一炉，在同类题材的作品中，其造诣是非常之高的。吴师道在《吴礼部词话》中评此词曰："未能有继者。"

⊙作者简介⊙

韩元吉（1118—1187），字无咎，号南涧，开封雍邱（今河南开封市）人，一作许昌（今属河南）人，后徙居信州上饶（今属江西）。孝宗朝累官吏部尚书、龙图阁学士，后封颍川郡公。曾与陆游、范成大、辛弃疾等人诗词唱和。存词八十余首，风格与辛弃疾相近。有《南涧甲乙稿》、《南涧诗余》。

眼儿媚

◎朱淑真

迟迟春日弄轻柔①，花径暗香流。清明过了，不堪回首，云锁朱楼。

午窗睡起莺声巧，何处唤春愁？绿杨影里，海棠亭畔，红杏梢头。

【注释】

① 迟迟：阳光温暖、光线充足的样子。

【译文】

春光融融，春风轻抚着柔嫩的柳条，花香在小径上暗暗流动。清明已过，（往事）不堪回首，云雾笼罩着朱楼。

午睡醒来，听到窗外莺声巧啭，莺儿到底是在何处唤起人的春愁？是在绿杨影里，是在海棠亭畔，还是在红杏梢头？

【赏析】

这首小令通过对春景的描写，委婉地抒发了惜春之情。

上片借景抒情。"迟迟春日弄轻柔，花径暗香流"，多么明媚的晴日啊，春光融融，花径里暗香涌动。"清明过了，不堪回首，云锁朱楼"，看到这美景，词人竟一下子陷入悲伤。美好的事物总是短暂的，清明过后，这片春光也将消逝，念此词人能不伤心？

下片直接抒情。"午窗睡起莺声巧，何处唤春愁？"一场午梦后，词人听到黄莺声声，唤起了她的春愁。这声音从哪儿来呢？"绿杨影里，海棠亭畔，红杏梢头"，结尾作答，构思新巧，含蕴无限。全词语浅意深，辞淡情浓，清新和婉，别具一格。

⊙作者简介⊙

朱淑真（约1135—约1180），号幽栖居士，钱塘（今浙江杭州）人，世居桃村。女词人。出身高门，才貌俱佳，工书画，通音律，善诗词。惜所嫁非偶，郁郁而终。其词清新婉丽，格调感伤。陈廷焯评其词"风致之佳，情词之妙，直可亚于易安"（《白雨斋词话》）。有《断肠词》。

谒金门 春半

◎朱淑真

春已半，触目此情无限。十二阑干闲倚遍①，愁来天不管。

好是风和日暖，输与莺莺燕燕。满院落花帘不卷，断肠芳草远②。

【注释】

① 十二阑干：比喻愁思之广。阑干，即栏杆。

② 芳草：《楚辞·招隐士》有："王孙游兮不归，春草生兮萋萋。"在古代诗词中多象征所思念的人。

【译文】

春已过半，目光所及，心中悲愁无限。（愁绪无处排遣只能整日倚栏杆远眺）将各处栏杆都倚遍了，春愁绵绵不断地袭来，（这愁由春而来）天却不管。

在风和日暖的大好春光中，却觉得还不如那双双对对的莺莺燕燕。残花落满了庭院，不愿卷起帘幕。芳草蔓延，远至天边，真令人伤心断肠。

【赏析】

这是一首伤春怀远的名作。相传词人所嫁非偶，因日日思念意中人而作此词。

"春已半，触目此情无限"，点明时令，并点题，时值仲春，春天已经过去了一半。春光的流逝触动了词人那颗敏感的心：纵然现在繁花满枝，柳树浓绿，但既非初春，没多久便会落花满地、柳絮蒙蒙，由此而生出伤春情意。只是伤春之情总归有限，而伤春之情中若还夹杂着词人内心深处的情感，便是"无限"了。而这情感又是什么呢？词的后面自会揭示。

"十二阑干闲倚遍，愁来天不管"，词人心中情意无限，阑干倚遍，愁绪也无法消遣。这愁因春起，而春却不管不问。一个双眉紧蹙、满眼含愁的女子形象鲜明生动地突现于纸面。前面已经有了"此情无限"一句，这里就不能再直写愁多，在诗词中，倚栏远眺是古人排遣愁绪常用的动作，于是作者巧用"十二阑干"来形容愁思之广。

"好是风和日暖，输与莺莺燕燕"，词人先正面描写春景，此时正值春半，春色正浓，风和日暖，莺莺燕燕成双成对飞翔于明媚的春光中，多么自由、欢乐。词人看着这美好的春景，不免感伤，无可奈何地叹惜道：自己孤独一人，命运受人拘钳，生活失去了欢欣，竟不如那莺莺燕燕。

"满院落花帘不卷，断肠芳草远"，"芳草"象征思念爱慕之人。此时的词人是多么怀念无缘再逢的意中人啊，这绵绵相思真令人柔肠寸断。

蝶恋花 送春

◎朱淑真

楼外垂杨千万缕，欲系青春，少住春还去。犹自风前飘柳絮，随春且看归何处？

绿满山川闻杜宇①，便做无情，莫也愁人苦②。把酒送春春不语，黄昏却下潇潇雨。

【注释】

① 杜宇：杜鹃。② 莫也：岂不也。

【译文】

楼外杨柳垂下千万缕枝条，想要把青春系住，然而春天只是稍稍逗留便匆匆离去。柳絮犹自随风飘舞，意欲跟随春天看看自己会归于何处。

满眼的山川都变得碧绿，听见杜鹃凄厉的叫声，杜鹃即便心中无情，岂不也感受到人的愁苦。举起酒盏为春送行，然而春天缄口不语，却在黄昏时洒下潇潇细雨。

【赏析】

这是一首送春词，词人独立小楼，望见楼下杨柳飞舞，不禁伤春感怀起来，遂作下此词，词调悲凄幽悒。

上片写垂杨柳。"楼外垂杨千万缕，欲系青春，少住春还去"三句，描绘了垂杨的招展披拂的姿态。看到杨柳这样一种姿态，词人联想到杨柳在系留着事物，系留什么呢？系住春天。

但春天只做了短暂的逗留。"犹自风前飘柳絮，随春且看归何处"，词人将飞絮拟人化，杨柳没有将春系住，只得派遣那飘舞的柳絮尾随春天，去探看春的去处。上片委婉含蓄地表达出了词人对春天的眷恋。

下片侧重抒情。暮春时节，四处已是碧绿一片，更有杜鹃哀啼。对着这残春景致，词人哀愁不已，借着那杜宇点出自己的这种心情。"把酒送春春不语"，既然留春不住，词人只好无可奈何地把酒"送春"了，但春却缄默不语。"黄昏却下潇潇雨"，春似乎又依依不舍，对词人洒下惜别之泪。

踏莎行 山居

◎张抡

秋入云山①，物情潇洒②，百般景物堪图画。丹枫万叶碧云边，黄花千点幽岩下。

已喜佳辰③，更怜清夜，一轮明月林梢挂。松醪常与野人期④，忘形共说清闲话。

【注释】

①云山：指山势高峻，耸入云端。②物情：指山中景物的情态。潇洒：这里形容清爽秀丽的样子。③佳辰：指中秋。④松醪：用松膏酿制的酒。野人：山野之人。

【译文】

秋天入于白云掩映的山林，山中景物的情态显得清爽而明丽，这么多景物正适合用图画加以描绘。万片火红的枫叶好像铺展到了蓝天白云边，清幽的山岩下盛开着千点金黄的菊花。

中秋佳节已经让人欣喜，清爽的秋夜更惹人怜爱，一轮明月高挂在树梢。常常携带自酿的松酒与山野之人相约聚饮，忘情地说闲语。

【赏析】

张抡作《踏莎行》十首，这是第七首，描写的是词人秋季游山之随见。

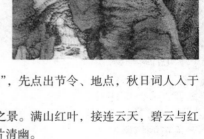

上片写秋天山景。"秋入云山，物情潇洒，百般景物堪图画"，先点出节令、地点，秋日词人入于山中。接着总写秋日山中之景，萧淡洒然，如诗如画。

"丹枫万叶碧云边，黄花千点幽岩下"，这两句具体写秋山之景。满山红叶，接连云天，碧云与红叶交相映衬。"黄花"，即黄菊，小小的野菊花洒在山岩上，一片清幽。

下片写中秋赏月。"已喜佳辰，更怜清夜，一轮明月林梢挂"，今夜既是中秋，景色也十分优美，月儿挂于林梢，真可谓是良辰美景俱而有之，令人欢喜。

"松醪常与野人期，忘形共说清闲话"，"松醪"是一种用松膏酿成的酒。"野人"，即山野中人。词人常与山野中人相约饮酒，意气相投，不拘形迹地在月光下闲话，一幅宁静淡泊的山居之图宛在人眼前。

◎作者简介◎

张抡，生卒年不详。字才甫，自号莲社居士，开封（今属河南）人。高宗绍兴间任忠训郎等职，孝宗淳熙五年（1178）为宁武军承宣使，后知阁门事。其词多描写山水景物，风格秀雅清丽。南渡后词风渐变。有《莲社词》。

鹧鸪天 煮茧

◎王千秋

比屋烧灯作好春①，先须歌舞赛蚕神②。便将簇上如霜样③，来饷尊前似玉人④。

丝馅细，粉肌匀。从它犀箸破花纹⑤。殷勤又作梅羹送⑥，酒力消除笑语新。

【注释】

① 比屋：一屋挨一屋。烧灯：点灯过元宵节。
② 赛蚕神：江南旧俗以正月十五为祈蚕之祭。
③ 簇：通"蔟"，蚕山，蚕在上面做茧用的东西，通常用稻草扎成。霜样：指白色的蚕茧。④ 饷：供养。⑤ 犀箸：犀角筷子。⑥ 梅羹：汤名。

【译文】

正月十五夜里，一家接着一家点起花灯来过灯节，先必须载歌载舞来祭祀蚕神。用蚕山上如霜般雪白的蚕茧来供养如花似玉的美人。

（汤圆）馅细如丝，外皮宛如粉嫩匀净的肌肤。用犀牛角制作的筷子划破花纹精致的美食，又殷勤地制作了梅羹送上来，消除了酒力，笑语盈盈地谈论新的一年。

【赏析】

这首词描写的是一群活泼可爱的少女欢度灯节的盛况，语言平白如话，富有浓郁的生活气息。这类词在宋词中是难得一见的。

上片写祭祀蚕神。"比屋烧灯作好春，先须歌舞赛蚕神"，燃灯是江南旧俗，每到正月十五之夜，家家都点起花灯。而正月十五也为祈蚕之祭，故养蚕的少女们，载歌载舞，祭祀蚕神。接着词人便描述起祭祀蚕神的仪式来："便将簇上如霜样，来饷尊前似玉人。"那蚕茧白花花一片，似雪如霜，而载歌载舞的姑娘们呢，一个个如花似玉，美丽非凡。

下片写聚餐。"丝馅细，粉肌匀。"两句是写十五的食品，即元宵。元宵，又称汤圆。这六个字以姑娘粉嫩的肌肤形容汤圆，写出了汤圆那雪白匀净的喜人样子。"从它犀箸破花纹"，描写完汤圆，词人接着便开始描写吃了，少女们用犀角筷子划破花样精致的美食佳肴，把它们夹入口中。"殷勤又作梅羹送，酒力消除笑语新"，且看她们吃得多么热闹呀，又是吃饭，又是喝汤，酒席间，笑声不绝如缕。

⊙作者简介⊙

王千秋，生卒年不详。字锡老，号审斋，东平（今属山东）人，流寓金陵（今南京），晚年转徙湘湖间。与游者如张安世、韩元吉，皆南渡初名士，年辈应亦相类。词风秀拔。著有《审斋词》一卷。

瑞鹤仙

◎袁去华

郊原初过雨。见数叶零乱，风定犹舞。斜阳挂深树。映浓愁浅黛，遥山眉妩。来时旧路，尚岩花、娇黄半吐。到而今惟有，溪边流水，见人如故。

无语。邮亭深静，下马还寻，旧曾题处。无聊倦旅。伤离恨，最愁苦。纵收香藏镜①，他年重到，人面桃花在否？念沉沉，小阁幽窗，有时梦去。

【注释】

① 收香藏镜：指自己对爱情忠贞不二。收香，用的是晋代贾充之女贾午窃其父所藏奇香赠给韩寿，最后结为夫妇的典故，见《晋书·贾充传》。藏镜，用的是南朝陈亡后，驸马徐德言与妻子乐昌公主因各执半面镜子而得以重新团聚的典故，见孟棨《本事诗·情感》。

【译文】

郊外的原野上刚刚下过一场雨，看见残败的树叶零落散乱，风停了还在飘舞。夕阳挂在丛密的树林上空，映照着黛青色的远山，宛如含着浓愁的双眉，妩媚动人。沿着来时走过的路寻觅，（还记得）生长在岩石旁的花儿半吐出娇嫩的黄色，到如今只有溪边的流水像从前一样。

默然无语，邮亭幽深静谧，（在邮亭前）翻身下马，寻觅曾经题过字的地方。旅居在外让人觉得疲倦而无聊。离恨最令人伤心愁苦。即使收香藏镜（作为信物），来年重到故地，那张如桃花般娇艳醉人的笑脸还在吗？思念沉沉，有时会在梦中去往（她居住的）幽静小楼。

【赏析】

这是一首抒发离愁别恨的词作。

上片写郊原风光。开头写郊外雨后的景色，一片荒凉。接着词人将视线移向远方：夕阳斜挂在浓密的小树林顶上，金色的光线把妩媚的远山照映得十分明显。这本是悦目的景致，然而词人见到的却是"浓愁浅黛"的状貌。"来时旧路"至上片结束，词人通过描写自己两次来到郊原所看到的景色，表达了对秋日情人的思念。

下片由郊原转入对邮亭的描写。词人来到邮亭前，下马寻找昔日题词的地方，他是试图去寻回那曾经的美好。随后由写景叙事转入抒情，直接点出了离愁别恨的主题。纵使词人忠贞不二，对方又怎样呢？她那如桃花般娇艳的容颜不知还在否？词人知道自己与恋人在现实中不一定能够相见，就只好寄希望于梦中，他经常在梦中去她的妆楼与她相会。

⊙作者简介⊙

袁去华，生卒年不详。字宣卿，奉新（今属江西）人。高宗绍兴十五年（1146）进士。曾知善化、石首县。有《适斋类稿》、《袁宣卿词》。

卜算子 咏梅

◎陆游

驿外断桥边①，寂寞开无主②。已是黄昏独自愁，更著风和雨③。
无意苦争春④，一任群芳妒⑤。零落成泥碾作尘⑥，只有香如故。

【注释】

① 驿：驿站，古代传递公文的人中途换马匹休息、住宿的地方。② 无主：无人过问。③ 更著：又遭受。著，接触。④ 苦：尽力，竭力。⑤ 一任：任凭。群芳：指百花。⑥ 零落：凋谢。碾：轧碎。

【译文】

驿站外的断桥边，梅花寂寞地开着，无人过问。黄昏时分，梅花无依无靠，已经够愁苦的了，却又遭到了风雨的摧残。

无心去苦苦争夺春光，任凭百花嫉妒。凋谢后飘落在地成了泥，又被碾作微尘，那股清香却依然如旧。

【赏析】

这是一首咏梅之作，词人托物言志，抒发了自己孤高兀傲的人生情怀。

上片写梅花的遭遇。洁白的梅花寂寞地盛开在那驿亭之外的断桥旁边，无人来赏。而词人的处境正如这梅花一般，空怀报国热情，空有济世之策，却没人赏识他提拔他。"寂寞开无主"一句，作者已经将自己的感情倾注于客观景物之中了。

凄凉的黄昏之景已够叫人发愁的，再加上一番风雨，更显冷落凄凉。词人屡遭排挤，闲置家中，境况也如同这黄昏中的梅花一般凄凉。前三句将梅花的处境描写得很艰难，"更著风和雨"将环境的恶劣推向了极处，至此感情渲染已达高潮。尽管如此，梅花还是"开"了，悄然绽放，倔强而顽强。

下片托物言志。词人不愿与他人苦苦争名夺利，任由百花嫉妒。即使如梅花一般凋零飘落，成泥成尘，也依旧保持着一脉清香。这表明词人不愿同流合污，无论处于一种什么境况中，依旧坚持自己高洁的品格。末句为全篇警句，常为后人称道，卓人月在《词统》中就评这句道："末句想见劲节。"

⊙作者简介⊙

陆游（1125—1210），字务观，号放翁，越州山阴（今浙江绍兴）人。绍兴间应礼部试，因名列秦桧孙秦埙之上，被秦桧以"喜论恢复"为由除名。孝宗朝赐进士出身，任枢密院编修兼类圣政所检讨。历任镇江、隆兴、夔州通判，入川为王炎幕府，范成大帅蜀时，被邀为参议。因力主抗金罢官，居乡二十余年，后官至宝章阁待制。著名爱国诗人，诗作颇丰，多抒爱国之志，风格雄放。词风多变，既有圆润清逸之作，又多伤时忧国之篇。有《剑南诗稿》、《渭南文集》、词集《渭南词》等。

秋波媚 七月十六日晚登高兴亭望长安南山 ◎陆游

秋到边城角声哀，烽火照高台。悲歌击筑①，凭高酹酒②，此兴悠哉！

多情谁似南山月，特地暮云开。灞桥烟柳，曲江池馆，应待人来。

【注释】

①筑：古击弦乐器，演奏时，以左手握持，右手以竹尺击弦发音。②酹（lèi）酒：将酒倒在地上，表示祭奠或立誓。

【译文】

秋天来到边城，画角声勾起哀思，烽火照着高台。击筑悲歌，站在高处将酒洒在地上祭奠阵亡将士，一行人都兴致高昂。

谁像南山上的明月一样多情，特地将暮云冲开。灞桥的如烟柳色，曲江的池苑馆台，正等待人们的到来。

【赏析】

这是一首登临之作，作于宋孝宗乾道八年（1172）秋天，这年陆游四十八岁。当时他在南郑（今陕西汉中市）任四川宣抚使司干办公事兼检法官。这段时间为他一生中最为得意的时期，因此全词昂扬着一股向上的激情，表达了他对收复中原的热望与坚定的必胜信念。

上片写登高望远。开篇二句描绘出一幅边关秋色图，悲壮而雄浑。时值秋天，号角声响起，袅袅不绝，烽火照耀着高台。"悲歌击筑"，用的是荆轲刺秦的故事，表现出誓死夺取胜利的决心；接着词人站在高兴亭上北望长安，并将酒洒在地上，立誓收复长安。"此兴悠哉"一句，将词人志得意满之态毫无保留地展示了出来。

下片抒怀，预祝胜利。"多情谁似南山月，特地暮云开"二句，以拟人的手法，将南山的明月拟人化，词人心中有无限豪情，见月月亦有情。正是由于暮云散去，月光皎洁，词人望得更远，望得更清晰。他仿佛真的看到长安城外灞桥两岸的烟柳，长安城南的曲江，它们正期待南宋军队早日胜利归来。

钗头凤

◎陆游

　　红酥手①，黄縢酒②。满城春色宫墙柳；东风恶，欢情薄，一怀愁绪，几年　离索，错，错，错！

　　春如旧，人空瘦。泪痕红浥鲛绡透③；桃花落，闲池阁，山盟虽在，锦书难托，莫，莫，莫！

【注释】

①红酥手：红润白嫩的双手。②黄縢酒：黄纸封坛的美酒。③浥（yì）：浸湿。鲛（jiāo）绡：丝帕。

【译文】

　　红润洁白的手，捧着黄纸封坛的美酒，满城春色盎然，宫墙旁边柳色依依。东风是多么可恶，把浓郁的欢情吹得稀薄，满怀愁绪，分别的几年间总是感到萧索，回忆往事不由感叹：错！错！错！

　　春色和旧日一样，人却（因为相思而）空自消瘦，胭脂尽数溶在泪水中，将丝帕都浸透了。桃花已经凋落，池塘亭阁也冷落了。从前的山盟海誓虽然还在，可是想要托人捎封信给她都很困难，只能沉痛而无奈地长叹道：莫！莫！莫！

【赏析】

　　陆游在沈园与前妻唐琬邂逅后，心中伤情难遏，题此词于沈园壁上，抒发了他对唐琬的深切思念，真挚动人。

　　词的上片追忆两人美满的爱情生活，并感叹自己被迫分离的痛苦。"红酥手，黄縢酒。满城春色宫墙柳"，回忆往昔与唐琬携手游春的美好情景。那是满城春色，杨柳依依，词人牵着妻子红润的酥手，把酒赏春。

　　"东风恶，欢情薄，一怀愁绪，几年离索，错，错，错"，写词人被迫与唐氏离异后的痛苦心情。美好的生活却如此短暂，很快两人便被那险恶的人情世风拆散。"东风"是一种象喻，象喻造成词人爱情悲剧的"恶"势力。邪恶的"东风"将美满姻缘拆散，使词人饱受思念的折磨。接下来，一连三个"错"将感情表达得极为沉痛。

　　词的下片，由感慨往事回到现实，进一步抒写自己对前妻的深切思念。"春如旧，人空瘦。泪痕红浥鲛绡透"，沈园重逢，唐琬已被分离的哀痛折磨得面容憔悴、身形消瘦了。

　　"桃花落，闲池阁，山盟虽在，锦书难托，莫，莫，莫"，写词人与唐氏相遇以后的痛苦心情。桃花凋谢，园林冷落，这凄清之景其实是词人内心的写照。他自己的心境，也如同那"闲池阁"一样凄寂冷落。

　　接着词人又转入直接赋情："山盟虽在，锦书难托。"虽然自己心坚如磐石，痴心未改，但是，这样一片赤诚的心意却又不能向所爱之人诉说。既然这样不如快刀斩乱麻，将这情思斩断。

夜游宫 记梦寄师伯浑

◎陆游

雪晓清笳乱起①，梦游处、不知何地。铁骑无声望似水②。想关河：雁门西③，青海际④。

睡觉寒灯里，漏声断⑤、月斜窗纸。自许封侯在万里⑥。有谁知，鬓虽残，心未死！

【注释】

①清笳：凄凉的胡笳声。笳，古代军队中用的一种管乐器。②"铁骑"句：意思是铁骑衔枚前行，远望有如河水在不断流淌。③雁门：雁门关。在山西代县北部，是长城要口之一。④青海：青海湖，古时为边防重地。⑤漏声断：漏壶里的水滴光了，指深夜。⑥自许封侯在万里：意谓自信能够在万里之遥的边关建功封侯。

【译文】

大雪飘飞的清晨，有清幽的胡笳声响起，梦中游经之处，不知道是什么地方。铁骑（衔枚）无声（前行），远远望去有如绵延不绝的河水。猜想这样的关塞，应该是在雁门关以西、青海湖的边际。

在寒灯的照射下睡醒时，更漏声已经断了，月光斜斜地透过窗纸。我自信能够在万里之外的边塞建功封侯。有谁知道，鬓发虽然稀疏灰白，但是（杀敌报国的）壮心却并未死去！

【赏析】

这是一首寄赠友人的词，作于陆游转调成都期间。尽管此时词人已经离开前线，但他始终怀抱着驱除胡虏、收复中原的志愿，这首词就表达了他的这种心情。师伯浑是陆游在四川交上的新朋友，两人算得上是同心同调，故陆游将他引为知己，把这首记梦词寄给他，向他倾诉自己的衷曲。

上片写梦。"雪晓清笳乱起，梦游处、不知何地"此二句记梦，描绘出一幅有声有色的关塞风光图：大雪飞扬，胡笳清脆。

"铁骑无声望似水。想关河：雁门西，青海际"，看到无声的铁骑，绵绵不绝的流水，词人猜想这应该是雁门、青海一带。词人为何会梦到边关呢？因为王师还未北定中原，收复失地。这一直是压在词人心头的一块心病，迟迟未能消解。

下片写梦醒后的感慨。"睡觉寒灯里，漏声断、月斜窗纸"，梦醒后，词人看到一片凄寒之景：灯火寂寂，天将破晓，一轮孤月向西沉去。这凄清之景将词人的心境衬得愈发悲凉。

"自许封侯在万里"虽处境凄凉，但词人依旧壮心不已，他仍旧坚定地许下诺言：在万里疆场为国杀敌，建功立业。"有谁知，鬓虽残，心未死！"虽然岁月无情，染白了词人的青丝，但词人收复故土的心仍旧不死，这是多么的慷慨激昂，多么伟大的爱国情怀。

鹊桥仙

◎陆游

华灯纵博，雕鞍驰射①，谁记当年豪举？酒徒一半取封侯，独去作、江边渔父。

轻舟八尺，低篷三扇，占断苹洲烟雨。镜湖元自属闲人②，又何必、官家赐与。

【注释】

① 雕鞍：雕饰有精美图案的马鞍。借指宝马。② 镜湖：在今浙江绍兴南。天宝三载，贺知章因病而上表请回乡为道士，玄宗许之。诏赐镜湖剡溪一曲，以给渔樵。

【译文】

在华美明亮的灯下纵情博弈，跨上骏马奔驰骑射，谁还记得当年的豪情壮举？酒囊饭袋之徒一半加官晋爵，自己却被迫归隐，独去做了江边渔父。

轻便的八尺小舟、三扇低矮的船篷，便占尽了烟雨蒙蒙的苹洲。镜湖本来就属于闲人，又何必非要官家开恩赏赐。

【赏析】

这首词为词人晚年罢归山阴后所写。陆游少年时便负有凌云之志，为抗击金兵驰骋奔走。但因此而为主和派排挤，屡遭贬黜。请缨无路的词人只好寄情江湖，渔樵度日，然而终是忧愤难平。这首《鹊桥仙》就表达了他的这种心情。

开头两句词人追思他在南郑幕府的生活。当年在地处西北边防的南郑幕府，他的生活是多么富有英雄气，在华丽的明灯下与同僚纵情豪饮，骑上骏马猎射驰驱，杀敌疆场。可不到一年，这样的生活就化作泡影了，陆游转官成都。

"酒徒一半取封侯，独去作、江边渔父"，后两句描绘出两种人、两条道路：终日饮酒作乐之徒，反倒受赏封侯；有志报国的儒生武将，却被罢官闲置，做了那江上的渔翁，不平之气流露言外。一个"独"字，融入了深沉的孤愤，词人的一身傲骨令人钦佩。

"轻舟八尺，低篷三扇，占断苹洲烟雨"承上片"江边渔父"而来，写江边渔父的生活，词至此声情转为舒缓萧散，他们驾着轻舟，往来于烟雨蒙蒙的沙渚之间，多么的自由自在呀。

"镜湖元自属闲人，又何必、官家赐与"这一句又转高，这镜湖风月本来就只属闲人，用得着你官家赐与吗？这两句将笔锋直指最高统治者，表现出对他们强烈的不满与愤慨。

谢池春

◎陆游

　　壮岁从戎，曾是气吞残虏。阵云高、狼烽夜举①。朱颜青鬓，拥雕戈西戍。笑儒冠、自来多误。

　　功名梦断，却泛扁舟吴楚。漫悲歌、伤怀吊古②。烟波无际，望秦关何处③？叹流年、又成虚度。

【注释】

①阵云：浓重厚积形似战阵的云层。②伤怀：伤心。③秦关：今洛川县秦关乡，是中国历史上的要塞之一。

【译文】

　　壮年从军，曾经有一口气吞下敌人的豪迈气魄。浓重的云层高挂在天上，原来是烽火狼烟点着了。红润的面庞、头发乌黑（的年轻人），捧着雕饰精美的戈向西去戍边。讥笑自古以来的儒生大多耽误了宝贵的青春时光。

　　上阵杀敌、建功立业的梦想已经破灭，却只能在吴楚大地上泛一叶扁舟。漫自悲歌，伤心地凭吊古人。烟波浩渺无际，边关到底在何处？感叹年华又被虚度了。

【赏析】

　　南宋乾道八年（1172）二月，词人任四川宣抚使王炎幕下的干办公事兼检法官。但到了十月，王炎被召还，幕府遭解散，词人转任成都。宣抚司治所在南郑（今陕西汉中），是当时西北前线的军事要地。在这里任职，词人有机会到前线参加一些军事活动，这符合他报效祖国、收复失地的心愿。因而这不到一年的南郑生活，成了他一生中最为怀念的时光，这首词便是词人为追怀这段经历而作。

　　上片写词人过往的军旅生涯及感叹。"壮岁从戎，曾是气吞残虏。阵云高、狼烽夜举。朱颜青鬓，拥雕戈西戍"，这几句是词人对南郑生活的回忆。他那时是多么的意气风发，胸中怀抱着收复西北的凌云壮志，一身戎装，手持剑戈，乘马飞驰，随军止宿，气吞残虏。字里行间洋溢着一股豪气，颇能振奋人心。

　　但接着词急转直下："笑儒冠、自来多误。"这一句化用杜甫《奉赠韦左丞丈二十二韵》的"纨绔不饿死，儒冠多误身"而来，感叹自己被儒家忠孝报国的思想所误，一生怀抱此志，却时至暮年仍旧一事无成。看上去，词人有悔意，悔恨自己不该学习儒家思想，执着于仕进报国，但实是对"壮岁从戎"的生活不再的哀叹。

　　下片写老年家居江南水乡的生活和感慨。"功名梦断，却泛扁舟吴楚。"词人求取功名的愿望落空，被迫隐居家乡。为排遣愁怀，他四处泛舟清游。"漫悲歌、伤怀吊古"，虽身在江湖，但心仍在朝堂之上。词人没有办法真正做到自我宽解。他"泛扁舟吴楚"，吴楚古迹仍旧引发起他无限怀古伤今之意。

　　"烟波无际，望秦关何处？叹流年、又成虚度。""秦关"，即北国失地。那渺渺的烟波仍不能消除词人对秦关的向往，因壮怀激烈，他至老仍旧不忘收复失地，不甘断送壮志，故闲散的隐居生活使他深感流年虚度。

诉衷情

◎陆游

当年万里觅封侯，匹马戍梁州①。关河梦断何处？尘暗旧貂裘②。
胡未灭，鬓先秋③，泪空流。此生谁料，心在天山④，身老沧洲⑤。

【注释】

① 梁州：在今陕西汉中一带。陆游 48 岁时在汉中川陕宣抚使署任职，过了一段军旅生活。② 尘暗旧貂裘：意谓貂裘上积满了尘土，颜色也因日久而改变。暗，形容词作动词，变得暗淡。③ 鬓先秋：意谓鬓发早已斑白如秋霜。④ 天山：祁连山脉，在今甘肃境内，此处指代抗金前线。⑤ 身老沧洲：陆游晚年退隐于故乡绍兴镜湖边的三山。沧洲，古时隐士所居之处。

【译文】

　　当年奔赴万里之外的边疆，寻找建功封侯的机会，单枪匹马戍守梁州。从保卫边疆的梦境中醒来，我身在何处？在军中穿过的貂皮裘衣已经积满了灰尘，变得又暗又旧。

　　胡人还未消灭，双鬓却早已斑白如秋霜，只能任由眼泪白白流淌。谁能料到我这一生，心始终在天山，人却终老于沧洲！

【赏析】

　　这首词也是作者晚年隐居山阴后所作。词人此时已年近七十，却仍壮怀激烈，心系国事，渴望王师早日收复中原。这首词抒发了词人无路请缨的悲哀，抒发了他年华易老的沉重感慨。

　　上片回忆自己早年的戎马生涯，慨叹其后长年闲居废置、报国无门的境遇。当年词人是何等英勇，奔赴前线，抗战杀敌。可是不到半年，他就被调离前线，从此关塞河防，只能在梦中出现，而梦醒却不知身在何处，只看到久久弃置的旧时戎装。南宋朝廷无心收复失地，词人被闲置已久。

　　下片抒情，抒发胡人未灭、青春不再、报国无门之悲。想到胡虏未灭，两鬓已经斑白，词人不禁老泪纵横。最后三句道出了词人一生的悲剧，其中含有无限悲愤。"天山"代指抗敌前线，"沧洲"指闲居之地。回顾自己的一生，词人悲哀地发现自己的心始终驰骋于疆场，他的身却老在沧洲，这是他往日没有料到过的。"谁料"二字写出了词人的失落与错愕，抒发了他对南宋统治者强烈的不满。

钗头凤

◎唐琬

　　世情薄，人情恶，雨送黄昏花易落。晓风干，泪痕残。欲笺心事，独语斜阑。难，难，难！

　　人成各，今非昨，病魂常似秋千索①。角声寒，夜阑珊②。怕人寻问，咽泪装欢。瞒，瞒，瞒！

【注释】

① 秋千索：吊着秋千的绳子。② 阑珊：将尽。

【译文】

　　世情凉薄，人情险恶，黄昏时的雨中花儿最易凋落。晨风吹干了泪水，泪痕还残留在脸上，想要写下心事，独自倚着栏杆，哀叹：难，难，难。

　　两人各自离散，今非昔比，染了重病的身体好似摇摇荡荡的秋千索。愁听清寒的号角声，直到长夜将尽。因为怕人询问，还要咽下泪水强装欢笑，只有：瞒，瞒，瞒！

【赏析】

　　唐琬是南宋才女，大诗人陆游的妻子。他们两夫妻恩爱，整日沉醉在新婚的幸福之中。可好景不长，陆游的母亲不喜欢这个儿媳，硬生生将两人拆散，唐琬另嫁他人。一个春日，唐琬与夫君一同来到沈园游春，突然迎头撞见陆游，两人四目相望，含情含怨，却没有办法再互通情愫。陆游离开沈园时题了一首词《钗头凤》于沈园壁上，唐琬看到了，便和了这首《钗头凤》。

　　"世情薄，人情恶"是词人对两人分离的原因归述，世风凉薄，人心险恶。"雨送黄昏花易落"这里用了象征的手法，将自己比喻成枝头的花儿，而雨则象征着险恶的人情，将明媚鲜妍的花儿打落。这里点明了唐琬悲惨的处境。"晓风干，泪痕残"，分离实在令词人痛苦，被雨水打湿的花儿已被晓风吹干，而自己泪痕却至天明时分，还挂在脸上。"欲笺心事，独语斜阑。"词人想把自己的一片相思之情用信笺写下来寄给对方，却倚着栏杆，犹豫着要不要动笔。"难，难，难！"她终于没有这样做。原因在一开始其实就说明了，世风凉薄，人情险恶。若将信笺寄出去，不知要生出多少枝节。

　　"人成各，今非昨，病魂常似秋千索"，写的是两人现状，两人如今已是相隔天涯，孤身只影，昨日的欢乐如花落一般消逝了，思念整日萦绕于词人心头，令她袭了一身病，这是多么凄凉的遭际。"角声寒，夜阑珊。怕人寻问，咽泪装欢"，这几句承前面三句而来，心中有无限苦楚，却不能说与人知道，只能强颜欢笑，更显词人处境之凄凉。

⊙作者简介⊙

　　唐琬，生卒年不详。陆游的表妹，也是陆游的第一任妻子。字蕙仙。自幼文静灵秀，才华横溢。与陆游婚不足三年，因陆母反对而被迫分离，后改嫁赵士程，怏怏早终。《全宋词》存其词一首。

蝶恋花

◎范成大

春涨一篙添水面①。芳草鹅儿②，绿满微风岸。画舫夷犹湾百转③，横塘塔近依前远④。

江国多寒农事晚⑤。村北村南，谷雨才耕遍。秀麦连冈桑叶贱⑥，看看尝面收新茧⑦。

【注释】

① 一篙：指水的深度。② 鹅儿：小鹅。③ 夷犹：迟疑不前。④ 横塘：是一个大水塘，在苏州西南。⑤ 江国：水乡。多寒农事晚：是说因为水寒，旱地早已种植或翻耕了，水田则要晚些。⑥ 秀麦：出穗扬花的麦子。⑦ 看看：即将之意。

【译文】

春水涨了一篙深，水面扩大了。芳草茵茵，有鹅儿栖息其中。微风将绿色吹满了河岸。画船迟疑徘徊，在水湾里百转不前，看着横塘塔好像近了，其实依然在前方很远的地方。

水乡气温偏低，农事要晚些，直到谷雨前后，村南村北的田地才被耕种遍了。秀麦一冈连着一冈，桑叶太多价格变得低贱，很快就可以尝到新面并收取新茧。

【赏析】

本词是范成大的一首田园词，意境清新自然，与他著名的《四时田园杂兴》将近。范成大其人有才更有为，是南宋中兴时期很有才干的官员，受许多人的景仰。南宋时期在政治上软弱妥协，农业手工业却发展颇快，许多爱国之士都因政见与朝堂相左而隐居于世，范成大也是其中一员，也因此成就了他自成一家的田园诗词。

上片大略讲述了春天的美好风景：春水初涨，微风中嫩嫩的芳草已经铺满岸边。画舫顺着百转千回的河道慢慢前行，横塘的塔看似很近，却还有些距离，正好可以领略这一路春光。下片侧重点放在农事上，写得颇有味道。先说天气寒冷农事较晚，水稻才刚刚种下。下一句话锋一转，麦子却已经熟了还没有来得及收割，桑叶也便宜了，人们欢欢喜喜将要去尝面收茧，似乎预见了这一年里人们丰衣足食的好日子。

这首词体现了田地间春意盎然的一幕，笔调清新愉悦，将景物与农事描写得自然连贯，是很有特色的词作。

⊙作者简介⊙

范成大（1126—1193），字致能，号石湖居士，平江吴郡（今江苏苏州）人。绍兴二十四年（1154）进士，在任期间颇有政绩。孝宗乾道六年（1170）奉命出使金国，慷慨陈辞，不辱使命，官拜参知政事，晚年退居石湖。谥文穆。作品清逸淡远，与尤袤、杨万里、陆游合称"中兴四大家"。曾手定诗文为《石湖诗文集》，至清代尚存，今则佚文存诗。有《石湖词》一卷。

忆秦娥

◎范成大

楼阴缺，阑干影卧东厢月。东厢月，一天风露，杏花如雪。

隔烟催漏金虬咽①，罗帏黯淡灯花结。灯花结，片时春梦，江南天阔。

【注释】

① 金虬（qiú）："漏"（古代的一种计时器）上所装的铜制龙头。

【译文】

　　高楼掩映在树荫中，只露出一角，月亮照着东厢，栏杆的影子斜卧在地上。月照东厢，一天都是风寒露重，杏花开满枝头，皎洁如雪。

　　隔着迷蒙的烟雾，漏壶的金色龙头正在滴水，好像低声呜咽。灯芯结花，罗帏变得暗淡。灯芯结花（究竟预示了什么喜讯），在片刻的春梦中，来到了广袤辽阔的江南之地（见到了日思夜想的那个人）。

【赏析】

　　这是一首怀人之作。

　　上片写室外春景。"楼阴缺，阑干影卧东厢月"，点明地点、时间。"楼阴缺"，谓小楼在绿树掩映之下只露出一角高楼。高楼为女主人公的居处。月照东厢，说明此时月已偏斜，时至深夜。女主人公深夜尚未睡着，痴痴怀念着天涯的游子。"东厢月，一天风露，杏花如雪"，词人轻轻浅浅几笔就勾勒出一幅极为优美、静谧的图画。这如诗如画之景与女主人公念远的凄寂心境互相映衬，相融无间。

　　下片由室外转向室内景物的描写。龙头滴水，一滴滴，一声声，其声如泣如咽，而这正是女主人公心境的写照，暗示着她的凄咽之情。接着她感到"罗帏黯淡"起来，抬眼一看，原来是灯芯结花了。古人认为灯烛结花，预示着喜讯将临。这灯花究竟带来了什么喜讯呢？女主人公入梦了，梦中她来到广袤的江南之地，见到了自己日思夜想之人。但这梦只有"片时"，很快她就醒来了，可以想见，醒来后的她定是愈发感到凄凉失落吧。末三句以淡淡的笔调写出了女主人公深浓的情意，并以迷离的梦境作结，给人以无尽遐想。

眼儿媚

◎范成大

萍乡道中乍晴①，卧舆中困甚，小憩柳塘。

酣酣日脚紫烟浮②，妍暖破轻裘。困人天色，醉人花气，午梦扶头③。春慵恰似春塘水，一片縠纹愁④。溶溶泄泄⑤，东风无力，欲皱还休。

【注释】

① 萍乡：今江西省萍乡市。② 酣酣：盛足的样子。日脚：透过云层射向地平线的日光。③ 扶头：头脑昏沉时的动作姿态。④ 縠纹：比喻微波。縠，绉纱。⑤ 溶溶泄泄：水波随风荡漾的样子。

【译文】

旺盛的阳光（射向地面），紫烟浮动，（天气）晴朗暖和，热气透进薄薄的皮袍。天气令人困倦，花香使人迷醉，午梦醒来，头脑昏沉若醉。

春日的慵懒恰似池塘里的春水，水面上一片涟漪好像春愁泛起。碧水轻轻荡漾，东风柔软无力，水面像要皱起微波又将微波抹去。

【赏析】

这首词作于词人调知静江府、广西经略安抚使赴桂林上任途中。

乾道九年（1173）正月二十六日，词人路过萍乡（今江西萍乡市），因舟车劳顿，不胜困倦，便歇息于柳塘畔。时雨后放晴，柳条新抽，春塘水满，浓浓的春色引得词人诗兴大发，故作下此词。

"酣酣日脚紫烟浮"，首句写乍晴的景色。"日脚"，云缝下漏出的日光。"紫烟"，映照日光的地表上升腾的水气。"酣酣"，酣畅舒适之貌。这一句对景物的描写十分精到，抓住了云彩和地气这两种"乍晴"的主要景致对其进行描摹。"妍暖破轻裘"，这句是写乍晴后给人带来的感觉。"妍暖"，和暖、轻暖。"轻裘"，薄袄。暖意透过轻软的棉袄，继而传至"轻裘"里的躯体。

"困人天色，醉人花气，午梦扶头"三句写困倦之状。天气暖乎乎的，叫人有昏昏欲睡之感，再加上醉人的花香，使人神思愈发慵倦了。"扶头"，本是指一种易使人醉的酒，也状醉态或睡意。

"春慵恰似春塘水，一片縠纹愁"，首二句即景作比，将春困与春水合写，生动传神。"縠纹"，绉纱的细纹比喻水的波纹。这两句说：春慵就像春塘中那细小的波纹一样，叫人感到那么微妙，只觉得那丝丝的麻麻痒痒、阵阵的软软绵绵。

"溶溶泄泄，东风无力，欲皱还休"，"溶溶泄泄"，水缓缓流动的样子。东风拂过，水波被吹皱，但仔细一看，波纹又平息下去了。这三句既写出了春水的美感，又通过波纹的"欲皱还休"写出了春慵的不可捉摸，将难以言状的困乏形容得具体而形象。

醉落魄

◎范成大

栖乌飞绝，绛河绿雾星明灭①。烧香曳簟眠清樾②。花影吹笙，满地淡黄月。

好风碎竹声如雪，昭华三弄临风咽③。鬓丝撩乱纶巾折④。凉满北窗⑤，休共软红说⑥。

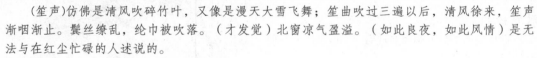

【注释】

①绛河：银河。②曳簟：铺开竹席。簟，竹席。樾：交相荫蔽的树木。③"好风"二句：清人宋翔凤《乐府余论》："'好风碎竹声如雪'写笙声也。'昭华三弄临风咽'，吹已止也。"竹，指笙管。昭华，古乐器名。弄，吹奏。④纶巾：古时头巾名。幅巾的一种，以丝带编成，一般为青色。⑤北窗：指闲适的隐士生活。⑥软红：即红尘，尘土。指那些热衷于尘世功名利禄的人。

【译文】

乌鹊已经归巢，不再飞动；银河仿佛蒙上了一层绿雾，繁星忽隐忽现。点燃香炉，铺开凉席，躺在清荫之下。花影丛中传来笙乐声，满地都是淡黄色的月光。

(笙声)仿佛是清风吹碎竹叶，又像是漫天大雪飞舞；笙曲吹过三遍以后，清风徐来，笙声渐咽渐止。鬓丝缭乱，纶巾被吹落。(才发觉)北窗凉气盈溢。(如此良夜，如此风情)是无法与在红尘忙碌的人述说的。

【赏析】

这首词为词人隐居石湖时所作，写他月下听吹笙的感受。

"栖乌飞绝，绛河绿雾星明灭"，首二句写夏夜景色：天色向晚，倦鸟俱已归巢，银河横贯天空。而此时天色并未全黑，似乎蒙上了一层蓝绿色的雾障，星辰于其中闪烁不定。"烧香曳簟眠清樾。花影吹笙，满地淡黄月"，末三句写到词人自己，他点燃香炉，铺好凉席想在树荫下好好睡一觉。刚躺下，忽听花影中传来笙声。那乐声悠扬悦耳，他不觉听出了神。听着听着，月亮已从天边升起，洒下淡淡的黄色的光。由这三句可见，词人的生活是多么悠闲，而他的心境又是多么的恬淡呀。

"好风碎竹声如雪，昭华三弄临风咽"，这两句承上听笙声而来，状写笙声。那笙声如同风吹竹叶之声，清寂细碎；又如雪般凄寒。这里词人将笙声比作雪，十分新奇。凄凉而悠远的笙声正如白雪带给人的感觉，有一股寒意，又有一股淡淡的哀伤。词人用雪的颜色和触觉来描写笙声，将不可捉摸的声音变得切身可感。笙吹三遍《昭华》后便渐渐消停了，一个"咽"字将笙声欲停的那种断断续续之状传神地写了出来。"鬓丝撩乱纶巾折。凉满北窗，休共软红说"，末三句又回到词人自身，写他萧散的情态。"北窗"指代房间；"软红"则指花影胜景。一阵清风拂来，吹乱了词人的发丝，吹掉了他头上的纶巾。他想此时卧房已经凉透了吧，那就赶快进屋，不要留恋红花胜景了。结语虽平淡，但隐隐透露出一股悲凉来。也许是那方才停掉的凄凉笙声牵起了词人心中的落寞情怀吧。

昭君怨 赋松上鸥

◎杨万里

晚饮诚斋，忽有一鸥来泊松上，已而复去，感而赋之。

偶听松梢扑鹿①，知是沙鸥来宿。稚子莫喧哗，恐惊他。

俄顷忽然飞去，飞去不知何处？我已乞归休，报沙鸥②。

【注释】

①扑鹿：象声词。形容沙鸥拍扇翅膀的声音。②"我已"二句：意谓我已经从官场隐退，告诉沙鸥，不要疑惧而远去。乞归休，请求辞官归还家乡。

【译文】

偶然听见松树梢头"扑鹿扑鹿"的声音，知道是沙鸥来此憩宿。小孩子莫要喧哗，（我）怕惊扰了它。

一会儿（它）突然飞走了，不知飞去了何处。我已经辞官隐退，要把这件事告诉沙鸥。

【赏析】

这是一首咏物词，为杨万里辞官归隐家乡江西吉水时所作。

上片写沙鸥偶然投宿诚斋，词人惊喜的心情。"偶听松梢扑鹿，知是沙鸥来宿"，词人偶然听到门前松树梢上有飞鸟拍打翅膀的"扑鹿"声，凭着生活经验，他"知是沙鸥来宿"。虽无一字描写鸥，也不着一字描绘人。但沙鸥翩然降落之姿，词人停杯谛听之貌却映现于人脑海。

"稚子莫喧哗，恐惊他"，词人对于沙鸥的来宿是多么欣喜呀，他小心翼翼地向正在玩耍的孩童示意，要他们不要喧哗，恐怕惊吓了鸥鸟。这两句字里行间透露出词人对沙鸥的喜欢。

下片写鸥鸟远飞后词人怅然若失的心情。"俄顷忽然飞去，飞去不知何处？"词人正为沙鸥投宿诚斋而欣喜不已，转瞬间沙鸥竟振翅远飞了，词人心情一下子跌落谷底，深感失望。不知沙鸥飞往何处，茫茫夜空面前一片空寂。

"我已乞归休，报沙鸥"，词人俨然已将沙鸥视为知己，他告诉沙鸥自己已经辞官归隐，期望求得沙鸥的理解。一个"报"字，凸显了词人对沙鸥的亲切敬重。然而，正因为不愿与奸邪同流合污，加上无人理解，只能转向鸥鸟倾诉，苦闷之意隐现其中。

⊙作者简介⊙

杨万里（1127—1206），字廷秀，号诚斋，吉州吉水（今属江西）人。高宗绍兴二十四年（1154）年进士。曾任秘书监等职，官至宝谟阁直学士。直言敢谏，主张抗金。有诗名，为"中兴四大家"之一。构思新巧，语言通俗明畅，自成一格，号"诚斋体"。其词风格清新，活泼自然。有《诚斋集》。

好事近

◎杨万里

月未到诚斋①，先到万花川谷②。不是诚斋无月，隔一庭修竹。

如今才是十三夜，月色已如玉。未是秋光奇绝，看十五十六③。

【注释】

① 诚斋：作者自号诚斋，也是作者书房的名字。《宋史》载：杨万里"调永州零陵丞，时张浚谪永，杜门谢客，万里三往不得见，以书谈始见之。浚勉以正心诚意之学，万里服其教终身，乃名读书之室曰'诚斋'"。② 万花川谷：诚斋不远处一座苑圃的名字。③ 十五十六：指十五十六的月亮。

【译文】

月亮还没有到诚斋，先到万花川谷。不是诚斋的上空没有明月高悬，（而是被）一庭修竹隔阻了月光。

如今才是十三日的夜晚，月色就已经如玉一般。（今夜）还不是秋月最奇美的时候，（想要欣赏绝好月色）还须等到十五、十六日的夜晚。

【赏析】

这是一首描写月色的词，词中洋溢着词人对生活的热爱之情。

上片写词人登万花川谷望月之缘由。"月未到诚斋，先到万花川谷"，"诚斋"，是杨万里在江西吉水家乡的书房的名字；"万花川谷"是离"诚斋"不远的一个花圃的名字。在词人的想象中，皎洁的月光尚未照进他的书房，却先照到了万花川谷，将月光拟人化，新意自出。

"不是诚斋无月，隔一庭修竹"，词人在此宕开一笔，没有接着写万花川谷的月光，而改为解释自己为什么要到万花川谷去赏月。原来，在他的书房前面有一片茂密的竹林，遮蔽了月光。

下片四句，便描写月色。"如今才是十三夜，月色已如玉"，词人将月色比喻成玉，形象地描绘出月色之澄明剔透。通过上片的不断渲染，已经激起了人们对川谷之月的渴望，眼见铺垫烘托已成，词人顺势抓住月色，进行细致摹写，丰富的韵味令人回味无穷。

"未是秋光奇绝，看十五十六"，末两句笔致陡然一转，推出了一个新境界：这如玉之色还不是秋光最为奇绝的，将来临的十五、十六才是赏月的最佳时刻。"未是"劈面而来，将之前的高潮转为峰谷。短短二句竟掀起了这样一场波澜，真是跌宕起伏，妙意不绝。

卜算子

◎严蕊

不是爱风尘^①，似被前缘误。花落花开自有时，总赖东君主^②。去也终须去，住也如何住！若得山花插满头，莫问奴归处^③。

【注释】

① 风尘：古时称妓女生涯为堕落风尘，妓女为风尘女子。② 东君：传说中的司春之神，主管花开花落。③ "若得"两句：若能头插山花，过着山野农妇的自由生活，那时也就不需问我归向何处。奴，古代妇女对自己的卑称。

【译文】

不是（我）喜爱做一个风尘女子，（命运）似乎是被前世因缘所误。花开花落自有定时，都是由司春之神东君作主。

该离开时终须要离开，留在这里却又如何能待下去！若能将山花插满头，不需问我归向何处。

【赏析】

南宋淳熙九年（1182），浙东常平使朱熹巡行台州，由于唐仲友的永康学派反对朱熹的理学，朱熹上疏弹劾唐仲友，其中论及唐与严蕊的风化之罪，下令黄岩通判抓捕严蕊，关押在台州和绍兴，严刑逼供。严蕊宁死不屈。后朱熹改官，岳霖任提点刑狱，释放严蕊，问其归宿。严蕊作这首《卜算子》。岳霖判令从良，被赵宋宗室纳为妾。

上片替自己申诉。"不是爱风尘，似被前缘误"，首句为自己辩白说自己并非生性喜好风尘生活，那是宿命所致。词人说自己并非贪恋风尘，但又找不到自己沉沦的根源，无可奈何，只好归因于冥冥不可知的前缘与命运。一个"似"字反映出词人对"前缘"似信非信的心理，包含了词人既自怨自艾，又自伤自怜的复杂感情。"花落花开自有时，总赖东君主。"两句以"花开花落"自喻，花落花开自有一定的时候，可这一切都只能依靠司其之神东君来做主，像词人这一类风尘女子，俯仰随人，不能自主，命运总是操在有权者手中。这是妓女命运的真实写照。这两句中既有自伤，也隐含着对长官岳霖的期望——希望他能成为护花的东君。

下片则抒发自己对幸福自由的渴望。"去也终须去"说自己终将从牢狱中放出，表达了词人对自由的深切渴望。"住也如何住"自己是无辜的，如何能留在这牢狱里。"若得山花插满头，莫问奴归处"，两句是说，如果有朝一日，能够将山花插满头鬓，过着自由自在的生活，就不必问她的归宿了。词人在展望自己的未来，述说自己的理想，她向往的只是那幸福而简单的生活。

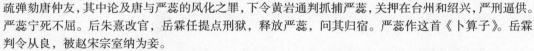

◎作者简介◎

严蕊，生卒年不详。字幼芳，女词人。天台（今属浙江）营妓，色艺冠于当时。善琴弈、歌舞、丝竹、书画，"间作诗词，有新语，颇通古今"（周密《齐东野语》）。存词三首。

六州歌头

◎张孝祥

长淮望断①，关塞莽然平。征尘暗，霜风劲②，悄边声。黯消凝。追想当年事③，殆天数，非人力；洙泗上④，弦歌地⑤，亦膻腥⑥。隔水毡乡，落日牛羊下，区脱纵横⑦。看名王宵猎⑧，骑火一川明⑨，笳鼓悲鸣⑩，遣人惊⑪。

念腰间箭，匣中剑，空埃蠹⑫，竟何成！时易失，心徒壮，岁将零。渺神京⑬。干羽方怀远⑭，静烽燧⑮，且休兵。冠盖使⑯，纷驰鹜，若为情！闻道中原遗老⑰，常南望、翠葆霓旌⑱。使行人到此，忠愤气填膺，有泪如倾。

【注释】

① 长淮：淮河。绍兴二十一年（1151），南宋向金求和，约定两国以淮河为界。从此淮河成了南宋词人吟咏感叹的对象。望断：极目远望，直到望不见。② 霜风：秋风。③ 当年事：指靖康二年，金兵攻取中原，二帝被俘掳至北国一事。④ 洙泗：洙水和泗水的合称。洙、泗二水流经曲阜，孔子曾在此讲学。⑤ 弦歌地：指有礼乐的地方。孔子曾在此地弦歌重编《诗经》三百篇。⑥ 膻腥：牛羊的腥臊味。喻指金人。⑦ 区脱：匈奴语，指边境上守望的土堡。⑧ 名王：原

指匈奴诸王中有名望者。《汉书·宣帝纪》载："单于遣名王奉献。"颜真卿曾解释道："名王者谓有大名，以别诸小王。"此处喻指金兵将领。⑨ 骑火：骑马的狩猎者手中举着火把。⑩ 笳鼓：金人的乐鼓。⑪ 遣人：指北宋派遣的使者。⑫ 空埃蠹：白白地落满尘埃、遭虫蛀。⑬ 神京：北宋京都汴梁。⑭ 干羽：干为盾牌，羽为雉羽。古代舞者的道具。《尚书·大禹谟》载：虞舜"舞干羽于两阶"，使苗人归降。⑮ 烽燧：报警传讯的烽烟。白天举烟为燧，夜晚燃火称烽。⑯ 冠盖使：带冠驾车的议和使节。⑰ 中原遗老：指沦陷金人之地的中原百姓。⑱ 翠葆霓旌：指皇帝的仪仗。翠葆，用鸟羽装饰的车盖。霓旌，像霓虹似的彩色旌旗。意谓南宋的王师。

【译文】

遥望淮河，边境已被莽莽荒草覆盖。（北伐的）征尘已暗淡，秋风劲吹，边地静悄无声。（我）凝神伫望，心情黯淡。遥想当年靖康之变，大概是天意，非人力所能挽回。洙泗河上，礼乐之地，如今充满了腥臊味。对岸尽是金人的毡帐，落日下牛羊回栏，哨所纵横密布。看金国有名望的诸侯在晚上打猎，骑兵的火把将河川照得通明。笳鼓的悲鸣声，令（南宋）使臣心惊。

可叹（我）腰间之箭、匣中之剑，空自落满了尘埃，被虫所蛀蚀，（至今）竟一事无成！时光易逝，空怀壮志，一年又要过去了。望不见汴京城，而朝廷正主张礼乐怀柔的政策，熄灭烽燧，罢兵休战。驾冠车的议和使节不绝于途，竟没感到难为情！听说沦陷区的中原父老，常常翘首南望皇上的仪仗归来。（沦陷区的情形）使得任何一个（淮河南岸的）行人到了这里，都会义愤填膺，泪飞如雨。

【赏析】

这首词作于宋孝宗隆兴二年（1164）。头一年，元帅张浚带兵北伐，在今安徽宿县符离集战败，主和派得势，急于向金人求和。当时张孝祥任建康（今南京）留守。张浚召集抗金义士于建康，打算上书孝宗，反对议和。在张浚的宴客席上，张孝祥即席赋此词，张浚深受感动，立即罢席而起，入宫求见孝宗。词里描写了北国失地残破荒凉的景象和敌人铁骑骄纵横行的场景，揭露了主和派的种种丑行，抒发了词人忠愤填胸的爱国情怀。

上片描写南宋边境及金兵活动。"长淮望断，关塞莽然平"，昔日曾是动脉的淮河，如今变成边境，边境上一片残败。"莽然平"三字概括出汴京的萧条荒芜之貌。

"征尘暗，霜风劲，悄边声"，这依旧写边境上的景象。征尘暗淡，秋风劲吹，不见北伐之军，敌军却在边塞上悄然酝酿着南进的战役。

"黯消凝。追想当年事，殆天数，非人力"，词人慨叹当年靖康之变，二帝被掳，宋室南渡是天命而非人力所致，这实际上是一种无能为力的沉重叹息。

"洙泗上，弦歌地，亦膻腥"，洙、泗二水经流的山东，是孔子当年讲学的地方，文化礼仪之地如今也为金人占领，词人怎能不感到痛苦和愤慨？

从"隔水毡乡"直到上片末句，写隔岸金兵的活动。在金朝统治下，昔日耕稼之地，此时已变为游牧之乡。金人灭宋之心仍旧未死，他们在军务上严加防备，处处是哨所。

下片抒发壮志难酬、报国无门的悲哀。"念腰间箭，匣中剑，空埃蠹，竟何成！"词人诉说南宋爱国志士的遭遇，空怀利器，却报国无门。

"时易失，心徒壮，岁将零"，此三句感叹岁华飘零，透露出英雄老去的悲哀。

"渺神京。干羽方怀远，静烽燧，且休兵。冠盖使，纷驰骛，若为情"，这几句词人直将笔锋指向偏安一隅的南宋小朝廷。小朝廷不思发兵收复中原故国，却安于现状，急于投降请和。

"闻道中原遗老，常南望、翠葆霓旌"两句写金人统治下的父老同胞，他们年年盼望王师南来，早日收复失地。"使行人到此，忠愤气填膺，有泪如倾"三句，更沉痛地抒发了词人的一腔忠愤。

陈廷焯《白雨斋词话》评这首词道："淋漓通快，笔饱墨酣，读之令人起舞。"

⊙作者简介⊙

张孝祥（1132—1170），字安国，别号于湖居士，历阳乌江（今安徽省和县东北）人。高宗绍兴二十四年进士。授承事郎，签书镇东军节度判官。后因事触秦桧，下狱。次年秦桧死，授秘书省正字。历任秘书郎，著作郎，集英殿修撰，中书舍人等职。1163年，张浚出兵北伐，被任为建康留守。此外还出任过抚州、平江、静江、潭州等地的地方长官。乾道五年（1169），以显谟阁直学士致仕。是年夏于芜湖病死，葬南京江浦老山。年三十八岁。其词风早期清丽婉约，南渡后转为慷慨激昂，多抒发爱国思想。有《于湖居士文集》、《于湖词》传世。

水调歌头 闻采石战胜

◎张孝祥

雪洗虏尘静，风约楚云留①。何人为写悲壮②，吹角古城楼？湖海平生豪气③，关塞如今风景，剪烛看吴钩。剩喜然犀处④，骇浪与天浮。

忆当年，周与谢⑤，富春秋。小乔初嫁⑥，香囊未解⑦，勋业故优游。赤壁矶头落照，肥水桥边衰草⑧，渺渺唤人愁。我欲乘风去，击楫誓中流⑨。

【注释】

①风约楚云留：作者当时在抚州，抚州古时为楚地。所以说是被楚地的风云所阻留。②写：通"泻"，意为渲泄。③湖海平生豪气：此句取用《三国志·陈登传》中许汜的话："陈元龙（登）湖海之士，豪气不除。"④剩喜：甚喜、非常的欣喜。剩，通"甚"。然犀处：指采石矶。《晋书·温峤传》载：苏峻兵反，温峤奉命平乱，平定后回师至牛渚矶（采石矶），水深不可测，当地人说下面有怪物。温峤点燃犀角往水下照，"须臾见水族覆火，奇形异状，或乘马车着赤衣"。此句将金人比喻为妖怪。然，通"燃"。⑤周与谢：指东汉末年赤壁之战的主帅周瑜和东晋时淝水之战的主帅谢玄。⑥小乔初嫁：取自苏轼《念奴娇》一词中的"遥想公瑾当年，小乔初嫁了"。⑦香囊未解：谢玄少年时喜佩香囊。此句是说，谢玄当时正值壮年（四十一岁），少年时佩带的香囊尚未解下。⑧肥水：淝水。在安徽境内，是东晋谢玄击败前秦苻坚大军的地方。⑨击楫誓中流：《晋书·祖逖传》载：祖逖统兵北伐，渡江，中流击楫而誓曰："祖逖不能清中原而复济者，有如大江！"辞色壮烈，众皆慨叹。

【译文】

大雪洗净了金虏扬起的战尘，风云却把我阻留在楚地。何人为了宣泄悲壮，而在古城楼上吹奏号角？平生有廓清江湖的豪气，（面对）关河要塞如今的风景，（禁不住）剪亮烛光，把视吴钩宝剑。十分喜欢当年燃犀的采石矶，惊涛骇浪与天一同沉浮。

回忆当年，周瑜、谢玄正值年富力强。小乔刚娶进门，香囊尚未解下，就从容悠然地建立了不世的功勋。赤壁矶头落日残照，淝水桥边草木衰萧，不禁唤起茫茫忧愁。我欲乘风而去，在大江中流击楫而誓！

【赏析】

绍兴三十一年（1161）十一月，虞允文率领建康大军在采石矶与金主完颜亮带领的金兵展开一场大战，最终取胜。金主完颜亮因战事失利而遭到部下杀害，于是金兵撤退。采石矶大捷很快传到朝中，爱国之人无不为之欢欣。词人当时也受到了莫大鼓舞，写下这首词以表达他的振奋之情与北复中原的志向。

上片歌颂胜利，表明自己灭尽胡虏的志向。"雪洗虏尘静"开篇便做壮语，形容大战的形势，这次击退金兵，就像雪洗一般，将金人掀起的战尘全部洗净。"风约楚云留"只可惜我如那被风留住的楚云一般没有参加这次战争，这里"风"指喻朝廷，"楚云"是词人自指。

"何人为写悲壮，吹角古城楼？"两句由虚转实，城楼上正奏着军乐在为这次胜利唱颂歌呢。这里用疑问句加强气势。

"湖海平生豪气，关塞如今风景，剪烛看吴钩"三句写战胜后词人的心情。他平生就负大志，如今敌人已经撤退，遇上这好时机，词人连夜拿出自己的宝刀，准备为北复中原效力。

"剩喜然犀处，骇浪与天浮"，"然犀"，用温峤在采石矶"然犀"的典故，既点明地点，又含有把敌兵比作妖魔鬼怪的意思。这两句一方面直接抒发了词人对采石矶之战胜利的喜悦之情，另一方面又用夸张手法，描绘出他对采石之战雄伟场面的想象。

下片怀古言志。"忆当年"到"勋业故优游"是回忆周瑜、谢玄两位英雄。他们当年何等英勇，壮年时期，一大破曹军，取得赤壁之战的胜利；一大破北方前秦军队，赢得淝水之战的胜利。

"赤壁矶头落照，肥水桥边衰草，渺渺唤人愁"三句，情绪由高昂转向低沉，周郎破贼的赤壁矶头，已是一片落日残照；谢玄杀敌的淝水桥边，也已经变得荒芜不堪，英雄已经不再，徒然叫人生愁。

"我欲乘风去，击楫誓中流。""乘风"，《南史·宗悫传》记载，宗悫少有大志，曾对他的叔父宗炳说："愿乘长风破万里浪。""击楫"句化用《晋书·祖逖传》中"中流击楫而誓"句意。这两句话巧用两个典故，表达自己渴望恢复中原、报效国家的远大志向，与上片"湖海平生豪气"相呼应，更突出了这首词的爱国主题。末两句写得意兴昂扬，淋漓尽致地展示了一个豪兴满怀、少年英雄的词人形象。

总体上来说，这首词从"闻采石战胜"的兴奋喜悦写起，歌颂了抗战将领虞允文的伟大功勋，抒发了自己从戎报国的情怀，但同时也表达了对于中原故土的怀念和异族入侵的悲慨。

此词喜中寓愁，壮中带悲。全词笔墨酣畅，舒卷自如。格调激昂慷慨，用典贴切自然，具有极高的艺术特点，对于研究张孝祥词有相当高的价值。

词的品赏知识

张元幹和张孝祥词的比较

一、就词的题材上来看，他们二人都颇多爱国词。但张元幹前期作品中有相当一部分是传统的婉约词，而张孝祥词中，这样的婉约词就比较少。

二、在表现情感上来看，张元幹和张孝祥的词中有许多是表达爱国情感及怀才不遇的，感慨豪壮，掷地有声。

三、从词风上来看，两人都是豪放派的代表，以豪放悲壮著称。但与张元幹相比，张孝祥某些词风格比较接近苏轼，清旷高雄。

张孝祥的这首《水调歌头》，其中就充满英雄豪气，与张元幹词气势相当。

念奴娇 过洞庭

◎张孝祥

　　洞庭青草①，近中秋、更无一点风色。玉鉴琼田三万顷②，著我扁舟一叶。素月分辉，明河共影，表里俱澄澈。悠然心会，妙处难与君说。

　　应念岭表经年③，孤光自照，肝胆皆冰雪。短发萧骚襟袖冷④，稳泛沧溟空阔。尽挹西江，细斟北斗，万象为宾客⑤。扣舷独啸，不知今夕何夕！

【注释】

① 洞庭青草：洞庭湖在岳阳市西南，青草湖在洞庭之南，二湖相通，总称洞庭湖。② 玉鉴琼田：形容月下湖水晶莹如玉。③ 岭表：指两广之地。④ 短发萧骚：头发稀少。襟袖冷：谓两袖清风，廉洁清贫。⑤ "尽挹西江"三句：舀尽长江水当酒浆，以北斗作酒器盛酒，大地万物当做宾客。挹，舀。西江，指长江。

【译文】

　　洞庭湖连着青草湖，临近中秋时，湖面上没有一点风色。三万顷的湖面就像美玉良田，载着我一叶扁舟。皎月的光辉散在湖面，银河的影像掩映在水间。湖水与天色都清莹澄澈。悠悠然用心会意妙处难和你说。

　　想起在岭南的几年，只有月光照鉴我心，一腔肝胆像冰雪那样莹洁。（如今）鬓发短而稀疏，衣衫单薄而不保暖，却安稳地泛舟于空阔的沧浪之中。要吸尽西江水（当美酒），以北斗星座作酒杯，万物都充当我的宾客。拍打船舷独自吟啸，不知今夜是怎样的夜晚。

【赏析】

　　这首词为张孝祥从桂林北归过洞庭湖时所作。临近中秋的一个夜晚，词人泛舟游于洞庭之上，湖面平静开阔，月色分明。面对这景，词人想起自己在岭南一年的官宦生涯，他为人正直，光明磊落，却正因为此而遭到小人诟病，念此词人愤慨不已。但尽管官职被免，词人情绪依旧高昂，充满自信。

　　上片写洞庭之景。近中秋，天上玉盘一轮，洞庭波光，泠泠万顷。水光月色，交相辉映，空明澄澈。景是澄澈的，词人的心也是澄澈的，景与心悠然相会，浑然相通，这种体验是难以诉诸语言的。

　　下片抒情。"应念"三句是回忆。词人在岭南为官时期，他的内心始终如冰雪一般清净，不入俗流。"短发"二句又回到当前，现在词人虽处境萧条，气概却丝毫无减，稳稳泛舟于万顷沧波上，一个伟丈夫形象凸显。"尽挹"三句达到全词高潮，自己为主人，万象为宾客，尽饮我西江水，多么豪迈雄壮的气势呀。最后两句，词人彻底忘情了，放声高歌，竟不知道今夕是何年！

　　清王闿运非常推崇这首词，曾评价说："飘飘有凌云之气，觉东坡《水调》犹有尘心。"（《湘绮楼词选》）

西江月 题溧阳三塔寺

◎张孝祥

问讯湖边春色，重来又是三年。东风吹我过湖船，杨柳丝丝拂面。
世路如今已惯，此心到处悠然。寒光亭下水如天①，飞起沙鸥一片。

【注释】

① 寒光亭：在三塔寺内。

【译文】

（我来）问候一下春湖丽景，重来此地已是三年。东风吹送我渡湖的船只，（船行中）丝丝杨柳随风飘摆，轻拂我的脸颊。

如今已经看惯了世态人心，心中坦然，到处悠然自在。寒光亭下水天一色，飞起一片沙鸥。

【赏析】

这首小令是张孝祥重游三塔寺寒光亭时写在寺柱之上的即兴之作。三塔寺，位于三塔湖（又名梁城湖）之畔，其旁另有寒光亭。

上片写作者重游寒光亭的所见所感。

首二句，感叹此次来到寒光亭距上次已经三年。三年后重来此地，看到的是一片怎样的景色呢？凉风习习，杨柳依依，说不出的秀丽。

下片通过世路与湖亭的对比，抒发自己的悠然心情。世路坎坷，荆棘丛生，而寒光亭景色优美秀丽，饱经炎凉世态的词人来到这风光大好的寒光亭心情悠然安适。结尾两句，以景语作结。寒光亭下的湖水一碧万顷，湖面上一群沙鸥展翅飞起，自由翱翔。这生机勃勃的景致令作者陶醉，其对大自然的深切热爱尽在言中。

西江月 阻风三峰下

◎张孝祥

满载一船秋色，平铺十里湖光。波神留我看斜阳，放起鳞鳞细浪①。

明日风回更好，今宵露宿何妨。水晶宫里奏霓裳②，准拟岳阳楼上③。

【注释】

①放：同"翻"。②霓裳：《霓裳羽衣曲》的略称。③准拟：一定。

【译文】

满载着一船的秋色，（眼前）平铺着十里的湖光。水神挽留我欣赏夕阳（丽景），（夕阳照着水面）闪动着粼粼波浪，泛起波光。

明天能转为顺风就更好了，今夜露宿（在江边）又有什么关系？水晶宫里正演奏着《霓裳》曲，一定要登上岳阳楼（远望雄伟壮阔的洞庭湖风光）。

【赏析】

这首词作于词人船行受阻时，表现了其随遇而安的的性情。

上片写行船受阻前后词人的所见与感受。开头两句，写起风前的景色。"一船秋色"点明时令，此时正值秋天；这极抽象的四个字，还引发人无尽遐想。"十里湖光"写出了湖面的平静宽阔。

"波神"二句写风起时的湖上景色。因变天而船行受阻却并不令词人感到心急，他反而说是波神留他看斜阳，表明作者此时的心境十分安闲自在。

下片写停船后作者的心理活动。"明日风回更好，今宵露宿何妨"，表现了他在迫不得已的情况下露宿时的旷达胸襟。

"水晶宫里奏霓裳"，词人听到阵阵波涛声，奇特的想象油然而生，把水声比作龙宫的音乐。此一句更见其胸襟之阔达。末句表达他的期盼，明天准能在岳阳楼上欣赏洞庭湖的美景胜状。

临江仙 暮春

◎赵长卿

过尽征鸿来尽燕①，故园消息茫然。一春憔悴有谁怜？怀家寒食夜②，中酒落花天。

见说江头春浪渺，殷勤欲送归船。别来此处最萦牵。短篷南浦雨③，疏柳断桥烟。

【注释】

① 征鸿：远飞的大雁。② 寒食：节令名，一般在清明节前两天。③ 南浦：江淹《别赋》："送君南浦，伤如之何。"此借指送别之地。

【译文】

鸿雁飞尽了，燕子不再来了，故园还是一点消息也没有。整个春天都憔悴不堪，有谁怜惜呢？寒食之夜独自怀家，落花时节借酒浇愁。

听说江头春潮高涨，（江水有情，似乎在）殷勤送我的归船返回家乡。离别以后，这里会是最让我魂牵梦萦的地方。南浦风雨中一叶短蓬小舟，断桥轻烟中疏柳婆娑。

【赏析】

作者是王室宗族中人，"靖康"之变后，北宋灭亡，宗室纷纷南迁，定居临安（今浙江杭州）一带。词人思念故国，写了这首抒发思乡的词作。

上片写念家。词人见春燕秋鸿而起归乡之思，但却一直没有故国的消息，真是令人愁肠百结。由于处于思乡的痛苦煎熬之中，人也变得憔悴消瘦了。然而在如此凄苦的境遇中，连一个安慰他的人也没有，一种飘零之感顿生。末两句，前一句叙事，后一句说景，把思家意绪表现得更为深婉。

下片写意欲归家后的复杂心情。词人正沉浸在思乡愁情中，忽然听说江上春潮高涨，似乎听到了要回故乡的讯息，精神为之一振。但欲归家，对临安却又别意无限。这表现出词人矛盾的心情，宋室南渡后，定都临安，经过较长时间的经营，物质上已相当丰裕，生活上也相对地安定下来，因此词人又有所不舍。

⊙作者简介⊙

赵长卿，生卒年不详。宋宗室，自号仙源居士，居南丰（今属江西）。能词，多淡远萧疏之致，以恋情闲适类题材为多。有《惜香乐府》。

南柯子

◎王炎

　　山冥云阴重，天寒雨意浓。数枝幽艳湿啼红。莫为惜花惆怅，对东风。

　　蓑笠朝朝出，沟塍处处通①。人间辛苦是三农②。要得一犁水足，望年丰。

【注释】

① 沟塍（chéng）：田埂。② 三农：指春耕、春种、秋收。

【译文】

　　山色昏暗，阴云重重，天气寒冷，雨意浓浓。几枝幽静红艳的花朵上沾着晶莹的水珠，犹如少女眼中含着泪珠。不要为了惜花而惆怅地对着东风。

　　农人们披着蓑衣戴着斗笠天天清早就出门，田里的沟渠和田埂八达四通。人世间最辛苦的是春耕、春种、秋收，要犁透了田，灌足了水，盼望有一个丰收的收成。

【赏析】

　　这是一首描述农民劳动生活的词，词中流露出词人对农民的深切怜悯。

　　上片写春景。先总写环境天气，山色昏暗，阴云密布，眼看着一场大雨就要来了。接着具体写近景，即娇花。深红的花瓣上凝聚着晶莹的水珠，犹如几滴清泪挂在少女面颊，很是惹人怜爱。但接下来词人却劝诫风流词客们，不要怜花惜花，惆怅呻吟。

　　下片紧承上片，宕开一层，写农人生活。农人们不避风雨，朝朝劳作，足迹踏遍沟渠田埂，最为辛苦。他们盼望的就是有充足的雨水，能灌溉农田，获得一个大好丰年。文人墨客们遇到阴雨天气，常常会触物感怀，但农人们却没有这闲情来惜花。词人感情开阔，不唱那惜花伤春的旧调，而为农人们唱赞歌。

⊙作者简介⊙

　　王炎（1137—1218），字晦叔，婺源（今属江西）人。孝宗乾道五年（1169）进士，调崇阳主簿。历官太学博士、秘书郎、著作佐郎兼实录院检讨、军器监兼权礼部郎官。累官至中奉大夫、军器监。有《双溪集》。

菩萨蛮 书江西造口壁

◎辛弃疾

郁孤台下清江水①，中间多少行人泪。西北是长安②，可怜无数山③。青山遮不住，毕竟东流去④。江晚正愁余⑤，山深闻鹧鸪⑥。

【注释】

① 郁孤台：古台名，在今江西赣州市西南的贺兰山上，因"隆阜郁然，孤起平地数丈"而得名。清江：赣江与袁江合流处旧称清江。② 长安：今陕西省西安市，为汉唐故都。这里指沦于敌手的宋国都城。③ 可怜：可惜。无数山：指北方沦陷国土。④ 毕竟东流去：暗指力主抗金的时代潮流不可阻挡。⑤ 愁余：使我感到忧愁。⑥ 鹧鸪：鸟名，啼声凄苦。

【译文】

郁孤台下清江的流水，水中有多少行人的眼泪。眺望西北方向的长安，可惜只见到无数的青山。

青山挡不住，浩浩江水终于向东流去。日色渐晚，江边（的我）正满怀愁绪，忽又听到深山传来声声鹧鸪的啼鸣。

【赏析】

《菩萨蛮·书江西造口壁》作于宋孝宗淳熙三年（1176），当时辛弃疾南归十余年，在江西任江西提点刑狱。他来到造口登上郁孤台，写下了这首词。

上片追忆旧事。词人登上郁孤台，想到四十七年前金兵南下，几乎将南宋灭亡之事，心中无限悲慨。然而词人报国无路，不由将满怀悲愤化为悲凉之句，一江流水，竟化为行人流不尽的伤心泪。然而这泪意蕴深广，未必专指一事一人，从南宋王朝建立之后，一直苟安半壁，几次差点灭亡，其间不知有多少爱国志士和民众为其忧急落泪。

"西北是长安，可怜无数山"，这里的"长安"指北宋都城汴京。在这里，词人把强盛的的汉唐故都长安，作为王朝振兴的象征。词人北望故国，心中无限眷恋。抬望眼，本能显出境界之高远。然而，中间有无数青山重重遮拦，望而不见，境界遂一变为沉郁。词人的满腔忠愤之气，隐然可见。

下片抒发壮志难酬的悲愤之情。"青山遮不住，毕竟东流去"，虽然青山能遮断行人的视线，却挡不住江水东流之势。这里以"青山"喻主和派，以"东流水"喻北伐志士，奸佞虽多但它挡不住北伐的呼声。

可是岁月无情，恢复大好河山的壮志何时才能实现？正在这时，深山中传来鹧鸪的声声啼叫，词人不由得想到种种现状，顿时忧心忡忡，陷入了无尽的哀愁中。

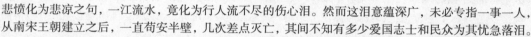

⊙作者简介⊙

辛弃疾（1140—1207），字幼安，别号稼轩，历城（今山东济南）人。早年曾率众参加耿京领导的抗金义军，任掌书记。历任地方通判、提点刑狱、转运副使、安抚使等职。多次上书力主抗金复国，皆不为所用。后闲居江西上饶、铅山一带达二十年之久，晚年出任浙东安抚使及镇江知府，不久去位，忧愤以终。词风豪放，与苏轼齐名，并称"苏辛"。存词六百多首，为两宋词人之冠。有《稼轩长短句》。

水龙吟 登建康赏心亭

◎辛弃疾

　　楚天千里清秋，水随天去秋无际。遥岑远目，献愁供恨，玉簪螺髻①。落日楼头，断鸿声里②，江南游子③。把吴钩看了④，阑干拍遍⑤，无人会、登临意。

　　休说鲈鱼堪脍，尽西风、季鹰归未⑥？求田问舍，怕应羞见、刘郎才气⑦。可惜流年，忧愁风雨，树犹如此⑧！倩何人唤取，红巾翠袖，揾英雄泪⑨！

【注释】

①"遥岑"三句：意谓远山看起来，很像没人插戴的玉簪和螺旋形的发髻，可是却处处触发自己的愁恨。遥岑（cén），远山。此处指的是长江以北沦陷区的山，所以说远山"献愁供恨"。　②断鸿：失群的孤雁。③江南游子：作者自指。辛弃疾家在济南，属于沦陷区；他客居江南，故称"江南游子"。　④吴钩：一种吴地出产的弯形的剑。看吴钩，是希望使用它立功的意思。⑤阑干拍遍：胸中有郁闷之气，借拍打栏杆来抒发。阑干，即"栏杆"。　⑥"休说"二句：意谓自己不贪恋生活享受，不愿意学张翰那样忘怀国事，弃官归乡。季鹰，张翰字。据《晋书·张翰传》记载，张翰在京城做官，见秋风起，便思念家乡吴中的鲈鱼，于是弃官归乡了。脍（kuài），把鱼或肉切细。⑦"求田问舍"二句：是说自己想求田问舍，却又害怕刘备那样的英雄人物耻笑；表示自己不愿意买田置屋，注重生活享受。求田问舍，买田置屋。刘郎，指刘备。⑧树犹如此：据刘义庆《世说新语》记载，东晋桓温北伐时，路过金城，看到自己以前在此为官时种的柳树已经合抱了，于是感叹："树犹如此，人何以堪！"意思是树木都老了，人怎么能不衰老呢？　⑨"倩何

人"三句:这是作者自伤英雄抱负不能实现,得不到同情和慰藉的感叹。倩,通"请"。红巾翠袖,指歌女。揾(wèn),擦拭。英雄泪,英雄失意的眼泪。

【译文】

　　千里楚天秋空清寂,江水向天际流去,秋天更显得无边无际。极目眺望远处的山岭,像是美人头上的玉簪和螺髻,却只引起我的忧愁和愤恨。夕阳斜照着楼头,在失群大雁的悲鸣声中,(还有我这流落)江南的思乡游子。把视着吴钩宝剑,(把亭上的)栏杆都拍遍了,(也)没有人领会我登楼时的感受。

　　别说鲈鱼很容易切碎(做菜),西风吹遍了,(不知)张季鹰回来了没有?(此生如果只是想)购置田地房产,应该愧见才情气度俱佳的刘备。可惜年华逝去,又忧愁风雨,树木尚且容易衰老,(更何况人呢!)叫谁去请那些披红巾着翠袖的歌女,擦掉英雄(失意)的眼泪!

【赏析】

　　这是一首登临之作。

　　词的上片写作者登高远望所见之景。开头两句,"楚天千里清秋,水随天去秋无际",是写水,写得气势浩大。

　　"遥岑远目,献愁供恨,玉簪螺髻"三句写山。远山层层叠叠,如美人头上的发簪。江山虽美,但只能引起词人的忧愁和愤恨。至于为什么而发愁生恨,词中没有正面交代,但结合作者生平,我们可以意会得到,因为他怀有济世之策而得不到任用;宋统治者不思进取,中原收复无望。

　　"落日楼头,断鸿声里,江南游子",此三句虽仍然写景,但句句含情,状羁旅愁情。"把吴钩看了,栏杆拍遍,无人会、登临意",此三句回到人物主体,直抒胸臆。词人描写了一系列动作,运密于疏,将强烈的思想感情寓于平淡的笔墨之中。读者读之,能不感受到词人那思潮澎湃的心情!

　　下片言志抒怀。"休说鲈鱼堪脍,尽西风、季鹰归未?求田问舍,怕应羞见、刘郎才气",这几句运用了几个典故,词人说他不愿效仿张翰退隐,也不愿学许汜求田问舍,而是想如刘备一般时时思虑着国家,收复中原旧疆。

　　"可惜流年,忧愁风雨,树犹如此!"继而又感叹流年似水,光阴虚度。树尚且生长得那样高大,人就更不用说,已经老了。

　　"倩何人唤取,红巾翠袖,揾英雄泪!"想到此伤心处,词人不禁潸然洒泪。英雄失路托足无门之悲,读之让人嘘嗟不已。

```
┌─────────────────────────────────────────────────┐
│              词的品赏知识                         │
```

苏轼和辛弃疾词的比较(一)

　　苏轼和辛弃疾都为豪放词派的代表,两人词风都有许多相似:一、两者的词都意境阔大,风格豪迈旷放。二、两者都有以文为词的特点,不拘泥于词的格律。三、两者在题材、风格、技巧上都进行了大胆的开拓与创新。四、两者的词中都饱含着浓烈的奔放的豪情,表达了词人对生活无比热爱和豁达的乐观态度,以及要求为国家建功立业的理想。就这首《水龙吟》来看,词中表达的是词人报国无门、英雄迟暮的悲愤,气象阔大而悲壮,为典型的豪放派作品。其风格与苏轼《浪淘沙·大江东去》等词作极为相似。

摸鱼儿

◎辛弃疾

淳熙已亥，自湖北漕移湖南，同官王正之置酒小山亭，为赋。

更能消、几番风雨、匆匆春又归去。惜春长怕花开早，何况落红无数。春且住。见说道、天涯芳草无归路。怨春不语。算只有殷勤，画檐蛛网，尽日惹飞絮。

长门事①，准拟佳期又误，蛾眉曾有人妒②。千金纵有相如赋，脉脉此情谁诉？君莫舞，君不见、玉环飞燕皆尘土③！闲愁最苦。休去倚危阑，斜阳正在、烟柳断肠处。

【注释】

①长门：指汉代长门宫。武帝时陈皇后失宠后就幽居于长门宫中。②蛾眉：借指女子容貌的美丽。③玉环飞燕：指杨玉环与赵飞燕，二人皆风华绝代。

【译文】

还能经得起几番风吹雨打？春天匆匆而来，又匆匆离去。怜惜春光，常常怕花儿开得太早，何况（已是）落红满地了。春天请暂且别走，听说芳草已长满天边，没有回去的路了。怨恨春天不语，算来只有屋檐下的蜘蛛网，整天殷勤地黏捕飞絮（想借此将春天留住）。

（就像当年）长门宫里发生的事情（一样），先前约定的佳期又落空了，曾有人嫉妒（我的）美貌，纵然能千金买司马相如的赋，一腔衷情又能向谁倾诉？你们（这些骗得皇上宠幸的人）不要再跳舞了，难道没有看到杨玉环、赵飞燕都已经化作尘土了吗？无端的忧愁最痛苦了，别去靠在高高的亭楼旁边，夕阳正在最令人伤心断肠的如烟杨柳处！

【赏析】

此词作于淳熙六年（1179）春天。辛弃疾仕途坎坷，四年内改官六次。这次，他由湖北转运副使调官湖南，去担任主管钱粮的小官。临行前，同僚王正之在山亭摆下酒席为他送别，作者见景生情，借这首词抒发了长期积郁于胸的苦闷之情。作者借春意阑珊和美人遭妒来暗喻自己政治上的不得意。

上片惜春伤春，托物寄兴。词人描绘了一片花飘柳飘的暮春景色，它象征着南宋国势衰微。面对春色的消褪，词人大声疾呼，想要将春留住。尽管作者发出强烈的呼唤，但"春"却不予回答，所以难免使人产生强烈的怨恨。然而怨恨又有何用！在无可奈何之际，词人羡慕起"画檐蛛网"来。即使能像蛛网那样留下一点点象征春天的飞絮，也是心灵中莫大的慰藉了。上片通过抒写自己怜春、惜春、留春之情表达了词人对国家的热爱和对时局的无奈。

下片抒发自己抑郁不得志的苦闷。作者先以陈皇后长门失宠自比，暗寓自己遭奸臣排挤的不幸遭遇。"君莫舞"三句作者以杨玉环、赵飞燕的悲剧结局比喻当权误国的奸佞之人。最后，以烟柳斜阳的凄迷景象，象征南宋王朝国运渐衰的现实。

后人对于此词的评价一直很高，梁启超就曾评道："回肠荡气，至于此极，前无古人，后无来者。"

青玉案 元夕

◎辛弃疾

东风夜放花千树①，更吹落，星如雨②。宝马雕车香满路③。凤箫声动④，玉壶光转⑤，一夜鱼龙舞⑥。

蛾儿雪柳黄金缕⑦，笑语盈盈暗香去⑧。众里寻他千百度，蓦然回首，那人却在，灯火阑珊处⑨。

【注释】

① 花千树：形容灯火之多如千树花开。② 星如雨：比喻满天的焰火。一说指灯火之盛。③ 宝马雕车：装饰精美华丽的马车。④ 凤箫声动：指音乐演奏。《神仙传》卷四曾记载弄玉吹箫引凤的故事，故称箫为"凤箫"。⑤ 玉壶：花灯的一种。一说为月亮。⑥ 鱼龙舞：指玩鱼灯、龙灯。⑦ 蛾儿雪柳：都是古代妇女于元宵节插戴在头上的用绢或纸制成的应时饰物。黄金缕：此处指以金为饰的雪柳，雪柳有丝缕垂下，故云"黄金缕"。⑧ 盈盈：仪态美好。暗香：幽幽的香气。暗香去，指美人离去。⑨ 阑珊：零落、稀疏。

【译文】

东风起，黑夜中绽放出千树银花，还吹得星星似的灯火如雨点般洒落下来。华贵的马车经过，整条路上都弥漫着香气。悠扬的凤箫声响起，玉壶光芒流转，鱼形和龙形的彩灯彻夜都在舞动。

姑娘们插着蛾儿，戴着雪柳，佩着黄金缕，说说笑笑，娇媚轻盈，醉人的幽香随之而去。我在众人之中千百遍地寻找她，忽然回过头，那个人却正站在灯火零落的幽暗之处。

【赏析】

这是一首深有寄托的词，词作通过对元宵节绚丽多彩的热闹场面的极力渲染，反衬出一个自甘淡泊、不同流俗的女性形象，寄托着作者政治失意后，不愿与世俗同流合污的孤高品格。

上片写元宵之夜的盛况。灯火辉煌、歌舞腾欢，一片繁华热闹。花千树、星如雨、玉壶转、鱼龙舞，灯火之繁多，如在目前。这样热闹的夜晚，自然是游人如织，上至王公贵族，下至平民百姓，无不走出家门，涌上街头，共庆佳节，真正是车如流水马如龙。

下片重在描述一个具体的人。前两句写观灯的女子，她们无不身着盛装，头戴金翠，打扮得花枝招展，但词人苦苦追寻的人却不在其中。

最后四句为全篇警句，在倾城狂欢之中，词人等待着意中人的到来，却久望不至，心中的怅然和失落可想而知。可是猛然间转头一望，却发现那人却在"灯火阑珊处"。那群笑语盈盈的女子不过是词人意中人的陪衬，衬托"那人"的孤高淡泊。

梁启超在《艺蘅馆词选》中评论说："自怜幽独，伤心人自有怀抱。"词人在他闲居期间作下此词，他以那个独立于灯火阑珊处的女子自喻，寄托了他不甘流俗的怀抱。

清平乐 村居

◎辛弃疾

茅檐低小①，溪上青青草。醉里吴音相媚好②，白发谁家翁媪③。大儿锄豆溪东④，中儿正织鸡笼。最喜小儿亡赖⑤，溪头卧剥莲蓬⑥。

【注释】

①茅檐：茅屋的屋檐。②吴音：作者当时住在江西东部的上饶，这一带古时是吴国的领土，所以称这一带的方言为吴音。相媚好：这里指使自己感到亲切。③翁媪（ǎo）：老头、老太太。泛指老人。④锄豆：锄掉豆田里的草。⑤亡赖：这里意思是指顽皮、淘气。亡，通"无"。⑥卧：趴。

【译文】

　　茅屋的屋檐又低又小，溪边长满翠绿的青草。酣醉时听见有人用吴地的方言互相逗趣取乐，那是谁家白发苍苍的老头老太？

　　大儿子在小溪东边的豆地里锄草，二儿子正忙于编织鸡笼。最令人欢喜的是顽皮淘气的小儿子，正趴在溪头草丛，剥着刚刚采下的莲蓬。

【赏析】

　　词人闲居江西信州期间，写下了一部分表现农村悠闲生活的作品，这首词就是其中的代表作之一。词人描绘了一户农家五口人的生活情态，体现了村居生活的闲适与和谐。

　　词人带着醉意走在乡间，乡间的风光是多么美好：屋檐低矮，溪岸边草色青青。"青青草"说明春天已到，正是农忙的季节。走着走着，突然听到亲切悦耳的吴音，那是一对白发苍苍的农家老年夫妇在茅屋前闲话。继而又看到他们的三个儿郎，竟是一律的忙碌：老大在溪东豆地锄草，老二在编织鸡笼，最年幼的小儿子也不甘清闲，淘气地趴在溪边剥着莲蓬。村居生活真是活泼有趣！

　　这首词着力于刻画人物，表现农人日常生活的原有风貌，表现了生活之美和人情之美，体现了作者对田园生活的羡慕与向往。

清平乐 独宿博山王氏庵  ◎辛弃疾

绕床饥鼠，蝙蝠翻灯舞。屋上松风吹急雨，破纸窗间自语。
平生塞北江南，归来华发苍颜。布被秋宵梦觉，眼前万里江山。

【译文】

　　饥饿的老鼠绕着床（蹿来蹿去），蝙蝠围着灯上下翻舞。屋上松风裹挟着大雨汹涌而来，吹破的窗纸仿佛在自言自语。

　　平生塞北江南辗转不定，（如今）归来已是满头白发，容颜苍老。布被单薄，（疾风骤雨中）秋夜从梦里醒来，眼前依稀还是梦中的万里江山。

【赏析】

　　词人被罢官闲居信州（今江西上饶市）后，在博山寺旁筑起了"稼轩书屋"，时常往来于博山到信州的路上，这首词就是其间路宿王氏庵时写下的。

　　上片描绘了一幅破败的王氏庵图：夜出觅食的饥鼠绕床爬行，蝙蝠居然也到室内围灯翻飞，而屋外却是风雨交加，将破旧的糊窗纸吹打得噼啪直响。环境非常恶劣，令人毛骨悚然。"饥"，说明屋子里烟火断绝已经有很长时间了；"翻"，形象地表现了蝙蝠与其他鸟类飞行样子的不同，用词十分精当。而这萧瑟的景象正应了词人孤愤的心情，为后面抒情作了铺垫。

　　下片抒发感慨。独宿在这破屋里，词人的心境也分外悲凉，加上这样的天气，可知人是无法安然入睡的。既然夜不能寐，词人便回思往事，心中抑郁难平。

　　辛弃疾曾为抗金事业而奔走于江南江北，可谓是鞠躬尽瘁，但却得不到统治者的有力支持，最后落了个罢官而归，在抑郁中蹉跎了岁月。虽然已经满头华发，他北定中原之志却仍然激荡在胸中。所以在这秋宵梦醒之际，他眼前浮现的是万里故土。词人那一腔拳拳的爱国之意和报国之情，令人肃然起敬。

水龙吟 过南剑双溪楼

◎辛弃疾

举头西北浮云，倚天万里须长剑①。人言此地，夜深长见，斗牛光焰②。我觉山高、潭空水冷，月明星淡。待燃犀下看③，凭栏却怕，风雷怒，鱼龙惨。

峡束苍江对起④，过危楼，欲飞还敛。元龙老矣⑤！不妨高卧，冰壶凉簟。千古兴亡，百年悲笑，一时登览。问何人又卸⑥，片帆沙岸，系斜阳缆？

【注释】

①"倚天"句：指驾驭万里长空需要修长而锋利的宝剑。②斗牛光焰：据王嘉《拾遗记》载，晋朝的张华夜见有紫气冲于天上牛宿和斗宿之间，遂命雷焕为丰城令，掘地得宝剑一双。③燃犀：据传东晋温峤率军平叛，经采石矶之时见水中多怪物，大军畏不能前，温峤遂命将犀牛角点燃，须臾见水族覆灭。④"峡束"句：山峡夹江对应而起。⑤元龙老矣：陈登已经老了。此处是说自己身体精神都已感到疲惫。元龙，东汉末陈登，字元龙。人称其"湖海之士，豪气不除"。⑥卸：放下。

【译文】

抬头观看西北方向的浮云，驾驭万里长空需要长剑。人们说这个地方深夜的时候，常常能看见斗牛的光焰。（此间）我觉得山高，潭池空荡，池水冰冷，月亮明朗，星光惨淡。待点燃犀烛往下看，倚在栏杆处，却怕风雷震怒，鱼龙愁惨。

山峡夹江对峙而起，过高楼，想飞过去但还是收敛作罢。陈登已经老了！不妨悠闲地躺下来，卧着凉席，喝着冰凉的美酒。千百年来的盛衰兴替，人生的悲欢离合，都在一时登楼览胜中烟消云散。试问有谁能够真正放下尘世间的琐事？片片船帆的影子印在白沙河岸，如同系住斜阳的缆绳！

【赏析】

此词作于辛弃疾在带湖闲居十载之后重新被朝廷起用，知福州并兼福建安抚使任上。按理来说正是实现词人夙愿的一次良机，然而词中却并没有表现出应有的乐观态度，原来此时的辛弃疾已经年近花甲，早已不再是壮志冲天的少年英雄。在一次次的进谏不被采纳，又多次被主和派弹劾导致退居带湖长达十年之久后，词人早已对懦弱的南宋王朝失去了信心。

这首词的上半阕揭示了词人恢复中原之志犹存。引用"宝剑跃入溪化为龙"的典故，以寻找宝剑比喻寻找恢复中原的方法，而周围环境以及寻找宝剑引来的风雷则用来比喻主和派的阻碍。下半阕"欲飞还敛"一句是辛弃疾一生遭遇的写照，其恢复中原的愿望屡遭阻碍。接下来一句体现作者对时局的失望以及渴望归隐的心情。"千古兴亡"一句意境辽阔，词人联想到千古兴亡，回顾一生悲欢，又预感到恢复中原的愿望将会落空，内心十分惆怅。结尾处意蕴苍凉，隐藏着词人不能忘怀国事的忧愤。

这首词的艺术成就非常高，自然景物与历史典故的描述信手拈来，又能够顺着词人思绪，或隐喻南宋时局，或抒发自己心境，不愧是一首久负盛名的词作。

西江月 夜行黄沙道中

◎辛弃疾

明月别枝惊鹊，清风半夜鸣蝉。稻花香里说丰年，听取蛙声一片。

七八个星天外，两三点雨山前。旧时茅店社林边①，路转溪桥忽见②。

【注释】

① 社林:土地庙附近的树林。社,土地神庙。古时,村有社树,为祀神处,故曰"社林"。② 见:同"现"。

【译文】

明亮的月光惊起了枝头的乌鹊,夜半时分,清风送来阵阵蝉鸣。(农人们在)稻花的清香中谈论丰收,青蛙的叫声连成一片。

七八个星星点缀着夜空,两三点雨滴落在山前。从前落过脚的社林边的茅店,在转过小路的溪桥边倏然出现。

【赏析】

这是词人记自己夜里在乡村赶路时见到的景物以及心中所感,写得轻快活泼。

词人用清新明快的笔调为我们勾勒出一幅农村月夜图:夏天的傍晚,天上缀着几颗星星,月亮从树梢间升起。一片稻花香里农夫们快活地说着丰收的年景。走在小路上的词人耳边还不时传来蛙声蝉鸣。

"明月别枝惊鹊",说的是皎洁的月光惊起了栖宿的乌鹊。这一场景不仅细致,而且非常写实,因为乌鹊对光线极其敏感,日蚀和月落时都会乱飞乱啼,只有亲眼见过这一场景的人才能体会出这句的妙处。而且"惊鹊"常常会啼叫,不说啼而啼自见,在字面上又可以避免与"鸣蝉"形成单调的重复。

"稻花香里说丰年,听取蛙声一片",点明时间是在夏季,并且属于农村特有的典型环节。这两句将农村夏夜的热闹气氛和欢乐心情写得极为鲜活。

"七八个星天外",暗示时间上有所推进——已经到了下半夜,快要天亮了。这里出现了一个小小的波澜:开始下雨了,这对夜行人来说是一个不小的麻烦。"旧时茅店社林边,路转溪桥忽见"运用了倒装的手法,有力地表现了"忽见"时的惊喜之意,与"山重水复疑无路,柳暗花明又一村"有异曲同工之妙。

这首《西江月》原题为《夜行黄沙道中》。全词共有八句,前六句却全是写景,只有最后两句才见出"夜行",而这两句对全词又起了返照作用,于是成了每句都写夜行。

这首词采用动静结合的手法,于寂静中我们又能体会到它的热闹,将月夜景色描绘得令人悠然神往,极富艺术魅力,所以广为传唱。

贺新郎

◎辛弃疾

绿树听鹈鴂，更那堪、鹧鸪声住，杜鹃声切？啼到春归无啼处，苦恨芳菲都歇，算未抵、人间离别。马上琵琶关塞黑，更长门翠辇辞金阙。看燕燕①，送归妾。

将军百战身名裂②，向河梁、回头万里③，故人长绝。易水萧萧西风冷，满座衣冠似雪，正壮士、悲歌未彻④。啼鸟还知如许恨⑤，料不啼清泪、长啼血。谁共我，醉明月？

【注释】

① 燕燕：《诗经》篇名，卫君送归妾之作。②"将军"句：指汉将李陵与匈奴激战，终因寡不敌众、粮尽援绝而降，遂致身败名裂、全家被杀一事。③ 河梁：苏武羁滞匈奴数十载，终得回汉，李陵于河梁之上为其饯行。④"易水"三句：写荆轲出使秦国，燕太子丹在易水为荆轲饯行，宾客皆穿孝服相送，荆轲慷慨悲歌而去的场面。⑤ 如许恨：如此多的离恨。

【译文】

绿树下听见鹈鴂鸟啼叫，怎能忍受鹧鸪的叫声刚停，杜鹃又声声悲切？啼叫到春天一去不返、无迹可寻时，深深怨恨芳菲都已消歇。（这些）算来也抵不上人间的离别。马上琵琶声响，关塞昏黑；还有那汉宫长门，翠辇辞别金阙。看燕子飞来，送别了远嫁的姬妾。

将军身经百战，却落得身败名裂。面对河桥，蓦然回首，故人已相隔万里，再也看不到了。易水之上，西风飒飒清寒，座上宾客都穿着雪白的孝服，（而）壮士正慷慨悲歌未尽。啼鸟尚且知道这些离愁别恨，想它眼中流的不会是清澄的泪水，而是泣血不止。今后还有谁伴我在明月夜里饮酒酣醉呢？

【赏析】

这是一首赋别词。

这首词为词人送茂嘉十二弟所作。词人生在一个动荡的年代，曾亲眼目睹无数离别场景，有生离，有死别。词人送别兄弟时，想起了平生所见之离别场景。因而他列举历史上许多送别之事以抒发别恨，这首词中隐含了词人的一片悲悯之心。

词人以三种鸟的鸣叫开篇，渲染出一片凄苦惨愁的氛围，为下文作铺垫。鸟儿只知道痛惜百花凋零，却不知人间的离别才最叫人销魂。接着便一一罗列了五个离别典故：先说王昭君被作为筹码远嫁异域；再道陈皇后成为宫廷婚姻的牺牲品而面临伉俪间的咫尺天涯；三为卫庄公之妾戴妫因政变子死被遣归；四是李陵战功累累，毁于一旦，寄身送友而后会无期；五乃荆卿慨然献身，充当有去无还的杀手。五个典故的内在含义揭示了五种不同情况下离别的不寻常遣憾，将别恨抒发得分外凄惨，读之使人堕泪。

贺新郎

◎辛弃疾

邑中园亭①，仆皆为赋此词。一日，独坐停云②，水声山色，竞来相娱。意溪山欲援例者，遂作数语，庶几仿佛渊明思亲友之意云③。

甚矣吾衰矣！怅平生、交游零落，只今余几？白发空垂三千丈④，一笑人间万事。问何物、能令公喜⑤？我见青山多妩媚，料青山、见我应如是。情与貌，略相似。

一尊搔首东窗里。想渊明停云诗就，此时风味⑥。江左沉酣求名者⑦，岂识浊醪妙理！回首叫、云飞风起。不恨古人吾不见，恨古人、不见吾狂耳。知我者，二三子。

【注释】

① 邑中：指铅山县境内。② 停云：停云堂，为词人晚年住在铅山时所建。③ 庶几：差不多，近似。仿佛渊明思亲友之意：东晋诗人陶渊明曾作《停云》诗，序中有"停云，思亲友也"。④ "白发"句：化用李白《秋浦歌》"白发三千丈，缘愁似个长"诗意。⑤ "问何物"句：借用《世说新语·宠礼篇》记郗超、王恂"能令公（指晋大司马桓温）喜"意。⑥ "一尊"三句：陶渊明《停云》中有"良朋悠邈，搔首延伫"和"有酒有酒，闲饮东窗"等诗句，辛弃疾把它浓缩在一个句子里，用以想象陶渊明当年诗成时的风味。⑦ "江左"句：用苏轼《和陶饮酒二十首》之三"江左风流人，醉中亦求名"句意，讽刺当时南方士大夫只知争名夺利，没有像陶渊明这样的高士。

【译文】

我已经很衰老了。怅恨平生交游之人太少，今天还剩几个？白发空自垂落三千丈，对人间万事只是付与一笑。试问有什么能令我高兴？我看青山是那么妩媚，料想青山看我也是如此。情态与神貌，略为相似。

持一杯酒，在东窗下搔头。想陶渊明作成《停云》诗，就是现在的情味吧。江南那些在酒醉时仍想着求取功名的人，怎么能品出浊酒的好滋味呢？回首一声长啸，只见云飞风起。不恨我不见古人，恨古人不见我的狂放。懂我的人，就两三个。

【赏析】

据邓广铭《稼轩词编年笺注》考证，此词约作于宋宁宗庆元四年（1198）。此时辛弃疾没有具体的事做又已四年。他在信州铅山（今属江西）东期思渡瓢泉旁筑了新居，其中有"停云堂"，即取陶渊明《停云》诗意。

词人怅然有感于平生，叹青春不再，叹知音太少，苦笑世间无物能令自己一展愁怀。于愁闷中他看到了妩媚的青山，无处遣愁的词人便寄情于青山，认为青山能识他的心意，这更衬出了词人的落寞。词人手把杯酒，想要学陶渊明绝俗而去。他讽刺南宋已无陶渊明式的饮酒高士，而只有一些醉生梦死的统治者。他又遗憾古人不见自己的疏狂模样，继而感叹知音稀少，与词的开头相呼应。

丑奴儿 书博山道中壁

◎辛弃疾

少年不识愁滋味，爱上层楼，爱上层楼，为赋新词强说愁。

而今识尽愁滋味，欲说还休，欲说还休，却道天凉好个秋！

【译文】

少年时不知道愁的滋味，爱登高楼，爱登高楼，为了新作一首词而勉强说愁。

现在尝尽了愁的滋味，想说却说不出，想说却说不出，最后却只能说道："好一个凉爽的秋日啊！"

【赏析】

这首词是辛弃疾闲居带湖时的作品。

词人通过少年时期和老年时期心境的对比，写了两种截然不同的思想感情及中间的变化过程，抒发了自己的一腔忧愁。

上片回忆少年时期。少年时，无忧无虑，喜欢登高望远，赏玩景致。当时尚未经历人世的艰辛，心境单纯，并没有什么愁苦可言，但为了写出一些有意味的词，只好强说忧愁来应景。在这里，词人生动地写出了少年时代的纯真与幼稚。

下片述说老来的心境。经历了坎坎坷坷的一生，积极抗金、出谋划策、力主收复中原，却得不到朝廷重视，壮志难伸。一句"识尽愁滋味"将作者饱经沧桑的前半生尽数囊括了进去。这一切积压在他心底，转化成一腔忧愤。他很想获得别人的理解与支持，很想找个人来诉说自己心底的愁苦，却随即想到朝廷昏庸，有抱负有才能的人统统受到压抑，说了也无济于事，可能还会惹祸上身，于是干脆回避不谈，说些不相干的话聊以应景。"欲说还休"深刻地表现了词人这种矛盾而痛苦的心情，愁苦与无奈溢于言表，而叠句的形式有力地加强了这种艺术效果。

这首词看似平白易懂，却深有意味，其中蕴藏了作者内心深处的痛苦与矛盾。

太常引 建康中秋夜，为吕叔潜赋 ◎辛弃疾

一轮秋影转金波①，飞镜又重磨②。把酒问姮娥③：被白发、欺人奈何？

乘风好去，长空万里，直下看山河。斫去桂婆娑④，人道是、清光更多。

【注释】

① 秋影：指月。② 飞镜：比喻明月。③ 姮娥：嫦娥的别称。④ 斫（zhuó）：用刀、斧等砍。

【译文】

一轮明月转动着金色的光波，似乎是飞镜在重新磨冶。（我）端着酒问嫦娥：（我）被满头白发所欺凌该怎么办？

乘风好飞去，临于万里长空，往下俯视山河。砍去婆娑的月桂，人们说清光更多了。

【赏析】

这是一首月夜感怀词。根据词的内容来推断，此词可能作于宋孝宗淳熙元年（1174），当时辛弃疾在建康（今江苏南京）出任江东安抚司参议官。此时距作者南归已经整整二十年了。

辛弃疾生平负有大志，一直渴望收复中原，海内清一。为此，他不断上书，大声疾呼，希望朝廷不要苟安求和，却因此而仕途困顿，壮志难伸，心中积蓄了太多忧愤。在一个月夜里，词人借着关于月亮的神话传说作此词一吐他心中的不快。

上片借嫦娥奔月的传说感叹时光易逝。嫦娥服下长生不死药奔赴了广寒宫；月中有一棵高达五百丈的桂树，吴刚挥舞着斧子，不停地砍伐它。怀抱着收复中原理想的辛弃疾屡遭困厄，理想不能实现，在抑郁中蹉跎了岁月。这种高尚的理想与阴暗的现实之间的矛盾一直郁结在词人胸中，所以一见到月亮，便很自然地想起了这两个神话传说。

大业未成、国耻未雪，但随着时间一天天流逝，眼看收复中原的希望越来越渺茫，但词人不甘心就这么老去，于极度的愤懑中他举杯向青春常驻的嫦娥道："被白发、欺人奈何？"

下片借月桂的典故呼喊出了自己的理想。既然现实令人感到极度压抑，词人便干脆乘着想象的翅膀尽情遨游。他飞入月宫，看到那高大婆娑的桂树，遮挡了月亮的清辉，便想到，若能将树砍去，就能让月亮重新将清光洒满人间。在这里，婆娑桂影比喻南宋朝廷内外的投降势力及金国的统治集团。词人要将他们消灭殆尽，让四方统一，海晏河清。

这首词极富浪漫色彩，气象壮丽磅礴，值得我们反复吟咏。

破阵子 为陈同甫赋壮词以寄 ◎辛弃疾

醉里挑灯看剑，梦回吹角连营。八百里分麾下炙①，五十弦翻塞外声②。沙场秋点兵。

马作的卢飞快③，弓如霹雳弦惊。了却君王天下事④，赢得生前身后名。可怜白发生！

【注释】

① "八百里"句：八百里，广布八百里的军队。麾下，将旗之下。② 五十弦：瑟。③ 的卢：三国时期刘备的坐骑，其奔跑的速度飞快。④ 君王天下事：抗金复国的大业。

【译文】

酒醉中挑亮油灯抽剑细看，梦中仿佛又回到了号角彻响的军营。广布八百里的军营将士都能分到犒劳的烤牛肉，乐器奏起了边塞的歌曲，（这是）秋天在战场上阅兵。

战马跑得像的卢一样飞快，弓弦声音很大，如霹雳惊雷一般。为君王了结了天下大事，博得生前死后的美名。只可惜白发已生！

【赏析】

陈亮是辛弃疾的好友，他们有着相同的政治主张，都力主抗金。宋淳熙十五年（1188），陈亮与辛弃疾曾经在江西鹅湖商量恢复大计，但是后来他们的计划全都落空了。这首词可能是这次约会前后的作品。

这首词通篇写的都是作者想象中的抗金军队中的生活。上片写军营的

清晨。天还没亮兵士们就起来了，军营响起嘹亮的号角声。接着写将士们用餐，用餐时还奏起了军乐，真是豪壮无比。下片写激烈的战斗。前两句写出了将士们的骁勇善战。后两句描写战斗获胜，大功告成时将军意气昂扬的神情。末句突然一转，转入现实，白发已生，收复祖国河山的壮志却还未实现，也看不到实现的可能。这一转使人的心情一下子由山顶跌落谷底，突出了现实与理想的矛盾。

鹧鸪天

◎辛弃疾

有客慨然谈功名，因追念少年时事，戏作。

壮岁旌旗拥万夫，锦襜突骑渡江初①。燕兵夜娖银胡革录，汉箭朝飞金仆姑②。

追往事，叹今吾，春风不染白髭须③。却将万字平戎策④，换得东家种树书。

【注释】

① 锦襜（chān）：骑兵的锦绣短衣。这里借指骑兵。襜，古代一种短的便衣。② "燕兵"二句：描写活捉张安国的场景。燕兵，指金人。娖（chuò），通"捉"。这里是准备的意思。胡革录，装箭的箭筒。金仆姑，箭名。③ 髭：嘴边的胡子。④ 平戎策：平定戎夷的方略。这里指抗金方略。

【译文】

壮年时（我）举着大旗带着一万多的士兵，身着锦绣短衣的骑兵出其不意，刚刚渡过长江。金人的士兵晚上还在准备箭袋，我们汉人的金仆姑一大早就向他们射过去了。

追忆往事，感叹今日的自己，春风也不能把我的白胡子染黑了。还是把那几万多字平定金人的策略，拿去跟东边的邻居换换种树的书吧。

【赏析】

这是一篇抚今追昔之作。词人通过对往日战斗经历的回忆，抒发年华不再、壮志难酬之慨。

宋高宗绍兴三十一年（1161），金主完颜亮率大军南下，宋金两军鏖战于江淮之间。金国后方空虚，北方被占区的人民纷纷起义。当时辛弃疾才二十二岁，也组织了一支两千多人的队伍。后来，他听说耿京的起义军人数达二十余万，声势浩大，于是带着手下归附耿京，担任部掌书记，并建议起义军与南宋政权取得联系，以便配合战斗。

第二年正月，耿京派辛弃疾一行十余人到建康（今江苏南京）谒见宋高宗。等他完成任务北还时，在海州听说叛徒张安国暗杀耿京，投降金人，导致义军溃散的消息。他立即带着五十骑，连夜奔袭敌营，生擒张安国，随即马不停蹄地星夜南奔，将张安国献给宋廷，明正国法。辛弃疾这一传奇般的英雄行为，有力地震慑了敌人，大大地鼓舞了己方的士气。

词的上片正是回忆这一英勇的作战经历。前两句写作者年轻时参加领导抗金义军；后两句写擒获张安国带义军南下，继而写南奔时突破金兵防线，与敌人激烈战斗。词人浓墨重彩地描写了擒拿叛徒的经过，字里行间洋溢着一种强烈的自豪与得意。

下片抒发韶华易逝、报国无门的沉痛感慨。上二句对比今昔，叹息白发已经不可能再染黑，青春难再；次二句把上两句的感慨深化，说他那上万字的抗金意见书还不如讲解怎么种树的书实用，极为鲜明地突出了词人理想与现实的尖锐矛盾，突出了词人一生的政治悲剧。

西江月 遣兴

◎辛弃疾

醉里且贪欢笑，要愁那得工夫。近来始觉古人书，信著全无是处。

昨夜松边醉倒，问松我醉何如？只疑松动要来扶，以手推松曰去。

【译文】

醉后且恣意欢笑，要发愁哪有工夫。近来才觉得古人的书，的的确确是没有半点可信的！

昨天夜里醉倒在松边，问松："我醉得怎样？"（恍惚中）只疑心松树要来扶我，用手推松说："去！"

【赏析】

这首词表面上看去是抒发悠闲的心情，其实是一首悲愤之作。

首二句词人故作旷达语，说喝醉了酒后恣意欢笑，他没那闲工夫发愁。通篇"醉"字出现了三次，难道词人真的愿意终日沉湎醉乡吗？不。其实这是牢骚人语，是反话，骨子里是说忧愁太多，愁也愁不完。词人的主张一直备受压抑，英雄无用武之地，正愁绪满腹，喝酒只是为了借酒浇愁，才不至于终日愁思满腹。

"近来始觉古人书，信著全无是处"，说古书无用，看似醉言醉语，其实也是愤懑之语。《孟子·尽心下》言道："尽信书，则不如无书。"本意是说古书上的话难免有与事实不符的地方，不可盲目相信。辛弃疾翻用此语，另有一层含义：尽管古书上有许多"至理"，现在却行不通，现实与古书中的描述相差太大，所以词人说古人之书无用，以此表达心中对现实的不满。

下片则以散文的句法写出了一个极富戏剧化的场景：词人已经酩酊大醉了，竟然跟松树说起话来。他问松自己醉得怎么样，见松摇动，只当是松树要扶他起来，便用手推开松树，并厉声喝道："去！"描写生动传神，一个摇摇晃晃的醉汉宛在眼前。词人倔强的性格，也在这一场景中表露无遗。

这首小令突破了词的一般写作风格，以散文的手法入词，灵活多变，将感情抒发得淋漓尽致。

祝英台近 晚春

◎辛弃疾

宝钗分^①，桃叶渡^②，烟柳黯南浦^③。怕上层楼，十日九风雨。断肠片片飞红^④，都无人管，更谁劝、啼莺声住？

鬓边觑^⑤。应把花卜归期，才簪又重数。罗帐灯昏，哽咽梦中语。是他春带愁来，春归何处？却不解、带将愁去。

【注释】

①宝钗分：钗为古代妇女簪发首饰。分为两股，情人分别时，各执一股为纪念。宝钗分，即夫妇离别之意。②桃叶渡：在南京秦淮河与青溪合流之处。这里泛指男女送别之处。③南浦：水边。泛指送别的地方。江淹《别赋》："送君南浦，伤如之何。"④飞红：落花。⑤觑（qù）：细看，斜视。

【译文】

将宝钗一人分一股，在桃叶渡口依依惜别，烟柳葱茏，水边昏暗。（她）害怕登上高楼，十天有九天都刮风下雨。最令人断肠的是，那片片飞花，都没有人过问，更别说有谁肯将流莺的啼啭唤住？

斜看着鬓边的花簪。数簪上的花瓣来卜算归期，刚刚将簪子簪好，又取下来重新数过。罗帐中灯火昏暗，只听见梦中哽咽痴语：是他春天将愁带来，（如今）春天又去了哪里？却不明白（应该）将愁也一并带去。

【赏析】

这首词写相思怀人之情。

"宝钗分，桃叶渡，烟柳黯南浦"，开篇写分别，一对男女在烟雾迷蒙的杨柳岸边，分钗赠别。"宝钗分"，古代女子有分钗赠别之俗，白居易《长恨歌》："钗留一股合一扇，钗擘黄金合分钿。""桃叶渡"，在南京秦淮河与青溪合流处，曾为晋王献之与妾作别的地方，而后桃叶渡泛指与恋人分别之处。"南浦"在古诗词中也泛指送别之处。接着词人由离别写到别后情景："怕上层楼，十日九风雨。"爱人走后，她登楼远眺，那怀人之情已叫她不堪负载，更别说总是遇着那风又飘飘，雨又潇潇的恼人天气。风雨为何如此恼人呢？"断肠片片飞红，都无人管，更谁劝、啼莺声住？"风吹雨打之下，枝头娇红纷纷飘落，这一任风雨吹打的落红正如同独处闺中、无人怜惜的她。而树梢上啼莺欢快的鸣叫声更衬托出她的寂寞，唤起她无限愁情。"都无人管"、"更谁劝"，字字哀怨，写出了女主人公的无助和深情。

"鬓边觑。应把花卜归期，才簪又重数"，于无奈之中，女主人公卜算起归期来。词人通过对女主人公"卜归期"的描写，将她那热切盼归的心情写得活灵活现。她取下花簪，一片花瓣一片花瓣地细细数着，卜算游子的归期，数完后又将它插入发髻。但刚插好，又恐自己数错，取下来重新再数。这一连串动作，曲折地表现出闺中少妇的复杂心理。"罗帐灯昏，哽咽梦中语。是他春带愁来，春归何处？却不解、带将愁去"，最后以梦呓作结，进一步抒发出女主人公对春归人未归的哀怨。但词人并不直写这种情感，而是借女主人公对春的数落来间接表达。女主人公对春的数落看似无理，实则是至情之语。

永遇乐 京口北固亭怀古 ◎辛弃疾

千古江山，英雄无觅孙仲谋处①。舞榭歌台，风流总被，雨打风吹去。斜阳草树，寻常巷陌。人道寄奴曾住②。想当年，金戈铁马，气吞万里如虎③。

元嘉草草，封狼居胥，赢得仓皇北顾④。四十三年⑤，望中犹记，灯火扬州路。可堪回首，佛狸祠下⑥，一片神鸦社鼓⑦。凭谁问：廉颇老矣⑧，尚能饭否？

【注释】

① 孙仲谋：三国时的吴王孙权，字仲谋，曾建都京口。
② 寄奴：南朝宋武帝刘裕小名。刘裕（363—422），字德舆，小名寄奴，先祖是彭城人（今江苏徐州市），后来迁居到京口（江苏镇江市）。南北朝时期宋朝的建立者，史称宋武帝。中国历史上杰出的政治家、军事家、统帅。③ "想当年"三句：刘裕曾两次领晋军北伐，收复洛阳、长安等地。④ "元嘉草草"三句：元嘉是刘裕之子宋文帝刘义隆的年号。草草，轻率。刘义隆好大喜功，仓促北伐，却反而让北魏主拓跋焘抓住机会，骑兵南下，兵抵长江北岸而返，遭到对手的重创。封狼居胥，公元前119年（汉武帝元狩四年）

霍去病远征匈奴，歼敌七万余，封狼居胥山而还。狼居胥山，在今蒙古国境内。词中用"元嘉北伐"失利之事，影射南宋"隆兴北伐"。⑤ 四十三年：作者于1162年（宋高宗绍兴三十二年）南归，到写该词时正好为四十三年。⑥ 佛（bì）狸祠：北魏太武帝拓跋焘小名佛狸。公元450年，他曾反击刘宋，两个月的时间里，兵锋南下，五路远征军分道并进，从黄河北岸一路穿插到长江北岸。在长江北岸瓜步山建立行宫，即后来的佛狸祠。⑦ 神鸦：指在庙里吃祭品的乌鸦。社鼓：祭祀时的鼓声。⑧ 廉颇：战国时赵国名将。《史记·廉颇蔺相如列传》记载，廉颇被免职后，跑到魏国，赵王想再用他，派人去看他的身体情况，廉颇之仇郭开贿赂使者，使者看到廉颇，廉颇为之米饭一斗，肉十斤，被甲上马，以示尚可用。使者回来报告赵王说："廉颇将军虽老，尚善饭，然与臣坐，顷之三遗矢（通假字，即屎）矣。"赵王以为廉颇已老，遂不用。

【译文】

江山千古长存，但像孙仲谋那样的英雄却无处可找了。昔日的舞榭歌台还在，风流繁华却被（历史的）风雨吹打散尽了。夕阳照在草丛树木上，平平常常的街巷，有人说这是寄奴曾经住过的地方。想当年他带领金戈铁马，气吞万里有如猛虎。

元嘉却草率地率领军队(想像霍去病一样北伐建立奇功)，封狼居胥山而还，最后落得仓皇南逃，频频回首北望。（距离我南归已经过去）四十三年了，在眺望对岸时，依旧清楚地记得扬州路上灯火连天的景象。往事怎忍再回顾？佛狸祠下，乌鸦啄着祭品，祭祀擂着大鼓。还有谁会问：廉颇老了，还能吃饭吗？

【赏析】

这首词写于宋宁宗开禧元年（1205），辛弃疾时年六十六。辛弃疾六十四岁那年被起用为浙东安抚使，起用他的是当时的执政者韩侂胄。当时金政权已经有衰落之势，韩侂胄想立伐金大功，以巩固自己的地位，正积极筹划北伐。不久，辛弃疾又受命担任镇江知府，戍守江防要地京口（今江苏镇江）。辛弃疾到任后，努力为北伐做准备，他对宋宁宗和韩侂胄提了不少意见，但却没被采纳。一次他登上京口北固亭，抚今追昔，写下了这篇千古传诵的杰作。

词的上片缅怀古人，借鉴历史。词人登上京口北固亭，首先想到的就是三国时期的孙权，接着又想到率领大军北伐的南朝宋武帝刘裕。孙权、刘裕，此二人当年何等威猛，率领大军驰骋沙场，气吞山河。但如今孙仲谋已经无处可寻，刘裕率兵征战之地也变成了寻常巷陌，可以说英雄的业绩已经无存了。上片中我们虽能听出英雄不再的叹息，但词人借古人之事，隐约又表达了自己进取抗金、收复中原的雄心。

下片词人再借典故抒发自己的现实感慨。先用古事影射现实，尖锐地提出宋文帝草草北伐以致失败的历史教训，以劝诫统治者伐金必须做好军事准备。接着追思往事，恨自己英雄无用武之地。"佛狸祠下"三句又转到眼前现实，表明自己的隐忧，他害怕若不早早收复中原，江北之民将忘记自己是宋室子民，安于金人统治。最后词人以廉颇之事作结，表明自己不服老，仍希望为国效力的雄心。

词的品赏知识

苏轼和辛弃疾词的比较（二）

苏轼和辛弃疾词风的不同点如下：一、就风格上来看，同属于豪放雄阔的风格，苏轼词较偏于潇洒疏朗、旷达超迈，而辛词则给人以慷慨悲歌、激情飞扬之感。二、就内容上来看，苏轼常以旷达的胸襟与超越的时空观来体验人生，常表现出哲理式的感悟，颇多哲理词；辛弃疾则把洗雪国耻、收复失地作为自己的毕生事业，爱国词作居多。

这首《永遇乐》是稼轩的代表作，词中表现出他报国无门的悲伤，寓豪放与沉郁为一体，但苏轼个性洒脱，虽仕途不顺，但他始终能够很洒脱地看待生命中的挫折和不满意，词风在豪放之外，透露出一股清旷之气。

南乡子 登京口北固亭有怀 ◎辛弃疾

何处望神州①？满眼风光北固楼。千古兴亡多少事？悠悠②，不尽长江滚滚流！

年少万兜鍪③，坐断东南战未休④。天下英雄谁敌手？曹刘⑤。生子当如孙仲谋⑥。

【注释】

① 神州：这里指中原地区。② 悠悠：连绵不尽的样子。③ 兜鍪（móu）：指千军万马。兜鍪，头盔，这里代指士兵。④ 坐断：占据，割据。休：停止。⑤ 曹刘：指曹操、刘备。⑥ 生子当如孙仲谋：引用《三国志·吴主传》注：曹操尝试与孙权对垒，"见舟船、器仗、队伍整肃，叹曰：'生子当如孙仲谋，刘景升（即刘表，字景升）儿子若豚犬（猪狗）耳。'"暗讽今天的朝廷不如能与曹操刘备抗衡的东吴，今天的皇帝也不如孙权。

【译文】

在什么地方可以看到中原呢？北固楼上，满眼都是美好的风光。千百年来有多少盛衰兴亡之事？时光绵延不绝。只见不尽长江水滚滚东流。

（孙权在）年少时就率领千军万马，占据东南一带，坚持抗战。天下英雄豪杰谁是他的对手？（只有）曹操、刘备。若生儿子就当如孙仲谋一般。

【赏析】

宋宁宗嘉泰三年（1203）六月词人被起用为知绍兴府兼浙东安抚使，第二年的阳春三月，又被改派到镇江去做知府。镇江，在历史上曾是英雄用武和建功立业之地，此时成了与金人对垒的第二道防线。每当他登临京口（即镇江）北固亭时，便不胜感慨。

这首词怀念的是孙权，意在讽刺当时的南宋朝廷的昏庸无能。

词的开篇自问自答：什么地方才可以望到中原故土呢？就站在满眼都是美好风光的北固楼上翘首北望。看着滚滚东逝的长江水，感怀着古今兴衰存亡变换，词人思绪悠悠。

下片凭吊孙权。在这江防战略要地，英雄辈出，三国时代的孙权就是其中最杰出的一位。他年纪轻轻就统率千军万马，雄据东南一隅，战斗不息，从未向敌人屈服过。言外之意则是说南宋统治者不思国事，屈服于金。词人实借凭吊千古英雄之名，慨叹当今南宋无大智大勇之人执掌乾坤。

卜算子

◎石孝友

见也如何暮。别也如何遽①。别也应难见也难，后会难凭据。
去也如何去。住也如何住。住也应难去也难，此际难分付②。

【注释】

①遽：急，仓猝。②分付：处置，发落。

【译文】

（我们）相见是多么晚呀，分别又是
多么急促。分别很难相见也难，以后再相
见也没有凭据。

去（叫我）怎么去，留又（叫我）怎
么留。留也很难去也难，此刻不知怎么办
才好。

【赏析】

这是一首抒发离情别绪的词。

上片情在"送者"，既恨相见之晚，又恨
相别之匆促，更恨后会之无凭。"见也如何暮。
别也如何遽。""也"字便好似叹惋之声：相
见呵，为何这般的晚？相别呵，为何这样的
急？相会的时间是如此短促，怎能不让人备
感伤情？这一声发自肺腑的叹息，已足见其
相爱之深、情意之重，于是离别所引发的惆
怅憾恨之意不言而自明。

"别也应难见也难，后会难凭据"，分别很
难，以后见面也难，多么的难分难舍呀。此句
把过去之相见、现在之相别一笔挽合，又暗示将来难以重逢。

上片先叹相见太晚，是言过去；又叹相别太匆匆，是言现在；再叹后会无凭，则是言将来。聚短
离长、欲留不得的怅恨之情便在这感叹中不断深化。

下片情在"行者"，写离别时的心情：留既不能，去又不忍，使人不知如何是好。"去也如何去。
住也如何住"将行人临别时的踌躇刻画得入木三分。

"住也应难去也难，此际难分付。"当此将别之际，万种柔肠，千般情意，都再也无法排解了！

本词采用白描的手法，将离情抒发得十分含蓄，读之令人肠断。

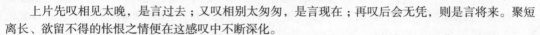
⊙作者简介⊙

石孝友，生卒年不详。字次仲，江西南昌人。孝宗乾道二年（1166）进士。填词常用俚俗之语，
状写男女情爱。仕途不顺，不羡富贵，隐居于丘壑之间。著有《金谷遗音》、《直斋书录解题》。

卜算子

◎程垓

独自上层楼，楼外青山远。望以斜阳欲尽时，不见西飞雁①。

独自下层楼，楼下蛩声怨②。待到黄昏月上时，依旧柔肠断。

【注释】

① 西飞雁：从西边飞回的大雁。② 蛩（qióng）：蟋蟀。

【译文】

独自登上高楼，楼外青山渺远。直望到夕阳将要落尽时，仍不见从西边飞回的大雁。

独自下高楼，楼下蟋蟀悲声切切。直到黄昏月儿升起之时，依旧是（愁思百结）、柔肠寸断。

【赏析】

这是一首闺怨词。词人以时间作为线索，引出登楼少妇心情的变化。

上片写少妇白天上楼盼望。独自上层楼，极目远眺，盼望着夫婿的身影出现，但茫茫天地间，唯见远山一片。就这样一直望到夕阳西下，还是不见那人的影子，甚至连一点儿音信也没有。

起首便用"独自"强调女主人公形单影只，未登楼，已见愁。女主人公对外界的其他景物都视而不见，一心寻找的正是那可以传递音信的"西飞雁"。

下片写少妇空望一整天后失落地走下层楼。下了高楼，庭院寂寂，唯有蛩声如泣。此处将少妇的哀怨融入景物中，蛩声如怨是因为少妇内心寂寞，内心幽怨。下片首句"独自下层楼"与上片首句"独自上层楼"呼应，虽然只有一字之差，但登楼前定有满心期待，而登楼后却只余下满腹愁怨。

词的最后两句，写黄昏月上。月上梢头，这本当是与所爱的人相会的时刻，而主人公却独自一人，徘徊于寂寂空庭，不禁由怨而悲，柔肠寸断。"依旧"说明此番登楼并非偶尔为之，而是多次登临，多次眺望，又多次因失望而"柔肠断"，但一切的情感波动都凝聚在这两个字中，只是平淡道出，可谓举重若轻。

这首词以情见长，词人善于揣摩人的心理变化，短短四十四个字就写出了主人公由盼望逐渐变为失望，再变为凄切哀怨，直到柔肠寸断的一系列心理变化过程。

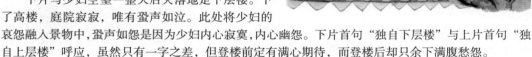
⊙作者简介⊙

程垓，生卒年不详。字正伯，眉山（今属四川）人。其词多写男女恋情，风格近柳永。有《书舟词》（一作《书舟雅词》）。

水龙吟

◎程垓

　　夜来风雨匆匆，故园定是花无几。愁多怨极，等闲孤负①，一年芳意。柳困桃慵，杏青梅小，对人容易。算好春长在②，好花长见，原只是、人憔悴。

　　回首池南旧事③，恨星星、不堪重记④。如今但有，看花老眼，伤时清泪。不怕逢花瘦，只愁怕、老来风味。待繁红乱处，留云借月⑤，也须拼醉。

【注释】

① 等闲：轻易、随意。孤负：即辜负。② 算：料想。③ 池南：苏轼《和王安石题西太一》诗："从此归耕剑外，何人送我池南。"此处系泛指故园某地。④ 星星：鬓发花白貌。左思《白发赋》："星星白发，生于鬓垂。"⑤ 留云借月：朱敦儒《鹧鸪天》："我是清都山水郎，天教懒慢带疏狂。曾批给露支风敕，累奏留云借月章。"此处意谓留住大好光景。

【译文】

　　夜里一场风雨来得匆忙，故乡的花定是没剩多少了。愁多怨深，轻易就辜负了一年的大好春光。杨柳困倦，桃花显得慵懒，杏子青涩，杨梅酸小，春天对人也太草率了些。想来美好的春天是永远都在的，好花也是永远都可以看到的，原来只是，人变得憔悴了。

　　回忆起池南的旧事，恨我生出了星星白发，已经禁受不住对旧事的重温了。如今只有一双看花的老眼，几行为时感伤的清泪了。不怕见到花儿凋零，只愁怕品尝那老年的滋味。等到繁花盛开之时，（要）留住行云，借来明月，拼将一醉。

【赏析】

　　这首词写词人对故乡的思念及伤春叹老的情怀。

　　词人十分怀念故乡，故由昨夜风雨一下子联想到千里之外的故园。这两句既写伤春，更含词人对故乡的深切怀念。故园之花如何词人不知，但眼前凋零的落花却引起词人无限感慨。因心中愁怨纠结，他并没心思赏花，故白白辜负了一年春意。自己自是辜负了一年春意，但春意于人也是如此草草，只一转眼工夫，柳就困乏桃花就枯萎，而青杏也冒出了枝头。继而词人停止了对春的埋怨，突然醒悟了过来：那美好的春天是长在的，好花也是长见的，之所以会产生上述人、花两相辜负的情况，只是因为词人日渐衰老，心境愈渐凄寂了而已。

　　"回首池南旧事，恨星星、不堪重记"，下片以回忆起，感叹年华老去。"池南"，或许是指他的书屋所在地，在词人多首词中都表现出对它的留恋之情。只是如今鬓已成霜，而人也是远离故乡，故而更加不堪回首往事，往昔的美好只能愈发衬托出他此际的凄凉。如今是人至暮春，且满腹家国身世之慨，愁情无极。"不怕逢花瘦，只愁怕、老来风味"，自己并非怕花儿凋零，怕的是时光流逝，人渐迟暮。最后词人词笔一振，说："待繁红乱处，留云借月，也须拼醉"，他还欲求解脱！"留云借月"，化用朱敦儒《鹧鸪天》"曾批给雨支风券，累奏留云借月章"诗句而来，意谓要珍惜时光。他说此时花还未落尽，就尽情珍惜，把酒言欢吧。

水调歌头 送章德茂大卿使虏 ◎陈亮

　　不见南师久，漫说北群空①。当场只手，毕竟还我万夫雄。自笑堂堂汉使，得似洋洋河水，依旧只流东②。且复穹庐拜③，会向藁街逢④。

　　尧之都，舜之壤，禹之封。于中应有，一个半个耻臣戎！万里腥膻如许⑤，千古英灵安在，磅礴几时通？胡运何须问⑥，赫日自当中。

【注释】

① 漫说：不要说。北群空：反用韩愈《送温处士赴河阳军序》"伯乐一过冀北之野而马群遂空"语义，以骏马为喻，说明此间大有人在。② "自笑"三句：意谓自笑我堂堂大宋使节，岂能长此屈节向敌。流东，比喻朝拜金人。③ 穹庐：北方游牧民族所居毡帐，这里借指金廷。④ 藁街：汉长安城街名。汉将陈汤曾斩匈奴郅支单于首悬之藁街。⑤ 腥膻：指入侵的外敌。⑥ 胡运：谓金人的气数。

【译文】

　　不要因为很久没有见到南方北伐的军队，便说（中原）没有人才了。当场伸出手来（力挽狂澜），终究要还给我一个气压万夫的英雄。自笑身为堂堂的大宋使节，竟然要像滔滔河水一般，依旧向东而流吗？暂且到金廷去拜见一次吧，有朝一日定将斩敌酋之首悬于藁街。

　　唐尧建立的城都，虞舜开辟的土壤，夏禹分封的疆域。在这当中应有一个半个知耻的臣子。（如今）万里河山充斥着（金人游牧的）腥膻之气，千百年来的爱国志士的英灵何在，磅礴的民族精神什么时候才能重新在中原大地上激荡。金人的命运何必去多问，大宋国运正如日中天！

【赏析】

　　南宋统治者沉湎声色，朝廷里主和派占多数。从临安通向开封的道路上，派遣到金国纳贡的使臣不绝于途。对于这种现象，怀抱一腔爱国之情的词人深为不满。宋孝宗淳熙十二年（1185）十二月，章德茂再次出使金国朝贺金世宗完颜雍的生辰，词人唱出了这首气吞山河的《水调歌头》。

　　词以"不见南师久，漫说北群空"开篇，把笔锋直指金人，警告他们不要以为南宋军队很久没有北伐，就没有能带兵打仗的人才了，对金人的嚣张气焰给以当头棒喝。从"当场只手"到上片结束，都是作者鼓励章德茂的话，说他有独当一面的才能，希望他能通过应变周旋恢复堂堂汉使的形象；但宋弱金强无可讳言，所以词人又以"自笑"解嘲，但坚信这种局面只是暂时的，形势终究会逆转。接着作者又慷慨放言胡运已颓、大宋国势正如日中天。写得气势磅礴，雄浑无比，充分表达了作者对抗金事业的信心。

⊙作者简介⊙

　　陈亮（1143—1194），字同甫，原名汝能，后改名为亮，号龙川，人称龙川先生，婺州永康（今属浙江）人。南宋著名思想家，文学成就也很突出。才气超迈，喜论兵，多次上书，力主恢复中原，终然不为所用，一生遭遇坎坷。乾道五年（1193）举进士，擢为第一，授建康军节度判官厅公事，未上任即去世。词多豪迈之气。有《龙川文集》、《龙川词》，存词七十余首。

水龙吟 春恨

◎陈亮

　　闹花深处楼台①，画帘半卷东风软。春归翠陌，平莎茸嫩，垂杨金浅。迟日催花②，淡云阁雨③，轻寒轻暖。恨芳菲世界，游人未赏，都付与、莺和燕。

　　寂寞凭高念远，向南楼、一声归雁。金钗斗草，青丝勒马④，风流云散。罗绶分香⑤，翠绡封泪⑥，几多幽怨！正消魂又是，疏烟淡月，子规声断⑦。

【注释】

①闹花:繁花,形容百花盛开。②迟日:春日昼长,故曰"迟日"。③阁雨:雨停不下。阁,同"搁"。④斗草、勒马：都是古代的游戏。⑤罗绶：罗带。⑥翠绡：绿色的薄绢。⑦子规：杜鹃鸟。

【译文】

　　繁花深处有一座高高的楼台，画帘半卷着，东风柔软吹拂。春天回到了绿色的田间小路上，平铺的莎草长出嫩芽，柳树垂下了浅色的金条。长长的白昼催着花儿开放，淡淡的白云使雨停歇了下来，（空气中弥漫着）轻微的寒意。怅恨这百花盛放的斑斓世界没有游人欣赏，都付与了莺莺燕燕。

　　（我独自一人）凭高望远，无限寂寞，面向南楼，（只听得）一声归雁的长鸣。（姑娘们）用金钗做着斗草的游戏，（男子们）用青丝勒马游玩，（只是这些乐事）都如风云一般消散尽了。解下香罗带赠给爱人作别，用翠丝巾裹着眼泪（寄给情人以示相思），其间有多少幽怨呀！正当销魂之际，又见烟霭疏疏，淡月朦胧，杜鹃断断续续啼鸣。

【赏析】

　　陈亮是一位爱国志士，才华超群，不作一妖语媚语，这首《水龙吟》是陈亮为数不多的婉约词作中的一首。表面上看去这是一首惜春之词，实则寄托着词人的家国之恨。

　　上片写春光烂漫迷人，先写一坐落于繁花深处的楼台，显示出一片繁华富贵。这里暗指往日繁盛的故国，而今这繁华景象已经不属于我，故说"游人未赏，都付与、莺和燕"。

　　下片词人登高怀远，看似在回忆当年的风流逸事，其实是在写故国旧事，记忆中的故国是多么美好啊，一片繁盛欢乐。但国破后，到处一片乱离。人们南北相隔，遥盼书信，幽怨暗生。念此不能不令词人"消魂"。

　　这首词以曲折的笔调传达出词人心中的悲愤，含蓄而隽永，艺术效果甚佳。

唐多令

◎刘过

安远楼小集，侑觞歌板之姬黄其姓者，乞词于龙洲道人，为赋此《唐多令》。同柳阜之、刘去非、石民瞻、周嘉仲、陈孟参、孟容，时八月五日也。

芦叶满汀洲，寒沙带浅流。二十年重过南楼①。柳下系船犹未稳，能几日、又中秋。

黄鹤断矶头②，故人曾到否？旧江山浑是新愁。欲买桂花同载酒，终不似、少年游。

【注释】

① 南楼：安远楼。② 黄鹤断矶：黄鹤矶，在武昌西，上有黄鹤楼。

【译文】

水中小洲上芦叶田田，寒寂的沙滩上流着一泓浅水。二十年后重新经过南楼。柳树下的船还没有系稳，能有几天，就又到中秋了。

这黄鹤矶的断崖上，故友曾经来过吗？面对旧时的江山，心中都是新添的愁恨。想买来桂花酒（与你们）载舟同游，兴致却终然不如少年时代。

【赏析】

这首词是词人在一次宴会中为歌女作的词。武昌黄鹤山上的安远楼建于淳熙十三年（1186）的冬天。这是刘过第二次登此楼所作，距他第一次登楼已经有二十年。已至暮年的词人再登上安远楼，自然要感叹时光流逝、今非昔比。

词的头两句写登楼后所见之景，芦叶萧萧，江水流淌在寒沙之上，一片苍茫寂寥。"二十年重过南楼"则点明主题，为感叹时光流逝埋下伏笔。"柳下"三句给人一种行色匆匆之感，传达出四处飘零的词人内心的愁苦。

"黄鹤断矶头"三句，写词人旧地重游，追怀古人，叹息南宋政局江河日下。词人不愿沉浸在这片深重的愁中，他要遣愁。他想要买桂花与友人携酒同游，却发现再没有那少年时的游兴了。

这首词的最高明的地方，在于它曲折含蓄地表达了词人内心的情感，千百年来仍不失其艺术魅力，为人们不断传唱。

⊙作者简介⊙

刘过（1154—1206），字改之，号龙洲道人，吉州太和（今江西泰和）人。少有志节，以功业自许，博学经、史、诸子之书，通知古今治乱之略，论兵尤善陈利害。光宗朝曾伏阙上书，陈述恢复方略，未被采纳，此后浪迹江湖，潦倒终生。工诗能词，黄昇评其词"多壮语，盖学稼轩也"。有《龙洲词》。

西江月 贺词

◎刘过

堂上谋臣尊俎①，边头将士干戈。天时地利与人和。燕可伐欤曰可。

今日楼台鼎鼐②，明年带砺山河③。大家齐唱大风歌④，不日四方来贺。

【注释】

① 尊俎：为宴席的代称。尊，盛酒器。俎，置肉之几。② 鼎鼐：比喻朝政。③ 带砺山河：语出《史记·高祖功臣侯者年表》："封爵之誓曰：'使河如带，泰山若砺，国以永宁，爰及苗裔。'"用来比喻时间久远，即使遇到任何动荡也决不变心。此处指建功立业。④ 大风歌：汉高祖刘邦所作诗，全诗为："大风起兮云飞扬，威加海内兮归故乡，安得猛士兮守四方。"

【译文】

大堂之上谋臣开宴，边疆将士手持武器。作战的自然气候条件具备，地理环境优越，且众志成城。"可以讨伐燕国了吗？"说："可以。"

今日在楼台之上筹谋国政，明年建立不世之功。大家一起高唱《大风歌》，不需多日四方便来庆贺。

【赏析】

刘过的这首词即是当年为祝贺韩侂胄生日而写的。

光宗绍熙五年（1194），韩侂胄与宗室赵汝愚等人拥立宋宁宗赵扩。宁宗即位不久，韩侂胄就将赵汝愚排挤出朝廷，从此掌握军政大权达十三年之久。

宁宗嘉泰四年（1204），韩侂胄为建功固宠，遂决定北上伐金。当时南宋军备松弛、人心未集，并不适合出战，但在主和派长期把持朝政、抗战派长期受压制的情况下，确实起到了振奋民心的作用，因此，在当时得到了包括辛弃疾在内的许多爱国之士的支持，但同时他们也希望作好充分的准备，以期获得全胜。刘过在这首词中借贺生日预祝北伐的胜利，词中表达了爱国军民企盼北伐胜利的共同心声。

上片写北伐的大好形势。堂上有足智多谋的臣子，边疆有骁勇善战的兵士，真可谓是天时地利人和。这是对朝野普遍存在的自卑、畏敌情绪的挑战，具有极大的鼓舞力量。

下片展望未来，预祝北伐胜利。词人由全国形势说到韩侂胄本人，先写韩侂胄今日治国，然后写明年北伐胜利。句中必胜的豪情，也给人增添信心和勇气。用"带砺山河"这个典故，把韩侂胄比作汉高祖的开国功臣，预祝他能建立不世之功，有恭贺之意，却不显阿谀之态，可说是深得寿词之三昧。

点绛唇 丁未冬过吴松作

◎姜夔

燕雁无心^①，太湖西畔随云去。数峰清苦，商略黄昏雨^②。
第四桥边^③，拟共天随住^④。今何许^⑤？凭阑怀古，残柳参差舞。

【注释】

①燕雁：指北方幽燕一带的鸿雁。②商略：商量、酝酿。
③第四桥：吴松城外的甘泉桥。④天随：唐代陆龟蒙，
自号天随子。⑤何许：何处，何时。

【译文】

  燕地的大雁本就是无心之物，（它们）随
着太湖西畔上空的流云飞去。几座山峰寥落清
寂，好像正在酝酿着黄昏时下场雨。

  本打算留在第四桥畔，与陆龟蒙相伴同住。
但如今（他）又在何处？倚着栏杆悬想往古，
（只看见）残败的杨柳在寒风中高低飘舞。

【赏析】

  淳熙十四年（1187），由杨万里介绍，词人前
往苏州见范成大。这首词作于途经吴兴之时。

  在一个秋雨潇潇的日子里，词人凭栏远眺，有
感于自己困顿落拓的身世，顿时生出厌倦尘世的念
头，不禁想要随陆龟蒙而去，披蓑戴笠泛舟寒江度
过一生。但古人已逝，词人只能空自怀想，感时伤今。

  上片写景，景中又寓情。将"燕雁"、"数峰"
拟人化，大雁自在飞翔在云间，在满怀心事的词人
看来这快活的大雁是无心的，此一笔衬出词人心情的沉重。数峰清苦，这也是词人的感觉，雨中的群
山显得凄清愁苦，其实不过是词人内心愁苦罢了。

  下片直接抒情。在首二句中，词人便直抒胸臆，呼喊道要随陆龟蒙同住甘泉桥边。"今何许"三
句感叹无穷。陆龟蒙这样的人如今安在？眼前除了那长短不齐的柳条被西风吹得乱舞，什么也没有，
境界凄苦之极。

⊙作者简介⊙

  姜夔（1155—1221），字尧章，自号白石道人，鄱阳（今江西波阳）
人。幼时随父宦居汉阳。宁宗庆元三年（1197）上《大乐议》，两年后又上《圣宋铙歌》，
诏许免解应礼部进士试，不中，以布衣终身。飘泊苏杭扬淮间，依名流雅士为清
客。精通乐律，工诗词，善翰墨。词作感慨时世、抒写恋情，或写景咏物、记述郊
游。雕词琢句，韵律和谐，格调高旷，寄意幽邃。词有《白石道人歌曲》。

踏莎行

◎姜夔

自沔东来①，丁未元日至金陵江上②，感梦而作。

燕燕轻盈，莺莺娇软，分明又向华胥见③。夜长争得薄情知，春初早被相思染。

别后书辞，别时针线，离魂暗逐郎行远。淮南皓月冷千山，冥冥归去无人管④。

【注释】

① 沔东：唐、宋州名，今湖北汉阳（属武汉市），姜夔早年流寓此地。② 元日：正月初一。③ 华胥：指梦。④ 冥冥归去无人管：指离魂在夜里归去，孤苦伶仃，无人照管。

【译文】

燕子轻盈，莺儿娇软，（我们）分明又在华胥国相见。（她说）："长夜寂寂，薄情郎哪知（我的）清苦，虽是初春时节，却早早染上相思之病。"

（看着）别后的书信，（穿着）离别时缝制的衣裳，（她的）魂魄仿佛也暗暗跟随着我去远方。淮南明月下群山冷寂，（她的）魂魄在寂夜中黯然离去，（孤苦伶仃），无人照料。

【赏析】

这首词作于孝宗淳熙十四年（1187）正月初一，金陵附近的江上小舟中。漂泊在外的词人做了一梦，梦见自己久违的爱人，勾起了词人的无尽思念。词虽短小，却写得纡回曲折，寒而不尽。

上片写梦。虽然是描写梦境，但词人并不急于点破，而是着力刻画爱人的形象。"燕燕"、"莺莺"两句写出了爱人轻盈、娇软的体态以及举止谈吐，使读者有见其人、闻其声之感。然后才以"分明"句点破上面所写之人是在梦中，两人正在华胥国相见。

"夜长争得薄情知，春初早被相思染"一句写梦中爱人的嗔怪，一句写自己思念的深浓，两人互诉衷情的场面宛然在目。

下片写梦醒后的情景。梦醒以后，词人看到别后爱人的书信和刺绣，自然睹物思人起来。他想象着爱人的魂魄跟随着自己远行，与自己在梦中相会。这里借用了极富浪漫情调的倩女离魂的故事，设想爱人正如倩女一般，化作离魂，不远千里前来与自己相会。梦醒后便与月一同悄然归去，无人照管。末二句极为后人推赏，月夜之景与词人内心活动相互映衬，暗示出词人内心的无限深情。

鹧鸪天

◎姜夔

己酉之秋，苕溪记所见。

京洛风流绝代人①，因何风絮落溪津？笼鞋浅出鸦头袜②，知是凌波缥缈身。

红乍笑，绿长颦③，与谁同度可怜春？鸳鸯独宿何曾惯，化作西楼一缕云。

【注释】
① 京洛：指京都洛阳。② 笼鞋：鞋面较宽的鞋子。鸦头袜：古代妇女穿的分出足趾的袜子。③ 颦：皱眉。

【译文】
京都洛阳（这位）风华绝代的佳人，因何事而像风中的飞絮一般飘落到山溪渡口来呢？笼鞋中微微露出了鸦头袜，仿佛是凌波而来的缥缈仙子。

朱唇露出盈盈微笑，绿色双眉紧蹙，有谁与她共同度过那美好的春天呢？鸳鸯何曾习惯独自栖宿，（不如）化作西楼上空的一缕飞云吧。

【赏析】
这首词写一位女子的不幸命运，其中表露出词人对她的遭遇的深深同情。

"京洛风流绝代人"，此女子生于都城临安，并且有着绝代容颜，其出身与才貌可谓不凡。"因何风絮落溪津？"但这样一位女子，却如无人为主的柳絮一般，随风飘零荒僻的山溪渡口。

接着词人描写该女子的穿着、体态："笼鞋浅出鸦头袜，知是凌波缥缈身"，直接描述出她的美来。她的美是超凡脱俗的，她穿着笼鞋鸦头袜，走起路来，步态轻盈如洛神宓妃。

"红乍笑，绿长颦"，这两句转到对女子表情的刻画上来。她笑起来满面生春，十分娇媚，但这笑却只有片刻，片刻后她就长久地皱起了眉头。"乍"和"长"对举，细致地描绘出她复杂的内心世界。她为何而笑，又为何皱眉，我们不知道，只能隐约体会出她心中的酸楚。"与谁同度可怜春？"词人见她孤独一人，又由她乍笑长颦的表情变化，推想出她可能为情所苦，无人为伴，这一句表露出词人对她深深的怜惜。

"鸳鸯独宿何曾惯，化作西楼一缕云"，末两句依旧是词人对她的联想，说她不惯于独处闺中，化作了西楼上空的一抹云彩飘入对往日欢情的回忆里。

念奴娇

◎姜夔

　　闹红一舸①，记来时尝与鸳鸯为侣。三十六陂人未到②，水佩风裳无数③。翠叶吹凉，玉容消酒，更洒菰蒲雨。嫣然摇动，冷香飞上诗句。

　　日暮，青盖亭亭，情人不见，争忍凌波去④？只恐舞衣寒易落，愁入西风南浦。高柳垂阴，老鱼吹浪，留我花间住。田田多少，几回沙际归路。

【注释】

①舸：大船，也泛指船。②陂：池塘。③水佩风裳：本指美人妆饰，代指荷叶荷花。④争：怎么，如何。

【译文】

　　乘着一艘小船在红荷盛开的湖中游赏，记得来时曾经有鸳鸯相伴。这里有许多池塘，人所不到之处，有无数以水作佩饰、以风为衣裳的荷花。翠绿的荷叶吹来清凉，（荷花宛如）美人酒意初消的面容，更有降在菰蒲上的雨点飘洒过来。（荷花）嫣然摇动，一股冷香飞来，入了诗句。

　　日暮时分，青翠的荷叶亭亭如盖，没有见到情人，怎么舍得踏着波浪离去。只怕舞衣在寒冷中容易凋落，因而愁绪飞入西风吹拂的南浦。高大的柳树垂下阴影，老鱼吹起细浪，挽留我在花间住下。有多少茂盛绵密的荷叶，几次在沙间回去的路上依恋徘徊。

【赏析】

　　这是一首歌咏荷花的词作。

　　词人将他在武陵、吴兴、杭州三处见到的荷花巧妙地组合成一首词，并将自己的情感赋予荷花，用优美的笔调写出了荷花的风神及个性。

　　词人从各个角度描写荷花，传神地写出了荷花的风姿神貌。"闹红"写出了荷花的生气；"水佩风裳无数"是写荷塘中荷花的风神韵致；接着降下一场"菰蒲雨"，雨中的荷花更是多姿，倩影娉婷，嫣然含笑，吐出幽幽冷香，惹起词人无限怜爱。末三句运用了通感的修辞手法，用视觉引出嗅觉，散发出一股诱人的"冷香"，不愧是千古佳句。

　　下片从日暮荷叶写起，荷花已在西风中凋残，惟有荷叶田田。时间已经太晚，词人仍旧不愿意离去。但词人却不直言自己的留恋之意，而反说荷神多情，不忍遽然凌波而去，更衬出词人的不舍。

齐天乐

◎姜夔

丙辰岁①，与张功甫会饮张达可之堂，闻屋壁间蟋蟀有声。功甫约余同赋，以授歌者。功甫先成，词甚美。余徘徊茉莉花间，仰见秋月，顿起幽怨，寻亦得此。蟋蟀，中都呼为促织②，善斗。好事者或以三二十万钱致一枚，镂象齿为楼观以贮之。

庾郎先自吟愁赋③，凄凄更闻私语。露湿铜铺④，苔侵石井，都是曾听伊处。哀音似诉，正思妇无眠，起寻机杼。曲曲屏山，夜凉独自甚情绪？

西窗又吹暗雨，为谁频断续，相和砧杵？候馆迎秋，离宫吊月，别有伤心无数。豳诗漫与⑤，笑篱落呼灯，世间儿女。写入琴丝，一声声更苦。

【注释】

①丙辰岁:宁宗庆元二年(1196)。②中都:指杭州。③庾郎:指庾信，曾作《愁赋》。④铜铺:装在大门上用来衔环的零件。⑤豳(bīn)诗:《诗经·豳风·七月》:"七月在野，八月在宇，九月在户，十月蟋蟀入我床下。"

【译文】

庾信先是顾自吟咏着《愁赋》，心中凄惶之时又听见一阵私语声。露水打湿了铜铺首，青苔侵入了水井的石缝间，这些都是曾经听见你鸣叫的地方。声音哀婉好像在诉说着什么，思妇正失眠，起来寻找机杼。面对着屏风上曲曲折折的山路，独自一人坐在凉夜里是什么心情呢？

西窗又吹起夜雨，蟋蟀是为谁而频频发出断断续续的声音，应和着砧杵声呢？在旅店中迎接寒秋，在离宫凭吊冷月，另有无数伤心事。《豳风》曾率意描写过它，世间的小儿女蹲在篱笆旁，兴高采烈地喊叫着拿灯来看蟋蟀。但将这哀切的蟋蟀声糅进琴声，一声一声更为悲苦。

【赏析】

这首词是词人于宋宁宗庆元二年（1196）在首都临安所写。

"庾郎"二句奠定了全文基调，即"愁"。庾信曾出仕南朝梁，后出使西魏，梁灭亡，便被迫羁留北国。姜夔所处的宋金对峙的时代与庾信所处的南北朝时代相似。词人是借庾信来抒发他的家国之慨，他渴望早日结束乱离，回到故国。"露湿"三句，写的是幽闭的失意人和寂寞的闲散之士，那蟋蟀的哀鸣正如同在诉说他们的幽怨与寂寞。"正思妇"几句转入闺情，秋夜的哀音最使那怀念游子的思妇伤心。

下片紧承上片，蒙蒙细雨飘落西窗，断断续续又传来捣衣声，词境愈加凄清。"候馆"四句写羁旅之人飘零他乡，心情本就愁苦，那蟋蟀的鸣叫更添凄凉。在这整篇都写怨情之间，突然插入"笑篱"二句，看似突兀，却别有用心。用那不知愁滋味的小儿女衬托有心人之苦。

翠楼吟

◎姜夔

淳熙丙午冬，武昌安远楼成，与刘去非诸友落之，度曲见志。余去武昌十年，故人有泊舟鹦鹉洲者，闻小姬歌此词，问之，颇能道其事，还吴。为余言之；兴怀昔游，且伤今之离索也。

月冷龙沙，尘清虎落①，今年汉酺初赐②。新翻胡部曲③，听毡幕元戎歌吹④。层楼高峙。看槛曲萦红，檐牙飞翠。人姝丽⑤，粉香吹下，夜寒风细。

此地，宜有词仙，拥素云黄鹤，与君游戏。玉梯凝望久，但芳草萋萋千里。天涯情味。仗酒祓清愁⑥，花消英气。西山外，晚来还卷，一帘秋霁。

【注释】

① 虎落：遮护城堡或营寨的竹篱。② 汉酺（pú）初赐：汉律，三人以上无故不得聚饮，违者罚金四两。朝廷有喜庆事，特许军民聚饮，称赐酺。③ 胡部曲：一种以琵琶为主的音乐。④ 毡幕：指用毛毡制作的帐篷。元戎：主将，军事长官。⑤ 人姝丽：指美丽的人。⑥ 祓（fú）：古代用斋戒沐浴等方法除灾求福，亦泛指扫除。

【译文】

月光清冷，笼罩着（边塞的）风沙，护城的篱笆清净无尘。今年朝廷解禁，允许臣民相聚饮酒。弹奏起塞北新曲，听元帅军帐中歌吹之声阵阵。层层高楼耸峙，看它红色的栏杆围绕江边，碧色的檐角翘向天空。佳人容貌美丽，脂粉香气被风吹下，夜晚寒冷，轻风习习。

此地真该有词仙，他拥着白云，乘着黄鹤而来，同（登楼的）朋友尽兴游戏。我站在玉梯上久久凝望，叹息芳草萋萋，绵绵不尽。心中升起羁旅天涯的滋味，只好借酒来浇愁，借着赏花来消除豪情。西山之外，黄昏时将帘幕卷起，只见一帘秋雨过后的晴丽。

【赏析】

淳熙十三年（1186）冬，武昌黄鹤山上建起了一座名为"安远"的楼，其时姜夔正住在汉阳府汉川县的姐姐家。词人为参加新楼落成典礼，曾与友人刘去非一同前游，并自度此曲记述了这件事。

"月冷龙沙，尘清虎落，今年汉酺初赐"三句围绕"安远"二字而来，客观地显示了筑楼的时代背景。龙沙，指江北的南宋边寨。虎落，为护城笆篱。宋朝南渡时，武昌是抵抗金人的战略要地，和议达成，形势安定下来，出现了和平局面，这便是"安远"的意思。汉制禁止民众聚饮，有庆典时例外，称为赐酺。

"新翻胡部曲，听毡幕元戎歌吹"，这两句写宴席上的歌吹，一片欢乐景象。

接下来"层楼高峙。看槛曲萦红，檐牙飞翠"三句由整体到局部对安远楼的外观进行刻画。"层楼高峙"是写楼的整体形势；"看槛曲萦红，檐牙飞翠"是对它进行细部刻画，极写其造型之精美壮丽。

"人姝丽，粉香吹下，夜寒风细"，这三句又回到宴会上来，写宴席中的歌女。那位佳人如此动人，寒风习习，吹起她身上阵阵粉香。

"此地，宜有词仙，拥素云黄鹤，与君游戏"，"此地"便是黄鹤山，其西北矶头为著名的黄鹤楼所在，传说仙人子安曾乘鹤路过。词人说在这楼成盛典之上，该有文采风流的"词仙"乘白云黄鹤来题词庆贺，同登楼的朋友尽情游乐。

接着词情急转直下："玉梯凝望久，但芳草萋萋千里"，千里芳草触动起词人无限愁情。词人的感情是非常复杂的，安远楼的落成盛况并没真正带给他一种盛世之欢。芳草在古诗词中喻离恨，词人见芳草而生愁，大抵是萋萋芳草牵动起了自己久客他乡之恨，这一点在接下来"天涯情味"一句得到了证实。

"仗酒祓清愁，花消英气"，词人只有通过酒与胜景来排遣离恨，来消磨时光，可见他的生活是极不如意的。

"西山外，晚来还卷，一帘秋霁"，最后三句从王勃《滕王阁诗》"朱帘暮卷西山雨"化出，以景结情，流露出一种凄清冷寂之感。

词的品赏知识

姜夔词的特色——清空

人们常用"清空"二字来评价姜夔的词，而这一特点主要表现在以下四个方面：

一、就姜夔词中所要表达的情感来看，多属于文人士大夫那种高雅的意趣，既很少有世俗的浓丽香艳，也很少有豪放壮烈的情怀。二、就表现手法上来看，多追求言外之意，空灵的神韵，而避免质实粗重的笔触。三、就词的语言、意象来看，很少用雕琢华丽的语言，繁复艳丽的意象，而是偏向于淡雅素净。四、就词的意境来看，一般都避免过于狭小逼仄或密集拥挤，而以疏朗开阔居多。

就词人这首《翠楼吟》来看，十分鲜明地体现了其词的特色，末三句"西山外，晚来还卷，一帘秋霁"，意象极为明丽。

庆宫春

◎姜夔

绍熙辛亥除夕，余别石湖归吴兴，雪后夜过垂虹，尝赋诗云："笠泽茫茫雁影微，玉峰重叠护云衣；长桥寂寞春寒夜，只有诗人一舸归。"后五年冬，复与俞商卿、张平甫、铦朴翁自封禺同载诣梁溪，道经吴松，山寒天迥，云浪四合。中夕相呼步垂虹，星斗下垂，错杂渔火。朔吹凛凛，厄酒不能支，朴翁以衾自缠，犹相与行吟，因赋此阕，盖过旬涂稿乃定。朴翁咎余无益，然意所耽，不能自已也。平甫、商卿、朴翁皆工于诗，所出奇诡。余亦强追逐之。此行既归，各得五十余解。

双桨莼波①，一蓑松雨②，暮愁渐满空阔。呼我盟鸥，翩翩欲下，背人还过木末。那回归去，荡云雪，孤舟夜发。伤心重见，依约眉山，黛痕低压。

采香径里春寒，老子婆娑③，自歌谁答。垂虹西望，飘然引去，此兴平生难遏。酒醒波远，正凝想、明珰素袜。如今安在，惟有阑干，伴人一霎④。

【注释】

① 莼：莼菜，多年生水草，浮在水面，叶子椭圆形，开暗红色花。茎和叶背面都有黏液，可食。② 松雨：夹着松树香的雨。③ 婆娑：盘旋舞动的样子。④ 一霎：片刻。

【译文】

漂浮着莼菜的水面，双桨划动，松风吹雨，飘洒在蓑衣上，傍晚，愁绪渐渐飘满空阔的天地间。呼唤我的伙伴沙鸥，它翩翩似要飞落，但旋即又背过人去掠过树梢。那次回去，雪中荡舟，连夜出发。伤心呀，重新见到那隐隐约约的低压着黛痕的如眉山峰。

采香径里透着春寒，老夫我婆娑起舞，顾自唱歌有谁答和。站在垂虹桥头西望，飘飘然引袖而去，这兴致一生都难以制止。酒醉醒来，碧波渺远，正凝神思念着美人。（那美人）如今又在哪里，只有（眼前的）栏杆，伴随人片刻。

【赏析】

根据词前小序可知，这首词作于词人与友人冬夜泛舟垂虹之时。这首纪游词意蕴颇丰，兼写伤逝、怀古、怀人。

"双桨莼波，一襄松雨，暮愁渐满空阔"，首三句写荡舟环境：天寒日暮，湖面空阔，水面上莼菜漂浮，松风时送雨点。

"呼我盟鸥，翩翩欲下，背人还过木末"，这三句写湖面沙鸥，通过对它们一系列动作的描写展现了它们亲昵可爱之态。词人为何称沙鸥为"盟鸥"？"盟鸥"意即和"我"有旧交的鸥鸟。因为这是故地重游，所以如此称呼它们。

接下来就转到对五年前雪夜荡舟的情景的描写："那回归去，荡云雪，孤舟夜发。"那一回词人归家路过此地，曾经是荡开云雪，孤舟夜发，那情那景依旧历历在目。

故地重游，引起了词人一阵伤心："伤心重见，依约眉山，黛痕低压。"触景伤情的词人见山山亦有情，山峦低卧，如同涂了青色的黛眉靠近眼眶，有如美目依恋。上片词人只是隐隐道出心中的伤情，创造出一片朦胧之境。

"采香径里春寒，老子婆娑，自歌谁答"，此三句写船过采香泾。"采香泾"，《苏州府志》云："采香泾在香山之旁，小溪也。吴王种香于香山，使美人泛舟于溪以采香。"这历史古迹引发起了词人的思古之幽情，他叹息道："采香泾仍在，而采香美女却不知何处去了；老夫我对山川婆娑起舞，引吭高歌，又有谁来应答。"词人原是在伤逝，以往他高歌有范成大所赠侍女小红相和，而如今他却是孤身一人。

"垂虹西望，飘然引去，此兴平生难遏"，这三句写舟过垂虹之豪兴。词人舟过垂虹，飘飘然如御风驾云般引领而去，浑然有遗世绝尘之情致。

"酒醒波远，正凝想、明珰素袜"，酒醒后，飘然引去的豪兴已然不再，望着那邈远平波，竟黯然神伤起来。

"明珰素袜"借指美人。曹植《洛神赋》有"凌波微步，罗袜生尘"。"无微情以效爱兮，献江南之明珰"句。这里"明珰素袜"所代的美人，可能指吴宫西子，也可能指小红，还可能是远在千里之外的合肥情侣。其妙正在于怀古与思念之情合一，又不说明，反令人神往。

"如今安在，惟有阑干，伴人一霎"，如今那美人不知在哪里，只剩下词人凭栏空望。末三句指出千古兴衰、今昔哀乐，不过是过眼烟云，犹如一场美好却短暂的春梦。

扬州慢

◎姜夔

淳熙丙申至日①，余过维扬②，夜雪初霁，荠麦弥望③。入其城，则四顾萧条，寒水自碧。暮色渐起，戍角悲吟，予怀怆然，感慨今昔。因自度此曲，千岩老人以为有黍离之悲也④。

淮左名都⑤，竹西佳处⑥，解鞍少驻初程。过春风十里⑦，尽荠麦青青。自胡马窥江去后⑧，废池乔木⑨，犹厌言兵。渐黄昏⑩，清角吹寒⑪，都在空城。

杜郎俊赏⑫，算而今、重到须惊。纵豆蔻词工⑬，青楼梦好⑭，难赋深情。二十四桥仍在⑮，波心荡，冷月无声。念桥边红药⑯，年年知为谁生！

【注释】

① 淳熙丙申：淳熙三年（1176）。至日：冬至。
② 维扬：扬州。《尚书·禹贡》有"淮海维扬州"句，后遂以"维扬"为扬州的别称。③ 荠麦：荠菜和麦子。弥望：满眼。④ 千岩老人：南宋诗人萧德藻，字东夫，因居湖州弁山之千岩，故以为号。黍离之悲：《黍离》，《诗经·王风》篇名。周平王东迁后，周大夫经过西周故都见"宗室宫庙，尽为禾黍"，遂赋《黍离》诗志哀。后世即用"黍离"来表示亡国之痛。⑤ 淮左：扬州宋时属淮南东路，淮东亦称淮左。而扬州又是宋代淮南东路的首府，故称"淮左名都"。⑥ 竹西佳处：杜牧《题扬州禅智寺》诗："谁知竹西路，歌吹是扬州。"宋人于此筑竹西亭。这里指扬州。⑦ 春风十里：杜牧《赠别》诗："春风十里扬州路，卷上珠帘总不如。"这里用

以借指扬州。⑧ 胡马窥江：指1161年金主完颜亮南侵，攻破扬州，直抵长江边的瓜洲渡，到淳熙三年姜夔过扬州已十六年。⑨ 废池：废毁的池台。乔木：残存的古树。二者都是乱后余物，表明城中荒芜，人烟萧条。⑩ 渐：向，到。⑪ 清角：凄清的号角声。⑫ 杜郎：杜牧。唐文宗大和七年到九年，杜牧在扬州任淮南节度使掌书记。俊赏：俊逸清赏。钟嵘《诗品序》："近彭城刘士章，俊赏才士。"⑬ 豆蔻：形容少女美艳。豆蔻词工：杜牧《赠别》："娉娉袅袅十三余，豆蔻梢头二月初。"⑭ 青楼梦好：杜牧《遣怀》诗："十年一觉扬州梦，赢得青楼薄幸名。"⑮ 二十四桥：杜牧《寄扬州韩绰判官》诗："二十四桥明月夜，玉人何

处教吹箫。"二十四桥，有二说：一说唐时扬州城内有桥二十四座，皆为可纪之名胜。见沈括《梦溪笔谈·补笔谈》。一说专指扬州西郊的吴家砖桥（一名红药桥）。"因古之二十四美人吹箫于此，故名。"见《扬州画舫录》。⑯红药：芍药。

【译文】

扬州是淮河东边著名的都会，在竹西亭最优美的地方，我解下马鞍，暂停我初次的旅程。走过春风十里扬州路，都是青青荞麦。自从金兵践踏过长江沿岸回去以后，荒废了的池苑和乔木，至今还讨厌说起旧日的战争。渐渐到了黄昏，凄清的号角在寒冷中吹响，这都是在被洗劫一空的扬州城。

杜牧有着非同寻常的鉴赏能力，料想今天他重来此地，一定会大吃一惊。即使他有着那"豆蔻"般的精妙词工，青楼的动人美梦，恐怕也难以写出他的一片深情了吧。二十四桥仍然还在，水中央波光荡漾，一轮冷月寂静无声。想着那桥边的红芍药，年年不知为谁而生。

【赏析】

这是姜夔的词作中有确切年代记载的最早的一首，也是他为数不多的感叹现实的词作。

淳熙三年冬，姜夔路过扬州，因连年的战乱，昔日繁华的扬州城如今一片残败。词人看到这种景象不禁生出黍离之悲来，自创了《扬州慢》这首曲，感时伤乱。

上片主要写景。"淮左名都，竹西佳处，解鞍少驻初程"，"名都"、"佳处"都非实见，而是指扬州昔日的盛况。这样的胜地，词人不由得"解鞍少住初程"。

"过春风十里，尽荞麦青青。"可是下了马，竟是四顾萧条，昔日繁盛的扬州城竟是一片青青的荞菜和野麦。

"自胡马窥江去后，废池乔木，犹厌言兵。"之所以会如此，全是因为金兵南下，给这座城带来了空前的灾难。"犹厌言兵"四字尤妙，陈廷焯在《白雨斋词话》中说："'犹厌言兵'四字，包括无限伤乱语，他人累千百言，亦无此韵味。"

"渐黄昏，清角吹寒，都在空城"三句又转入实景，一切景语皆情语，词人此刻心境悲凉，周围的景致也蒙上了这种色彩。

下片侧重抒情。"杜郎俊赏，算而今、重到须惊"，词人立于这黄昏中的扬州城想到了曾在此旅居的风流才子杜牧，写出了自己对扬州城的昔盛今衰的惊痛。

"纵豆蔻词工，青楼梦好，难赋深情"，这三句灵活地化用杜牧诗句，表达效果比前面的"重到须惊"又进一层，含有无限凄怆之意。

"二十四桥仍在，波心荡，冷月无声"三句意境最佳，鲜明地体现出姜夔词"清空"的特色。既写出了扬州城的冷寂，也写出了词人的凄冷心情。

"念桥边红药，年年知为谁生！"最后词人将目光移到那桥边红药上，城已空，唯有红药还照常开放。词人在怪这无情的花儿，它丝毫不知道今日已非昨日可比，这座名城已经残败不堪，却依旧开得那么灿烂。

词的品赏知识

宋词中所表现的社会意识以及心理

一、反战争的思想。因人民备受五代十国百余年的祸乱；又由于国力不像前朝强盛，不断遭到周边少数民族政权的侵扰，使人民遭受深重苦难，从上到下反战情绪强烈。姜夔的这首《扬州慢》就是一首具有反战思想的词。

二、现实的享乐思想。宋自开国以来，便裁灭武备，一意修养，逐渐养成了一种现实的享乐思想。如王鼎翁的《沁园春》。

三、女性沉湎。词人中十有八九都沉湎于女性词的写作中，如柳永、秦观、周邦彦等。

长亭怨慢

◎姜夔

余颇喜自制曲，初率意为长短句，然后协以律，故前后阕多不同。桓大司马云[1]："昔年种柳，依依汉南；今看摇落，凄怆江潭。树犹如此，人何以堪！"此语余深爱之。

渐吹尽、枝头香絮，是处人家，绿深门户。远浦萦回，暮帆零乱向何许？阅人多矣，谁得似长亭树。树若有情时，不会得青青如此[2]。

日暮，望高城不见[3]，只见乱山无数。韦郎去也，怎忘得玉环分付[4]。第一是早早归来，怕红萼无人为主[5]。算空有并刀[6]，难剪离愁千缕。

【注释】

① 桓大司马：即晋代大司马桓温。② "树若"二句：李贺《金铜仙人辞汉歌》："天若有情天亦老。"李商隐《蝉》："五更疏欲断，一树碧无情。"③ 高城不见：欧阳詹《初发太原途中寄太原所思》诗："高城已不见，况复城中人。"④ "韦郎"二句：《云溪友议》卷中《玉箫记》条载，唐韦皋游江夏，与玉箫女有情，别时留玉指环，约以少则五载，多则七载来娶，后八载不至，玉箫绝食而死。⑤ 红萼：红花，此处指少女。⑥ 并刀：并州为古九州之一，今属山西，所产刀剪以锋利出名。

【译文】

（东风）渐渐吹尽枝头上的柳絮，这里的人家，门前都是一片浓绿。远处江岸迂回曲折，傍晚时分，船帆纷乱，都到哪里去？我见过太多分别的人，谁又像那长亭边的柳树？柳树要是也有感情，它也不会年年如此青翠。

日色渐渐变暗，再也望不见高高的城楼，眼前只有无数连绵起伏的山峦。我像韦郎一样离你而去了，可又怎能忘掉你临别前的殷勤叮咛？（你说）第一要记得早早归来，只害怕红花没人做主。料想纵使有锋利的剪刀，也难以剪断我心头千丝万缕的离愁。

【赏析】

这首词为词人合肥惜别之作。光宗绍熙二年（1191）春，词人年已四十。十余年前，他客游合肥，曾与一女子有过一段短暂的情缘。久别后词人故地重游，又遇伊人。无奈佳期太短，词人不久便东归了。此词是他东归忆别时作。

上片写春景抒发别怨。"渐吹尽"三句点名节气，此时春事已暮，柳绵吹尽。"远浦"两句则点出送别。送别的长亭边杨柳依依，似别情无限。但树终究是无情之物，倘若懂得人那离愁别绪，恐怕也不会青青若此了。末四句为全篇警语，将一片别情抒发得深婉。

下片追忆。日暮时分，回首西望已看不见她所在的那座高城了，只看见乱山起伏，这景象惹起词人满心恼恨。他接着回忆离别时的场景、玉人的盼咐。此时的词人是多么烦恼啊，心中有无限愁绪，剪不断，理还乱。

暗香

◎姜夔

辛亥之冬①，余载雪诣石湖②。止既月③，授简索句④，且征新声⑤。作此两曲。石湖把玩不已，使二妓肆习之⑥。音节谐婉。乃名之曰《暗香》、《疏影》。

旧时月色，算几番照我，梅边吹笛？唤起玉人，不管清寒与攀摘。何逊而今渐老⑦，都忘却、春风词笔。但怪得、竹外疏花⑧，香冷入瑶席。

江国，正寂寂。叹寄与路遥，夜雪初积。翠尊易泣⑨，红萼无言耿相忆⑩。长记曾携手处，千树压、西湖寒碧。又片片、吹尽也，几时见得？

【注释】

① 辛亥：光宗绍熙二年（1191）。② 石湖：在苏州西南。③ 止既月：指住满一月。④ 简：纸。⑤ 征新声：征求新的词调。⑥ 肆习：学习。⑦ 何逊：南朝梁诗人。任扬州法曹时，廨舍有梅花一株，常吟咏其下。后居洛思之，请再往。抵扬州，花方盛片，逊对树彷徨终日。⑧ 但怪得：惊异。⑨ 翠尊：翠绿酒杯，这里指酒。⑩ 红萼：指梅花。耿：形容心情难以平复。

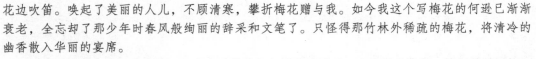

【译文】

旧日的月色，算来有几次曾照着我，在梅花边吹笛。唤起了美丽的人儿，不顾清寒，攀折梅花赠与我。如今我这个写梅花的何逊已渐渐衰老，全忘却了那少年时春风般绚丽的辞采和文笔了。只怪得那竹林外稀疏的梅花，将清冷的幽香散入华丽的宴席。

江南水乡，正是一片静寂。叹息寄（梅花）与她路途遥遥，夜雪已见堆积。捧起翠玉酒杯，忍不住伤心堕泪，红梅也默默无言，我悲伤地思念着她。永远记得曾经和她携手之地，千株梅树压满了绽放的红梅，西湖上泛着寒波一片澄碧。梅花又被风片片吹尽了，不知何时才能看到？

【赏析】

这是一首托物言情的词作，词人由梅花而想到旧日欢情。

上片词人追怀往事，思忆旧游。"旧时月色"五句为追怀往事。词人几次客游合肥，与当地青楼女子来往密切，作了不少怀念这段时光的词。梅边月下，笛声悠扬，勾起词人的回忆。他想起当年爱人不顾严寒，为自己攀折梅花的旧事，心情十分复杂。当时他们是多么欢乐啊，一片浓情蜜意。而如今呢，自己年华渐老，再也没有咏诗寻梅的雅兴了。只怪今夜这几枝梅花，又唤起我的一腔思念。

下片承上片而来，继续抒情。此时，江南正下着雪，四周一片寂静，词人想寄梅赠远以慰相思，无奈路途遥远，夜里还有积雪，只能徒然叹息。词人继续追忆往事，曾与佳人携手游西湖，西湖边梅花盛开。如今又值梅花开放，落花片片，却已经是物在人去，不知几时才能相见。

这首词将情融于景，咏梅怀人，无论从咏物还是怀人的角度说都是一篇上乘之作。

疏影

◎姜夔

　　苔枝缀玉①，有翠禽小小，枝上同宿②。客里相逢，篱角黄昏，无言自倚修竹③。昭君不惯胡沙远，但暗忆、江南江北。想佩环、月夜归来，化作此花幽独④。

　　犹记深宫旧事，那人正睡里，飞近蛾绿⑤。莫似春风，不管盈盈，早与安排金屋⑥。还教一片随波去，又却怨、玉龙哀曲⑦。等恁时，重觅幽香，已入小窗横幅⑧。

【注释】

① 苔枝：苔梅。范成大《梅谱》说绍兴、吴兴一带的古梅"苔须垂于枝间，或长数寸，风至，绿丝飘飘可玩"。周密《乾淳起居住》："苔梅有二种，宜兴张公洞者，苔藓甚厚，花极香。一种出越土，苔如绿丝，长尺余。" ②"有翠禽"二句：用罗浮之梦典故。旧题柳宗元《龙城录》载，隋代赵师雄游罗浮山，夜梦与一素妆女子共饭，女子芳香袭人。又有一绿衣童子，笑歌欢舞。赵醒来，发现自己躺在一株大梅树下，树上有翠鸟欢鸣，见"月落参横，但惆怅而已"。殷尧藩《友人山中梅花》诗："好风吹醒罗

浮梦，莫听空林翠羽声。"吴潜《疏影》词："闲想罗浮旧恨，有人正醉里，姝翠蛾绿。" ③"无言"句：暗用杜甫《佳人》"天寒翠袖薄，日暮倚修竹"诗意。④"昭君"四句：杜甫《咏怀古迹》五首其三："一去紫台连朔漠，独留青冢向黄昏。画图省识春风面，环佩空归夜月魂。"王建《塞上咏梅》诗："天山路边有株梅，年年花发黄云下。昭君已没汉使回，前后征人谁系马？" ⑤"犹记"三句：用寿阳公主梅花妆的典故。⑥安排金屋：《汉武故事》载武帝小时对姑母说："若得阿娇作妇，当作金屋贮之。" ⑦玉龙哀曲：马融《长笛赋》："龙鸣水中不见己，截竹吹之声相似。"玉龙，即玉笛。李白《与史郎中钦听黄鹤楼上吹笛》诗："黄鹤楼中吹玉笛，江城五月落梅花。"哀曲，指笛曲《梅花落》。⑧横幅：横条画幅。

【译文】

　　长着青苔的梅树枝梢上缀着如玉一般的梅花，有两只小小的翠鸟儿，一同栖宿在花枝上。我客中与它相逢，在黄昏时分，篱笆的角落，无言地独自倚着修长的翠竹。王昭君不习胡人遥远的荒漠，只是心里暗自怀念着江南江北（的故土）。想来定是（她戴着）环佩，趁着月夜归来，化作了这幽独的梅花。

　　依然记得深宫中的旧事，那位美丽的公主正在睡梦中，（梅花）飞落在她的青黑色的蛾眉

间。不要像春风一般，不管丰盈可爱的梅花，早早给它安排好金屋。还是让它一片片随波而去，又叫玉笛吹出了那哀怨的乐曲。等到那时，想要再去寻找梅的幽香，它已经到小窗间的图画横幅上去了。

【赏析】

这是一首咏梅的词，此词和《暗香》同为姜夔到范成大家做客时所作，音节清婉，为范所赞赏。

这首词用典很多，颇费理解。开头"苔枝缀玉，有翠禽小小，枝上同宿"三句，明白易懂，生着苔藓的枝上缀着点点梅花，并栖着小鸟。

"客里相逢，篱角黄昏，无言自倚修竹"三句写词人与梅花相遇的时间地点，在他做客范成大家时看到篱角有数枝梅花。"无言自倚修竹"将梅花拟人化，衬托出梅花的幽静。

"昭君不惯胡沙远，但暗忆、江南江北"，接着词人将出塞的昭君比作梅花，那凌寒独自开放的梅花与严寒塞外拥有美丽姿容的昭君确是十分的相似。

"想佩环、月夜归来，化作此花幽独"，这两句依然写昭君，说她月夜归来后化作一枝梅花，将花和美人结合为了一体。"幽独"二字传神地写出了梅花的神韵。词人以昭君的故事入词其实大有深意，梅花原是昭君的精魂所化，她从千里之外飞回中原，其中蕴含着词人对于中原深深的眷恋。

"犹记深宫旧事，那人正睡里，飞近蛾绿。"下片开头便用了另一典故，即"梅花妆"的典故，又将梅花与美人联系到一处。

"莫似春风，不管盈盈，早与安排金屋"，接着感叹，不要像那无情的春风一般，对梅花不管不顾，而要像汉武帝金屋藏娇一般将它好好爱惜。这三句用了"金屋藏娇"的典故。

"还教一片随波去，又却怨、玉龙哀曲"，梅花终究要被春风吹落，由梅花的坠落词人想到古曲《梅花落》，词曲哀怨的意境正与词人想到梅花坠落时的心境暗合。

"等恁时，重觅幽香，已入小窗横幅"，等到梅花落尽，再想寻觅幽香就只能在那梅花图中了。末两句中流露出无限惆怅。

后人对此词的评价颇高，清李佳《左庵词话》有言："白石笔致骚雅，非他人所及，最多佳作。石湖咏梅二词，尤为空前绝后，独有千古。……《疏影》云……清虚婉约，用典仅复不涉呆相。风雅如此，老倩小红低唱，吹箫和之，洵无愧色。"

词的品赏知识

姜夔咏物词的特色

一、咏物与抒情相结合，立意深远、含蓄蕴藉。像这首《疏影》，咏梅之外寓含爱国之情。

二、艺术表现手法上，词人善于用典，叙事方式独特。比如《疏影》中就用了金屋藏娇、梅花妆等典故。词人善在虚处着笔，扬弃形似而专求神味。

三、就语言上来看，字琢句炼，音节谐婉。

四、艺术风格上看则有幽韵冷香，清虚淡雅之味。

风入松

◎俞国宝

　　一春长费买花钱，日日醉湖边。玉骢惯识西湖路①，骄嘶过、沽酒垆前②。红杏香中箫鼓，绿杨影里秋千。

　　暖风十里丽人天，花压鬓云偏③。画船载取春归去，余情付，湖水湖烟。明日重扶残醉，来寻陌上花钿④。

【注释】

①玉骢：毛色青白相杂的良马。②沽酒：卖酒。③"暖风"二句："三月三日天气新，长安水边多丽人。"杜牧《赠别》；"春风十里扬州路。"④花钿：用金翠珠宝等制成的花形首饰。

【译文】

　　春天里总要为买醉花费不少银两，每天都在湖边的酒店中喝醉。我的骏马已经熟识了西湖边的路，它神气十足地嘶鸣着走过酒店前。箫鼓在红杏的清香中响起，秋千在碧绿的杨柳树影里摇摆。

　　和暖的春风吹拂天地，那正是美丽的姑娘们出游的好天气，她们盛装打扮，美丽的云鬓被头上的珠花压得偏向一边。绘着彩纹的船儿载着春意归去，船上的人们将余情交付给澄澈的湖水与湖面上空濛的雾气。明天还要带着未完的醉意，寻找她们在小道上遗落的首饰。

【赏析】

　　这首词是词人为西湖桥畔的小酒家所作，题于酒家的素色屏风之上。

　　上片描绘了一幅春日西湖买醉图。一整个春天，词人日日来到西湖边，花钱买醉。由于来的次数太多，就连他的马儿也熟门熟路了，每到酒店前便开始嘶鸣。"红杏"两句，描绘湖上胜景。红杏飘香，绿影婆娑，歌声不断，舞姿曼妙，秋千摇荡。写尽西湖繁华。

　　下片写恋春情怀。"暖风"二句承接上片而来，写西湖游春的丽人，佳景须得佳人配。春景如此美好，自然勾起人们的恋春情绪。

　　"画船载取春归去，余情付，湖水湖烟"写出了人们的这种情绪，情致悠长。末二句更近一层，今日归去，春兴仍然未了，明日重来西湖寻春，将游人的恋春之意淋漓尽致地写了出来。

◎作者简介◎

　　俞国宝，生卒年不详。号醒庵，抚州临川（江西人临川）。江西诗派著名诗人之一。性豪放，嗜诗酒，曾游览全国名山大川，饮酒赋诗，留下不少脍炙人口的锦词佳篇。著有《醒庵遗珠集》十卷。

柳梢青

◎戴复古

袖剑飞吟^①。洞庭青草，秋水深深。万顷波光，岳阳楼上，一快披襟^②。不须携酒登临。问有酒、何人共斟？变尽人间，君山一点，自古如今。

【注释】

① 袖剑飞吟：用吕洞宾传说。据《唐才子传》云，吕洞宾八月醉饮岳阳楼，留诗云："朝游南浦暮苍梧，袖里青蛇（按：指剑）胆气粗。三入洞庭人不识，朗吟飞过洞庭湖。""袖剑"，即"袖里青蛇"之意；"飞吟"，即"朗吟飞过"。② 一快披襟：宋玉《风赋》："楚襄王游于兰台之宫，宋玉、景差侍。有风飒然而至，王乃披襟当之，曰：'快哉此风。'"

【译文】

　　袖藏宝剑，朗声吟咏着诗篇而来。洞庭湖畔草木茂盛，秋天的湖水深沉宁静。万顷湖面微波粼粼，岳阳楼上，任凭衣袂被风吹拂。

　　不必再带酒登楼，即便有酒，又有谁与我共饮？人间世事不断变换，而洞庭湖中那渺如一点的君山，却始终岿然不动，自古如一。

【赏析】

　　这是一首写景抒情之作。

　　词人登上岳阳楼，看洞庭胜景，心中满怀豪情，不禁昂首高歌，抒发他绝不俯仰随人的坚定的爱国之情。

　　词的上片写景。袖中藏剑的词人登上岳阳楼，极目四望，湖岸草色青青，湖水波光万顷，一派壮观景象。秋风飒然而起，词人披襟挡之，不亦快哉！词人高大的形象于这豪迈的景语中凸显出来。上片写景，层层递进，为下片抒情埋下伏笔。

　　下片抒情言志。南宋小朝廷中主和派占多数，要找到志在收复中原之人是多么难啊。既然没有知己同饮，那么登楼就不必携酒了。在浩浩荡荡的洞庭湖中有君山一点，它任凭风浪肆虐，岿然不动。这君山一点指的就是词人那坚定不移的爱国之心。

　　这是一首借景抒情的小令，情景相融，主旨鲜明。

⊙作者简介⊙

　　戴复古（1167—？），字式之，天台黄岩（今属浙江台州）人。常居南塘石屏山，故自号石屏、石屏樵隐。一生不仕，浪游江湖，后归家隐居，卒年八十余。曾从陆游学诗，作品受晚唐诗风影响，兼具江西诗派风格。部分作品抒发爱国思想，反映人民疾苦，具有现实意义。有《石屏词》。

三姝媚

◎史达祖

烟光摇缥瓦^①。望晴檐多风，柳花如洒。锦瑟横床，想泪痕尘影^②，凤弦常下^③。倦出犀帷^④，频梦见、王孙骄马。讳道相思，偷理绡裙，自惊腰衩^⑤。

惆怅南楼遥夜，记翠箔张灯^⑥，枕肩歌罢。又入铜驼，遍旧家门巷，首询声价^⑦。可惜东风，将恨与、闲花俱谢。记取崔徽模样，归来暗写。

【注释】

①缥瓦：琉璃瓦。②尘影：风尘的痕迹。③凤弦：琴上的丝弦。④犀帷：饰以犀牛角的帷幕。⑤腰衩：此处作腰围解。衩，衣下端两旁开裂的缝。⑥箔：帘子。⑦声价：这里指有关妓女的消息。

【译文】

云霭雾气在琉璃瓦上漂浮闪烁，晴朗的屋檐下春风常常吹过，柳絮随风飘扬，漫天飞舞。锦瑟横放在床上，美人满脸泪痕，常将沾了尘的琴弦除下。她疲倦得难以走出闺房，时时梦见情郎骑马归来。避讳说出相思之苦，只是暗中整理罗裙时，自己惊讶地发现腰间的衣衩又宽松了许多。

惆怅地想起南楼那个遥远的夜晚，记得翠帘

内，明灯高举，她靠在我肩膀上唱完一曲的情景。又来到了铜锣巷，遍访旧日歌伎的住处，首先询问她的消息。可惜东风将她的遗恨与无人问津的野花一同吹落了。我还记得崔徽的模样，只有回来暗暗描绘记忆里她的容颜。

【赏析】

这是一首爱情词，写的是一位风尘女子与词人的爱情故事。

上片写词人重访昔日恋人的居处。"烟光摇缥瓦。望晴檐多风，柳花如洒"，首三句写春日来访。是日春光明媚，词人来到昔日爱人的居处，只见缥瓦晴檐，春风怡荡，柳絮纷飞。

接着词人进入楼中，他没见到所思之人，只见"锦瑟横床"。由此他想到伊人别后情状："想泪痕

尘影，凤弦常下"，自两人分别后她不理乐器，常独坐默默流泪。

"倦出犀帷，频梦见、王孙骄马"，因入骨相思，而思极成梦。一个"倦"字，一个"频"字，巧妙地写出了分别以后，无法排解的相思之苦。"王孙"是词人自指。

"讳道相思，偷理绡裙，自惊腰衩"三句细致地刻画出女主人公复杂的心理活动。她是一个矜持的女子，虽日夜牵挂着心上人，但从不在别人面前表露，极力掩饰自己的感情。当她私下里捡起久已不穿的裙子试穿时，惊讶地发现自己瘦了一大圈。词人通过对女子由故作镇定到突然一惊的感情起伏的描写，委婉而曲折地表现出她的痴情。

下片写女子的下落。"惆怅南楼遥夜，记翠箔张灯，枕肩歌罢"，此三句转入初次相遇的回忆。"南楼"即该女子的居处。"遥"字点明初见与此次相访相距时间之长。"枕肩歌罢"，点明该女子的身份，她是一位歌女。往事愈是甜蜜，此时心就愈痛，通过今昔对比，进一步深化了词人的思念。"又入铜驼，遍旧家门巷，首询声价"，因不见伊人，词人便去访问旧家门巷打探消息。"铜驼"，洛阳有铜驼街，繁华游乐之地，这里借指京师临安。

词人终究还是打探到了她的消息，但只是"可惜东风，将恨与、闲花俱谢"，她已经因思念如一朵无主的闲花带着无穷怨恨永远凋落了。这个消息无疑是最叫人痛心的了。

但除了痛，词人还能做什么呢？如今他只有"记取崔徽模样，归来暗写"，以表自己的深切怀念。末两句用元稹《崔徽歌序》里裴敬中与妓女崔徽相爱，崔徽临死留下肖像送给裴敬中的故事，直抒其对往日爱人的思念之情。

词的品赏知识

词的艺术特色（一）

词的作风可分四点：雅、婉、厚、亮。

雅——清新纯正。词与曲的最大不同即在于雅，曲不避俗，而词则不可以俗。所谓俗，不是指通俗，而是指庸俗。就拿这首《三姝媚》来讲，虽是写儿女情长，但却写得不怪不淫，哀而不伤，既纯且正。

婉——温柔缠绵。词之所以不同于诗，在于婉，诗之过婉嫌弱，词之不婉嫌率。词家往往奉婉约词为正宗，这首《三姝媚》也是这样一首婉约词，语言精雕细琢，抒情含蓄委婉。

⊙作者简介⊙

史达祖（1163—1220？），字邦卿，号梅溪，汴（今河南开封）人。仕进无途，托身权门，曾为韩侂胄堂吏，尽握三省之权。韩势败被杀，其亦受酷刑，贬死。其词取法姜白石，奇秀清逸，尤精于咏物，清人纪昀赞之"清词丽句，在宋季颇属铮铮"（《四库全书总目提要》）。有《梅溪词》。

双双燕 咏燕

◎史达祖

　　过春社了①，度帘幕中间，去年尘冷。差池欲住②，试入旧巢相并。还相雕梁藻井③，又软语商量不定。飘然快拂花梢，翠尾分开红影。

　　芳径，芹泥雨润④。爱贴地争飞，竞夸轻俊。红楼归晚⑤，看足柳昏花暝。应自栖香正稳，便忘了、天涯芳信。愁损翠黛双蛾⑥，日日画阑独凭。

【注释】

① 春社：古代风俗，农村于立春后、清明前祭神祈福，称"春社"。② 差池：张舒尾翼。《诗经·风·燕燕》："燕燕于飞，差池其羽。"③ 相（xiàng）：端看、仔细看。藻井：装饰成井栏形、绘有菱荷藻类的天花板。古人以为借此能镇住火灾。④ 芹泥：水边长芹草的泥土。⑤ 红楼：富贵人家所居处。⑥ 翠黛双蛾：指闺中少妇。

【译文】

　　祭神祈福的日子已经过了，燕子穿飞在帘幕中间，旧巢中灰尘清冷。一双燕子舒张尾翼，想要停下，试着一同飞入原来的窠臼双宿双栖。它们又飞去仔细看房顶上雕凿过的横梁和天花板，低声细细商量着在哪里共筑新巢。燕子飘飘然轻快地掠过花梢，如剪的翠尾分开了花影。

　　在草绿花香的小路上，水边的泥土里长着茂密的芹草，被春雨滋润过后，泥土更加湿润松软。燕子们喜爱贴着地面低低飞翔，竞相夸耀自己的轻巧。成双成对回到居住处，天色已晚，柳树与鲜花的暗影尽入眼帘。归到新巢中，相依相偎睡得香甜，便忘了传递天涯游子的信件。于是闺中少妇终日愁眉不展，天天独自临着栏杆等候郎君的音信。

【赏析】

　　这是一首咏物词，咏的是春燕。

　　上片写燕子的筑巢情态。春社过了，燕子飞回，它们的旧巢已经落满尘土，冷寂地悬于屋梁之间。它们企图终归旧巢，但旧巢早就不暖。于是它们犹豫了，商量要不要重新搭个巢。"还相雕梁藻井，又软语商量不定"两句，将燕子拟人化，非常传神。接着燕子就冲了出去，穿飞在花红柳绿间，极写燕子轻盈的姿态。

　　下片紧承上片，写燕子飞入花园后自在玩耍的情景，并引出一段闺情。燕子是多么快活呀，贴地争飞，比赛谁更机灵，谁更轻巧。它们又是多么贪玩，直至天黑它们方才归巢。接着词人由燕子双宿双栖引入一段闺情，来了出人意料的一笔。双燕睡得香甜，忘了将游子的书信带给他的妻子。这可苦了那位独自凭栏的女子，她正望断天涯路，盼着丈夫书信呢。

　　这首咏燕词历来为人所称道，明朝王士禛就赞此词："极妍尽态，反有秦（观）、李（清照）未到者。"

绮罗香 咏春雨

◎史达祖

做冷欺花，将烟困柳，千里偷催春暮。尽日冥迷，愁里欲飞还住。惊粉重、蝶宿西园①，喜泥润、燕归南浦。最妨他、佳约风流，钿车不到杜陵路②。

沉沉江上望极，还被春潮晚急，难寻官渡③。隐约遥峰，和泪谢娘眉妩④。临断岸，新绿生时，是落红、带愁流处。记当日、门掩梨花，剪灯深夜语。

【注释】

① 西园：泛指园林。② 钿车：用珠宝装饰的车,古时为贵族妇女所乘。杜陵：地名，在陕西长安东南，也叫乐游原。③ 官渡：公用的渡船。④ 谢娘：唐代歌伎名，后泛指歌伎。

【译文】

春雨挟着冷气，欺凌早开的花朵，细雨如烟似雾，困住柳树，千里烟雨暗暗地催促着春天迟暮。整日里昏暗迷蒙，忧愁中想要飘飞又忽然停住。蝴蝶惊觉自己的翅膀湿重，落在西园栖息；春燕喜欢湿润的春泥，飞归南浦。下雨天妨碍了男女的约会佳期，使他们华丽的车辆到不了杜陵路。

烟霭沉沉的江面上，我极目眺望。加上晚来迅急的春潮，我难以找到官家的渡口。远山全都隐隐约约，宛如佳人那含情的眼睛和眉峰。临近残断的河岸，碧绿的河水涨起时，水面上漂着的片片落红带着愁向东流去。记得那天，院门将梨花掩住，我和妻子剪着灯花，夜里私语。

【赏析】

这是一篇咏春雨的词，向来被推为咏物词中的上乘之作。

上片写春景。将春雨拟人化，说它挟带寒意而来，欺凌娇花，锁住烟柳，打湿蝶翅。接着又从人物的活动来刻画春雨，由于这场春雨，地面泥泞不堪，妨碍了男女幽会。词人从多方面，由远到近、由小到大描写了春雨的特色，表现绵绵丝雨编织成的迷蒙境界。

下片抒写离愁别怨。江面上烟雨蒙蒙，词人极目远眺，难以寻到渡船，无法归家。词人的思妻之情被牵动了，遥望群山，竟似娇娘眉峰。今日这情景似曾相识，他与妻子也曾在这样一个春雨迷蒙的夜里，剪着灯花，私语至深夜。

整首词不着一"雨"字，雨的意象却贯穿全篇。而且这首词还不只是单纯地描写春雨，其中还融入了个人的情感，体现了更高的艺术趣味。

江城子

◎卢祖皋

画楼帘幕卷新晴，掩银屏，晓寒轻。坠粉飘香，日日唤愁生。暗数十年湖上路，能几度，著娉婷①？

年华空自感飘零，拥春醒②，对谁醒？天阔云闲，无处觅箫声。载酒买花年少事，浑不似，旧心情。

【注释】

① 娉婷：女子美好貌，此处指歌女。
② 醒（chéng）：酒醒后的疲惫。

【译文】

画楼的帘幕高卷，帘外一片新晴。合上素色的屏风，清晨寒意微微。坠落的花粉飘着香味，日日唤起我的愁绪。暗自细数我在湖上飘零的十年里，曾几次与美丽的女子相伴呢？

时光匆匆流逝，我徒然为自己飘零的生涯而伤感。老是带着酒醒后的困倦，我能对着谁清醒呢？天空阔朗，浮云闲淡，再也没有地方能够寻觅到箫声了。载酒畅饮，追欢逐笑，那都是少年时的事了，现在我浑然没有旧时的心情。

【赏析】

这首词为卢祖皋从临安调到京城为京官以后所作。十年前，在临安中进士，之后就被外放到池州（今属安徽）、吴江（今属江苏）等地长期为官。词人对着春景，暗自伤怀，感叹时光易逝，身世飘零。

上片写景伤怀。在一个春天的早晨，词人卷起帘幕，外边一片新晴。然而尽管是晴朗的春日，却仍然留下了一点晓寒，由此而引出"坠粉飘香，日日唤愁生"的凄楚况味。看到这美好的春光，词人不禁触目伤怀，感叹自己宦海飘零，辜负大好时光。十年来风尘碌碌，很少与那西湖佳人共尽幽兴。

下片紧承上片而来，感叹时光易逝，意气不再。如今我已垂垂老矣，再没有少年时载酒买花的心情。"天阔云闲，无处觅箫声"，暗用萧史教弄玉吹箫的故事，说自己无处寻觅心中那个吹箫的弄玉，我孤孤单单一身醉意，空自感叹岁月的流逝。

⊙作者简介⊙

卢祖皋（约1174-1224），字申之，又字次夔，号蒲江，永嘉（今浙江温州）人。宁宗庆元五年（1199）进士。累官将作少监、权直学士院。工小令，词风婉秀淡雅。有《蒲江词稿》。

宴清都 初春

◎卢祖皋

　　春讯飞琼管①，风日薄，度墙啼鸟声乱。江城次第②，笙歌翠合，绮罗香暖。溶溶涧渌冰泮③，醉梦里、年华暗换。料黛眉，重锁隋堤，芳心还动梁苑④。

　　新来雁阔云音，鸾分鉴影⑤，无计重见。春啼细雨，笼愁淡月，恁时庭院。离肠未语先断，算犹有凭高望眼。更那堪衰草连天，飞梅弄晚。

【注释】

①琼管：指古时候验节气的器具。将芦苇茎中的薄膜制成灰，置于十二月律的律管内，放在特设的室内木案上，到某一节气，相应律管内的灰就会自行飞出。②次第：转眼，顷刻。③"溶溶"句：溶溶：水盛。渌：清澈。泮：溶解，分离。④梁苑：园囿名，在今河南开封市东南。汉梁孝王刘武筑。为游赏与延宾之所，当时名士如司马相如、枚乘、邹阳皆为座上客。一名梁园，又称兔园。此处泛指园林。⑤鸾分鉴影：古时镜称鸾镜。南朝陈代徐德言与妻乱离中分别，各执破镜一半，后得以重逢。此处指夫妻分离两地。

【译文】

　　春天的讯息随着十二律玉管中的灰飞出，风轻日淡，飞过墙头的鸟儿啼声零乱。江城转眼间就在笙歌中换上了翠绿的衣裳，身着绫罗的脂粉堆里散发着融融暖香。绿水涨满的溪涧中冰雪融化，醉梦中，年华偷偷更换。料想（她的）黛眉又对着隋堤紧锁了，芳心还在为梁园而萌动。

　　新归来的大雁没有捎来辽阔云山那边的音信，夫妻分离如破镜，无法再相见。细雨绵绵，如同为春天啼哭流下的泪水；月光惨淡，仿佛笼着一层哀愁，那是当时的庭院。离别的话还未出口，柔肠早已寸断。就算还有一双凭高远望的眼睛，又怎能忍受看到那衰草绵延至天边，梅花飞向日暮。

【赏析】

　　这首词为作客异乡、思念妻子而作。

　　上片由眼前的春景而想到了远方的妻子。大地春回，日和风清，到处莺歌燕舞，到处喜气洋洋。这美好的春景与词人寂寥的心情形成鲜明对照。词人思念妻子却不直抒相思之情，而从对方思念自己着笔，这更显现出词人思妻之切。

　　下片抒发离恨。与妻子天涯相隔，重见无日，念此令词人肠断。抒发完自己的离愁后，词人再折回来，以眼前景语作结，将情融于景，情致委婉动人。

浪淘沙

◎韩疁

　　莫上玉楼看，花雨斑斑。四垂罗幕护朝寒。燕子不知人去也，飞认阑干①。

　　回首几关山，后会应难。相逢只有梦魂间。可奈梦随春漏短，不到江南。

【注释】

①阑干：栏杆。

【译文】

　　不要登上玉楼去看，花落如雨，斑斑点点。将四周的帘幕垂下以阻挡清晨的寒意。燕子不知道人已经走了，还飞回来寻找旧巢。

　　回首遥望，关山一重一重，以后再要回来应该很难了，恐怕只能在梦中相逢吧。无奈梦境短浅，总被滴漏声惊醒，无法到达江南。

【赏析】

　　这是一首抒发离恨的词作。表面上看，这首词抒发的是一个北国女子对于远行江南的爱人的思念、幽怨之情，实际上是借此抒发北方人民对宋王朝的思念，及表达其对统一中原的渴望。

　　上片描写故国萧条的景象。故国已不复往日的繁华，实在令人不忍再看，只得将自己闭置起来。燕子尚恋旧巢，何况北方人民，他们不愿被异族奴役，他们也想归巢。

　　下片抒发思念之情。故土沦丧，只有在梦中才能重回故国。无奈梦又太短，不能指望偏安江南的南宋统治者收复失地。

　　这首词字字血泪，尤其是末二句，情真意切，感人至深。

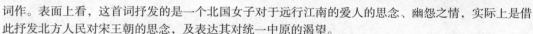

⊙作者简介⊙

　　韩疁，生卒年不详，字子耕，号萧闲，有《萧闲词》一卷，不传。共存词6首。

霜天晓角 仪真江上夜泊

◎黄机

寒江夜宿，长啸江之曲。水底鱼龙惊动，风卷地、浪翻屋。

诗情吟未足，酒兴断还续。草草兴亡休问，功名泪、欲盈掬①。

【注释】

① 掬（jū）：双手捧起，形容泪水之多。

【译文】

夜泊寒江，在江水弯曲处仰天长啸，惊动了水底的鱼龙，狂风席卷地面，巨浪翻转房屋。

诗情还没有吟够，酒兴似断还续，不要再问故土轻易沦丧的事了，为收复故土、建功扬名所流的眼泪，将要盈满捧起的双手。

【赏析】

这是一首抒发怀才不遇的词作。

一个清冷的夜里，漂泊异乡的词人临江啸歌，借酒浇愁。他有志报国，却无计施展，心中悲愤不已。

上片写词人临江啸歌。词人壮怀激烈，在江边啸歌惊动了水底的鱼龙，一时间，风雨大作，狂风卷地，巨浪翻腾，好一幅气势飞动的画面。

下片转入抒情，作者情绪由高昂变得低沉。词人意欲吟诗、饮酒以自解，却仍旧无法排遣心中的激愤，提及国事令他伤心不已，泪如雨下。最后两句"功名泪、欲盈掬"，愤懑之情寓于其中，读之令人伤心，却又无可奈何。

⊙作者简介⊙

黄机，字几仲，一作几叔，号竹斋，婺州东阳（今属浙江）人。曾为州郡属吏，往来吴楚间，与岳珂相唱和，词风豪放，沉郁苍凉。有《竹斋诗余》。

玉楼春 春思

◎严仁

春风只在园西畔，荠菜花繁胡蝶乱①。冰池晴绿照还空②，香径落红吹已断。

意长翻恨游丝短，尽日相思罗带缓③。宝奁明月不欺人④，明日归来君试看。

【注释】

① 胡蝶：即蝴蝶。② 晴绿：清澈碧绿的池水。③ 缓：此指衣带宽松。④ 宝奁(lián)：梳妆镜匣。

【译文】

春风只在小园西畔，荠菜花开得繁茂，引得蝴蝶纷飞。水面光洁如冰、清澈碧绿，在太阳的照射下显得无比透明，飘着芳香的小路旁，枝头花朵都已被吹落。

情意绵绵常恨游丝太短，整日被相思缠绕，罗带逐渐显得宽松。梳妆匣里的圆镜不会欺骗人，明日归来之时你就可以看到（消瘦的容颜）。

【赏析】

这是一首思妇怀人的词。

上片写景。小园西畔春色烂漫，荠菜花盛开，蝴蝶翩翩飞舞。其中"繁"和"乱"两个字高度概括出荠菜花和蝴蝶的形态，并反映出春事之深。"冰池"句描写池水，碧绿澄净。最后一句转到落花上来，惜春之情寓于其中。上片词人写了荠菜花、蝴蝶、水池、落花，从多方面来描写春景，描绘出一幅生机盎然却又略显寂寞的晚春图，牵引出思妇的伤春之情。

下片抒情。作者用曲折的笔法抒发思妇的相思之情，不直言思妇情意无限，而通过写"恨游丝短"来反衬思妇情意之长；不直言思妇对丈夫浓浓的思念，而是用"罗带宽"来暗示，暗示思妇因思念丈夫而日渐消瘦。结尾两句以其新奇的构思新奇而常为人称道，词人并不直接说思妇因怀念丈夫而变得憔悴，而是以一种曲折的方式陈述，写得情真意切。

⊙作者简介⊙

严仁，生卒年不详。字次山，号樵溪，邵武（今属福建）人。与严羽、严参并称"邵武三严"。其词"能极道闺闱之趣"（黄昇《中兴以来绝妙词选》）。有《清江欸乃集》（今不传）、《文献通考》。存词三十首。

卜算子

◎刘克庄

片片蝶衣轻①，点点猩红小②。道是天公不惜花，百种千般巧。
朝见树头繁，暮见枝头少。道是天公果惜花，雨洗风吹了。

【注释】

① 蝶衣：指花瓣。② 猩红：指花朵。

【译文】

　　片片花瓣好似蝴蝶的翅膀一般轻盈，点点花朵小而鲜艳。要说天公不爱惜花儿，那花儿却有千百种姿态，风流灵巧。

　　早上还看见枝头上花朵繁盛，晚上枝头上就所剩不多了。要说那天公果然爱惜花，风雨将花儿全吹落（枝头）。

【赏析】

　　刘克庄词风豪放，这是他为数不多的婉约词中的一首。

　　词人以海棠自喻，用比兴的手法表达自己怀才不遇的愤懑情怀。词人将自己比作那有着千百种灵巧风姿的海棠花，虽有济世之策，但却如海棠一样饱受风吹雨打，得不到任用。

　　词的上片写花的可爱。"片片蝶衣轻"，此句写花的姿态，宛如蝴蝶一般轻盈。"点点猩红小"，此句写花的颜色，如血一般鲜红。"道是天公不惜花，百种千般巧"，一个"巧"字，写出了花的气韵。

　　词的下片写花的命运。早上还百花争妍，枝头怒放，晚上就被雨打风吹尽了。词人对花儿的此种命运深感痛惜，不由得感叹老天不爱惜花，并对此表示出深深的不满。

　　这首词写得含蓄，作者不止惜花，他更在伤己。

词的品赏知识

咏花词的分类

　　我国古代的咏花词主要分为两种类型，一种侧重表现自然，一种侧重表现自己的情感，但一般咏花词都为第二种。在第二种类型中，词人常借花的意象来寄托自己的志向，譬如宋代的许多咏梅词，皆是托梅花来表达自己孤高雅洁的志趣；这首《卜算子》，词人以海棠自喻，抒发自己不得志的情怀。

⊙作者简介⊙

　　刘克庄（1187—1269），字潜夫，号后村居士，莆田（今属福建）人。以父荫入仕，补将作郎。理宗淳祐六年（1246）赐同进士出身。曾因《落梅》诗涉嫌讪谤朝臣，免官达十年之久，后三入朝而三被劾。官至工部尚书，以龙图阁学士致仕。一生著述甚富，工诗词，为"江湖诗派"领军人物。词风慷慨，近辛弃疾，多家国之思。有词集《后村别调》。

沁园春 答九华叶贤良

◎刘克庄

一卷阴符，二石硬弓，百斤宝刀。更玉花骢喷，鸣鞭电抹；乌丝阑展，醉墨龙跳。牛角书生，虬髯豪客，谈笑皆堪折简招。依稀记，曾请缨系粤①，草檄征辽②。

当年目视云宵，谁信道、凄凉今折腰③。怅燕然未勒，南归草草，长安不见，北望迢迢④。老去胸中，有些磊块⑤，歌罢犹须著酒浇。休休也，但帽边鬓改，镜里颜凋。

【注释】

① 粤：广东省的别称。② 檄：下文书征讨。③ 折腰：用陶渊明不为五斗米折腰的典故。④"怅燕然未勒"四句：这里用了两个典故：一是《后汉书·窦宪传》所载窦宪登燕然山刻石记功而还；二是李白《金陵凤凰台诗》所记"总为浮云能蔽日，长安不见使人愁"，表达了词人功名未就、报国无门的怅恨。⑤"老去"二句："老去"，也援用一典。《世说新语·任诞篇》云："阮籍胸中磊块，故须酒浇之。"磊块，一作垒块，谓胸中郁结不平之气。按，词人为建阳令时，尝作诗咏落梅云："东君谬掌花权柄，却忌孤高不主张。""梦得因桃却左迁，长源为柳忤当权；幸然不识桃并柳，也被梅花累十年。"可见其胸中积有多少块磊，多少愤懑情结。

【译文】

熟读一卷《阴符》，能开两石硬弓，手提百斤宝刀。更有玉花骢喷着粗气，挥舞马鞭，鞭梢作响，鞭快如电；展开乌丝阑，醉中的墨迹如蛟龙跳跃。与之谈笑的是勤奋攻读的书生、行侠仗义的豪客，都值得寄信相召。依稀记得，曾经主动请缨抓回南粤王，草拟檄文征讨辽兵。

当年我傲岸不羁、目视云宵，谁肯信，如今竟落得为五斗米而折腰。草草南归，未能在燕然山刻石记功令人十分惆怅；遥遥北望，却不见故都长安。年华已老，胸中郁结着不平之气，高歌后仍须用酒来浇灭。罢了，罢了，但见帽子两边鬓发渐白，镜中容颜日益憔悴。

【赏析】

这是一首感怀词，词人叹息年华老去而事业未竟，词情颇为悲壮。

九华，山名。叶贤良，名字、事迹均不详，为作者同乡。贤良，制科名，全称为"贤良方正能直

言极谏科"，叶氏当中此科，所以作者才以"贤良"称之。这首词虽为答叶贤良而作，但却自抒怀抱，是豪放词中的佳作。

上片是词人对往昔少年时的回忆。"一卷阴符，二石硬弓，百斤宝刀"，首三句写自己年少时的英雄豪气，既精通韬略，且武艺高强。《阴符》，兵书名，相传为太公所著。二石，相当于现在二百四十斤，这是极言弓之硬。

"更玉花骢喷，鸣鞭电抹；乌丝阑展，醉墨龙跳"，这四句选取骑马和写字两个场景来展示词人少年时的英勇和豪迈。"玉花骢"，又名菊花青，是一种良马。一个"电"字活灵活现地将词人手挥马鞭的少年英气展示了出来。"龙跳"二字，即是说他的字有如蛟龙跳跃，极言其书法苍劲有力。

"牛角书生，虬髯豪客，谈笑皆堪折简招"，"牛角书生"，《旧唐书·李密传》谓李密少时，曾将《汉书》一帙挂于牛角，一手提牛靷，一手翻阅书籍。"虬髯豪客"是唐人小说《虬髯客传》中的人物，性格豪爽而有才略。与词人交友之人皆是饱读诗书之士，或行侠仗义之人，他们的从游关系热烈而亲切。"依稀记，曾请缨系粤，草檄征辽"，末三句写他少年时的南征北战，歌颂他为国效力的豪情壮志。

下片转到对今日的描写，词情由激越转至低沉。"当年目视云霄，谁信道、凄凉今折腰"，此二句为过渡句，感叹今非昔比，当年他气贯云霄，而今却壮志难伸，一身凄凉。

"怅燕然未勒，南归草草，长安不见，北望迢迢"，这四句承上句而来，通过两个典故具体描述其不得志的境况，表达其功名未就、报国无门的怅恨。"怅燕然未勒"，据《后汉书·窦宪传》载，窦宪登燕然山，刻石记功而还；"长安不见"，李白《金陵凤凰台诗》所记"总为浮云能蔽日，长安不见使人愁"。

"老去胸中，有些磊块，歌罢犹须著酒浇"，同样用典。《世说新语·任诞篇》云："阮籍胸中磊块，故须酒浇之。"磊块，谓胸中郁结不平之气。按，词人为建阳令时，尝作诗咏落梅云："东君谬掌花权柄，却忌孤高不主张。"词人仕途不畅，屡遭困厄，胸中积下许多块垒，无处抒发，唯有对酒狂歌，以酒浇愁。

"休休也，但帽边鬓改，镜里颜凋"，末三句叹老，以形象化的语言，塑造了一个满腔忧愤的老者形象。

综合来看，这首词上片慷慨而多气，下片深邃而含悲，其中也穿插了多个典故，将作者少年的意气与老年的悲慨，强烈地表现了出来。

词的品赏知识

词的艺术特色（二）

厚——沉郁顿挫。近代词人周颐曾论及词的大要说：首曰"雅"，次曰"厚"，探源立论，至为精当。"厚"即在于浑厚，既重且大。就这首《沁园春》来看，词人感怀英雄老去，托足无门，词情悲壮沉郁。

亮——名隽高华。止庵曾说：予之所谓亮，即高朗揭响之意也。即语言清亮，不拖沓。来看这首《沁园春》，音节紧凑，节奏顿挫，字字似能敲响，读之气若贯虹，如闻鹤唳。

一剪梅

◎刘克庄

　　束缊宵行十里强①。挑得诗囊，抛了衣囊。天寒路滑马蹄僵。元是王郎②，来送刘郎③。

　　酒酣耳热说文章。惊倒邻墙，推倒胡床。旁观拍手笑疏狂。疏又何妨，狂又何妨！

【注释】

① 束缊：捆绑乱麻以为火把。② 王郎：词人的好友王迈。③ 刘郎：词人自指。

【译文】

　　举着用麻绳捆束的火把，我连夜赶路，经过十里长亭，挑着诗囊，而将衣囊抛却。天气寒冷，路面打滑，马蹄冻得僵硬，原来是王郎来送刘郎。

　　喝到酒酣耳热之时，我们评说起时事，抒发起怀抱来，冲天豪兴将邻墙惊倒，将胡床推倒。旁边看的人拍手直笑我们疏散狂傲，疏散又怎样，狂傲又怎样！

【赏析】

　　这首词作于友人为词人饯别之时。词以豪放而悲愤的笔调描写了两位饱受压抑而又不甘屈服的狂士的离别。

　　词的上片写王迈连夜为词人送行。"束缊宵行十里强"，首句便点明送行。开门见山地描写连夜而行的情状。"束缊"，是乱麻捆起来，做成照明的火把；"宵行"，点明时间；"十里"指十里长亭，点出饯别之意。

　　"挑得诗囊，抛了衣囊"，这两句写行囊，表现其书生本色。对词人来说，那饱蘸他心血的诗才是最为珍贵的，自然不能轻易抛弃。

　　"天寒路滑马蹄僵"，此句写行人冒寒赶路的艰苦情状。

　　"元是王郎，来送刘郎"，最后两句人物正面出场。"王郎"即王实之。他半夜冒着严寒来为词人饯行，可见两人情谊之深厚。"刘郎"原指刘禹锡，这里词人以锐意进取而屡受打击的刘禹锡自比。

　　下片写饯行场景。"酒酣耳热说文章"，在为词人饯行的宴席上，两人喝得酒酣耳热，互诉胸怀抱负。"酒酣耳热"表现了酒逢知己的欢乐；"说文章"则是指两个有着共同抱负的人酒兴正浓之时，一起品评时事，抒发怀抱，宣泄心中不平。

　　"惊倒邻墙，推倒胡床"，这两句运用夸张的手法淋漓尽致地表现出他们二人的冲天豪气。他们二人疏放至极，不管邻人，只顾喝酒，只顾说话，常常语惊四座，却全无顾忌。

　　"旁观拍手笑疏狂"，这是词人的设想之辞，他想假若有旁观者在此，必定拍手笑他二人疏狂。这里暗点出他们不被世人所理解的境况。

　　但词人并不在乎，他说道："疏又何妨，狂又何妨！"态度明确坚定，感情慷慨奔放。

长相思 惜梅

◎刘克庄

寒相催。暖相催。催了开时催谢时。丁宁花放迟①。

角声吹。笛声吹。吹了南枝吹北枝。明朝成雪飞。

【注释】

① 丁宁：叮嘱。

【译文】

　　寒气相催促，暖意也相催促，催到它盛开的时候又催促它凋落。叮嘱花儿你呀迟些时候再开放吧。

　　角声吹着《大梅花》、《小梅花》的曲调，笛声又吹着《梅花落》的曲调。吹落了南边枝头的花又吹落北边枝头的花。明早散作雪花满天飞。

【赏析】

　　这是一首惜花伤时的词作。词人由梅花的开落联想到国事，由惜花引申到感叹国事衰落，感叹国运已消。

　　上片惜花。"寒相催。暖相催。催了开时催谢时"，这三句写梅花的开落，梅花被寒气和暖意竞相催逼，寒刚催着梅花开放，天气转暖后又催着梅花凋谢。

　　"丁宁花放迟"，早开便早谢，因此词人叮咛花儿晚些开放，惜花之意由此可见。

　　下片伤时。"角声吹。笛声吹"，角声里、笛声里，都传出与梅花有关的曲调。《梅花落》是汉代军中之乐的笛中曲名。角也是军中吹器，唐大角曲就有《大梅花》、《小梅花》等曲。"鸣角"有收兵之意，这自然就将梅花与国事连接起来。边境告急，国家处在水深火热之中，谁能挑起收复中原的大任呢？

　　"吹了南枝吹北枝"，角声、笛声吹落了南枝，又吹落了北枝，暗指南宋小朝廷危机四伏。

　　"明朝成雪飞"，末句将上下两片紧密结合起来，既归结到惜梅，梅花谢落后散作漫天雪花；又暗指南宋王朝来日无多了。

贺新郎 送陈真州子华 ◎刘克庄

北望神州路①，试平章、这场公事，怎生分付？记得太行山百万，曾入宗爷驾驭。今把作、握蛇骑虎。君去京东豪杰喜，想投戈、下拜真吾父。谈笑里，定齐鲁。

两河萧瑟惟狐兔。问当年、祖生去后②，有人来否？多少新亭挥泪客③，谁梦中原块土？算事业、须由人做。应笑书生心胆怯，向车中、闭置如新妇。空目送，塞鸿去。

【注释】

① 神州：本指全中国，此处指北方沦陷地区。② 祖生：祖逖，东晋北伐名将。③ 新亭挥泪客：《世说新语》："过江诸人，每至美日，辄相邀新亭，藉卉饮宴。周侯中坐而叹曰：'风景不殊，正自有山河之异！'皆相视流泪。唯王丞相愀然变色曰：'当共勠力王室，克复神州，何至作楚囚相对！'"

【译文】

向北望神州大地，试着品评这场公事，该怎么处置才好呢？记得太行山百万抗金大军，曾经被宗爷统率。今天却被南宋统治者看作是手上握着蛇、胯下骑着虎的刁民。你此番去京东定会令各方豪杰欣喜，投戈拜在你门下。谈笑间就将齐鲁平定。

国土萧瑟，到处一片荒寂，只有狐兔出没。问当年祖狄离去后是否还有人来过？多少新亭挥泪之人啊，谁梦到过中原失地？算来那重拾旧河山的大业必须由人去做。应笑我书生心中胆怯，坐在马车里，关得严严实实如同新嫁娘，空自目送着鸿雁北去。

【赏析】

这是一首送别之作。陈子华受命去真州任职，刘克庄写下这首词送给友人，鼓励陈子华加强同北方民众武装的联系，收复失地。

词的上片，词人讲述了一段历史。北方民众不甘被异族统治，奋起反抗，主要有两支军队最为有名。一支是拥众七十万的王善，一支是王彦的八字军。两支军队都由老将宗泽统率。这两支正义之师却被南宋统治者看成是手握着蛇、胯下骑着虎的刁民，不敢任用，企图甩掉。因此词人鼓励自己的朋友北上后加强与北方民众武装的联系。

词的下片，词人勉励好友陈子华去做一番事业。故土沦丧，山河寂寥，南宋统治者守着半壁江山，不思收复中原。词人对此感到痛心，希望友人抓住时机，干出一番不朽的事业来。接着谈自己不能上前线杀敌，只能徒然目送朋友远去。"塞鸿"指的便是陈子华，最后点出送别之意，寓无限之情于有限之景中，言有尽而意无穷。

贺新郎 九日

◎刘克庄

　　湛湛长空黑①。更那堪、斜风细雨，乱愁如织。老眼平生空四海，赖有高楼百尺。看浩荡千崖秋色。白发书生神州泪，尽凄凉不向牛山滴②。追往事，去无迹。

　　少年自负凌云笔③。到而今、春华落尽，满怀萧瑟。常恨世人新意少，爱说南朝狂客④，把破帽年年拈出。若对黄花孤负酒，怕黄花也笑人岑寂。鸿北去，日西匿。

【注释】

① 湛湛：深，深沉。② 牛山滴：牛山在山东淄博东。《晏子春秋·内篇谏上》载，齐景公游牛山，北临其国城而流涕，曰："若何滂滂去此而死乎。"③ 凌云笔：谓笔端纵横，气势干云。《史记·司马相如传》载："相如既奏《大人》之颂，天子大说，飘飘有凌云之气，似游天地之间意。"④ 南朝狂客：指孟嘉。《晋书·孟嘉传》载：孟嘉于九月九日随桓温游龙山，风吹帽落，他并不觉得。桓温命人写文章嘲笑他，他亦取笔作答，文辞超卓，四座极叹服。

【译文】

　　暗沉沉的天空一片昏黑，又哪能忍受斜风细雨交织，我心中的愁绪纷乱如麻。我一双老眼平生能够望尽四海，全靠着那百尺高楼。看浩荡的万千山崖之秋色。白发书生的泪水是为着神州大地而流，尽管凄凉，却绝不像曾经登临牛山的古人一样，为个人的生死而流。追念往事，一切都已经杳无影迹了。

　　少年时我自负有凌云健笔。到而今当年的意气已如春花凋谢殆尽，只剩下满怀萧索寂寞的心绪。常常怨恨世人的新意太少，只爱说南朝文人的疏狂旧事，把南朝孟嘉落帽的趣事年年提起。如果对着菊花而不饮酒，恐怕菊花也会嘲笑我太孤单落寞。只看见鸿雁向北飞去，太阳也向西边沉下了吧。

【赏析】

　　这是一首写重阳的词。

　　重阳又到，却是风雨交加，词人愁绪满怀，心乱如麻。他登高望远，北望中原，想到宋朝国运已消，收复中原无望，不禁老泪纵横。

　　上片感怀。登上百尺高楼的词人，看到的是一片浩荡之景，面对着这样的景色，词人感喟不已。自己身虽老去，却壮心不已，心中永远将国家的存亡置于第一位，而不是将个人的生死挂于心头。

　　下片对比今昔，感叹现实无望。少年时，词人意气风发，才气过人。到了垂老之年，当年意气与才气不复，境况凄凉。虽如此，但词人仍旧壮怀激烈，胸怀天下。他悲叹世事，当今之人不顾国难，自命清高，动不动就谈论那南朝狂士。词情至此急转直下，词人在感愤之余，觉得自己既不能改变这种局面，只能赏花饮酒以遣怀，一片落寞。最后以景语作结，将无限之情托于有限之景中。

木兰花 戏林推

◎刘克庄

年年跃马长安市，客舍似家家似寄①。青钱换酒日无何②，红烛呼卢宵不寐③。

易挑锦妇机中字④，难得玉人心下事。男儿西北有神州，莫滴水西桥畔泪⑤。

【注释】

①寄：客居，引申为旅舍。②青钱：古代的钱因成色不同，分青钱和黄钱两种。③呼卢：指赌博。古代一种赌博游戏。共有五子，五子全黑的叫"卢"，得头彩。掷子时，高声喊叫，希望得全黑，所以叫"呼卢"。④锦妇：织锦的妇女，指妻室。机中字：《丽情集》："前秦窦滔恨其妻苏氏，及镇襄阳，与苏绝音问，苏因织锦为回文诗寄滔，滔览锦字，感其妙绝，乃具车迎苏。"⑤水西桥：指妓女聚居之地。

【译文】

你年年骑着马穿行在长安闹市，旅店几乎成了你的家，你的家反而成了你的寄居之地。每天只知道用铜钱买酒，其他什么事情也不做，夜里点燃红烛，高声呼叫骰子（赌博），通宵不睡。

容易看见你织锦的妻子在锦上向你表达爱意的字眼，却难以捉摸你心里迷恋着哪个女子。男儿应该志在收复西北失地，不要只为水西桥畔的女子们滴泪。

【赏析】

这首词是为规劝节度推官林姓友人而作。

友人林某生性放荡，整日花天酒地，有家不归，混迹在赌场妓院。词人对友人的这种状态很痛心，因而作此词加以规劝，希望他能浪子回头。

上片写林姓友人的放荡生活。友人日日骑马穿行在长安闹市，除了吃喝嫖赌什么也不干，家似乎变成了他临时寄居的旅舍。字里行间流露出词人对友人虚掷时光的深深惋惜。

下片写词人对友人的规劝。你的妻子那么贤淑，你却迷恋风尘女子。如今国蒙大难，作为男儿应该以收复国土为己任。规劝之意由此可见。

清平乐 五月十五夜玩月 ◎刘克庄

风高浪快，万里骑蟾背①。曾识姮娥真体态②，素面元无粉黛。身游银阙珠宫，俯看积气蒙蒙。醉里偶摇桂树，人间唤作凉风。

【注释】

① 蟾背：指月亮。因传月宫中住着蟾蜍，故名。② 姮娥：嫦娥的本称，后因西汉时为避汉文帝刘恒的讳而改称嫦娥。

【译文】

风高高地吹，浪快速地奔腾，我骑上蟾背，万里飞行。曾经认识嫦娥的体态，素面朝天，不施脂粉。

一身游荡在素净如银、闪耀如珠的月宫中，俯身看下界只见积气蒙蒙。酒醉中偶然摇动桂树，人间唤它做凉风。

【赏析】

这首词写词人遨游月宫的情景。

上片写前往月宫。"风高浪快，万里骑蟾背"，首二句写他御气乘风，飞往月宫。"风高浪快"，形容飞行速度之快；"蟾背"，指月宫。

"曾识姮娥真体态，素面元无粉黛"，这两句写月光的皎洁无尘。"曾"字用得妙，说词人原本就是天上的仙人，与嫦娥是旧相识。"素面元无粉黛"则以美人之素面比皎洁的月轮，非常形象。

下片写游赏月宫。"身游银阙珠宫，俯看积气蒙蒙"，词人身在月宫，俯瞰尘世，只见迷迷蒙蒙一片。后一句用《列子·天瑞篇》故事：杞国有人担心天会掉下来，有人告诉他说："天积气耳。"

"醉里偶摇桂树，人间唤作凉风"，此二句为全词题旨，词人只是在醉中偶然摇动了桂树，便为人间制造了一阵清风。此即是说，一个人若爬到高位，一举一动都会给人间带来或好或坏的影响，或造福人间，或贻害人间。这首词虽是写远离尘世的月宫，但词人的思想仍旧没有超出尘世，他到了月宫仍旧不忘下界的炎热，即百姓水深火热的生活。"人间唤作凉风"，表现了词人对清平世界的向往。

词的品赏知识

格律词的特色

南宋时期，一些词家学习周邦彦，专在词的艺术技巧上下功夫，刻意求工，重视声律，讲究辞藻，形成了词史上的格律词派。格律词派主要有以下几点特色：一、审音拈韵，细致入微，遣词造句，清丽流畅，时有精警之处；二、长于咏物，常以空灵之笔，写沦落之悲，带有鲜明的时代印记。

格律词派的创始人和代表是姜夔，其他还有吴文英、周密、张炎、王沂孙等人。刘克庄的这首《清平乐》，选景巧妙，意旨遥深。其笔调精练，风韵幽雅。张炎的"秋词"可以与宋玉的《九辩》欧阳修的《秋声赋》并列。

蓦山溪 自述

◎宋自逊

壶山居士，未老心先懒。爱学道人家，办竹几、蒲团茗碗①。青山可买，小结屋三间，开一径，俯清溪，修竹栽教满。

客来便请，随分家常饭。若肯小留连，更薄酒、三杯两盏，吟诗度曲，风月任招呼。身外事，不关心，自有天公管。

【注释】

① 蒲团茗碗：蒲团，用蒲草编扎而成的圆形坐垫，修持者坐以修心养性。茗碗，煮茶用的茶碗。

【译文】

壶山居士，人还没有老心就懒散了。喜欢学道的人，家中置办了读写用的竹几、憩坐用的蒲团、煮茗用的茶碗。有青山可以观赏，筑有小茅屋三间，再开辟一条小径，俯视溪水，将高大茂密的竹子栽满屋子的四周。

有客来请自便，随分吃一点家常饭。如果愿意小作停留，再置薄酒，喝它两三杯。吟咏诗歌、自制曲子，风和月任人招呼。身外之事，我都不关心，自会有天公去管。

【赏析】

这是一首述志词。词人生活在南宋覆亡前那段激烈动荡时期。大概是政治上的软弱，使他在家国败落的惨痛前心灰意懒。

词的上片描述自己的居处。起笔自报家门，自言心愿。表明自己已经看透世情，毫不眷恋那显贵的官场生活。他喜欢道学，家中只要竹几、蒲团、茗碗这几件简单的家什就行了。"青山"以下描述他的居处，一派恬静与闲适。

下片写自己待人处世的方式和态度。有客来便略尽地主之谊，不刻意招待，也不拒人千里之外，随分而已。"若肯"两句更表现了词人的恬淡旷达，毫不矫情。结尾五句，词人直陈他的人生观，清虚无为，听天由命，与首句的"懒"遥相呼应。

整首词直白如话，不事雕琢，生动地刻画了一个性格闲静、淡漠世事的主人公形象。

⊙作者简介⊙

宋自逊，生卒年不详。字谦父，号壶山，南昌人。文笔高绝，当代名流皆敬爱之。与戴复古尤有交谊。有词集《渔樵笛谱》、《花庵词选》。

谒金门

◎李好古

花过雨，又是一番红素。燕子归来愁不语，旧巢无觅处。

谁在玉关劳苦？谁在玉楼歌舞？若使胡尘吹得去，东风侯万户。

【译文】

　　花朵经过一夜的雨水后，又是是一番花开柳新的景象。燕子归来，带着愁怨默默无语，旧巢无处找寻。

　　是谁在边塞辛劳作战？又是谁在玉楼中歌舞作乐？若是东风能将北方少数民族的战马扬起的尘土吹去，那么东风也可封侯万户了。

【赏析】

　　这是一首书愤词。

　　南宋小朝廷偏安一隅，统治者日日歌舞，不思收复失地。词人对这种状况感到非常气愤，以充满讽刺的语言写下这首词以抒发自己对南宋统治者的愤怒和对国事的忧虑。

　　上片写朝中、国中景象。以经过雨点击打后花开柳新的景象喻经历过一番巨变后的朝廷景况。宋王朝被赶到南方后，统治者非但不思收复失地，重振国威，反而日日歌舞，朝中到处一片欢腾景象。而后词人以归燕自喻，故土沦丧，好比燕子失巢，愁苦之情毕现。

　　下片抒发心中之恨，恨统治者不思国事，昏庸荒淫，恨失地收复之日遥遥无期。"谁在玉关劳苦，谁在玉楼歌舞？"这里用了一个对比句，深刻尖锐，咄咄逼人，形象地反映了当时的现实。一方面戍边将士风餐露宿，日夜守卫边关；一方面是南宋统治者和达官贵

人们却在玉楼上寻欢作乐。词人对这种状况气愤之极，其下以一个辛辣的讽刺句结束全篇。若东风能将胡尘吹去，则东风便可被封为万户侯了，朝中抗敌无人啊。

　　这是一篇很有特色的作品，在表现手法上有叙述，有对比，有拟人，浑然成篇，自成一格。

⊙作者简介⊙

李好古，南宋词人，生平不详。高安人。有《碎锦词》一卷。

江城子 示表侄刘国华

◎吴潜

家园十亩屋头边。正春妍。酿花天。杨柳多情，拂拂带轻烟。别馆闲亭随分有①，时策杖，小盘旋。

采山钓水美而鲜。饮中仙。醉中禅。闲处光阴，赢得日高眠。一品高官人道好，多少事，碎心田。

【注释】

① 别馆：别墅。

【译文】

屋子旁边有田园十亩，春光正好，百花都酝酿竞放娇颜。多情的杨柳，随风披拂摇摆，笼着淡淡轻烟。幽馆闲亭随处可见，我时时拄着手杖，稍作流连。

采山货，钓河鱼，味道既鲜而美，我是那酣饮中的酒仙，醉倒后的禅人。在闲居的日子里，日上三竿我还酣睡不起。人们都说做一品高官好，但有多少事，聒碎心田！

【赏析】

这是一首述志言怀的词。词人通过对自己日常生活的描述，表明了自己不慕名利的生活态度及淡然闲静的心境。

上阕描写词人的居处。词人所居之处如同世外桃源，田园十亩，百花竞放，柳条依依。于这景物之中，我们可以窥见词人的心境，他不苟于俗，过着恬然自得的生活。

下阕述写词人的日常生活。他的生活是多么悠闲随性呀，采山货，钓河鱼，畅饮美酒，睡觉睡到日上三竿。"一品高官"以下三句，词人直抒胸臆，表明自己安贫乐道，不愿过那钩心斗角的官场生活。

这首词写得平白易懂，不事雕琢，全篇信手拈来，准确妥帖地将自己的心境传达。

◎作者简介◎

吴潜（1195—1262），字毅夫，号履斋，宣州宁国（今属安徽）人。宁宗嘉定十年（1217）举进士第一，授承事郎，迁江东安抚留守。理宗淳祐十一年（1251）为参知政事，拜右丞相兼枢密使，封崇国公。次年罢相。开庆元年（1259）元兵南侵攻鄂州，被任为左丞相，封庆国公，后改许国公。被贾似道等人排挤，罢相，谪建昌军，徙潮州、循州。与姜夔、吴文英等交往，但词风却更近于辛弃疾。其词多抒发济时忧国的抱负与报国无门的悲愤。格调沉郁，感慨特深。著有《履斋遗稿》，词集有《履斋诗余》。

满江红 送李御带珙

◎吴潜

　　红玉阶前，问何事、翩然引去？湖海上、一汀鸥鹭①，半帆烟雨。报国无门空自怨，济时有策从谁吐？过垂虹、亭下系扁舟，鲈堪煮。

　　拼一醉②，留君住。歌一曲，送君路。遍江南江北，欲归何处？世事悠悠浑未了，年年冉冉今如许③！试举头、一笑问青天，天无语。

【注释】

① 汀：水边平滩。② 拼：舍弃、不顾惜。③ 冉冉：匆忙状。

【译文】

　　红玉阶前，我问你为什么翩然离去。湖海上，歇着一洲鸥鹭，细雨洒落在船帆上。报国无门空自怨恨，济世救民之策向谁倾吐？路过垂虹亭将扁舟系好，鲈鱼可以煮食了。

　　我们拼将一醉，留你停驻。我高歌一曲，送你上路。走遍江南江北，要归往何处？世事悠悠还浑然未了，时光却倏忽而逝。我仰头笑问苍天，老天只是不语。

【赏析】

　　这是一首送别词，为作者送友人李珙而作。李珙为南宋大臣，心怀报国之志，有济世之才，却得不到任用，因而辞官归隐，浪迹江湖。这首词表达了词人对友人李珙的不舍及对其遭遇的理解与同情，并抒发了自己报国无门、空怀壮志的悲慨。

　　词的上片抒写的是词人对于友人壮志难酬的同情及对友人辞官归隐的理解。"红玉阶前，问何事、翩然引去？"首句发问，问友人为何离去，词人并非不知，只是蓄而不发，引人遐想。"湖海上、一汀鸥鹭，半帆烟雨"，词人接着向友人描述其浪迹江湖后的情景，果然是逍遥自在。但紧接着，作者代友人慷慨陈词："报国无门空自怨，济时有策从谁吐？"指出友人归隐是不得已之举，这一起一落，前后对比强烈，一腔悲愤喷薄而出，具有撼动人心的艺术力量。现实如此，有济世之策的友人只能"空自怨"，词人对友人的归隐之举表示深深的理解，故而劝慰道："过垂虹、亭下系扁舟，鲈堪煮。"晋代吴江人张翰在洛阳做官，见秋风起，想起家乡的鲈鱼脍，于是慨然叹道："人生贵在适志，安能羁宦数千里以要名爵哉！"便辞官返乡。词人在这里将友人比作当年的张翰，以宽友人之心。

　　词的下片直接抒情，表达自己对友人的不舍及对黑暗现实的愤懑之情。"拼一醉"四句，写出了自己对友人欲送还留的矛盾心情。词人欲留住友人，但友人去意已决。对于这种状况，词人发表自己的感慨道："遍江南江北，欲归何处？世事悠悠浑未了，年年冉冉今如许！"江南江北，你又归往何处呢？那旧日山河还未收复，时光飞快流逝，若不趁早，济世报国不更难了吗？词人实在是想留住李珙，唤友人收拾旧日山河。"试举头、一笑问青天，天无语"，词人的心情此时十分无奈，多么沉痛呀，他的话，他的心意无人能懂，只能一笑问苍天。

湘春夜月

◎黄孝迈

　　近清明，翠禽枝上消魂①。可惜一片清歌，都付与黄昏。欲共柳花低诉，怕柳花轻薄，不解伤春。念楚乡旅宿，柔情别绪，谁与温存！

　　空尊夜泣，青山不语，残照当门②。翠玉楼前，惟是有、一波湘水，摇荡湘云。天长梦短，问甚时、重见桃根？这次第，算人间没个并刀③，剪断心上愁痕。

【注释】

① 翠禽：翠鸟。② 残照：残阳。③ 并刀：剪刀。

【译文】

　　临近清明的时候，翠鸟在枝头上分外愁苦。可惜它那清丽婉转的歌声，都付与了寥落的黄昏。想要对柳花低声倾诉衷情，但恐怕柳花天性轻薄，不懂得人的伤春之心。念及我孤独地漂泊在南国楚乡，满怀柔情别恨，谁能给我一点儿温存！

　　空空的酒杯仿佛在夜里哭泣，青山默默无语，半轮残月正与我的门相对。翠玉楼前，只有那一片悠悠的湘水，摇荡着倒映水中的湘云。夜是那般漫长，梦境却短得可怜，什么时候才能和恋人见面？这光景，就算整个人间，也没有一把刀剪，能把我心中的愁绪剪断。

【赏析】

　　这是一首伤春怀人的词，怀念的是与词人有过一段短暂情缘的女子。

　　清明时节，春光将暮，羁旅江南的词人满怀离愁别恨，不免伤春伤怀起来。他叹息旅宿的凄凉落寞，叹息孤身一人无人相伴，往昔的恋人已经远去。

　　上阕写黄昏时分的心情。暮春时节，词人看到那寥落的春色，不禁触景伤情。他将心中的情赋予周身的景，以翠鸟自喻，点明自己的心绪，"消魂"，即哀愁。再以柳花拟人，说它"不解"，不解词人愁怨。最后直接抒发自己旅宿的凄凉与孤寂。

　　下阕进一步抒写词人夜间独宿旅舍的情景和感怀。词人无处发泄自己的愁怨，只能借酒浇愁。接着又从景入手，赋情于景，"青山不语，残照当门"，一片凄清落寞。"天长梦短"以下则又转到抒情，抒发自己对昔日爱人的思念之情。

　　这首词语言清丽，结构绵密，上下两阕章法相同，以景语发端，以情语作结。

⊙作者简介⊙

　　黄孝迈，生卒年不详，字德文，号雪舟。尝从刘克庄游。词风清丽绵密。今存词四首。有《雪舟长短句》。

长相思

◎陈东甫

花深深。柳阴阴。度柳穿花觅信音。君心负妾心。

怨鸣琴。恨孤衾。钿誓钗盟何处寻？当初谁料今。

【译文】

　　繁花如锦，柳树成荫，我穿行在柳树和花丛之间寻觅你的音信。你辜负了我的一片真情！

　　怨恨孤鸣的琴，怨恨单条的棉被，曾经的海誓山盟何处寻觅？当初谁又能料得到今天！

【赏析】

　　这是一首抒写弃妇内心苦闷的词。女子将自己的真心交付给了一男子，她本以为能与他长相厮守，却没料到那男子是个薄情郎，很快便弃他而去。心上人的变卦，令她伤心欲绝，心生无限悔恨。

　　上片写弃妇对于美好生活的向往以及心上人负心后她内心的痛苦。前二句"花深深。柳阴阴"点明时令，花开正盛，柳阴浓密，其时当值暮春。"度柳穿花觅信音"，在这样一个时节里，女主人公度柳穿花寻找旧日的美好时光，可那不过是一场梦，意中人变心了，辜负了她的一片真情。

　　下片承接上片，着意写女主人公心中的恨。"怨鸣琴。恨孤衾"，因意中人的变心她生出许多悔恨来。无情郎君此刻不知在何处，她看着那曾见证他们爱情的古琴和棉被内心十分痛苦，不禁怨恨起这什物来。女子心中的恨实在难以抑制：那山盟海誓何处寻觅？当初怎料得到有今天！她的怨恨通过这一反问一感叹喷薄而出，具有极强的感染力。

　　词的上片重在写景，下片重在抒情，上下两片紧密结合，将弃妇心中的怨愤抒发得淋漓尽致，能引起人强烈的共鸣。

⊙作者简介⊙

　　陈东甫，生卒年及生平皆不详。与谭宣子、乐雷发交友赠答。存词三首。

浣溪沙

◎吴文英

门隔花深梦旧游，夕阳无语燕归愁。玉纤香动小帘钩①。
落絮无声春堕泪，行云有影月含羞。东风临夜冷于秋。

【注释】

① 玉纤：似玉一般的纤手。

【译文】

　　门隔着深深的花丛，我的梦魂又回到那旧游之地，夕阳脉脉无语，归来的燕子仿佛带着忧愁，她那纤纤玉指扯起了小小的帘钩，一股幽香浮动。

　　坠落的柳絮静静无声，好像春天飘零的泪滴，行云投下暗影，仿佛是明月带着些羞涩，夜里东风吹拂，竟让人觉得比秋风还冷。

【赏析】

　　《梦窗词》向来被认为晦涩难懂，这首《浣溪沙》尤其具有代表性，写的朦胧幽邃，费人猜想。

　　这是一首感梦怀人的词，词人梦回旧地，怀念往昔的爱人。词分上下两片，上片写梦回旧地后的所见所闻。词人回到旧地，却因"门隔"而不能与爱人相见，因而生出许多愁绪来。看到夕阳里归来的燕子似乎也带着忧愁。高楼珠帘隐约可见，词人恍惚间仿佛看到佳人正用玉手掀开帘子。

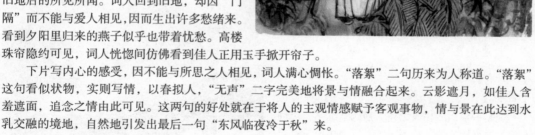

　　下片写内心的感受，因不能与所思之人相见，词人满心惆怅。"落絮"二句历来为人称道。"落絮"这句看似状物，实则写情，以春拟人，"无声"二字完美地将景与情融合起来。云影遮月，如佳人含羞遮面，追念之情由此可见。这两句的好处就在于将人的主观情感赋予客观事物，情与景在此达到水乳交融的境地，自然地引发出最后一句"东风临夜冷于秋"来。

⊙作者简介⊙

　　吴文英（1200—约1260），字君特，号梦窗，晚号觉翁，四明（今浙江宁波）人。本姓翁，出嗣吴姓。一生未入仕途，流寓江浙间。曾于苏、杭、越等地参幕大僚皇族，以词章曳裾侯门。其词作颇丰，多酬答、伤时与忆悼之作。他妙解音律，常自度曲，词风雅丽，部分作品较为晦涩，有"词中李商隐"之称。有《梦窗词》流世。

风入松

◎吴文英

听风听雨过清明，愁草瘗花铭①。楼前绿暗分携路②，一丝柳，一寸柔情。料峭春寒中酒③，交加晓梦啼莺。

西园日日扫林亭，依旧赏新晴。黄蜂频扑秋千索，有当时、纤手香凝。惆怅双鸳不到，幽阶一夜苔生。

【注释】

①草：起草，拟写。瘗（yì）：埋葬。铭：文体的一种。庾信有《瘗花铭》。古代常把铭文刻在墓碑或者器物上，内容多为歌功颂德，表示哀悼，申述鉴戒。②分携：分手，分别。③料峭：形容春天的寒冷。中酒：醉酒。"中酒"见《史记·樊哙传》，亦见《汉书》，意酒酣也。

【译文】

听着风声听着雨声度过清明，因愁绪满怀而无心去写那《瘗花铭》一类的葬花文字。楼前的浓绿将我们分别的小路遮暗，一寸柳丝就是一寸柔情。春寒料峭，我整日沉醉酒中，晓梦醒来后，耳畔莺声交加。

我日日打扫西园的林园亭台，也依旧欣赏雨后的晴和景色。黄蜂频频扑打着秋千的绳索，上面还遗留着当年纤手的芳香。我为园中再也不见你的足迹而心生惆怅，幽暗的石阶上，一夜之间生满了青苔。

【赏析】

这是一篇西园怀人之作。西园在苏州，为词人和吴姬寓居之地。清明时节，风声雨声，惹起词人满怀愁绪。目睹着西园旧景，往事一幕幕浮现在词人脑海，唤起了他对往日恋人的深切思念。

上片由伤春写到伤别。首句便奠定了全词凄苦的基调，听风听雨，一种孤凄之况自现。次句着一"草"字，形象地写出了词人心烦意乱的情状。词人因物赋情，纷披的柳丝在词人眼里就如同此时他心底的无限柔情。下片写雨过春晴，扫林观赏，触物生情。词人勤扫园亭，想要重温旧梦。明知不可得，仍旧痴心不改，可见其用情之深。

这首词用质朴淡雅的笔调，将眼前之景与心中之情完美结合，写得情真意深。

莺啼序

◎吴文英

　　残寒正欺病酒①，掩沉香绣户。燕来晚、飞入西城，似说春事迟暮。画船载、清明过却，晴烟冉冉吴宫树②。念羁情、游荡随风，化为轻絮。

　　十载西湖，傍柳系马，趁娇尘软雾③。溯红渐、招入仙溪④，锦儿偷寄幽素。倚银屏、春宽梦窄，断红湿、歌纨金缕。暝堤空，轻把斜阳，总还鸥鹭。

　　幽兰旋老，杜若还生，水乡尚寄旅。别后访、六桥无信，事往花委，瘗玉埋香，几番风雨。长波妒盼，遥山羞黛，渔灯分影春江宿，记当时、短楫桃根渡。青楼仿佛，临分败壁题诗⑤，泪墨惨淡尘土。

　　危亭望极，草色天涯，叹鬓侵半苎⑥。暗点检，离痕欢唾，尚染鲛绡⑦，觏凤迷归，破鸾慵舞。殷勤待写，书中长恨，蓝霞辽海沈过雁，漫相思、弹入哀筝柱。伤心千里江南，怨曲重招，断魂在否？

【注释】

①病酒：饮酒沉醉。②吴宫树：吴王夫差的宫殿。
③趁娇尘软雾：趁，追逐。娇尘软雾，指所恋女子
的车尘。④溯红渐、招入仙溪：据南朝刘义庆《幽
明录》记载，东汉时刘晨、阮肇一起去天台采药，去
溪边取水时遇见两位姿容绝代的仙女，两人与之结为
夫妻。词人借用这个典故来叙说自己的爱情故事。
⑤败壁题诗：用周邦彦《绮寮怨》词："当时曾题败
壁，蛛丝罩，淡墨苔晕青。"⑥苎：多年生草本植物，
茎皮含纤维质很多。这里以苎麻比喻头发，极言头发
干枯生糙。⑦鲛绡：指薄绢、轻纱。

【译文】

　　暮春的寒冷欺凌着我病酒的身子，我将沉
香绣门紧掩。燕子今年来得晚，它飞到杭州城西，似乎在诉说今春的消逝。在这清明时节，画
船载着我经过晴烟迷蒙的吴宫树。想着这些年来我的羁旅他乡，到处游荡，旅思就如同那柳絮

一般随风四处飘荡。

在西湖边我一待就是十年，犹记得在柳树下我系马驻足，趁那雾软尘轻之时行乐湖边。沿着落花漂浮的湖水我逆流而上，被召入仙境，锦儿偷偷向我传递书信。倚着银屏，春情无限，梦却太短，妆泪沾湿纨扇和金缕衣。暮色降临，堤上游人散尽，轻易地将那斜阳好景都交还给水面的鸥鹭。

幽兰很快枯萎，杜若又吐出新芽，而我还滞留在江南水乡。离别后，我曾去六桥寻觅你的芳踪，终然杳无音信，事情已经过去，花儿俱已萎去，美人已经香消玉殒，长埋地下，不知经历了多少风雨？长波曾妒忌过你顾盼时的眼波，遥远的群山看见你的黛眉也不觉羞愧，在一个渔船灯火摇影于水面的夜晚，我俩共宿春江之滨，当时渡口送别的情景我还依然记得。你曾住过的青楼依旧还在，临别时我用蘸着泪水的笔在破败的墙上题字，如今那字迹恐怕已蒙上了一层尘土而惨淡无色了吧。

我登上高高的亭子极目四望，草色绿遍天涯，可叹我两鬓已斑白好似苎麻。我暗自检点（你赠我的信物），手帕上依然沾着你离别时的泪痕，调笑时的唾沫，钗头的钿凤垂下翅膀，迷失归途，破碎成片的镜子，上面的鸾鸟都懒得起舞。我待要殷勤地将心中那无尽恨意写成书信，可是蓝天高远，碧海辽阔，不见传书鸿雁飞过，因而只能将那满腔的哀思付与筝弦。千里江南真是伤心之地呀，我弹奏着这支哀怨的曲子招呼，游荡的魂灵你在哪里？

【赏析】

　　这是一首感怀悼亡之作。词人曾羁留西湖十年，羁留期间曾与一美丽女子相爱，但好景不常，两人很快就分别了。多年后，词人故地重游，寻找伊人芳踪，却获知佳人已香消玉殒，长埋地下。于悲伤之中，词人作下了这首悼亡词。

　　第一片伤春，但在感叹春光将逝的同时自伤身世，生羁旅愁情。"残寒"点明时令，即暮春时节。因心绪不佳，词人懒出门户，终日饮酒，企图借酒浇愁。但此时燕子飞来，好像在说春天快过去了，要词人赶紧出游去赏玩这最后的春光。因而词人便驾船出游。他来到了西湖，看到了吴国宫阙，看到了游丝飞絮。这飘飞的柳絮唤起了词人的羁旅之情，他想自己不就正如这被风吹起而四处飘荡的柳絮吗？

　　第二片追忆前事，回想过往的一段欢情，从相遇直说到离别。词人曾羁留西湖十年，这十年里他曾与一美人邂逅。且看他们是怎样相遇的：词人先是骑马，后来"傍柳系马"，转入水路，来到美人香闺。但"春宽梦窄"，两人欢情很浓却好梦不长，旋即就要离别。"断红湿、歌纨金缕"，分别之时，美人泣涕如雨，泪沾歌扇舞衣。别后词人心中怅然若失，只觉无所依托，夕阳落晖也无心欣赏，都付与鸥鹭。

　　第三片叙述旧地重游，从后事说道佳人已经殒殁，再回到眼前，哀思不断。幽兰、杜若两句写时光飞逝，纵然如此，词人尚且还淹留水乡。别后他重游故地，伊人竟音信全无。"事往花委，瘗玉埋香"，最后他才打探到，她已经香消玉殒了。这令词人悲痛不已，心中愈发地思念她。他想起了她的样子："长波妒盼，遥山羞黛。"她眼波盈盈，令秋水生妒；她眉色如黛，令青山失色。"渔灯"几句则是回忆他们当初分别的情景。末三句写他们分别前他在青楼墙壁上题诗寄恨，现在想来，那墙壁已斑驳，那诗已蒙尘了吧。

　　第四片抒发痛悼之情，融情于景，情意绵绵不断。词人登上高亭，只见草色无穷。而青草在古诗词中常寓离恨，无穷的草色恰如无尽的离根。在满腔愁恨中，词人又自叹年华老去，心意悲凉至极。"暗点检"几句说当年的信物都在，但芳踪却无处寻觅。他欲寄书而信不达，只能将相思之意弹入弦中。他深情地呼唤着逝去的爱人，希望她的香魂能听见！

　　该词行笔如流水，思路顺畅，细细寻味，并无吴词一贯艰涩难懂的缺点。词人情感细腻，这首词绵密而醇厚，感人至深。

八声甘州 灵岩陪庾幕诸公游 ◎吴文英

渺空烟四远，是何年青天坠长星？幻苍崖云树，名娃金屋①，残霸宫城②。箭径酸风射眼，腻水染花腥。时靸双鸳响③，廊叶秋声。

宫里吴王沉醉，倩五湖倦客④，独钓醒醒。问苍波无语，华发奈山青。水涵空、阑干高处，送乱鸦斜日落渔汀。连呼酒，上琴台去⑤，秋与云平。

【注释】

① 名娃：指西施。② 残霸：指吴王夫差。③ 时靸（sǎ）：拖鞋。在这里作动词用。双鸳：鸳鸯履，女鞋。④ 五湖倦客：指范蠡。⑤ 琴台：在灵岩山上。

【译文】

纵目四望，空烟杳渺，一望无际，不知是何年，一颗巨大的彗星从天而降？幻化出这座苍翠的山崖，高耸入云的树木，幻化出吴王夫差藏娇的金屋，幻化出吴国霸主残败的宫城。如箭一般的采香径上，秋风凄冷，直刺人眼，含有宫人胭脂花粉的水冲上了岸，沾染得岸上的花儿都带了香气。向时廊上有西施踏着木屐的行走声，而今只听得秋风吹叶的飒飒之声。

宫中吴王耽溺于酒色，唯有那泛舟于五湖之上的范蠡，独自垂钓，头脑清醒。我向那苍茫的水波问话，水波无语，我满头银丝，奈何山却依旧青翠。江水浩瀚连着辽阔的天空，我凭倚高栏，目送乱鸦斜日落于长汀。我连声呼唤着快取酒来，登上琴台，看秋光与云齐平（的壮观景象）。

【赏析】

这是一首登临之作。

词人登上灵岩山，看到灵岩山上与吴王夫差有关的历史遗迹，作者触目伤怀，抚事兴悲，流露出悲今悼昔的哀思。

本词上阕写景，开头描述灵岩山的环境特点，紧贴"灵岩"之"灵"字，说此山是天上星星坠落而成，联想浪漫新奇。"幻"字引发出一段梦境般的远古历史。"酸风射眼"转写怀古之情，昭示出吴王之所以败亡的根源。下阕杂糅古今，慨叹世事。第一句，承上将吴王失败的原因点明，认为范蠡是明智的"倦客"。"问苍波无语"呼应开头，唤起今世之忧，偏安一隅的南宋小朝廷大有隐忧。全词将现实情景、历史遗迹和词人自身的感情融为一炉，意境苍茫，感情沉郁，读之催人泪下。

唐多令 惜别

◎吴文英

　　何处合成愁？离人心上秋①。纵芭蕉不雨也飕飕②。都道晚凉天气好，有明月、怕登楼。

　　年事梦中休③，花空烟水流。燕辞归，客尚淹留④。垂柳不萦裙带住⑤，谩长是、系行舟⑥。

【注释】

①心上秋："心"上加"秋"字,即合成"愁"字。②飕(sōu)：形容风雨的声音。这里指风吹蕉叶之声。③年事：指年华。④"燕辞归"二句：曹丕《燕歌行》："群燕辞归鹄南翔，念君客游多思肠。慊慊思归恋故乡，君何淹留寄他方。"此用其意。客，词人自指。淹留：停留。⑤萦：旋绕，系住。裙带：指燕，指别去的女子。⑥谩：空，徒然。

【译文】

　　怎样合成一个愁字？在离人心上加一个秋。纵使芭蕉未被雨水淋过，也能（被风）吹出飕飕声。都说晚凉时天气最好，有明月的夜里，我却害怕登上高楼。

　　往年的欢聚在梦中消逝，如花落烟消水流般一去不复返。燕已归去，游子尚淹留他乡。垂柳不将你的裙带系住，而久久地拴住了我的行舟。

【赏析】

　　这是一首抒写惜别怀人的词，写的是词人与爱人姬别离后对她的思念。

　　上片着浓墨写离愁。"何处合成愁？离人心上秋"，首二句采用将"愁"字点出的方法，奠定全文的感情基调。"愁"由"秋"和"心"合成，用的是拆字法，诙谐机智，读来别有一番情趣。"纵芭蕉不雨也飕飕"，离别之人又逢上凄凉萧肃的秋天，纵使芭蕉不待雨大，也飕飕生凉。"都道晚凉天气好，有明月、怕登楼"，后二句则通过一衬一叠，表达离人内心的愁苦。别人都说秋来天气凉爽，而词人却怕明月、怕登楼。圆月象征着团圆，这让分别之人见到怎能不起遗憾；登楼望远，而所望之人不见，也势必会引起他的离恨。

　　下片依旧写怀人。"年事梦中休，花空烟水流。"由于此时已至秋末，就一年来说，已经到了岁末，词人不免要感叹往事如梦，青春易逝。"燕辞归，客尚淹留"，再用比兴手法，以燕代指爱人姬，以客自指。"垂柳不萦裙带住，谩长是、系行舟"，最后写离别场景，姬远去了，柳条却将自己的行舟绊住，使自己不得随爱人而去。但柳怎么会将行舟系住呢？词人心中怨极才会发此痴语。

　　该词着笔简洁明快，发语恰到好处，有隽永之味。

清平乐 宫怨

◎黄昇

珠帘寂寂，愁背银釭泣①。记得少年初选入，三十六宫第一。
当年掌上承恩，而今冷落长门②。又是羊车过也③，月明花落黄昏。

【注释】

①釭：灯。②长门：汉宫名。汉武帝的皇后陈阿娇被废后，迁居于此。后长门宫便成为了冷宫的代名词。③羊车：指帝王所乘之车。

【译文】

珠帘寂静地低垂着，满怀愁绪，独自对着银灯哭泣。记得年轻时初选入宫中，为三十六宫第一。

当年备受皇帝宠爱，而今却被冷落在长门。又是（皇帝）乘着羊车经过（我的住所），黄昏时分，月儿明亮，花儿变黄飘零。

【赏析】

这是首宫怨词，抒写的是深宫女子失宠后的寂寞与凄凉。

"珠帘寂寂，愁背银釭泣"，首二句用凄清的笔调为我们勾勒出这样一幅画面：寂静的夜里，一位年长色衰的女子独坐在幽幽深宫里，背灯哭泣。她在为何而悲伤呢？她想起了自己的曾经，当年她年轻貌美，以第一名选入后宫为妃，备承皇帝恩宠。可是后

来又怎样呢？她颜色尽失后便遭冷落，门前虽经常听到皇帝驾羊车经过的声音，但却是去临幸其他女子。"月明花落黄昏"，最后以景语作结，寓无尽之哀思于有限之景物中，十分凄凉。

这首词语言明白流畅，含义隽永，余味无穷。词起笔处摹写现实中的愁苦寂寥，中间回忆往昔的幸福的情景，结尾处则又回到当下的落寞凄苦之中，感情波澜起伏，摇曳多姿，曲折含蓄，令人回味不已。

⊙作者简介⊙

黄昇，生卒年不详。字叔旸，号玉林，又号花庵词客，建安（今属福建建瓯）人。不事科举，性喜吟咏。以诗受知于游九功，与魏庆之相酬唱。有《花庵词选》。

贺新郎 游西湖有感

◎文及翁

　　一勺西湖水。渡江来，百年歌舞[①]，百年酣醉。回首洛阳花石尽，烟渺黍离之地。更不复、新亭堕泪[②]。簇乐红妆摇画舫，问中流、击楫何人是[③]？千古恨，几时洗！

　　余生自负澄清志[④]。更有谁、磻溪未遇[⑤]，傅岩未起[⑥]。国事如今谁倚仗，衣带一江而已！便都道、江神堪恃。借问孤山林处士[⑦]，但掉头、笑指梅花蕊。天下事，可知矣！

【注释】

① 百年：词人写这首词距宋室南渡的时间是一百二十年，这里举整数。② 新亭堕泪：晋室南渡后，士大夫常在新亭宴饮。一次周颤在席上叹息说："风景不殊，举目有山河之异。"众皆相视流泪。③ 中流、击楫：晋王室大乱，戎狄之人趁机南犯，祖逖带领自己私家的军队共一百多户人家渡过长江，在江中敲着船桨说："祖逖如果不能使中原清明而光复成功，就像大江一样有去无回！"后以中流击楫比喻立志奋发图强的人。④ 澄清志：《后汉书·范滂传》载："滂登揽辔，慨然有澄清天下之志。"此处词人以范滂自比。⑤ 磻溪：据传姜太公隐居磻溪，后为周文王发现，提拔为辅佐之臣，终助武王灭商。⑥ 傅岩：相传傅说在傅岩筑墙，殷高宗发现了他，提拔他做了宰相，辅佐治理天下。⑦ 处士：有德才而隐居不愿做官的人。

【译文】

西湖水小如一勺。渡江一百年来，南宋王朝日日歌舞，日日酣饮。回首北望洛阳，那儿的名花异石已经没有了，那烟雾笼罩，渺远难辨的地方，该是起黍离之悲的故都，更没有谁在新亭堕泪。在西湖奏着音乐，带着美人，摇着画舫的人中，谁是击楫中流之人呢？（国土沦丧的）千古大恨何时才能洗刷尽！

　　我自来就有澄清天下的伟大志向，还有谁，如我一般像垂钓磻溪的姜尚，像隐居傅岩的傅说，还未遇明主。国事如今倚仗谁呢？不过依傍着如衣带一根的长江而已！人们普遍都相信江神可以依靠。去问问那隐居山林的处士，他们只是掉过头去，笑指着梅花。天下之事，由此可以知道了。

【赏析】

这是一首抒发作者对国事的忧虑之词，写于宋理宗宝祐元年（1253），那时北方蒙古兴起，南宋得以暂避祸乱，偏安一隅。词人游西湖时，看到了四种人：一是有权势的人，他们歌舞升平，全没想要收复失地，澄清四夷；一是有志向却得不到任用的人；一是一般老百姓，认为倚恃天险就足以保平安；一是林中高士，自命清高，不问国事。通过对这四种人的刻画，作者推出国家无望的前途。

"一勺西湖水。渡江来，百年歌舞，百年醉醉"，开首四句劈空而开，将矛头直指向南宋统治者，说他们偏安一隅，过着醉生梦死的生活。其中"一勺"讽刺意味犹浓，西湖不算很小，词人为什么拿"一勺"来比拟？西湖代指临安，这里是说南宋统治者耽乐于狭小的河山范围之内，全无收复中原之意。词人对此十分气愤，故说"一勺"。

"回首洛阳花石尽，烟渺黍离之地。""洛阳花石尽"，当年宋徽宗曾派人到洛阳大肆搜括民间花石，在汴京造艮岳，这是北宋灭亡的原因之一。北宋灭亡后，中原成了"烟渺黍离之地"。但这历史教训并未给世人以警醒，"更不复、新亭堕泪"，没有人如新亭周顗一干人那般为国破而流泪。

"簇乐红妆摇画舫，问中流、击楫何人是？"看那南宋朝臣，一个个拥着美人，乘着画船，游兴盎然。在这群人中，会有人力挽狂澜，担负起收复中原之大任吗？这三句讽刺意味也很明显，在那只顾享乐之人中怎么会有中流击楫之人呢？

"千古恨，几时洗"，既然宋室无人，亡国之恨何时才能洗刷？词人的悲愤之情于这一问中尽显。

"余生自负澄清志。更有谁、磻溪未遇，傅岩未起"，此三句抒发自己及其他有志之士不见用的愤懑之情。

"国事如今谁倚仗，衣带一江而已！便都道、江神堪恃"，才士不见用，国家都靠着一条长江天险来维持。"衣带一江而已"与"一勺西湖水"同用讽刺手法，嘲讽宋朝统治者的苟且偷安，不思复国。而"便都道"两句则更为直接地嘲弄了南宋统治者的昏聩无知。

"借问孤山林处士，但掉头、笑指梅花蕊"，在这乱世之下，有人干脆退隐山林，不问国家之事，他们也令词人深为不满。

在极度的悲愤之中，词人慨然叹道："天下事，可知矣！"读之令人扼腕。

这首词风格酣畅恣肆，不遗余力地抨击当时苟安之风，写得振聋发聩。此词语言风格的散文化、议论化倾向明显，有苏辛以文为词的特点。词中多用设问和感叹句，形式多样。作者或通过对比提问，或自问自答，或通过发问来表达自己对国事的深刻危机感。

⊙作者简介⊙

文及翁，生卒年不详。字时学，号本心，绵州（今四川绵阳）人，徙居吴兴（今浙江湖州）。理宗宝祐元年（1253）进士，恭帝德祐元年（1275），自试尚书侍郎签书枢密院事。元兵将至，弃官遁。宋亡不仕，闭门著书。原有集，已佚。今存词一首。

西江月 新秋写兴

◎刘辰翁

天上低昂似旧①，人间儿女成狂。夜来处处试新妆，却是人间天上。不觉新凉似水，相思两鬓如霜。梦从海底跨枯桑②，阅尽银河风浪。

【注释】

① 低昂：起伏升降。② "梦从"句：用《神仙传》沧海屡变为桑田的典故，比喻世事变化很大。

【译文】

天上日月起伏升降，一如以前，人间儿女欢欣成狂。夜间处处都见人们在试新妆，却是人间天上。

不知不觉间，感到初生的寒意微凉似水，由于思念故国，两鬓已斑白如霜。我梦见自己从海底跨过枯桑，看尽银河的风浪。

【赏析】

这是一首悼念故国的词，词人借七夕来抒发自己对故国的思念之情。自南宋亡后，词人坚守气节，不仕元廷。且词人那故国之思并不随着时间的流逝而稍减，自词中"两鬓如霜"句看，词似写于晚年，距宋亡当已有一二十年。

全词分两片，上片写人间儿女欢度七夕的景象，富含讽刺意味。天上景象一如以前，人间的景象也如以前，虽经历了沧海桑田的巨变，故国沦丧，人们却全无亡国之哀，依旧欢度七夕。词人见此不禁感慨万千，悲痛不已，从而引发了下片的抒情。

下片抒写词人的感受，词人将自己眷怀故国的情感抒写得沉郁悲壮。词人不同于那欢欣若狂的人间儿女，他伫立早秋，天凉如水，头发被对故园日夜的相思染白。末二句为全词中心所在，表面上看来，词人仿佛是在说自己梦到海水变桑田，并站在银河上阅尽风浪。实是表达对人事巨变的感慨。而此一叹与上片"人间儿女成狂"的景象形成了鲜明对照，表明词人的决心：纵众人皆醉，他依旧要做一个独醒的爱国者。

这首词构思和章法颇有特点，词人将自己作为唯一的清醒者与一般人相对照，抒发了自己对故国的无限眷恋。

⊙作者简介⊙

刘辰翁（1232—1297），字会孟，号须溪，吉州庐陵（今江西吉安）人。早年曾从陆九渊学，补太学生。理宗景定三年（1262），廷试对策，因忤贾似道，置进士丙等，任濂溪书院山长。后官至太学博士，因元军犯境，路途不通，未能赴任。宋亡不仕，飘泊以终。其词兼学苏、辛，早期词作以俊逸见长；晚年多感时伤事之作，格调悲郁。有《须溪集》、《须溪词》。

柳梢青 春感

◎刘辰翁

铁马蒙毡①，银花洒泪，春入愁城。笛里番腔②。街头戏鼓，不是歌声。

那堪独坐青灯，想故国、高台月明！辇下风光③，山中岁月，海上心情。

【注释】

①毡：加工羊毛或其他动物毛而成的块片状材料。②番：旧指外国的或外族的。③辇：古代用人拉着走的车子，后多指天子或王室坐的车子。

【译文】

铁马蒙着毡子，银烛抛洒眼泪，春来到了这座愁城。笛声里是异族的腔调，街头的鼓吹杂戏，简直不能成为歌声。

怎么能忍受独自面对青灯，想着故国，高台宫殿笼罩在一片明月之下。亡国前的风光那么美好，我虽身处寂寞的山中，心中却牵念着海上的抗争。

【赏析】

这首词作于词人晚年隐居山中之时，写亡国之痛、故国之思。

上片写想象中都城临安元宵夜的凄凉景况。"铁马蒙毡，银花洒泪，春入愁城"三句，写元统治下的临安城。"铁马"，指元军的铁骑。"银花"，指元宵的花灯。"愁城"，借指临安城。虽是元宵灯节，按理来说应是一派欢腾景象，但此时的临安已经处于元军铁蹄的蹂躏之下，成了一座凄惨的"愁城"，而那元宵的灯花在心境悲凉的词人看来似乎也在堕泪。

"笛里番腔。街头戏鼓，不是歌声"三句写临安元宵鼓吹弹唱的情景。虽有笛声，但那横笛中吹奏出来的不是汉家的故音，而是带有北方游牧民族情调的"番腔"，街头上演出的也不再是熟悉的故国戏鼓，而是异族的鼓吹杂戏。南腔北调，听得词人好生厌倦，故"不是歌声"四字脱口而出。

下片抒发故国之思。"那堪独坐青灯，想故国、高台月明"，这两句点明上片所写都是自己对故都临安的遥想。"故国高台月明"是从南唐后主李煜《虞美人》词"故国不堪回首月明中"而来，表达了词人对故国的深切怀念。

"辇下风光"，指的是故国往日景色。"山中岁月"，指自己隐居山中的寂寞岁月。"海上心情"，宋朝陆秀夫、张世杰等志士，在临安失守后在福建、广东一带继续进行抗元斗争，词人虽然隐居山中，但心里却惦念着海上的抗争。山中不忘海上，足见词人之不能忘情。

永遇乐

◎刘辰翁

余自乙亥上元①，诵李易安《永遇乐》②，为之涕下，今三年矣。每闻此词，辄不自堪，遂依其声，又托之易安自喻。虽辞情不及，而悲苦过之。

璧月初晴③，黛云远淡，春事谁主？禁苑娇寒④，湖堤倦暖，前度遽如许⑤！香尘暗陌，华灯明昼，长是懒携手去。谁知道，断烟禁夜⑥，满城似愁风雨！

宣和旧日，临安南渡，芳景犹自如故。缃帙流离⑦，风鬟三五⑧，能赋词最苦。江南无路，鄜州今夜，此苦又谁知否？空相对，残釭无寐⑨，满邨社鼓⑩。

【注释】

① 乙亥上元：宋恭帝德祐元年(1175)元宵节。② 李易安：李清照号易安居士。③ 璧月：以圆形的玉比喻明月。④ 禁苑：帝王园囿，禁百姓入内，故称。⑤ 遽：骤然。⑥ 禁夜：实行军事戒严，禁止夜行。⑦ 缃帙流离：指北宋覆亡，李清照追随小朝廷南渡，与其夫赵明诚共同搜集珍藏的珍本古籍书画大多丧失遗落。缃帙，包在书卷外的浅黄色封套，也作书卷的代称。⑧ 风鬟：李清照《永遇乐》："如今憔悴，风鬟雾鬓，怕见夜间出去。"⑨ 釭：(油)灯。⑩ 社鼓：旧时社日祭神所鸣奏的鼓乐。

【译文】

夜色刚刚放晴，月明如一轮璧玉，青云高远而淡薄，谁主持春天的事情呢？宫苑里弥漫着轻微的寒意，湖堤上吹着使人生倦的暖风，前次来到这里就是如此！夹着芳香的尘土使道路变得昏暗，华丽的灯火将黑夜照得如同白昼，但那时我常常是懒得同友人携手去赏玩。谁知道今日烟火断绝，实行了宵禁，满城风雨似愁。

在宣和年间的汴京旧日里，（宋王朝）南渡临安，美好的景色仍然如从前一般。（易安的）书卷都散失了，三五之夜风吹鬓发，所赋之词最为清苦。没有了通往江南的路，今夜身陷鄜州，这苦又有谁知道？只能空对着烧残的蜡烛，无法成眠，只听得满村迎春社的鼓声。

【赏析】

这首词作于南宋灭亡后两年，抒发的是沉痛的故国哀思。

"璧月初晴，黛云远淡"，首二句写景，月轮皎皎，天高云淡，本是一片佳美之景。但随后一句"春事谁主"，将词情拉低，原来是伤心人别有怀抱。"禁苑娇寒，湖堤倦暖，前度遽如许！"由"禁苑"、"湖堤"二词可知，这里写的是南宋都城临安。"娇寒"与"倦暖"是词人主观感受的真实写照。而"前度"一词表明，词人在故都沦亡后又重新来过。"遽如许"三字，好像从心底喷涌而出一样，字里行间都洋溢着词人的哀痛之情。南宋灭亡以前，春日的临安宫苑也是寒暖适宜，甚为舒适的，无奈春光易逝，好景来去匆匆，如今故国已经沦亡，实在堪哀！词人接着感叹："香尘暗陌，华灯明昼，长是懒

携手去。"往日道路上香尘滚滚，华灯闪耀，但如此好景，词人却不知道珍惜，竟是"长是懒携手去"，心痛之情可以想见。"谁知道，断烟禁夜，满城似愁风雨！"末二句以景物喻愁，将心中的沉痛和盘托出。

"宣和旧日，临安南渡，芳景犹自如故"，这三句转到对北宋南渡的回忆。"宣和旧日"，实指北宋。"临安南渡"，指北宋南渡后，都城由汴京迁到杭州。"芳景犹自如故"，宋虽南迁，但景色如故。这里暗含不堪回首之叹。"缃帙流离，风鬟三五，能赋词最苦"，这三句写词人李清照的身世。易安生于北宋末期，而词人生于南宋末年，两人都身经乱离，身世有相似之处。这三句讲易安南奔时书籍丧失，三五月明时感怀，写下很多凄苦的词作。但易安南奔，犹存有半壁江山。而词人作此词时，却是国无寸土，故他怆然叹息道："江南无路，鄜州今夜，此苦又谁知否？""鄜州今夜"，用杜甫安史乱中寄家鄜州的境况自喻。无路可走、无家可归的词人此时只能："空相对，残釭无寐，满邨社鼓。"当时，江南一带的抗元斗争仍在进行，词人家在庐陵，欲归而不能。作者怀念家中的亲人，不免要抒发胸中的郁闷之情，但不知亲人们是否知道。词人夜不能寐，只好对着残灯排遣愁闷，此时满村传来社祭的鼓声。元宵夜的社鼓，是农村于新春祈求丰年举行的常例仪式。故国沦亡只有词人一人伤痛，他人敲着锣打着鼓，无丝毫悲哀之意，两相对照，愈发显示出词人内心的沉痛与无奈。

这首词每一段都是先景后情，情景交融，疏密相间。两阕末尾，作者都在大力铺写当时的情景，可谓景中有情，情中有景，给人以无限遐思。

词的品赏知识

两首《永遇乐》词比较

李清照与刘辰翁的两首《永遇乐》词一脉相承，都借元宵景象的描绘，通过今昔对比，表现出强烈的故国之思。这两首词在艺术手法和风格上，略有几点不同：

一、在结构上，李词的首尾圆合，情景交融，句句实景实情；刘词则以实写景，以虚写情，虚实相间，比李词更迭宕多姿。二、李词以女性独有的细腻心思，刻画出饱经风霜年老寡居的女性独有的生活情态与孤寂心境。而刘词则处处从大处着笔，先国家再京城，托易安自喻，其词充溢着大丈夫赤诚的爱国之情。三、语言风格不同。李词方言俗语平淡入律，刘词则多用书面语。

兰陵王 丙子送春

◎刘辰翁

送春去，春去人间无路。秋千外，芳草连天，谁遣风沙暗南浦。依依甚意绪？漫忆海门飞絮。乱鸦过，斗转城荒，不见来时试灯处。

春去谁最苦？但箭雁沉边，梁燕无主。杜鹃声里长门暮。想玉树凋土，泪盘如露。咸阳送客屡回顾，斜日未能度。

春去尚来否？正江令恨别，庾信愁赋，苏堤尽日风和雨。叹神游故国，花记前度。人生流落，顾孺子，共夜语。

【译文】

欲送春归去，可人间却没有春的归路。秋千之外，无边芳草连接着天幕，是谁让那风沙遮暗了南浦。心中恨依依，究竟是怎样的意绪？徒然忆起海门飘飞的柳絮。乱鸦飞过，转眼间临安就成了一座荒城，看不见以往的试灯之处。

春归去，谁的心中最感凄苦？只有那中箭的大雁落在荒寂的边土，梁间的燕子没有故主，于那凄切的杜鹃声中，旧时宫阙迎来了日暮。想到那珍贵的玉树一定凋落成了泥土，承露盘中也定落满如露的泪珠。咸阳城里，送春之人屡屡回顾，不知道怎么度过夕阳西落的黄昏。

春已归去，还会回来吗？此刻正是那江淹恨别之时，正是那庾信赋愁之时，苏堤上整日风兼着雨。叹惜故国的美好时光，只能在梦境中再去游历。那美好的花朵，也只能把他以前的芳姿倩影记住。人生流落至此，只能看着儿子，在深夜里共语。

【赏析】

这是一首抒写亡国之哀的词，作于宋恭帝赵㬎德祐二年（1276）的春天。这时元兵迫临安，宋帝奉表请降。三月，元以宋帝、太后等北行。南宋实际上是亡了。五月陆秀夫等拥立益王赵昰为帝，改元景炎。但不久，赵昰于景炎三年（1278）四月死于碙洲。卫王赵昺即位，改元祥兴。次年二月，元兵攻崖山，陆秀夫负帝昺投海死。至此，元统一了中国。本词以春喻国，用曲折的笔调寄托自己的亡国哀思。

词分三片，片片均以"春去"领起，其后便用回环曲折的笔调围绕这一中心加以发挥。陈廷焯《白雨斋词话》有言："题是送春，词是悲宋。曲折说来，有多少眼泪。"刘辰翁全篇采用象征和借代的手法，"春"象征着南宋王朝，"飞絮"暗喻南渡的君臣，"乱鸦"指代占领临安的元军，等等，将亡国之痛抒写得哀婉动人。

唐多令

◎邓剡

雨过水明霞，潮回岸带沙。叶声寒、飞透窗纱。堪恨西风吹世换，更吹我、落天涯。

寂寞古豪华，乌衣日又斜。说兴亡、燕入谁家？惟有南来无数雁，和明月、宿芦花。

【译文】

大雨过后，霞光将水面照得十分明亮，潮水从江岸上退去后，岸上留下些许沙痕。落叶声声，寒意穿透窗纱。可恨西风将世代吹换，更将我吹落到天涯。

昔日豪华之地今天已经寂寞萧条，乌衣巷口的太阳又向西落去。说历史兴亡，燕子飞入谁家？只有往南飞回的无数大雁，在明月下，栖宿在芦花丛中。

【赏析】

这首词作于词人兵败被俘，路过南京之时。目睹山河旧景，词人伤情无限。

上片以写景为主。"雨过水明霞，潮回岸带沙"，首二句写江天晚景：大雨过后，天空出现一片明艳的彩霞。在夕阳的照射下，水面格外明亮。潮水退下，江岸上留下了些许沙痕。"叶声寒、飞透窗纱。"风吹落叶，则说明此时已至秋天。身为战俘的词人听到落叶声声，看见黄叶入窗，心情应愈发感到凄凉吧。"堪恨西风吹世换，更吹我、落天涯。"后三句转入对自己身世的感叹。此处"西风"既作为一种自然物的实写，又象征着元军。南宋灭亡，朝代更换，身为南宋遗民的词人便如同那梢头的秋叶，被风吹落至天涯。以风吹落叶比喻人流落飘荡的情状，形象十分鲜明，寓含无尽哀思。

下片直抒亡国之痛。"寂寞古豪华，乌衣日又斜。说兴亡、燕入谁家？"乌衣巷，位于南京秦淮河南岸。南京，自古以来皆是烟柳繁华之地。这里借用刘禹锡《乌衣巷》诗意，说明南京如今已经换了主人，其中透露出词人无尽的亡国哀思。"惟有南来无数雁，和明月、宿芦花"，最后三句又转到对眼前景物的描写上来，寥寥数笔，便勾勒出另一幅凄清的寒汀芦雁图。那栖息芦花的大雁不正如飘零无处的词人吗？末三句寄寓了处于乱离之中的词人的无尽悲慨。

◎作者简介◎

邓剡（1232—1303），字光荐，又字中甫，号中斋，吉州庐陵（今江西吉安）人。理宗景定三年（1262）进士。爱国诗人、词作家。与文天祥、刘辰翁为白鹭洲书院同窗。工诗词，其词多表达国破家亡之凄苦。有《中斋集》。

酹江月 和友驿中言别

◎文天祥

　　乾坤能大^①，算蛟龙、元不是池中物^②。风雨牢愁无著处，那更寒蛩四壁^③。横槊题诗，登楼作赋^④，万事空中雪。江流如此，方来还有英杰。

　　堪笑一叶漂零，重来淮水，正凉风新发。镜里朱颜都变尽，只有丹心难灭。去去龙沙，江山回首，一线青如发。故人应念，杜鹃枝上残月。

【注释】

① 能：同"恁"，如许、这样。② 蛟龙：喻豪杰。《三国志·周瑜传》："刘备以枭雄之姿，而有关羽、张飞熊虎之将，恐蛟龙得云雨，终非池中物也。" ③ 寒蛩:蟋蟀。④ 登楼作赋:汉末中原大乱，王粲南下依附刘表，登当阳城楼，作《登楼赋》怀乡。

【译文】

　　天地如此之大，想那蛟龙本不是池中之物。风雨之中，牢笼之愁没处着落，更加上四面蟋蟀哀鸣。曹操横陈长矛吟诵诗歌，王粲登楼作赋，万事都化作空中的飞雪。江水奔腾不息，以后将有无数英雄豪杰。

　　可笑我如树叶一般飘零，如今重来淮水，凉风才起。镜子里年轻的容颜已经老去，只有一片爱国丹心难以磨灭。如今我往塞外而去，回望江山，只见远远一线青山，细如丝发。当看到残月下，杜鹃立在枝头的时候，友人应叨念起我。

【赏析】

　　这首词为词人酬答邓剡《酹江月·驿中言别》而作。南宋帝昺祥兴元年（1278）十二月，文天祥率兵与元军作战，兵败后被俘，在押送燕京（今北京）时，途经金陵，作者在驿中借苏轼《念奴娇·赤壁怀古》韵，写下此词以酬答好友邓剡。词中描写了自己的囚徒生活，而且深信未来将有更多的豪杰之士起来继续抗击元兵，充分体现了崇高的气节。

　　"乾坤能大，算蛟龙、元不是池中物"，此词起得颇为

雄壮，抒发自己的抗元之志。词人相信爱国志士们虽身陷囚笼，但壮志不改，终有一日会复兴大宋。"算蛟龙、元不是池中物"，出自《三国志·吴书·周瑜传》："恐蛟龙得云雨，终非池中物也。"表明自己恢复宋室的信心，并以此勉励友人。

"风雨牢愁无著处，那更寒蛩四壁"，这是写眼前囚中景象。"风雨"、"寒蛩"烘托出囚徒生活的凄苦，抒发沉痛情怀。

"横槊题诗，登楼作赋，万事空中雪"，此三句借历史人物自况，表达自己的非凡抱负。"横槊题诗"出自苏轼《前赤壁赋》，咏叹曹操破荆州、下江陵时的英雄豪气。"登楼作赋"，汉末王粲逃亡荆州，作《登楼赋》抒发故园之思和乱离之感。这里词人借用曹操英勇豪迈的气概，王粲雄图难展的苦闷，表达自己的抱负与心情。但词人却不是没有看到现实，他虽有复国之志，但却已经沦为阶下之囚，他的理想俱已化为空中之雪。

但词人并不灰心，他深信："江流如此，方来还有英杰。"他将希望寄托于未来，相信复国大业定后继有人。

"堪笑一叶漂零"，这是写词人旧事。宋德祐二年（1276），文天祥出使元营，因痛斥敌帅伯颜，被拘押至镇江，伺机脱逃，在淮水之间和敌骑数次相遇，历尽艰难才得南归。这次，又抵金陵一带，故称"重来淮水"。"正凉风新发"则是他"重来淮水"时的天气。

"镜里朱颜都变尽，只有丹心难灭"，这两句是光照千古的名句，表现了词人顽强不屈的气节。他说即便自己容颜老去，两鬓成霜，仍旧不改爱国赤心。

"去去龙沙，江山回首，一线青如发"，此三句写他行途中频频回首，表达了他对故国的无限眷恋。

"故人应念，杜鹃枝上残月"，末两句向友人表示，即使他以身殉国，他的魂魄也会变成杜鹃飞回南方，为故国的灭亡而哀啼泣血。在词人这番深情的表白中，一个爱国志士的崇高心灵逐层展现，足以震慑千古，供后人景仰。

这首词酣畅淋漓，苍凉悲壮，无齐蓬之痕，也无病吟之态。在词坛充满哀婉气氛的时候，文天祥的这首词宛如沉沉夜幕中的一道闪电，让人们在绝望中看到了一丝曙光。

⊙作者简介⊙

　　文天祥（1236—1283），字履善，一字宋瑞，号文山，吉州庐陵（今江西吉安）人。理宗宝祐四年（1256）应举中状元。上书言富国强兵之法，不纳。屡受贾似道排挤，宦海沉浮，曾隐居家乡文山。恭帝德祐初，起师勤王，被任命为右丞相兼枢密使。奉使元营，被拘留，后逃归，出生入死，率兵抗暴，终因寡不敌众失败被俘。押至大都，终舍生取义。工诗文，多抒爱国之情，慷慨激烈。王国维评其词"风骨甚高，远在圣与、叔夏、公谨诸公之上"（《人间词话》）。有《文山先生全集》。

满江红

◎王清惠

太液芙蓉①，浑不似、旧时颜色。曾记得，春风雨露②，玉楼金阙。名播兰馨妃后里，晕潮莲脸君王侧。忽一声、鼙鼓揭天来③，繁华歇。

龙虎散，风云灭④。千古恨，凭谁说？对山河百二⑤，泪盈襟血。驿馆夜惊尘土梦，宫车晓辗关山月。问姮娥、于我肯从容，同圆缺。

【注释】

① 太液：太液池，此处指皇宫的池苑。芙蓉：荷花，词中以花喻人。② 春风雨露：用花承受春风雨露，喻指人得浩浩皇恩。③ 鼙鼓：军中所击之鼓，借以指军事行动。④ "龙虎"二句：《易经》有"云从龙，风从虎"的说法。龙虎散，指南宋君臣溃散。风云灭，比喻政治上的威势消失。⑤ 山河百二：喻指江山。

【译文】

太液池的荷花浑然不似旧时娇艳。记得曾经，（我）沐浴春风，备承雨露，（居住在）富丽堂皇的皇宫之中。美好的名声在后妃中广播，莲颜生春，陪伴在君王左右。忽听得，军鼓声掀天而来，繁华顿歇。

君臣离散，往日的风光消歇。（亡国的）千古之恨，向谁诉说？对着旧时的广阔山河，血泪沾湿衣袖。夜宿驿馆，犹被日间尘土飞扬、颠簸流离的赶路场景惊醒，一大早宫车就踏着关山的月色赶路了。问嫦娥：是否能让我与你一道在月宫过那清静的生活，共赏月圆月缺？

【赏析】

至元十三年（1276）正月，元兵攻入临安，南宋灭亡。三月，王清惠随三宫三千人作俘北上。途经北宋时的都城汴梁夷山驿站时，勾起深切的亡国之痛，遂在驿站墙壁上题《满江红》（太液芙蓉）。这首词后传遍中原。

"太液"两句如旋风暴雨般倏然而至，说自己花容凋残，不似旧时美丽。"曾记得"以下四句，声音由高昂转为低沉，叙说自己往昔的生活。那时她沐浴春风，备受恩宠，居住在金碧辉煌的宫殿里。并且依靠着自己的美貌和才华，在后妃中声名远播。但这样的日子却不长久，"忽一声、鼙鼓揭天来，繁华歇"，只听得一声战鼓揭天而来，一切繁华顿时烟消。上片节奏时缓时急，如一幕幕电影的分镜头，动人心魄。

"龙虎散"两句高度概括了亡国后的景象。"龙虎"指南宋君臣。这两句话即是说君臣散去，风光不再。"千古恨"以下三句，直接道出亡国之哀。"驿馆"两句则写被元兵掳掠北去一路上的情景。夜晚都睡不安稳，不时被白天颠簸流离的景象惊醒；且还未天明就被唤起赶路，多么仓皇。最后两句表明自己的决心，词人不愿向元廷屈服，苟且偷生，她希望能去天宫陪伴嫦娥。到了燕京以后，词人自请为女道士，体现了坚贞不屈的气节和风骨。

⊙作者简介⊙

王清惠（1265？—1294？），宋度宗昭仪。恭帝德祐二年（1276），临安（今浙江杭州）沦陷，随三宫一同被俘往元都，后自请为女道士，号冲华。现仅存词一首。

眉妩 新月

◎王沂孙

　　渐新痕悬柳①，淡彩穿花，依约破初暝。便有团圆意②，深深拜③，相逢谁在香径。画眉未稳④。料素娥、犹带离恨。最堪爱、一曲银钩小，宝帘挂秋冷⑤。

　　千古盈亏休问。叹慢磨玉斧，难补金镜⑥。太液池犹在⑦，凄凉处、何人重赋清景。故山夜永。试待他、窥户端正⑧。看云外山河，还老桂花旧影⑨。

【注释】

① 新痕：初生的月亮。② 团圆意：牛希济《生查子》词："新月曲如眉，未有团圆意。"此处反用其意。③ 拜：指拜月。古代有妇女拜新月的风俗，以祈求团圆。④ "画眉"句：陈步宝《有所思》三道之一："初月似愁眉。"李商隐《嫦娥》诗："嫦娥应悔偷灵药，碧海青天夜夜心。"此处化用其意。未稳，未完；未妥。⑤ "一曲"二句：刘瑗《新月》诗："仙宫云箔卷，露出玉帘钩。"沈佺期《和洛州康士曹庭芝望月有怀》诗："台前疑挂镜，帘外似垂钩。""宝帘"原本作"宝奁"，据别本改。⑥ "叹慢磨"二句：以缺月难补比喻残破山河难以收拾。曾觌《壶中天慢》词："何劳玉斧，金瓯千古无缺。"此处反用其意。金镜，比喻月亮。⑦ "太液池"句：陈师道《后山诗话》载，宋太祖赵匡胤于后池赏新月，学士卢多逊应诏赋《咏月》诗云："太液池头月上时，晚风吹动万年枝。何人玉匣开新镜，露出清光些子儿。"此处暗用其事，感叹宋时盛世难以重现。太液池，汉、唐宫中池名，借指宋宫池苑。⑧ 端正：指圆月。⑨ "看云外"二句：感叹国土沦丧，时光虚掷。陆游《桃源忆故人》词："云外华山千仞，依旧无人问。"

【译文】

　　渐渐地，一轮新月悬挂在柳梢上，淡淡的月影穿过花丛，隐隐约约冲破了刚刚降临的暮色。纵然月儿有团圆的意思，（我）深深下拜，却又与谁在花径中相逢呢？蛾眉没有画好，料想嫦娥仍然带着离恨。最可爱的是新月像一弯小小的银钩，将天幕如宝帘一般挂在寒冷的秋夜里。

　　不要问千万年来月儿为什么会有圆缺的变化，可叹的是玉斧磨得太慢，难以将那破损的金镜修好。太液池至今还在，它如此凄凉，谁再来这儿重新吟赏清景呢？故国的青山，夜晚如此漫长，试待月儿团圆、清光窥户之日，再看那云外的大好河山，月中的桂树也老去了吧。

【赏析】

　　这是一首咏月词，作于南宋灭亡前夕，其中深有寄托。

　　"渐新痕悬柳，淡彩穿花，依约破初暝"，首三句写新月初升时的景象。一个"渐"字引起一组月亮东升的动作：新月初升，纤纤一弯，悬于柳梢之上。暮色渐浓，月牙儿穿过云彩花丛，依约如梦地

415

升起在暮霭里。

"便有团圆意，深深拜，相逢谁在香径。"新月初升，虽似有团圆之意，但却不见志同道合之人，只有词人一人在花径中拜月。这三句流露出词人心中无尽的孤寂之感。

"画眉未稳。料素娥、犹带离恨"，这三句再写新月。词人将月比作美人柳眉。而新月微露，似画眉的动作尚未结束。看到这景致，满含愁怨的词人便联想是否月中嫦娥亦犹带离恨，无心为容，匆匆画就。

"最堪爱、一曲银钩小，宝帘挂秋冷"，词人经过一番遐想后，又转到对月亮的赏爱上来。"银钩"二字极写月牙光色形状之美。且看那高悬天幕的如钩弯月，是多么惹人喜爱呀。

"千古盈亏休问。叹慢磨玉斧，难补金镜"，"千古盈亏"四字括尽月亮千古以来盈亏循环的规律。接着以"叹"字领起，借糅入玉斧修月的故事点出今日金镜难补，回天无力的无奈情势。这一声浩叹一笔扫空上片新月清赏情景，将词人内心深处的伤时之情脱出。

"太液池犹在，凄凉处、何人重赋清景。"进一步点明眼下情势。"太液池"，指宋代宫苑亭池。宋初卢多逊有《新月应制》一词，咏叹宋朝宫苑。如今宫苑犹在，但已是荒凉不堪了，还有谁像卢多逊一样去歌咏它呢？

"故山夜永。试待他、窥户端正"，这两句表面上看去似是说词人在等待月圆，但实际上是说词人希望残败的山河能如月亮重圆一般，完整重光。

"看云外山河，还老桂花旧影。""云外山河"，即故国山河。"旧影"，本指月中桂影衰老，这里喻国运衰微，山河陆沉。这两句是词人的感叹之语，他为故国沦丧而叹，其中含无尽悲凉之意。

周济在《宋四家词选·序论》评价此词说："碧山（王沂孙）胸次恬淡，故《黍离》、《麦秀》之感，只以唱叹出之，无剑拔弩张习气。"

词的品赏知识

王沂孙的咏物词

王沂孙工于咏物。其词现存六十四首，咏物词即占了三十四首。在宋末词人中，王沂孙的咏物词最多，也最精巧。其咏物词主要有以下特点：一、善于隶事用典；二、擅长用象征和拟人的手法，以象征性的语言将所咏之物拟人化，使之具有丰富的象征意蕴；三、在写作手法上，王沂孙比周密、张炎写得更隐晦、含蓄，常常借甲咏乙，借此喻彼，暗示词中埋藏得很深的真实情感。

王沂孙的这首《眉妩》，以深隐的笔法抒发复杂的情感，这种情感同世事无常、兴亡盛衰不由人意的沧桑感融合在一起，同时又渗透了个人在历史巨变中无可奈何的凄凉感。

⊙作者简介⊙

王沂孙，生卒年不详。字圣与，号碧山，又号中仙、玉笥山人，会稽（今浙江绍兴）人。宋遗民，入元后曾为庆元路儒学官，不久归隐。其词以咏物见长，笔致曲折，辞情凄苦，寓家国沦亡之痛，时有流于隐晦之嫌。有《花外集》。

高阳台 和周草窗寄越中诸友韵 ◎王沂孙

残雪庭阴，轻寒帘影，霏霏玉管春葭①。小帖金泥，不知春是谁家。相思一夜窗前梦，奈个人、水隔天遮。但凄然、满树幽香，满地横斜。

江南自是离愁苦，况游骢古道②，归雁平沙。怎得银笺，殷勤说与年华。如今处处生芳草，纵凭高、不见天涯。更消他，几度东风，几度飞花。

【注释】

① 葭：芦苇，这里指芦灰。② 游骢：指旅途上的马。

【译文】

庭院的背阴处有积雪残留，微寒透过帘幕，玉管中葭灰飞扬，传出春的讯息。不知谁还写金泥帖，也不知春落到谁家。窗前，（我）做了一夜相思梦，奈何我俩被水隔断，被天遮断。只有凄凄惨惨，一树散发着幽幽香味的花枝的影子，横斜在地上。

江南本就充满离别的愁苦，何况骑着马儿游历在古道上，看归雁飞落平沙。怎样才能在信笺之上，殷勤与你诉说这春天的好景呢。如今处处长满芳草，纵然登上高楼眺望，也见不到远在天涯（的你）。我怎能再消受得起几次春风吹拂，几次落花飞舞呢？

【赏析】

这是一首对答之词，答和之人为宋末词人周密。周密作有《高阳台》送给很多词友，王沂孙便作了这首词对答。周词表达的是漂泊异乡的羁旅之情，这首词从原词意境出发，抒发了词人对友人境遇的同情及思念。

"残雪"三句写初春景致。虽尚有残雪，寒意还未消去，但律管中的葭灰已经飞出，预示着春的来临。"霏霏玉管春葭"，古时季节变化，用箫管十二，置芦苇（葭）灰于孔中，室内封闭，蒙上罗縠，哪一节气到了，哪一律管葭灰就飞出。"小帖金泥，不知春是谁家。"金泥小帖，宋代立春日宫中命大臣撰写殿阁的宜春帖子词，士大夫间也自己书写，字用的是金泥。如今已经改朝换代了，春日还有何人用金泥写宜春帖子贴挂，春又落往谁家？"相思"两句写对友人的思念。"水隔天遮"极写两人相隔之远。"但凄然"两句，写周密住所，即西泠孤山之畔。满树幽香，满地梅枝疏影横斜，可谓清幽，但在飘零之人看来，却显得凄凉。

"江南"三句是词人代友人说愁。友人流落异乡，心中自是凄苦，况且又遇上这"游骢古道，归雁平沙"的江南春日呢。"怎得"两句又转回自身，说为慰藉友人的思归之心，意欲和他讲一讲如今江南春天物华，但由"怎得"二字可知托信无路。既欲寄信而不得，就凭高望远，遥寄相思吧。但结果怎样呢？"如今处处生芳草，纵凭高、不见天涯。"即便登高，也望不见友人，只一片凄凄芳草。至此词人已生绝望之感，凄然叹道："更消他，几度东风，几度飞花"，尽管春去春来，花开花谢，我与你却仍旧遥遥相隔，相见无期，真令人无限悲慨。

青玉案

◎黄公绍

　　年年社日停针线①。怎忍见、双飞燕。今日江城春已半。一身犹在，乱山深处，寂寞溪桥畔。

　　春衫著破谁针线。点点行行泪痕满。落日解鞍芳草岸。花无人戴，酒无人劝，醉也无人管。

【注释】

①社日：古代农人祭祀土地神的节日。汉以前只有春社，汉以后开始有秋社。自宋代起，以立春、立秋后的第五个戊日为社日。这里是指春社。

【译文】

　　每年春社之日妇女们停止针线。（我）如何忍心看那成双成对的燕子？如今江城的春天已经过去了一大半，（我）依然孤身一人，独宿在乱山深处，徘徊在寂寞的水溪桥畔。

　　（我的）春衣已经穿破，有谁来为我缝补？衣上已经被点点行行的泪水沾满了。落日下（我）在芳草萋萋的岸边解下马鞍歇息，（娇艳的）花没有人来戴，喝酒也没有人来相陪相劝，喝醉了更是没有人来照管。

【赏析】

　　这首词是游子春日的思归怀人之作。春日里，词人独宿深山，无人相伴，心中落寞而感伤。

　　上片写暮春时节寂寞地栖身乱山深处的凄伤之情。开篇两句点明时令并抒情，统摄全篇。春社之日，大家都兴高采烈，妇女们都停下手中针线活计结伴外出闲游。作客他乡的词人呢，他连成双成对的飞燕都不忍看见，恐触痛那颗漂泊的心。"今日江城"四句描写词人自身的孤苦境况。

　　下片抒写羁旅生涯强烈的思乡情怀。"春衫"两句道出穿着春衫之人的相思之情。破衣之上满布斑斑泪痕，则游子内心悲苦之情也就可以想见。"落日"四句是全词的关键所在，最为后人称道。先写四周景致，接下去连用三个"无人"，来突出词人内心的苦闷！贺裳在《皱水轩词筌》中评这几句云："语淡而情浓，事浅而言深，真是词家三味，非鄙俚朴陋者可冒。"道尽其中奥秘。

⊙**作者简介**⊙

　　黄公绍，生卒年不详。字直翁，邵武（今属福建）人。咸淳元年（1265）进士，宋亡不仕，隐居樵溪。著《古今韵会》，原书已佚。另有《在轩集》一卷。

一剪梅 舟过吴江

◎蒋捷

　　一片春愁待酒浇。江上舟摇，楼上帘招。秋娘渡与泰娘桥①，风又飘飘，雨又萧萧。

　　何日归家洗客袍？银字笙调，心字香烧。流光容易把人抛，红了樱桃，绿了芭蕉。

【注释】

① 秋娘渡与泰娘桥：吴江的两处地名。均以唐代著名歌伎命名。

【译文】

　　绵绵伤春之愁等待酒来浇灭，江面上舟子摇荡，楼上酒帘招摇。船过了秋娘渡与泰娘桥，东风飘飘，春雨潇潇。

　　什么时候能够回到家中清洗旅途中穿的衣服，调弄有银字的笙，烧起心形的香。流逝的时光容易将人抛却，樱桃才红，芭蕉又绿了。

【赏析】

　　这是一首抒发客愁之词。

　　在一个风雨交加的春日里，词人乘着小舟经过吴江。客居他乡的词人心中旅愁无限，思念妻子，感叹春光易逝。

　　词的上片侧重写景。"一片春愁待酒浇"，开篇便点名自己的心情，奠定全词的基调。"江上舟摇，楼上帘招。秋娘渡与泰娘桥，风又飘飘，雨又萧萧"，这是写词人经过吴江一路所见之景，以愁眼看景，景物自然笼上了一层凄迷的色彩。

　　词的下片侧重抒情。"何日归家洗客袍？银字笙调，心字香烧"，词人多么怀念自己的妻子呀，多么怀念温馨的家庭生活呀。他想换下旅途中的衣裳，让妻子浣洗，想同妻子调弄那刻着银字的笙，想点上熏炉里心字形的香，但不知何日是归年。此时的词人只能慨然叹道："流光容易把人抛，红了樱桃，绿了芭蕉。"这三句为千古名句。词人以两种植物的颜色变化来具体表现时光的流逝之快，极富创造性地将看不见的时光流逝转化为可以捕捉的形象。

　　这首词读起来朗朗上口，节奏铿锵，音乐性非常强，大大增强了词的表现力。

⊙作者简介⊙

　　蒋捷，生卒年不详。字胜欲，号竹山，阳羡（今江苏宜兴）人。度宗咸淳十年（1274）进士。宋亡不仕，隐居太湖竹山，抱节终身。性孤介，少交游，与同时代词人亦少有往来。其创作自辟蹊径，清新疏朗，含蓄明快，"未极流动自然，然洗炼缜密，语多创获"（刘熙载《艺概》）。有《竹山词》。

虞美人 听雨

◎蒋捷

少年听雨歌楼上，红烛昏罗帐①。壮年听雨客舟中，江阔云低、断雁叫西风②。

而今听雨僧庐下，鬓已星星也③。悲欢离合总无情，一任阶前、点滴到天明。

【注释】

① 昏：昏暗。此处借指烛光。
② 断雁：失群孤雁。③ 星星：
白发如星，形容白发很多。

【译文】

年少的时候在歌楼上
听雨，红烛摇曳，昏暗了罗
帐。中年在异乡的小舟上听
歌，广阔的江面上白云低
垂，一只离群的大雁在细风
中哀鸣。

而今在僧庐下听雨，
两鬓已经斑白。感叹悲欢离
合总是那么无情，任由阶前雨滴滴到天明。

【赏析】

这首词为词人一生的真实写照，言简意赅，真切动人。

词人以"听雨"为线索，概括了自己从少年再到壮年到老年三个阶段的不同生活及心境，抒发了
人事无常的沉重感叹。

"少年听雨歌楼上，红烛昏罗帐"，少年不识愁滋味，只知追欢逐笑。于歌楼之中，听窗外雨声淅
沥，一片浪漫之景。词人选取的场景相当典型，将年少时的风流与轻慢展现得淋漓尽致。

"壮年听雨客舟中，江阔云低、断雁叫西风"，壮年时，历经人事，生命显得沉重。战乱连年，有
家不能归，四处漂泊，听雨再也不复少年时的浪漫。这时，词人旅居在一叶扁舟上，充满客愁，雨声
只能更添凄寂而已。那广阔江面上的一只离群的雁不正是词人此刻的写照吗？这两句将词人壮年时的
漂泊无依及悲愁的心绪状写了出来。

"而今听雨僧庐下，鬓已星星也。悲欢离合总无情，一任阶前、点滴到天明"，已至老年的词人，
境况凄凉，满头白发，寄居僧庐。此时的词人，已经历过许多大风大浪，心境也已经没了任何起伏，
对人世只剩一片清醒后的无可奈何。

这首词层次分明，脉络清晰，短短一首词便将少年、壮年、老年的三个人生阶段的不同境遇、不
同况味的不同感受抒写了下来，很值得玩味。

梅花引 荆溪阻雪

◎蒋捷

白鸥问我泊孤舟，是身留，是心留①？心若留时，何事锁眉头？风拍小帘灯晕舞，对闲影，冷清清，忆旧游。

旧游旧游今在否？花外楼，柳下舟。梦也梦也，梦不到，寒水空流。漠漠黄云②，湿透木棉裘③。都道无人愁似我，今夜雪，有梅花，似我愁。

【注释】

① "是身留" 两句：身留，因被雪所阻，不能动身而羁留下来。心留，自己心里情愿留下。②漠漠：浓密。黄云：指昏黄的天色。
③ 木棉裘：棉衣。

【译文】

白鸥问我将小舟停泊在此，是被雪所阻不得已留下来，还是自己心中情愿留下来？要是有心留在这里，为什么又双眉紧皱呢？风拍打着小小的帘栊，吹得灯火闪烁不定，对着跟前的影子，在冷冷清清中，回忆旧时欢游。

旧日的游伴，你们现在还在吗？花丛外的酒楼，柳树下的小舟，我梦呀梦呀，却梦不到，只见寒水空自流淌。天空阴云密布，雪花湿透了棉大衣。都说没人像我一般忧愁，今天夜里的大雪中，有梅花如我一般愁苦。

【赏析】

词人乘船沿荆溪而行，途中遇雪，困于途中。孤寂无聊之际，想到南宋覆亡，旧友不在，心中感慨系之，故写下此词。

"白鸥问我泊孤舟，是身留，是心留？"词以白鸥相问起笔，点明孤舟受阻的题旨，构思新颖。白鸥形象飘逸，出现在白雪茫茫的荆溪之畔，构成了一幅十分清寂和谐的图画。它的问话也是相当巧妙而简洁，它问词人夜泊此地究竟是被迫的还是自愿的。接着又以"心若留时，何事锁眉头"来反问，似乎它已经看出苗头，但仍避免作出判断。这种表现方法有俏皮迂回之趣。"风拍小帘灯晕舞，对闲影，冷清清，忆旧游"，这几句写夜泊荆溪的孤寂情状。船行受阻，独自宿于那冷冷清清的荒郊野外，词人深感无聊。在孤寂的时候，人们往往会自然地怀念起旧日的朋友来，词人也是如此。

"旧游旧游今在否？"这一句承上片末句而来，具体表现了其对旧友的怀念之情。"花外楼，柳下舟"两句是对旧游的回忆，描绘出了一幅同眼前的冷清景致相对照的美好图景：他们在一片花红柳绿之中，乘舟游荡，楼台逗留。接着，词人笔调突转："梦也梦也，梦不到，寒水空流。"那美好的回忆引起他寻梦的渴望，但他不断努力却仍旧无法入梦，眼前始终只有荆溪寒水空自流淌。"漠漠黄云，湿透木棉裘"，既无法入梦，词人便踱到甲板上，凝望着远处昏黄的天空，也不顾漫天风雪，听任身上的棉袄被雪水浸透。"都道无人愁似我，今夜雪，有梅花，似我愁。"直到结尾词人才表明自己陷入了深沉的愁思之中。此处词人对愁的描写也是自出心裁的，他先采取先扬后抑的手法，将愁淡化，聊以自慰。

八声甘州

◎张炎

辛卯岁，沈尧道同余北归，各处杭、越。逾岁，尧道来问寂寞，语笑数日，又复别去。赋此曲，并寄赵学舟。

记玉关踏雪事清游，寒气脆貂裘。傍枯林古道，长河饮马，此意悠悠。短梦依然江表①，老泪洒西州②。一字无题处，落叶都愁。

载取白云归去，问谁留楚佩③，弄影中洲？折芦花赠远，零落一身秋。向寻常野桥流水，待招来，不是旧沙鸥。空怀感，有斜阳处，却怕登楼。

【注释】

①江表：江南。②西州：古城名，在今南京西。③"楚佩"两句：《九歌·湘君》："遗余佩兮澧浦。""搴谁留兮中洲？"词人借此说有人眷恋，盼他早日归去。

【译文】

记得（我俩）曾在玉关踏雪清游，寒气将我们身上的貂裘都冻得脆硬。我们沿着枯林古道缓缓前行，又在黄河边饮马，意气悠闲从容。短梦醒来依旧身在江南，老泪遍洒西州。一个字都写不出来，落叶似乎也在发愁。

载一片白云归去，问谁将楚佩留给了我，在中州对影徘徊？折一枝芦花赠给将要去往远方的你，我孤独零落染了一身秋意。走在寻常的野桥头，水在底下流，等到招来的，不是旧日的沙鸥。我徒然地怀想着过往的一切，有夕阳映照的地方，却不敢登楼。

【赏析】

这是一首抒发亡国之哀的词作，写于元世祖至元二十八年（1291）词人北游归来以后。

前年冬季词人赴北写经，与友人沈尧道一同游赏塞北，其意闲闲；但那不过是一场短暂的美梦，如今是词人又重返江南，故国飘零，孑然一身，亡国之思与怀才不遇之悲交织在词人胸间，激荡不已。但词人心中的痛苦不便直抒，词人通过这首词用含蓄的笔调，将内心的情感曲折地表达，整首词充满了凄苦的声音。

这首词先悲后壮，先是抒发对友人的不舍之情，后又转到国恨上来，抒写自己的亡国之痛。读者读之，也感染上一身浓浓的秋意，被这哀婉之声彻底打动。

⊙作者简介⊙

张炎（1248—1320？），字叔夏，号玉田，又号乐笑翁，祖籍凤翔成纪（今甘肃天水），寓居临安（今浙江杭州）。贵族后裔（循王张俊六世孙）。早年生活优裕，宋亡以后，家道中落，贫难自给，曾北游元都谋官，失意南归，落拓而终。其词意超远，语言清丽。曾从事词学研究，著有《词源》及《山中白云词》。

清平乐

◎张炎

候蛩凄断，人语西风岸。月落沙平江似练，望尽芦花无雁。

暗教愁损兰成，可怜夜夜关情。只有一枝梧叶，不知多少秋声！

【译文】

蟋蟀的啼鸣声凄切欲绝，西风正紧的江岸上有人说话。月儿向平坦的沙岸落去，江水似绸缎，望尽芦花丛，不见一只大雁。

暗暗愁煞庾信，可怜我每一夜都在思念着故乡。只有一枝梧桐叶，却不知响起多少秋声。

【赏析】

这是首抒情小令，抒发的是一种国破家亡的哀愁。这首小令见于《山中白云词》卷四，原为张炎题赠给朋友陆行直的，其时张炎年五十三岁。词中提到的"卿卿"为陆行直的歌伎，才色皆称。这首词的本词，在收入词集时有较大改动。原词多写"花情柳思"，表达出一种风流艳情，而定稿则将艳情转向"愁情"，也就是为国破家亡而发出的感慨致深的悲愁。

上阕写秋景秋情。寥寥几笔，就勾勒出一幅萧瑟的"秋晓图"来：蟋蟀哀鸣，秋风飒飒，冷月落江，芦花无雁。写景由近及远，使空间的描摹愈现幽深，营造出一片清空之境，为下阕的抒情做铺垫。在上阕中，词人选景立意颇深：他写秋寒，不直言西风呼啸，而说"候蛩凄断"；他写秋感，里面没有半个"愁"字，只是说"芦花无雁"，既含蓄又有美感，表现了作者深厚的功力。

下阕写秋愁，词人以庾信自比，言国破家亡之痛，言前朝遗民的孤独与寂寞。结句将自己心底的感伤与孤寂融汇入景，"一枝"形象地将孤独描于纸上，而"秋声"恍如情思，道出心底的凄寂。词人以"梧叶"自拟，意新色雅，韵味清空，使人读之回味无穷。

这首小令用笔精练、含蓄，选景巧妙，言情深远，艺术造诣极高。其笔调精练、含蓄，风韵幽雅独特，意境清空淡远。正是由于这样的造诣，张炎的"秋词"可以与宋玉的《九辩》、欧阳修的《秋声赋》并列。清代陈廷焯《白雨斋词话》中评价说：玉田（张炎）工于造句，每令人拍案叫绝，如《清平乐》"只有一枝梧叶，不知多少秋声"。